# 祯爱无瑕

## （上）

五味什字　著

中国文联出版社

**图书在版编目（CIP）数据**

祯爱无瑕 / 五味什字著 . --北京：中国文联出版
社，2017.8（2024.6重印）
ISBN 978－7－5190－3041－4

Ⅰ.①祯… Ⅱ.①五… Ⅲ.①长篇小说—中国—当代
Ⅳ.①I247.5

中国版本图书馆 CIP 数据核字（2017）第 214978 号

著　　者　五味什字
责任编辑　闫　洁
责任校对　贾文梅
装帧设计　中联华文

出版发行　中国文联出版社有限公司
地　　址　北京市朝阳区农展馆南里 10 号　　　　　邮编　100125
电　　话　010－85923025（发行部）　　　　85923091（总编室）
经　　销　全国新华书店等
印　　刷　三河市华东印刷有限公司

开　　本　710 毫米×1000 毫米　　1/16
印　　张　35.5
字　　数　543 千字
版　　次　2024 年 6 月第 1 版第 2 次印刷
定　　价　148.00 元（全二册）

# 目录

# 卷一　一朝梦醒回大清

今天是情人节。街道上热闹非凡，一对对情侣牵手相拥着从我身边走过，脸上无不洋溢着幸福甜蜜的笑容。旁边不时还有卖花的商贩锲而不舍地向情侣们兜售着芬芳艳丽的玫瑰，而当这些小贩看到我这样的孤家寡人时，立刻绕道而走，继续忙他们的生意。

我不禁叹息一声：已是第二十二个年头过一个人的情人节了，虽说已经麻木，但是看到大街上这样流光溢彩浓情蜜意的景象，内心不免还是有些黯然。

正在暗自神伤时，手机突然响了，屏幕上显示着"宝贝可忻"这个无比熟悉的名字。

可忻是我从小到大的好朋友，我们一起从小学念到大学，一直形影不离亲密无间，彼此之间可以倾诉任何的心事。

如今我们都已大四，眼看着离毕业不远了，可忻已经找到了一份待遇相当丰厚的工作。在感情生活上，她有个从上大学开始就交往至今的男朋友，两人感情稳定，也许毕业没两年就会走入婚姻的殿堂。和爱情事业两得意的可忻比，我真的不是用一句悲剧就可以形容的了：至今从没谈过一次恋爱也就算了，到现在临近毕业都没找到一份称心的工作。

这几天一直奔波于各大企业递简历，安排各种面试，可还是没收到任何回复。看着我一天天无精打采垂头丧气的样子，可忻虽然心里着急但也不知怎样从中安慰，估计她怕会在无意中伤害到我吧。

今天恰逢情人节，她知道没情人又没工作的我肯定会感到孤单难过，便安排在她家办个小 Party，邀请一众单身姐妹好好聚聚。本来我劝她还是不要麻烦了，况且情人节她本就该和男朋友一起享受甜蜜的，和我们这群单身女子一起过算怎么回事呀。可是她依旧坚持，我知道她是担心我，在几次推辞后，便不好拒绝了。这会儿打来电话，估计是要催促我赶快过去吧。

果然一接电话就听到可忻温柔关切的声音："小爱，怎么还没来啊？我们可都等着你呢！"

我连忙答道："已经快走到你家小区啦，马上到！"挂了电话，我便快步向前走去。

到了可忻家门口，我重重地呼出一口气，用手拍了拍自己的脸，试图拍去所有的疲惫和焦虑，努力在脸上呈现出一个大大的笑容，然后便抬手按下了门铃。

不一会儿就听到可忻快步向这边跑来，口中同时喊着："来啦……"话音未落，门就打开了，一看到我，她兴奋地说："终于来了，让我们等得好着急，快进来，要先罚你三杯！"

我边笑着脱鞋，边转头对她说："好好好，我认罚还不行吗？"

被她拖着走进客厅时，一帮小姐妹已经开始吃零食聊天打牌，一派热闹景象。

见我来了，她们一齐欢呼着把我拉到沙发上坐下，开始问起我的近况。可忻看出了我的尴尬，就赶忙说："咱们先吃饭吧，不然菜都凉了！"

边吃着，我们边互相敬酒，有人说着什么"我们这样的优质剩女不愁嫁，才不稀罕什么情人节"之类的宽慰话，也有人附和着："就是，我们有好工作高工资，自己能养活自己，烦恼什么呀！"

可忻听后立刻担忧地望了我一眼，我转过头俏皮地对她眨了眨眼，又吐了下舌头，她这才展开蹙在一起的眉头，如释重负般地对我笑了一下。

酒足饭饱后，姐妹们又开始聊天的聊天，打牌的打牌。而我则坐在沙发上看起了电视，电视里此刻正在播着一部最近很火的穿越剧，情节似乎挺引人入胜，但此刻我一点也看不进去。一想到今天面试碰的壁，就开始发呆出神，连可忻是什么时候坐在我身边的都不知道，直到听到她的一声轻笑我才回过神来。

我转过头不解地看着她："笑什么呢？"

她看了眼电视又看了眼我说："都二十二岁眼看着要大学毕业的人了，还喜欢看这种小姑娘才喜欢追的电视剧，难道你也梦想着穿回去不成？"

我一怔，又立刻回过神来，羞红了脸，忙搔她的痒："竟然取笑我，看我怎么收拾你！"

可忻此时已笑得上气不接下气："好……好……我……我错了，你……你就放过我吧……"

就这样笑闹了一会儿，我才住了手。坐起身看着电视里的场景，喃喃道："若真能穿回去倒也不错，至少没了找工作找对象的压力……"

还没等我说完，可忻就伸手摸着我的额头："没发烧呀，那你胡言乱语什么呢，喝多啦？"

我白了她一眼，然后起身向厨房走去，闷闷地对身后的她说："不理你了，我再取罐啤酒去。"

可忻对着我的背影喊道："也帮我取罐哦！"

我转头应了一声，又冲她做了个鬼脸，突然感到脚下一绊，我赶紧回头看去，原来是个小木凳，但这时身体已经失去重心，歪歪斜斜地向前倒去。

"砰"一声——我的头撞在了木凳前的餐桌角上，随即我便倒了下来……

恍惚中听到周围一阵阵的惊呼，可忻跑到我身边，一直张口呼唤着我的名字，可是我却感到她担忧的脸渐渐地模糊，她焦急的声音也似乎渐渐地减弱了。

终于，我闭上了沉重的眼皮，彻底陷入了无边无际的黑暗。

黑暗中我似乎感觉到周围有人不断地呼唤着我的名字："湘儿……湘儿……"

湘儿？这是在叫谁呢，干吗对着我叫？正这样想着，头部却感到一阵剧烈的疼痛，我再一次沉入睡眠。

不知道就这样睡了多久，我突然感觉身上燥热，喉咙也干得发痒，于是不禁轻声道："水……水……我好渴……"

似乎是听到了我的诉求，旁边有人轻柔地扶起我的身子，在我唇边慢慢地喂入了一杯水。

凉凉的液体经过我的喉咙，瞬间减弱了喉间的不适感，我的意识也随之清醒了一些。

看到我醒来，旁边的人高兴地又扶着我躺了下去，同时说道："小姐，你终于醒啦！"她又突然想起什么似的，一溜烟向门外跑去，大声喊道："来人啊，小姐醒了！快通知老爷夫人，小姐她醒来啦！"

　　什么乱七八糟的，谁是小姐，谁是老爷夫人，这是在和我说话吗？

　　我边摇着头边缓缓睁开眼，是蒙眬的一片。我重新闭上，又再次睁开，眨了几次眼，这才终于把焦距对上，眼前的事物开始渐渐清晰起来。

　　我环顾四周，细细地打量身边的一切：古色生香的一间房子，桌椅床凳等家具皆由木制，就连门窗都是木门纸窗！

　　我不可置信地望着眼前的一切，暗自思忖着这是怎么回事：情人节，姐妹Party，喝酒，看电视，聊天，拿啤酒，跌倒……对！就是这儿！我跌倒了，撞到了头，然后便昏厥过去。可是然后呢？记忆到这里便没了下文。

　　看着周遭陌生的环境，我想莫非这是可忻别处的家？可是从没听她说过呀，而且她怎么会把家里装修得这么古怪呢？对了，可忻她人呢，怎么没有看见她？想到这儿，我走下床，试图出门去找找她，并轻声叫道："可忻……"

　　经过梳妆台时，我一愣，然后停下了。我瞪大了双眼看向那面铜镜！镜中的人是谁？她长得极像我可分明又不是我，虽然五官跟我如一个模子刻出来的一般，可是看起来似乎比我年轻了好几岁。

　　她有着一头乌黑的长发，额头上缠绕着层层的白纱布，身上穿着一身素白的衣服，领子上皆是盘扣。我盯着铜镜中这个熟悉又陌生的"自己"很久，终于得出了一个结论：这，分明是一个古代女人的打扮！

　　难道……难道我真的回到了古代？

　　我被自己的这个结论吓了一跳，可是事实摆在眼前分明就是如此。我出手狠狠地掐了下自己的大腿，"嘶——"，倒吸一口气，好疼，这不是梦！

　　就在我茫然间，门外传来纷乱的脚步声，很快门被人从外面推开，我紧张地回过头看去，只见一个穿着不凡的中年男子大步跨进来，看到我呆呆地杵在镜前站着，他皱了下眉头，随即径直向我走来。这个中年男子身后跟着个雍容华贵的妇人，她见到我先是一愣，然后也快步向我走来。我内心突然紧张无比，他们是谁，想对我做什么？

　　只见那男子走到距我仅两步之遥的地方后站定，直直地看着我。倒是那名贵妇人走到了我的跟前，一把拉起我的手，激动地对我说："湘儿啊，你可总算是醒了。你都不知道这几天额娘有多担心，看来额娘这几天去佛堂的祈求灵验了啊……"

　　我就这么听她絮絮叨叨地说着，心中不免疑惑。什么，额娘？就是我们现在妈妈的意思吧。她是我妈？哦，不对，应该说是我额娘。

　　在我还没确定她的身份前，贵妇人身后的中年男子明显已开始不耐烦了，他挥了挥手对贵妇人说："好了，夫人，既然湘儿已经醒过来，你也就不用太过担心了。有什么话，慢慢说也无妨！她大病初愈，不能久站。"

　　贵妇人听到他的话这才反应过来："是是！我怎么这么糊涂呢，老爷说得是，湘儿身体还虚着呢，需要好好休息。春燕，来，扶小姐回床上休息！"

　　"是！"随着一声清脆的回答，这位唤作春燕的小姑娘立刻上前扶着我，慢慢走回到床沿边，然后伺候我躺下。

　　见我躺好后，中年男子和贵妇人，也就是我疑似的爹娘，走近我床边。当我那"额娘"细细叮嘱了一番后，中年男子只是对我淡淡说了句："好好休养，在出嫁前可别再生出什么事来！"

　　我本来只是默默点头应着，可是听到"出嫁"二字后一怔，正欲抬头细问时，只见那夫妇二人已出了房间。

　　出嫁？老天啊，你不要跟我开玩笑了好不好，一语成谶地回到古代已经够让我伤神了，怎么一回来就莫名其妙地成了一名待嫁少女，要不要这么悲催啊！

## 卷二　逃婚过后又遇险

趁这几天在家安心休养的空当，我从我那贴身丫鬟春燕的口中连蒙带骗地了解到，原来现在是康熙四十五年，也就是说我穿越回了清朝。

我名叫年湘儿，刚过十五岁，是属汉军镶黄旗下的湖北巡抚年遐龄之女。如果我这个古代父亲的名字让你觉得有些陌生的话，我古代哥哥的名字你准听过—鼎鼎有名的川陕总督年羹尧。

而最令我头疼挂心的那个"出嫁"之事，原来是我前不久入宫参加秀女甄选后被康熙指给了四阿哥胤禛做侧福晋。如今离大婚之日已不到十天，我的伤也恢复得差不多了，头上的纱布也解了下来。只是眼看着婚期逼近，我心中虽然焦急万分却又不敢表露出来，只得慢慢等待时机。

其实我内心知道，想要推却这场婚约根本是不可能的。暂且不要说这是场势在必得的四阿哥与年家力量联合的政治婚姻，最重要的是，这次可是皇上亲自开口指的婚，非同小可。若是有什么差池，那相关人等恐怕都要因抗旨不遵这项罪状掉脑袋。

虽然清楚地认识到了现实和形势，可是要让我说服自己嫁给那个从未谋面，传说中冷面腹黑、城府极深的四阿哥，也就是日后的雍正帝，我真的是做不到，就连想一想都觉得不寒而栗。

结不行，不结又不行，我到底该怎么办呢？

正在我暗自叫苦时，春燕端着一盘饭菜推门进来了。见到我靠在床沿边凝眉愁思的样子，她叹了口气，先把盘子放在了桌上，然后开始服侍我洗手准备用膳。

她一边忙着手头的事一边轻声对我说："小姐，你最近怎么总是这样闷闷不乐的。皇上金口指婚，恩准您回家待嫁，并命老爷从湖北赶来参加婚宴，这是多大的荣宠呀！虽然之前您不小心跌倒受了伤，但好在有惊无险。现在身子也无恙了，只要安心做出嫁的新娘就好，可为什么老是一副愁眉紧锁的样子？奴婢真不明白，四贝勒现在深受皇上重用信赖，年纪轻轻就大有作为，多少八旗家的小姐都想做他的福晋呢，您应该偷着乐才是呀……"

听着她这么啰里啰唆地说个不停我就心烦，于是厉声打断了她："你这是典型的站着说话不腰疼！要是你是我，还能这么淡定吗？别劝我了，要乐你乐去，爱嫁你嫁去！"

话一脱口我就顿住了，是呀，我之前怎么没想到呢，转眼细细打量着春燕，鹅蛋脸，柳眉杏目，如今正是豆蔻般的年纪，看着真是水灵标致。

方才听到我对她的严厉训斥，春燕已涨红了脸，局促不安地站在原地小声嗫嚅着："奴婢知错了……奴婢再也不敢乱说话了……"而此刻她看到我对她的凝视和打量，更是吓得"扑通"一声跪在了地上，嘴里不住说着："请小姐饶了奴婢这次吧……"

看着她因恐惧颤抖着的身体，我心中又觉得不忍，连忙把她扶起来，说道："好了，我最近是因为婚期临近有些紧张，所以才会如此焦躁。我知道你是为了我好，我今天说的这些重话你也别放在心上。我自个儿用膳就行，你出去吧。"

听到我这样说，春燕似乎才放了心，红着眼睛对我说了声"奴婢告退"，就转身走出了我的屋子。

春燕走后，我又独自愣了一会儿神。原来这就是封建时代啊，比自己位高权重的人的一句话，也许就能决定自己的命运，这是何其残忍，何其不公啊。春燕如此，我不亦然吗？

想到这儿，我不禁有些丧气。可转念一想，这样可悲的命运是属于这身体的主人年湘儿的，并不属于我桑小爱啊。我是受现代教育长大的，我有着捍卫自己利益的意识，所以我决不会就这样接受命运的捉弄与摆布。

就算冥冥中老天让我来到这个时代自有他的安排，那我也不会任由他摆布。我要摆脱这种辖制，我要活出我自己的人生。下了这个决定后，我终于想通了：要想逃出生天，就必须有体力，动脑筋，不能坐以待毙。我冲向饭桌坐下，大口地向嘴里送入饭菜。

日子一天天安静地过去。每天我那"额娘"都会来看看我，对我絮絮叨叨说一大堆关心的话。虽然时常感到无奈，但怎么说她也是在这个时空里真正爱护我的一个人，看到她，我就会想起我的父母，不知道我昏迷后他们怎么样，一定很担心很痛苦吧……

每每念及此，我就好想念他们，好想回到他们身边。看到我一副黯然的模样，我那不明白个中缘由的"额娘"又开始念叨："湘儿怎么不开心了？是因为你阿玛和哥哥最近没来看望你吗？他们朝廷事务太过繁忙所以才没有时间，你别怨怪他们啊，婚礼那天一定叫你阿玛和哥哥好好送送你！"

就这样，我挨到了大婚这天。

天还未亮，春燕就来叫我起床，伺候我洗漱穿衣。一切停当后，她便准备出门去叫喜娘为我更衣打扮。

我赶忙叫住了她，春燕回过头不解地看着我："不知小姐有何吩咐？"

我浅笑道："你对我一直尽心尽力地服侍，我虽嘴上未说但心里确是很感动的。如今我就要嫁为人妇，以后可能就没什么相见的机会了，所以我想敬你一杯酒，希望你以后的日子一切顺利！"

说着我便举起两只早就准备好的酒杯，并把一只递向了春燕。

春燕惊讶地听着我说完这一席话，然后回道："奴婢怎么承受得起呢？况且服侍小姐您本就是奴婢的本分啊。"

我又微微一笑，对春燕说："难道你就打算一直让我这样举着杯子吗？误了时辰可怎么办？"

春燕听罢忙接过酒杯，诚心诚意地对我说："那奴婢就恭敬不如从命了！祝小姐与四贝勒幸福美满，早生贵子！"说完她仰头喝掉了这一整杯酒。

我笑看着她喝完，只见她目光开始迷离，嘴中喃喃道："咦，怎么眼前有这么多个小姐……"还未说完就眼一闭晕了过去。

我伸手扶住了她，把她扶至床前，为她穿上了早就准备好的嫁衣，而我则换上了她的衣服。

一些准备妥当后，我坐在床沿边，对着她熟睡的脸小声说："对不起，本不该把你牵连进来的。可是我真的没有办法，希望你能谅解。历史上真实地有着一位四阿哥的侧福晋年氏，我不能做，但是这个人必须存在，那么，就请你成为这个人吧。我不知你心里愿不愿意，但至少这样你不用再为奴为婢了。希望你幸福。"

说完这些话，我从床下取出了我早就准备好的包袱，里面只装了些干净衣服和值钱的首饰。趁着喜娘和丫鬟们还没来，我悄悄地推门出去，从宅子后门离开了。

转身看着这座我住了半个月的年府，我在心里对自己说："解放了！年湘儿，再见，祝你好运！从今我便可做回桑小爱了！"

想着自己从此回归了自由身，心中不免轻快了许多。我也开始在心下考虑着我现在是应该先去好好游历一番祖国古代的大好河山呢，还是立刻寻求我回现代的法子。

无论做什么，我都需要银子。而身上没什么现钱的我，必须立刻去把包袱里所带的首饰变卖掉才行。想到这儿，我快步向不远处的一家首饰店走去。

进了铺子，我看见一个微胖的中年人正在清点着新进的一批货。此人虽相貌平平，但身上的穿着看得出都属上乘，想必这就是店主吧。他侧眼瞄着我进来，并未起身相迎，或许是看我穿着普通的缘故。

只听他头也未回慢悠悠地问道："姑娘有何需要啊？"

真是一副讨厌的市侩嘴脸！我心里虽这么想着，但面上不得不微笑着对他说："这位老板，我有些多余的首饰想要拿来变卖，不如您看看吧？"说着便取出了包袱中的钿钗镯环递与这老板，请他过目。

老板一看我这些东西，立刻来了兴致，双目放光地细细打量着。

我心下暗笑，算你识货。于是清了清喉咙，朗声问他："不知这些首饰能卖多少钱？"

老板听我这么一问，微眯着眼睛思索了片刻，然后伸出了三根手指："三百两，如何？"

我惊讶于他给的价钱，不禁脱口而出道："三百两？你不带这么坑人的吧？我看这些首饰加起来一千两银子都有了！"

老板显然是被我的话惹恼了，他挥手对我说："爱卖不卖，不卖拉倒！谁稀罕你这些破烂玩意儿似的！"

听了他这样不屑又侮辱人的话后我也来气了："你这是什么态度啊？哪有

像你这样做生意的？我看你这根本就是家黑店！"

老板气得正要反驳，却被一声厉喝止住了："是谁敢说我开的是黑店啊？"

我和老板同时转过身去看向声音的来源，只见迎面走来两位气度不凡的富家公子。两位年纪相仿，都是二十岁出头的模样。

左边的公子身着一袭红色袍子，贵气逼人，浓眉圆眼，乍看下有些凶，强烈的气势令人不敢直视。

我转眼看向右边的公子，他穿着一身藏蓝色的袍子，外配一件马褂，无论是针线还是缎料都看得出是顶尖的，绝非一般人家能有。腰间又戴着两个玉佩，想必也都是极其贵重之物。

我抬眼恰好对上他的目光，当即屏住呼吸，愣在原地！真是个美男子啊，虽然说在现代我也见到过不少帅哥，但那都是在电视和网络上，亲眼这么近距离地看到大帅哥还是第一次。

我的目光在他的脸上细细地凝望：从他的剑眉，到一双丹凤美目，高挺的鼻梁，直至紧闭的双唇。看到这儿，我不禁吞了吞口水，小声咕哝道："这也太帅了吧……"

看到了我的失态，眼前这位美男子显然顿了一下，然后一副玩味的样子也盯着我看。

其实我能想象到自己现在这副暗自流口水的样子有多蠢多没骨气，但姑娘们要理解我呀，活了二十二年从没谈过恋爱的我，好不容易见到个纯天然的无敌帅哥，能不激动吗？也不知这个大帅哥是京城哪家的公子，若是能让我和他谱一场穿越时空的浪漫恋曲，那我也没白来趟古代啊！

正在我浮想联翩时，却听到身旁的老板给眼前两位公子打了个千，并念道："奴才给九爷，十爷请安，两位爷吉祥！"

他这突然一声行礼把我从繁杂思绪中扯了回来。等等，九爷，十爷？就是面前这两个公子吗？那他们不会是……

我心里隐隐地生出些不安，但随即安慰自己道，哪能那么巧呢，这京城里的公子哥多了去了，名号恰巧一样罢了。这样一想面上倒也冷静下来，恢复如常了。我重新看向面前两个人，不知他们谁是这老板口中的九爷，谁又是十爷。

右边那位公子吩咐老板起身后又再次看向我，他漂亮狭长的丹凤眼中闪出了一道犀利的光，让我差点打个哆嗦。只听他问道："方才就是这位姑娘说我这家店是黑店是吗？"

我回视他的眼睛，然后坚定地答了声"是"。他的目光锐利如刀，令我很害怕，可是我知道我不能显露出自己的恐惧，只有大方坦然地面对他、回答他的问题，才不会露出破绽。

果然他看到我平静的反应后露出一丝讶异，但很快被他唇角的讽笑遮盖了："哦？那敢问姑娘何出此言呢？"

我手心已出了汗，但还是维持着镇定的模样，心中不断提醒自己，虽然不知这二人的身份，但必定是我惹不起的人物。若想平安离开京城，想法子回现代，就应该走为上策，不可过多纠缠。

许是看我半天不答话，左边那位公子明显不耐烦了："喂，我九哥问你话呢，你怎么还不快答！"

我被他这大声一喝唬了一跳，但随即就恢复了波澜不惊的神色，缓缓道："没什么，只是刚才对于变卖首饰的价钱和老板有了些争执，现在想想也许是我不懂得行情，胡搅蛮缠罢了。既然如此，我便也不耽误贵店做生意了，小女子告退，还望二位公子见谅。"

右边的公子没说话，只是看着我开始若有所思，倒是左边的公子立刻挥手对我道："走吧走吧，麻烦死了！"

我一听顿时如释重负，立刻抬脚向门外走去，心中默念"阿弥陀佛"，幸好没被发现。

就在我暗自庆幸，离门槛只距一步之遥时，忽听到后面一声"姑娘请留步"！与此同时，我的心再次提到了嗓子眼，回过身望去，似乎刚才那声是美男子说的，因为他此刻正直直地看着我，脸上浮现出似有若无的笑容。

我心中的不安感加深了许多，但还是努力地维持着声音的平稳反问道："不知公子还有何贵干？"

那美男子答道："姑娘刚才不是要变卖首饰吗？我这位不识货的掌柜乱给了价格，惹得姑娘不高兴了。不如这样吧，我们进里屋好好谈谈，毕竟我是商人，也不想失去这到手的一桩买卖啊。"

听到他的话，不安蔓延了我的全身，袖中的手早已紧紧握成了拳头。我假装在思考，然后对对方说："还是不了。公子的好意小女子心领，这首饰我又不想卖了，以后有机会还是会来光顾贵店的！"

见我拒绝，那帅气公子倒也不惊讶，只是微笑着走到我的身边，俯下身来在我耳边轻声说道："既然姑娘不愿到里屋来和我谈谈，那不如我们一起去四哥府上坐坐吧？"

他话音刚落，我就知道自己玩完了。

## 卷三　居于褙苑失自由

此时房间内的空气紧张得快令我窒息了。我看着九阿哥胤禟一副一切尽在他掌握中的得意神情，不禁恨得牙痒痒。

是的，如果说刚才在掌柜的称呼他们"九爷十爷"时，我还能催眠自己说这称呼只是巧合，那么他刚才含有深意的一声"四哥"便当即斩断了我的一切侥幸心理。

我不得不承认自己的倒霉：穿越到这举目无亲的大清朝，一醒来就被告知自己要嫁给当今四皇子胤禛；好不容易逃婚出来以为开始走运时，却无意中闯进了九阿哥所经营的首饰铺，更不巧的是又在这里撞见了九阿哥胤禟和十阿哥胤䄉；而且最可悲的是，很明显九阿哥现在已经识破我的身份了。

九阿哥似乎也看出了我的踌躇，这更增加了他得意和嚣张的气焰。他一扬手，向着里屋对我做出了个"请"的姿势。我低头略一沉吟，心想现如今还会有更糟的情形吗？一咬牙便随他进了里屋。

刚进了屋内，还没坐下，十阿哥就开始沉不住气了。他对九阿哥大声说："九哥，你和这名女子纠缠做甚呢，以你的家产，难道还缺这一笔生意吗？况且你现在来店里不是说要为四哥婚礼挑个体面的礼物吗，这婚宴不久就要开始了，你怎么还在这儿耽搁呢？"

听到四阿哥的婚礼，我心中还是有些慌乱，但好在九阿哥只顾低头品茶，并没有看到我的异样。

他不慌不忙地对十阿哥说："我这不是已经找到最好的礼品了吗？"

十阿哥困惑地反问："在哪儿？我怎么没有瞧见？"

九阿哥笑了笑，放下了唇边的茶杯，抬头盯着不远处还站着的我："就是她！"

显然是没想到九阿哥会这样说，十阿哥瞪大双眼看着我："她？她算什么贺礼？难不成九哥你想在四哥大婚这天再送他个小妾？这怎么行！"

听到十阿哥这样说，九阿哥哈哈笑了两声，然后含沙射影地说："老十啊老十，你怎么这么糊涂，你面前站着的不就是你的新四嫂吗？"

这下十阿哥更不明白了："怎么可能？若是她，为何现在不在房中老实待嫁，跑到大街上做什么？她又为什么要变卖首饰？"

九阿哥抿了抿嘴，然后向我射来两道如 X 射线般的目光。他盯着我一字一句地说："这就要好好请教一下我们这位新四嫂了。"

我被他们俩同时盯着，又这样被九阿哥挑明了问话，内心的紧张已经难以掩饰，只能说："小女子不知两位公子在说什么，更不知道什么四哥四嫂，还请二位不要拿我寻开心了。"

听到我还这样试图遮掩，九阿哥已经开始有些不悦了。他好看的双眼微微眯起来看着我，里面蕴含着令人心寒的荫翳。

缓缓他才张口说："直到现在四嫂还要和我们躲闪吗？也许旁人不认得，可是我却清楚得很，刚才你那些首饰里的翡翠玉镯，不正是前些日子德妃娘娘赏给年府众多首饰中的一件吗？"

听完他的话，我心中暗呼不妙：怎么当初没想到让春燕好好给我交代清楚这些首饰的来历呢，看来还是我太粗心大意了。正懊悔得不行，我又突然想到，谁知道九阿哥这么问是不是故意诈我呢，不能轻易中招。

于是我还是继续和他打着太极："公子说笑了，这世上相同的首饰多了去了，您怎么能肯定这个镯子就是您口中那一件呢？"

九阿哥嘴角扯出了一丝嘲笑，他慢慢向我走来："因为，这镯子是德妃娘娘派人从我这间铺子买去的。并且，这世上，仅此一只！"

随着他的话音落地，我整个人也瘫坐在了身旁的木椅上。真是天意弄人，难道我果真逃不出命运的掌控吗？不，我不甘心！

我抬眼哑声对眼前之人冷冷地问道："既然九阿哥已明了我的身份，那么敢问您打算怎样处置湘儿？"

九阿哥并未直接回答我的问题，而是自顾自地说："湘儿？年湘儿……多好听的名字，多俊俏的人啊。不知你这一走，你阿玛额娘该有多着急，我那四哥又该有多难过。不过四嫂你怎么能这么狠心，只顾自己一走了之，却不顾他人的死活了呢？"

还未等我开口，旁边一直没出声的十阿哥这才听出了个所以然来，于是他立即上前对九阿哥说道："九哥，既然现在已经确定了这位姑娘便是我们的新四嫂，那咱们还不赶快把她送回府上？不然误了良辰怎么办？"

九阿哥抬手打断了十阿哥的话："老十，你怎么还是如此冲动？年府发现新娘子年湘儿不见了，为什么不惊慌失措地大肆寻人？因为他们怕这婚礼结不成就要担上抗旨的罪名，要知道这可是皇阿玛亲口指的婚，谁敢出半点纰漏？只怕现在早已李代桃僵啦，我们这会儿把人带去，不是反而添乱，让别人以为我们故意去搅局吗？"

在九阿哥这一席话后，不仅十阿哥点头称是，就连我也在内心暗暗赞叹九阿哥的智商，果然是人中龙凤啊。不过这旁边的十阿哥，呃，就差上那么一些了。咳咳，我现在居然还有闲心管别人，先操心自己才是正经吧，已经泥菩萨过江自身难保了！

果然十阿哥话锋一转："九哥，那我们现在该怎么办，还有这真四嫂，又该怎么安置？"

我的手死死攥着自己的衣角，上齿紧咬着下唇，惴惴不安地向九阿哥看去。

他却好像已经盘算好了似的，走到我跟前，一面伸手扶起了跌坐在一旁的我，一面说道："事已至此，那么不妨就照常参加四哥的婚礼便是，看他们能一齐演出一场什么好戏来！十弟你要记住，没有什么真四嫂假四嫂，今天要嫁给四哥的那位就是我们的新四嫂，是真正的年湘儿！至于眼前这位姑娘……她是我府上的客人，暂且把她留在我京城的别苑里吧，想来以后必定能帮上我们大忙！"

于是九阿哥和十阿哥继续去赴四贝勒和新福晋的婚礼，而我则被安排住入九阿哥在这京城里的一处别苑。这个别苑不算很大，服侍的婢女家丁也不多，但处处透露着一股奢华气，可见九阿哥财产之丰厚。

我突然想到，如果能把这苑内的任何一件宝贝带回现代去，我不是发了吗？

唉，还是别想这些不靠谱的事了。我究竟怎样才能离开这里呢，难道要被他这样软禁一辈子吗？我好不容易才从一个小笼子里逃出来，难道这么快就进入另一个小笼子里了吗？我怎么那么苦命啊！

时下已经在这苑中住了三日，这三日中九阿哥和十阿哥并未来过。

我心想着，莫非他们已经把我这茬事忘了？这样最好，因为我可不想和他们这些阿哥扯上任何关系。我本就不是这个时代的人，稀里糊涂地来到这里也非我所愿，我现在一心只想回到现代，回到我所生活的地方，回到我的家人朋友身边。

况且这些阿哥个个都是善于算计的脑力精英，我哪里是他们的对手。只怕还未过招就已被三振出局了，并且，还很可能以失去性命为代价。

这样想着，更增强了我速速离开这里的决心。我屏着气，将头悄悄探出门外，很好，没有人守在门口。估计是那些丫鬟看我这几日都很老实地待在自己房中，便放松了警惕吧。

我暗自庆幸地关上了门，又折身走回屋中，迅速收拾好了简单的行李，拿好我那仅有的一点值钱的首饰，唯独留下了那只翡翠玉镯——就算它再值钱，我也不敢随身带着了。

上次它已害了我一次，令我被九阿哥识破。它的存在，时刻提醒我正背负着年湘儿的身份。轻轻叹了口气，背上了收拾好的包袱，我把这玉镯放回到梳妆桌上。

走出房门，我又环顾了四周一圈，确定无人监视后，这才向大门慢慢走去。可是前后门各有两名侍卫守候，因此想要从这里出去可以说是不可能的事情。这可怎么办呢……我暗自苦恼着，慢慢踱回后院，走进凉亭内在石凳上坐下。

难道我真的要这样被终身幽禁了吗？想到这里，不禁出声唱道：

> 我是被你囚禁的鸟
>
> 已经忘了天有多高
>
> 如果离开你给我的小小城堡
>
> 不知还有谁能依靠
>
> 我是被你囚禁的鸟

得到的爱越来越少

……

唱罢，我顿时一愣。现代的我可是个跑调大王，被我那帮损友戏称为"原创歌手"。因为所有的歌经我一唱便全不在调上，首首都会成为原创歌曲。可就是这个对唱歌完全没天分的我，刚才怎么会这么轻易地唱出一曲婉转悠扬的《囚鸟》？可这声音分明是从我喉中发出的呀，看来我现在这具身体原来的主人年湘儿还有副金嗓子呢！

我正啧啧称奇时，门口却传来一阵鼓掌声和笑声。抬眼看去，来人不是九阿哥胤禟是谁？他穿着一身朝服，头戴花翎官帽，想是刚下朝便直奔这里而来了吧。

只见他一脸的春风得意，老远处看到我时微一顿，然后仍旧带着他那招牌的笑容款款向我走来，口中还朗声道："真没想到姑娘还有这一副好歌喉！"

我忙把手中的包袱藏于身后，并悄悄扔到了石桌下藏了起来。

九阿哥走到我面前停下，我即刻福下身去："湘儿给九爷请安，九爷吉祥！"

或许是没想到我突然如此客气，他明显一怔，然后很快扶我起来，同时说："姑娘不必拘礼，这又不是在宫中。况且，你如今已不是年家小姐了，又怎么能自称她的闺名呢？"他说完便低头不怀好意地笑着看我。好你个胤禟啊，我给你请安讨好你，你不领情就算了，反而一心只想看我笑话！心中这么恨恨地想着，但无奈我现在是人在屋檐下，不得不低头，于是只好赔笑着问他："那我就要请教九爷了，我到底是谁呢？"

他走入亭中坐下，眼皮也没抬地答道："你是奴婢。"

我惊呼："什么？"

似乎是料到我的反应会是如此，九阿哥阴阴地笑着，然后看向我："是你自己放弃了年家小姐的显赫身份，放弃了四贝勒侧福晋的尊贵地位，你如今问我你是谁，你不是奴婢还能是谁？"

他的话让我有些慌神，我不自觉地向后退了一步，靠在了冰凉的亭柱上，身体微微颤抖着。

看到了我的恍惚，九阿哥露出了胜利者的笑容："怎么，我说得不对吗？以后不管你是见了我或者十弟，还是这京城里的任何一位王公贵族，都要自称奴婢并行礼，记住了吗？"

我终于无法忍受他的步步进逼，对他怒吼道："没有人天生是奴才奴婢！九阿哥您是比我们命好，才能一出生便贵为皇子，享受无尽的荣华富贵。没错，如今我的下场全是咎由自取，我不后悔也不会埋怨，九阿哥无须再做出诸般刁难之举来试探我了！"

虽然知道这是个毫无平等与法制可言的时代，可真的让我身处这样被人居高临下侮辱的场景时，内心的苦楚还是那么强烈。

我知道得罪眼前这位当今九皇子对我是一点好处都没有的，可是能怎么办呢，我可以被他剥夺自由，但是不能被他践踏尊严。死就死吧，说不定死了后就能回现代和我亲爱的父母朋友团聚了。

这样想着，我倒一点也不害怕了。我仰起头，直视着九阿哥的眼睛，等待他的宣判。

## 卷四　被挟无奈入宫去

　　九阿哥的脸色果然沉了下来，听完我的这番叫嚣，他的目光里流露出惊讶、疑惑，似乎还有一丝的赞叹，但最终都只化为两道冰冷锐利的目光射向我，几乎能将我射穿。

　　他站起身，向我走来，嘴角带着一抹令人心寒不安的冷笑："哟，挺有个性的。你不想当奴婢也行啊，不如我纳你当我的侍妾吧，这样的话吃穿用度都不会比你原来的生活差了，如何啊？"说着便伸出手试图抚上我的脸。

　　我连忙挡开他的魔爪，并露出一副厌恶的神情说道："还请九阿哥自重些，如今我虽已不是什么千金小姐，但还不是您那些青楼里的红颜知己！"

　　没想到九阿哥听完我的话不怒反笑："姑娘就不要欲擒故纵了。如果你未对我动心，又为何第一次相遇时那般娇羞失神呢？"

　　想到自己那次失态的样子，我立刻羞红了脸："那是因为……是因为……"

　　九阿哥继续走近，双手撑在柱子上，把我环在了他的臂弯中，坏坏地笑着："因为什么呀，因为你早已芳心暗许了吗？"

　　看着他自恋嘚瑟的样子，我有些恼羞成怒，使劲一把推开了他："我承认你长得很英俊，第一次见你时也讶异于你的俊美，可是这并不代表我喜欢你，你别想太多！况且若我真是攀龙附凤之人，又为何会逃了与四贝勒的婚事，放着好好的侧福晋不做，反而去做你的侍妾……"

　　我没有说完，因为我看到九阿哥的眼中已有团团怒火在燃烧，马上就要蔓延到我这里，将我吞噬至尸骨无存了。我真的没想故意激怒他，但是又忍不住对他的调戏侮辱做出反击。我恐惧地闭上了双眼，慢慢等待着死神的降临。

四周静得落针可闻。像是过了一个世纪那般，我仍旧没感到任何事情发生，便缓缓地睁开了眼。一睁眼却看到一张放大的九阿哥的脸，连他的睫毛和毛孔都清晰可见，吓得我赶忙把头转开。

此时，就听到九阿哥阴沉的声音："你胆子很大，大到敢逃婚，大到敢对皇子无礼。我还从未见过你这般叛逆的大家闺秀。"

听他这么说，我心里紧了紧，不知他言下之意是什么。

就在僵持中，突然听到一声大嗓门："九哥，你果然在这儿！下朝后我去你府上找你，见你不在，就猜你是来这别苑了！"

不用看就知道此人定是十阿哥胤䄉。只见他穿着淡灰色长袍，腰戴佩玉，脚蹬乌色长靴，正往这边大步流星走来。

见他走近，我福下身："奴婢给十爷请安，十爷吉祥！"听到"奴婢"从自己口中说出，我身形一僵——果然还是不得不屈服于现实了，既然这是这个时代的秩序规则，我又凭什么能例外呢？

九阿哥听到我口中的转变倒是很满意地看了我一眼。

十阿哥随手挥了挥示意我起来。经过我身边时又突然想起什么了似的，停下步伐来盯着我，上下打量一番后他一拍脑门，对九阿哥嚷道："九哥，这不是四……呃，这不是那日在你店中遇到的姑娘吗？你怎么还把她留在苑中呢？"

我心中暗笑，还真是个草包老十，想到什么说什么，一点心计智谋都没有。

九阿哥扫了我一眼，然后对十阿哥说："如今老四拉拢隆科多、年羹尧等大臣，党羽益丰。而他与年湘儿这桩婚事，无疑更加绑紧了他与年家的联合。虽说如今他们已找人替代这出逃了的年湘儿，但想必不管是老四还是年家，一定还深深为此不安担心。若是假年福晋被戳破，那可是欺君的大罪，老四他们能承受得起吗？而我们现在手里这真正的年湘儿，不就是老四的软肋吗，不就是有朝一日打击他的绝佳理由吗？"

九阿哥说完目光阴冷地望向了我。我一凛，不禁向前趔趄了一步。

十阿哥想了下，拊掌对九阿哥道："九哥说得有道理，还是九哥你深谋远虑啊！"

我的背上已渗出了层层冷汗。早就听说这"毒蛇老九"的称号，看来真是名不虚传。我知道他监禁我一定是出于什么不可告人的目的，但没想到他心计竟如此深。是啊，我不正好是助他打击四阿哥的一枚棋子吗？

就在我还思绪乱飞时，九阿哥再次开口："十弟，而且我发现这姑娘的用处多着呢，不只可以帮我们打击老四而已。"

十阿哥来了兴致："哦？不知九哥还有什么打算？"

九阿哥再次用他那双透视眼盯着我瞧了个遍后，说："还有两个多月就到皇阿玛的生辰了，我要让她进宫献曲表演，当作皇阿玛的寿礼。相信不久后这姑娘就会成为皇阿玛的亲信，为我们所用！"

话一出口我和十阿哥同时惊呼："什么？"

还未及我反对，十阿哥那急性子就连忙摆手："不行不行，你疯了吗九哥！当初可是皇阿玛亲自为四哥和年氏指的婚，若是被他认出来怎么办？他又会怎么定夺我们的居心！况且，四哥和年家一干人等也都是认识她的呀！"

九阿哥听到十阿哥的反驳，倒也不着急，以一副胸有成竹老谋深算的口吻回道："一年间的秀女那么多，皇阿玛只是有过一眼之缘罢了，哪能都认出来呢？况且你看今日老四和新福晋进宫向皇阿玛谢恩，他也未看出什么异样啊。至于四哥和年家人，这本是他们的过失，又岂会主动拆穿，搬起石头砸自己的脚？其实我就是故意要让老四看到，他真正的年福晋在我的手里，从此他也不得不对我们多几分顾忌才行！"

听他说得这样头头是道，十阿哥便也不反对了。

这下我更着急了，想到自己即将被送入紫禁城那个巨大的牢笼，便顾不得许多，上前对九阿哥说："绝对不行！你不能这样强迫我！我就算是死，也不会同意入宫的！"

见我如此决绝，九阿哥未显示出丝毫慌乱，他走近了直视着我问道："是吗？你可以将自己的生死置之度外，那么你阿玛额娘怎么办？年家其他人怎么办？你忍心因为自己的固执而使年家上下被株连九族吗？"

他这一字一句都像是一把锤子重重地锤在了我的胸口。是啊，我怎么能因为自己的自私让那么多人因我而无辜枉死呢。还有我那真心关心我爱我的"额娘"，我已经占去了她女儿年湘儿的身体，不能代为尽孝就算了，难道还要连累她吗？不行，我真的不忍心……

下定了决心，我抬起头，果断地对九阿哥说："好，我答应你我会入宫。

不过你也要答应我不要伤害年家的人。"

　　看我同意了，他走过来满意地在我肩上拍了两下，并俯下身来在我耳边说："很好。只要你乖乖地待在宫中按我的吩咐做事，我保证不会无故伤害你的家人。还有，你最好少动逃跑这样的脑筋，你以为你今天把包袱藏在石桌下那点小花招我看不出来吗？若是下次再犯，我就不知道自己会做出什么事情来了！"

　　就这样，我继续住在九阿哥的这座别苑里。他不知从哪儿找来了一些琴师和伶人，天天教我弹琴唱歌，日日均要练习四个时辰以上。我想起了小时候爸妈催促我弹钢琴的日子，那时候总偷懒，找各种理由不好好练习。但今时不同往日，我不能任由自己性子来决定什么事情要不要做了，因为我知道我的一举一动都牵连着许多人的性命。

　　我一直想远离京城，远离这些王公贵族，因为他们让我觉得危险，让我觉得如果和他们纠缠在一起就更是回家无望了。可无奈总是事与愿违，我似乎在被命运的绳索紧牵着与他们越来越近。

　　我不愿，却没有办法。就像我不愿来到清朝，但还是穿越而来一样。

　　我很想回到我原本普通平静的生活中去，但遗憾的是，我没有了退路。世事本就如此，一旦推向前去，就再也后退不得，任凭你再怎么努力都无济于事。假如当时出了差错——哪怕一点点，那么也只能将错就错。

　　这段时间，我每天都在琴声与吟唱中度过。这个身体原本的主人似乎真的很有音乐天赋，短短两个月的时间，不论是琴技还是唱功都已相当了得。

　　九阿哥抽空来看过我几次排练，对我的表现与进步也比较满意。

　　我常常好笑地想，若是在现代能有这样得天独厚的才能，还能受到这样专业的培训，估计我连北影中戏都能考上了。说不定还能出唱片当歌手呢，完全不愁找不到工作了。

　　反过来想想，我现在不愁吃穿，也找到了这份相当于卧底的工作，虽然危险系数高了点，但也不算是很悲惨，至少生活稳定，不用担心生计。那么我是不是该知足了呢？既来之则安之，事已至此，不如珍惜每一天，不要再杞人忧天了。

　　其实我已盘算好了：我这老板九阿哥是八爷党的重要成员，虽然我的历史知识极其有限，但还是知道最后夺嫡成功当了皇上的是四阿哥。并且雍正登基后对八爷党的成员都进行了严酷的打压，尤其是九阿哥，好像是四十多岁就死了吧。

那么这样说我也不会被他控制很久，只要熬到雍正登基，就可以解脱，去当我的自由闲人喽！这样想着，多日来的忧虑倒像是减少了很多。

这一日我正在练习，九阿哥又来巡查监督我的工作了。他听我弹唱完一曲后，双目炯炯地盯着我道："精彩！可以说是一场精彩绝伦的表演！"

我福身谢道："多谢九爷夸奖，奴婢自当全力以赴不让九爷失望！"

九阿哥对我近来180度大转弯的优良表现和温顺态度似乎已经见怪不怪了，因此他也只是扬着嘴角微微笑了一下。

我偷偷撇了下嘴，心想：这家伙一定又在自恋地以为我这么快就被他驯服了。想得美！我才没那么傻呢，忠心耿耿地做你的卧底间谍内奸，对我究竟有什么好处呀？万一得罪了康熙和日后的雍正大老板，我还能活吗？现在之所以对你千依百顺只是权宜之计罢了，我还没蠢到直接和你硬碰硬。一切等到入了宫再随机应变吧。

正当我暗自盘算时，九阿哥再次出声将我的思绪带了回来："你叫夜莺，是我舅舅早年收的养女，一直留在他身边抚养长大。从此，你名为郭络罗夜莺，是我额娘宜妃娘娘的干侄女，也是我的干表妹。你记住自己的新身份了吗？"

我呆呆地听他说完了最后一个字，大脑开始飞速地运转起来。郭络罗夜莺……这就是九阿哥为我捏造的新身份吗？我千辛万苦地摆脱了年湘儿带给我的负担和枷锁，为什么这么快又要给我套上一个新的头衔，再次把我推向那湍急的旋涡中。

我发出了一声艰涩的"是"，算是对我这新身份的认可。

看出了我的惶惑，九阿哥双手扶住了我的肩头，看着我的眼睛对我说："别担心，我会安排一些人暗中照应你。进了宫你只需谨言慎行就好，其他的自有我打点！"

他的话多少让我有了几分释然。该来的总会到来，眼下我也只能坦然面对了。

## 卷五　初入宫廷心暗动

在紧张与不安中，我还是迎来了康熙四十五年农历三月十八的生辰。

这日，天还未亮就有丫鬟来叫我起床。待伺候我梳洗穿衣用过早餐后，她便引着我来到前厅里候着。

不一会儿，就听说马车已在门外准备妥当了，于是我立刻抬步向外走去。

走出门口时，我不禁心中想道：转眼已在这别苑中待了两个多月了，这期间从未踏出过半步。如今终于离开了这个牢笼，那么即将迎接我的又是什么呢？微微叹了口气，我扶着马夫的手踏上了马车，撩开帘子准备坐入。

没想到一进马车却看到九阿哥正坐在车内闭目养神。听到我进来，他迅速睁开眼看向这边。我一愣，然后马上半蹲下身准备向他行礼。

见状他摆了摆手："算了，在外面就不必拘于这些虚礼了。"说完就吩咐马夫动身。

车厢内很安静，九阿哥又闭上了眼，似乎在休息，也好像在沉思着什么。我不断绞着手中的帕子，内心的紧张开始不断地扩大。

估计我的局促全落在了他的眼底，九阿哥开口说道："不用紧张。你的歌技我相信没有问题，况且已经练习了这么久，今天的表演一定会大获成功！"

听到他的鼓励，我又忍不住问："我们现在这是要进宫了吗？一去就要表演了是吗？"

九阿哥目光柔和地望着我说："是要进宫。但是要先带你去延禧宫拜会我额娘。"

突然听到他这么温和地对我说话还真是不习惯，我耸了耸肩，接着好奇地问："为什么要先去拜见宜妃娘娘呢？"

"因为你的表演是以我额娘的名义送的贺礼。我不想被人识破我和你之间的关系，因此我还是不亲自出面稳妥些。现在带你去见额娘，也是想让她事先熟悉熟悉你这凭空而降的干侄女。"听他这么说，我心中厘清了大概，便也住了声，随他一同沉默起来。

大约过了半个时辰，马车在一处停下，马车夫对车内轻声说："主子，到了！"

九阿哥率先下了车，见我也挑帘出来，伸出手示意我扶着他下车。我迟疑了下，不知该不该接。

九阿哥见我这样倒笑了："表妹，愣什么呢？还不快随我进去拜见你姑姑！"

他的话让我一下回过神来：是啊，现在我和他表面上是表哥表妹的关系，扶一下也没什么吧。而且，从今对他的称谓，也要改口了。

忙扶着他下了车。我环顾了下四周：原来这就是紫禁城了啊。初中时曾和爸爸来北京参观过故宫，虽然那时已见识到了这里的宏伟庄严，但当我真切地来到三百年前清朝的紫禁城时，还是不免有些恍惚。

看着面前宫殿的匾额"延禧宫"，我知道我们到了宜妃的居所。

随着九阿哥进去后，我一直在偷偷打量着房屋内的一切：朱红漆柱子，琉璃瓦房顶，房中各处装饰和摆设无不显示出一股奢华显贵之气。

就在我暗自赞叹时，身前的九阿哥已停了下来，向对面软榻上倚坐着的一名妇人打了个千，并微笑朗声道："儿子给额娘请安了！"

我这才意识到面前的这位就是宜妃了。只见她柳叶弯眉，和九阿哥一样的丹凤眼，配着张樱桃小口，皮肤和身材保养得都极好。这样一个万里挑一的美人儿，难怪那么受康熙的宠爱呢。

不觉间我看得竟有些痴了，忘记了给宜妃请安。直到九阿哥干咳了两声，我才反应过来，忙福下身："奴婢给宜妃娘娘请安，娘娘吉祥！"

宜妃立即坐起了身，对我说了声："快起来走近点，让我好好瞧瞧！"

于是我向她又走近了几步，低下头面向她而立。

宜妃吩咐周围的下人全部下去后，她的目光在我身上转了一圈，然后发出了清脆如银铃般的笑声："还真是个水灵清秀的姑娘，我这个干侄女没白认哪！看一看，发现这丫头和我确有几分相似呢。"

九阿哥听罢往宜妃身边一坐，讨好地说："在儿子心里，还是额娘最为美丽动人，别人都及不上！"

明显九阿哥的话让宜妃很受用，她拍了拍九阿哥的脸掩嘴说："就你嘴甜会哄额娘开心！话说回来，你这次的安排严密吗，不会出什么差池吧？"

九阿哥正色道："不会有事的。额娘只需按儿子之前说的那样按计划进行，准保会万无一失的！"

就这样，九阿哥和宜妃又聊了些母子间的贴心话后，他看时间也不早了，就打算起身告辞准备赶往宴会候着了。走前他又对我说了些嘱咐的话，我全都俯首称是。

然后他一拍手，厅外进来个和我年龄相仿的女孩，她对宜妃和九阿哥行过礼后也对着我微一额首。

九阿哥回头对我说："这是我安排在你身边的贴身婢女蕊儿，她在宫中已待了多年，有什么不懂的问她就行。"

九阿哥走后不久我也随着宜妃乘轿，向今天康熙的生辰宴举办地畅音阁赶去。

在轿中我细细打量着蕊儿：相貌不是很出众，但是一双眼睛很大很有神，看起来像是个聪明人。哼，九阿哥说得好听是派个丫头来帮我适应宫中生活，其实主要目的是监视我的一举一动吧。

待我们到达时，各宫妃嫔、阿哥王爷和大臣们也到得差不多了。宜妃坐在了康熙龙椅的右侧旁，距离非常近。我看到宜妃那得意的神情不禁暗叹这宜妃娘娘的地位在后宫真是非比寻常啊。

周围还坐着许多其他的妃子，在蕊儿的小声提示下，我知道了坐在龙椅左边的是德妃娘娘—四阿哥和十四阿哥的亲娘，只见她面容素净，五官秀丽，浑身透出一股雍容大气。想想古人都以左为尊，她能坐在康熙左边，想必也是圣眷正隆吧。

随着我目光的游移，蕊儿也继续介绍着，德妃旁边坐着惠妃、定妃，而宜妃旁边坐着荣妃和宣妃。我默默把这些娘娘的容貌和名号都一一记下，以防之后见了面却认不出的尴尬。

就在寿宴上娘娘们、王公大臣们闲聊之际，只听得一声尖细的声音通报道：

"皇上驾到！"

话音刚落，就见一位身着龙袍的中年男子阔步向这边走来。宴上的所有人忙跪下身，我也混在人群中间，跟着念道："皇上万岁万岁万万岁！"

一声浑厚富有磁性的声音传来："都起来吧，今天是寿筵，大家随意些。"

我随众人一同站起身，看着康熙走到龙椅前坐下，并不时地偷瞄着他。康熙的长相和历史书上描绘的差不多：瘦长脸，小眼睛，脸上的确有一些麻子，但是这也并不影响这位千古一帝身上所具有的威严和强大气场。

康熙坐下后，阿哥和大臣们就开始相继向他敬酒道贺了。

先是太子和太子妃，两人都身穿暗黄色袍子配马褂，举手投足间带着些傲气。

接下来是大阿哥，依次是三阿哥，四阿哥……

到四阿哥时我有些心虚，也不知他之前有没有见过我这真正的年湘儿。这还是我第一次见到我那被逃了新娘的"未婚夫"。我发现所有阿哥里就他长得和康熙最像：一样的长脸小眼，一样的严肃无亲切感。我撇了撇嘴，根本没有电视上的四阿哥看着帅嘛，小说里关于他天花乱坠的描述也不可尽信啊。

四阿哥敬完酒后，我总算松了口气。继续冷眼旁观着一位位阿哥上来：五阿哥六阿哥很儒雅，看起来的确是那种没什么野心的人；七阿哥的腿脚不太便利，听蕊儿说是前些年随万岁爷征战时受伤留下的旧疾，我不仅为他惋叹，这样一个气度不凡的男子，真是可惜了。

就在我独自看得起劲时，一个身穿银白袍，腰间配着美玉的翩翩公子走上前来，微笑着对康熙说："儿臣祝皇阿玛千秋万岁！"说完他遣人呈上了一尊栩栩如生的玉观音递与康熙面前。

康熙高兴地饮了口酒，然后笑着说："好，好！难得老八的巧心思了，哈哈！"

原来这就是历史上赫赫有名的八阿哥啊！果真是一副温润如玉的模样，笑起来彬彬有礼，不卑不亢。虽然不能算是很出挑的帅哥，但是那种谦谦君子的姿态让人忍不住想要多看他几眼。

我在暗想间，没注意八阿哥已经退了下去，待抬头再看时，却发现此时上前贺寿的是九阿哥。看着他一脸的喜气神色对着康熙祝寿，我要是不知道他平时真正的凶恶模样，估计也要被他这一副恭敬孝顺的模样骗了。

九阿哥退下之际突然看向我这边，发现我也在看他，他狠狠地瞪了我一眼。被他这么一瞪，我不禁浑身哆嗦了一下：这人犯什么病啊，我又没得罪他，干吗对我摆出一副苦大仇深的样子。刚还对他老爹满脸堆笑，现在就对我这么凶神恶煞，这人不到四川去学变脸真是太可惜了。

就在我这么神游太虚时，身旁的蕊儿轻轻推了我一下。见我不解地望向她，她凑到我耳边低声说："夜莺姑娘，节目马上开始了，您赶紧下去准备着吧！"

听她这么一提醒，我才想起我今天来的任务，忙随着她下去走到舞台后准备着了。

## 卷六　佳音博得圣颜笑

果然在我到达后台不久，就听到宜妃在前面说："皇上，今天喜逢您的寿辰，臣妾也准备了一个节目想为寿宴助助兴，不知您意下如何？"

康熙饶有趣味地回道："哦，是吗？既然准备了，不妨就表演一下吧，也不枉你的一番苦心。"

得到康熙的首肯后，有人就来示意我可以上台了。我在心中暗自为自己喊了声"加油"，然后稳了稳气息，抬脚向台前走去。

走到台中，我坐到事先准备好的古筝前，一扬手，优美的音符便随着手指的拂动倾泻而出。伴着旋律，我放声唱道：

> 沿着江山起起伏伏温柔的曲线
>
> 放马爱的中原爱的北国和江南
>
> 面对冰刀雪剑风雨多情的陪伴
>
> 珍惜苍天赐给您的金色的华年
>
> 做人一地肝胆做人何惧艰险
>
> 豪情不变年复一年
>
> 做人有苦有甜善恶分开两边
>
> 都为梦中的明天

我唱完这一段后，在我的琴声伴奏下一群扛着旗的青年奔上舞台。他们魁梧健壮，都是九阿哥从八旗子弟中选拔出的优良士兵。只见他们一身壮志豪气，一边挥舞着手中的旗帜，一边和我一同继续唱道：

> 看铁蹄铮铮踏遍万里河山

　　您站在风口浪尖紧握住日月旋转

　　愿烟火人间安得太平美满

　　祝愿陛下您能再活五百年

　　一曲唱罢，我起身走向前，和一众将士一同跪下，大声道："奴才／奴婢恭祝皇上寿诞。祝万岁福如东海，寿比南山！"

　　在众人短暂的沉默和屏息后，忽听到康熙一阵爽朗大笑："好，好！实在是太精彩了。你们都平身吧。"

　　我们随即起身道："谢皇上。"

　　听到康熙的赞许后，那些皇亲国戚也忙不迭地随声附和说这节目真是精彩绝伦，豪情万丈。

　　康熙转过身对旁边的宜妃说："真是个激动人心的好节目啊。爱妃，你一定为此费了不少心吧？"

　　宜妃赶忙答道："臣妾这阵子是忙于张罗来着，但也绝不敢居功，这节目的编排和演出全靠了夜莺的努力与心血才得以完成。"

　　康熙听闻后反问："夜莺？夜莺是谁？"

　　见宜妃和九阿哥一同向我使个眼色，我上前再次向康熙跪下："奴婢夜莺向皇上请安，皇上吉祥！"

　　康熙接着问道："你是谁家的丫头啊？"

　　这一次宜妃抢着帮我回答了："回皇上的话，夜莺是我大哥收的养女，因为天资聪颖惹人怜爱，所以一直放在他身边亲自养育着。前不久她来宫中向我请安，我发现她擅音律、能歌舞，便把她留在了宫中，打算在万岁爷您的寿辰上让她为大家表演助兴。"

　　"夜莺……"康熙反复读着我的名字，沉吟了一会儿然后拍手说道，"好名字！人如其名，果然有个如夜莺般动听的好歌喉。朕现封你为夜莺格格，从此你便留在宫中吧，与你姑姑一同住在延禧宫，这样朕就能时常听到这样的良曲了！来人啊，重赏宜妃与夜莺格格！"

　　我和宜妃一同行礼："谢主隆恩！"

　　站起身后，我一眼就看到了扬扬得意的九阿哥用一副奸计得逞的样子正对我笑着，忍不住白了他一眼。

转眼间我看到了坐在他身旁的八阿哥，他微微笑着对我点了下头，目光里充满了肯定和嘉许。迎着他真挚的目光我不禁有些紧张，一下子心跳加快，脸上也感觉烧烧的。

我忙低下了头，慌乱间感觉有四道目光向我射来：两道来自那个总是阴晴不定的九阿哥，还有两道——在我的找寻下发现来自四阿哥胤禛。

我一下子又很紧张，他不会发现我的真实身份了吧？我一面心中打着鼓，一面悄悄地打量着他。并未看出来有什么异样呀，他的眼神里有一些好奇和疑惑，却看不出其他的东西了。或许是我想太多了吧。

等我再次走到宜妃身后站好时，发现众人的神色都已恢复如常，继续或看表演或把酒畅谈了。宜妃见我回来，对我笑了下，估计要表达的意思是"表现得不错"，而我也回以一个甜甜的微笑。

站着无聊，我又忍不住偷偷看向八阿哥那边，这次他正和旁边的九阿哥十阿哥专注地谈论着什么，并没有发现我的注视，倒是他旁边好像一直有人在看着我。我转过头去，发现那目光来自一位年轻妇人，她身穿明红夹袄，颈上挂着一串晶莹的玛瑙项链，相貌端庄，但并不算特别美艳动人，只是骨子里透出的冷傲与贵气却令人不敢逼视。

我忙垂下眼，心想：这估计就是传说中霸道泼辣却又精明能干的奇女子八福晋了吧。百闻不如一见，看起来果然是个不好惹的主啊。

可是为什么与她锐利的目光对视时我会那么心虚呢？我承认自己对八阿哥是有些初次见面的好感，但是这又不代表我就希望我们之间会立刻发生些什么。因为目前我的理智还能战胜情感，还能够时刻提醒着自己不要对这些阿哥用情，不然那会成为我沉重的束缚，会让我陷入更深的泥淖。

这样想着，我的心情开始有些沉重。看着台上的戏子们在咿咿呀呀地唱着我根本听不懂的戏曲，我突然觉得很闷想出去透透气。向宜妃请示后得到了她的同意。

蕊儿本想跟着我但被我拒绝了："我就出去待一会儿，不会走远的，放心吧。"听我这么说她也就不坚持了，只是嘱咐我小心点。

走出畅音阁，我走到一个小花园前停下了脚步，抬头望着月亮喃喃道："总算过了今天这关，以后在这宫中，是不是随时都要保持着备战状态了呢？真可怕……"

"你也知道害怕？"突然的一声唬了我一大跳，定睛看去原来是九阿哥向这边走来了。见来人是他我就懒得行礼了，继续偏过头去看月亮。

看我没有理他，九阿哥有些恼，他走到我跟前气道："知道怕就不要没事和别人眉来眼去的，不要怪我没有提醒过你，这些阿哥可不是你招惹得起的！"

说完还觉得不过瘾，他又俯身在我耳边加了句："才侥幸逃掉一场婚礼，这么快就好了伤疤忘了疼吗？"

面对他的咄咄逼人和无时无刻的威胁警告，我也开始生气了："你说完了没？谁眉来眼去了，你不要血口喷人！我答应了为你办事但没答应要被你时时监控，要是惹急了我大不了咱们就来个鱼死网破！"说完我就直直地瞪着九阿哥。

他显然被我的话气着了，面色顿时变得铁青。但他一时又说不出什么辩驳的话，于是也就只是回瞪着我。

我们就这样互相怒瞪着彼此，在我以为我们要瞪到眼珠子掉下来为止才会作罢时，远处的一声笑打断了我们这诡异的气氛："我说席上怎么不见了九哥你呢，原来是和夜莺格格在一起呀。照理说你们这表兄表妹见面的机会应该不少啊，怎么还要趁空出来到花园里谈心呢？"

九阿哥看清来人后，稍微缓和了下神色，然后向对方皮笑肉不笑地说："十四弟怎么也出来了，节目不好看吗？"

来人轻声一笑："今日看了夜莺姑娘的精彩表演后，其他的节目还入得了眼吗？方才酒喝多了些，便也想像九哥一样出来透透气。不想却在这里碰见了你们。"

听完他们俩的对话，我立即上前行礼："奴婢给十四爷请安，十四爷吉祥！"

十四阿哥轻扶我起来然后对我说："夜莺姑娘，你如今已被皇阿玛封为格格，从此就不必在我们面前自称奴婢了。"

我点了点头，然后又退回到了一边。这个十四阿哥看起来比现在的我大不了多少，还是副意气少年的模样。他眉目清朗，气度不凡，但是和九阿哥比起来，真的也不能算是个花样美男。有些小说中的描写，有些言过其实了。

"时候不早了，估计筵席也快结束了。十四弟，我们赶紧回去吧。"九阿哥的话打破了刚才片刻的沉默。

　　十四阿哥闻言点了点头，和他一起向畅音阁走去。

　　我跟在他俩的后面一道走着。十四阿哥突然转过身来对我狡黠地笑了一下，很快便又转回身去了。

## 卷七 寂寞深宫锁莺谣

自那日在康熙寿宴上"一鸣惊人"并被他封为格格之后，我在宫中可以说是一夜成名了。平时走在路上就常常能看到有太监宫女对我指指点点议论纷纷，大概就是诸如"这就是万岁爷如今新宠的格格啊""能得到皇上青睐想必是有不一般的背景吧"之类的嚼舌话。

对于这样的非议和妄自猜测，我刚开始还有些愤懑，到后来也就司空见惯不以为意了。惹不起我还躲不起吗，为了避免见到这些让我心烦的人，我索性就老老实实待在延禧宫中做起了"大门不出二门不迈"的乖巧格格。

宜妃想必是看穿了我的烦恼，因此对于我的"宅女"生活也未有微词，只是偶尔会劝我出去走动走动云云。

九阿哥但凡入宫就会来宜妃这儿请安。娘儿俩说会儿话后他一定会私下问我一些近况——宫中情况熟悉得怎么样、最近接触了些什么人，等等，每到这时我就用些客气话搪塞过去。

其实我觉得以九阿哥这么高的智商，一定不可能没发现我只是在敷衍他而已，但是奇怪的是，对于我怠懒的工作态度以及极低的工作效率，他并没有严厉指责，甚至连提都未曾提起。虽然心中存有疑虑，但是他宽容我轻松，这样不是很好的状态吗，所以我就不多想了。

就这样过了几日。有一天，当我正在房间内抚琴练习时，蕊儿敲门进来了。

她走到我跟前对我说："格格天资聪颖，琴技又如此精湛，竟还不忘勤加练习，真是令人叹服啊。"

我撇了下嘴，心想：废话啊，这可是我的饭碗，不常练习能行吗。你主子不怕东窗事发惹事端，我还怕露出马脚掉了脑袋呢。心里这么想着，嘴上只是淡淡地问她："有什么事吗？"

她答道："回格格的话，是德妃娘娘遣人来邀请格格您去永和宫一叙。"

我心中一顿：德妃？她找我做什么，难不成和四阿哥有关？

看到我面色有变，蕊儿试探着说道："格格，若是您不想去，我找人回说您病了便是。"

我又想了想然后说："不用了，咱们这就去永和宫。蕊儿，记得带上我的琴。"

该来的总会来的，逃得了一次那下次该怎么办呢？况且这么长时间以来我一直都仰仗着九阿哥过活，怎么说我都该搞点谍报业绩出来才像话啊。

永和宫给人的感觉就像德妃给人的感觉一样：雍容，大气。里面的装饰风格与延禧宫那种张扬的华丽不同，而是多一分则倨傲，少一分则冷淡，就在这不多不少中恰好地展现出德妃那种贤惠内敛的气质。

走进门后，我径直向德妃走去。待走近，我眼也未抬，只恭敬地福下身："夜莺给德妃娘娘请安，娘娘万福金安！"

德妃柔声道："孩子快起来吧，抬起头来，让本宫好好看看。"

我抬眼向她望去，这时才发现德妃身旁还坐着位十四阿哥。他此刻正笑眯眯地看着我，发现我也在看他，他对着我又是狡黠一笑，然后转过头去对德妃说："额娘，我没说错吧，这个夜莺格格很特别。"

我在心里翻了个白眼：当然特别了。我这个三百年后来的倒霉蛋，跟你们差了几个世纪，能一样吗？

想到这，我冲十四微一颔首："十四阿哥谬赞了，夜莺只是一介平凡女子而已。"

十四正想说什么，德妃却先开口了："夜莺格格，你不必自谦。那日在皇上寿宴上的精彩表演令人无不感到惊艳，不知道今日本宫有没有耳福再听你高歌一曲呢？"

早料到了会有这一出，我镇定自若地冲德妃又一福身："那夜莺就献丑了。"

说完我吩咐蕊儿把我的琴摆放好，我则坐在琴前，抚琴悠扬地唱了一曲《明月几时有》。

不是我想侵犯苏轼老先生的版权，而是我知道的古代诗歌实在有限。上次在康熙生辰宴上唱的那首《向天再借五百年》已是很冒险了，幸而没有被人怀疑什么，这次还是找首我们彼此都知道的歌曲稳妥点吧。

唱完后我抬头看向德妃和十四。他们耳语了一会儿，德妃点了点头，然后一同看向了我。

十四还是一副嬉皮笑脸的顽劣模样，倒是德妃细细端详了我一会儿，然后微笑着叫我走到她跟前，拉着我的手说："夜莺，你真是个才貌双绝的聪慧丫头，看着就让人心疼，也难怪十四自上次见了就对你念念不忘的。依我看，你俩年龄适合，的确是郎才女貌的一对璧人。不如改日我请皇上赐你为十四阿哥的侧福晋，可好？"

德妃的第一句话就让我产生不祥的预感，而等她说完最后一句话，我的脑子已经开始轰隆作响了。我茫然地看着她，又看了看旁边的十四，他一脸期待地等着我的回答，目光炯炯地盯着我。

我心一沉，向着德妃双膝跪下，开口缓缓说道："德妃娘娘的好意，夜莺感激不尽。但夜莺自知出身低微，配不上十四阿哥这样的天之骄子，承受不了您的厚爱。还请娘娘收回成命！"说完我就俯下身磕了一头。

一时间整个屋子变得很安静，我就这么俯身低着头，不安地等待着这对母子的回应。

过了片刻，德妃依旧用那柔和的声音说："起来吧。"

我重新站起来看向他们。十四阿哥这时的表情很复杂，似乎是有不解有不甘有失望也有一点凄凉。相反地，德妃很镇定，祥和平静的脸庞让人看不出有什么情绪。

她依旧直直地注视着我，后又启齿："夜莺你不必慌乱，今日是本宫唐突了。指婚之事择日再议，你先下去吧。"

微微舒了口气，我忙福身行礼："是，夜莺告退。"

转过身的空当，我看到十四站起来好像还要对我说什么，但被德妃抬手制止了。

走出了永和宫，我才算缓回了点精神。回忆起刚才那紧张的一幕，还是一额头的冷汗。这个十四阿哥不知道在想什么，我和他加上今天总共才见了两次，他怎么会想到求他额娘让皇上把我赐婚给他呢？

我长得不算倾国倾城的漂亮。要说起我在这里的出身，那也不算是出自名门啊。就算是前不久被康熙封为格格，那也只是个空头衔罢了。我身后无权无势，他到底求什么呢？奇怪，太奇怪了。

边这样低头思忖着，我边向前走着，直到旁边的蕊儿惊呼了一声："格格！"

"嗯？"我回头不解地看她，她忙对我眨眼示意。

我重新向前看去，妈呀，此刻离我半步不到的距离里，正站着四阿哥和一位年纪二十左右的青年男子。若不是蕊儿及时提醒，我此刻怕是已经撞到他们身上了吧。

蕊儿在我耳边轻声说："这是四阿哥和十三阿哥。"

听罢我忙福下身："夜莺给四贝勒、十三阿哥请安！"

响起的是一个冰冷毫无温度的嗓音："起来吧。"

抬起头来对上的依旧是一双寒冷带霜似的眼眸。那眼眸似乎能把对方冰冻禁锢住，然后便会任凭他观察、揣度、臆测，最后不得不根据那眼眸判断的结果被他掌控，予取予求。

十三阿哥率先打破了此刻的沉默。他走到我身旁，将我从上到下瞧了个遍，然后发出了两声笑："那日在皇阿玛寿宴上听到夜莺格格豪情万丈的歌曲，还惊叹于格格纤弱的身体竟能唱出如此壮阔雄伟的歌曲。当时还暗想莫非格格也是个豪放洒脱之人，今日一见却发现原来格格如此温婉贤淑，知书达理，想是从小便被你养父派人仔细教导着吧？"

十三阿哥说完这一长串话就双眼一眨不眨地盯着我，眼神清澈明亮。

我本来认为十三阿哥话中带话，是要问出我的破绽。毕竟他和四阿哥那么亲近，如果四阿哥已经识破我的身份，那么他一定也是有所察觉的了。但是现在看到十三这么干净真挚的眼睛，我又不确定自己的猜测了。

清了清嗓，像是常常对九阿哥那般的敷衍答话，我对十三说："回十三阿哥，夜莺从小在阿玛身边长大，自然是受到他的言传身教。但毕竟是女儿身，所以阿玛并未对我有过高的要求，只期盼我懂礼节、知进退就好。夜莺如若有什么不当之处，还望十三阿哥多多提点。"

见到我毫无破绽地回答了他的问题，十三一时也不再说什么，我们几人又一次地陷入了沉默。

正在我打算抽身而退时，又有人出声了。然而这次打破沉默的不是十三，而是一直冷眼旁观的四阿哥。

他面无表情地问我："你刚从永和宫出来是吗？"

我赶忙答："回四贝勒，夜莺正是刚从永和宫离开。今日德妃娘娘召我来表演歌曲，演奏完毕后，便令我退下了。"

这时他们好像才想起自己的正事，十三对四阿哥说："是啊，四哥，我们也是来向德妃娘娘请安的，快走吧。"四阿哥应允了一声，十三便率先阔步向前离去了。

四阿哥深深看了我一眼后复又开口："如今宫里人人都叹羡夜莺格格的优美歌喉，不知道胤禛有没有这个面子能请夜莺格格改日到我府上一展歌喉呢？"

我心中一紧，第一个念头就是莫非他想要把我接入他府中然后秘密杀人灭口？随后又否定了这个想法：不对不对，或许他什么也不知道，只是单纯想要我去他家唱歌而已呢？况且就算他知道我有问题也不敢轻举妄动吧，毕竟宫里面要是不见了个格格，必定会引起注意的。

思绪清晰后，我也大方地回答他："四贝勒客气了，若有机会夜莺必当到您府上拜访求教。"

四阿哥嘴角很快地扯了一丝笑，快得我都怀疑那是不是我眼花看错了，因为他很快又恢复了那种淡漠无边的神情："好，那胤禛就翘首以待格格光临了。"

我侧过身为他让出道来。他走到我身边时却又放慢脚步，重新盯着我，然后在我耳边一字一句地说："果真是个有胆气的女人，和你哥哥挺像。只可惜这样的女人却不是我四贝勒府的人了。"

四阿哥撇下这句话就走了，留我一个人呆呆地站在原地。

他知道，原来他一直都知道我的真实身份、知道我年湘儿临婚出逃的事实！可是他为什么不拆穿呢，他又怀有怎样的心思？

这是我今天第二次感到脑中轰隆作响了。一个是四阿哥，一个是十四阿哥。他们这对亲兄弟怎么都这么讨厌啊。也不知今天是不是什么倒霉日子，一出门就遇到这两个大麻烦。

我不知道自己是怎样走回了延禧宫。蕊儿叫了我好几声后我才回过神来，发现已坐在了自己房中。我吩咐蕊儿出去，然后又开始出神。先是九阿哥抓住我的把柄并威胁我进宫为他所用，接着十四阿哥莫名其妙想要纳我为他的侧福晋，然后四阿哥又挑明他已知道我的身份却并未表示会揭穿这一切……

　　这到底是怎么回事，这几个阿哥葫芦里卖的又是什么药？真的想不明白也猜不透。只是直觉告诉自己这些人物很危险，而此刻被他们盯上的我更加危险。我该怎么办呢，是时候要好好盘算一下自己的出路了……

## 卷八　随扈蒙古畅言聊

转眼间六月到来，天气很炎热。本就心乱如麻的我也变得更加烦躁。

有一天突然接到圣旨：康熙六月要巡幸塞外，随扈的除了太子、大阿哥、十三阿哥、十五阿哥、十六阿哥以外，他老人家竟然还点名要我也一同随行。

意外之余我还有些忐忑。没有宜妃娘娘和九阿哥在我身边，我能单独应付康熙老头吗？万一在塞外被他识破我的假身份，那真是死了也没人给我收尸了。

宜妃对于我随扈塞外没什么意见，只是吩咐蕊儿和几个侍候我随行的丫头收拾好包袱行装，还嘱咐我在外一定要小心处事。

其实常常觉得宜妃对我还挺不错，有时候我都要怀疑自己莫非真是她的亲侄女了。每每想到这，我就忍不住沾沾自喜：看来我还不算太背，到这边也遇到了不少贵人，他们都没怎么为难我。

就连我的老板九阿哥，也抽空来给我做了些思想准备工作，并告诉我这次出行的主要目的及接待人员。大致情况就是这次康熙将前往蒙古科尔沁部，负责接待的是科尔沁台吉班第。

班第是康熙的弟弟恭亲王常宁的大女儿，也就是和硕纯禧公主的额附。纯禧公主是由康熙抚养长大的，因此二人感情很深。

其实说白了这次出行康熙是想要去巡察下自己的地盘是否太平，底下封的这些蒙古王族是否在忠心做事，然后顺便还可以看望下公主。

这样捋清了情形后，我也就没什么可担心了。想着可以去蒙古避暑，一下子心情大好。要知道在现代我可是一次都没去过蒙古草原呢，一直向往着那里的蓝天白云，可总是苦于要么没有钱要么没有时间。

这次能随着康熙公费出去旅游，不正是美事一桩吗？而且随行出来还有一个好处就是一段时间内都不用见到四阿哥和十四阿哥这两个人了，总算可以松一口气。

欢天喜地地迎来了出发的日子。要不是亲眼见到，我真的是难以想象古代帝王出行的威风派头：锣鼓齐鸣，旌旗飞舞，上千将士随行。数十台马车和一长排骑士就这样风风光光地离开了紫禁城，又出了京城。

康熙坐在最前面的黄帐大马车内，我则被安排坐在偏后一些的一辆马车里。这样也好，不用处于康熙的眼皮底下，我还自得其乐。

一路上虽然有些颠簸和炎热，但是好在我不晕车，又能欣赏路途美景，所以心情倒一直不错。蕊儿陪我同坐一辆马车，大多数时候她都不怎么说话，除了伺候我喝水用膳时偶尔开口。

我觉得很奇怪，这样沉默寡言的人，不像是九阿哥培养出来的间谍呀。

我忍不住开口和她聊天："蕊儿，你今年多大？是哪里人呀？"

她依旧一副低眉顺眼的样子："回格格，奴婢今年十六岁。由于奴婢很小时父母就离世，后来又被人贩子卖进京城，因此也不清楚自己的祖籍究竟在哪里。"

听到她身世这么悲惨，我不禁有些难过。她被九阿哥安排来监视我恐怕也非她本愿，只是生计所迫吧。

心念及此，我便一把拉起她的手："蕊儿，不要老是一口一个奴婢的，听得我心里难受。其实咱俩是一样的，不过都是为他人所用罢了。既然我们都有各自的苦衷和无奈，那么以后也不要再心存隔阂了。没有外人的时候，我们就以姐妹相称可好？你比我大一岁，以后你就叫我夜莺妹妹，我叫你蕊儿姐姐！"

蕊儿显然是被我的话吓到了，愣了片刻后，她忙摆手："格格，这怎么使得？奴婢不敢……"

"有什么不行的！又没有别人知道。以后你就照常去给九阿哥报告我的行踪，该说的说，没必要说的不说不就行了吗？"我打断了她，靠在她的胳膊上，"唉，我和你一样，也好久好久没有见过自己的父母了，我好想他们啊。自从来到这里，我连个能说话的朋友都没有。现在我有了你这个好姐妹，要是我们彼此寂寞了、伤心了，就可以互相倾诉。这样难道不好吗？"

久久的沉默后，我都被马车晃得有些困倦了，便眯起眼睛靠在她肩上打起盹来。

在蒙眬中她似乎发出了微不可闻的一声"嗯"，我心满意足地挂着微笑进入了梦乡。

梦中我回到了现代自己的家，见到了久违的爸爸妈妈。我抱着他们又哭又笑，跟他们说我好想他们，还跟他们讲我所经历的一切。

就在我沉溺于父母温暖的拥抱和爱抚时，一声声的轻唤将我从梦境中拉回："格格，格格……起来吧，就快到了。"

睁开眼，一切归于现实。心里有些怅然，但随后又被终于到达目的地的激动与欣喜代替。

在蕊儿的搀扶下，我踏出马车，站在地上开始活动脖子和腿脚。连着赶了十几天的路，骨架子都要被那马车晃散了，还是现代的汽车舒服快捷啊！

我放眼望去，四周都是茫茫无际的草原，抬起头是明蓝如洗的天空和一朵朵棉花糖般的白云。这样的美景，替我消去了不少漫长旅途带来的疲惫。

若不是周围有一群古代人，我真想冲到草原中大喊一声："Wow！亲爱的草原，I'mcoming！"边这么想着，我边哧哧地笑了出来。

蕊儿的两声咳嗽打断了我的幻想。我转过头正想埋怨她煞风景，却一下子顿住了。不远处大阿哥、太子和十三阿哥正往这边走来。

我上前端正行礼："夜莺给太子爷、大阿哥、十三阿哥请安！"

太子干笑了一声后抬手示意我起来。他盯着我，然后开口问："夜莺格格刚才想什么呢这么出神，竟连我们走近了都没发觉？"

我忙答："夜莺这是第一次来草原，一时间被草原美景给迷住了，所以才没注意到几位爷。夜莺失礼了！"

这个太子向来性情暴戾阴晴不定，虽然他不是最后赢家，但这太子之位他应该还会坐好些年呢。所以对他还是客气点儿，不要得罪他为妙。

太子又盯着我端详了一会儿，说："夜莺格格不仅歌声美妙，而且还天真烂漫。这草原有什么好稀罕的，你若喜欢，每次巡幸塞外我都求皇阿玛带上你不就行了！"

这太子果然霸道嚣张，在康熙背后一副装老大的嘴脸，真是讨厌。心里虽这么想，面上却还是微笑着向他道了谢。

没想到这个太子开始滔滔不绝，说过几日有机会一定带我好好欣赏下草原风光，带我一同骑马狩猎。我都一一点头应允了，心里想着：天哪，谁能救救我，让这个唐僧太子赶快走开呀！

不知道是不是我的祈祷应验了，旁边一直没说话的大阿哥突然开口说："太子殿下，皇阿玛也出来了，我们先去给他请安吧。"

太子听他这么说，终于肯走了。临走前他还不忘回头叮咛我："一言为定了啊，骑马去！"

太子走后，我终于呼出一口气：好缠人的家伙！后面却传来清朗的笑声。我回头看，才发现原来是十三阿哥还没离开。

他向我走近了两步，然后轻声说："原来你也有无可奈何的时候呀。怎么这次不继续贯彻你的逃跑精神了呢？"

自从上次四阿哥跟我挑明了之后，我就知道十三阿哥恐怕也知道此事了。现在听他这么一说，果不其然！

这样一来，我倒一点不感到惊讶与慌张了，反而平心静气地对上他戏谑的眼眸："十三阿哥说笑了。普天之下，莫非王土。我能跑到哪儿呀？经过上次失败的尝试后，不还是做了笼中鸟、瓮中鳖吗？这次我打算乖乖的，哪儿也不去，以不变应万变！"

我的话让十三似乎有些惊讶，他张了张嘴似乎还想说什么，但终究什么也没说。他眼带深意地看了我一眼后，去追先前离去的大阿哥和太子了。

我对着他的背影伸出舌头做了个大鬼脸，却没想到他突然回头再次看向我，于是一时间我俩都愣在了原地。我大窘，赶紧拖着蕊儿离开了现场。

康熙刚一下车，就有一众人上前迎接。走在最前面的是一对夫妇，都身着豪华蒙古长袍，头戴裘皮帽。男人强壮威武，气度不凡；女人明媚俏丽，惹人怜爱。

打发了蕊儿去打听此二人为何方神圣，才知道原来这就是班第和纯禧公主呀。了解了他们的身份后，我忍不住又偷偷打量了纯禧公主一会儿。据说公主今年已经三十一岁了，可岁月并没在她美丽的容颜上留下多少痕迹，反而使她沉淀出淡然优雅的气质。

班第和公主上前给康熙行礼，康熙笑着扶他们起身，说道："班第还是如此英姿飒爽。郁杉看起来气色也不错！"

郁杉？这就是纯禧公主的闺名吧，真好听啊！人如其名，温婉脱俗。

班第向康熙微微颔首："这都仰仗皇恩浩荡，才能使我草原儿女得以安居乐业，生活安泰。这次能接驾，真是班第的无限荣幸！"

康熙明显对他拍马屁的话很受用，他哈哈笑着，拍着班第的背说："好啊，几年不见，你口齿倒是越发伶俐了！"

两人就这么互相抬举寒暄着。我正觉得无聊，那位美丽的郁杉公主，哦不，准确地说现在应该叫她郁杉王妃了。她这时开口道："王爷，不如我们请皇上进帐内休息片刻，然后再好好相叙吧！"

听到她的话，班第和康熙都称好。然后一众人依次走入了不远处一座大的蒙古包。

康熙到达科尔沁的当晚，班第就为他准备了一场盛大隆重的欢迎筵席。照理说这种规格的盛宴，只有阿哥和朝廷重臣才有资格参加，可是康熙却特意恩准我出席了。

正在我对康熙感恩戴德时，他却又遣人来告诉我让我准备一些曲子，以便宴上有需要。唉，世上果然没有免费的午餐呀。罢了罢了，我就安分守己地做好自己的本职工作吧。伺候好了大老板，才有我享受玩乐的份啊。

我是第一次吃蒙古饭，说实话有点吃不惯。不管是烤全羊还是油茶，对我来说都有些油腻。于是吃了几口后就皱着眉推开眼前这些我品味不了的美食了。

好在宴上不停地有蒙古人在歌舞表演，他们舞步洒脱，歌声豪迈，一时间我听得也挺激动兴奋。

正当我沉醉在他们的演出中时，却听到康熙大声说："好，好啊！蒙古歌舞音律何时看都是如此振奋人心，不过，我们满族儿女也不差，同样能表演出精彩的舞曲！"

班第听罢，笑着对康熙说："这点班第绝对相信，郁杉不就是位琴棋书画歌舞样样精通的才女吗？"

康熙听他这么说，也点了点头："郁杉确实不错，不过朕这次来还带了个同样厉害的丫头，只怕郁杉这次是遇到对手喽！来，夜莺，给王爷王妃演奏一曲，让他们听听如何！"

听到康熙的吩咐，周围的侍从婢女赶忙在屋内正中摆好了桌椅。我待他们准备妥当，便抱着自己的古琴缓步走向前，将琴平置于桌上，然后向康熙、王爷和王妃深深地俯身行了一礼。

坐下，我屏息沉默了片刻，最终决定：好，就这首了。

抬手抚琴，同时出声唱道：

> 朋友啊来自天涯各一方
>
> 路途遥遥可平安
>
> 今日欢歌在一堂哎呵
>
> 但愿情谊地久天长
>
> 远方的朋友啊请你留下
>
> 草原就是你温馨的家
>
> 远方的朋友请你留下哎呵
>
> 草原就是你温馨的家
>
> 洁白的哈达是吉祥的彩云
>
> 千山万水伴你好运
>
> 浓香的奶酒是草原的甘霖哎呵
>
> 溶在你心田常滋润
>
> 远方的朋友请你留下
>
> 马头琴啊为你歌唱
>
> 圣洁的奶食请你品尝
>
> 蒙古包是温暖的毡房哎呵
>
> 犹如你在自己的故乡
>
> 远方的朋友啊请你留下
>
> 草原就是你温馨的家
>
> 远方的朋友请你留下哎呵
>
> 草原就是你温馨的家

唱完后不禁心中庆幸，还好之前也听过一些蒙古歌曲，今日才能想起这首《草原迎宾曲》应急，此时唱倒也应景。我这么边想着边站起身走向前对康熙垂首而立。

我用眼角偷偷打量众人的反应。康熙似乎在沉思着什么，王爷和其他人虽面露惊讶但也难掩赞叹之色，倒是郁杉王妃一直淡淡地看着我，微笑着，似乎代表着一种肯定，又或者是鼓励。

一阵鼓掌声打破了此刻的沉默。郁杉王妃从座上走下来，扶着我的肩细细看着我，然后灿然地笑了。这笑容简直美得不可方物，我一下子有些愣神。等反应过来时，才发现自己已被她拉着走到了康熙的跟前。

"皇阿玛，这位夜莺格格果然歌艺了得，竟连蒙古歌都唱得这么好！怪不得您这些年都不来看郁杉，原来是有了更美妙的金嗓子常伴身边了啊！"说完，郁杉王妃做出了委屈伤心的表情。

她这个样子，我见犹怜，康熙更是赶紧拉着她的手宽慰道："你这是说的什么话，朕这次不是来探望你们夫妇了吗？看你现在过得这么好，朕也放心了。杉儿，记住，不管你在不在朕的身边，都是朕最心疼牵挂的女儿！"

郁杉王妃显然被康熙的话感动了，她反握住康熙的手："女儿明白！皇阿玛放心，班第他对我很好，我现在很幸福！"说完，她深情地看向班第王爷，而他此时也正无限宠爱地望着她。

康熙见状，哈哈一笑："既然这样，你还何必和夜莺丫头计较呢。这丫头像你，聪明灵动，朕第一次见她就想到了你，因而喜欢得不得了，便把她留在了身边。有她时常陪着，也多少能弥补些你远隔千里的遗憾。"

噢，原来是这样啊。康熙一直对我关照有加的原因，是因为我和郁杉公主有些相像之处，那这么说来我还沾了她的光呢。

我侧头看向郁杉，发现她此刻也笑看着我。她回过头去给康熙说："皇阿玛，我也很喜欢夜莺格格，觉得我们俩很有眼缘，真的好像姐妹一样。这几日能不能让她多陪陪我，和我聊聊天？"

看着她一脸的真诚恳切，康熙自然是立刻答应。

# 卷九　筵席之后逢知己

就这样，这几天我得到康熙的恩准，不必随驾，只要陪着郁杉王妃就行。正合我意，所谓伴君如伴虎，虽然康熙现在颇为宠爱我，但谁知道他会不会哪天一生气就咔嚓一下斩了我呢。不用跟着他提心吊胆，又能待在美女身边，生活真是美好，空气真是清新啊！

和郁杉王妃相处的这几日，我发现我和她聊得真的是很投机，可以说是相见恨晚。从音律聊到文学，从处世之道聊到自然秉性，我惊讶地发现我们的相似之处简直数不胜数。要不是由于身份悬殊和时代局限，我真的想和她勾肩搭背称姐道妹地好好谈理想说未来。

和郁杉在一起，我的蒙古生活过得格外惬意。白天我们会去草原上骑马，虽然刚开始我完全不会骑，但在她的调教下，几日后我就能驾着马慢跑起来。

真的很庆幸我这副古代的身体那么聪明，对什么事物都领悟得极快。我很享受骑马的感觉，风从耳边吹过，痒痒的，但是很舒服。那种无忧无虑自由自在的滋味，是现代人在豪华舒适的小轿车中所感受不到的。

看到我一冲到草原上就撒了欢似的疯玩模样，郁杉也不阻止，只是静静地看着我，不时嘱咐我注意安全，并在我玩累了回来时温柔地用手帕替我擦去脸上的汗水。

郁杉对我的好让我想到了我在现代最好的朋友可忻。我与可忻都是独生子女，但是可忻对我来说就像亲姐姐一样。不知道我离开的这些日子，她过得好不好，是不是还在为我担心……

每当看到我眼里无意识中流露出的忧色，郁杉公主都会轻柔地抚着我的头发，但也不会多问什么。

日落西山，我们就一起牵着马走回蒙古包，回屋内继续饮酒畅聊。酒逢知己千杯少，有的时候我们喝着聊着就会忘了时间，直到班第王爷遣人来接王妃回去。

后来几次见到班第，他都忍不住抱怨我几句。说他的王妃自从有了我这个好姐妹后，连自己的夫君都不顾了。每及此，我和郁杉都会相视一笑。

这样快活地过了几日。我以为我的蒙古之行将会一直在与郁杉王妃相伴中欣然度过，直到一件事的发生。

那天我依旧和郁杉去骑马。中午的太阳有点毒，我骑了一会儿就满头大汗，口渴得要命。回到郁杉身边取水喝时，却发现她有些不对劲。平时红润的脸庞变得苍白，无一丝血气，虽然并没怎么运动，但额头上还是渗出了细细的汗珠。

看到她这样，我担心地问："王妃，您是不是哪里不舒服？您的脸色看起来不大好。"

"不碍事，你继续……骑……"话还未说完，郁杉就闭上眼晕了过去。

眼看着她摇摇晃晃就要跌下马来，我赶忙上前扶住她，与她同驾一匹马，立刻向蒙古包飞驰回去。

闻讯之后，康熙和王爷等人迅速赶来。康熙吩咐御医为王妃悉心诊断，而我们一众人则在屋外等待。等待的时间里，王爷一直很担忧，时不时问我刚才究竟发生了什么，王妃为何会突感不适，现在又是什么情况。

我其实也不知道为什么王妃今天这么反常，所以也只能把自己知道的、看到的事情汇报给他罢了。还是康熙沉得住气，并没多问什么，也劝王爷冷静些，等待结果。

终于，御医诊断完后走了出来。还没等他走近，王爷就迫不及待地走向前，忙问："王妃现在怎么样了？"

御医退后了一步，向康熙方向跪下："微臣恭喜皇上，恭喜王爷，王妃她有喜了！如今已有一个月的身孕了！"

听到御医的话，我们全场的人都呆住了。

康熙先开了口："班第，这真是天大的喜事啊！你和杉儿成婚这些年来，一直膝下无子，如今她有了身孕，正是了了你们俩这些年的心愿！"一贯冷静沉稳的康熙此时声音有些颤抖，难掩他激动的心情。

班第王爷也动情地说："是啊，这是上天降福啊！杉儿，我的杉儿！"他口中呼唤着名字，迫不及待地奔进了郁杉的房间内，我们也紧随其后。

远远地我看见郁杉王妃静静躺在床上，听到有人进来后她才睁开了眼睛，缓缓向这边看来。

王爷坐在床边，握起郁杉的手，放在了自己的脸边不停地摩挲着，同时兴奋地说："杉儿，你听到了吗？你怀孩子了，是我们的孩子！我们盼这一天已经很久了！"

郁杉显然还有些虚弱，她没有回答，只是满脸幸福地看着王爷，轻轻点了下头。

见到他们夫妻如此恩爱的场景，我也不禁感动不已，一下子扑到床边，对郁杉说："王妃，祝贺你喜得贵子！这真是太好了！"

郁杉看着我微笑着点了点头。

这时康熙走了过来，对我说："好了夜莺，让杉儿好好休息吧，她刚有身孕，身子太弱，最近就不要来打扰她了。其他人也是，要尽心尽力将王妃服侍好，若有任何差池，唯你们是问。知道了吗？"

屋内的丫鬟们赶紧跪下磕头称是。我也连连答应着近日不会再来叨扰王妃。

自从知道郁杉王妃怀孕后，我就再没找过她。而康熙最近一直都在和蒙古王臣们商讨着边疆的种种事宜，因此也一直没召见过我。就这样，我成了个没人过问的大闲人。每天自己到处闲逛，无聊死了。

这一天，我依旧一个人来到草原上骑马。兜了几圈后感觉也没什么劲，我就勒了马，背靠在马鞍上对着天空大喊："好闷啊！好无趣啊！"

我的声音迅速在广阔的大草原上蔓延开来，没有一点阻碍。我住了神仔细听着，心想草原上真是静啊，在现代恐怕难以找到这么静谧的地方了吧。

正独自神游着，却听到身后传出一阵笑声："哈哈哈，夜莺格格果然够率真够直爽！"

由于我背靠在马鞍上，此时眼里投映着一个倒立着的明黄身影。连滚带爬地从马背上下来，我赶忙福下身："夜莺给太子爷请安，太子爷吉祥！"

太子摆了摆手："草原上不需要讲究这些虚礼了，快起来吧！"

这次抬眼仔细向对面瞧去，才发现来人不止太子，还有十三阿哥。正准备再次福身给十三行礼时，似乎被他看穿了想法，他对我轻轻地摇了摇头，于是我便也作罢了。

当我正纳闷此时理应跟着康熙一起处理边疆事务的太子怎么会突然跑到这么偏僻的一处草原来，还这么巧能遇到我时，十三阿哥再次能读心般地回答了我的问题："这几日王妃在休养，皇阿玛又事务繁忙，太子殿下知道你一定觉得无聊，所以才特意来问候一下。"

听完十三的话，我又向太子行了一礼："夜莺多谢太子爷关心！"

太子笑意盈盈地看着我："夜莺你对我不必如此客气。今天你想玩什么，我都陪你！"

"那怎么行，太子爷身份贵重，夜莺怎敢劳您陪伴！"我不想得罪太子，但也不想和他走得太近，一是知道这个人日后没什么好结果，因此不想过分讨好；二是担心卷入什么党派之争惹来无谓的是非。

太子走近我，用手指轻捏了一下我的鼻尖，笑道："这有什么，你放轻松些。况且我们之前不就说好了要一起骑马吗？"

我被太子这一亲密的动作吓到了，呆在当场。还没反应过来要拒绝时，我就已被他拦腰抱上了马背。

太子坐在我身后，双手环绕我拽着缰绳，转头对十三说："我们先走一步了！"

骏马飞驰而出的一瞬间我回头看向了后面仍未动身的十三，恍惚中他似乎露出了一丝复杂担忧的表情。而还未等我看真切，我们之间的距离已经越来越远了。

虽然来到蒙古后，我也学会了骑马，但像今天这样真正的策马奔驰还是第一次。凉爽的风呼呼地刮着我的脸，两侧的景物飞快地向后退去。我开始还有些害怕，但后来胆子也大了起来，时不时地大喊一声，或者随着马步起伏随意地哼着一些小调。

太子今天的心情似乎也很好，我叫他也跟着我叫，我唱歌他就在我耳边说："继续唱，我就喜欢听你唱歌！多美的歌声！"

这样的太子我是完全没料到的。以前无论是在书籍描述里还是影视作品中，太子胤礽的形象总是狡诈阴郁又暴戾的，可是今天我面前这个太子完全就是个洒脱奔放的阳光大男孩啊！究竟是历史记载错误了还是这一切都只是我的幻觉？

没有答案。但是我的心在不知不觉中卸下了戒备：这个太子其实没那么糟嘛，亲和友善而且和我一样也属于玩心重的人。既然他愿意陪我闹，那何乐而不为呢，就当交了个朋友呗。

骑了一会儿马后，太子提议教我射箭，我当然鼓掌称好。于是我们又扬鞭向射击场赶去。

十三阿哥不一会儿也赶了过来。听说太子要教我射箭，他把后背上的弓和箭都递给太子，自己只是在一边看着。

太子站在我身侧，他的手包在我的手外面，一手握弓一手拉弦，待弓拉满后，突然松开右手——只见箭"嗖"的一声飞了出去，直直地射在了靶子的红心！

我激动地又叫又跳，拍手道："哇，太子爷太厉害了！太厉害啦！"我是真心夸奖他的。一直以来我对他们这些阿哥的印象都只停在他们擅长玩权术耍心机的层面，却从没想到他们的骑射功夫竟是如此好，真不愧是马背上的民族啊！

太子对我的赞美倒是显得很谦虚："这不算什么，骑马射箭是满族人从小就学的本事。在众兄弟中，我的骑射并不算最出色的。今天同我们一起来的就是个一等一的高手啊！"太子说完就笑着看向一直静立在旁的十三阿哥。

我也看向了十三："真的吗？十三阿哥也很了不起吗？那不如我们三个一起比射箭吧！输的人有惩罚哦。"

十三阿哥正想开口，太子却抢先答应了。见状，十三只好笑着摇了摇头："看来十三只好舍命陪君子了。"

于是我们展开了一场并不激烈且毫无悬念的射箭比赛。几番折腾后，有了结果：十三第一，太子稍有失误屈居第二，而尽管我又耍赖又取巧却还是排在最后。

我像漏了气的皮球，耷拉着脑袋对他们俩说："想怎样惩罚，悉听尊便。"

他们却只一笑置之了。

回到蒙古包后天色已经晚了。一起吃饭时康熙无意间问起我今天去了哪里，我只说我自己去骑马了，他便再没问什么。

我对着康熙身旁的太子悄悄吐了下舌头，太子愣了愣然后又笑着点了下头。我再看向十三，他却低着头一直在吃饭，似乎并没注意我的举动。

之后有几天我在骑马时又碰到了太子，然后再和他一通疯玩。不过后来这几次却没再见到十三。或许是他有公事缠身吧，这样想着，我也就没问什么。

这些天和太子玩下来，我们熟了不少，彼此聊天时也更不拘小节。我常常感到他用柔和的目光注视着我，却同时又在沉思着什么。

返京的日子渐渐临近了。郁杉王妃的身子也逐渐好了起来。这一天她把我叫到她的蒙古包里。自从她那天晕倒后，我们确实有一阵子没见了。主要是我最近有太子陪着玩，因此也并不殷切来看望她。

心中不免有些愧疚，我坐在郁杉旁边的椅子上，对她说："王妃最近身体可好？我怕您身子不适，所以一直没敢来打扰。"

郁杉还是温柔静淑的模样："没有大碍了，御医诊断了几次，都说孩子很健康。是皇上和王爷太紧张了。"

"当然紧张了，王妃您是第一次怀孕，这又是如此得之不易的孩子，大家自然会紧张些。"我停了下，接着说，"只可惜这个宝宝的出世我恐怕不能亲眼见到了！"

郁杉听了我的话有很长的时间都没有出声。就在我以为她累了，打算起身告辞时，她却开口："夜莺，你喜欢草原吗，喜欢蒙古吗？"

我虽然有些纳闷但还是认真答道："当然喜欢呀！王妃为什么这么问呢？"

"那你愿不愿意一直待在蒙古，这样我们就能常常见面了。"郁杉说完就眼睛一眨不眨地盯着我。

她的话让我很意外，我一时愣在当场不知道说什么，只是支支吾吾地说："留在蒙古当然很好……但是，这又怎是夜莺自己能做得了主的？"

郁杉听了狡黠一笑："这好办，我去向皇阿玛请求要你过来不就行了嘛。"

听到她这么说我彻底慌了神，有些不知所措。

郁杉咻咻地笑了："看来我的小夜莺心里是有了牵挂，所以才不愿离开京城呀。"

我不解地看向郁杉。

她压低声音在我耳边问："夜莺，你老实告诉我，你心里是不是有人了？"

　　我这一下才反应过来她刚说的话是什么意思，忙不迭地摇头："没有没有，真的没有！"

　　郁杉似乎还是不死心，她继续问："那……太子呢？"

　　我又被她这一问蒙住了。这都哪儿跟哪儿呀。

　　郁杉微微一笑："小丫头，不要以为我不知道你这几天跟谁在一起，在干什么。你说那太子爷若不是对你有意，干吗整天陪你一起瞎转悠？你呀，反应够迟钝的！"

　　不会吧。太子想必阅美女无数，咋可能看上相貌并不算冒尖的我呢？不过想到这几天他对我确实很好很殷勤，再听郁杉这么一说，我倒真的不确定他是不是有什么特别的想法了。

　　我再次看向郁杉，希望她能给我一些意见。

　　她很快看穿了我的想法，轻声叹了口气："看来还是个懵懂的傻丫头。其实你的年龄也到了婚配的时候，皇阿玛如此宠爱你却还迟迟未决定你的婚事，想必是舍不得你。夜莺，我希望你能找到一个对的人，过上幸福安定的生活。"

　　她停了下，然后凑近我的耳朵小声说："无论是谁，我都希望那不是皇宫里的男人，因为你和他们真的不适合！"

　　我很惊讶于我和郁杉只相识了短短半个月，她对我竟然就这么了解，看来我们真的很投缘。

　　就在我无语沉思时，郁杉不知从哪儿拿出了一个外表精美的盒子，她把盒子推到我的面前："打开来看看，这是我给你的礼物。"

　　我打开盒盖，将盒子中的物品拿出—是对一模一样的玉佩，晶莹剔透，光泽饱满，一看就是上好的玉质。

　　郁杉介绍道："这是和田玉，皇阿玛在我出嫁前送给我的。你我有缘，我决定把它们转送给你了。"

　　这么一听我却不敢收了："如此贵重又有纪念意义的礼物，夜莺怎么能收呢？"

　　郁杉把两枚玉佩塞到了我的手中："当年皇阿玛把玉佩送我，就是希望我能找到个好的归宿。如今我已有了这么美满的家庭，有疼爱我的夫君，那还留着它们做什么呢？夜莺，一直以来我是那么想要一个孩子，却始终未能如愿。

你来了没多长时间，我竟有了身孕，你说我和你是不是很有缘分？我现在真的很幸福很知足，我希望你也能像我一样幸福。所以现在我把这对玉佩送给你，祝愿你快些找到自己的有缘人，终生相守不弃！"

收下了郁杉这宝贵的礼物，我的心也变得沉甸甸的。因为这两枚价值连城的玉佩，因为郁杉情真意切的祝福，也因为内心那一点小小的期待与不安。

## 卷十　再次回京心事多

离别的那日壮观却又伤感。班第为康熙举办了盛大的告别仪式，两人互道珍重。在仪式上我远远地与郁杉对望，彼此都难掩眼中的不舍。郁杉的眼神中透露出关切和祝福，让我感到很温暖。

在车马颠簸中，我再次回到了这座让我情绪复杂的紫禁城。

康熙入城这天，文武百官和众阿哥都来恭迎皇上返京。熙攘的人群中，我一眼就看到了那个身影。

他今天没再穿着一袭银白色长袍，而是身着官服，头戴官帽。虽然少了些书卷气和儒雅气，但也增添了几分威严和贵气。我看得有些痴了：男人果然还是工作时最有魅力啊！不知道八阿哥如果穿西装怎么样，应该也会很帅吧。

他依旧谦和地笑着，和他的众兄弟一起上前向康熙行礼。我的目光一刻也不能从他的身上移开。我终于明白郁杉之前说的我心中的牵挂是什么了，就是他，当今皇上的八皇子，被群臣尊称为八贤王的八阿哥胤禩。

其实第一次在康熙寿筵上同他相见，我就完全被他吸引了。那简直就像在艳阳高照的日子里突然被看不见的闪电击中了般，没有保留没有条件，没有原因没有交代，没有但是没有如果。我知道自己不该这样，心却已经不受控制地系在那人身上了。

恍然出神时，都没有注意听到康熙对众人说："近日劳碌奔波，朕也累了。尔等都退下吧，有什么事明日上朝再议！"

等反应过来时，众人已退在了两边，康熙率先提步向乾清宫走去，后面的侍卫婢女也跟随着他，只有我还立在原地。

太子走过我身旁时，用手肘轻撞了一下我的背，然后在我耳边轻声说："怎么还傻站在这儿，皇阿玛都走远啦。"

我这才赶紧加快脚步去跟上康熙的队伍，同时满怀感激地对太子说："多谢太子提醒！"

他没多说什么，只是笑着又用手指轻捏了一下我的鼻尖。我被他这一动作搞得大窘。平时草原上就我俩时他这样开玩笑就算了，今天是什么阵仗啊，他当旁边站的这些都是死人吗？

我不易察觉地与太子保持了一些距离，同时向四周瞄了几眼：还好，大家都低着头。应该没人看到刚才的事。我这时又想到郁杉的话。太子看起来好像真的对我不太一般，以后还是疏远他些比较好。

到了乾清宫后，康熙吩咐众人都各自下去休息，这里面当然也包括我。我如遇大赦，立马向延禧宫奔回去。我那亲爱的床啊，有一个多月都没见到你了，你也一定很想我吧！

这么想着，我脚上的步子也不觉加快了许多，真恨不得立刻扑上床去，好好睡它个日上三竿，减轻一下一连几日车马带来的疲劳。

刚出乾清宫，我正在一个宫道上走着，后面突然有人用手捂住我的嘴，把我拖拽到旁边一侧隐蔽的宫门下。

我大惊，光天化日的，在这守备森严的皇宫里还能遇到劫匪吗？我不是这么倒霉吧！心里怕得不行，可是怎么挣扎却都无济于事，情急之下我一口咬在了捂住我嘴巴的手上。背后人呻吟了一声，然后很快松开了我。回头看去，这一下我更惊讶了。

"十四阿哥！"我惊呼道，"怎么是你？"

十四揉着手上那块血红的牙齿印，没好气地说："怎么就不能是我了！你咬得真狠啊，疼死了。"

我向他手上看去。呃，好像真的挺严重，都出血了。

我的心中顿时满怀歉意："对不起啊十四阿哥，我不是故意的。我还以为刚才是有贼人想谋财害命呢，所以情急之下才会咬伤了你。真的对不住啊！"

十四听我这么一说，更来了火气："什么，你说我是贼人？那你现在咬伤了我，打算怎样赔偿我？"

本来对他满脸赔笑的我，现在也有些不悦了。我收了笑容，一字一句地对他说："十四阿哥，你也太得寸进尺了吧。明明是你先鬼鬼祟祟捂住我的嘴，我没计较你的冒失，你倒编派起我来了。况且我都给你道歉了，你还想怎么样？"

十四也严肃了起来："那好，我有事问你。"

我眼皮也没抬地回道："问吧，不过要快一点。"

"你为什么不愿意嫁给我？"

天哪，他怎么又提这茬子事？"那你为什么想要娶我？"我正视他的眼睛反问。

"我想娶你当然是因为喜欢你啊，你这女人脑子怎么那么笨呢，这都想不明白。"十四边说着，边嫌弃地看了我一眼。

我倒也不生气，只是回说："哦，这样啊。那我不愿意嫁给你，当然就是不喜欢你咯。况且，我这样的笨女人，也配不上聪明绝顶的十四阿哥你啊。"

十四一把攥住我的手腕，继续逼问："你为什么不喜欢我？那你喜欢谁，你说！"

我有些慌了，但还是不愿败下阵来："不喜欢就是不喜欢，哪有为什么。我累了，想快点回去休息，十四阿哥请你放开手！"

十四冷笑着："累了？刚才我可没觉得你累啊。又是对八哥眼波流转，又是和太子嬉笑调情的，怎么这会儿到我这儿就累了？郭络罗夜莺，你当我是傻子吗？"

原来十四他都看到了，不仅看到了太子的举动，也看到了我对八阿哥的凝神注视。那其他人呢，还有多少人都看到了？

头中有些嗡嗡作响，我无力地对十四说："我不知道你在说什么，我真的累了。还有，你把我弄疼了。"我试着摆脱被十四钳制的手腕，但还是没有成功。

"你不知道我在说什么，那我替你说！你仰慕八哥，但这次蒙古之行又和太子打得火热。因此两边都不想放下，是不是？我真是小看了你，亏我以前还以为你是个单纯善良的女子，如今看来也不过如此，和这宫里的女人没什么两样！"

我用力地甩开了十四的手，同时对他吼道："是，我就是这样一个爱慕虚荣、攀龙附凤的女人。你满意了？既然知道，以后就别在我身上浪费时间、浪费感情。

你也知道的，我看不上你！"

说完我便推开十四跑开了。身后传来他的怒吼："你会后悔的！你一定会为你今天所做的决定后悔的！"

事情为什么会变成这样呢？我明明不想和这里的人有过多牵连，可却还是被命运的洪流推得与他们越来越近。我该怎么办，我能怎么办呢……

一路毫无目的地狂奔后，我停了一座宫殿前面，扶着宫墙大口地喘着气，同时打量着四周。这是哪里啊，我好像从没来过这里。所以我现在是迷路了吗？今天真的很不顺啊！

心中的憋闷与委屈一瞬间全爆发了出来，我顺着朱红墙坐下，头埋在膝盖中"呜呜"地哭泣起来。我就这么肆意地流着泪水，泪水中包含着我自从来清朝后所有的不安与恐惧、痛苦与无奈。

一个声音打断了我的呜咽："你是哪个宫的，怎么跑到这里来了？"

听到声音，我抬起头看去，目光交汇的一瞬我简直没办法呼吸了—是八阿哥！竟然会在这里遇见他，可为什么偏偏要在我这么狼狈的时候遇到他呢？

八阿哥看到我也愣了一下，随即他将我从地上扶了起来，对我柔声说："原来是夜莺格格啊，我还当是哪个宫的宫女呢。你这是怎么了，什么事惹得你这么伤心？"

眼前是令我无法移开目光的面容啊。现在他这么近地对我说话，还这么温柔地看着我，关心着我，我能感到自己的心在一点点地沉沦，越来越深，越来越深……

我手足无措地支吾答道："我无意中来到这儿，发现自己迷路了，才害怕得哭了起来。"

八阿哥听了我的话乐了："我当是什么事让你这么难过呢，原来只是因为迷路了啊。夜莺格格真是有趣，这点小事也能让你哭成这样。"

八阿哥说着从袖中掏出了一块杏色帕子，轻轻地擦拭着我脸上的泪痕。"看，都哭成小花猫了。不过这也难怪，宫中这么大，你刚入宫，不认得路也是正常的。"

我呆呆地看着眼前的这个人。是梦吗？使劲掐了一下自己的大腿。哎哟，真疼！看来不是梦。八阿哥看到我龇牙咧嘴又失魂落魄的样子，继续问我是不是感觉哪里不舒服。

我忙摆手："不是不是，没有不舒服。只是，八阿哥您怎么会在这儿？"

"这里是储秀宫，我额娘住在这里。刚刚在殿上恭迎过皇阿玛后，我顺便来这里看望下额娘，却没想到巧遇了迷路的你。"

噢，原来良妃娘娘住在这里啊。我再次观察了下周围，暗自记下了这里的位置。

我抬头看向八阿哥，不好意思地对他说："能不能劳烦八阿哥给我指一下回延禧宫的路，我不认得……"

八阿哥淡淡笑了："我送你回去吧。看你现在这个样子，我实在不放心。"

哇塞，他竟然要亲自送我回去，两个人可以单独相处这么长一段路哎。桑小爱，你今天不算很倒霉嘛。暗自庆幸着，我屁颠屁颠地跟在他的身后向延禧宫方向走去。

一路上我们没什么对话，偶尔路过某个宫殿的时候，八阿哥才会开口告诉我这是哪儿，住着谁，或者是干什么用的。

他是一个很安静的人，静得像微风，虽然听不到，但你知道他就在你身旁，给人一种很安心的感觉。漫长的路途在八阿哥的陪伴下竟短暂得出奇。

将我送到门口后，我请他进去喝杯茶休息一会儿再走。可是他推辞了："不了，人我已经送到，就不进去了。你好好休息吧，我也有些公事要处理。后会有期。"

还没来得及向他行礼，八阿哥就转身走了。看着他颀长的背影，我开始愣神。多美好的一个人，就连远远望着我都觉得幸福。

我低头看了眼手中的杏色手帕，复又揣进了衣袖中放好。

满心欢喜地走进了延禧宫，看见宜妃正坐在正厅里，赶忙走向前去行礼："夜莺给宜妃娘娘请安！多日不见，娘娘还是如此光艳动人。"现在我心情好，所以嘴也变得格外的甜。

果不其然，宜妃被我的马屁拍得也是乐滋滋的。她将我拉在身边坐下，笑盈盈地对我说："来，快让本宫看看，许久不见你这小妮子的嘴里是不是含了蜜，怎么越来越会讨好人啦？给本宫讲讲你这些日子过得好不好。你不知道，你不在的这段时间，姑姑很挂念你。"

宜妃的话让我很感动。远行的时候，有人这样挂念着你，真好。其实内心里我已经把宜妃当作了自己的姑姑，她是这皇宫里我唯一的信赖与温暖。

正要开口给她细细讲述我这次随行蒙古的见闻，不料蕊儿却突然前来报信说九阿哥在我屋内等着，有事要问我。我正纳闷为什么一进宫就不见蕊儿的人了呢，原来是早就回这里给她老板汇报工作了呀。

宜妃会心地一笑，然后便让我先去见九阿哥了。想必是这母子连心，她用脚趾头猜都知道她儿子是想继续深入他的情报工作。

走进我那久违的房间，我看到九阿哥坐在一旁的木椅上正独自出着神。

我走近了，向他福身："九阿哥吉祥。"很久都没得到他的回应，我的腿蹲得都有些麻了。

我忍不住又大声道了次"九阿哥吉祥"后，他才回过神，把目光移到了我的身上，抬了抬手，示意我起来。

如果说平常的九阿哥面色是有些阴沉的，那今天的他就可以用面若寒霜来形容了。

今儿是怎么了，这些人好像都不太正常。九阿哥不发话，我也不敢轻举妄动，只是站在原地等待着。

久久的沉默后，九阿哥发出微不可闻的声音："你说吧。"

说，说什么呀？哦，对了。他肯定是要让我汇报一下此次蒙古之行的情况吧。

猜到他的目的后，我清了清嗓子开口说："这次巡幸蒙古没发生什么特别的事，班第王爷对皇上很是恭敬，还有王妃……"

九阿哥打断了我的话："我要听的不是这些，这些事蕊儿已经告诉我了。"

听完九阿哥的话，我看了眼蕊儿，她深深地埋着头不敢看我。自打上次和她互称姐妹以来，我对她真的是以诚相待的。虽说我能理解她的苦衷，但看到她还是一如既往地替九阿哥监视我，汇报我的一举一动，内心不免还是有些失落。

我目光看向别处，淡淡地对九阿哥说："我知道的蕊儿也都知道，因此并不清楚九阿哥还想听我说什么。"

九阿哥站起身向我走来，定定地站在了我的面前："我想知道的是……你在蒙古的那些天都和谁骑马去了，你今天又是在看人群里的谁，你为什么突然和某人走得那么近。这些问题，除了你自己，没有人能回答！"

原来在这个紫禁城里是没有秘密的，每个人都活在无数道目光的监视下。

我的任何一个动作和心思，都逃不过别人的眼睛。十四阿哥能看得到的，九阿哥自然也能看到。我并不打算隐瞒九阿哥，他是个聪明人，和聪明人打交道无须遮遮掩掩，因为我知道不管怎样遮掩，终究都会被他揭穿。

我背过身子，对身后的他说："既然你都知道了，我也没必要隐瞒。在蒙古我是和太子一起骑了几天马，但我并没多想什么，希望你不要误会。太子怎么想，我不知道，也不想知道。总之以后我会和他保持距离的，你放心。至于我今天看的，是八阿哥。我想在那次皇上寿筵上你就已经发现了吧。"

身后人使劲地把我扳过身子，让我不得不直视着那双寒森森的眼睛。

九阿哥冷笑着说："太子的事，算你识相。以后见到他，能躲多远就躲多远。不是我危言耸听，你要是想活得久，就别再去招惹他！"

听到九阿哥这样说，我正想反驳：哪里是我纠缠他，明明就是他一直缠着我啊，搞得我好像多稀罕和他们这些人来往似的。

可还没等我开口，九阿哥又继续说："至于八哥……我劝你还是有些自知之明，他不会喜欢你这样平凡的女人。不漂亮不聪明，如今脱离了年府也不再有显赫的身世，更何况你还有四哥那本烂账，八哥才不会去引火上身。你再看看八嫂，无论是容貌、气度，还是身家背景，你没有一项是比得上的。话已经说到这个份上，你就算再笨，也该知道自己应当怎么做了吧？"

我瞪大眼睛听着九阿哥把话说完。原来言语真的是会杀死人的。九阿哥的话，就像一把利刃，一刀一刀刺向我，每一刀都正中要害。

是啊，我有什么资格去期盼八阿哥的爱呢……以我现在的处境，远离他才是我唯一能为他做的事吧。

紧咬着嘴唇不让自己在九阿哥面前软弱流泪，我目光坚定地对他说："九阿哥，你不用再说了，我都明白。以后我不会再做白日梦，今天这样的事也不会再发生了。"

九阿哥的脸色稍微缓和了些："你明白就好……"停顿了下，他接着说，"想必你也累了，我便不再多留，好好休息吧。"

我真的很累，身心俱疲，以至于我连对他福身行礼的力气都没有了，只是对着他点了点头。他见我这样也没说什么，转身走出了我的房间。

蕊儿送他出去后，回来见我还站在原地，赶忙过来扶我："格格，您这是怎么了？脸色苍白，手又这么冰。快去床上歇着吧。"

　　任由她伺候我脱了外衣，躺到床上。盖上被子后，我合上了沉重的眼皮。是的，我需要好好地休息。今天发生的事太多了，多到我难以消化。

　　希望一觉醒来就没事了，希望这一切都只是梦，睡醒后我就能回到现代，见到我亲爱的爸爸妈妈和朋友们了。

# 卷十一　每逢佳节倍思亲

从塞外回来后，没过多少日子就到了中秋。这是我在清朝过的第一个节日，照理说应该是感到新奇兴奋的，但因为这是个与家人团圆欢聚的日子，而我的亲人都处在距我遥远的另一个时空，所以对于过节真的是没什么心情和兴致。加上之前九阿哥对我警告的话，已让我心如止水。回现代无望，做回桑小爱无望，追求自己的幸福更无望。我现在所需要做的就是慢慢熬日子罢了。

皇宫里准备了盛大的中秋宴会，各宫娘娘、公主格格、阿哥们及其家眷都会一同参加。我是万万不想参加这次筵席的：一是因为这是爱新觉罗一家人的家宴，我这个外人没必要去凑热闹；二来我心情糟糕透顶，不想见人，尤其是那几个阿哥。然而事情哪能尽如人意，我很快接到了康熙的口谕：我不仅要参加中秋家宴，还要在宴席上唱歌表演。

尽管心里千百个不情愿，中秋那天我还是老老实实随着宜妃一同赴宴了。我躲在了一群宫女中间，想尽可能远离康熙那最中心的一桌子。中秋这顿饭我吃得实在味同嚼蜡，只希望快点吃完也算交差了事了。

宴会进行过半，康熙才算想起我，点我上台唱上一曲。我淡淡然地抱着琴走上台子，向康熙行了礼，然后便演唱了中秋节的必备曲目《明月几时有》。一曲唱罢，传来了意料中的掌声和称赞。如果说刚开始我对年湘儿所拥有的一副好嗓音是感到惊喜与骄傲的，那么时至今日不管是对这好嗓子还是好嗓子所带来的一切褒奖和赞誉我都没有任何感觉了。按现代的话说，一切不过是浮云。

观众席上突然传来一声喝彩："唱得真好啊！"我抬头看去，是和康熙坐在一桌上的太子。他神采飞扬地对他老爹说："皇阿玛，夜莺格格的歌声真是越来越动听悦耳了！"

康熙一直盯着我，沉默了半晌后，他说："歌声是好听，可不知为什么，我听这歌更多了份黯然忧伤的味道。"

我正准备起身前去行礼，却听到了一个娇嗔的声音传来："听皇阿玛这么说，那就是夜莺的不是了。在中秋节这样其乐融融一派祥和的气氛中，夜莺的歌声竟如此凄凉伤感，实在煞风景。况且她选了这么一首毫无新意的歌曲，根本就是没花心思没有诚意嘛。"说话的人是太子妃，她说完又回头看了我一眼，眼中充满了嫉恨与妒意。

听到太子妃的话，全场都安静了下来，一时间气氛变得很压抑很诡异。太子似乎想再开口为我辩解些什么，却被太子妃一眼瞪了回去。康熙还是若有所思地看着我，似乎并不打算回应什么。我再放眼看向一众阿哥：四阿哥闭着眼睛，完全是置身事外的姿态；八阿哥低头抿着茶，看不见他的表情；九阿哥憎恶地瞪着太子妃，并没注意到我的目光；十阿哥睁大眼睛来回看着我和太子妃，似乎还没搞清楚这是怎么一回事；十三阿哥担忧地看着我，眼中带了些鼓励；十四阿哥看起来很为我焦急，他的双手紧紧地握成了拳，放在了桌子上。我不敢面对他灼热的目光，于是便转了头不再看他。

不管有什么事情我都要独自面对。在这个时空里，我能依靠的，只有自己了。重新整理了心情，我抬头笑靥如花："太子妃娘娘教训得是，夜莺的确不该在这团圆佳节里破坏了大家的兴致。为了弥补过错，夜莺请求再为诸位献曲一首，还请皇上恩准！"

见康熙点头应允了，我再次抚琴歌唱。这次是《彩云追月》：

> 弯弯月儿夜渐浓
>
> 月光伴清风
>
> 月色更朦胧
>
> 倒映湖中她面容
>
> 柔柔身影中
>
> 点点相思愁
>
> 月色似是旧人梦
>
> 遥问故人可知否
>
> 心中望相逢

> 唯有请明月
>
> 带走我问候
>
> 彩云追着月儿走

　　我努力地带着微笑歌唱，尽量唱出一种祥和恬淡又带着羞涩的味道，只希望能让这些难伺候的主子满意，别再为难我。这次唱完后，没人敢再擅自评论，都等着康熙的反应。我也注视着他，等待着他的评价。

　　康熙嘴中念着曲中的几句词："柔柔身影中，点点相思愁，月色似是旧人梦。遥问故人可知否，心中望相逢。唯有请明月，带走我问候……不知不觉间，赫舍里皇后已经走了这么多年了啊。"

　　听到康熙口中的话，众人皆是一震。我心下更是紧张得不行，生怕勾起皇上对已故皇后的缅思哀悼之情。若引起他的不快，我就真的小命不保了。再次看向康熙的瞬间，我注意到太子妃嘴边露出了一丝得意的笑，她挑了挑眉，继续隔岸观火。她旁边的太子此时正出着神，眉目间藏不住一股浓重的忧伤。

　　就在我的心扑通狂跳时，康熙出声了："我很喜欢这首歌。夜莺啊，你不仅嗓音与赫舍里皇后十分相似，就连唱的歌也如此合朕的心意。只是十年生死两茫茫，若明月真能带去问候倒也无憾了。来人啊，我要重重地赏夜莺格格！"

　　听到康熙的嘉奖，众人仿佛才回过神来，也忙不迭地随声附和赞美着。我终于松了口气。退下台后，我再无心情回到饭桌上继续那食不知味的宴席，因此走出了屋子，打算在外面的花园里静静。蕊儿本来打算跟着我，但被我拒绝了。

　　今晚的月亮真的很大很圆，古代没有污染，因而看得更加清晰分明，仿佛就在眼前。我看着皎洁的明月，心中想：明月啊明月，希望你能把我的思念和我的关心带给我远方的父母，让他们别再为我担心。这样的节日，这样的夜晚，爸爸妈妈会和我一样看着月亮思念我吗？无论时间怎样变化，朝代如何更迭，月亮都是不变的。她照耀着古今，陪伴着无数个寂寞的灵魂。想到这，我口中吟道："黯乡魂，追旅思，夜夜除非，好梦留人睡。明月楼高休独倚。酒入愁肠，化作相思泪。"

　　叹了一口气，我继续仰头看着月亮。身后传出了轻轻的脚步声，我转过去，却看到一个我最不想看到的人。重新背对他，我依旧欣赏着月色，不想说话。

　　"夜莺格格莫非是仗着皇阿玛的宠爱，竟如此骄纵。见了阿哥也不用行礼吗？"

"四阿哥在这么隆重的晚宴上溜出来就是想让我给你行个礼吗？这里只有你我二人，何必要再做戏给人看。你想说什么话，就直说吧。"我懒洋洋地对身后人这样说。

四阿哥转身走到我的面前，看着我说："放肆！你竟然敢这么跟我说话。不要以为你现在被老九放在皇阿玛的身边我就对你无计可施了，如若有一天事情真的败露，最不利的会是你和年家！还有老九，我也一定不会放过他。"

看着四阿哥眼中闪过的一丝阴狠，我才意识到我面前的这位不是一般人，而是日后的雍正帝。心中突然有些害怕，面上虽未表现出来，但语气还是软了些："是我刚刚失礼了，还请四阿哥不要见怪。"

"哼——"，我低声下气道歉的回报就是一声冷哼。不仅如此，这个铁面王爷还没完没了了："我怎么敢怪你。看现在的形势，估计不久你就会被太子爷迎娶了吧。看他对你痴迷的样子，说不定当太子妃，甚至是将来的皇后都是可能的事。年湘儿啊年湘儿，我真是低估了你。原来你的野心竟这样的大，看来是我雍王府这个小庙容不下你这尊大佛哪！"

接二连三的误会和质问已经让我没了最初的惊讶与愤怒。无力回击他的揣测，我只是定定地看着他，缓缓说出我的心声："四阿哥，我从来没想过当什么福晋，做什么妃子。最近发生的一切对我来说都太突然，已经超出我的负荷了。请你相信，进宫来到皇上身边，成为皇上的新宠格格，得到太子的注意，这一切都非我本愿。如果能让我选的话，我宁愿回到父母的身边，与他们相伴，对他们尽孝，这才是我内心真正的期盼。"说完之后我顿了一下，"况且，我如果真想日后大富大贵，那就断然不该离开四阿哥这株良木啊。依我看来，四阿哥您才是最终的成大事者。"

四阿哥嘴边露出一抹讽笑："说的比唱的还好听。"

"我没故意拍你马屁，我是真心这么认为的。"是啊，现在这个时代里，没有人会比我更清楚未来的走向了。

四阿哥挑眉看了我一眼，眼神中包含着不解和一丝玩味，也许他是不明白为什么我拍马屁也要拍得这么一本正经信誓旦旦吧。他将手背在身后，看着明月说："你刚刚说你思念你的家人？原来你还记得你有亲人，我以为你真能潇

洒地一走了之，对一切不管不顾了。你可知道，你逃婚之后，年大人是多么的
惶恐担忧，年夫人是多么想念记挂你，就连你大哥，也很长时间都觉得无颜面
对我。这些，你可曾想过？"

我说的父母和四阿哥所理解的显然不是一回事，可是穿越而来的我又不
可能给他解释清楚。他说的这番话的确让我很心虚，很内疚，于是我没有回话。
是啊，离开年府这么久，从来没去关心过其他人过得怎么样，或许我真的太
自私了……

"还有春燕，你有没有想过她的感受？"

春燕？我在年府的贴身丫鬟？经四阿哥的提醒，我才想起有这个人。逃婚
那天我灌醉了她，让她成为代我出嫁的新娘。记起了这件事，我忙问道："春
燕如今怎么样，她过得好吗？"

四阿哥冷眼看着我："现在想起关心她了？之前让她代你出嫁时，为什么
不先问问人家的意见。如果我说她过得不好，而且是很不好，你又能怎样。"

听到四阿哥的话我很意外："怎么会这样？我以为……我以为让她嫁给你
至少能享受无尽的荣华富贵。为什么会不好……"

还没等我说完四阿哥就抓住我的手臂狠狠说道："你以为？所有事情用一
句你以为就可以结束了？从头到尾你只知道为自己着想，从未顾及他人感受。"

尽管他说的都是事实，可是我还是忍不住为自己辩护："一个人的人生只
能自己负责，我没办法替其他人的人生负起责任。如果你非要怪，就怪天意弄
人吧。"

我的话似乎彻底惹怒了四阿哥，他的脸此时有如千年寒冰："天意？你真
会推脱。就是你所谓的天意，不仅破坏了两段姻缘，还毁了两个人的一生！"

"你这话是什么意思，你说清楚些！"

"别装傻！你不要告诉我你不知道春燕和十三弟早已情投意合，互托终身
了！你走得倒是洒脱，可你知不知道你让春燕和十三承受了多大的代价。而我，
此生将注定活在对他们二人的歉疚中。"

我被四阿哥的话完全震惊了。透过他深邃幽暗的眸子，我看到了自己苍白
的脸。而此时站在四阿哥身后不远处的翩翩少年，同样也是面无血色。

我看着对面十三阿哥伤痛的眼睛，顿时明白了进宫以来他对我的若即若离，

他说话时的欲诉还休，还有他看向我时复杂的眼神。他的一切行为和表现都有了合理的解释，那就是：我狠狠地伤害了他。而这个男人，这个善良的男人，他非但没有报复我，而且一直都在默默地隐忍，一个人背负了所有。

眼前坚毅挺拔的身影开始逐渐模糊。我闭上了双眼：我错了，这次我真的错了。

## 卷十二　新春拜会各宫主

我忘了那天十三阿哥是何时和四阿哥回到席上的，我也不记得自己是怎么撑完了那场五味杂陈的中秋宴会。我只知道在四阿哥对我道出春燕和十三这对有情人是被我拆散了这一石破天惊的事实后，我的脑袋一片混沌。

我度过了浑浑噩噩，茶饭不思，谁都不愿见的几天。这期间宜妃和九阿哥来问候过我，都被我以身体不适搪塞过去了。

时间最是残酷无情，它从不等人，就在我还愁思不解时，它已经悄然流逝了。

很快到了康熙四十六年春节。

宫中各处都洋溢着一派新年里喜乐融融的景象，我这段时间来萧索的心境也得到了一定的化解。

古代的春节比现代过得热闹欢庆些。看着宫女太监们忙着张灯结彩、放爆竹礼花的样子，我也感受到了过节的氛围。

年夜饭是和九阿哥还有宜妃一起吃的，吃完饭九阿哥回到了自己府中，而我则陪着宜妃守岁。

这么快就过了一年啊。往后的日子，我要更加谨慎才是。不要再走错，不要再让自己心有不安了。

兀自愣着神，冷不防被蕊儿轻推了一把我才回过神来。

茫然地看向她，蕊儿看了眼宜妃对我说："格格，娘娘跟您说话呢！"

我赶忙转向宜妃："娘娘，您对我说了什么？"

宜妃拿手绢掩着嘴笑了笑："瞧这孩子，本宫叫了三声你愣是没答应。想什么呢？"

我忙掩饰过去："没什么，就是今天忙得累了，不免有些犯困。"

宜妃听后拉过我的手放在她手心："你进宫这些日子的确是累坏了……真是辛苦你了，可怜的孩子。"

看着她无限哀悯和怜惜的眼神，我真的是差点流下泪来。

人就是这样，当你在困境中时，如果无人过问，大家都袖手旁观，你反而会很坚强很勇敢。可是如果有人在这时关心你疼惜你，那你所有的委屈和忧伤都会释放出来。

宜妃向来很支持九阿哥参与到九龙夺嫡的争斗中，可是她有时候对于九阿哥毒辣阴狠的作风也是颇有微词的。就比如她现在对于我的处境和命运，应该也是充满了同情和无奈吧。

可怜天下父母心，都希望自己的子女为龙为凤，同时也对他们充满担忧。那我的父母呢？在现代，我在任何方面都不算是很优秀，而他们从未给过我压力，只是一如既往地支持我，鼓励我。可是在我消失后呢，他们怎么办，是不是天天在以泪洗面中度过？

我怕控制不住自己的情绪，就转过了脸，对宜妃说："娘娘快别这么说，夜莺如今做的一切不过是履行自己的本分罢了，没什么辛苦的。况且有宜妃娘娘这样疼着护着，是夜莺天大的福分，再不敢有什么奢求。"

宜妃轻拍了拍我的手："好好好……你能这么想自然最好。本宫看你这段日子愁眉不展的，还以为你是在胤禟那里受了什么委屈。其实他这孩子表面看着冷淡，内心对亲近之人还是很热忱的。本宫看得出来，他是关心你……"

"娘娘放心，九阿哥并无亏待我之处。他对夜莺处处提点，事事关照。夜莺绝无半点不满之心。"我面上淡淡道。

宜妃定定看了我片刻，然后轻叹了一声："也罢。你们没事本宫就安心了。那么夜莺，明儿早起替我去荣妃、定妃、惠妃、德妃那里送些礼去，可好？新年里联络联络感情，也全了那些个礼数。"

我"嗯"了一声应下了。生活毕竟还是要继续的。不管我现在心情有多糟，我也不得不时刻提醒自己，我并非什么真格格，不过是为宜妃和九阿哥卖命的一颗棋子罢了。按现在的话说，就是一高级打工仔。

在爆竹声中过了子时，我们正式迎来了康熙四十六年。守了岁，宜妃吩咐我回住处休息。

回去的路上，蕊儿静静地走在我的身后，我们一路无语。

天上突然飘起了片片白雪，我停住了脚步，站在连廊里凝视着空中飘落的雪花。

蕊儿见我在看雪，就感叹道："今年的第一场雪，真美啊。"

我缓缓踱步到庭院中，抬起手迎接晶莹的飞雪落在我的掌心，冰冰的，但很舒服。来到古代后，我对于月、雪这样的景物很感怀。毕竟它们是亘古不变的，它们使我觉得我和以往自己生活过的世界还有着藕断丝连的关系。这样想着，我就不会那么孤单和惧怕了。

蕊儿见我在外面站得久了，忍不住跟出来对我说："格格，小心得了风寒。时候不早了，快回屋里歇着吧。"

重新走进了长廊，我看着眼前灯光昏暗的连廊，不禁心生悲凉：长长来路，命有玄机。我究竟该何去何从？

闭上了双眼，我轻声说："蕊儿，明儿个早些叫我起床。你提前把那些礼品备好，别耽搁了。"

我不知道将来会发生什么事，我又将面对什么。如今能确定的事唯有一件：我必须不回头地走下去。因为这时空已不可能让我回头了。

康熙四十六年的大年初一，我一早便起来，待洗漱更衣好，用过了早膳，就带着蕊儿和几个宫女太监，前往诸位娘娘那里请安拜年。

走在路上，心中暗想：荣妃、定妃、惠妃、德妃这几位妃子皆诞有皇子。荣妃的三阿哥胤祉，定妃的十二阿哥胤祹，惠妃的大阿哥胤禔，更不必介绍德妃的四阿哥和十四阿哥了。

他们都年轻有为，颇受皇上宠信。这也难怪宜妃让我新年里第一天便去拜访这些个本就出身名门又母凭子贵的娘娘了。唉，原来像宜妃这样心高气傲的人，也不得不去遵守这深宫里的生存之道啊。

走过一堵堵宫墙，一座座宫殿，我在一道宫门前停下了脚步。为何这里看起来如此眼熟呢？

我转头问身边的蕊儿："这儿是哪座宫，住着谁？"

蕊儿扫视了四周一眼，接着答道："格格，这里是储秀宫，住着八阿哥的生母良妃娘娘。"

听到八阿哥的名字，心里还是忍不住"咯噔"了一下。自上次回宫之日起，已经有多久没见过他了？最近为十三阿哥和春燕的事所扰，淡忘了这个烦恼，可今日重临故地，不免又想起那日他的一言一语、一举一动、一颦一笑。

思念，已于无形中占据心脏的每一角落。思而不得，便隐隐作痛。

见我停立了许久，蕊儿忍不住出声："格格，咱们还要拜见各宫娘娘呢。"

听到蕊儿的话，我才回过神来。转念一想，又不禁皱了眉头，在心下叹息：八阿哥与九阿哥如此要好，宜妃却并未吩咐我探望良妃，可见出身低贱的良妃在后宫中确是受人冷落和排挤的。

母亲既是如此，遑论跻身于家世显赫、皇戚权重的众皇子中的八阿哥呢？这些年，他怕是吃了不少苦，忍受了不少酸楚吧。

向储秀宫内深深望了一眼，心疼着我那思念的人，片刻后我转头提步向前走去。

去过了荣妃和惠妃那里，就几乎要让我丧失耐心了。

无论是惠妃的大阿哥还是荣妃的三阿哥都是九龙夺嫡中的强劲竞争者。他们手握兵权，在朝廷中广结人脉，自然风光无限。母凭子贵，荣妃和惠妃皆雍容华度，同时也显露出骄横跋扈。

尤其是惠妃，仗着大阿哥受皇上器重，加上她哥哥是朝中重臣明珠，就更加恃宠而骄、目中无人了。今日在她宫里，听说我是代表宜妃来送礼贺新年的，也并无任何寒暄和问候，只是吩咐宫婢将礼物随意放置一旁，便遣人打发我走了。

走时还听到她在身后嘲讽道："宜妃真有意思，这些个不值钱的破玩意儿还值当遣人来送一趟？褆儿送本宫的那些稀世珍宝早已堆积如山了！嗬，派的还是这不知哪里捡来的野格格，真不知万岁爷喜欢她哪里，竟还宝贝得不行！"

听着她口中刻薄无礼的话，我攥紧拳头，不断地提醒自己不值得为这些小事生气。可尽管如此，面上还是难掩怒容。

她侮辱我可以，反正我本来就不是什么正牌格格，也不稀罕皇上赐的浮华虚名。可是同为妃子，她凭什么轻视宜妃。先不说宜妃娘家郭络罗氏家族显赫，五阿哥和九阿哥在朝中也很有威望啊。

况且九阿哥那么善于经营生意，只怕他家里的金银珠宝更是数不清了。惠妃嚣张个什么劲儿啊，我看不过是借机找碴显摆罢了。这紫禁城真不是人待的地方，人人皆是以权力财富标榜自己和衡量他人。没有丝毫人情味，倒处处充斥着铜臭味。

蕊儿跟在我身后，说着宽慰的话："格格莫动气，蕊儿知道您是向着宜主子，可实在犯不着和自己生闷气呀。"她看我并不答话，依旧面色铁青怒火中烧，便不敢再多言了。

一路上蕊儿带领着气呼呼的我向定妃所居的长春宫走去。到宫门口时，我让蕊儿带着宫女进去送礼，自己则在花园里等着。

蕊儿看起来很为难的样子："格格，这样不好吧……宜主子是让您亲自送的呀。"

我不耐烦地摆手："你去吧！如果我再去拜会这些高傲的妃嫔娘娘，很难保证无冒犯顶撞之举。到时怕是惹出祸端更无法和宜妃娘娘交代了！"

蕊儿听我这样说，也只得放任我独自留在园子中，她则带着宫女太监们向定妃寝宫中走去了。

他们走后，我一个人待着也无聊，就走到了池塘边的草坪上坐下，一边揪着草，一边将手中的草叶扔入水中。光这样还不过瘾，嘴里同时小声咒骂着那盲目自大的惠妃。

就在我痛快地宣泄着自己的不满时，忽听到后面传来一声轻笑："夜莺格格再这么拔下去，这片草地怕是要秃了。"

这一声吓得我不轻，立刻跳起身回头看去。

只见离我三步之遥的地方站着一位二十岁左右的俊朗男子。他身着一袭白裳，袖口和盘扣边上绣着淡淡的兰花，腰上佩戴着一枚黄玉。打眼一看，竟如神仙一般。

见我呆立在当场，眼前的男子复又开口："格格怎么不言语、只是盯着我看，难道我有什么奇怪之处吗？"

我依旧盯着他，开口一字一句地说："我觉得你好像……好像我想象中的大诗仙李白！"

这次轮到这位男子愣神了，他表情凝滞了几秒，接着朗声大笑："夜莺格格真是有趣！难怪皇阿玛如此欣赏你。可惜我只是这纷杂世界中的一介俗人，如何能和李太白相提并论？"

等等。皇阿玛……长春宫……莫非他是？

嘴边狡黠一笑，我对着面前人道："俗雅相衬，雅俗共赏。即使再放低姿态，也掩盖不住十二阿哥您这一身的才华与不羁。"

听闻我的话，十二微微一笑："不仅歌喉动听，竟也如此能言善道。看来真是不能小瞧了你。"

我得意地一笑："那是，我的本事多着呢。"不知为什么，十二能给人一种很放松很信赖的感觉。在他面前我可以放下防备，像我在现代时一样与人轻松地交谈。

谁知他却揶揄我："你的本事之一也包括生起气来便折磨草皮吗？"

我这才想起我刚才发脾气拔草的样子全落在了他的眼里，不禁脸皮发烫。

尽管这样我还是在死撑："那……那是因为我刚刚被一只恶狗咬了，心里不痛快！"

十二惊讶地打量着我，看我一切安好，又露出了不解之色。不过聪明人就是聪明人，他很快便领会了话中之意。

他淡笑一声，然后看向了池塘上的涟漪："宫中就是这样，你招皇阿玛宠爱，自然有人巴结，也会有人嫉恨。他嫉恨的，便是他得不到的。犯不着为了别人的无能，而气着了自己。"

十二的三言两语一下就令我如梦初醒。原来惠妃刚刚的言语不是针对宜妃而是在针对我啊。虽然她的儿子圣宠正隆，可她毕竟人老珠黄色衰爱弛了，一年中恐怕也无法与康熙单独碰面几次。

那么当她见到了皇上面前的红人我，自然会耍小性儿，而且恶语相向了。这样想想，竟半丝怒意也无，倒是有些同情惠妃了。

再次看向身边的人，对他的敬佩又增加了几分。这些个皇子阿哥的确都不能小觑，个个都是人精，我的一个表情、几句话，都能让他们看出端倪。

正准备开口奉承他几句，却见蕊儿往我这边走来了。

我对十二说："我的丫头已经将宜妃娘娘准备的礼物送与定妃娘娘了，夜莺后面还要去永和宫一趟，便不多做停留。今天十二阿哥的一席话让夜莺醍醐灌顶，受益无穷，如果可以的话，不知夜莺是否有幸交您这个朋友？"

　　直到蕊儿走近，十二都没有作声。蕊儿见我和十二站在一起不免有些意外，立刻端庄地向十二福身行礼。

　　十二抬手示意她起来后，蕊儿对我说："格格，已将礼物送至定妃娘娘处，娘娘问候了宜主子呢。"

　　听到蕊儿这话我和十二都笑了，因为我们都知道她是想安抚刚刚受了委屈的我。

　　我向十二略一福身："那么夜莺告退了。"十二以淡淡一笑代表应允。

　　转身的一刻，听到十二轻声说："我和额娘都不是势利之人，你无须避忌。以后若有需要，尽管来长春宫找我。能力所及，十二定当尽全力。"

　　回头深深地看了他一眼，我感到抱歉而又感激，为我对他的揣度，为他对我的理解。

　　去往永和宫的路上，我一扫之前不悦的心情，脚步也变得轻快起来。蕊儿偷偷打量着我，她一定不明白为何我的情绪会变化得如此之快吧。

　　我抿着嘴偷笑，心想：真好，在这宫中竟还能交到个以诚相待的朋友。看来上天还是眷顾我的。

## 卷十三　故人相见却无言

行至永和宫门前时，我的脚步开始有些迟疑。想起上次来这里时德妃意欲将我许给十四阿哥的一番话，心里还是会感到别扭。只希望德妃能淡忘这件事，而我今天，也别再遇见那个冤家了。

我站在德妃寝宫外，等待着她的召见。听说我是代宜妃前来问好，德妃立刻吩咐她的贴身婢女迎我进去。

走近德妃面前，我低头向她请安："夜莺恭祝德妃娘娘新春大吉，千秋万福。"

德妃依旧是一副贤德模样，她扶我起来，拉我在她身边坐下，开口道："有段日子没见你，出落得更标致了。你姑姑最近可好？你可好？"

我微笑着对她恭敬答道："谢娘娘挂心。宜妃娘娘近来很好，我也很好。"

德妃握着我的手沉默了一会儿，然后她挥手屏退了屋中下人们，对我说："孩子，之前的事情是本宫操之过急了，希望没让你觉得太烦扰。胤祯从小是在我身边看着长大的，本宫对他的宠爱自是不必说。

"对于这孩子，皇上与我向来都是有求必应、百依百顺的，凡事都尽量去满足他的要求。那日皇上寿宴后，他第二天就跑来求本宫，说让我务必出面去求他皇阿玛把你赏赐给他。可本宫心想，毕竟你是宜妃的侄女，皇上钦点的格格，这婚姻大事还是先征求一下你的意见比较好，所以上次才请你来永和宫一叙。

"想到你竟那么果断地就推却了这门婚事，让我们都惊讶不已，胤祯他更是生了几天的闷气谁都不理。本宫以为这不过是那孩子一时兴起，对你有了倾慕之心，过阵子热情便消退了。可谁知道发生了什么事，你随圣上从蒙古返京之日，胤祯回来后大发脾气，他把自己关在屋内不食不寝了好几日。

"本宫担心他身体被拖坏，对着他好说歹说，他才抱着我开口说话。你猜他说了什么？他竟说，他要发奋上进，不再被人小瞧。这孩子向来都是一副闲散怠懒的样子，本宫从未见过他对什么事如此认真上心。因此本宫就猜，这事八成和你有关系……"

德妃的话让我在震惊之余也有些迷惘。想起那天和十四的争吵，我还咬伤了他的手，也不知道他的伤好了没有……

德妃见我怔怔地没有说话，就继续说："本来你们年轻人之间的事本宫是不想插手管的，但看胤禛现在如此困苦，有些话我这个为娘的还是不得不说。本宫希望夜莺格格你再好生考虑考虑这门婚事，相信进了十四阿哥府的门，你也绝不会受委屈。退一步说，就算你们结不成夫妻，也请你对我们禛儿客气些，别再让他心痛难受。你也掂量些自个儿的身份，他可是皇亲贵胄，而你是……一个万岁爷在外面认来的格格！"

随着话音落地，德妃以冰冷的目光扫向我。这神情像极了四阿哥，一样地令人心惊胆寒。

其实我早就该想到，能在这后宫常年盛宠不衰，她一定是有相当的手腕和心计的。我一个微贱的格格，又怎敢忤逆她呢。

我站起身，正对着她跪下："夜莺无福消受十四阿哥的厚爱，也不敢带给他任何伤害。夜莺在这里向您保证，以后和十四阿哥绝无半点纠缠，绝不再让他苦恼困扰。"

好厉害的一个德妃娘娘。先是动之以情，后又晓之以理，最终以她的威势令我屈服。不过就是想让我远离她的宝贝儿子嘛，那好，我遵照便是。

果然，德妃唇边绽出一抹满意的微笑。

就在这诡异的气氛中，外面的太监在屏风后报："娘娘，四阿哥和年侧福晋向您请安来了！"

听到这两个人名，我不禁身形一顿。

德妃看了我一眼，轻声说："还不快起来。"

我刚站起身，就看到四阿哥跨步从屏风后走进来，他的身后跟着那久未谋面的年侧福晋，也就是我曾经的侍女春燕。突然有种恍如隔世的感觉，没想到如今竟在这种情况下再次相遇。

心中苦笑一下，我走向前去，对来人福身："夜莺给四阿哥、侧福晋请安！"

二人见到我皆是一愣，春燕更是睁大眼，难以置信地瞪着我。

还是四阿哥先反应过来，他抬手示意我起来，然后向德妃走去："今儿怎么这么巧能在这里遇见夜莺格格？"

我转过身对他说："回四阿哥的话，夜莺今天是奉宜妃娘娘之命来向德妃娘娘拜年。"

四阿哥听后未置一词，只是笑着走到德妃面前一揖："儿子给额娘请安。祝额娘在新的一年里一派繁荣，万事顺意！"

德妃高兴地招呼他坐下，又转头向我和春燕说："夜莺、湘儿，你们站着做什么，来这边入座吧。"

春燕点头应允了一声，走近德妃向她福身："湘儿也祝额娘新春万福金安！"

突然觉得此时此刻的自己很可笑。我在干什么，见证别人家的亲情团聚吗？

我对着德妃的侧影说："如果没有别的事，夜莺就不打扰娘娘和阿哥福晋共叙天伦之乐了。"

正准备福身告退，却听见四阿哥深沉的声音："夜莺格格这么急着走干什么，难不成是见了我们不高兴？"

话音未落，他便向我投来挑衅和审视的目光，伴着嘴角的冷笑。

看来他是要和我杠上，恐怕我一时半会儿也走不开了。事已至此，我只能笑着对他说："四阿哥说的这是什么话，夜莺怎会那么想。只不过怕扰了您几位的雅兴。"

"夜莺格格多虑了，我额娘向来喜欢热闹。是不是，额娘？"四阿哥看向了德妃。

德妃笑着连说"是是是……"，然后吩咐我坐在了四阿哥和春燕对面的木椅上。

我不知道这对母子心里打的是什么主意，不过现在看来德妃似乎还并不知道我和春燕的真实身份。现在不能贸然离去，一会儿等待合适的时机再告退吧。

德妃和四阿哥一直在聊着家常，我一句也听不进去，只在内心盘算着如何快点离开这里。低头喝茶的空当，却感到对面有道目光一直在我身上。抬眼迎去，看到的是春燕一双困惑又愤懑的眼睛。她难道不知道我进宫来的事吗，四阿哥为什么没有告诉她？

就在我俩这样相视无言时，太监又来报，说十三阿哥前来请安。

我拿茶杯的手略有颤抖，同时我也注意到对面的春燕握紧了手中的帕子。转眼再向四阿哥瞧去，他倒毫不在意，没有一丝担忧之色。

十三走进来，看清楚屋内众人后，微微皱眉。估计他从未想过会有这样的组合吧。可那尴尬只是停留了一瞬，他就恢复如常，粲然微笑着前去德妃身旁作揖："十三给德妃娘娘请安，祝娘娘年年如今日，身体康健，容颜永驻！"

德妃乐呵着让他起来，嘴里不住地夸赞道："本宫最喜欢十三这一张甜得发腻的嘴！来，快坐下，跟本宫好好聊聊。"

就这样，十三坐在了我的身旁，对面是四阿哥和春燕。我偷偷用余光打量着十三和春燕，却并未见这两人有何异常，他们都自然地和德妃谈天说地，只不过两人却少了些目光交汇。

能够相见却不能互诉衷肠，这两人一定觉得很苦吧。若说我是被天意所弄才不得不来到这个朝代，那十三和春燕就是被我的自私活活拆散了。我的内心陷入了深深的自责中，感觉无颜再面对他俩。

倏地站起身，对着中央的德妃说："娘娘，夜莺还是先告退吧。等下次有机会我再来拜见您！"

德妃点头允许我下去了。

转身走出寝宫，我快步奔入庭院中，扶着一株梅花喘着粗气。蕊儿见我出来后如此失神，赶快走到我身边准备搀我。

轻拂开她的手，"不碍事。"我说道。抬头看着梅树上的点点殷红，其上还覆着昨夜里下的薄薄初雪，我不禁感慨："梅花香自苦寒来，只可惜这有情人，就算经历了严寒，只怕也不可能迎来花香了吧……"

"无情之人也会有如此感怀？"循声向后望去，竟看到春燕伫立在梅林之外，挂着幽怨的神情，我见犹怜。

蕊儿向她行礼，可她却没有任何回应。

蕊儿转头向我求助，我对她说："起来吧，你到永和宫外等我。我和福晋有些话想说。"

一时间静静的庭院中只剩下我和春燕两人。风吹过，飘落了梅花上的雪，发出簌簌的声响。

我先打破了沉默："这一年来，你过得……好吗？"

春燕露出冷艳的笑容："春燕不懂小姐话中之意。您当日决定让我为您代嫁之时，不就应该设想好今日此情此景吗？现在才来关心我过得是否安好，未免迟了些。"

我靠着梅树的枝干，颓然地说："对不起……我真的不知道事情会变成这样子……对不起……"我知道现在任何道歉的语言对于因我而深受伤害的春燕来说都是空洞无力的，可我只是想让她了解，我真的无心伤她。我真的，知道自己错了。

面前落寞的身影向我走近："那日我醒来后，发现你不见了，惊慌地向老爷夫人报告。可那时距婚礼开始已没有多少时间了，年家人怕事情败露，便决定将错就错，让我替你出嫁。虽说年家有恩于我，但我早已心有所属，实在不能以此方式报答恩德，便激烈地反抗。老爷便命人用木棍敲昏了我……就这样，等我醒来时，就已经在喜房里了。"

我试探着问她："然后呢？四阿哥对你可好？十三阿哥他……"

春燕此时已经眼角湿润，她看着我恨声道："四爷得知这件事后怒火中烧，可无奈大错已铸，再也无力回天。于是他和年家人达成共识，对真正的年小姐消失一事绝口不提，而我从今就是年湘儿，是四爷的年福晋……只是，我出嫁以来，他从未碰过我，始终以礼相待。我懂的，他于我、于十三阿哥，都有愧。

"至于十三阿哥……他知道我代替你嫁给他最敬爱的四哥后，一直不愿接受这个事实。连着很长时间幽闭在家中，人也瘦了一大圈。我曾问他，问他是否怨恨你，他竟说他不怪你，只怪上天无情使我俩缘浅。他还劝我让我放下前尘过往，不要郁结于心。"

听着这些我不知道的事，感受着春燕和十三的痛，我的泪早已悄然落下："都是我的错……这都是我的错……"

春燕走过来狠狠地扣住我的肩膀："你怎能如此狠心？你害得我们三人好苦，你知不知道……知不知道！可是为什么……你当初不愿嫁给四爷不就是因为不想步入宫廷吗？那现在算什么，你这夜莺格格算什么！"

"其实……我也有我的苦衷……春燕，我真的不是故意为之的，你相信我。

我不奢求得到你的原谅，但希望我们之间也不要有什么误会。"

春燕松开了我："苦衷，是吗？敢问这紫禁城中有哪个人是没有苦衷的？我没有十三阿哥那般大度，我始终放不下心中对你的怨。"

对于她的指责我无言以对，因为她说得并没有错，这本就是我亏欠他们的。

春燕转过身，用酸涩的声音对我说："既然当初选择牺牲别人的幸福来成全自己，那么就请你努力地过自己想要的生活吧。毕竟，我不希望自己的委曲求全没有任何意义。"

望着她瘦削的背影越走越远，我的视线也变得逐渐模糊。用衣袖随便擦了下脸上的泪，我转过身快步向外走去。

我要快点离开这里，哪怕多停留一分，那深重的罪孽感都会压得我喘不过气来。

低头快跑间，却看到前方出现了一双青底黑靴。我缓了脚步，抬头看过去，发现那是正笑意盈盈走来的十四。

正打算躲退到一旁，可是已经被他认出，他看到我带泪的脸，一时笑意全无，慌忙拉住我："这是怎么了，谁欺负你了？"

我赶忙用衣袖又抹了抹止不住的泪珠，努力挤出一丝笑容来，对他说："哪有谁欺负我，不过是刚才有风沙入眼，所以才流了些泪罢了。"

很显然我这个幼稚的理由根本骗不了十四，他继续不依不饶："你若不告诉我实话，我就带你进永和宫问个明白！"

想到刚刚和德妃的约定，我狠狠推开了十四，对他怒道："你怎么那么烦，不用你来多管闲事！以后没事不要跟我说话，也不要来关心我。因为我讨厌你，我讨厌你！"

我向宫门外奔去，身后的人影依旧定定地站在原地。

我又伤了你是吗？对不起，十四。希望你能放下，希望你能忘记。因为这样的我，根本不值得你挂怀。

蕊儿看着已哭成泪人儿的我显然是吓坏了。她边轻拍着我的背，边询问着："出什么事了格格？娘娘为难你了？我看到十四阿哥刚进去，莫非是他又纠缠你了？"

我扑向她的怀中号啕着："别问了，求求你别问了！蕊儿，若你真把我当成姐妹，就请你忘了今天发生的事，千万不要和九阿哥说！求求你，答应我……"

蕊儿用手帕擦拭着我的泪，对我应道："好，都依你。不说不说……只是我的好格格，你快别哭了。"

在模糊的视线中，我蓦地浮起一些念头：这不是我的人生，我仿佛是按照别人安排的剧本在活着。我是如何成了这样一个我本不喜欢的人，又是如何过上了这样一种万般被动的生活？我究竟还是不是我？

# 卷十四　初识景远心怅然

回到延禧宫后跟宜妃草草地交了差，她看出我情绪有异但也没多问，估计也能猜到我是在一些娘娘那里受了气吧。至于九阿哥，他新年以来一直没入宫中，不知道在忙些什么。不过这样也好，就不会被他发现近来发生的这些扰人的事了。

这天正当宜妃向我抱怨着九阿哥怎么这么久都不来给她请安时，外面便有太监通传九阿哥到。我听罢立刻从宜妃身旁的软塌上起身，站到了宜妃一旁。真是说曹操曹操就到啊。

九阿哥走进来向宜妃行了礼："儿子给额娘请安了！"说完他扫了眼站在一侧的我，似乎并无让我回避的意思。

宜妃佯装生气的模样："好你个胤禟，新年好几天都不来给我请安，怎么今儿个倒想起你额娘来了？"

九阿哥上前坐到了宜妃身边，牵起她的手，摆出一脸的委屈："额娘这么说可真是冤枉儿子了。近日不过是被一些杂务缠住罢了，哪有忘记娘亲的理儿？您可是一直在儿子心里放着呢。"说着他握着宜妃的手指了指自己的胸口。

我起了一身的鸡皮疙瘩。这个九阿哥还可以再肉麻一点吗。这一口的甜言蜜语，再配上他那张惊为天人的脸，哪个女人都会被打动吧。

宜妃听他这么说，倒真是一扫之前的怒气与不满，笑着啐了他一口："你这一张嘴呀！就会哄额娘开心。"

九阿哥稍稍正色："儿子哪有在哄您，今儿真就带了些新奇玩意儿来给您解解闷。"

宜妃一听来了兴致："哦？那是什么，快拿出来让我瞧瞧。"

九阿哥狡黠一笑，拍了下掌，大声说："穆教士，进来吧！"

一位身着黑袍的西洋教士闻声便从屏风后走出来，走近些后他对着宜妃深鞠一躬："臣穆景远见过宜妃娘娘。"

我抬眼细细打量着这位西洋教士。三十左右的年纪吧，高高的鼻梁，蓝蓝的眼睛，棕色卷曲的头发，高大的身材，真是个纯正的老外呀。虽说在现代里见到外国人是再稀松平常不过的事儿了，不过如今在三百年前的清朝见到老外还真是很稀罕呢。他来大清干什么，是为了传教吗？可他是怎么和九阿哥结识的呢？

宜妃显然是和我有同样的疑问，她讶异地上下打量着这个穆景远，然后转向九阿哥："胤禟，你是如何结识这位西洋教士的？他和你刚刚跟我说的新奇玩意儿又有什么关系？"

九阿哥似乎料到了她会这么问，不慌不忙地答道："儿子是在前不久外出办差时偶然结识了穆教士，谁知道我俩一见如故相谈甚欢，我便邀请穆教士随我回京城了。额娘可千万莫小瞧了这位教士，他本事可大着呢。至于有什么新奇玩意儿，不如让他亲自给您展示吧。"

对于九阿哥的话，我是半信半疑。或许他俩的确是偶然间认识的，但我绝不相信他把这个外国人带回京城只是因为他俩脾性相投这么简单。不知道九阿哥这次又是在打什么算盘。

宜妃想必也能猜到他儿子的那些心思，听了九阿哥的解释，她妩媚地笑了笑："行了，就别卖关子了，有什么绝技就全使出来吧。"

得了宜妃的应允，穆景远上前一步，对宜妃点了点头："臣献丑了。"

只见他突然从袖口中抽出了一把素净的折扇，他打开折扇，轻轻地摇动着。随着摇动，本来洁白而无一字的扇面上竟缓缓现出了点点字迹。片刻之后，一首诗已出现在扇面上。

穆景远开口吟道："冰雪林中著此身，不同桃李混芳尘。忽然一夜清香发，散作乾坤万里春。"刚念完，他"啪"的一声合上扇子，同时一株梅花便握在他的手中。再细细看去时，哪里还有折扇的踪影？

这说白了就是我们现代人口中的魔术嘛。虽然我在现代也看过不少精彩绝伦的魔术，可那都是在电视上，如此近距离地观赏还真是第一次。

向宜妃看去，她果然同样地沉浸于刚刚精彩绝伦的表演中，嘴巴惊讶地微微张开，形成一个 O 形。待回过神来，她才想起对穆景远鼓掌："好，好！穆教士这表演真是有趣啊，本宫之前竟从未看过。真是太神奇了！"

穆景远似乎对我们的表现一点也不意外，他淡淡笑了下，将手中的梅花向宜妃献上："谢娘娘夸奖。臣这不过是些小把戏罢了，若娘娘想看，臣随时等候召唤。这株梅花便献给娘娘，娘娘的气质正如梅花般清雅脱俗，瑰丽非凡。"

又是个能言善道的，还是个外国人。是不是人以群分，九阿哥身边的人都如他这般油嘴滑舌？我心里这样暗暗嘲讽道。

虽然明知是拍马屁，但宜妃还是对他的溢美之词受用无比。她笑眯了眼，对穆景远说："那么一言为定，穆教士若还有什么新奇技艺，可一定要让本宫见识见识。"

九阿哥此时插话了："看吧，我就知道额娘会喜欢。能看到穆教士的表演，额娘以后便不会觉得闷了。"

宜妃喜滋滋地轻轻拍了拍九阿哥的脸："老九真是乖啊！"

九阿哥嘴角一扬，似乎对宜妃的赞赏很满意："儿子今天来是有事想和您商量呢。"说完他又用余光扫了我一眼。

宜妃会了意，便转头对我说："夜莺，你带穆教士去偏殿休息片刻吧。等我与老九说完了话，再遣人知会他。"

我微微福身，答道："是。"

留了蕊儿在屋中侍候着，反正她是九阿哥的心腹，对于她，宜妃娘儿俩向来没什么避讳的。

穆景远也鞠躬拜别了宜妃。

我和他一前一后走出了房间。我带领着他走入偏殿，请他在方椅上落座，又吩咐丫鬟给他上了茶。一切准备好后，我坐在了他的对面。一时间竟不知该说些什么，只是相对无言。

过了一会儿，我实在是受不了这种静默的气氛，便首先打开了话匣子："教士是从哪里来，在大清待多久了？"

穆景远带着微笑缓缓地答："我来自大不列颠国，如今在大清已四年有余了。"

哦，原来是英国人呀。在清朝待了四年多这么久啦，难怪中文说得这么好。

我正在心里这么暗自感叹着时，穆景远却开口问我："您就是大名鼎鼎的夜莺格格吗？我在宫外就听过关于您的传说，百姓们都说宫里出了个歌艺无双的格格。后来也听九阿哥说起过您，他说您聪慧机敏，是个特别的姑娘。今日得以一见，真是穆某之幸。"

听了他的话，我不禁蹙眉：什么？我的事迹都已经传到宫外去了，还成了老百姓茶余饭后的谈资？这都什么和什么呀，我可不想这样引起世人的关注，这对我实在没什么好处。他刚还说什么来着？九阿哥夸我聪慧机敏？有没有搞错，他会在人前说我好话？不知这家伙葫芦里卖的什么药。

心里虽然纠结万分，但面上还露出欣然之状："穆教士过誉了。夜莺乃一普通的女子，只不过侥幸得到了皇上和宜妃娘娘的欣赏才得以侍奉其旁，哪承得起您这样的赞赏。"说完我就在心里骂自己，桑小爱啊桑小爱，你何时也变得这般虚伪造作了。

穆景远听了，依旧淡淡道："是金子自然会发光，是宝石自然难掩其光芒。穆某句句出自肺腑，格格又何必妄自菲薄呢。"

我的脸一阵发热。这么看来倒是我显得太虚假了。为了掩饰尴尬，我轻咳了一声："穆教士尝尝这新进贡的龙井吧。"

穆景远倒也没推辞，爽快地端起杯子，抿了一口，回味了一会儿后又抿了一口。

他放下杯子，沉吟道："的确是好茶，清新甘甜，品过后唇齿留香，后味无穷。"

我笑了笑："穆教士果真识货。我作为大清臣民，都达不到教士对茶的品位，真是惭愧。"

这话我是诚心实意说的。以前在家里，我父母也喜欢研究茶道。每次他们喝工夫茶，我都没耐心去按那顺序和规矩细细品茶，只是一口吞了。他们每每见状，都只能叹息说我这是暴殄天物。

穆景远也笑了："其实我初到大清国，并不习惯喝茶，更不要说品茶了。后来渐渐地才领会到茶中滋味，对于茶文化，我不过是略知一二罢了。在我的国家，人们更喜欢喝一种叫 coffee 的饮品，那与茶是完全不同的味道。"他流露出思念和渴求的神色，想必是离家久了难免生出思乡之情。

　　同是天涯沦落人，我开始和这洋教士有点惺惺相惜了。心中喟叹一声，却又故作轻松不露痕迹地安慰他："教士家乡的咖啡固然不错，却多了份苦涩。所谓既来之则安之，教士既然对大清的茶文化深感兴趣，那不妨就入乡随俗莫要心存遗憾了。多一种体会，人生的滋味才更丰富。不是吗？"

　　穆景远挑眉深深看了我一眼，眸中划过一丝讶然。不过随即他又带着一丝调皮的笑，对我说："格格说得极是。"他闭上眼，左手握着胸前的十字架，右手在自己的头上、左右两肩前画了个十字，口中喃喃道："God bless."说完他转过脸对着我，一副忧愁的样子，"只希望以后愁思尽扫，烦恼不再。"

　　我看着他滑稽的样子，忍不住"扑哧"一下笑出了声："穆教士，只怕你们的上帝耶稣管不到大清的领土上，保佑不了你喽。你还是自求多福，不要再庸人自扰了吧！"

　　穆景远看我这样调侃他，倒也不气不恼："穆某本就是庸人，自然免不了受世俗烦恼所扰。不过今日能结识与众不同学识出众的夜莺格格，想必以后便有人可以为我答疑解惑了。"

　　穆景远说话时强调了"与众不同学识出众"这几个字，让我听得极不自在，不知道他意欲为何。

　　我收起了笑容，不解地问他："教士这是什么意思？"

　　穆景远笑着站起身，手背在身后走到了窗前，看着窗外的冬日雪景对我说："没想到这大清国真是山外有山，人外有人。连一个养在深闺宫中的格格都知道我大不列颠的咖啡和上帝耶稣，真是令穆某意外。"

　　不好！我心中一惊。完了完了，刚才只顾着和他玩笑，竟没注意说漏了嘴。想想也是，这古人哪能知道什么咖啡和上帝呢。只怕现在已经惹他生疑了吧……

　　咬了咬唇，虽然知道大事不妙，但我还是尽力辩驳："原来穆教士指的是这个呀。其实我知道咖啡和上帝也没什么好稀奇的，随着贵国出使大清的使者和教士越来越多，大清子民对贵国多多少少也有了些认识。况且夜莺是皇家人，见识也就略多了一些。"

　　我的指甲深深地陷入掌心中，只求这辩驳之词能过关。

　　穆景远沉声笑了出来："夜莺格格，若我刚才直接对你说的是咖啡和上帝，那你这番说辞还勉强推敲得通。可我刚才说的可是我大不列颠的语言，敢问格格，您是如何通晓的呢？"

这下真的露馅了。现代人都能知道 coffee 和 GOD 这样简单的词汇，可是清代人怎么会懂得英语呢。我的手紧紧地握住两旁的椅子扶手，不安地看向穆景远的背影。

迟疑了一下，我问他："你……你想怎么样？你是不是，会立刻禀告九阿哥？"

穆景远转过身，看向我的目光中含着嘲讽和无奈，他沉下脸来，不悦地对我说："夜莺格格真是太看得起穆某了。我只不过是九阿哥结识的江湖朋友，并不是他的心腹和属下，还用不着事事向他报备。穆某此番问询，不过是好奇为何夜莺格格会懂得如此之多的西洋文化。若不得格格的信任，您不回答便是了。"

听他这么说，我开始犹豫，能告诉他吗，他真的值得信任，能为我守住秘密吗？我真的不敢确定，也不敢去冒险。这不仅仅是信任与否的问题，若我说我的灵魂是从三百年后的现代来的，他能相信吗？只怕会认为我是在胡言乱语吧。

穆景远看我久久未应声，只是微不可闻地叹了口气："您不想说就算了吧。想必您也有自己的苦衷。"

正在我不知该如何回话时，蕊儿在门口轻轻唤了声"格格"。

我让她进来，她向我福身后对穆景远说："穆教士，娘娘和九阿哥说完话了。九阿哥现在等着您一同出宫呢。"

穆景远又恢复了之前淡然的气度，他对蕊儿说："有劳姑娘传话了，穆某这就随姑娘前去。"

蕊儿向他点了下头，然后就转过身率先走出了殿门。

穆景远看了我一眼，就紧跟着蕊儿也向门口走去。在他快要踏出门槛的一刻，我叫住了他："穆教士……"

他似乎猜出了我在想什么，背对着我轻声说："格格放心，今天的事，天知地知，你知我知。"说完他就抬脚走了出去。

穆景远走后，我一个人对着空荡荡的房间，感到难抑的怅然若失。这秘密，果真保守不住了吗？那么我的命运，又将有何改变呢？

## 卷十五　出行江南释前嫌

最近发生的几件事搅得我心绪不宁，心烦意乱。

自我知道内情以来，虽然对拆散十三和春燕这件事内疚不已，但直到真的面对春燕时，我才真正感到切肤的悔恨。

可是我能怎么办，如今还有什么法子可以弥补他们吗？我想不管我做什么，对于他们都没有实质性的意义了吧。每每想及此，我都很痛心，为自己曾经的自私，为自己如今的无能。

至于那天对十四说出伤害他的话……为什么会这样呢，我真的无意伤他，可是每次与他争执起来我都无法控制自己的情绪。他是阿哥啊，我凭什么老对他大呼小叫、态度恶劣，难道是我潜意识里知道自己任何无理取闹的行为都会得到他的纵容吗？

我被自己这个想法吓了一跳。桑小爱，你怎么可以这么卑鄙！不喜欢人家就算了，竟会利用人家对你的感情为所欲为有恃无恐。

希望他可以渐渐忘却吧，毕竟感情的事是无法勉强的。相信过了一段时间后，他热情退了，会发现我也没什么非凡之处，到时我们就能坦然相对了吧。可是为什么，想到这儿，我心里竟有一丝抽痛。

还有被穆景远发现我破绽的事。尽管他那天承诺不会说出去，但我还是会担心。不是我不愿相信他，而是这件事对于旁人来说太离奇。如果我把这件事情告诉他，他会不会认为我是疯子？而且就算告诉他，又能怎么样呢，只不过是多一个人知道这个秘密罢了。

明明被这些事缠得几乎头痛欲裂了，可在别人面前我还要装作一切无恙的样子。好在宜妃和九阿哥并没看出什么端倪，只是说我脸色看起来不好，叮嘱我注意饮食和休息。

这时宫里传来了皇上正月里要南巡的消息。这次随扈的依旧是太子、大阿哥、十三阿哥、十五阿哥和十六阿哥。而康熙再次钦点了我一同前去。

我心想，去南巡也好，反正随扈的人里面又没有我特别不想见的那几个，而且这样刚好能避开那些事那些人一阵子。免费出去散散心，何乐不为呢？

临走前宜妃嘱托了我一番，无非就是让我注意安全，同时照顾好皇上云云。

九阿哥也专程来看过我一次，没说多少话，却只是默默地盯着我看。临了他说了句："万事小心。该避的人还是避避。"

我真是越来越搞不懂九阿哥了。其实进宫来除了皇上寿筵的初次表演，他从没有吩咐我去完成任何其他的任务。那他花钱养着我这么个白吃白喝的人，又有什么目的呢？

仅仅是为了要挟四阿哥吗？没必要呀，他应该把我囚禁起来才更稳妥啊。这样大张旗鼓地把我弄进宫，不是更容易引火烧身吗？还有他刚刚说什么要我避避人，这是什么意思啊，我应该避着谁？

想不通就索性不想了，他们这些人中龙凤，其心计又岂是我能揣度出来的。不过看他对我惯常未变的态度，想必穆景远并没把我们之间的秘密告诉他，心中因此放松了些。

经历过上次随扈蒙古，我对皇家车马浩浩荡荡的雄伟气势便不那么惊叹了，这次坐马车也不再感到颠簸不适。

于是，就在这滚滚车轮声中，我们于十几日后，终于到达了传闻中上有天堂，下有苏杭的烟雨江南。

清代的杭州与现代有很大变化。我指的不是什么高楼林立或者车水马龙这类与现代科技息息相关的显著不同，而是指那份内在气韵的转变。

相较而言，古时的杭州更有种杨柳拂岸、小桥流水的别致雅趣。现代的嘛，倒是过于繁华了。这样想着，我轻轻地摇了摇头，微微叹息。

没想到这一细小的举动落在了康熙的眼里。他问我："夜莺丫头怎么一到杭州就唉声叹气的？难道你不喜欢这里吗？"

听到他的问话我赶忙答道："回皇……回老爷的话，夜莺刚是在感慨江南的秀雅风光呢。可转念一想，过不久就要与这里告别了，因此难免有些难过。"

康熙吩咐随从们在外一律称他为老爷，估计是不想引起百姓的注意吧。

康熙听到我的话，只是沉声笑着说："你们这些小姑娘，就是喜欢没事多愁善感悲春伤秋的。有什么好难过，你既然喜欢杭州，就让胤礽、胤祥他们几个多陪你到处转转不就行了嘛。"

我差点翻白眼晕过去。让太子和十三陪我玩，还不如要我的小命呢。那个意味不明的太子已经够让我避之不及的了，还有十三……我现在根本没法坦然面对他啊。

突然间，我反应过来九阿哥在我临走前交代的话的意思了。他就是想让我避着这两个人吧。唉，狐狸就是狐狸。对于麻烦的到来，他比我这种愚钝之人更具有前瞻性。

太子眼中有一抹惊喜之色，他立刻回道："儿子谨遵阿玛吩咐，定当照顾好夜莺姑娘。"说完他便向我投来热切的目光。

我别过眼不去看他。另一边，十三倒沉静得很，只是淡淡地回道："是。"

唉，只怕他对我还是心有芥蒂吧。

恍然间，听到李德全尖声尖气地叫我："夜莺姑娘，还不谢谢老爷？"

我这才反应过来，对康熙欠了欠身子，还要故作欣喜地说："多谢老爷关心！"

我究竟要这样戴着面具扮演夜莺的角色到什么时候？我感到自己越来越力不从心，越来越厌恶这样言不由衷的自己了。

再看向康熙，发现他正一眨不眨地注视着我，眼中有我看不懂的思绪。

一时间我有些慌神：是被他看出什么不妥了吗？应该不会的，我这是做贼心虚，成了惊弓之鸟，时时都紧张防备得不行。

康熙老头不知道是不是看出我的忐忑，他收了目光，对身后一位穿青衣便服的中年男子说："曹知府，你带我们四处转转吧。"

曹知府？想必这就是杭州的知府大人了吧。穿得倒是挺简朴，不过依我看应该是因为在皇上面前不敢太招摇高调。这人深谙应对进退的君臣之道，不错，是个聪明人。

这位曹知府听了康熙的命令，立刻上前拱手恭敬道："下官遵命。"

在曹知府的带领下，我们参观了杭州的几大染坊、茶库和盐库，了解了杭州如今的管理情况和贸易往来。这也难怪，茶、盐还有丝制品不仅是杭州的特产，也关乎整个国家的经济命脉，像这样由官府垄断的产业，自然会让皇上格外挂心了。

听着曹大人对康熙的细细讲解，我开始有些走神。我对这些官场上的事和经济问题向来不感冒，只是碍着是陪皇上巡游，因此也只得耐着性子听。

许是察觉了我的心不在焉，在曹大人的演讲告一段落时，康熙对众人说："今天的巡视就到此结束吧。曹知府，待到你府上，咱们再深谈一些细节。其他人，可以下去歇着了。没别的事，就好好享受这江南之景吧。"

说完他还特意向我的方向瞧了一眼，我则立即向他投以感激的一笑。

我们所有人都暂住到了曹府。一进曹家府邸，康熙便和曹大人继续去书房中议事了。其他人则被曹府家仆带领着到各处院落里安置好。

我细细打量着这座府宅。假山野趣，盆景生机，曲院回廊，和现代里看到的苏州园林一脉相承。

就在我啧啧称奇时，蕊儿从屋内走出来问我："格格，旅途劳累，要不要先伺候您梳洗一下？"

我摆了摆手："不用。我想在这园中走走，你不必跟来了。"

走在连廊上，我欣赏着园林的静谧与精致。虽然是隆冬时节，但仍有梅花和松柏在傲然霜雪。我心中暗叹，这园林设计得真妙，一年四季皆有景可观。

逛得有些累了，我走进湖边的凉亭，坐在了一侧的栏杆边。

头倚着亭柱，我喃喃吟诵道："江南好，风景旧曾谙。日出江花红胜火，春来江水绿如蓝。能不忆江南？"

在现代我本不是舞文弄墨之人，可没想到回到了古代对于这些诗词歌赋什么的竟能信手拈来。嘴角轻轻一勾：果然环境是会改变人的啊，什么都抵不过一个习惯。

"江南忆，最忆是杭州。山寺月中寻桂子，郡亭枕上看潮头。何日更重游！"

我被这突如其来的一声一下子惊起。转身看向来人，我禁不住变了脸色。

我皱了皱眉，怎么这么巧就能让我碰到了？对着他福身："十三阿哥吉祥。"

十三抬手让我起来："在宫外不必拘礼。"

我看着他："十三阿哥怎么没陪皇上处理政务？"

十三脸上闪过微微的一丝淡漠："有太子陪着，用不着我操心什么。况且，我本就不喜好参与那些国政之事。"

"哦……"一时间我不知该说些什么了。单独面对十三，还是感到了强烈的不自在。虽然他从未对我表露过任何敌意和不满，但我就是难以正视他。

他察觉出了我的局促，语气略带伤感地说："夜莺格格如今当真和十三无话可说了吗？"

我咬紧下唇。十三啊，那是因为我对你充满了愧疚啊。

"对不起……"我嗫嚅道，"当初那件事，我真的是无心的。我没想到，事情会变成这样。对于给你们造成的伤害，我很歉疚。"

十三听到我提起他和春燕的事，脸上顿时积聚起了浓重的忧伤："事情已经过去了，无须再提起。对于我和她……只能恨我俩缘分太浅，怨不得旁人。夜莺格格不要太过自责了。"

我的心中顿时充满了酸涩感。真的能过去吗？如果真如你说的，能将往事放下，为什么你的身上总有股挥散不去的愁苦呢？

我声如细蚊，越说越懊悔："如果我那时知道你和春燕的感情，是无论如何都不会让她为我代嫁的。我真是糊涂啊……"

十三似乎陷在了回忆里，他的表情恬淡又祥和："记得那时我们还年少，每次四哥去年府和年将军会面时，我都会跟去。就是在那里，我遇到了她。

"我始终清楚地记得初次见她的情景：她坐在花丛中看着蝴蝶在周围翩翩起舞，眼中洋溢着欢欣和向往。我走近她，问她为什么不把蝴蝶捉起来慢慢观赏。她看到我时局促不安的样子真是太可爱了，最后才羞怯地告诉我她渴望有朝一日也能破茧成蝶，自由自在地飞舞。

"从那时起我便在心中刻下了这女子的音容笑貌，再也无法忘怀。此后，我更加频繁地去年府。就算四哥未去，我也总找些借口去看她。

"四哥很快看出了我的心思，他虽说以燕儿的身份不可能做我的正室，但他也承诺说待他与你的婚事完毕之后就去请皇阿玛将她指给我做侧福晋。可没想到后来……后来就这样了……"

我看到他痛苦地闭上了双眼："我曾经以为我会让她成为最美丽的蝴蝶，

却没想到如今看她被茧缚住，偏偏一点法子也没有。"

眼角不自觉地渐渐湿润，我的声音有些颤抖："是我害了你们……都是我……"

十三睁眼看向我，嘴角勉强扯出一丝微笑，但在我看来苦涩无比。

他说："不怪你。你不要想那么多了。其实我明白，你和四哥的心里，也很苦。我知你一直以来都是个倔强果决的姑娘，可实在没想到你会胆大到逃婚。我看得出你以往对四哥虽没有爱慕之心，但还是非常敬重的。为何这件事会做得如此草率呢？"

我知道十三没有责备我的意思，他或许真的是好奇我当初为什么能做出那样的惊人之举。想起四阿哥深沉冷峻的眼，我的内心泛起了凉意。

我开口缓缓道："因为我不爱他，所以不愿嫁给他。因为我知道我和他的性格十分不合，所以无法将自己的一生托付给他。或许这话在旁人听来很任性很幼稚，但我真的是这样想的。什么政治联姻，什么以大局为重，这些都是用冠冕堂皇的理由对真情的戕害。我没什么奢求，只不过是愿得一心人，白首不相离。我希望未来有一天我和某个人是真心实意地爱着彼此，我们之间的感情纯洁无瑕容不得一丝杂质。"

听完我掷地有声的一番自白，十三有片刻的怔忡。他云淡风轻地笑了笑："夜莺竟是这样至情至性的女子，十三敬佩不已。那么十三就祝愿格格能找到这样一个人，过自己酣畅淋漓的人生。"

所以，这算是我与他冰释前嫌了吗？十三他，真的原谅我了？

看着他真诚的目光，我如释重负，笑言："谢十三阿哥吉言。我一定会爱我所爱，无怨无悔。"

十三也笑了，笑得月朗风清。似乎是想到了什么，他敛起了些笑容，又问我："你和九哥……是怎么回事？四哥很介怀这件事，毕竟他和他们素来冷淡。"

我知道十三口中的"他们"是指八爷党，也就是八阿哥、九阿哥跟十阿哥，还有十四。想想就能猜到四阿哥肯定会生气的，我逃婚已经够大逆不道了，竟还和他的死对头连成一线。这也难怪他几次见到我都语气不善。

虽然心里对九阿哥是有些埋怨，但我并不想激起他和四阿哥的矛盾，就故作轻松地说："我是在逃婚后无意认识了九阿哥，他看我无处可去，才把我带进宫中，放在宜妃娘娘身边了。"

十三对我的说辞显然充满怀疑："真是如此？可我为什么看你总是闷闷不乐的，是不是他难为你了？若有什么委屈，你一定要给我和四哥说，别藏在心里。九哥明知道你的身份，但还是带你入宫，又放在了皇阿玛的身边，实在是令人怀疑他的动机。"

我心中一暖。尽管我有负于十三，但他还是这样为我着想。

笑了笑，我坚定地对他说："放心吧，九阿哥对我还好，并没有难为过我。若他真想对我不利，一早就应该把逃婚这件事禀告圣上了。虽然我也不清楚他为何要把我留在宫里，但目前看来，他并无恶意。"

十三听我坚称自己过得很好，就放心了一些。他微微扬了嘴角，不再多说什么。

我俩默契地看向湖光景色，空气也安静了下来。

如果日子能像这样一直简简单单、无波无澜的，该有多好。

## 卷十六　树欲静而风不止

这天晚上独自在房中用过膳后，待夜色深了，我便开始有些蠢蠢欲动。

来杭州已经几日，还未真正好好欣赏过这江南景色呢。于是我找来了两套男装，打算与蕊儿两人乔装出去转转。

蕊儿一开始很为难，对我这种大胆的行为颇不赞同，可她拗不过我，也只好由着我来了。

我们趁府中仆人不注意，悄悄溜了出来。

夜晚的杭州城别有一番韵味。家家亮起淡淡暖暖的灯火，和空气中氤氲着的湿气黏附在一起，仿佛给周遭都笼上了一层薄薄的纱幔。护城河里时不时有晚归的渔船经过，船桨推击水波时形成的汩汩声，更突出了夜晚的静谧。

我和蕊儿缓步走着，静静地欣赏有别于白天里喧嚣热闹、此时一派祥和的杭州。不知不觉间我们走到了西湖边。看着平静无澜的湖水，我想起了传说中白娘子和许仙的故事。旁边的一棵桐树上挂满了红色的带子，应该是人们想借着西湖的灵气在这里求姻缘。

我扶着树干，静静地凝视着不计其数随风飘扬的红丝带。心中一动，我从袖口中掏出了那块杏色的手帕。这还是那次在宫里迷路时，八阿哥给我的。我还没有找到合适的机会还给他，便一直随身收着。

此时置于这样温情脉脉的地方，脑海中自然浮起了心心念念的他。他最近过得好吗？自上次后，好像很久都没有见过他了吧。我和他，是否就像两道平行线一样，只能遥遥地望着……

见我一直静默不语，蕊儿试探着叫了我一声："格格，更深露重，咱们转一会儿便回去吧。"

经她这么一提醒，我才感受到真是挺冷。毕竟是正月里的天，就算穿着棉袄和毛皮斗篷，寒意还是不住地袭来。回头看到蕊儿冻红的耳朵和鼻头，心中十分不忍：我自己想出来走走，竟连累着她也受苦了。

带着些歉意，我对她说："确实很冷，不如我们去集市里的茶馆坐坐吧。"

蕊儿如蒙大赦，脸上透着欣喜。我笑着拉起她向市中心走去。

市中心的夜晚颇为繁华。一些酒肆饭馆仍营业着，看起来生意兴隆。路过一家青楼时，我看到人进人出，一些穿着艳丽的女子正在门口招徕生意，相当热闹。

我盯着那青楼看了半晌，蕊儿却沉不住气了，她局促地说："格格，咱们快走吧。"

是我糊涂了，为了满足自己对古代烟花之地的好奇，竟忘了礼仪，也羞煞了旁边这位良家女子。

抿嘴笑了笑，我故意逗她："蕊儿姐姐，你可是怕我拖你进去转转？"

蕊儿早已满面红霞，颇有些恼地对我说："格格就会和奴婢开玩笑。"

"好了，不逗你了。"我摇了摇头，打算和她去附近一家茶馆歇歇脚取取暖。

转身欲走时，却发现不远处走来了几位锦衣华服的公子哥。仔细瞧去，却吓了一大跳。

领头的是太子，他旁边簇拥着的几人我只能认出两个，一个是太子常年来身边的跟班和谋臣，叫什么我记不住；一个是曹知府的二儿子，这几日都是他陪同太子在杭州城内游玩，看来服务很周到，深得太子心。

眼看着他们越走越近，我有些慌了。四下看了看，我咬咬牙，强拉着蕊儿进了面前的青楼。

我们一进大门就有老鸨来招呼了："唉哟，欢迎两位公子啊。看着您二位有些面生，是第一次来我们这儿吗？不如让我为二位安排两位姑娘吧？"

我递给她一锭银子："不用。给我们备一间上好的厢房，然后来壶好茶就行了。"

我只是打算避避太子，可没打算真在这里寻欢作乐。

老鸨收了银子，欢欢喜喜地领着我和蕊儿进了一间包厢。

等她招呼完了出去后，蕊儿紧张地看向我："格格……"

我知道她想说什么，于是轻轻拍了拍她的手背，宽慰道："别担心，咱们就坐一会儿。等太子走远了再离开。"

蕊儿听后松了口气。想必她和我一样，刚刚看到了太子也很紧张，要是被他发现我们偷溜出来就不妙了。

心还没放下片刻，就听到外面一阵喧哗。过了一会儿声音近了，我才听得真切了些。

一个男人骄横跋扈地说："张妈妈，今儿来的可是位贵客。你可得好生伺候喽！"

接着是那位刚刚和我说过话的貌似叫"张妈妈"的老鸨回道："那是当然！曹公子放心好了，我一定给您几位安排最好的厢房、最好的姑娘。"

曹家二少爷？我皱了皱眉。听老鸨的口气，他应该是这家青楼的常客。他这服务还真体贴，竟带着太子逛到窑子里了。若是被皇上知道，不知会不会龙颜大怒，严厉惩罚他们。

接着果然传来了太子的声音："曹二，别那么招摇。找个僻静的地方，坐坐就走。"

看来他倒是挺低调的，估计也是怕行迹暴露的话会有损皇家颜面吧。

听着他们的脚步声越来越近，我的心几乎要提到了嗓子眼儿。身旁的蕊儿紧紧抓着我的手臂，身子微微颤抖着。我握住她的手腕，看着她摇了摇头，示意她别慌张。

他们停在了我们旁边的厢房前。曹二对老鸨说："就这间了。"

不一会儿就听到有一众姑娘娇笑着鱼贯而入，一时间那里觥筹交错，莺歌燕语不绝于耳。

我面露尴尬，这家妓院的隔音设施怎么这么差？转头看看蕊儿，她早羞得满脸通红，双手捂住耳朵怔怔地出神。

叹息了一声，我从桌上倒了杯茶递给蕊儿，用眼神鼓励她，让她定定神。

我想要赶紧走，可是发现要走向楼梯必然会路过太子的包厢，那就得冒着被他们发现的危险。现在真的是进退维谷，左右为难。

正愁眉紧锁时，却听到旁边传来了一声怒喝："全部都给我滚出去，没我吩咐，这些女的都不许再进来！"是太子的声音。

姑娘们小声咕哝抱怨着从他们房中走出，下了楼梯。

曹二谄媚地说："殿下您甭生气，如果您不满意，我就找这院里的花魁来服侍您……"

还未等他说完，太子就已经不耐地打断："别找这些庸脂俗粉来碍我的眼。本太子的品位还没那么低俗。曹二，以后别带我来这些地方，皇阿玛知道了会不高兴。况且，京城里有名的青楼比比皆是，我怎么会稀罕这些货色？"

曹二听了立马赔笑："太子爷说得是。能配上您的自然都是佳人中的翘楚，曹二再不敢妄自安排了。只不过是最近几日看太子爷心情不太好，便想着带您出来乐呵乐呵。"

太子轻叹了一声："唉，最近皇阿玛忙于政事，我却插不上什么手，本就不悦，夜莺这几日也深居简出，不见踪影，更是勾起我的烦闷。"

听他提到我的名字，我和蕊儿皆是一震。此时便忍不住主动去探听他们谈话的内容了。

"太子殿下莫非是中意那夜莺格格？"

太子似乎是思索了一下，说："我也不知道。我很喜欢她开朗直率的性格，也喜欢她悠然婉转的歌声。和她在一起时我很放松很开心，没有和她在一起时我就会想念她。对她，似乎是有些不同于别的女人的感觉吧。"

"那敢问夜莺格格对太子爷又是什么态度？"

"在草原上的时候，我们玩得很开心，她对我没有戒备，似乎也有些好感。但是不知道为什么，回京后她便开始疏远我、躲着我。我真是不知道她怎么想的。"

原来我做得有那么明显？我以为自己只要躲着，这些麻烦就不会上门。可谁知道背地里却还是有暗潮汹涌。

曹二继续说："太子爷，这还不简单，您去试探试探夜莺格格的心意不就成了吗？想这天下中，有哪个女子能拒绝您的青睐。"

庸俗之人，我撇了撇嘴。若这曹二是女子，只怕他此刻便巴不得给太子投怀送抱了吧。

太子的声音有些犹疑："如何试探她？我只怕吓到了她，令她更不敢亲近我了。"

"咳，您贵为太子，一向金口玉言，哪有她拒绝的余地？退一步说，您就算强要了她也没什么。女人最注重的不就是名节嘛，等生米煮成熟饭，她必然就离不开您了。"

可恨！这个曹二为人竟如此卑鄙龌龊，尽给太子出些下流招数。他若是此时在我面前，我真恨不得撕烂他那张臭嘴。

"胡闹！"还好太子对他的那些馊主意也不屑一顾，"本太子乃堂堂正人君子，怎能做出如此苟且之事。况且对夜莺，我尊重她，绝不会让她受半点委屈和伤害，就算要得到她，也一定通过光明磊落的手段。刚才那些话，我权当没听到。"

听到太子的话，我心里稍稍有些暖意。虽然对他没什么感觉，但知道他这么尊重我在意我，内心还是挺感动的。

曹二看太子动怒，显露出惶恐："是小的失言了，再不敢出言冒犯夜莺格格。那么，既然太子如此看重夜莺格格，不如直接向皇上请求将她许配给您做侧妃不就行了吗？"

"啪"一声，是瓷器摔碎的声音。我立刻回头看去，蕊儿手中的茶杯此时已成为躺在地面上的一堆碎片。

她哆嗦着嘴，手指着太子包厢的方向，很明显是被刚才的话吓着了。

太子那边的人也听到了这边的响动，某人喊了声"谁"，然后就有人过来踹开了我们这间包厢的木门。

我苦笑了下，躲了半天，竟是以最尴尬的情形相见。

我平静地对门口的人道："我亲自去和你家主子赔罪。"

出了门，我转身进了旁边的包厢。

太子本还铁青着脸打算会会这个胆大包天到偷听他讲话的家伙，看看究竟何许人也，但看到来人是我，他怔住了。

我俯身向他行礼："夜莺给太子爷请安。"

空气凝滞了几秒，我用余光瞥见周围的人都露出了讶然之色。

太子很快恢复了平静。他抬手让我起来并屏退了房间内的其他人，对着他们说道："今晚看到夜莺格格的事，若是走漏了半点风声，我要你们全部死，明白了吗？"

那些人赶紧连连称是，逃一般地离开了屋子。

我一直看着地面，不敢直视太子。

沉默了一会儿，太子对我说："你坐到我身边来吧。"

"夜莺不敢。"

"连我的话都偷听了，你还有什么不敢。若是不想让我们的对话再被别人听见，就坐得近些。"

我犹豫了下，还是抬步走到了桌子前坐下，在太子的对面。

我嘴里小声说："我……我不是故意听你们对话的……"

"都听到了？"

我咬了咬牙，说："是，听到了。"

太子盯着我的眼睛，然后认真地说："既然你已经知道我的心意了，我也想问问，你究竟是如何想的？"

我又低下了头："夜莺只把您看作尊贵的太子爷，绝无他想。"

太子笑了两声，声音中充满了干涩："尊贵？你可知道我处于这一人之下、万人之上的位置有多么寂寞和忧虑？有的时候，我真的很需要一个可以和我平等交流的人，能够与我分享喜怒哀乐的人。夜莺，难道我看错你了吗？"

"夜莺承受不起太子殿下的厚爱。"

"夜莺，其实想想，曹二刚才的话并没有错。如果我开口请皇阿玛赐婚，待他同意了，这不就是板上钉钉的事了吗。"

我心下一惊，他真打算这么做？

我看向太子，咬着下唇，终于将话说出口："太子殿下，夜莺很感谢您的垂青，可是真的无法接受您的好意。若您非要强人所难，那么夜莺一辈子都不会快乐，一辈子都不会原谅您。我宁愿死，也不要被他人逼迫着做自己不喜欢做的事。"

太子静静地看了我半晌，想必是在消化我刚刚说的这些决绝的话。他把目光看向别处："也罢，你既不同意，难道我真能逼死你吗？"

我暗自呼了口气。还好，太子没有步步进逼。

"不过，"他又开口："我并没有说我放弃了。"

我蹙眉看着他，这又是何苦呢？

他转开了话题："你今夜怎么跑出来了，还穿成这副样子。要是被皇阿玛知道你竟敢易装进了青楼，他就是舍不得说你，也一定会责罚下人的。"

我扯了扯嘴角。什么嘛，你自己还不是一样，有什么立场警告我。

他看我没有回答，就没有再问。只是对我说："时辰不早了，我们该回去了。"

"殿下您先走吧，我随后再偷偷溜回去。不然要是被人发现我们大半夜一起回去，又要招闲话了。夜莺不想给您惹麻烦。"我说得恭敬，其实是不想给自己惹麻烦。

太子听我说得也有理，就叮嘱了我一声："那你自己注意安全。"

我忙点头称是。

等太子一行人离开后，蕊儿才从旁边的厢房过来，她着急地拉着我的手问："格格，怎么样，太子有没有为难您？有没有逼迫您答应他什么？"

我对她笑笑："没事，我们也回府吧。对了，蕊儿姐姐，今天的事可千万别说出去，包括对九爷。太子逛妓院，这事可大可小。我可不想引来什么祸端。"

蕊儿想了想，然后坚定地点了点头。

那天晚上回到曹府后，我更是天天待在房子里，一步都不敢迈出去，生怕再遇上太子。

这样又过了几日，终于听康熙说打算回京了。这样我紧绷的神经才放松了些。

一路上我也是一直待在自己的马车中，除非必要，就尽可能少在外走动。有好几次我远远看到太子，也立马避开了。

再次回到了紫禁城，依旧是百官前来接驾。

我提前跟皇上说我身体不适，想直接回延禧宫。皇上见我最近一直不喜走动，加上脸色不太好，便同意了我的请求，还嘱咐我回宫后注意休养。

回到延禧宫向宜妃请了安，讲了讲这次出行见闻，她倒没多问什么。

回来后的几天，我好好地想了想太子的事。其实我没必要那么紧张，既然他答应了不会强行向皇上求赐婚，那么这阵子应该不会有什么动作。

而且我看康熙的意思，短期之内他好像并无为我指婚的打算。这样我就有足够的时间来想想对策了。

# 卷十七　远离纷扰莫再留

虽然十分的焦头烂额，但是我从没打算就太子之事求助于九阿哥或四阿哥任何一方。

不是我怕什么，我只是不想因我的关系而打乱他们现在兄弟之间的平衡。或者我这考虑根本就是多余，我对他们来说不过是颗棋子，丢了便丢了，实在不行彻底把我除掉就一劳永逸了。

这时我想到了一个人——穆景远。上次被他发现我的破绽，我一直犹豫要不要把实情告诉他，毕竟总是担心他保守不住秘密。可至今九阿哥从未就这件事询问过我，看来穆教士算是个可信之人。

我不知道告诉他对于我的现状有没有什么帮助，可是我觉得能有个可以倾诉的人也是好的。

这天正陪着宜妃说笑，我伺机向她说："娘娘，最近的日子实在闷得慌，也没发生什么有趣的事儿。"

宜妃笑睨了我一眼："你这丫头，又有了什么鬼主意？不妨直说吧。"

我满脸笑容地讨好她道："娘娘真聪明，一下就能看清我那点小心思。我只是琢磨着，上次九阿哥带来的那个洋人变的戏法还挺有意思的，不知道能不能请他再来表演一次？"

宜妃听了我的话想了一下，道："你是说穆景远？那洋人确实有些意思，经你这么一提，本宫也有些想看他的戏法了。"

她轻捏了捏我的脸颊："你倒是会找乐子！成，本宫改日和胤禟说一声，让他安排穆景远再入宫。"

我甜甜地对宜妃一笑："谢谢姑姑。"

宜妃果然没让我失望，次日就让穆景远入延禧宫来给我们表演魔术。等他表演完之后，宜妃甚是满意与惊奇，吩咐我带穆景远去偏殿歇歇，并给他打赏了些银子。

我找借口支开了蕊儿和其他下人，打算单独和穆景远好好谈谈。

穆景远带着丝玩味看着我："夜莺格格安排的这一切，究竟意欲何为？"

我也不和他绕弯子："穆教士，你上次问我的事情，我想和你说实话，也希望你能给我些意见。"

他略有些惊讶："为何夜莺格格突然决定告知穆某您的秘密了？而且您怎么就知道我能给你些意见？"

我直视他的眼睛坦言："实不相瞒，我最近是有一个大烦恼，所以才想要求助于您。我在这宫里没什么朋友，也没什么信得过的人，至于为什么决定告诉你，我也不知道，大概是直觉你不会背叛我。"

穆景远看我如此真诚，也不禁肃容道："夜莺格格既然这么信得过穆某，那么穆某也愿洗耳恭听。如有帮得上忙的地方，一定当仁不让。"

我凑近了他一些，说："请您答应我，一定不要泄露我给您说的秘密，不管是对谁。因为这很有可能要了我的命。"

穆景远举起胸前的十字架对我说："我在主的面前发誓，绝不会泄露您说的任何一句话。"

他敢拿自己的信仰发誓，看来我真的没什么可不放心的了。

我深深吸了口气，对他说："也许我后面说的故事您初听会觉得很荒唐，但我绝无半句虚言。如果您有任何问题，希望能在听我讲完后再提出。这件事始于一年前……"

我尽量用简洁的语言给他讲述着这一切。从在现代里我参加可忻的 Party，到我晕倒后莫名其妙地到清朝，到达这个时空后竟成了年家小姐，被告知要嫁给四阿哥。我不甘就这样糊涂地由上天决定自己的命运，就逃了婚。直到后来遇到九阿哥，被他送进了宫……

一口气讲完了这些积在我心底的秘密，我突然有种释然之感。

我看向穆景远，他一开始很惊讶，之后更是难以置信，瞠目结舌地看看我，不过后来他的表情渐渐趋于平静，让人看不出什么情绪。

我苦笑着："是不是很离奇？我之前不愿告诉你就是怕你不相信，怕你会觉得我是个疯子，在疯言疯语。其实不要说是你了，如果不是我自己亲身经历，也绝不会相信世上竟有这样的事。"

穆景远看着我，他迟疑了下但还是很直接地问出了口："所以你的意思是，此时此刻和我对话的，是占着这个时代里年家小姐身体的三百年后的灵魂？"

他这么一说我才觉出了那么点恐怖的味道。

我重重地点了下头："是这样。"

"听你的描述，我觉得或许是因为你摔倒前正看着关于清代的戏剧，又幻想着在清代的生活，所以在头部受到重击的刹那，你的思绪停留到了清代，这也许就是你来到清朝的原因。"

他的分析好像挺有道理。我欣喜地问："这么说你相信我说的话了？"

穆景远微微笑了笑："我好像没有不相信你的理由。你若刻意编谎话来骗我，对你又没什么好处。况且，在我的祖国，在西方，有一种医术叫催眠术，它可以麻痹人的思想，让人在睡梦中或意识混沌的状态下思绪纷飞，到达平日不可能到达的地方。"

是呀，催眠术好像也有这样的本事呢。可是，好像还是有些说不通啊。

我问穆景远："但是穆教士，据我所知，西方的催眠术只是能让人在短时间内思绪神游。而我来到这里已有一年的时间，为什么还是没有清醒，没有回去呢？"

穆景远沉吟了一会儿，点头道："这也是我不能想通的一点。不过穆某略通医术，在西方又认识很多学医的朋友，如果能和他们交流交流，说不定能弄明白格格所说的现象。"

我激动地对他说："真的吗？你果真能帮助我回去？"

穆景远摇了摇头："这个我不敢保证。机会似乎很渺茫，不然你也不会这么蹊跷稀奇地来到这里。但是我会尽力为之，希望能对格格回到家乡的愿望有所帮助。"

虽然听到穆景远说回去还是八字没一撇，我有些失望，但依旧很感激他。其实本来我就不该抱太大的希望，如果真能那么容易地来去自由，这世上的时空规则不早就乱了套？

我送穆景远离宫，直送他到宫门口。

回来的时候，我一路上都在想着催眠的事。正埋头快步走着，却听到前方一声严斥："大胆奴才，见了太子妃娘娘还不快行礼？"

我赶忙抬头看去，发现太子妃坐在金篷华轿中正向这边行来。

我恭恭敬敬地福下身："夜莺给太子妃娘娘请安！"我怎么这么倒霉，竟遇到了这个凶神恶煞？

太子妃佯装才看到我，倒不急着吩咐我起身，只是假意训责她轿旁站着的贴身侍婢："碧云，你怎么回事，没看到来者是夜莺格格吗，怎么能满口奴才地训斥她？太失礼了。"

那个叫作碧云的丫鬟装作一副惶恐的样子对太子妃说："是奴婢失言了。不过这夜莺格格一直埋着头走，穿着又这么朴素，奴婢只是一时没认出来。"

太子妃冷笑一声："罢了，这也不能怪你。捡来的就是捡来的，自然不比宫中的格格那么矜贵大气。她就是穿着锦衣玉裳，也掩盖不掉那一身的粗鄙。"她说完用怨毒的眼神瞪了我一眼。

周围的宫婢都掩着嘴偷笑，同时也用鄙夷但略带些同情的眼神看向我。

皱着眉，我心说：到底什么时候能让我起来？这个太子妃犯了什么病，干吗没事找我碴。等等，她是知道太子向我求婚的事了吗？消息走漏得还真快，看来太子妃在太子的身边也安插了不少眼线呢。真是可悲的夫妻相处模式。

眼瞅着我的膝盖就要坚持不住了，我出声打断了太子妃主仆对我的明嘲暗讽："太子妃娘娘说得极是，像夜莺这般低贱的人的确不该污了娘娘的眼。那么如果没什么吩咐的话，就请准许夜莺退下吧。"既然不能和她叫板，那我现在还是走为上策吧。

听了我的话，她们停了下来，都看向了我。那个叫碧云的丫头又开口道："放肆！太子妃还未让你离开，何时你能自己做主了？"

好刁钻的丫头啊，真是有其主必有其仆。我心中苦笑了一下，又向太子妃看去。

太子妃看着我的眼神中透出丝丝寒意，她抬起手指向我："你，给我跪下！"

我是千万个不情愿，我跪天跪地跪父母，不得已要跪皇上，可凭什么要我跪你？你算哪根葱啊。

就在我暗自抱怨的当儿，那碧云又一次大声喝道："还不快跪！"

我终究无可奈何地向太子妃跪了下来。刚一跪下我就倒吸了一口冷气——嚯，这冬日里的地面真不是一般的凉寒。膝盖接触到的一瞬间，就有如冰锥刺骨般的痛。

我这样跪了约莫有半炷香的工夫后，太子妃看起来仍没有放人的打算。

我壮着胆子开口问她："夜莺愚钝，不知什么地方令娘娘不快。还请娘娘明示，夜莺一定痛改前非。"有什么要改的我不知道，不过现在我膝盖以下真的很痛。

太子妃眼皮都未抬一下："碧云，给我掌嘴。"

我大惊：她还敢打我？我好歹也是皇上钦点的格格，她不把我放在眼里难道也不把圣旨放在眼里了吗？这个太子妃真够毒辣，想必平时草菅人命的事绝不会少干。

碧云一脸的得意和奸诈，她一步一步走近我，在距离我仅半步之遥处停了下来。

她阴阳怪调地对我说了声："那奴婢就得罪了。"

话音还未落地，她便一扬手向我左脸打了过来。"啪"的清脆一声，打破了宫道里的静寂和萧瑟。

我顿时觉得眼冒金星，左脸火辣辣地疼。还没等我缓过来，又一巴掌向我右脸扇来。

碧云就这样左一下右一下地掌掴我。旁边不时有宫人经过，他们看是太子妃在刑罚人，便也不敢多看，只是低着头快步走过。

一段时间后，我双颊麻木，已不感觉疼了。我用讥诮的眼神看了眼碧云，心里说难道你这样使足了吃奶的劲儿打我，自个儿的手就不疼吗？碧云看到我的眼神显然一怔。

我又向太子妃看去，眼神里只剩下同情和怜悯：你这样羞辱打骂我，只是因为你丈夫对你不忠。你不敢找他质询，就只能拿我出气。可是你今天就算弄死了一个夜莺，能保证日后不会再有什么黄鹂喜鹊？一个巴掌拍不响，太子心思不在你身上是必然。任何男子都不会喜欢一个毒妇。

我的眼神似乎激怒了太子妃,她大骂了一声:"不知廉耻的狐媚子!给我打,给我狠狠地打!"

我嘴上带着一抹讽笑,缓缓地闭上了眼。随你吧,不如就打死我好了。打死我,说不定还能让我回到现代,不用在这里受这般屈辱了。

碧云沉声应道:"是!"

就在我做好准备迎接她的巴掌时,身后一声大喊传来:"住手!"

我睁开眼,看到所有人都望向声音的来源。我也转过头——他怎么会在这里?

十四经过我身边的时候微微顿了一瞬,然后他又提步向太子妃走去。

他看起来还是一副意懒模样,笑着给太子妃说:"十四见过太子妃娘娘。"

太子妃显然是没想到能在这里看到十四阿哥,她的脸色沉了下来:"哦,是十四弟啊。不知你到这里有何贵干?"

十四还是觍着一张阳光无害的脸回说:"刚给我额娘请安回来,没想到这么巧能在这里遇到太子妃娘娘。娘娘……您这是在忙什么呢?"他说完回头看了我一眼。

太子妃显然不想让她争风吃醋的行径落到他人眼里,就只是蜻蜓点水地说:"没什么大事。只不过是夜莺对我出言不敬,我对她小惩大戒罢了。经十四弟提醒,我才想起自己还有正事去做,就不在这里多做停留了。碧云,起轿,咱们走!"

"十四恭送太子妃娘娘!"

等太子妃的轿子走远了,十四立刻转身向我跑来,轻轻地扶起我。我刚站起来的一瞬,膝盖钻心地疼,完全使不上力,一个趔趄我就跌入了十四的怀中。

"怎么了,是不是腿疼得紧?这个恶婆娘真是欺人太甚,冰天雪地里让你跪了这么久!"十四咬牙切齿地说。虽然他已经压低了声音说话,但还是克制不了情绪。

我想安慰他,便试着挤出一丝笑容:"不碍事,真的不碍事。休息几天就好了。"

十四的眼中满是心痛和怜惜:"别笑了,笑得比哭还难看。石氏真心狠,竟然把你好好一张脸打成这样。"

听到十四的话我忍不住瞪了他一眼。你难道就不能好好安慰一下我吗,干吗要在人家伤口上撒盐。

十四一个公主抱，就将我抱在他的胸前："看你的腿现在怕是走不了路了。还是快点回去找个太医给你看看，我真怕会落下什么病根。"

我第一次被男人这样公主抱，脸上不禁有些发烫。好在现在脸颊被人打得红肿，倒也看不出我害羞的神色。

我抬眼看向十四的侧脸，细细打量着他。以前没有认真观察过他，今日一看发现他其实算是男子中长得较为英俊的类型了。浓眉大眼，英挺的鼻梁，健康的肤色。总的来说，是帅哥一枚啦。

许是察觉到我的目光，十四低头看向我："你在想什么。"

突然与他直视，我竟心跳加快，呼吸也有些局促。这是怎么了？

移开了目光，我问他："你怎么找到我的？"

"刚刚看到有些太监宫婢聚在一起偷偷议论着什么，我听里面提到了你的名字，就叫他们把事情原委告诉了我。一知道太子妃在体罚你，我就立马赶过来了，没想到还是太晚。"

我呆呆地看着他："谢谢你。还有……对不起。"

十四笑了笑："说什么呢。"

"今天多亏你救了我，不然我恐怕真的会跪死在这。之前我对你态度不好，抱歉。"

我感到十四抱着我的手臂顿时紧了紧，他看向我时目光闪烁："不用客气。要是想报答我，以后就对我好一点，或者不妨以身相许。"说完就又露出了坏坏的笑容。

这个家伙，真是给点阳光就灿烂了。

我心中暗自笑着，但又生出了些苦涩。我现在一心一意地想穿回现代去，指望这样就能躲避开这里带给我的一切烦恼。可是此刻面前的这个男人，他将要如何面对我的突然离去，他会不会很失落很伤心？

心狠狠痛了，我凝视着十四：欠你的，只能来生还了。

## 卷十八　云谲波诡暗潮涌

十四抱我回到延禧宫时，九阿哥和宜妃娘娘正巧在正殿议事。见我这样回来，他们不由都是一愣。

宜妃先沉不住气，她快步走到我和十四跟前，满目担忧地看着我，却似是问着十四："这是怎么了？走前还好好的，怎么一个时辰后回来就是这副模样了？"说完手就抚上了我红肿的脸颊，一脸的心疼和不解。

我看着宜妃眉头紧锁的样子，尽力忍着身上的伤痛想去宽慰她。我边说着"没事没事"，边试图从十四怀中下来。可是脚刚一挨地，却发现膝盖完全使不上力。全部体重一下子压在虚乏的双腿上，我顿时感到锥心的疼痛袭来，嘴上也忍不住发出"哑"的一声痛呼。

眼看着我快要跌倒，十四和宜妃同时扶住了我。

这时宜妃再也耐不住性子了，她看向十四："十四，这究竟是怎么回事？夜莺因何受了这些伤，而这又是谁干的？"

十四颇有些顾虑，他没有立刻回答宜妃娘娘的问题。似乎是在征求我的意见，他望向了我。

我微不可闻地叹了口气，对着他轻摇了摇头。多一事不如少一事，如今我也只能哑巴吃黄连，忍了。难不成宜妃还能为了我，再打太子妃一顿吗？我不想让他们为难，况且我和太子那事，也真的说不出口。

宜妃见我们俩都没有告诉她的意思，一下子恼了。她瞪大一双丹凤美目，对我大声道："夜莺丫头，你受了这么大的委屈难道也不打算给本宫说吗？在你心里究竟有没有把我当成你的姑姑、你的亲人？你、你们，是不是要存心气我？"她语气中有止不住的颤抖和痛心。

我看她真的动怒，赶忙道："怎么会！自进宫以来，娘娘就对夜莺百般照顾与疼爱，夜莺早已把您看作至亲至信之人。如今夜莺也绝无刻意欺瞒您的意思，只是……这……"

宜妃看出我的踟蹰，便催促我："你倒是说呀！"

我看实在瞒不了了，就声如细蚊地给她回说："是太子妃娘娘。"

"什么，太子妃？"宜妃惊讶地问，"这从何说起？"

我有些犹豫到底该怎么说。若是我在背后嚼舌根的事儿被太子妃知道了，她会不会又变着法子来折磨我？我现在对这个心如蛇蝎的女人真是既厌恶又恐惧。都说最毒不过妇人心，尤其是那种久居这深宫中，内心早已阴暗至极扭曲至极的女人。我如今已经见识到其厉害了，不得不怕，不得不防。

十四看出了我的担忧，他先扶着我坐到了一旁的椅子上，然后向前一步，对宜妃说："还是我来说吧。"

十四简明扼要地把他今日所见所闻、太子妃所言所行告诉了宜妃和九阿哥。在他一口气说完后，我忍不住抬眼去看他们二人的反应。

宜妃在听十四叙述时，已是满脸的怒色。想也是，她这么心高气傲的人，怎能容许别人这么公然打骂她的侄女？即便我是认来的，可名义上那也是郭络罗家的人，岂可随意让人诋毁羞辱？

听到最后，宜妃已怒不可遏，她的手奋力拍向桌子，口中同时怒骂道："这个太子妃简直越来越目中无人、嚣张跋扈了！她可曾把我郭络罗氏放在眼里？她可曾把我堂堂宜妃放在眼里？哼，现在太子还没即位，她也还不是皇后。这样她都敢如此胡作非为，那以后还得了？这种人，能容得下旁人吗？能容得下我辈吗……"

我看她越说越气，也越发口无遮拦，便赶忙打断她："娘娘，夜莺十分感谢您的挂心。但真的没事，既然事情已经过去就不要再追究了。这不值得您为此动这么大的火。我以后尽量躲着她便是了……"

这时一直没开口的九阿哥却冷不防地问我："太子妃为何无故找你的麻烦？似乎这个前因，十四弟刚才并未说清楚。"

我心头猛跳一下。被他察觉出什么了吗？我看向他，发现他此时脸上阴晴不定，寒光凛凛的双目下包含着似怒似疑的情绪。

我尽力做出坦然的样子对他说："或许是看我言行随意，又较受皇上喜爱的缘故，才惹得她不悦，要出手教训我的吧。"

九阿哥盯着我看了几秒，然后一字一句道："不对。太子妃虽桀骜，但也不至于会没有理由便如此狠厉地公然责罚人。除非，是你做了什么让她忍无可忍的事情，才逼得她下此毒手。你说，是吗？"

九阿哥话音刚一落地，就有三束目光同时射向我。九阿哥似乎对答案早已了然，只不过是等待我来确定。

十四阿哥眼中先是闪过一丝惊疑，但随即又有微微的一丝痛意，虽然轻，但还是被我捕捉到了。他灼灼地直视我，好像迫切想要知道我的答案，但同时又有些害怕我的答案……

宜妃的眼中只是盛满了意外和困惑："怎么，夜莺你和太子妃有什么过节吗？应该不会啊。你整日深居简出，哪有机会见到她呀，那她为何这么痛恨你呢……"

宜妃这么喃喃自语兀自思索着，突然想到了什么，她转眼又瞪向了我，指尖颤抖地指向我："你……你不会是和……"

九阿哥轻笑了一声："额娘猜得没错。此次江南之行，夜莺她一定和太子发生了些什么！"

看着眼前这面如冰雪的人，我心中暗叹一声：果然是瞒不住的啊。事已至此，那也只能直言不讳了。

我把在杭州青楼里与太子相遇的事大致给他们讲了。听到我去过青楼，他们不约而同地都皱了皱眉头表示不认同。可我也只能装作没看到，硬着头皮继续给他们说明事情的来龙去脉。

当听到太子表态想求皇上赐婚时，十四一个箭步冲到我面前，一把拽起我的手说："绝对不可以！夜莺，你可千万不能答应他！"

看着着急不已的十四，我摇摇头，把手从他手中抽出来："我当然没有答应。我明确地拒绝了，并告诉他如果他要硬来我宁愿一死了之。"

听到我的回答，十四松了口气。他这会儿才反应过来自己刚才的冒失行为，一时间只能略带尴尬地站在原地。

九阿哥闻言非但没有释然，反而眉头皱得更深了："这么说来，太子妃尽管知道你对太子无意但还是步步相逼。"

他认真打量了我一番，然后继续说："看你伤得不轻，这段时间就好好在屋内养病，不要出去走动。我想那太子妃是不会善罢甘休的，她一定会再找机会铲除你。所以，你现今的处境，仍是十分危险。"

十四眼中满是忧虑："九哥，那我们该怎么办。总不能让夜莺就这么担惊受怕地过日子吧？"

宜妃忙道："有我在，就一定护夜莺周全。绝不允许那毒妇再伤害她分毫。"

九阿哥却摆了摆手："额娘，你护得了夜莺一时，能时时刻刻都护着她吗？若太子妃见缝插针，那么夜莺还是凶险万分。况且，我们又没有做错，凭什么要如此避忌她？但凡忍让了一次，他们就会得寸进尺。长此以往，哪还有我们的立足之地。如今，我们不是要求自保，而是要主动出击！"

我们三人皆被九阿哥这最后一句话吓了一跳。他想做什么？难不成要……

十四率先脱口而出，问出了我们的疑问："九哥，你是想对太子……"他不敢继续说下去了，但又忍不住开口，"可是，我们的实力尚未达到。八哥也不会同意你冒险的！"

九阿哥倒一点也不意外十四的反对，他唇角勾了勾，露出一抹狡猾的笑："谁说我们要孤军奋战了？必要时通力合作也未尝不可。"

"九哥的意思是……恕愚弟迟钝。"

这次九阿哥直盯着十四的眼睛，语含深意地说："除了我们，谁最希望他死。十四弟，你应该是最清楚不过的了。"

十四像被闷雷击中了般地恍然大悟，他双掌一击："若能与他合作共同扳倒太子自然好，可九哥你凭什么认为他一定愿意与我们合作？那个人，是多么的狡猾又多疑。"

九阿哥淡淡地对他道："他一定会愿意与我们联手。因为这是一件双赢的事情，他自然懂得权衡其中利弊。况且……"他带着一丝玩味的笑看了我一眼，接着说，"他也绝不可能让太子娶夜莺。"

十四对九阿哥末了的话相当诧异："九哥何出此言？四哥为何会在意这件事？莫非，他也对夜莺……"

四阿哥？提到他做什么？他们之前话中所指都是他吗？这么说他们八爷党

是想和四阿哥联手对付太子是吗？好令人胆战心惊的局面啊。

九阿哥没有让十四说完，他拍了拍十四的肩膀："这倒未必。不过他是绝不允许对他有威胁的人或事存在的。夜莺现在这么受皇阿玛宠爱，若她被许给太子，不正好给他如虎添翼了吗？以老四的那份城府和野心，又怎会让这样的事发生？"

我皱了皱眉：我不知道他之所以避重就轻地分析这件事，究竟是因为不想让十四知道我和四阿哥之前的渊源，还是因为不想让十四知道他如今胁迫拘禁我的事实。但可以确定的是，九阿哥存有自己的私心和目的，至于那是什么，我却看不透了。

十四想了想，然后点了下头，似乎是接受了九阿哥的说法。

他目光炯炯，坚定地说："既然已决定这样做，那么就快点找四哥落实吧。我实在是担心她的安危……"说完他又深深地看了我一眼。

九阿哥走过去轻拍了拍十四的肩："不急。我们先去找八哥，把这件事告诉他，听听他的意见后再做打算也不迟。"

十四表示应允。于是他们俩当即便决定动身去八阿哥府上。

临行前我还是忍不住叫住了他们："这样真的可以吗？你们……"

十四走过来，食指轻抵在我的唇前："别担心，我们自有分寸。现在你要做的事就是快点把伤养好，其他的，就交由我们处理吧。"

看着十四笃定的神情，我极度不安的心有了稍稍的放松。看着他们俩，口中的阻拦也变成了叮嘱："那你们一定要万事小心。"

十四颇不在意地笑了笑。

而九阿哥则走到我面前说："好好休息，别想那么多了。你今日所受之苦，我一定会为你加倍讨回来！"

他的表情是冷峻的，语气中的狠绝更是让人心惊胆寒。可是我似乎从他看向我的目光中感受到了点点温情和关心。这个九阿哥怎么这么矛盾，他脑子里究竟在想什么……

目送着他们的身影离开，我还是不甚放心地看向身旁的宜妃，忍不住问她："娘娘，您为何不阻止他们。这条路必定荆棘密布，有什么是比他们的安好更重要的？"

宜妃抚着我的手，安慰道："丫头，他们男人间的事，就让他们自己处理吧。我相信胤禟不是唐突莽撞之人，他今日敢这样说这样做，那表明他之前定已做好了万全的准备。

"我知道这条路充满艰难险阻，稍有不慎，就会付出血的代价。可是我也知道那是他们的理想，是他们一直为之努力的方向，若把他们追求的权利剥夺了，那会比夺去他们的生命更加残忍和无情。

"人一生，也就活这么一次。与其如蝼蚁般苟且偷生，不如索性争他一争。即便败了，那也了无遗憾。就算结局是失败，那也无悔。且由他们去吧。"

耳中久久回响着宜妃对我说的这番话。没想到宜妃平日里那么张扬，她骨子里却是如此潇洒达观，早将一切看得通透。是啊，有些事，并不是凭你三言两语就可以改变的。相比之下，我这个来自现代的人倒显得过于拘谨畏缩了。历史早注定，无人能改。那既然如此，我何不静观其变呢。

可是，或许就是因为知道了结果，我才很难像他们一样豁然地放手一搏。况且，如今我又该站在怎样的位子上呢？

这个身子是属于年家小姐的，要不是我搅乱了她的命运轨迹，她理应站在四阿哥那一方。而阴差阳错下我现在似乎又成了八爷党的人，无论于心——我对八阿哥的那份情，还是于恩——我对九阿哥、宜妃娘娘，甚至十四阿哥的那份感激，都不可能让我在这场争斗中置身事外了。

事情怎么会成了现在这样……这与我当初的预期实在相去甚远。本来只想做个旁观者，可如今看来我与这风浪的旋涡却是越来越近了。

## 卷十九　久病初愈心微凉

脸上的皮外伤在敷了几天药后渐渐好了。可后来想起那日还是会冒冷汗：若太子妃心肠再歹毒些，用刀子把我的脸划伤毁了容，那我真的就无法见人了。

若相貌尽毁，这对女子来说未免过于残忍。况且，女为悦己者容，我心中已有那个渴望"悦"之的人，就更无法看淡这副皮囊了。这样想着，心中不免有些庆幸，又有些悲凉。

可我这次受的腿伤着实不轻。太医来看过，说我在宫道上久跪已让膝盖受寒，若不好好调养，很有可能会落下腿疾。

这吓得我不轻。在现代时家里有些老人患有风湿，一到雨天或是潮冷天气，关节就会疼痛不堪。我可不敢得了这要命的慢性病，不然要被折磨坏了。这样想着，我便遵从医嘱，两个月内都在屋内好好地养着，平日里最多也只是去找宜妃走动走动或去花园里透透气，并没出过延禧宫一步。

就这样，在我腿伤基本痊愈、能够自如走动时，已经过了数月有余。转眼间，已到了春天，天气也暖和了不少。

在我养病期间，九阿哥和十四阿哥时常来看我，每每也说些嘘寒问暖的话。

太子、十二阿哥和十三阿哥这些或和我有些交情或和我有些"过节"的阿哥听说我病了，也着人送了些补品过来。

尤其是太子，不知道是不是因为我是因他而受了他老婆一顿打而对我心存愧疚，他陆陆续续送来的滋补品和药材已可以堆满一个房间了。可他越是这样，我越是无奈：他难道不明白吗，若他真的觉得对不起我，就应该彻底远离我。他这样关心我，只怕会使我更招太子妃的嫉恨。

皇上也来看过我几次，每次只是询问关心着我的病情，却绝口不提太子妃打人的事。宫中没有不透风的墙，此事只怕早已传至各宫。不过看来皇上好像对此事施加了什么压力，大家都十分有默契的未再提及，只是说夜莺格格是因为得了风寒才要养病数月。

这样也好，大家都不说，我便也装作什么事都没发生过一样。但后来听宜妃悄悄跟我说，皇上知道太子妃暗中伤我的事后，龙颜大怒，不仅罚太子妃禁足一个月，还警告她以后要对我以礼相待，并声称我在宫中的地位与皇上亲生的格格别无二致。

对于皇上的这番抬举，我可是一点儿也不感到欣喜。太招摇了，这真的非我所愿。

三月中旬的天已很暖，几个月都待在宫中养伤，我实在是闷得不行，都快要发霉了。

这天请求宜妃允我去御花园里散散心，她倒也爽快地答应了。只是嘱咐跟着的蕊儿要好好照顾我，仔细不要让我的腿过于受累。

快步走在御花园的小道上，我欢喜得像是刚从笼中放出的小鸟。这比喻一点儿也不夸张，我可不就是一只被禁于笼中的夜莺吗。

我一路蹦蹦跳跳，蕊儿在身后紧张地追着，嘴里不住地唤我："格格，格格，您走慢点！小心腿上的伤。"

我全然不在意：伤早就好了，我哪有那么娇气金贵呢。能有机会好好享受这满园春色，享受这短暂的自由，我当然要尽情地放纵一下啦。

走到池塘边，我看着水池里初露尖角的荷叶，顿感春意盎然。

我兴致勃勃地对身旁的蕊儿说："蕊儿姐姐，我们采些荷叶上的露珠回去泡茶喝吧！"其实我并不是什么讲究煮茶的雅致之人，此时不过是想找些借口疯玩罢了。

还没等蕊儿答应，我就蹲坐在了莲池旁，拔起一株荷叶，将其他叶子上的露水都倒进这张荷叶中收集起来。蕊儿知道自己拦不住我，便不再多说什么，也蹲下身来帮我收集露水。

我把荷塘边荷叶上的露水都收集尽了，就探着身够里面一些的叶子。

蕊儿看着我过于前倾的姿势，忍不住出声提醒："格格，小心点，别掉进水里了。"

我脸上露出不以为意的神情，头也未回地和身后人说："别担心。我游泳可是出了名的厉害，就算掉进这池子里也不怕！"

没有听到蕊儿的回复，却听到身后深沉的一声："哦？我怎么不知道你还会游泳？"

我身子本就伸出了老长一截，这时突然听到这一声不免一惊，霎时间身体失去了平衡，眼看着摇摇晃晃就要跌进水中。

我"啊"地大叫了一声，闭上了眼睛等待着与湖面的亲密接触。可是就在我鼻尖触及水面的一刹，却感到身后的衣领被人拽住，阻挡了我跌下去的趋势。接着身后的手又一用力，我就被生生拉回了岸上。

伴随着后脑壳着地，我"哎哟"地呼了声痛。蕊儿见状赶忙扶我坐起身来，并询问我有没有伤到哪儿。

我揉着摔痛的后脑勺，转过头瞪向身后人—四阿哥！这个人一定是存心和我过不去，每次见到他都没什么好事发生。

蕊儿见到来人是四阿哥，立刻福下身行礼："奴婢给四爷请安，四爷吉祥。"

四阿哥对她抬了抬手："你起来吧。到远处候着去，我有些话要和你家格格说。"

蕊儿恭敬地答了声"是"，就退身走到一边回避了。

我依旧瞪着眼前人，不置一词。

四阿哥带了丝讥诮地看着我："你若是眼睛再大些，眼珠子都能瞪出来了。怎么，还想一直坐在地上吗？"说完他向我伸出一只手，要拉我起来。

我挥手打开他的魔爪，自己手撑着地站了起来。我边拍着身上的土，边没好气地对他说："你给我道歉！"

四阿哥倒没生气，只是反问我："为何我要给你道歉？是我刚刚出手相救才使你免于落水，你对我非但没请安没道谢，竟还要求我给你道歉？"

我斜睨着他："谁拜托你救我了，真会给自己居功。要不是你突然出声吓到我，我又怎么可能会险些落水。还有，你弄疼我了，当然要给我道歉。"

四阿哥背着手走到我面前，盯着我看了一会儿然后微微笑了笑："看你现在这生龙活虎又牙尖嘴利的样子，想必身上的伤都痊愈了。不过，可不要好了伤疤就忘了疼。在这宫里还是不要这么放肆恣意的好，免得下次又被人教训一通。"

我冷眼瞧着他："四阿哥就是专程来奚落我的吗？那么夜莺受教了，同样的亏也定不会再吃，劳四阿哥挂心了。"

四阿哥紧盯着我的双眼，似乎是要看进我的内心。

他微微靠近了些，贴在我的耳旁说："早知如此，何必当初。若你此时身在雍王府，那自然无人可伤你，你更不必受这些委屈了。"

我向后退了几步，沉声对他说："这世上无如果之事。既然事已至此，不如就让我们都放下前尘过往吧。"

四阿哥冷哼了声："放下？你倒是豁达。不，这不应该说是豁达，这是薄情。好一个薄情寡淡的年湘儿！"

我不想和他争执，就说："若四阿哥无别的吩咐，夜莺就退下了。"

他回头冷冷地看着我："你现在就这么急于和我撇清关系、划清界限？还是你已铁了心地要成为他们那边的人，所以就算和我说哪怕一句话也是多余的了是吗？"

我垂下眼不再言语。其实我没刻意躲着他，我只是见到他时不知道该说什么。我这个现代灵魂跟四阿哥胤禛本就不熟，加上他常年冰块脸让人亲近不起来，多聊也只是让我们双方更为不快罢了。

沉默了一会儿，四阿哥又开口："太子的事，你做何打算？"

"我不愿意的事，谁都不能强求。而且太子答应我，他不会硬来的。"

四阿哥嘴角一动，似是在讽刺又似在自嘲："你不愿之事，倒的确是千方百计也要逃脱。不过，你凭什么就那么相信太子，如果他真对你霸王硬上弓，那你不也没办法，只能跟了他吗？"

听到他的话我心里一顿：他是如何知道曹二给太子出的那些下三烂招数的？

虽然心中疑惑重重，但我只是淡淡地说："如果那样，我也不要活了。宁为玉碎，不为瓦全。"

四阿哥冰冷的目光在我身上停留了片刻后，开口说："放心吧，无论是我，还是老九他们，都不会让你玉碎的。还有，我也绝不会让你属于除我以外的任何人，无论你愿或是不愿！"

最后一句话是那样的确信和笃定，没有丝毫商量的余地。四阿哥在我对他的话做出反应前已提步离开了，一时间只剩下我还怅然无措地站在原地。

这是一个占有欲和胜负欲都那么强烈的男人。而我，原本该作为他妻妾的我，却背离了他。虽然这只是在他看来，作为一缕游魂的我也有着自己的无奈，但事实上，我的确与他背道而驰了。

然而目前看来这个极具野心又完全拥有满足其野心的能力的男人并没有将我放之任之的打算，我知道他将会是最后的胜利者。那么，作为背离者的我，又将面临什么？

我因这个疑问而打了个冷战。

远处的蕊儿走过来，看我脸色不妙，她问："格格，您怎么了？露水都采好了，我们回去吧……"

我木讷地点点头，在蕊儿的跟随下，缓步朝延禧宫方向返回。一路上满腹心事，我没有说话，蕊儿看着我的脸色也不曾开口。

行至一座宫门前时，忽听到一阵缥缈的笛声。我停下步，抬眼看宫门上的匾额。

我嘴上绽了丝会意的笑容，对身后的蕊儿说："蕊儿，你在这里等等我，我去去就来。"

小心翼翼地捧着手中盛满露珠的荷叶，我一步步向宫院深处走去。每走一步，就感觉笛声又近了一些。待走入了一片竹园中时，我才看到不远处一座凉亭中伫立着的俊逸身影。

我放慢了脚步，生怕打扰到眼前有如置身蓬莱的仙人。可还是被他察觉到了我的动静，笛声倏地停了。伴随着笛声的戛然而止，我步伐也一滞，只是笑看着十步外那人的背影。

白色的身形转过身来看向我，似乎一点惊讶与意外也无，他同样以一抹淡笑回应我："夜莺格格今日怎么想起来长春宫了？这次不会也是因为受了气想要来拔我池塘边的草坪借以发泄吧？"

听了他这样逗弄取笑的话，我"扑哧"一声笑了出来，一扫刚刚心中积压的烦闷。

我说："十二阿哥惯会记仇的。我呀，是听到了有如仙境里的笛音，才被吸引着进来的。"

十二走出了亭子向我靠近："看你现在容光焕发，病可都好了？"

"嗯，全好了。多谢十二阿哥之前送的那些补品。"

"这点小事不必挂心。我不方便去延禧宫看你，就只能送点东西聊表心意。"他看了眼我手上的荷叶，问："你现在不去拔草，改拔荷叶了吗？"

我做出一副佯怒的样子瞪了他一眼："十二阿哥就知道揶揄夜莺。我刚刚去御花园的池塘里采了些露珠，打算用来泡茶喝。刚刚路过长春宫，就决定送一些来给你。你倒好，一点也不领情。"

十二听了我的话则做惶恐状："这样说来，倒是十二以小人之心度君子之腹了。那便请夜莺格格大人不记小人过吧。"说完他就学着那些儒生的样子对我作了一揖。

我朗声笑着，立即避开了这一揖："夜莺可受不起十二阿哥的一拜，您别折煞我了。"

十二不和我闹了，他温和地看着我："可要进屋内坐坐？"

我婉言拒绝："不了，出来的时间已久，也该回去了。改次来拜访时，十二阿哥再好好招待我吧。"

我俏皮地对十二眨了眨眼睛，同时把手中的莲叶递给了他。

看着自己沾满污泥的手，我掏出袖口中的手帕擦拭着，嘴里同时抱怨道："谁说这莲花出淤泥而不染了，拿过后还是一手的泥巴嘛。"

十二没答我的话，他默了半晌，却问道："夜莺，你这手帕是哪里来的？"

听到十二的问话，我突然心口一紧。我对十二不想有任何隐瞒，就抬头直视着他的眼睛说："是八阿哥给我的，只是因那时我涕泗横流十分狼狈，并无其他。"

十二看着我的眼睛里似乎流淌过一丝担忧："这是八嫂的手帕。"

八福晋？眼前浮现出那日在康熙寿筵上看到过的那个明红俏丽的身影。

我转而问十二："十二阿哥是如何知道这个手帕主人是谁的？"

"你看看手帕右下角的那个字。"

细看下，果真发现在手帕的右下角用浅黄色针线刺着一个"魄"字。只是由于帕子底色是杏黄，我以前竟一直也没发现。

"八嫂的闺名叫作凝魄，郭络罗·凝魄。因此我想，这手帕一定是八嫂赠予八哥的。"

凝魄。多么独具匠心的名字。我想大概人如其名吧，八福晋一定是一个果敢坚毅、敢爱敢恨之人。

十二犹豫了一下，然后接着说："八嫂娘家势力鼎盛，她在八阿哥府中的地位自然不可撼动。并且……她与八哥十分恩爱，自他们成亲以来，除了几房小妾外，八哥并未娶过其他福晋。想来，八嫂在他的心里，定是无人能替的。"十二说完眼含不安地看了我一眼。

十二的话让我的心仿若被置于寒冷冰窖中。虽然早知道事实是这样，可真正听人说出来后，我的心还是止不住地疼痛。

强装出面色淡然的样子，我对十二说："不知十二阿哥此番话是想给夜莺传达些什么？"

十二一定是看出了我云淡风轻的外表下那实则心如刀绞的痛楚，他面露忧色："我只是在担心你。之前你受的伤已经很重了，我怕你再卷入什么风波中受到更大的伤害。或许你会埋怨我太残忍，但作为朋友，有些话我还是不得不告诉你。"

我果然没有看错十二——我在这时空里为数不多可以坦诚相交的朋友。他一眼就能将我所有心思看得清楚，也能明白我的纠结和我的落寞。

回以他真诚的笑容，我说："谢谢你的提醒，十二阿哥。你放心吧，我不会犯傻的，也不会将自己置于那么危险的境地。有些人有些事自是强求不得的，我都明白。"

十二看着我，他清澈柔和的眼睛下包含着深切的怜惜。

他对我说："痛了，伤了，不妨都讲出来。总憋在心里，对身体是极不好的。记住，我永远愿做你的倾听者。"

眼睛有些酸涩，我赶忙坏笑着对他说："才不呢，十二阿哥你是想听女儿家的小秘密吧。真是不害羞呀。不和你说笑了，我走啦。"转身的那一刻，泪就像珠子般落下。

一步步走出长春宫，身后又传来了悠扬的笛声，只是这一次却带了些幽幽的悲伤。

谢谢你，十二。我知道你是为了我好，我都知道。在这里能得你这样一个朋友，我桑小爱何德何能，竟是如此幸运。

## 卷二十　百转千回情更浓

在古代的日子千篇一律，过得煞是无聊。可是尽管如此，时光却还是匆匆划过。转眼间夏至又至，七月里的天热得够呛。

自打前几个月时听了四阿哥和十二阿哥对我或警示或忠告的话，我的心绪一直纷乱如麻。加上近来天气热，待在宫里漫漫无期的日子让我更加烦躁。

每到这时，我都是如此的思念现代的空调和冷饮啊。现在虽说衣食无忧，又有人伺候得妥帖，可生活品质方面比起现代毕竟差得远。

我真的好想家，好想我的亲人朋友们，好想回到现代去啊。既然我和我喜欢的人之间不可能有结果，而且我待在这里可能处境会越来越危险，那么何不早些回到自己本该属于的世界里去呢？

可是想归想，现实的残酷总是将我的美梦打碎。几个月里我和穆景远见过几次面，可是回去的计划还是没有丝毫进展。见他的确在十分努力地寻求方法，我也就不好意思太频繁地催促他，只能自个儿在心里干着急。虽然心里烧着火，可表面上还要一副喜怒不形于色的样子，做到一切从容淡然。

被这些事烦着，加之天气热，我近来就哪儿都不想去，只是吩咐了蕊儿她们多帮我准备些冰块放在室内。除了给宜妃请安必须要出门外，有时候我甚至可以一连几日宅在屋内不动弹。

宜妃看到我老是这样一副无精打采的死鱼样，只是笑骂过几回，并未真的严厉管束过我。唉，其实这个宜妃娘娘对我是真心的好。自上次发生了太子妃打人事件，她也总有意无意地不大希望我出去转悠，生怕再出什么意外。现在见我不喜走动，她便也放下心了吧。

今晨一起床，蕊儿就来通知我说，宜妃娘娘让我现在去见她。我心里有些纳闷，这一大早地找我会有什么事儿呀。

我随意披了件短褂就向宜妃所居的主殿走去。这短褂是我将长褂的袖子剪掉改造而成的，穿起来既舒适又方便。蕊儿初见到我穿成这样，不仅吓了一大跳，还坚决反对我这么随意妄为。

想想也是，她们古代女人整天包裹得严严实实，像这样露着一对胳膊乱走成何体统嘛。不过没办法，我怕热怕得要命。要真去守那些繁文缛节，在大夏天还要东一件西一件地往身上套，那我估计会捂出痱子的。

到宜妃的寝宫时，我看到她刚洗漱完，正坐在梳妆桌前被宫婢服侍着梳头发。

听到我进来了，她挥手支开宫婢，转过头来瞧我："哟，让本宫看看丫头今日是否还是一副睡不醒的散骨头样儿……"

她话在看到我的一瞬戛然而止。眼前的这位美人娘娘正瞪大眼睛看着我，上下打量着我这身奇装异服。按今日的话说就是短 T 恤和大裤衩的搭配。

她愣了半晌才反应过来，脸上不由显出几分怒色："你这捣蛋丫头又在搞什么，好好的衣服不穿却穿成这样。被人家看到了又要说你不知礼仪了。"

我忙凑过去讨好宜妃："哎呀，娘娘，您有所不知，这样穿可凉快舒服啦。况且延禧宫内常年也就你我姑侄二人和一众婢女丫鬟，被她们瞅见有什么打紧？就是九阿哥来了，蕊儿也一定会提前知会我，一定不会坏了礼节的。娘娘您就放心吧！"

看宜妃的脸上还是阴晴不定，我继续卖乖："那要不，夜莺也给您做一件这样的衣服可好？"

宜妃听了忙不迭地摆手："罢了罢了。你自己穿就好，可别把我宫里的丫头们都带坏喽。"

我听宜妃不再约束我的穿着，不禁有些得意。

宜妃见我这样，忍不住笑着捏了捏我的鼻头："你呀，这个鬼灵精！"

宜妃的这个动作让我怔了怔，不由得想起了太子。

在草原上，太子也曾这么玩笑般地捏过我的鼻头。那时我们的关系是多么的简单和自在啊，可是如今……唉，也不知四阿哥和八阿哥他们联手的计划进行得怎么样了，他们加起来的力量真的能扳倒太子吗？如果太子被击倒了，那么他的处境会怎样？

虽说我心知肚明，四爷和八爷他们不是因为我的原因而决定一同对付太子，但不可否认的是，我在这里面确实起到了推波助澜的作用。这样想着，我觉得有些对不起太子。

虽然后来我对他一直敬而远之，但事实上他从未做过任何伤害我的事。眼见着他即将有难，而以我现今的立场却也只能冷眼旁观。这宫廷是多么的可怕啊。不知不觉中我也被改变成这样冷血和只求自保的凉薄心肠。

心中暗叹一声，我转而笑着问宜妃："娘娘这一早叫我来是有什么吩咐吗？"

宜妃见我问了便直接答道："良妃这几日病了，你带些补品和点心去看看她。代本宫转达对她的问候。清晨里日头还不毒，你怕热，这会儿去正好。"

我心中一窒。良妃？八阿哥的生母，那个据说出身卑微却有幸得到皇上青睐的女子？八阿哥是那样才俊出众的人，想必他的母亲也定是不凡之辈吧。

虽然上次听了十二的劝诫之语后，我决定放下八阿哥，可现在提起良妃，我却还是止不住地好奇，想要去看看这位颇具传奇色彩的女性究竟有什么过人之处。

转眼间我看宜妃仍是一副淡然神情，看不出任何情绪。她这样做是为了维护九阿哥和八阿哥的交情吧。可是骄傲如她，却还是不愿意亲自去探望良妃。她是瞧不起这位出身低贱的妃子呢，还是仍嫉恨良妃当年曾深受圣宠？

其实我有件事一直想不通。无论出于什么原因，宜妃内心还是有些轻视良妃的。可既然如此，以她清高冷傲的性子，又怎会让九阿哥成为八阿哥的座下臣与心腹助手？毕竟常人看来，以宜妃母家的地位和权势，以及九阿哥自身的聪颖和财力，他若想亲自争夺皇位，还是相当有实力的。那何苦要为了八阿哥这个并无深厚背景的异母兄弟打拼江山呢？这真是太奇怪了。

我当然不能将心中的这些疑惑问出，只好将其生生再咽回肚里。

应了宜妃的吩咐，我带上那些礼品就出门了。

走到储秀宫门前，我一时间有些发愣。当初在这里初次与八阿哥单独相遇的场景，如今仍历历在目。可是这么快都已经一年过去了。

心中颇多感慨，我抬步迈进了良妃娘娘的寝宫。

储秀宫和我去过的任何其他娘娘的宫殿都不同。这里清雅、素净，甚至显得有些过于朴素了。我看着那些简单的装潢和摆设，忍不住皱了皱眉：究竟是因为良妃娘娘不喜华贵还是因为这宫中的势利小人故意欺压？

站在屏风后，我轻声地对屋内人说："良妃娘娘吉祥，我是宜妃娘娘的侄女夜莺，今天是代她来问候您的。"

过了片刻，从里面传出极淡的声音："进来吧。"

走进房间，我的目光一下子就落在了侧躺在床榻上的那人身上。

这是怎样的一位佳人啊！我该用什么词语描绘她呢，风华绝代？韵致无双？这些似乎都不能完全体现出她给人的震撼。

我终于明白为何初次见八阿哥时我就无法将目光从他身上移开了。有这样一位风采非凡的额娘，他又怎会泯然于众人之中呢？

在我呆呆地望着良妃时，她也在细细打量着我。那神情和目光都显示出一种不卑不亢、不缓不急的姿态。

我不禁在心里为她称叹：谁说高贵是要拿出身来定夺的。像良妃这样绝妙的人，即使家世低微，也掩不住她灵魂的尊华和她那让人转不开眼的光芒。

见我始终目光毫不避讳地与她对视，良妃最终微微笑了："看起来确是个有趣的丫头，怪不得那么得万岁爷喜欢。"

听到她的赞赏，我有些不好意思地红了脸："娘娘过誉了。宜妃娘娘今日专程命夜莺前来探望娘娘，不知娘娘的病是否好些了？"

良妃静静地听我说完话，看向屋顶，声音却若有似无地飘来："年龄大了，身体自是大不如前。能有多好呢，不过就是拖着这副残躯混日子罢了。夜莺，代我向你姑姑转达感谢，就说我还好，劳她挂心了。"

我轻声应"是"。似乎在与良妃对话时，我不知不觉间也变得轻声细气的，生怕声音一大就会打扰到眼前人的安宁。

正在沉默的当儿不知说些什么好时，良妃又缓缓开口："夜莺格格，听说你琴技出众，不知我今日可否有幸能一闻佳音？"

我有些踌躇："娘娘这样抬举夜莺，夜莺自应当竭尽全力弹好曲子给娘娘听。可今日出门急，未来得及带上琴。不如改次再来，届时夜莺一定不负娘娘所愿，这样可好？"

良妃没有说话，只是微微地点了下头，嘴边伴着淡淡的微笑。她合上了眼睛，似乎是有些乏了。

我看她即将睡去，便不好再叨扰，悄悄起身走出了屋子。

站在庭院里，看着院中盛开的一片君子兰，我默念道：是啊，也确实只有兰花这般幽雅的植株才配得上良妃这样的人啊。

身后有脚步声渐近，我知道是蕊儿要催促我回宫，突然心生一计。

我转了转眼珠，竖起耳朵听着身后动静，感到身后人离我只一步之遥时，我突然转过身向来人大叫一声："哇！蕊儿，有没有吓到你……"

还不待我发出得意的狂笑，我原本的笑容就僵在脸上。是八阿哥！心心念念盼望见到的人啊，为何过了这么久，竟会是在如此乌龙的状况下重逢？我脸上突然猛地发烫，心中后悔得恨不得咬掉自己的舌头：傻小爱，谁叫你总这么冒失。看，这下丢人了吧！

八阿哥刚受了我一吓也颇惊讶，不过看到我现在的窘态，他的眼里渐渐积聚起浓厚的笑意："夜莺格格竟这么调皮？这可和我一年前见到的那个哭鼻子的小丫头大不相同啊。"

突然发觉自己两次出糗都被八阿哥瞧见，脸不知不觉变得更红了。我嘴硬地回道："谁是小丫头了，谁调皮了？我不过……不过就是想着和我的侍女逗着玩嘛！"

我的确不是小丫头，按现代的年龄算起来我已有二十好几了。不过说起调皮捣蛋的本事，这还真和年龄无必然关系啊。说完我就感到有些心虚，便低下了头。

八阿哥笑了。他的笑声真好听，就像泉水滴在碎石上发出的声音一样。

我抬眼偷偷瞧他，发现他此时正一眼不眨地盯着我："怎么会这么巧在这里见到夜莺格格？"

我简短地向八阿哥说明了自己的来意。他倒没接我的话茬，而是问："听说你前阵子大病了一场，现在可都好了？"

他关心我？心中一动，我忙说："好了好了，早就好了。多谢八阿哥关心。"

八阿哥微微笑了笑，他这笑容和他那美貌的额娘真是像啊。

他饶有趣味地看着我说："夜莺格格代宜妃娘娘来探望我额娘，我自然也该多关心关心夜莺格格。所谓礼尚往来。"

原来他只是客气的问候啊，我刚刚的兴奋和激动一瞬间就灰飞烟灭了，心也一下子沉到了谷底。

我淡淡应声："哦，原来是这样啊。八阿哥客气了。"

八阿哥仍旧直直看着我，他的眸子清澈明亮，被他看着就仿若被泉水洗涤着一样。可是不知为什么，我总觉得他那看似清透的眼睛却总是深不见底似的，让人看不透分毫。

我被他看得有些不自在，一低头，突然想起了什么。

我一下扯出放在袖口中的杏色手帕递与八阿哥："这是上次您给我的手帕，一直没找到机会还呢。今日终于可以物归原主了。"

八阿哥似乎一开始没想起这是何时的事，他沉默了一会儿后才对我回道："又不是什么值钱的物件，还值得夜莺格格这样随身揣着？不如，就送给格格吧。"

"可是，这是八福晋送给您的啊。这样子她会不悦的吧？"我急忙问道。可话一出口我就后悔了，这不摆明自己打听八福晋了吗。桑小爱，你真是笨哪。

暗自懊恼的同时，我悄悄观察着八阿哥的脸色。除了眼中波动着一些我看不明的东西以外，八阿哥并没显示出异样的情绪。

他目光移向了别处："魄儿不是这等小气之人。若她见过你，想必也会与你脾气相投的。"

魄儿……叫得多么温柔依恋啊。我的心里泛着浓浓的酸意。听到十二说他们夫妻二人相爱时我就很受不了了，现在听到八阿哥亲口这样唤着八福晋的闺名，我内心早已翻江倒海了。

默默地把手帕又重塞回袖中，我对着八阿哥的侧影说："那夜莺多谢八阿哥了。若没别的事，夜莺便先行告退了。"

没听到他的回答，我当是默许了，就转身欲走。

可没想到转过身的同时肩上就感到一份重量压来："我希望你永远像今天我所看到的一样，那么无忧无虑、简单而快乐。我们做好了防备，不会再让你受到欺负，你不必担心。"

肩上的手掌并不十分温热，却能传达出一种让人十分安心的感觉。不知是不是错觉，我竟感到那微凉的指尖有丝丝颤动。他是在害怕，还是在紧张什么？

心里一下子很慌，我背对着他福了下身，说了声"多谢"，就夺路而逃。

在不远处见到了蕊儿，她看我失魂落魄的样子不免有些诧异："格格，您怎么了？"

我摇摇头，继续向前走去。蕊儿没再问，只是紧跟在我身侧。

走出储秀宫，我手抚上肩头八阿哥刚刚触摸过的地方。他是话里有话吗？那是什么意思呢？还有，他说"我们不会再让你受欺负"，是"我们"！那里包含着他，涵盖着他对我的一层在意。是在意吗？我不那么确定。我只知道自己现在心里像是涂了层蜜一样的甜。

天，怎么会这样。我对这个温润如玉的男子，显然已经越陷越深了。

我如约在数日后拿着琴前去良妃那里展示琴艺。

在我弹琴歌唱的时候，良妃总是静静地看着我，嘴边时而挂上一抹意味不明的微笑。可虽然那是笑，我却没觉出半分温暖的味道，反而是透着股淡淡的悲伤和凄楚。

对于我的琴技及歌喉，良妃从未有过任何点评，她只是长此以往地继续邀我去弹奏。

她是太寂寞了吗？也许吧，但我又觉得不像，毕竟她本身就是个风姿卓绝的人啊，自然本性里是有些孤高自赏的。可是她为什么那么喜欢听我抚琴歌唱呢？坦白说，我觉得良妃对我只能说是既不讨厌也不喜欢，既没显示出疏远但也没亲近的意愿。

这位良妃娘娘还真是和她的儿子一样，让人看不透啊。可就是因为这样，才更显得神秘，让人忍不住想去接近，去一探究竟。

在储秀宫的时候，我见过几次八阿哥。有时他来给良妃请安时正逢着我弹琴或唱歌，一般此时他便也不言语，只是不作声地坐在良妃一侧，同她一起静静看着我弹唱。

他有时候会和我寒暄几句，但更多时候只是沉默地看着我演奏完，始终不置一词。每当这时，我心里就有止不住的失落，但也只能默默退下，把本就只属于他们母子俩的私密空间还给他们。

就这样，在常日奔波于延禧宫和储秀宫间，几个月倏忽而过，一转眼又到了冬季。

## 卷二十一　白玉寄情瓶盛谊

一到冬天，天亮得就晚了些，人早起便变得有些困难。可我始终坚持早膳后去找良妃的习惯，一方面是与她有琴瑟之约，另一方面是我心中总隐隐期盼着能见到心中萦绕的那个俊雅身影。

今天一早起来，推开窗户竟发现外面下起了鹅毛大雪。

在用早膳时，蕊儿迟疑地问我："今日雪这么大，格格便不要去良妃娘娘那里了吧？路上湿滑难走，而且万一染了风寒可怎么好？"

蕊儿对我还是挺不错的。一连几个月去储秀宫的事她并未向宜妃还有九阿哥透露分毫，我们统一了口径说是早起去御花园散步了。我感激她替我隐瞒这些事，我知道她其实很为难，既不敢太违背主子的吩咐，又不想伤害到我和她之间的感情。

心中叹息着，我却笑着跟她说："蕊儿姐姐说得是，今日就不去了。姐姐，雪后天凉，你知道的，自打膝盖受伤后，我最怕冷了。夜莺想烦请姐姐替我多领些炭火炉子可好？"

蕊儿听我今天不再坚持去，眼中喜色流露，她忙答应道："格格跟奴婢不用这么客气，这是奴婢的本分。奴婢这就去。"说完她就带着几个丫鬟太监出门了。

我摇了摇头，有些无奈。一直让她在我面前不要自称奴婢，可她就是改不过来。这古代的封建等级秩序，对人思想的戕害还真是根深蒂固啊。

换好了衣服，披上了斗篷，左手抱着琴，右手打着伞，我悄悄地出了延禧宫向储秀宫走去。

雪很大，下了不一会儿路上就已积起厚厚的雪层。我就这么小心翼翼地深一脚浅一脚地走着，突然想起小时候在大雪天打雪仗的场景，心里突然变得欢快起来。

远处隐隐有个银白身影正向这边走来。那一身银白此时置于这天地冰雪中，仿佛与之融为了一体，让人有些分辨不清了。待近了些，虽未看清容貌，但那一身的儒雅之气，已让我确定了来人是谁。

心里有些激动，我加快了步伐，向那人走去。谁知欲速则不达，心急之下脚却不小心踩上一块坚冰，一下子重心不稳就跌向了雪地。

"哎"，真是又冷又疼啊。在我痛得倒吸气的当儿，听到身前有脚步声快速向这边传来。抬起脸，果然看到了那张魂牵梦萦的俊容。

八阿哥看我跌倒，显然吓了一跳。他扶起我，关切地问道："怎么这么不小心，有没有摔着哪里，是不是很痛？"

我笑着摇了摇头，心想，你这么关心我，我高兴还来不及呢，看来这跤摔得值啊。我眼睛一低想要掩藏眼底的那抹甜蜜与兴奋，却看到了地上摔得断了几根弦的琴。

我不禁急呼："怎么办！琴摔坏了，今日没法给良妃娘娘演奏了！"说完脸上就露出深深的懊恼之情。

八阿哥一怔，显然没想到我突然提及这一茬。他看着我又好气又好笑地说："只要人没事，琴摔坏了有什么打紧。你这傻丫头，还是额娘了解你。她怕你今日冒着大雪也要前来，就让我去延禧宫告诉你一声不让你来了。谁知道，还是被你赶在了前面。"

我傻傻地看着眼前人。是我看错了吗？为什么我觉得八阿哥的眼中除了些微的责备外，还有着一丝疼惜和不忍呢？

见我许久不说话，八阿哥微叹口气，笑着又说："走吧，我送你回去。"

两个相伴相依的身影缓缓在这漫天飞雪中移动。我看着身前的八阿哥，心中忍不住感慨：多快啊。感觉还是不久前八阿哥也这样送过迷路的我回宫，可不经意间匆匆已过了快两年。两年的时间，我却并没能走近他多少。两年，我们之间的关系并没有发生多大的改变。

和上次一样，我默默跟在他身后走完了全程。我故意放慢了步子，希望能将路上的时间拖久些，只为了能和他多待一会儿。

他似乎以为我是腿摔疼了走不快，就配合我放缓速度，气定神闲地与我一同漫步在这风雪中。

要是能一直这样走下去多好啊。我心里这么叹息着。虽然知道康熙的八皇子在九子夺嫡的争斗中失败了，虽然知道他会有落魄失意的结局，虽然知道前方长路布满风霜雨雪，可我不怕，我只想和他一起走下去。只要能和他一起，什么艰难险阻，都不那么令人望而却步了。

可是，现实总是残酷的。我将自己从美好的幻想中拉了回来，笑着对身旁的人说："多亏了八阿哥，两次都在我无助彷徨的时候为我指引，送我回家。真的很感谢你。"

我用真诚的目光看着他，只希望他能看懂我眼中那些难以言说的情感。在这一刻，在茫茫白雪中，天地仿佛只剩下了我和他。我不在乎九阿哥、四阿哥他们给我带来的矛盾处境，我不在乎我即将面临什么，我只在意他……只要他能看懂我，只要他愿接受我，只要他肯牵起我的手，那我便可以不顾一切地为爱痴狂。

八阿哥定定地看了我片刻，然后回以我淡淡的一笑："外面冷，你身上有旧疾，不能受寒，快回去吧！不然若是生病了，大家都会心疼的。"

我心中一动，一下抓住他斗篷的一角，满心期待地问道："那你呢，你也会心疼吗？"

刚问出口我就觉察到自己的失态，手赶忙从他衣上撤下，目光也垂在了地上："是我失礼了。今天多谢八阿哥，您请回吧。"

空气凝滞了几秒，就在我打算转身回宫时，八阿哥却轻轻地握住我的双手，将我的手包在他的掌心里："才这么一会儿，手就这么凉。这样子傻傻的，又不懂得保护好自己的你，又怎能让人不心疼，不怜惜？"

他的话一字一句地敲击在我的心上，像一股股暖流温暖了我的全身。我激动地抬起头看着他，脸上有些烫：他这算是回应我了吗？他……接受我了吗？

心里有浓浓的甜蜜，我欢愉地跟八阿哥说："我知道了！今天遇到你，真的好开心！"

八阿哥笑意更深了，他放开我的手，对我说："回去吧，路上小心些。"

我答应了一声，然后就转身一步一跳地向回走去。我这会儿兴奋得就像只小鹿，倒也不担心是否会再摔倒了。我只知道，他心里开始接受我了，他就要开始喜欢我了……

入冬以来，良妃就不再让我去给她弹曲相伴了，想必也是出于对我安全和身体的考虑吧。

虽然一直待在延禧宫中，但我并不觉得无聊，因为新年眼看着又要到了，各宫也开始着手准备过年用的年货及物事。看着蕊儿和其他宫女们忙着剪窗花，挂灯笼，布置房间什么的，我插不上手，自然觉得兴趣索然。

没事可做的时候，我就会想起八阿哥。心里千万次地唤着他的名字，胤禩、胤禩、胤禩……不知道在我想你的时候，你会不会刚好也想起了我呢？每次想到这里，我就会一个人傻笑。

蕊儿见我这样，忍不住打趣道："格格最近是有什么好事情，竟这样开心？"

我倒不恼她，只是嘻嘻哈哈地搪塞过去："新年到了，就会收到红包和礼物，能不开心吗？对了，蕊儿姐姐，你记不记得当年郁杉王妃送我的那两块和田玉？它们现在放在哪儿，能不能帮我找出来？"

蕊儿放下手中的活计，开始帮我翻箱倒柜地找，口里却忍不住疑惑："怎么过了这么久格格突然想起这玉佩来了？格格近来真是好生奇怪啊。"

我只是笑笑并不答她。我为什么会有这些变化和反常，想必只有我自己知道吧。都说恋爱中的女人是傻瓜，看来果然没错啊。

再次抚上这两块洁白通透的白玉佩，我心里还是忍不住感慨这真是件稀世宝贝啊。虽然指尖传来了玉石的丝丝凉意，可心里却是暖意融融的：郁杉当时送我这两块玉佩时，说是希望我能找到自己的有缘人，和他各佩戴一块。没想到事隔两年，我竟真的找到了。

嘴边泛起甜蜜的笑容，我找了把小刀，打算在这两枚玉佩上各刻上"爱"和"禩"，这算是我送胤禩的第一件定情信物了吧？

我是第一次给玉石刻字，自然不得要领，手笨得很。加上这玉佩价值不菲，我更得小心翼翼地雕刻，生怕会糟蹋了这美玉。就只是这一个"爱"字，已让我刻了足足一个多月。经过了最后的加工和雕琢后，这一枚刻有"爱"的玉佩终于大功告成了！

我满意地伸了伸懒腰，口中欢呼道："哦耶！"

就在这时，身后却突然听到懒洋洋的一声："你又在胡言乱语些什么呢？"

我在毫无防备的情况下被这突如其来的一声吓得不轻。回头看去，十四正舰着张玩世不恭的俊脸笑意盈盈地看着我。

我突然来了气："你怎么每次出现都和猫似的没动静非要把人吓一跳！还有，你怎么能私自进入女子的闺阁，真是不知礼节不知廉耻！"

十四挨了我一顿骂倒没发火，只是无所谓地耸耸肩："宜妃娘娘说不知你最近在忙些什么，都躲在自己房中不出来，那我只好自己来找你啦。况且我方才在门口已咳了好几声，是你自己没听到，怎么能怨我？"

听到十四的解释，我也没那么理直气壮了，不过依旧没好气地对他说："那你来找我什么事？"

十四没直接回答，他走近了些，指着矮几上那两块玉佩说："这是什么呀，你刚才在忙活什么呢？"

待我反应过来想去抢时，已经来不及了，十四已然抓起那枚刻有"爱"字的玉佩正在仔细端详。

他边看边啧啧点评："嗯，这玉佩确是上好的和田玉。不过这雕工嘛，却略显拙劣了。"我懒得理他："快还我，反正又不是给你的，要你管！"

十四跳着躲开我张牙舞爪的手："那你是要给谁的？咦，原来这歪歪扭扭的字是'爱'？为什么不刻'莺'呢？"

"我刻给自己的行不行，谁说非要送人了？我的小名是小爱，所以刻'爱'了。喂，你快还给我啊。"

十四惊奇道："小爱？好奇怪的名字，我第一次听到。"

我瞪了他一眼："我名字奇不奇怪关你什么事。你快点还我，不然不要怪我不客气了。"

十四一脸坏笑地看着我："你要怎么个不客气法呀？我倒是想看看呢。"

我脸一沉，一下抬起十四没拿玉佩的那只手就狠狠地咬下去！

"哎哟！"十四龇牙咧嘴地痛呼一声。

我得意地对他说："知道我的厉害了吧？快把玉佩还我！"

十四气急败坏地对我说："你这女人怎么这么不讲理，还这么爱咬人！我两只手都要被你咬残了！哼，你想要回去也行，不过要答应我一个条件。"

"什么条件？"

"送我礼物。"

"什么？"我睁大眼睛莫名其妙地看着十四，"什么礼物？"

"当然是生辰礼物啊，你这女人真的很笨诶。"十四又用那种嫌弃的眼神看着我，"再过十天就是我的生辰，你要送我礼物。"

我一时间有些哭笑不得，哪有人自己伸手要礼物的？而且古代人不都是很含蓄的吗？他们不都弘扬那种两袖清风、君子之交淡如水的风气吗？为何眼前这个家伙可以这么赤裸裸地"索贿"？

我用讥讽的语气对他说："笑话。你生日和我有啥关系，凭什么要我给你送礼物啊。"

"喂，你这女人怎么一点感恩之心都没有啊。当日太子妃欺负你，可是我去救你的。那你现在自然要滴水之恩，涌泉相报了。"

我拱手给十四作了一揖："感谢十四阿哥当日挺身相救。这样行了吧？快点，玉佩还我。"

"不行！你要是不给我送生辰礼物，我就不还给你玉佩！"

这个人真是蛮不讲理啊。

就在我打算继续和他据理力争时，十四一闪身就出了我的房间，只留下一句："二月初十，我在府上候着你来给我贺寿啊，还有，最重要的是别忘了礼物！"

我想发作，可却早不见了他的身影，只能独自恨声道："这个臭十四，坏十四，倒霉鬼十四！"

虽然心里千万个不愿意，但为了拿回那枚对我格外重要的玉佩，我只能忍痛动用我的小金库为那个该死的十四阿哥买生辰礼物。

可是应该送他什么呢？他贵为皇子，有什么是他没有的，是他稀罕的？我犯了难。

这日九阿哥来给宜妃请安后，我私下对他说："九阿哥，我想去你京城中的铺子里买件古玩，今日能不能让我出宫呀？"

九阿哥听闻后挑了挑好看的眉毛，带着丝玩味地看着我："你为何突然想要买古玩？"

"马上就要到十四阿哥的生辰了，我打算去给他买件礼物。"我实话实说。

九阿哥看我的眼神里多了道锋芒："我怎么不知道你何时跟十四弟交情这么要好了，竟还要送他生辰礼物。那我生辰的时候怎么不见你这么殷勤了，嗯？"

我一下子感到自己一个头两个大。唉，我不能告诉他玉佩的事，可给十四的礼物是必须要送的，但同时又不能得罪九阿哥。做人难哪。

我干笑着给九阿哥回道："这不都是因为上次太子妃的事情吗。十四阿哥出手相救，我给他送礼略表感谢也是应当的嘛。至于您的生辰，我一直以为我们关系最为亲近所以不必拘于那些送礼的形式。若九爷您在意，那我以后年年都给您精心地准备生辰礼，不过夜莺没什么钱，送的礼物怕是入不了您的眼。"

我的恭维和讨好显然让九阿哥释怀不少，他眼里都透出了笑意："你这张嘴，叫夜莺真是实至名归！话说回来，只要你送的，我定喜欢。"

九阿哥准了我出宫去给十四买礼物。站在九阿哥经营的这间珍宝斋里，我左瞧瞧，右看看，各种各样的宝贝早已迷了我的眼，但仍拿不定主意要买哪样。太贵的吧，我买不起。可若买太廉价的又显得寒酸。

就在我举棋不定时，眼睛一瞥却发现了摆在展览台角落里的一个琉璃瓶。那琉璃瓶用的是西洋的煅烧技术，通体晶莹透亮，闪着五彩的光芒。

我眼睛一亮，对老板说："就这件了！"

包好后，我抱着瓶子心满意足地回到了宫里。虽说这琉璃瓶并不是价值连城之物，但仍花了我大半年的饷银，一想到这就忍不住心疼。

本就囊中羞涩，这个臭十四还要为难我。真是讨厌！希望这礼物送了，他便能如约将玉佩还给我。

不然……我便大闹他的生辰宴一回，让他知道老娘我也不是好惹的！

打定了主意，我大步向前走去，脸上露出一丝狡黠。

## 卷二十二　少年意气闹寿宴

二月初十这天，我如约去赴十四阿哥的生辰宴。本来宜妃想多吩咐几个人陪我一同出宫，可我嫌麻烦，所以只叫了蕊儿陪着。

刚走到十四的府邸门口，就有小厮上前来迎着了："小的给这位公子请安了，敢问您也是来参加十四爷寿宴的宾客？"

意识到他是在探询我的身份，我便咳了一声。蕊儿立刻掏出身上的令牌来给那小厮看。他见我们是宫里人，便不敢再怠慢，忙哈腰点头地迎着我们向内院走去。

我得意地向身边同样着男装的蕊儿笑了笑，心想有权有势就是好啊，到哪里都能给行方便。蕊儿可能是因为女扮男装的缘故，恼我的眼神中带了丝羞涩。

今天一大早蕊儿就将我从亲爱的床板上拖了起来，打算为我隆重地梳妆打扮一番。我却漫不经心地推开了那些锦衣华服和胭脂水粉。

我对蕊儿不怀好意地说："蕊儿姐姐，咱们今儿换个打扮吧？"

在蕊儿还对我所说的"新打扮"一头雾水时，我已套上了一身藏青色的男式长衫，同时令蕊儿也这样穿着。

换装完毕后，我边打量着她，边口中称叹道："哇，不错嘛，蕊儿姐姐，没想到你穿男装这么俊俏呢！看得我都颇有些动心呢。"说完我就摸了摸她尖尖的下巴。

蕊儿红着脸噘起嘴看我："格格就会取笑奴婢。若是被宜主子和九爷发现我这样陪您胡闹，那蕊儿几条命都不够赔的！"

蕊儿嘴上不同意，但依旧再次败在了我的威逼利诱下，只能跟着我着男装出了宫。

　　现在我摇着扇子，大摇大摆地走在十四阿哥的府中，一路上东张西望。哎，这些个阿哥们真的个个了不得啊，就连这个比我大不了几岁的十四，他的府上也是这么富丽堂皇！

　　很快便走到了摆宴的庭院中，我环视四周，粗略估计有四五十桌。除了皇亲国戚外，应该也有不少朝中重臣和十四的门客吧。

　　我挑了处离主桌远、不起眼的地方坐了下来，挥手吩咐小厮可以退下了。

　　前方的戏台上有戏子在咿咿呀呀地唱着，我听不懂，就只能外行人看热闹般，假意欣赏着。

　　我这桌上坐的几个人好像都是些文人雅客，他们互相酸溜溜地在舞文对诗，时不时地也拍一下康熙和十四阿哥的马屁。我懒得理他们，而他们看我坐下后未自报家门，也就没有主动和我搭话。

　　十四站在主桌那里正和一些大臣在眉飞色舞地谈论着什么。看见他那得瑟样儿，我就想起他夺我玉佩逼我送礼的恶行，心里忍不住冷哼一声。

　　正当我在心里暗数他的罪行时，突然传来一声大嗓门："哈哈哈，今日这么热闹啊。十四弟，你可要陪我好好喝几杯才尽兴！"

　　用脚趾猜都知道来人一定是素来豪放不羁的十阿哥。我微微笑着摇了摇头，一段日子不见他，这人未至声先到的风格还是没变啊。

　　感觉蕊儿在扯我的袖子，我转过头不解地望向她。只见她嘴努向十阿哥那边，眼中流露出一丝忧色。

　　呃！原来来的不止十阿哥，一起来的还有九阿哥和十三阿哥呀。我知道蕊儿在担心我们女扮男装的事被九阿哥识破，就轻握了下她的手腕对她安慰地一笑。

　　十四见他的这些哥哥来了，立刻上前招呼："十哥说得是，今日一定和你把酒言欢直至尽兴而归！"

　　待他们几个在主桌旁落座后，十四张目望了望门口处，然后闷闷地问九阿哥："九哥，今日我生辰夜莺怎么没来呀。她可是说好了要为我祝寿呢。"

　　九阿哥含笑对他说："是呀，夜莺那丫头本说好了今日和我一同前来为十四弟贺寿，可谁知道今早她差人告诉我说她身子不爽，不能来了，托我向十四弟你赔罪呢。”

十四面上立刻露出失望之色：“哦，怎么偏偏今天生病了，这女人……那她可好些了，身子没有大碍吧？可是腿上的旧疾复发了？”

听到他担心装病的我，我内心顿时觉得有些愧对于他。心想，今天这样捉弄他是不是太过分了？但是转念想到他的种种劣迹，便又狠下心来要整他到底。

九阿哥听到十四的一连串问话，只是温和地对他说：“十四弟不用担心，我想她休息一两天便没有大碍了。夜莺虽不能来，却让我将她准备的礼物转交于你。”

十四一听面色和缓了一些，急忙道：“什么礼物，快给我瞧瞧！”

九阿哥身后的随从上前奉上了一个红色锦盒。十四迫不及待地掀开盖子，取出了我为他准备的礼品——那个制造精良的五彩琉璃瓶。瓶中叠放着色彩缤纷的折纸星星，瓶口用一个木塞封住了。

十四看到这装着星星的瓶子后表情变了又变，从期待到惊讶到不解到最后的皱眉：“这是什么礼物，好生古怪。”

旁边的几人看到我这礼物时眼中有掩不住的笑意，他们怕是都觉得我在敷衍十四吧。

九阿哥嘴角也扬了扬：“谁知道这丫头一天到晚在想些什么呢，她还托我把这个字条给你，说是和礼物一起的。”

十四狐疑地将那张字条展开，在看完了字条上的内容后，他的面色已经不只是不爽了，而是白里泛青，青中透红。似乎一时间血气上涌，整张脸都成了酱红色，额角也有条条青筋暴起。

众人看他反应奇怪，都抢着要看字条上写了什么。十四却眼疾手快，一下子把字条捏成团塞进了自己的腰封中。

他朗笑了一声试图掩饰面上的不快：“没什么，夜莺就是祝我生辰万福呢。好了，咱们别站在这里光聊天了。来来来，快入席，尝尝我这上好的酒酿！”

大家听他这么说，也就不再追问，只是开始品尝桌上美食，推杯换盏间已说起了别的话题。十四虽然也加入了新的讨论，但仍摆着张扑克脸，闷声自灌了好几杯酒。

看到他恼羞成怒的样子，我忍不住用扇子遮住脸，咯咯地笑了。这个十四，看你还敢不敢再压榨我！

蕊儿有些不安地悄声问我："格格，您在那字条上都写了什么呀，能让十四阿哥气成这样？"

我憋着笑答道："没什么，就是我作的一首打油诗。"

我咳了两声，然后小声给她念道："十四阿哥生辰宴，夜莺来将礼送到。瓶瓶安安又一岁，您可应当长大了。莫再欺负我夜莺，莫把老虎当病猫。遵守诺言还玉佩，不然就是王八小。"在打油诗的旁边，我还画了只大大的王八。

蕊儿听了不禁也觉得好笑，但很快她又垮下脸来担忧地看着我："格格就不怕得罪了十四阿哥，这事若是闹大了可怎么好？"

我毫不担心地摇摇手指："放心吧，蕊儿姐姐，他不会胡来。这小子虽然爱和我斗，但还是晓得轻重的。"

我借口去解手，实则一个人离开筵席，偷偷地溜向深院中。一路上探头探脑，还好没被人发现。不过十四的府邸真的好大啊，到底哪间才是他的厢房呢？

就在我干着急瞎找寻时，身后突然传来一声娇喝："你是何人，竟敢私闯阿哥府。若不说清楚，就把你扭送去官府！"

我头皮发麻：天！这又是遇上了何方神圣？我想办个事儿怎么就那么难啊。

转过头，却看到了一个年纪轻轻的美丽女子。她柳眉粉黛，杏目圆睁，身穿大红色旗装，此刻正一眨不眨地盯着我，似含怒气又似含恐惧。

我心中盘算着，她梳着妇人把子头，应该已经嫁人了。而她此时身在十四阿哥内府，而身后却没跟任何侍从婢女，想是对府中情况很了解吧？那她，莫不是十四的内眷？

心下了然，我微笑着向眼前女子行了一礼："在下叶艾，乃是十四阿哥的门生。刚刚十四阿哥有些微醉，便吩咐我前去他房中为他取些解酒丸。没想到在这里偶遇福晋，让您受惊，实是叶某不当，还望福晋恕罪。"

眼前这位美女将信将疑地看着我，似乎在考量我所言的可靠性。我看她犹豫，就亮出了一枚扳指。那是在太子妃事件后十四送给我的。他说他在宫内外都有自己的亲信和势力，我在危急时刻亮出这枚扳指，可得他亲随相助躲过灾祸。

果然，当这位妇人看到这枚扳指后，显然松了一大口气："原来果真是爷的人，你随我来吧。"

路上我问起她的尊姓大名，才得知她正是十四的嫡福晋完颜氏。心里不禁有些不平：十四这小子这么顽劣，却能得到这样一个貌美如花又胆识非凡的妻子，真是走了大运。可就是这样他还不珍惜，竟来招惹本姑娘我。哼，真是个花心大萝卜！

暗骂十四的当儿，身前完颜氏的步伐已经停了下来。她转过身对我说："叶公子，这就是爷的厢房。我还要赶回宴上去，便不陪叶公子了。"

我忙对她作揖："多谢福晋引路。待小的寻得解酒丸后，立刻返回席上。"

福晋对我点了下头，然后便转身走了。我望着她娇俏的背影，心里暗叹：一朵鲜花插在了牛粪上，可惜！

一进屋我就反身锁上了门，然后冲进房间进行地毯式搜索。可是找了一圈后还是一无所获，我的头上冒出了细细的汗珠：该死！十四究竟把我的玉佩藏哪儿去了呢？

就在我茫然怔忡时，却感到喉咙一窒，低头一看发现一只手正死死地扣在我的脖子上。

身后传来狠厉的声音："你是何人，敢擅入我的房间？"

意识到身后人是十四，我忙举起手求饶："是我是我，你别掐了！"

十四扳过我的肩，仔细端详过我的面容后，他松开了扣在我喉间的手，但随即双手又按着我的肩："你怎么回事，称病说来不了，现在怎么又出现在我厢房内？还有，为什么要扮作男子？"

绝对不能让他知道我进来是在找玉佩，这恐怕会让他更为光火，反而不还给我了呢。

心思转几个弯后，我笑眯眯地对他说："我这不是想给你一个惊喜吗，在你的房中等你回来再给你说声生辰万福呀！"

十四冷哼了一声："你所谓的惊喜就是那首打油诗和这个破瓶子吗？我发觉你的胆子是越发大了，都敢欺到我头上来了？"说完他就举着手上的琉璃瓶在我面前晃了晃。

我忙给他赔笑脸："开个玩笑嘛，十四阿哥大人有大量，何必跟我较真呢？况且这可不是普通的瓶子，是我精心给你准备的幸运星五彩琉璃瓶。你是水瓶座的，所以送你瓶子正合适啊！"

十四一脸困惑的神情："何为幸运星？何为水瓶座？"

我想了想，然后尽可能用简单的词语解释道："幸运星就是用来祝愿他人幸福安康的纸折星星，你的生辰是二月初十，我就共给你折了二百一十颗星星。至于水瓶座嘛，是这样的……在西方，那里的人将我们一年十二个月份分为十二个不同的星座，而十四阿哥你的生辰则属于十二星座中的水瓶座。我这样说，你可明白？"

十四垂眸想了想，再抬起头来时，眼中已是满满的欢欣和喜悦："原来夜莺送我的礼物这么有意义啊，你真是有心了。我早就知道你心里看重我，定会认真来为我贺寿的。"

看着十四满足又幸福的模样，我的心跳竟漏了半拍。他在我面前始终这么直白地表达他的所思所想所爱，可是我却总是有所隐瞒有所算计。我这样做，是不是太过分了？

十四对琉璃瓶爱不释手，嘴里啧啧称赞，似乎一下子对它又宝贝得不行。

我横了心，出声打断了在那里自言自语陶醉在自我甜蜜中的十四："十四阿哥，今日你的寿宴我来了，也将礼物奉上了。那么不知十四阿哥能否信守诺言，将我的那块玉佩还我？"

听到我的话，十四抚摸瓶子的手停了下来。他将琉璃瓶放在了一旁的桌子上，回头冷冷地看向我："你刚才对我说的那一番好听的话，都只是为了把玉佩要回去是不是？"

我一惊：虽说我心里是有些小算盘，但你也把我想得太坏太狡猾了吧。

我忙摆手对他解释道："不是不是，我对你送礼物送祝福都是发自真心的。只是那玉佩对我真的很重要，你别闹了，把它还给我好不好……"说完我就委屈地看向了他。

他眉毛一动，似乎也有些不忍，语气便软了下来："好了，我给你便是。不过，你将另一枚给我看看，让我再好好欣赏一下这对世上难寻的美玉。可以吗？"

我听他答应要还我，就高兴地把怀中另一枚未刻字的玉佩掏出来递给他："喏，就是这个啦，现在你可以还我了吧？"

十四接过我手上洁白无瑕的和田玉佩，然后从他袖口中掏出那枚刻有"爱"字的玉佩，他将两枚玉佩一同捧在手心上，嘴里称赞道："真是两块价值连城的宝贝啊。"说完他就将刻字的玉佩交还到我的手中，但却将没刻字的玉佩收了起来。

我瞪大眼睛看向他，表示对他行为的不解。他却嬉皮笑脸地对我说："一物换一物，这样才公平嘛！"

我气得伸手要打他，他敏捷地躲开了我的拳头，哈哈大笑说："别那么小气嘛，就当送我的生辰礼物啦。那个琉璃瓶寓意虽好，我还是觉得这个礼物实用些，可以随身佩戴着。你若不舍，在你生辰时我再送你个更珍贵的礼物不就行了？"

我知道和这个无赖讲不通道理，就一屁股坐在了桌前的凳子上，叉起胳膊狠狠地瞪着他。

十四却无所谓地耸了耸肩，挨着我坐下了。他给我倒了杯茶，然后自己开始品尝起桌上的点心："刚才一直和十哥他们喝酒，现在才觉得饿了。这杏仁酥味道不错，你要不要尝尝？"

我别开脸不看他，没好气地说："没胃口，不想吃！"

十四只是小人得志般"嘿嘿"笑着，继续边品茶边吃着糕点。然后他突然想起什么似的又问我："你是怎么找到我房间的？"

我转过头，一脸谄笑地给他说："刚刚在后院里偶遇了完颜福晋，是她带我来你房中的呀。哎哟哟，你说完颜福晋多完美多俊俏的一佳人呀，却有人不知珍惜，还在外面拈花惹草的。你说，要是我把某人的风流行径告诉她，那她该有多伤心呀。你这十四阿哥府怕是要不太平了吧？"

我后面的几个字几乎是从牙缝中挤出来的，说完我就恶狠狠看向十四，这个三心二意心猿意马的负心汉。

# 卷二十三　意兴阑珊黯然归

十四似乎想张口给我解释什么，可他嘴里还有几口杏仁酥没咽下，情急之中竟卡住了嗓子。他剧烈地咳嗽着，喝了好几口水都没用。

我赶忙上去拍了拍他的背，可是依旧没好转。看着他的脸渐渐变成猪肝色，我开始害怕：他可千万别噎死啊，不然万一怪罪到我头上可怎么办？

脑中开始疾速搜索着解救方案。电光火石间我突然想到以前急救安全课上老师教的方法。

我站在十四的身后，双手环抱着他的腰，然后手臂箍紧，一次一次地向上用力："呼气，吐气！呼气，吐气！"

在这样来回几下后，十四终于一口吐出了卡在他喉咙里的糕点，咳了几声后呼吸逐渐趋于平缓。

看他没事了我才松了口气，手臂依旧环在他的腰腹上，头靠在他的后背上轻喘着气。待我俩都心绪平定后，突地身体一僵，这才意识到我们现在的姿势是多么的暧昧。

我急忙撒手，可是十四却立刻将他的大手覆在我的手上，重捞向他的腰间。我靠在十四宽阔背脊上的脸庞此时烫得要命，心也跳得厉害。

我恼羞成怒地对十四说："你在做什么，快把手放开！"

十四却未有丝毫放手的意思，贼兮兮地笑说："你好不容易主动给我投怀送抱了，我怎能辜负你一片情意呢？"

听着十四自恋的话，我真想一掌把他劈趴下，可无奈力气根本扭不过他。

正当我打算开口骂他不知羞耻时，一声轻咳从身后传来："不好意思打扰二位了。"

我和十四立刻像触了电一样分开，同时转身看去。

十三阿哥长身玉立在门口，看着我们的神情平淡无波，可是眼中却明显有丝丝凉意："四哥和八哥来了，十四弟你快去前厅迎着吧。"

十四答应了一声，然后拉着我的手就要一同出门。我甩了几次却挣脱不开，只能无奈地被他握着。

经过十三身边时，却听到冷冷的一句："十四弟是想让旁人以为你好男风不成？"他转眸直视着十四："希望十四弟凡事还是以大局为重！"

十四也定定地回视着他。沉默了片刻后，十四笑着对我说："夜莺，谢谢你今天来我的生辰宴。你送的礼物我很喜欢。十四定不负你的心意，只盼望以后年年生辰都有你陪我度过。"

说完他就率先迈步走出了房间，只剩下呆若木鸡的我和面色不快的十三阿哥。

他说这些莫名其妙的话干吗？怎么听起来好像是在宣示对我的所有权似的？这个占有欲极强又霸道的臭十四，他是不是有意给我添乱啊！

悄悄观察着十三的神色，我看情况不妙，就打算开溜。

于是我咧了个比哭还难看的笑容，对十三说："没别的事，我也走了。"

"夜莺，你是四哥的人。我希望这点，你能始终记得。"

我的心里突然冒出一团火，这些古代的阿哥怎么都这么爱自说自话？谁是他们的人了？谁就注定要成为他们的附属品了？有问过当事人的意见吗？

十三见我没吭声，继续道："你不要认为你逃了婚，便可与四哥一刀两断。我给你直说了吧，这一生，你要么跟定四哥，要么孤寡终老。除了四哥，再无人能要你，即便同是阿哥们，即便那人是十四弟。"

十三的话一下子击中了我的逆反心理，我冷笑道："这么看来，我如今倒成了个烫手山芋了？真是托四阿哥和十三阿哥的福啊！不过十三爷您多虑了，夜莺相信事在人为，我既然能逃过那一次，就必定可以摆脱一切我不想要的枷锁，过我自己想要的生活。"

十三瞪着眼睛看我，平时温文尔雅的脸上现在积聚起了浓重的怒气："你怎么就是不明白？不管你和谁在一起，都会成为四哥潜在的威胁。其实自打你进宫起，四哥便可以找人神不知鬼不觉地除掉你，可是他却没有这样做。四哥对你的心，难道你就没有丝毫感觉吗？夜莺，我们公平些。你想想，若你和十四弟走在一起，你让四哥情何以堪？那是他的亲生弟弟啊，你原是应当让十四称作嫂子的人！夜莺，算是我请求你，多为四哥考虑些，他其实并不像你想的那样冷漠。他其实……"

我打断了十三的话："别说了！我不想听！你们的种种和我有什么关系？为什么要我承受那么多！我受够了，真的受够了！"

我推开身前的十三，跑出了房门。只留下他在身后不断地呼唤我的名字。

我快步走回了席上重新坐下，旁边的蕊儿显然已经急坏了："格格，您可急死奴婢了。怎么去了这么久啊？我还担心出了什么事呢。"

我嘴上对她说着"没事"，却冷眼瞧着主桌上一群阿哥们一派"兄友弟恭"的模样。

若不是方才十三的一番话，我还真要为他们的兄弟情深而泫然泣下了。可现在知道这不过是一个令他们都体面的假象罢了，在和气融融的外表下，他们各自暗怀鬼胎，都打着自己的算盘。

心中突然觉得很悲哀：这就是所谓的天家无情吗？尽管亲如父子兄弟，却始终无法坦诚相待真心相对。他们拥有着凡人所奢望的地位、权财和荣耀，但也失去了凡人能轻松拥有的浓浓亲情啊。

十三也回到了席上，他强笑着和众人打起招呼，随即在四阿哥身旁附着说了几句耳语。四阿哥本就面无表情的脸上更加冷峻了。

我苦笑，这儿倒是有对心意相通的兄弟，只可惜他们和我不大对付。

回眸间我见到了自己朝思暮想的心上人。他还是那样的儒雅温和，谈笑间顾盼生姿、潇洒风流，只是全然没有注意到在角落里默默注视着他的我。

我心下倏地有些凄凉无助。难道我注定就只能这样远看着他，无法融入他的世界中去吗？每次当我以为稍稍和他靠近了些时，现实总是向我浇一头冷水，让我意识到我们之间横亘着那么多条难以跨越的鸿沟。

他是那样一个非凡超群的人，他和四阿哥一样心怀天下，又岂是能为儿女私情所累之辈？若他知道了我和四阿哥之间的孽缘，他是否会避之不及地与我撇清关系，唯恐坏了他贤德谨慎的名声和坐拥江山的大计？

我惨然地笑了。或许这一切不过是我自作多情罢了，或许八阿哥从未真的对我上过心，他对我的关心和照顾不过是出于礼仪和他良好的教养而已。

蕊儿小心翼翼地出声唤我："格格，格格！您怎么了，为何脸色看起来这么苍白？您是不是觉得不舒服啊？"

我回过神来，对她说："嗯，出来久了有些乏。蕊儿，我们回宫去吧。"

站起身来，我们打算向外走去。可恰好迎上了十四投来的目光，他咧着嘴向我绽开了一个大大的笑容。

我心中五味杂陈。只有这个毫不知情的傻孩子，以为我真能同他执手到老，却不知我心中另有所爱，我目光停驻处也从来不是他。暂且不要说我的心意，只凭来自德妃和四阿哥的压力，就注定了我俩此生必将无缘。十四……你且放下吧。

微微对他招了招手示意我将离去，他也含笑点了点头。就在我转身的一瞬间，却仿佛感到十四身边的四阿哥向我这边射来了凌厉的目光。

我忙背过身，向门口处走去。我只想快点离开这是非之地，离开这些让我心暖又让我心凉的皇子。

埋头走到园子外，竟恰好碰见迎面而来的十二阿哥。

他看到我这身装束倒是一怔，然后笑着过来和我打招呼："这是谁家的公子？竟生得这般面目清秀，当真是令人自叹不如啊。"

我斜睨着他笑了："十二阿哥总爱取笑我，欺负夜莺嘴笨说不过你呢。"

我想与十二单独说几句话，便吩咐蕊儿先出去备好车马。

我向十二走近了些，故意阴阳怪气地揶揄他道："看来十二阿哥和十四阿哥的关系不大好啊，这寿宴已进行好大一会儿了，您才姗姗来迟，真是不给寿星面子呀。"说完就不怀好意地看向他。

十二不急不恼，只徐徐地对我解释道："十二向来不喜热闹，来为十四弟祝寿是出于兄弟间的情分。况且皇阿玛不喜欢我们拉帮结派、结党营私，因此十二并未曾与谁刻意亲近，抑或刻意疏远。与诸位兄弟间的关系无谓好不好，只求身正不怕影子斜，无愧于心罢了。"

他说完就目光坦荡荡地看着我，让我一时间有些脸红。刚才的一番挑衅玩笑，倒显得我有小人之心了。

　　我曾听说十二阿哥小时候是由苏麻喇姑抚养长大的，因此他的性子中便多了些其他兄弟没有的宁静淡泊、与世无争。今日听到他的肺腑之言，才发现的确不假，十二果真是个不慕名利、不沾世俗的出尘之人啊。

　　十二见我被他噎得说不出话，就再接再厉地反击我："不过，夜莺格格为了十四弟这般声讨我，莫不是对十四弟之事极其上心，才不忍他受一点怠慢？"

　　我的脸一下子涨得通红。十二，你真是好样的呀。我说你一句，你能还我十句。这宫里的阿哥们果然个个都是人精，不是好惹的。

　　我气得转身就要走，十二忙把我拦住："好了好了，是我错了。不过是玩笑之语，夜莺你别生那么大的气。况且难道只许你不依不饶，就不许别人占你一点口舌上的便宜吗？"

　　"这种玩笑是能随便开的吗？十二阿哥明知道夜莺的心思，却还要故意给人难堪。"

　　十二的笑容有些僵，他不着痕迹地转开了话题："你怎么今日扮成这样？也是为给十四弟贺寿而来吗？"

　　我点了点头："是啊，给他祝贺完，我现在正要回去呢。"

　　"十四弟真是好福气，能得到格格这样的关心，也不枉他对你的一片情意。"

　　我鸡皮疙瘩起了一身。都怪这个十四平时行为不检、肆无忌惮，连十二都看出他对我打的主意了。我不知道该说什么，就只能尴尬地干笑两声。

　　"冬日将尽，眼看新春就要到了。皇阿玛五月里又要去蒙古巡幸塞外，宫里已经开始着手准备了。听说依旧点了你同行，除了太子、大阿哥、十三弟和几位小阿哥外，十四弟这次也会去。"

　　我闷闷地应了声。心想这康熙老头还真是不让人清静，自我被打以来不过才安生地休息了一年光景，就又要让我随扈出宫。

　　我一直都躲着那要命的太子爷，此次出行却免不了要碰面。这可怎么办，我要怎么样避开他呢？

　　十二看出了我的忧虑，出言宽慰我道："你莫要太担心，相信经过太子妃上次的一闹，太子现在应该也不敢轻举妄动。况且皇阿玛明显将这事压了下来，就表明他无意将你许给太子。这次出行人员众多，你只要避免与他单独见面，应该不会出什么乱子的。"

我感激地看着十二点了点头。十二阿哥真的把我视为他的知己，总是想我所想，为我打算。若是没有他，我在这宫里怕会孤立无援吧。

十二注视着我的眉目间显现出一丝隐忧："夜莺，你……你可还记得我那日在长春宫对你所说的话？你是否已经放下了？"

我知道十二指的是八阿哥。他担心我卷入皇子夺嫡的争斗中去，担心我会因八福晋而受到委屈，所以才好心提醒我不要轻易蹚入那浑水中去。

可是事情若真是那么简单就好了。你懂得那道理是一回事，可是否会照着道理做却是另外一回事。看来，我不过是个感性的人，什么事都还是随心而来。

"多谢十二阿哥的提点，这些，我都明白。不过我还需要时间，毕竟割舍一份情感不是那么容易的。"

十二无言地与我对望着，他犹豫了一下复又开口："那十四弟呢？这次出行你们怕是有许多相处机会……"

我笑了："就是我自己都无法轻易放下的感情，又怎么能要求别人说放手就放手呢。其实十四阿哥和我一样，不过是个痴人罢了。我想他会和我一样，随着时间流逝，把一切都看淡的吧。"

我们彼此沉默了一会儿，十二阿哥终于出声："我该进园子去了，夜莺你也快些回宫吧。"

我笑着微施一礼，然后就转身离开了。

蕊儿见我出来，立刻扶着我掀帘坐进了马车。可一进车厢，我就愣住：九阿哥？他怎么不好好在宴上待着，却跑到我的马车里？

九阿哥闻声知道我进来，就缓缓睁开他的狭长凤目，微眯着看我。

我坐到了他的身旁，有些心虚地问道："您都知道了？"

他的嘴边带了丝嘲讽："你那点小把戏能瞒住我？我早就知道你今天会这样出其不意地来参加十四弟的生辰宴，便由着你胡闹了。不过这样也好，让老四看看你和他亲生弟弟如此熟稔，却与他淡漠疏离。看着他食不知味的样子，真是大快人心。"

我的心有些凉，喉咙干干地回说："夜莺没有九爷这样深沉的心思，只是随性妄为。却不想正中九爷下怀，您不怪罪就好。"

九阿哥牵起我的右手，将我的手包在他的掌心中："我不管你是有心也好，无心也罢，今日我权当你和十四弟之间是在演戏，没有以后了。不管是太子、八哥还是十四，日后你都与他们保持些距离。"

九阿哥的语气是不容争辩的，他说完后握我的手又紧了紧，让我感到有些疼。我点了点头表示同意，九阿哥的手劲才轻了些。

他语气稍稍和缓："你马上又要随皇阿玛去蒙古了。我虽暗中安排人手照应你，但你依然要自己留意，万事小心。"

我温顺地"嗯"了一声，然后又抬起头问他："九阿哥这是离席了？要随我一同进宫看望娘娘吗？"

"刚刚老四看到你和十四弟眉来眼去的样子，眼中都要冒出火来了。我怕他恼羞成怒，派人对你不利，就决定陪着将你送回宫中。待看你安然抵达，我再回去宴上。今天怕是要闹到一醉方休了。"

听了九阿哥的话我心里暖暖的。虽然我并不认为四阿哥真的会在一气之下找人灭了我，毕竟他要是想做早就可以做了，可听到九阿哥关心我的话，看到他在意我的举动，还是会觉得很感动。这一刻我觉得他也挺善良可爱的，并不像平日那么阴郁狠戾。

我一下拉着他的胳膊撒娇道："什么眉来眼去，说得也太难听了。我只是把十四当成一个小屁孩，才不会和他一般见识呢。我就知道还是表哥对我最好啦！"说完我扬脸看着他，笑成了一朵花。

九阿哥轻敲了一下我的脑袋："变脸比翻书还快。别的本事没有，花言巧语你倒是天下第一！"

他口中虽是在假意训我，但面上化开了千年冰雪，难得一见地展颜笑了。

## 卷二十四　随扈之行冤家斗

因为不是第一次随扈了，这次出行前的准备就很从容。宜妃照例给我说了些叮咛的话，无非就是让我处处小心，同时提防着点太子什么的。

临走前我找机会见了次穆景远，可听他说催眠之事依旧无大的进展，心里不免有些失落。他劝我不要操之过急，说即便催眠术可行，也要经过多番试验后才敢应用到我的身上，以保万无一失。

我想了想也是，不要穿越回去不成，倒把我给催眠成个疯子，那就得不偿失了。

再一次跟着康熙的大部队风风光光地出宫，一路上受到了各地百姓的跪拜和祝福。虽然我不赞同封建社会森严的等级秩序，但不可否认的是，常常这样狐假虎威地享受着无上权力带来的优越感，确实会让人有些飘飘然。这也难怪那么多人会觊觎那九五之尊的宝座了。

经历了大半月的颠簸，我们总算到达了草原的边界。

今日休息时，有太监来传话说只需四五日便可抵达蒙古了。

我开心地期待着，到了后就能洗个解乏的热水澡啦。而且我马上就能见到久违的郁杉王妃了，不知道这两年她过得好不好，孩子应该已经一岁多了吧，不知道是个小世子还是个小格格……

就在我这么边傻笑边望着蓝天凭空想象时，旁边有人打断了我的思绪："每次在草原上碰到你时，都能看到你这种纯净无邪、发自内心的笑容。我常常想，若能让这样如春阳般温暖灿烂的笑容常伴我的左右该多好。"

看清来人后，我不禁打了个哆嗦。怎么怕什么来什么，躲什么偏偏撞上什么。

　　此刻紧挨着我身旁站立的恰是我避之不及的太子爷，此时他正深情款款地望着我，一双眼睛里有诉不尽的哀愁与思念。

　　我立刻向后跳了几步退开了，同时瞪向了我身侧的蕊儿。蕊儿睁着一双大眼睛无辜地看着我，表示她也不知太子是何时出现的。我心说，敢情爱新觉罗家的个个属猫还是怎的，每次出现都没声音？

　　我警惕地看向太子，害怕他说出什么惊人之言或是做出什么逾矩之举。

　　太子看到我如此戒备，重重地叹了口气："一年多没见，一直期盼着再见到你时可以好好谈谈。可没想到重聚时竟是如此疏远……夜莺，果真我们回不去了吗？"

　　我纳闷，回到过去？我们过去是怎样的，好像也不是很熟吧？

　　我调整了下面部僵硬的表情，努力挤出了丝别扭的笑容，对太子说："太子殿下言重了，夜莺没有刻意疏远殿下，只是男女有别，我们这样独处毕竟是不合适的。瓜田李下，还是避避嫌的好。"

　　太子向前迈了两步，急忙给我解释道："夜莺，对于太子妃伤害你的事，我真的不知情。事后我也很生气，并且严厉责罚了她。你相信我，我以后再也不会让你受到欺负，我保证……"

　　我忙打断了太子："不不，太子您误会了。夜莺并不是在埋怨什么或是记恨谁，之前受的一点教训也是因为我自个儿不知轻重，妨碍了您二位之间的伉俪情深。既然已经晓得道理，就更不能再有不本分的行为。还希望太子爷同样可尽释前嫌，忘掉夜莺之前的任性和不懂事。"

　　其实我的言下之意是：我被你害得还不够惨吗？被你老婆痛打一顿，腿上还可能会落下风湿痛，谁赔我的生命安全和精神损失费呀？你要是还有点良心，就别来靠近我了，我可没那么幸运能每次都躲过明枪暗箭啊。

　　可是显然我动之以情的一番话并没说动太子，他反而有些激动，一把捉住我的手腕说："难道就因为我的一次不周你就放弃我，对我没信心了？我答应过你不会强迫你嫁给我，可是你也要给我机会让你接受我啊！"

　　我额头上冒出三道黑线，这怎么搞得倒好像我是个薄情负心人似的。苍天可鉴啊，真正受伤的可是我啊。就在我这样挣不脱又顶撞不得的时候，我听到不远处有脚步声传来。

我转头看去，竟是十四正往这边走来。我激动地向他猛使眼色，示意他来帮我解围。而此时看来他那张欠扁的脸也不那么可憎了，反倒显得挺顺眼，我甚至仿佛看见他的头上闪烁着一圈明亮的光环。这是多么可爱的一个解救人于危难的小天使啊！

十四走近后看到了我和太子现在纠结的情境，立刻严肃了表情，整个眉头都蹙在了一起。他直直向我们这边走来："二哥这是做什么？被旁人看到又要嚼舌根了。"

太子有些不悦地道："这是我和夜莺之间的事，哪容得下他人置喙！"

"一般人倒也没什么，只不过皇阿玛的銮驾就在不远处，若是惊动了他可就不妙了。况且臣弟上次已见识过太子妃娘娘的手腕，若是再令她不悦，只怕夜莺就劫数难逃了。殿下，您难道忍心看着她受难吗？"

太子听后表情更加不善，他冷冷地对十四说："你少拿皇阿玛来压我，若我真求他将夜莺赐给我，他老人家未必不肯。至于石氏那个妒妇，她不要指望在我眼皮底下再动夜莺一根手指头。我不是老八，我可不会惧内！"

我极不爽地瞥了太子一眼。就事论事，你扯到八阿哥身上干吗。真是可怜胤禩躺着也中枪。

我一面同情八阿哥成了妻管严的典型案例，一面又有些心痛：莫非果然因为他对八福晋爱之深所以才言听计从决不愿冲撞她？所谓的惧内怕老婆，只不过是因为他太在乎她的感受罢了。而这，又是与古代男尊女卑的观念格格不入的。八福晋，有夫如此，您可真是位幸运的女子啊。

就在我暗自神伤时，十四不卑不亢地对太子回道："那么就请太子殿下通过光明磊落的手段赢得佳人芳心，无谓的纠缠只会适得其反罢了。"

哇，我怎么觉得眼前十四的形象突然变得伟岸高大了。这样敢于挑战权威的气势，真的好 man 哦！

太子终于放开了我的手腕，他柔声对我说："好，我不会勉强你。我希望终有一日你会心甘情愿地走向我。"说完他冷冷地扫了十四一眼，就走开了。

在太子走远后，我打算好好地向十四道声谢，若不是他今天出手解围，我还真不知道该怎么应对呢。

可还没等我张嘴，十四已破口大骂："你这个笨女人怎么那么不识时务，给你交代了多少次要离他远远的，你怎么偏就不听呢？还是你根本就没打算放弃太子这个好靠山，所以才有意无意地给他机会让他接近呢？"

原本满心的感激霎时间荡然无存，胸中有一团火"噌"地冒上来，我也不客气地回道："是啊是啊，我就是笨，我就是故意引来太子的怎么样？谁要你多管闲事，什么时候轮到你来教训我了？"

十四被我的话气得眼睛睁得老大："喂，你有没有良心？要不是刚看你那么可怜巴巴地求我帮你，我才懒得管呢。现在看来，为了你这不知感恩不懂回报的笨女人得罪太子真是太不值了啊！"

我冷哼了声："谁稀罕啊！"

十四哼得更大声："那以后自己的麻烦自己摆平，别指望我会再帮你！"

我们俩同时向对方哼了一声，然后就转身向各自的马车走去了。

后来的这几天，我和十四就是碰到了也谁都不理谁，鼻孔朝天地各自经过。

蕊儿后来偷偷问我，为何每次遇到十四阿哥，我大家闺秀的形象就会荡然无存，然后脸红脖子粗地和他斗嘴。

我想了好久还是找不到答案。为什么我在八阿哥面前温婉细腻，在九阿哥面前撒娇耍赖，在四阿哥面前冷静从容，在十二阿哥面前轻松自然，可偏偏对着十四就成了个十足的泼妇？或许是因为他本就是这么个可恶的家伙，所以和他在一起时也会激发出我体内所有恶的潜能吧。

看来果真近朱者赤，近墨者黑，我以后还是应当多和八阿哥还有十二阿哥这样的翩翩公子交往才有利于我个人修养的提高啊。

就在我彻底地厌倦了车马劳顿时，我们终于抵达了美丽的蒙古大草原。一下了马车，我就看到对面迎接的队伍。站在最首的不正是班第王爷和郁杉王妃吗？

我激动地边向她跑去边口中呼道："两年没见了，我好想你呀，王妃！"

一下子扑入了一个温香四溢的怀抱，王妃一点儿也不惊讶于我出格的举动，只是轻轻笑着抚上我的头发："我也好想你啊。两年没见，你个子长了不少，模样也越发令人心疼了。"

就在我俩这样亲昵地叙旧时，康熙朗笑着走近了："何止是郁杉你好久没见过夜莺了，就连朕也是很长时间都没见到这丫头了啊。自打她病后，朕也是第一次在这草原之行中才好好地看到她。的确，丫头长大了。"

郁杉听到康熙的话有些吃惊，她转头看向我，仔细地上下打量着："病了？哪里病了，可都大好了吗？"

我正想安抚她不要担心，却听到一个讨厌的声音插进来："还不是因为她自己喜欢调皮捣蛋所以才惹祸上身害了场大病。哼。"

我冷眼看向出言讽刺我的十四，他也毫不示弱地回视着我。这小子还真是幼稚，我心想。

郁杉看向十四的眼神中充满困惑，她转向康熙："皇阿玛，这位是？"

康熙乐呵呵地给她解释道："他是十四，胤禛。都是我对他管教太松，所以才如此口无遮拦。不过这孩子心地不错，和夜莺丫头的性格倒是挺像的。"

郁杉好笑地看了十四一眼，又看了我一眼："哦，原来是十四弟啊。我出嫁那年他还很小，转眼间现在也是个顶天立地的男子汉了呀。果真是仪表堂堂，威武不凡，和当年的皇阿玛很是相像呢。"

郁杉几句赞美的话让康熙和十四都很开心，不过太子的脸色就不是很好了。我有点不明白郁杉这次为何这样不高明地拍马屁，她向来都是对皇位之争不感兴趣的呀。

到了晚上，班第照例为康熙举行了盛大的欢迎仪式。由于是第二次参加这样的蒙古宴会，我新奇激动的心情就不那么强烈了，只是时不时地和身旁的郁杉话话家常，说着彼此这两年来的经历。

郁杉听了我江南之行和太子妃事件的遭遇，忍不住唏嘘："这宫里果然是个是非之地，夜莺啊，这两年真是苦了你了。"

我笑笑："其实我过得挺好，没有你想的那么糟糕。而且姑姑和表哥都对我很好，很关照我的。"

"那，太子还有没有再纠缠你？太子妃呢，有没有继续为难你？"

我摇了摇头："没有。太子并没有强来，而太子妃也因那次的事情受到了严惩，不敢再那么放肆。我想应该是皇上在暗地里对他们施加了一些压力吧。"

郁杉看起来还是颇不放心："皇阿玛就算能护得了你一时又岂能护得了一世？若真等太子继承大统，那你嫁给他不是迟早的事？还有那太子妃若当了皇后，以她残暴善妒的性子，又怎么可能容得下你？夜莺，不如你还是早点找个良人嫁了吧，以防夜长梦多……"

我忙打断了她："对了，王妃。为何今日你要如此明显地夸赞十四阿哥，这落在他人眼里恐怕有刻意拉拢之意。你不是一向很看淡这些的吗？"

"夜莺，依你看，皇阿玛最喜欢他这众多儿子中的哪一位？"

郁杉这可把我问住了。虽说我知道最后当上皇帝的不是太子而是四阿哥，可这也不代表康熙最喜欢的就是胤禛啊。圣意难测，我怎么知道他一天在想些啥呢。况且郁杉这么问我是什么意思，她又在想什么？

我老实回答："我不知道。只是如今看来，皇上依旧很疼爱他与赫舍里皇后所生的太子。在朝廷上他很重用大阿哥、三阿哥、四阿哥、八阿哥这些年长一些的阿哥，此外，他似乎对十三阿哥和十四阿哥也青睐有加啊，不然为什么出来巡幸都要带着？"

郁杉点点头笑了："是啊，你也看得出来，皇阿玛现在的意思似乎很不明朗。他们各位阿哥间也暗自角力，都握有朝臣的支持和自己的势力。的确，我以前是无心于夺嫡斗争的。可是如今不同了，我有了王爷，有了家，有了我们的孩子。我必须要为我爱的人打算。太子不仁，也昏庸无为，我看皇阿玛未必会传位于他。这也是为什么我现在要去刻意地讨好其他受宠的阿哥，我要保证以后无论谁坐上了皇位，我们一家三口都能性命无忧。"

我看郁杉的目光顿时充满了崇拜。这个女子真不简单啊，能将时局分析得如此透彻。我是因为知道结局所以才能安然处之，而她却能深谋远虑，为了自己家人的安全未雨绸缪。她还知道这"鸡蛋不能放在一个篮子里"的道理，果真是个绝顶聪明的奇女子，王爷能娶到她真是好福气啊。

我心中暗自赞叹她的智谋，但嘴上还是安慰道："王妃多虑了。王妃和王爷深受皇上宠信，我相信将来无论是谁继承大统，都一定会对您二位以礼相待的。"

郁杉笑了笑，转而问："夜莺这两年可有遇到自己的心上人？我总感觉这次重逢，似乎能在你身上看到那股子陷在爱中的甜蜜和幸福呢。"

我羞红了脸，出口反驳道："王妃就会拿我寻开心。哪有什么心上人啊，再不要开我的玩笑了。"

"哦？真的吗？可是我看那十四阿哥和你倒蛮合得来嘛，你们两个人年纪也相仿，挺般配的！"

我急了："谁和他配啊！我才不会喜欢那个又霸道又粗鲁又蛮不讲理的臭十四呢，王妃可千万别把他和我联系在一起。"

郁杉"扑哧"一声笑了："我不过随口说说，瞧把你急的。莫不是真有什么，被我说中了？"

"我的好王妃，您就别再逗我了。我保证我喜欢谁都不会喜欢那个十四的，您看错啦！"

郁杉笑容淡了下去："夜莺，你今年已十七，早到了婚配的年纪。还是提前为自己打算打算吧，不然到时被指给一个自己不喜欢的人，那才会抱憾终生。我还是希望你不要嫁给宫里的男人，那样你会过得很辛苦。不过若真遇到情意相投的也没什么不可，我看得出这个十四阿哥对你倒是一片真心，不如你好好考虑考虑……"

我在郁杉有了唐僧趋势之时及时地制止了她，成功地转移了话题："听说王妃一年前诞下了一位健康的小世子，明日有空带我去瞧瞧他吧。"

王妃含笑答应了。

晚宴结束后，我回到了自己的帐篷。梳洗后宽衣躺到了床上，可是半天都睡不着，脑子里反反复复回响着郁杉刚刚说的那些话。是啊，在古代，十七岁的年纪的确是待嫁的姑娘了。

我一直在刻意忽略这个问题，不代表别人也会自动忽略。就比如太子三番四次的询问和十四阿哥锲而不舍的追求，皇上应该都是看在眼里的吧。可是他为什么从没提过这茬事呢？他是如何想的，他会不会在将来不问我的意见就将我许给一个我不爱甚至我根本不了解的男人？

脑海里浮现出那张温润如玉的脸庞。唉，胤禩，我和你究竟有没有结果，究竟有没有未来……

# 卷二十五　迷蒙夜色共赏星

次日，我看着眼前桌上的这些鸡鸭鱼肉发呆，没有半分开动的胃口。我这是怎么啦？以前看到这样的美食我肯定立刻扑上去了。我那今朝有酒今朝醉的洒脱都跑哪儿去了！

被旁边的郁杉用手肘轻撞了一下，我的思绪才从九霄云外被拉了回来，这才意识到自己原来还在班第王爷为康熙准备的欢迎宴上呀。

这种国宴参加一两次时还觉得新鲜，但多了便会厌烦。例行公事让人不自在也就罢了，康熙老头还总吩咐我唱些曲子给大家解闷，当真以为我是个卖唱的了。仰人鼻息的日子不好过啊。我深深地叹了口气。

郁杉看着我笑了："我发觉你这次来满腹心事，果然姑娘大了，心思便细腻了。"

我嘴角抽了抽：怎么，难道我以前给别人的印象都很大大咧咧粗线条吗？

郁杉没再取笑我，而是指了指舞台，示意我专心看节目。

台上有位美丽的蒙古少女正跳着热情奔放的舞蹈，四周有几位蒙古少年在为她敲鼓。舞姿曼妙间，鼓声戛然而止。舞毕，少女和几位少年郎一同走向前给康熙俯首行礼。

康熙乐呵呵地吩咐他们起身领赏，然后转头对旁边的班第王爷说："每次来大草原看到这样的表演，心情都会爽朗很多啊。班第，你费心了。"

班第王爷笑着拍了拍手，席下的一众少年便走上前给一排的皇亲国戚都献上哈达以示友好。

跳舞的少女笑意盈盈地走到康熙跟前，她单膝跪下，朗声说道："小女赞珠恭祝皇上龙体安康，愿大清与我蒙古永修缔约之好。"

康熙扶那少女赞珠起身，眼里充满了赞叹之情："真是草原上的一颗明珠！这样出色的女儿，是谁家的啊？"

班第忙答："回皇上，赞珠是我同胞长姐的小女儿，她母亲去世得早，因此这孩子一直由我照顾。"

康熙笑了笑："果然不错，也只有草原这样的水土能生养出这般清爽直率的孩子。"

这次未等班第发话，赞珠就插嘴道："虽说草原极好，但赞珠很想去中原看看呢。"

康熙一下来了兴趣："哦？赞珠为何想去中原？"

"因为我很喜欢我的舅母郁杉王妃。她来自中原，所以我很好奇她的家乡是什么样的。有的时候王妃会给我们讲起她小时候的故事，听起来有趣极了！皇上，求您准许赞珠去中原、去京城好不好……"

班第制止了赞珠的恳求："赞珠，皇上面前，休得无礼。万岁爷，都怪臣太过骄纵这孩子了，您莫生气啊。"

康熙倒无所谓地摆摆手："无妨，也不是什么过分的要求。班第，有机会便带她来京师看看吧。"

赞珠看到康熙应允，忙一个劲儿地向他谢恩。或许是兴起，她唱起了悠扬的蒙古歌曲，边唱边沿着酒席走下去，挨个向这些贵宾行礼。待走到席末的桌子边，那里坐着十四。

刚好这时赞珠的歌唱完了，她犹豫了片刻，然后就笑着问十四："不如我们一起跳舞好不好？"说完就做出邀请的手势。

十四没想到赞珠会突然这样，愣在了当场不知如何是好。

席上的人开始也都很惊讶，不过后来便成了看好戏的姿态，有人还鼓起了掌。就连康熙都吩咐十四陪赞珠一起热闹热闹。十四看拗不过众人，只得硬着头皮上了。

我心里暗笑，看你平时爱整我，现在不也被人整了吗？赞珠小美女，好样的啊！

又响起了豪迈的鼓声，赞珠闻声起舞。十四则借来了侍卫的剑，随着赞珠的舞步而舞剑。两人的步伐配合得很好，剑到之处发出了猎猎风声。

康熙和众人一样鼓掌叫好，他忍不住地夸赞道："真是巾帼不让须眉，两人舞得一样好！太精彩了！"

班第附和道："是啊，而且臣看着，十四阿哥和赞珠年龄也相近呢。若是能珠联璧合，便更是一番佳话了。"

班第王爷的声音不大，但由于我和郁杉坐的桌子离他们最近，因此便全都听到了。我转头看向郁杉，这就是你自保的方式吗？还真是夫妻同心，立竿见影啊。

郁杉对着我摇了摇头，压低了声音说："我并不知情，王爷没和我商量过。"

康熙沉默了半晌，然后又沉声笑了："我知道你是想与我亲上加亲，只不过这十四家中已有嫡福晋，如此只怕委屈了赞珠姑娘。这件事还是稍后再议吧。"

班第看康熙是这态度，便也不再说什么。这时赞珠和十四恰好舞完，双双走上前。

众人的赞叹顿时不绝于耳。什么郎才女貌啊，才华横溢啊，舞姿卓越啊……这些马屁精真是恨不得穷尽各种溢美之词了。

我不屑地小声哼哼道："有什么了不起，跳舞谁不会呀。"

没想到却被郁杉听到了，她掩嘴笑了笑，然后大声对康熙说："皇上，据我所知，夜莺格格除了歌艺非凡以外，舞技也相当了得呢。不如，此时便让她也上场展示一番吧。"

我下巴都快掉下来了：郁杉我怎么得罪你了，你要这样找我碴啊。我只是随口说说而已，不要来真的吧？转头看向康熙，现在只能寄希望于他能够放我一马了。

你们猜他会听见我内心的呼唤吗？他当然不能！他非但不能，还又撩了一把火："好啊，那夜莺你便舞吧，不要丢了咱们满族人的颜面。胤祯，你继续陪着舞剑。"

十四应了声好，然后就面带忧虑地看向了我。

我内心里使劲翻了个大白眼：谁是你满族人，我可是正宗汉室血脉。而且我才不要臭十四陪我呢，看到这家伙就觉得晦气。

打定了主意，我对康熙说："皇上，跳舞可以，不过夜莺不想和十四阿哥一起。"

我当面拒绝十四，让他很下不来台。他瞪着我的眼睛里几乎都要喷出熊熊烈火。我权当没看到，只定定地看着康熙等他的回复。

康熙老头似乎也没想到我会这么直接地拒绝，他问我："哦，那你想和谁一起？"

我扫视了席上众人一眼后，心里有了打算。我对着不远处一个俊朗的身影作揖道："不知夜莺是否有幸能邀十三阿哥助我舞剑？"

十三爽朗地笑着站起身，目光清澈："何乐不为？"

好吧，既然你们都想看我出洋相，那我便出个尽让你们看个够！我仰头喝下一大碗白酒，算是给自己壮胆。

拿出一副破罐子破摔的气魄，我清了清嗓，大声唱："苍茫的天涯是我的爱，绵绵的青山脚下花正开……"

是的，各位看官，你们没有听错，我唱的正是当今最火红最国际的《最炫民族风》。刚开始时我还比较淡定，只做着一些不太夸张的舞蹈动作，可是当唱到副歌"你是我天边最美的云彩"时，我已经完全沉浸在这优美的旋律中深深不能自拔，情不自禁地跳起了最拉风的广场舞。

曲终舞毕，我这才从自己的世界中走出来。转而看向众人，皆是下巴就要脱臼的样子。我看了看身边的十三，他早已黑脸。突然好同情可怜的十三阿哥，他每次遇到我好像都没啥好事啊……

还是郁杉最先回过神来打圆场："嗯……夜莺格格这一曲一舞倒也特别，我们就当看个新鲜吧。"

我并没对郁杉的帮腔有丝毫感激，这事不本就是她挑起来的吗？

康熙没说什么，只是挥挥手让我下去。嘿嘿，看看这样一来，你以后还敢不敢让我出来跳舞。反正我倒是不怕出丑，只要你不会觉得脸面挂不住！

回到桌上，我渐渐觉得有些头晕，或许是刚刚喝的酒比较烈，后劲儿这才上来吧。开口给康熙说明了情况，他便准许我回去休息了。

蕊儿扶着我走出了宴席所在的大蒙古包，向我的蒙古包走去。我这时已醉得不行，脑子里冒的全是小星星，我笑嘻嘻地数着，然后出声唱起来："一闪一闪亮晶晶，满天都是小星星……"

蕊儿见我这样，只能边捂我的嘴，边快速地将我往回拖着走："我的姑奶奶，您可别嚷嚷了……这，这太失态啦！"

我突然脚下一绊，整个人就摔了下去。咦？怎么这地面一点也不硬，反而软绵绵的？我反过身来摸向"地面"，嗯，虽然结实宽阔但也不失弹性。我心里边点评着边目光一路向上。哇，好帅的一个型男呀！虽然并不是很英俊的那种，但绝对也算相貌出挑的了。

我将魔掌伸向眼前帅哥的脸，又捏又摸，嘴里还不住调戏道："来来，帅哥，给本格格笑一个，笑一个嘛……"

这个帅哥的脸色怎么这么难看，他不开心吗？我又用魔爪扯着他的嘴角："笑一笑啦，那么凶做什么……"说完就正对着他打了个大大的酒嗝。

旁边的蕊儿好像很惊恐，她用手轻摇着我："格格，格格，您清醒些啊！这可是十四阿哥，您看清楚，是十四……"

我傻笑着打断了蕊儿："哎呀，我知道十四。我当然知道，十四就是fourteen嘛，你不用一直跟我强调的。"

面前这一男一女的脸色怎么越发糟了？帅哥冷着脸对蕊儿说："你先回去准备着，我待她清醒一些后再送她回住处，否则以她现在这样，回去也会闹上一阵子。"

蕊儿听后立刻逃离了现场，只留下我和帅哥相互干瞪眼。帅哥静静地看着怀里的我，许久后他才轻轻地叹了口气："你醒醒，别闹了。我送你回去吧。"

我伸出食指抵在帅哥唇前："嘘，小声点。跟我走，我带你去看美景。"

我站起身，不由分说地拉起帅哥和我一同向草原深处奔去。我们跑了很久很久，在奔跑的过程中我时而振臂高呼时而放声大笑，不知不觉间身后的那片蒙古包只成了斑点的大小。

累得走不动了，我就一屁股坐在草地上，也拉着身边的帅哥坐了下来。

抬头仰望着浩瀚夜空，我喃喃道："好漆黑的夜，好亮的繁星。好美……"

旁边的帅哥出声说："刚刚你唱的那个星星歌是什么，还挺好听的。你再给我唱一次吧。"

我不屑地扫他一眼："你让我唱我就唱，那我岂不是太没面子了？那是儿歌，你都多大了还爱听儿歌。我给你唱首流行歌哈，来来，听着。"

颤颤巍巍地站起来，我指着满天星辰，大声唱道：

摸不到的颜色是否叫彩虹

看不到的拥抱是否叫作微风

一个人想着一个人是否就叫寂寞

命运偷走如果只留下结果

时间偷走初衷只留下了苦衷

你来过然后你走后只留下星空

那一年我们望着星空有那么多的灿烂的梦

以为快乐会永久像不变星空陪着我

猎户天狼织女光年外沉默

回忆青春梦想何时偷偷陨落

我爱过然后我沉默人海里漂流

那一年我们望着星空未来的未来从没想过

当故事失去美梦美梦失去线索而我们失去联络

这一片无言无语星空为什么静静看我泪流

如果你在的时候会不会伸手拥抱我

细数繁星闪烁细数此生奔波

原来所有所得所获不如一夜的星空

空气中的温柔回忆你的笑容

仿佛只要伸手就能触摸

这一刻独自望着星空从前的从前从没变过

寂寞可以是忍受也可以是享受享受仅有的拥有

那一年我们望着星空有那么多的灿烂的梦

至少回忆会永久像不变星空陪着我

最后只剩下星空像不变回忆

陪着我……

不知为何，等我唱完时，声音已几近沙哑，只默默望着星空发呆。

帅哥从身后抱住我，他的声音也有些颤抖："原来你竟一直这么孤独无依，我却没有发觉，我竟没有发觉……夜莺，是我太粗心了。"

我掰开帅哥的手，转过身看他："帅哥，你怎么搞的，我叫桑小爱，不是什么夜莺。就算你帅，也不能叫错人家的名字嘛。记住了没？"

帅哥张嘴想说什么，不过被我噤声的动作制止了："帅哥，你的眸子好亮，就像星星一样。真好看……"

说完我就踮起脚将嘴凑向"星星"，却感觉身前的帅哥身形明显一僵。

亲吻着"星星"，我心满意足地闭上眼，困意立刻向我袭来。失去意识前，我心满意足地笑了：我摘到了世上最美的星。

## 卷二十六　浪潮又起风波惊

第二天醒来时，我简直头痛欲裂，嗓子也干疼得厉害。蕊儿听到我起床了，忙进来伺候着我梳洗妆扮。

吃早饭时我问蕊儿："昨儿个我怎么醉的，现在竟都记不起来了。"

蕊儿面色有些尴尬："格格是在宴上喝醉了，于是便提前回来休息了。"

"哦，那是你扶我回来的吧？不过为什么我的嗓子这么难受啊，真奇怪。"

蕊儿的表情有些为难和犹豫，她嘀嘀咕咕地说："唱了一晚上歌嗓子当然会哑了，真难为了十四阿哥送您回来。"

我顿时仿佛被雷劈中："你说什么？是……是十四送我回来的？还有唱歌是怎么回事，难道我喝醉后还唱歌了吗？"

蕊儿一脸的痛心和恨铁不成钢："可不是嘛。格格昨晚醉得一塌糊涂，十四阿哥不放心您，就也从宴席上退下想送您回屋休息。谁知道您却撒起酒疯，一会儿胡言乱语，一会儿搂着十四阿哥对他又摸又笑的。听说后来还拉着十四阿哥跑远，对着他唱了一夜的歌呢。"

我的太阳穴开始突突地跳。蕊儿给的信息量太大了，让我一时有些消化不了。什么？我不仅对十四又摸又笑，还对他独唱情歌？这什么情况，开玩笑的吧！

"蕊儿，这事没有别人知道吧？"

"没有，十四阿哥昨天是悄悄把您送回来的，因此没有人察觉。"

我松了口气。这样还好，没被别人看到，不然又不知道会生出怎样的是非。反正我在十四那里向来毫无形象可言，再丢丑一次也不足为奇了。

这样想着我倒真释怀了不少，心情平复了些，我对蕊儿说："一会儿咱们去王妃那里坐坐，两年不见，我有很多话想对她说。"

到了郁杉的蒙古包却被告知她此刻正在皇上那儿，于是我就改道前去给皇上请安，然后再和郁杉好好叙叙旧。

在快要走近皇上的居处时，我看见对面走来了风风火火的十四。想起昨天的事我还是有些不好意思，不管怎么说是我失态了，应该给他好好道歉才是。埋着头走到他面前，我鼓足勇气抬头面对他。

可还没开口，我就被他眼睛上的伤痕吸引住了："咦，十四阿哥，你眼睛怎么受伤了？"

十四没好气地对我说："你还好意思问我，你不记得了？"

我眨巴着一双大眼睛莫名其妙地看着他："跟我有什么关系，我应该记得吗？"

十四的脸"唰"地红了，他赌气地说："没什么，就是昨夜被只小猫咬伤了而已！"

这人怎么这样奇怪，好好的又开始生哪门子气，懒得理他，我抬脚向蒙古包内走去。

身后的十四立刻跟上来，他有些气急败坏："喂，我昨天送你回去，你难道不该表达下必要的感激吗？"

我漫不经心地答了声"谢谢"，却并没慢下脚步。

十四不依，拉着我的衣袖嚷道："好没责任心的女人，你可知昨天……你……"

我嬉皮笑脸地转过身："我知道呀，不就是昨日班第王爷打算促成你与赞珠的婚事吗，你这小子倒是艳福不浅。怎么，要不要回京后宴请大家广而告之啊？"

十四一下子脸色铁青："没有的事不要胡说！"

我嘁了声："你装什么不知情，我猜你心里美得紧，说不定现在正数着日子盼望能早点娶得美人归呢。"

话一出口我和十四都愣住了。怎么听我这话都透着股醋味儿啊。我是怎么了，难道是被臭十四气晕了？尴尬间我忙快步走开。

可走到帐门前时，却突然听到一声瓷器碎裂的声音，接着就闻得康熙的怒喝："都是一群庸医！传旨回去，用最好的药材，务必要将十八的病治好。待朕回去，要看到一个健健康康生龙活虎的十八皇子，否则朕唯你们是问！"

屋内的奴才们忙磕头称是，然后一众人便退了出来。

我拉住了一个太监问他："这是怎么回事，万岁爷为何生这么大的气，十八阿哥怎么了？"

太监犹豫着要不要直说，身旁的十四却不耐烦了，他催促道："格格问话，还不快说！"

太监吓得哆嗦一下，然后小声对我们说："回十四阿哥、夜莺格格的话，今早从京城里传来消息，说是十八阿哥病重，怕是……怕是不行了。皇上发怒，要众御医竭力医治。"

挥手吩咐太监下去，我焦虑地问十四："十八阿哥真的病得那么严重吗？若他真有什么，那咱们是不是要提前返京？"

十四的眉头全皱在了一起，他用手扶住了额头："只希望剩下的这几日不要生什么乱子再令皇阿玛不快。至于十八弟……"

十四没有说下去，他抬起头眯着眼睛看着烈日，脸上有我说不清道不明的情绪。

果然，康熙决定提前回京，并吩咐所有随从准备好十日后离开蒙古。

剩下的这几天是在压抑紧张的气氛中度过的。皇上心情不佳，搞得其他人都提心吊胆，只怕稍有行差踏错便会惹祸上身。

瞧这情形，我也不敢去御前，平时能躲多远就躲多远。这几日除了常常去郁杉帐里与她聊聊天、逗逗小世子以外，我总一个人骑着马在草原上散心，避开那些俗事纷扰。

好久没看到十三、十四他们了，我想或许是因为十八阿哥病重的事，他们这几天都在康熙身边帮他处理政务吧。几次远远瞧着他们，还未及打招呼他们就行色匆匆地离开了。

有时候觉得他们真的很不容易，弟弟病重心情本就不好，还要强打精神应对诸事，不能怠慢康熙的种种吩咐要求。

想到这儿，我叹了口气：或许我和他们真的不是一国人吧。他们的世界我理解不了，我的世界他们也无法进入。

不知不觉在草原上发了大半天的呆，等我察觉时，暮色已深，暗黑的夜色开始向这边铺天盖地地压来。一人一马在草原上飞驰，待离蒙古包旁的篝火近了，我翻身下马，牵着马匹慢慢向马厩走去。

在昏黑中行进，我突然感觉背后有人，立刻转过身厉声问："是谁在我后面？"

身后人行动敏捷地捂住我的嘴，把我拉入一个充满酒气的怀抱，他压低声音说："是我。"

借着蒙蒙月色，我看到此人身上穿着的明黄衣袍，以及那上面刺的四爪金蟒，我不可置信地望向来人："太子殿下，怎么是您？"

太子依旧紧紧搂着我的肩，声音里有难抑的激动："这几天我一直在悄悄观察着你的动静，却苦于没有机会接近你。夜莺，我真的好想你。"

我使劲地挣脱着太子的钳制："您勒得我快喘不过气来了……还请太子快松手，不然被人看到就说不清了。"

太子的力气小了些，可他口气中的那股坚持却丝毫没减少："夜莺，你究竟在怕什么！我是万人之上的太子，只要我想娶你，没人敢阻拦的。就算我请求皇阿玛，他也一定会应允。"说着他就拉着我向康熙的蒙古包走。

我心里暗骂这真是个没出息的主，嘴上却连忙顾左右而言他："殿下，近日皇上一直为十八皇子病重之事所忧心，您实在不适合在这样的情形下贸然前去！"

太子无所谓地安慰我道："你放心吧，我不会那么冲动的。等确保情况万全后咱们再进去。"

我心中暗哂，你难道还不够冲动吗？太子拽着我走向康熙帐篷的一侧，他悄悄掀起窗帘的一角向里面窥视。我心中大惊，这个太子也太离谱了吧，不仅没有眼色，还敢偷窥皇上起居。他不想活我还要留着自己的小命过年呢！

无意与他再胡闹，我对太子耳语道："太子殿下，您这样做实在不妥，我们还是快回去吧！"

太子却拉着我不让我走："夜莺，你看皇阿玛现在身边无人，正在独自批阅奏折。我们此时进去正合适呢。"

我懒得和他辩，就使劲甩开他的手准备掉头走开。却没想到用力太大，太子有些没站稳，身子一趔趄，而出于本能他依旧紧拉着手中的帐帘。于是只听得"刺啦"一声，帘子被太子扯下一大片。

与此同时帐内传来一声惊问："什么人在朕的帐外？"

我和太子吓得面面相觑。这下怎么办，偷窥皇上可是死罪啊。胤礽你这次真是害死我了！

我俩被侍卫押进屋内。皇上看到来者是我们后，表情由惊讶变为怒气更甚："怎么是你们？为何窥视朕，你们有何解释？"

我吓得扑通一声跪倒在地上，脑中飞速搜索着适当的说辞。

就在我冥思苦想时，太子发话了："皇阿玛，是儿臣强逼夜莺格格与儿臣一同来到您帐外的。此事全是儿臣的主意，与她无关。"这个胤礽还蛮讲义气的嘛，就是太直了些，受人暗算会吃亏的。

康熙冷笑着哼了一声："是吗？那你倒给朕说说，你半夜带着夜莺格格鬼鬼祟祟地在朕的帐外偷窥，究竟所为何事？"

正当我打算编个体面点的理由搪塞过去时，太子又开口了："回皇阿玛的话，儿臣此行来是想求皇阿玛降旨将夜莺格格许配于我，刚在皇阿玛帐外只是一时间不敢进来罢了。"

噼里啪啦，各种瓷器碎裂的声音。康熙将桌上的所有东西都扫了下来，他怒不可遏地拍着桌子质问太子："你有什么不敢的？竟然在半夜里醉酒闯入朕的行帐。你十八弟正危在旦夕，你却还有心情沉湎于儿女私情。不仅如此，你竟敢撕裂朕的帐帘在外偷看！太子，你当真令朕失望！"

这还是我第一次见康熙发这么大的火，真是吓坏我了。我向太子猛使眼色，示意他赶紧向康熙老头道歉。可没想到这厮虽然也吓得浑身颤抖，却依旧倔得不行。

他重重地一叩首，然后坚定地说："儿臣知错了，任凭皇阿玛处罚。但儿臣依旧恳请皇阿玛赐婚。"

我此时都能看到康熙额头上的青筋暴起，他怒瞪的眼珠中布满了血丝。一手扶着案沿，一手抚着胸口，他急促地喘着大气。

康熙对着太子痛骂道："你这个不识好歹的东西，仍不知悔改。十八病重以来从未见你置一词关心宽慰，原来是把心思全放在这里了。若是真把江山社稷交给你这不孝不仁之徒，大清恐怕就保不住了！你……你……"

康熙说着说着就开始剧烈地咳嗽，吓得身边的李德全忙递水斟茶。

这时侍卫通报说帐外候着大阿哥、十三阿哥和十四阿哥，正在等待皇上召见。康熙挥挥手示意允许他们进来。

他们三人鱼贯而入，面向康熙打了个千。应该是已有耳闻所以才会立刻赶来吧，看他们的样子似乎对屋内的情景并不感到讶异。室内紧张的氛围压得人喘不过气，四周静得落针可闻。

短暂的沉默后，大阿哥小心翼翼地开腔："皇阿玛息怒，保重龙体要紧。太子他……"

康熙出声打断了他："你们来得正好，朕有旨要宣。胤禔，你来笔录。"

深深吸了口气，康熙一气呵成地言道："朕承太祖、太宗、世祖弘业四十八年，于兹兢兢业业，体恤臣工，惠养百姓，维以治安天下，为务令观。胤礽不法祖德，不遵朕训，惟肆恶暴戾淫乱，难出诸口。朕包容二十年矣。乃其恶愈张，戮辱在廷诸王、贝勒、大臣、官员。专擅威权，鸠聚党羽。窥伺朕躬，起居、动作，无不探听。

"朕思国为一主，胤礽何得将诸王、贝勒、大臣、官员任意凌辱，恣行捶打耶？如平郡王纳尔素、贝勒海善公普奇俱被伊殴打，大臣官员以及兵丁鲜不遭其荼毒。朕巡幸陕西、江南、浙江等处，或住庐舍，或御舟航，未敢跬步妄出，未敢一事扰民。乃胤礽同伊属下人等恣行乖戾，无所不至，令朕难于启齿，又遣使邀截外藩入贡之人将进御马匹，任意攘取，以至蒙古俱不心服。种种恶端不可枚举。

"朕尚冀其悔过自新，故隐忍优容至于今日。又朕知胤礽赋性奢侈，着伊乳母之夫凌普为内务府总管，俾伊便于取用。孰意凌普更为贪婪，致使包衣下人无不怨恨。朕自胤礽幼时，谆谆教训，凡所用物皆系庶民脂膏，应从节俭。乃不遵朕言，穷奢极欲，逞其凶恶，另更滋甚。

"有将朕诸子遗类之势，十八阿哥患病，聚皆以朕年高，无不为朕忧虑。伊系亲兄，毫无友爱之意，因朕加责，让伊反忿然发怒。更可恶者，伊每夜逼近布城裂缝向内窥视。从前索额图助伊潜谋大事，朕悉知其情，将索额图处死，今胤礽欲为索额图复仇，结成党羽，令朕未卜今日被鸩、明日遇害，昼夜戒甚不宁，似此之人宣可以付祖宗弘业。

"且胤礽生而克母，此等之人古称不孝。朕即位以来，诸事节俭，身御敝褥，足用布靴。胤礽所用一切远过于朕，伊犹以为不足，恣取国帑，干预政事，必致败坏我国家，戕贼我万民而后已。若以此不孝不仁之人为君，其如祖业何谕。太祖、太宗、世祖之缔造勤劳与朕治平之天下，断不可以付此人矣。"

言毕，康熙早已涕泗横流，哽咽不止。

十三和十四前去搀扶他，只被他用手推开："将旨意快马加鞭传入京城，太子胤礽，即日起便被废了。"

其实康熙还是深爱着胤礽的吧，不然为何宣布废黜太子时他会如此心痛。希望越大，失望就越大。胤礽，或许真的伤透了他的心。

胤礽此刻只是呆呆地跪在皇上的面前，虽已目睹了一切的发生，但他似乎并没完全接受这残酷的现实。那是自幼最疼爱他的皇阿玛，怎会如此狠心地将他说废就废？

出于不甘心，胤礽跪爬到皇上脚边，拉着他的衣袂痛哭着乞求道："皇阿玛，儿臣知错了。儿臣再也不敢了！请皇阿玛收回旨意，再给儿臣一次改过自新的机会吧。儿臣真的错了，错了啊……"

康熙背过身子，吩咐众人道："今日之事再无转圜的余地，若有为废太子求情者，一律重罚。你们都下去吧，朕想静一静。"

这一句话像是给胤礽判了死刑，他绝望地低垂下头，望着地面不再言语。有侍卫搀扶着胤礽将他送回自己的帐内。

我们也退了出来。走远后，我才发现我的身边还跟着十三和十四。

我还没来得及说话，他俩倒异口同声："你没事吧？"

我有气无力地回了声："没有，皇上没有责难我。"

听到我这样说他们松了口气，十三安慰我道："这样就好，幸好皇阿玛没为废太子的事迁怒于你。夜莺，以后要多加小心，别再将自己卷入这些是非争斗中了。"

我突然间觉得有些难受，离下旨才这么会儿的时间，这些人就将"废太子"叫得如此顺口了，他们当真是早就盼望着这一天的到来吗？他们好陌生、好可怕，亲兄弟间竟充满了猜疑与算计。他们现在关心我、维护我，是因为我并未立场鲜明地站在哪一方。可若有一天我与他们势成水火，成了对立的敌人，那他们会如何，会像攻击太子这样对我吗？

见我一直不说话，十四有些恼："我都给你说了多少次要你避着他，你就是不听。看，现在出事了吧？你这女人就是这么笨，活该被人拖累。若是皇阿玛此次真要重罚于你，你才会长记性了！"

被十四这么劈头盖脸地训了一顿，我觉得好委屈，眼泪不争气地吧嗒吧嗒落下。

我也赌气地对他说："对，我就是这么笨，活该自己惹祸。我自作自受，我自食其果。那你们再也别管我了，免得给自己找麻烦……"

看着我梨花带雨的样子，十三将他袖中的手帕递给我擦拭，同时责备十四道："十四弟，夜莺刚刚受了惊吓已经备受打击。我们说些宽慰的话就好，你又何必对她如此苛责。"

十四听了，终于有点良心发现，他过来轻轻拍了拍我的肩："我这不也是关心你吗……我……"

我全部的委屈瞬间爆发，对着十四的胸膛就是一顿捶打："你还说！刚刚我都要吓死了，你非但不安慰我，还凶我！你这个臭十四，坏十四，就知道欺负我，呜呜……"

十四一把将我拉入怀中，手足无措地安抚着我的情绪："我错了，我再也不凶你了。我只是太过担心你的安危才会这么着急，我保证以后再也不对你乱发火了。你不要哭了……"

我听着十四的心跳声，泪湿了他的前襟。

旁边的十三叹息着走开了。此时昏暗的天地中只剩下相互倚靠着的我和十四。

没想到在我最无助最恐惧的时候，却是这个讨厌鬼在身边陪着我。我又向他的怀里钻了钻，贪恋地感受着他的温暖。

不知为何，我现在是那么安心，尽管我知道回京后也许会面临着更为可怕的腥风血雨。

## 卷二十七　琴能静念少纷纭

康熙的大队人马于九月十六日回抵京城。

由于废太子事件的风波，班第不敢再提攀亲的事。临走前郁杉曾细细叮嘱我须谨言慎行，莫盲目卷入天家权势斗争。她还奉劝我多为自己婚嫁的事打算，毕竟女子的青春容貌就这几年，是耽误不起的。

这些道理我当然都懂，可是那又能怎么办呢？胤禛从未明确对我表达过他的心意，加上如今朝堂上的风云变化，他只怕一心都扑在了自己的政治前途上，根本无暇顾及我这里吧。

宫里各处也都是一副掩气屏息的紧张态势，但同时也有大阿哥胤禔这种蠢蠢欲动之人。一时间无论是朝上还是后宫都气氛微妙，人人心中都有所盘算和计量，但都聪明地不敢显露分毫。

九月十八日，康熙遣官以废皇太子事告祭天地、宗庙、社稷，将胤礽幽禁于咸安宫。同时，大阿哥夺嫡之心被康熙识破，并受到严厉训斥，完全打消了他对太子之位的觊觎。大阿哥意识到自己继承大统无望，便转而推荐与他较为亲厚的八阿哥胤禩。

这也难怪，毕竟八阿哥幼时曾被大阿哥生母惠妃抚养着，这两兄弟的感情定然不同一般。只是受到大阿哥的鼎力支持对胤禩来说究竟是好是坏还未成定论。

一日上朝时大阿哥向皇上力荐八阿哥，还拿江湖术士张明德奉承阿谀之词游说康熙，希望他能早立胤禩为太子。没料到此举却激怒了皇上，康熙严斥了大阿哥和八阿哥，说他们私结党羽，还说胤禩用心险恶，"实为乱臣贼子"。

九阿哥和十四阿哥上前保奏八阿哥，双双遭到皇上的责罚。九阿哥当场被掌掴，十四更惨，直接被杖责二十，这还是多亏了五阿哥的劝解，才使康熙对他的惩治轻了些。

这样一来，朝廷中再没人敢轻举妄动，生怕再惹得康熙不高兴而使自己脑袋搬家。

宜妃看到九阿哥那肿胀的脸颊自是心疼得不得了，一个劲儿地埋怨他不知道轻重，不懂得应对进退保全自己。

我心里也很难过，一下子看身边这么多人遭到打击，对他们是又怜又气。怎么如此心焦气躁？这样着急地推举八阿哥，不就说明他贪图这宝座已久了吗？这世上有哪个皇帝能允许自己在位时发生逼宫篡位之事？只怕康熙现在已认定了胤禩狼子野心，因而对他心存警戒了。

与九阿哥独处时，我拿了些消肿散瘀的药给他涂上，仍有些担忧地问他："如果弄痛你了就说。那些该死的奴才下手也忒狠了，可恶！要是留下疤痕可怎么办？"

九阿哥一把抓住我的手，不正经道："若是毁容了，夜莺你可还会像初次见面时那样痴痴地望着我？"

突然提及我丢脸的往事，我大窘："真是的，好好说着正经事，你偏要扯那些没用的干吗？"

九阿哥坏笑着凑近："不过能得到你这样的关心，我这伤受得还不算太屈。留疤便留疤吧，大老爷们粗犷点没什么不好。"

听了他的话，我低下头盯着脚尖不言语。

胤禟见我不说话，就轻拽着我的袖子逗我："怎么了？不用担心，我这点伤没事的。你也不用担心八哥和十四弟，我想皇阿玛气过了这阵就好了，放心吧……嗯？怎么哭了？"

我忙转过身用袖子擦着眼泪："谁哭了，是眼睛进沙子了。"

其实我也不明白为何我会哭，这矫情的作风太不像我桑小爱了。或者也许是在不知不觉中，这些人在我心中的分量已变得很重，远远超过我自己的预计和想象。

九阿哥喟叹了一声，站起身走到我身旁，轻轻将我的头按在他的胸膛上，温柔地环着我，在我耳边说："你就是想得太多了。"

"可是我真的怕。我好怕你们会受挫，我好怕你们离我而去，我好怕你们会出事……"我抬起头直视着胤禟的眼睛："九阿哥，你们放手好不好？我们现在过得不是很好吗，皇上无论对宜妃娘娘、对你还是对我都宠护有加。你们究竟还有什么不满足呢？我只想咱们大家都平平安安的，你答应我好不好，你答应我你们永远都会安好无恙的好不好？"

九阿哥揉了揉我额前的发："夜莺，别怕，我答应你，我们都会好好的。不仅我们会平安无事，也一定会护你周全。可是我却不能答应你放弃如今这一切，毕竟我们也有自己的无可奈何与身不由己，你能明白吗？就比如对于你来说吧，若我们不去争取，你或许早就被太子夺去了，又或者可能有朝一日被四哥强要回去。如果我们去做，就还有很大的希望；可若我们束手无为，那只能是死路一条。"

有他说的这么严重吗？如果放弃争皇位，他们同样不得善终吗？我不知道。作为一个来自未来的人，我清楚地知道历史上康熙八皇子和九皇子夺嫡失败后结局凄惨。我没办法告诉他们这一残酷的现实，而且说真的我私心也不愿这么做，我不忍去浇灭他们心中燃烧着的希望。事实上，我又有什么资格那么做呢？

得了宜妃和九阿哥的准许，我打算去十四阿哥府上探望一下胤禵。虽说每次见到他总少不了一番唇枪舌剑，可是他毕竟对我也算是诚心相待，也曾几次在我危难中伸出援手。这次人家负伤，我于情于理是该去问候的。

再次来到十四阿哥府，却全然没了上次调皮捣蛋的心情。由管家引领着走入外厅，我被安排在这里稍做休息，容他前去通报。等待的时间里，我只是望着茶杯里上下沉浮的茶叶发呆。

怔忡间，突听到一声娇问："是你？"

我抬头望去，在门厅外立着一个娇俏的身影，正是上次偶然撞见的十四嫡福晋完颜氏。

她此刻正睁大着一双漂亮的杏目一眨不眨地看着我，不可置信地问："你……你可是上次那位叶艾？"

我心里苦笑，果真是欠的都是要还的啊。

我站起身端端正正给完颜氏行了一礼："正是在下，上次迫于无奈编造身份欺骗福晋，还望福晋不怪罪。夜莺给福晋请安，福晋万福。"

这次完颜氏的眼睛瞪得更大了："什么？你就是夜莺格格？"

还真是个活泼率直的女子啊，我抿着嘴角微笑着对她答道："没错，在下正是夜莺。"

完颜氏三步并作两步冲了过来，拉起我左瞧右看起来，过了一会儿，她满意地一叉腰，露出了胜利者般的微笑："身材嘛，一般。容貌嘛，也只能算姣好罢了。看来，爷的眼光不咋样嘛！还在我面前把你夸得那么活色生香，这样一看，倒让我有些失望了。"

我一晃没站稳："诶？"

完颜氏豪气地拍了拍胸膛："放心吧，我不是那种小气善妒之人。爷中意你想娶你，我没什么意见。不过你要记得，以后进门了你只是个侧福晋，要叫我姐姐！"

我差点被她的话闪了腰："什么？侧福晋……姐姐？"

这个完颜氏怎么也和十四一样爱自说自话，我有说过我要嫁吗，谁允许了？我应该夸她懂得恪守妇道贤良淑德，还是该说她神经大条什么都不在意？真的没办法理解这时代的女人啊，当然也不能理解这些男人啊……

这时伴随着几声咳嗽，十四在管家的搀扶下颤颤巍巍地走了进来。他一见到我就笑眯眯地快速往这边挪，我看如果不是身上有伤牵制着，他能一个箭步就蹿过来。

"你来看我啦！哎呀，还拿这么多礼物，你也太客气了。我知道你心疼在意我，但也不用这么破费嘛！"

我呸！我在心里骂着这个脸皮比城墙拐角还厚的臭屁鬼，可碍于这是在他府上，我有怒也不好发作，只是呵呵赔笑着，心里盘算着找机会再收拾十四这张没遮没拦的坏嘴。

完颜氏看了眼我，又看了眼十四，然后拿起手帕掩嘴笑着说："得，看您两位这小别几日如隔三秋的肉麻劲儿，我就不在这儿碍眼啦。十四爷，臣妾告退。"说完她就对着十四一福身。

十四嬉笑着说："就数雅卿你最好了，去吧！"

我头上冒出三道黑线：这两人确定是夫妻吗？古代夫妻之间相处得这么轻松和谐吗？我完全混乱了，十四和完颜雅卿的相处方式打破了我认为古代传统观念里男尊女卑、女子对男子唯命是从的想法。是他俩太超前了，还是我变保守了？

十四推了推我："喂，怎么不说话只愣在那里，想什么呢？"

"我在想，您二位倒还挺恩爱的。这位完颜福晋也着实有趣。"

"怎么，这么快姐妹间就处好关系了？真好，这样一来我也就不用担心你过门后会不适应了。"

我翻了个白眼："拜托，我可从来没说要嫁给你，皇上也没半分这个意思，我劝你就不要在那里白日做梦了。况且我看福晋人不错，你就专心待人家，两人彼此相扶到老不好吗？"

十四一下拉过我，眉头紧皱着瞪我："都这么长时间了，你还是不愿接受我吗？你别拿皇阿玛和雅卿来做挡箭牌。若你愿意，等这次的风波过了，我就去求皇阿玛赐婚。还有雅卿那里我已打过招呼，不会有任何问题。现在最关键的是你的想法，你怎么偏就这么固执呢，难道你的心是个冰冷的石头，怎么焐也焐不热？夜莺，你心里一定是有我的，只是你自己不愿承认或是根本没意识到罢了。"

我脑海中突然闪过很多人：有温情脉脉的八阿哥，有冷峻凌厉的四阿哥，有傲慢拒我于千里之外的德妃，有诚心规劝我的十二和十三，有一直鼓励保护我的九阿哥……

我有些慌乱，背过身对十四说："看你如今伤也差不多愈合，我就回去了。告辞！"说完我就抬脚向门外走。

十四急了，边叫着我的名字边要上前追我。可他毕竟还是行动不便，一下子没站稳，整个人重重地摔在了地板上。

我忙走回去搀他："怎么样，没事吧？怎么如此不小心！"

十四一下把我搂到他的怀里："我就说吧，你心里还是在意我的。"

意识到十四是假装摔倒，我生气地推开他："你诓我！"

十四急忙捉住我的手腕以防我再走："我这不是怕你没和我聊两句就要走了吗。这几天养伤都没机会见你，我想你想得简直要发狂了。你倒好，来了没多一会儿就要和我吵，还要走，我能不急吗？"

听到十四赤裸裸的表白，我脸上有些烧，这小子还真是无时无刻都不掩饰他的爱意啊。

轻扶着十四站起来，我转移话题问他："你伤好些了吗，还疼吗？"

十四冷笑了一下，拉着我的手指向他的胸口："伤早已不疼了，可是这里疼。这里被割了道深深的伤疤，时不时就会隐隐作痛。"

我叹了口气："你别怨怪皇上了，他也是不得已才要处罚你以儆效尤。究根结底也是你太鲁莽冲撞了他……"

"我不是在说这个！"十四粗暴地打断了我，"皇阿玛天子皇威，他对我有任何处罚我不会也不敢有任何怨言。让我心凉的是我的四哥！在皇阿玛抽剑要斩我时，他竟一句话也没说！好一个大义灭亲只为自保的四阿哥！"

从十四嘴里听到他提及四阿哥我还是会蓦然心惊，现在他们兄弟间就已有嫌隙，那以后十四得知了我与四阿哥之间的渊源，他们会不会更加交恶？四阿哥是将来的皇上，如果因为我的关系让十四更加得罪他，那就真的是我的罪过了。

这么想着，我嘴里宽慰十四道："别把事情想那么坏，人心也未必都如此险恶。我想四阿哥此次未出言相劝也许并不是为求自保，而是担心若他也偏袒你这一方会让皇上觉得自己被孤立，这样一来恐怕皇上会怒气更甚，反而对你处罚更重。四阿哥毕竟是你的同胞哥哥，怎么会全然不顾及你的安危？或许你是误会他了。"

十四疑惑地看着我："你与我四哥未曾有什么交情，为何要偏帮着为他讲话？夜莺，你是不是有什么事瞒着我。上次你被太子妃欺负后九哥说的那番奇怪的话就让我起了疑心。夜莺，莫不是四哥真的对你有意？"

我仿佛是做错事被逮到的孩子，不敢看十四的眼睛，只好假装生气地说："什么有意，你想到哪里去了？我又不是银票，能人见人爱花见花开的。我好意规劝你，倒被你怀疑别有用心，真是好心没好报！再也不理你了！"

十四见我生气了忙对我道歉："是我错怪你了，是我的不对，你别生气！唉，怎么我和你见面后总是说不了几句就吵嘴呢。"

"还不是你老是无理取闹欺负我！"我虽仍有些心虚，但依旧把事情都赖到十四头上。

十四无奈地拍了拍头，然后突然想起什么似的："对了，夜莺，我们去花园里赏枫吧。现在正值金秋九月，园子里的枫树结了满枝头的红叶，美得不得了呢。我们一同看看去吧。"

和十四坐在花园中央的凉亭里看着层林尽染的院落，我似是自呓般地问道："你为何一直追随八阿哥？"

十四想了会儿然后说："我幼时和八哥算不上亲近，只是读书时才有较多交流，那时便钦佩他出众的才华。后来长大了，我越发敬重八哥谦和礼遇的为人处世之道和对兄弟那份真挚指引之心。又或许是因为他让我体会到难得的手足之情吧。你怎么突然想起问这个了？"

我犹豫了片刻，但还是缓缓转过头对十四说："你为何确信八阿哥就一定能成大器呢，若是有朝一日发现跟错了队，你将做何打算？"

十四听到我的话愣了一下，似乎是没想到我会这样说，他沉默了几秒，然后声音轻轻但笃定地对我说："即便错了又如何，一辈子曾经为自己喜欢的事业和自己敬仰的人努力过，那就算落得个满盘皆输也无憾了。况且我也不认为我们会输，这次不过是小小挫折而已，夜莺你难道对我们没信心了吗？"

我摇了摇头。他不会明白，他们都不会明白，不会相信我的话，不会听我的劝。浑身透着股深深的无力感，我这是在干什么呢？百般的试探和暗示不过是一次次验证他们坚定的决心罢了。我没办法改变历史，也没办法改变他们。

十四伸手在我眼前晃了晃："想什么呢，又不说话。"

我扯动嘴角努力笑了笑："我给你弹一曲可好？"

十四高兴地咧着嘴大笑着说了声"好"，然后便吩咐下人拿琴来。

我拨动琴弦，想也没想就弹唱了一曲《漫步人生路》：

> 在你身边
>
> 路虽远
>
> 未疲倦
>
> 伴你漫行
>
> 一段接一段
>
> 越过高峰
>
> 另一峰却又见
>
> 目标推远

让理想永远在前面

路纵崎岖

亦不怕受磨炼

愿一生中

苦痛快乐也体验

愉快悲哀

在身边转又转

风中赏雪

雾里赏花

快乐回旋

无用计较

快欣赏身边


美丽每一天

还愿确信

美景良辰在脚边

愿将欢笑声

盖掩苦痛那一面

悲也好喜也好

每天找到新发现

让疾风吹呀吹尽

管给我俩考验

小雨点放心洒

早已决心向着前

听了我的曲后，十四仰天大笑了一声，略一沉吟后启口作了一首诗：

琴能静念少纷纭，更有仙声娱听闻。

盥手焚香弹夜月，桐香兰味两氤氲。

我默念了两遍他的诗，心里却觉得更加凄茫。多么朝气蓬勃的天之骄子，多么傲然的远大抱负。可是你这样的爽朗和自信还会有多久，在失败后的日子里，你还能这般洒脱旷达吗？

十四走近了看着我："你这里总是有各种各样的歌曲。我还记得皇阿玛生辰宴上的波澜壮阔，当初中秋宴上的婉转柔情，草原上无羁略有些滑稽的奇异舞曲，甚至还有星空下那颇叛逆的自白。你究竟还会给我带来多少惊喜呢？老天让我遇到你，便是对我最大的恩赐了。"

我怔怔地看着他的眼睛，曾经让我在夜空下着迷的星星。

是啊，世间已太苍凉，我又何苦杞人忧天自找烦恼。勇敢一点，努力让他们注定不完满的人生少一些遗憾吧。

# 卷二十八　已是悬崖百丈冰

我时刻留意着朝堂上的动静和皇上对八阿哥他们的态度。

十月二十三日康熙病后从南苑回宫，曾私下召传胤禩和胤礽。虽然不能知道他们之间具体谈了些什么，但后来听说当时父子三人流涕伤怀，似乎心结已解，对之前的误会也都释然了。

胤禩是个聪明人，在此期间再不曾表露出对太子之位的任何渴望。而康熙也决定往事不再提，同时对废太子关心有加，时不时私下召见。

就在我认为事情能暂告一段落，胤禩与康熙能尽释前嫌重修往日父子之好时，另一个事件的发生却令所有人都措手不及。

康熙于十一月十四日召见了满汉文武大臣，令众人从诸阿哥中推举一人为新太子。

康熙以为之前他对废太子的种种照拂之举能让大臣们意会他复立太子的打算，可没想到竟事与愿违，众朝臣的反应完全出乎他的预料，他们一齐推荐八阿哥为储君，并交口称赞他是名副其实的"八贤王"。康熙当日以胤禩生母出身低贱为由否决了大臣们的提议。

次日康熙再召大臣，提及他梦到孝庄文皇后和孝诚仁皇后皆对废黜太子一事不悦。此后几天，康熙又常常称赞废太子经过这段时间的反思已有所改善，很明显有复立胤礽的意愿。众臣子见康熙这样明示暗示，便再不敢拥立胤禩为太子。

十六日，废太子胤礽得释。

次年正月下旬，康熙复召众大臣，重提立太子之事，并斥责了当时那些举荐过八阿哥的大臣。

圣意难测，朝上局势纷繁诡变，这便连累了整个紫禁城都陷入了一个僵局。即便是新年来临，各宫各处似乎也没有庆贺的喜气和兴致。

隆冬二月，京城已下了两场雪。天地严寒间，我不禁有些心灰意冷。而让我更为挂心的是，良妃病了。

也不知道是因为身体本就不好又加上气温骤降而偶感了风寒，还是因为皇上近日所言所行伤透了她的心，总之良妃在这个毫无新年氛围的康熙四十八年初春病倒了。

我有时候也会埋怨康熙，甚至是有些恨他。虽然知道作为九五之尊，为了保全大局他时常也会身不由己，但我还是不能谅解他对八阿哥和良妃的伤害。

那是他的儿子和他的枕边人啊，只是因为忌惮于八阿哥在朝中威望日盛，他就可以公然抨击侮辱胤禩，甚至不惜说良妃出身贱族，竟一点不顾往日的恩情。

难怪良妃会病倒。面临自己夫君的责难和凌辱，有几个女子可以做到坦然不哀呢？还有八阿哥，他现在的心情也一定很不好受吧……

得了宜妃的准许，我带着蕊儿前去探望病中的良妃。储秀宫中春日里盛放的兰花现在早已凋败，只剩下纤柔的枯枝在风中萧瑟。

我叹了口气，穿过厅堂，来到良妃的寝殿外候着，等待她的传见。

仿佛听到了良妃一声气若游丝的呼唤，我被良妃的心腹婢女恭敬地迎着走进了屋中。

看着床榻上那个面容憔悴的病美人，我突然有些鼻子发酸，快步走到床边蹲下握住了良妃的手，有些责备似的像是问她又像是问侍候的奴才："娘娘的手怎么如此冰凉，是屋中的炭火不够吗？这些人究竟是怎么伺候的，真是该罚！"

屋内的太监丫鬟们听到我的责问，齐刷刷跪了一地，虽是一脸的惶恐但谁也不敢出声辩驳。

良妃努力扯了丝笑容给我："瞧你，许久不来，一来就把我宫里的人吓成这样，当真比我有威严呢。"

我嗓音有些干涩："娘娘这么说便是取笑夜莺了。"我吩咐跪着的奴才们全部起身出去，很快屋中只剩了我与良妃两人。

我帮良妃披了披被子："娘娘可要快些好起来，这样我才能再为您抚琴歌唱。

没有娘娘的聆听欣赏，夜莺在这宫里便少了一大知音，日子乏味着呢。"

良妃难得地展眉笑了："你这丫头，倒会给自己脸上贴金。我从未夸奖过你的琴声，何时就成了你的知音了？"

我嘿嘿笑着继续双手紧握良妃的手帮她搓着取暖："娘娘不说，但是夜莺都能感受到您善意的嘉许呢。"

良妃颇有些赞赏地点点头："我的确喜欢听你弹奏，这倒不是说我有多喜欢你，而是你琴声中有一种在你这个年纪里少有的沉重和忧伤。因为不知道那是为什么所以才总忍不住想与你靠近。"

我没说话，良妃想了一会儿继续说："你对八阿哥的那份心，我早就看出来了。夜莺，你是个好孩子。若胤禩身边真有你这样心思缜密又性情谦和的内人辅助着，我自然会放心不少。只是因为凝魄，我想你们俩不会那么容易。"

我将头伏在了床侧，只静静听着良妃的话不吭声。

良妃轻柔地抚着我的头："或许你不知情，但你和赫舍里皇后真的有些神似。你同她一样擅长音律，有着甜美的歌喉。我想这就是皇上那么宠爱你的原因吧。我告诉你是希望你能凭借此机缘在复杂的深宫中保全自己。与先皇后相像，你定然会受到皇上的另眼相看，但同时也难免会遭到旁人的嫉妒与算计。夜莺，答应我，不要卷入他们兄弟间的情仇，只要做你自己就好。不管你以后和胤禩能不能走到一起，也不管你以后会被皇上许给哪位王宫贵族，你都要学会保全自身。"

时至今日，经历了年湘儿和夜莺的双重身份后，我真的还有可能做回自己吗？

历经流年，我还能只求自己万全而弃八阿哥、九阿哥还有十四他们于不顾吗？

恍然醒悟，得知自己受皇上青睐，受宫人们表面上尊敬善待而背地里又虎视眈眈的原因只是由于我与先皇后相像，我可能不担忧惧怕吗？

我真的不确定了。但为了使良妃能安心，我还是直起身子，看着良妃的眼睛认真地对她点了点头。

良妃满意地笑了："你是个很聪明的孩子，一点就通。希望你的聪明为你带来的是幸运。我累了，你改日再来看我吧。"

行了礼后，我缓缓走出了她的屋子。阖上门的一瞬，我背靠着门茫然地望着阴沉的天空。

下雪了。康熙四十八年的第三场雪。我走到庭院中，双手迎接着雪花，任皑皑冰雪落在我的掌心和全身。

"几次碰见你，都凑巧是在冰雪中。"

我急转过身，望着心中一直挂念着的人，满腔的话现在竟一句也说不出来。

他这几个月经历了多少事，承担了多少压力，看透了人间几许苍凉。我帮不上他的忙，只能在心里默默祝愿他。我想去见他，哪怕只是当面说几句安慰鼓励的话，却没有勇气。我想他，却又怕打扰他。

我瞳孔中的身影越来越近。胤禵走到我的身边，替我掸去了头发上的雪粒："还是这么不爱惜自己。小心被雪淋湿了又要伤风，你身上有旧疾可禁不住折腾。"

我细细地看着他，将他的眉目全刻入我的脑海中，只怕下一次相见又不知何时。

鬼使神差地，我启唇吟道："风雨送春归，飞雪迎春到。已是悬崖百丈冰，犹有花枝俏。俏也不争春，只把春来报。待到山花烂漫时，她在丛中笑。"

胤禵的手稍有停顿，他捧着我的脸颊，用拇指替我拂去眉毛上的雪："是你作的诗？不管是押韵还是意境都是极好的。原来你竟有如此出众的才华。"

我看着他温和的笑颜，微微地摇了摇头："哪里是我作的，不过是借用一下罢了。"

"就算不是你作的，你那份鼓励之情仍让我感动。夜莺，你的好意，我感受到了。谢谢。"

不，你不明白。你只以为我是在暗示你要耐得寂寞，在忍受了严寒之后才会傲然绽放。其实我更期望你能放下一切，不争不抢，尽量去笑看红尘。

苦笑了一下，我对胤禵说："照顾好自己，不先照顾好自己又怎能顾及得了他人。你曾经说过要保护我的，可不要忘了。"

胤禵明朗地笑了："好。我要去探望额娘了，你也早些回去吧，别受冻了。放心，我相信很快就会雨过天晴的。"

对他招了招手，看着他远去的身影，我脸上的笑容不知不觉间全消散了。

夸父总是感觉饥渴，于是拼命地去寻找前面的水源，却不知道停下来才是最好的解除饥渴的办法。

做梦的人只有在醒来之后才知道自己在做梦，在梦境中，他并不知道自己在做梦，一切都似乎是真实的。人总有醒来的时候，可是当整个人生都成为一场梦的时候，谁来唤醒他呢？是死亡吗？那未免太晚了些。也许是醒着的某个人，他可以呐喊，将人们从大梦中惊醒。但梦里的人并不认为自己在做梦，他们以为自己醒着，他们会把呐喊的人当作扰乱自己清梦的疯子，把他毁灭掉，然后继续他们的美梦。

我就是那个疯子吗？或许是吧。

我能感到自己此时笑得有些惨然，因为我从走来的蕊儿眼中看到了自己苍白的面孔。

走出了储秀宫，我失神地走在回延禧宫的宫道上。蕊儿看出我心情不好，一路上也就没说什么。

正恍惚地走着，却听到身后有人叫我。来人是十二阿哥，自从去年随皇上去蒙古以来真的好久没见到他了啊。

我先福下身给他请安，同时嘴里问候道："十二阿哥近来可好？"

十二虚扶着我起来，淡淡笑着说："还好。不过都是取决于天气罢了。"

看来此次废太子事件波及面甚广，连向来淡泊皇位之争的十二都多少受了些影响。

我不着痕迹地转而问："十二阿哥这是要去哪儿？"

"刚下了朝，现在正要去长春宫探望我额娘。"

"那正好我要回延禧宫，路过定妃娘娘那里，不如便同行吧。"

我和十二并排走着，彼此间稍稍拉开了些距离。蕊儿很有眼色地往后退了几步离我们远了些。

"我听说这次蒙古之行你差点被卷入废太子事件，好在皇阿玛没有责怪你。"

"嗯，幸而有惊无险。"我说。

"幸而有惊无险。"十二重复了一遍我的话，"只是，夜莺，难道二哥对你还没有死心吗？"

我侧了侧脑袋，颇不以为意地说："他如今自身难保，应该不会再提我的事了吧。就算皇上对他仍心存眷顾，但我认为他也不会笨到再拿这件事惹怒皇上。"

十二听了我的话点了点头，沉默了一会儿他说："去年元月和五月八哥分别喜得一子一女，皇阿玛为八哥长子赐名弘旺。不过这一双儿女皆为妾侍所生，八嫂至今依旧无所出。同年十月，皇阿玛曾斥八福晋嫉妒行恶，使八哥受制于妻，子嗣单薄。"

我有些不悦："十二阿哥，你给我说这些做什么呢？你给我的忠告我并没忘，你不至于要时刻提醒我吧？"

十二的脚步停了下来，他定定地看着我："不，我不是要阻止你。我是想说，如果你真的如此钟情于八哥，去求皇阿玛为你们指婚也未尝不可。现如今皇阿玛担忧八哥子嗣，八嫂受到斥责就算心有不甘应该也不会再反对八哥新娶，而我看八哥对你也算是爱护有加。或许嫁给他对你来说的确是个不错的选择吧。八哥是个能成大事的人，定会保你无忧。"

十二的话让我十分惊讶，他怎么突然态度一百八十度大转弯了？莫非是他也觉得八阿哥有朝一日能继承大统，所以才觉得这是我最好的归宿？

我感激地握了握十二的手："谢谢你，十二阿哥。但是这件事，我不想着急。"

"为什么？如果你觉得不好启齿，我可以求我额娘找机会在皇阿玛身旁敲侧击一下。"

"不是因为这个。只是我还没确定八阿哥对我究竟是否有意，所以不想一厢情愿地去强求这份姻缘。每一个女子都希望能嫁给一心一意待自己的男儿，我当然也不例外。十二阿哥，你的好意我心领了，只是我有我的骄傲，我有我的自尊。"

十二又抬步向前走去，我在他身后听到他闷闷地说："八哥能得你这样的红颜知己，很是幸运。我祝他早日宏愿达成，也千万不要负了你的深情。"

十二的背影有些落寞，一如我此时的心境。达成夙愿，一展宏图，这只怕才是八阿哥心中最在乎的事吧。他从未放弃过这些执念，也根本舍弃不了名利带给他的牵绊。

夸父，我觉得他就是夸父。逐日的夸父，他也许接近了太阳，最终却死亡在太阳的光芒里，活在虚妄之中，奔跑在耀眼的光芒之中，可是真正的人却消失了。

胤禩会消失在这虚妄的光芒中吗？会又如何，我陪他一同在残阳中逝去便是了。这么想着，我脚步稍微轻快了些，追上了走在前面的十二。

## 卷二十九　暗夜营帐表深情

康熙四十八年三月，太子胤礽复立。朝廷中各势力的较量暂告一段落，停止了那种暗潮汹涌的紧张局面。

四月，康熙决定再次巡幸塞外，命太子、三阿哥、七阿哥、八阿哥、十三阿哥随行。

康熙的意图很明显，才经过废太子的风波，他不敢留胤礽在京，怕他趁隙作乱，因此这次特意点了他同行，却不许八爷党的其他成员九阿哥、十阿哥和十四阿哥同往。

康熙和胤礽之间的父子情果真恢复不到往昔了吗？我一边感叹着一边加快步子向储秀宫走去。

良妃的病并没有多大好转，一天里大多数时间都只能躺在床上。因为前阵子是敏感时期，我不敢与那边走动太频繁，加上春节里事情多，自上次探望良妃以来两个多月间我一直没有见过她。

宜妃如今也不太约束我，只要我是在宫中活动，她一般不会过问。蕊儿自不必说，几次与八阿哥、十二阿哥见面她都帮我瞒着，并没向九阿哥和宜妃汇报。

这次我与八阿哥皆要随扈蒙古，一去一回少说也要耽误几个月，良妃那里恐怕是要冷清一阵子了。加上上次和她聊天时听她的语气似乎也不太喜欢八福晋，那这几个月无人探望的日子就更不好受了吧。

这样想着，我就打算在临行前再去看看她，为她解解闷抒抒怀。

眼瞅着马上就要到储秀宫了，却在附近的梅园外遇到了四阿哥。我在心里暗自咒骂了声，但依旧规规矩矩地上前给他行了礼。

　　四阿哥没理我，一心凝望着飒飒风中的点点殷红："人人都赞梅花傲然霜雪的品格，我却更喜欢她送冬迎春的气魄。无论周遭环境如何，都能遗世独立，不屈不折。"

　　他什么时候也变得这么悲春伤秋细腻善感了？

　　我嗤了嗤鼻，自顾自站起身，说："四爷好兴致。那夜莺便不打扰你赏梅了，告辞。"

　　"你急急忙忙要到哪里去，是要找老八谈情，还是找十二弟畅言？"四阿哥转过身，背着手目光灼灼地看向我。

　　他怎么这么清楚我的行踪？我皱了皱眉，没有说话。

　　四阿哥给了蕊儿一个眼色，令她退到一边。

　　看到他几次都这么颐指气使地指挥我的丫鬟，我顿感不快，想也不想就回嘴道："我去哪里和四爷应该无关吧？莫非您现在对朝堂上的事心冷了，却反而关心起女子家的情事？"

　　四阿哥似乎已经习惯了我在他面前的没大没小，因此对我的顶撞并没多生气，只是不阴不阳地笑着说："你还真以为自己是自由身想嫁谁便嫁谁了？我早跟你说过，你是我的人，这辈子都只能是我的人。那是迟早的事，那也是你的命。"

　　我瞪着他："真不巧，我这人最不信的就是命。我相信自己的人生是由自己走出来的，旁人只能影响，但不能改变。四阿哥，有些事是勉强不得的。因为我当初的错误已经让十三阿哥、春燕以及你我承受了很大的代价，只有立刻放手才能止损。这件事纠缠得越久，对我们彼此的伤害就会越大。如若有朝一日被揭发，很多人都会面临灭顶之灾。我们和解吧，好吗？"

　　四阿哥走过来用他的右手一把扣住我脑后的盘发，将我拉近，用只有我俩能听到的音量说："你已经认准了老八会继承皇位，所以现在才迫不及待地想嫁给他是不是？年湘儿啊年湘儿，怪不得你一直不答应太子的追求，原来是有更长远的打算！你真是好样的啊！"

　　我的头发被他抓得有些吃痛，我隐忍着说："我选择八阿哥，只因为我爱他。我爱上了这个重情重义温和谦逊的男人。我爱他，和他的身份地位无关，和他有什么野心抱负也无关。就是这么简简单单。而且我曾经说过，在我的眼里，四阿哥才是最终成大事之人。我区区无用之身，又怎么配在您的身边侍候辅佐呢？"

四阿哥冷笑着对我耳语道："多么感人至深的一段自白。可是年湘儿，你怎么如此愚蠢。你竟然以为这些阿哥皇子对你真的会动什么真情？别天真了，他们不过都是和你玩玩而已。有的是图皇阿玛对你的宠爱，有的是看上了你那点才情。这些人中龙凤什么样的美女佳人没见过，你不要以为他们会真的钟情于你。

"我敢说，你在老八的眼里更是什么都不是。你知道我为什么这么肯定吗？因为他和我是一样的人。他娶郭络罗氏，是为了得其母家的支持。而我娶你，也不过是为了笼络年家的势力。醒醒吧，陷入你所谓的真爱中不可自拔的可怜女人。"

四阿哥说完后就一把推开了我。我向后踉跄了几步才站稳，头上盘的燕尾发式把子头也因他的揪扯而有些散乱。

现在的我，看起来一定很狼狈吧，不然为什么对面四阿哥的眼睛里满满的都是嘲笑和不屑。

我紧抿着唇无言，只盯着眼前的恶魔，等待着他下一句恶毒的话语。

四阿哥的情绪很快平复了，他冷漠地看着我，最后说："这次随行，太子和老八都会去。记住我的话，别让我失望，别逼我。"

他说完便头也不回地走了，蕊儿急忙跑过来帮我整理散乱的头发："怎么会弄成这样？格格，你没有事吧？"

我呆滞地摇了摇头，对她说："蕊儿，我们回去吧。我现在没办法以这副样子去见人。今天的事，也不要告诉宜妃和九阿哥，我不想让他们担心。"

蕊儿点了点头，然后就扶着失神的我向着延禧宫的方向走回去。

四阿哥的话让我心情很不好，甚至从京城到蒙古的一路上我都闷闷不乐的，时不时会想起那天他伤人的一番言辞。

虽然我不大认可他说的——所有的皇子都那么世故薄情。但他的话也的确多多少少点醒了我。是啊，或许一直以来就只是我一个人在自作多情罢了，八阿哥说不定对我根本没那个意思。

但是相反地，我并没被四阿哥的话打击到，而是更加急切地想去了解胤禩的心意。如果我对他表白，至少还有一半的可能性。可如果我一直把心中的情感咽在肚子里，那可就一点机会也没有了。

到达蒙古后，几次我与胤禩见面他都依旧是彬彬有礼的样子，而我心里却泛起不小的涟漪。

在满蒙欢庆的晚宴上，我远远看着他。浅浅微笑着，我做了一个决定。

借口说我不胜酒力想要提早回去歇息，康熙允了。但我没有回自己的帐篷，而是走进了胤禩的蒙古包。

蕊儿提前打通了他屋内的下人，带他们都出去烤羊肉了，因此此时空荡荡的屋内只剩下了紧张不已的我独自一人望着跳动的烛火出神。

等了没多一会儿，我就听到门外有脚步声进来了。胤禩也提前离宴了吗？我的心几乎要跳到嗓子眼了，手里紧攥着帕子，汗浸湿了整个掌心。

我背对门外坐着，身后的人见到我似乎有些张皇："你……"

我急忙说："你别说话，听我说就好。八阿哥，其实我……我很久前就开始喜欢你了，或许是从中秋晚宴上初次见面开始，或许是从你安慰受惊哭泣的我开始。后面几年的短暂相伴和脉脉温情让我更加确定了自己对你的心意。我知道你家中已有妻子儿女，可我打算自私一回，争取自己的幸福。我想与你相伴终老，想为你弹琴作曲。我想知道，你对我，究竟有没有情意？"

我一鼓作气地说完了憋积在心中已久的话，却仍不敢转身面对他，只是不安地等待对方的回应。

胤禩沉默了许久都没有开口，我开始有些丧气。

垂下了头，我低沉着声音说："我知道你的意思了，我以后也绝不会再带给你这样的困扰。今天的事，就当没发生过吧。再见。"

俯身吹灭了蜡烛，因为我不想让胤禩看见我不争气的泪水。屋内的黑暗似乎加重了我们彼此间的尴尬，我突然很想立刻逃离这里。

站起身，我快步向门口走去。但是就在经过那一直默默伫立着的身影时，我的胳膊却突然被他拉住。我被圈进了一个温暖的怀抱，我们俩贴得很近，近到他的呼吸全扑在了我的脸上，让我更加局促。

我从袖中掏出和田玉佩塞进了胤禩的手中："这是多年前郁杉王妃赠予我的和田玉佩，共有一对。她祝福我能找到自己心爱的人，与他各自佩戴一枚，此生相守相依永不分离。我好感激上苍，让我能够找到你。胤禛，这枚玉佩上刻着我的名字'爱'，其实原本我的名字叫小爱而不叫夜莺。你不要问为什么，以后有机会我就会告诉你的。我真的好开心你能接受我。我们再也不要分开了，好不好？"

胤禛依旧没说话，他紧紧地攥着握有玉佩的我的手，甚至攥得我有些疼。他紧紧抱着我，似乎怕下一秒就会失去我一样。我试着稍稍推开他一些，可没想到被他箍得更紧。

我正想开口说他，却被他用唇封住了口。胤禛的吻绵长而热烈，我从来没感受过他这样似火的热情，突然间觉得有些无所适从。他的舌突破我的贝齿与我的舌头痴缠在了一起，柔情中又显示出不可一世的霸道。

过了很久，我们才缓缓分开，彼此相对着喘着粗气。

我笑了，对胤禛咬耳朵："没想到平日里温文尔雅的八贤王竟然也有这么强势的一面。不过，我好喜欢哦。"说完就又在他脸颊上印了一吻。

近前的身影顿了顿，我在他做出反应前就一蹦一跳地嬉笑着跑出了帐篷。

回到了自己的帐篷，发现蕊儿她们还没回来，应该是晚宴还没结束吧。

我傻笑着给自己脱衣梳洗，直到蜷在被窝里后还是激动得不行。胤禛接受我了，胤禛他用深情的吻回应我的爱了，胤禛他也是爱我的。

喜滋滋地这么想着，我渐渐感受到困意袭来。在眼皮重重合上的前一秒，我突然想到，一定要让十四那个臭小子快点把另一枚和田玉佩还给我，我要在那枚玉佩上刻上"禛"字，时刻佩挂在身上，和胤禛的形成一对。

第二天一大早，蕊儿伺候我更衣梳洗时问我："格格，什么事让你这么开心？昨夜睡着时笑了好几次呢，今天一起来又是这样笑意盈盈的。"

我看着镜子中眉开眼笑的自己说："是吗？因为快要有喜事了嘛。"

蕊儿拿着梳子的手有了短暂的停顿，不过很快就恢复如常，她饶有兴趣地问我："敢问格格，是什么喜事呀？"

我转过身刮了一下她的鼻子："嘻嘻，就不告诉你！"

推开门走出了帐篷，我闭上眼睛呼吸着新鲜的空气，再睁眼看看蓝天白云，心里惬意极了。受着爱情的滋润，才发现世界是如此的美好，空气是如此的清新啊。

康熙身边的小太监来传话说，今天皇上会和众皇子及蒙古贵族们一同射猎，问我是否一同前去看热闹。

我立刻一口答应。反正我已经会骑马了，能够照顾好自己，而且又可以出去玩又可以见见胤禩，多好呀！

换上了一身骑马装，等我策马赶到围猎场时，众人早已各自四散开去寻找自己的猎物了。

我一眼就找到胤禩，扬鞭赶到他身边："八阿哥，我与你一道射猎吧！"

胤禩看到我后虽有些惊讶但依旧微笑着说："夜莺格格也来了啊。只是打猎时会有危险，我怕稍有不慎伤着了你。"

我不在意地摆手："不会的，我能照顾自己。况且，我相信以你的身手也一定会保护好我的，对吧？"

胤禩笑了一下，然后就一夹马腹向前奔去："前面有只貂，等我捉到它，用皮草给你做个冬日的斗篷！"

这是我第一次看胤禩打猎，平时里大多只能看到他儒雅风流的样子，却从未见识到他这样充满豪气与血性的时刻。

不愧是马背上的民族，胤禩的射猎水平虽比不上十三阿哥那种一等一的好，但也算强中手了。不一会儿，胤禩已猎了一只貂和三只兔子。

刚开始他还会时不时和我互动一下，后来他杀开了眼，就全心全意将注意力集中在猎物上，而我则一直跟在他身后，欣赏他在马背上的英姿。

我听到身后的树叶发出沙沙的响声，以为是风吹过发出的声音，也就没上心。可是过了一会儿突然听到一声嘶鸣，后面好像有什么东西正向这边冲来。

我急忙掉转马头，待看清眼前景象时立刻吓得失了声：好大的一头野猪啊！

我瞧它正怒气冲冲地向这边疾速奔过来。完了完了，就剩下十米……五米……我想我这次是死定了……

我怎么那么倒霉啊，刚得到胤禩的爱还没多一会儿，就要死在一头野猪的蹄下，我好不甘哪。

最终我闭上了眼，祈祷着这头猪兄能半路改道不要再冲着我来。

只感到身边有一阵风席卷着我离开马背，很快就是接触地面的撞击声。但是很神奇的是我竟然没感觉疼。

睁开眼，我才发现自己正躺在一个人的怀抱里，全靠这个人的相救我的小命才保住了啊。

我打算向此人道谢，可看清对方的容貌后，我却愣住了："十四阿哥？怎么会是你？"

十四看着我没说话，眼睛里似乎包含着很多难言之隐。

我看向他的身后，不禁大惊失色："那头野猪又来了！"

十四想也没想就一翻身把我护在里侧，用自己的后背对着奔腾而来的野猪。

就在这千钧一发之际，只听到"嗖"的一声，一支长箭准确无误地穿透了野猪的心脏。它此刻正躺在离我们不到两米的地方抽搐着，不一会儿就断了气。

好险啊……

八阿哥走过来扶我们，我站起了身，这才想起了什么，气得直打十四："你胆子也太大了，皇上没点你同行，你竟敢私自跟来。不要命了吗？"

十四受到我的打骂依旧板着脸不说话。

八阿哥拍了拍我的肩让我沉住气，然后他对十四说："十四弟，擅自在光天化日下出现的确是太冒险了，你不该这么冲动的，要是被人发现就糟了。"

十四看了我一眼，然后说："刚才情况危急我不得已才会出手相救。你放心吧，后面这几天我不会再冲动行事了。"

我惊道："你还打算待几天？"

八阿哥对我做出了一个噤声的动作："小声点夜莺，别吸引人来。这件事你不要担心了，我们会处理好的。"

我皱着眉看着他们俩，满心的无奈。

注意到十四的衣袖被划破了，我问他："你手臂受伤了吗？严重不严重，我随身带了些药棉，我帮你处理一下吧。"

十四将受伤的手背在身后，眼睛看向别处说："皮外伤而已，不要紧。此地不宜久留，我先一步走了。"十四身影一闪就隐入了郁郁苍苍的深林中。

八阿哥柔声对我说："夜莺，今日之事千万不要和旁人提起，不然皇阿玛一定会追究的。"

我对他点点头："你放心吧，这事的严重性我知道，绝不会透露半个字出去。"

　　胤禛笑了笑，然后牵起我的手："那我们也回去吧，不要让皇阿玛着急了。今天获猎不少呢，不知能不能拔得头筹。"

　　回去的一路上我都愁眉紧锁，心底慌乱得不得了。虽然手被胤禛牵着，可我并没觉得安心多少。怎么会这样呢？

## 卷三十　镜花水月如一瞬

自从知道胤祯偷偷混迹在康熙随从队伍中后，我整日都是忧心忡忡的，担心他的安危，也担心这件事情被皇上发现后会给他和八阿哥招来祸端。

后来见到郁杉王妃时，还被她询问我怎么了。虽然我努力搪塞过去，但还是不能完全做到喜怒不形于色。

"一定是女儿家的那些心思，不然你不会对我都守口如瓶的。"郁杉这样说。

我有些心烦意乱："不是，我只是，只是不知道为什么，心很慌。"

"你要是信我，就给我说说。毕竟我是过来人，或许能给你些意见。"

我想了想，然后说："王妃，您说，如果爱一个人，那么是不是就该完全地信任他？即使他是在做十分冒险的事，仍要支持他守护他，心甘情愿？"

郁杉剥葡萄的手停了一下，然后继续着她的动作："你确定那是爱吗？"

不知为何我犹豫了片刻才回说："难道不是吗？见到他时会喜悦会兴奋，见不到时就会思念若狂。我可是对谁都没有过这样的感觉呢。"

郁杉不以为然地说："我还当是什么呢。我看你见到佳肴珍馐时也会手舞足蹈，见不到时还会垂头丧气呢。莫不是你也爱它们？"

我急道："我认真跟您说呢，您就知道取笑我。"

郁杉接过下人递来的手帕将手擦干净，然后从桌上倒了杯茶递给我："喝喝看。"

我抿了一口，然后不解地看向她："只是普通的碧螺春呀，没什么不同之处。"

郁杉也给自己倒了一杯，慢慢品着，不疾不徐地对我说："在我看来，爱情的滋味就像茶水。它不像白开水那样平淡无味，也不像酱汤那样过于浓郁。

平时里喝着只是感觉温暾清香，并没什么特别，可你若慢慢品它，便会发觉其中奥妙无穷，不知不觉便迷上了，习惯了，一天不喝都不行。"

我慢慢体会着郁杉的话，然后看向她说："王妃，我把您赠予我的和田玉佩给了八阿哥一枚。"

"哦？确定就是他了？"

我点了点头。

"那你为什么现在还是这么不安和焦虑？如果你和他之间的爱真的足够稳固，你怎么还会心存疑虑，你为什么要问我之前的问题？"

我不知道如何回答，就只是轻描淡写地说："或许是我还没有足够的勇气在回京后面对众人，宣布这个消息吧。"

郁杉伸手挥退了屋内的一众下人，然后对我说："夜莺，我当初就对你说过，不要爱上皇宫里的男人，不要选择他们。为何你不听，还偏偏选了其中翘楚。我瞧着这个八阿哥，野心不小，才能也确实出众。不过九五之尊的宝座岂是那么容易能夺得的？若他有朝一日败走，那你不也要跟着他受难？退一步说，就算他胜了又如何？你真的喜欢宫中的生活吗？你甘心为了他一辈子都要被紧锁在深宫吗？夜莺，这些你可曾想过？"

郁杉的担心我怎么可能没想过，况且我是来自未来的人，郁杉的不赞同只是因为一种可能性，而我明知道结果却还是要飞蛾扑火。这是爱吗？还是傻呢？

我苦笑："无论如何，这是我认定的人，不管我们的结局怎么样，我也不会有怨言。"

郁杉握住了我的手："既然你都这样说了，我也只能祝你得到自己期盼的爱情，能够永不后悔。"

真的能永远都不后悔吗？我不确定。等到将来和胤禩一起沦为阶下囚时我能心无芥蒂地说一声我此生不悔吗？恐怕很难。毕竟人的本性都是利己的、趋利避害的。

可是就算知道到时自己可能会遗憾当初做了这个疯狂而又错误的决定，现在我根本没办法停止。对胤禩的爱就像是一段具有很强蛊惑力的旋律，使我成了个不知疲惫的舞者，直到脚趾磨破血流满地时才能意识到或许从头到尾都是我孤零零的一厢情愿罢了。

晚上躺在被窝里看着帐顶发呆。从何时起我开始有了失眠的毛病？是否无论得到还是得不到都让人那样躁动，让人觉得一切是那么虚妄和不真实。

外面有些嘈杂，似乎是一些士兵在交头接耳地谈论些什么，时不时能听到他们来回穿梭的声音。

我无意理会，为了避免噪声，就翻了一下身，背对门口侧躺着。侧身的当儿，我忽然发现床榻旁的衣柜边上好像立着一个黑影。这是什么？我边疑心边直起身子想要一看究竟。

仔细揉了揉眼看清后，我大惊，这似乎是个人形！是刺客吗？我顿时吓出了一身冷汗。

正打算呼救，那黑影却反应更快，一个箭步冲上来就捂住了我的嘴："别叫，是我！"

是胤祯？他半夜跑我房里来干什么？

还没来得及细想，帐外就有士兵小心翼翼地通报："小的给夜莺格格请安，不知夜莺格格现在可否行个方便，让小的进去搜查一下。"

黑暗中我感到胤祯的紧张，我生气地对外面喝道："大胆！半夜竟敢闯入格格行帐，你们还懂不懂规矩，活腻了吗？"

外面的士兵似乎很是惶恐："小的不敢，其实奴才们也只是奉命行事。今日大营疑现刺客，统尉大人命我们要彻底搜查每个帐篷以防贼人作乱。格格，为了您的安全，就让我们进去检查一下吧。"

我心想恐怕挡不住了，就一把将胤祯拉到床上，将他藏在我的身后，用棉被盖住。

拉上了床帘，我对外面的人说："你们进来吧。不过我已经睡下了，不方便见你们。你们搜查完后，就走吧。"

隔着帘子，我看到进来了三个士兵，其中一人似乎是个小官，进来后只是用目光搜寻并未亲自动手，而其余两名则开始前后在我房中转，甚至还翻箱倒柜地找。折腾了一会儿后，他们依旧一无所获。

士兵头头对我说："打扰夜莺格格了，还望您体谅。"

"你们也是为了复命罢了。下去吧。"

士兵行礼后就出去了。

确定他们走远了，我忙转过身看胤祯，却没想到距离如此之近，以至于我一刹那间亲到了胤祯的下巴。或许是因为这几日藏身不易未曾好好梳洗，我甚至还感到了他的胡楂。

我们俩的身子都僵了一下，我讪讪地说："你怎么……"

胤祯"腾"的一下坐起了身，敏捷地翻身下床，立在床侧对我说："今天多亏你帮忙。这次人情，胤祯记下了。告辞。"

这人好奇怪，上次在狩猎场上遇见时对我说话就是不冷不热的，现在又是如此生疏。我何时得罪了他，让他如今一见我就没有好脸？

我冷声对他说："难道你不觉得你还欠我一个解释吗？一声不吭就藏进我的房间，然后还莫名其妙地疏远我。若对我有什么不满，你倒是说呀！"

胤祯还是冷着脸不说话，我气得使劲推了他一把："你这个没良心的，我好心救你，这几天也为你担惊受怕，你却是这样的态度。好吧好吧，你要怎样随便你，我不管了！"

胤祯握住了我推着他的手，强压着怒火说："你会为我担心？你救我究竟是因为担心我的安危还是因为怕八哥出事你自己清楚！你想让我对你说什么？说我是因为不放心你所以才会时常在营地行帐外徘徊以至招来士兵，还是你要我对你改口叫声嫂子？前者已是多余，至于后者，我现在对你相敬如宾保持距离不正好全了兄嫂小叔间的礼节吗，这不正称了你的心吗？"

胤祯一连番的话让我瞠目结舌，我无措地对他说："你怎么会那么想……你都知道了？是胤禩对你说的？其实我没想瞒你的，我早就想和你说清楚了……"

胤祯握着我的手有些颤抖："你叫八哥叫得多亲哪，你何时这样亲昵地叫过我的名字。罢了，其实一直都是我在痴人说梦，自作多情罢了。既然你已经做了选择，我以后便再也不会纠缠你。你且去追求你的幸福，从今以后，我们便天各一方吧。"

胤祯说完就转身向外走。我鼻子有些酸，忍不住叫住他："十四，你……那你要万事小心，一路平安。"

十四脚步停滞了一下，他凄然地笑着说："直道相思了无益，未妨惆怅是轻狂。原来一切不过是镜花水月一场空，可是对我来说瞬间已镌刻成永远，想忘也忘不掉。"

十四说完就走了出去，只留我一人对着他离去的方向发呆。眼泪吧嗒吧嗒地落下，滴在刚刚被十四握过的手上。

我抬起手，按在自己的胸口上。那上面仍有十四残留下的温暖呢，可是以后这样的温暖恐怕再也找不回来了吧。

胤禛，原来最终，还是我负了你。此情此意，若有来生，我做牛做马，定全力相报。

康熙的队伍在草原上待了三个多月后，于七月再次班师回朝。

最后几天的日子里，我才算松了口气，谢天谢地胤禩和胤禛的小动作没被康熙发现。

自从上次与郁杉聊过八阿哥以来，我们之后就没怎么见过。虽然听说了她是因为要照顾年幼的小世子而分不开身，可是我内心仍隐隐觉得她是生了我的气所以才不愿见我。

其实我完全能理解。如果我选择站在八阿哥这边，那就是有了明确的政治立场。对于如今仍未决定支持谁而是采取观望态度的班第夫妇来说，他们无可避免地会和我拉开些距离。

面对十四和郁杉的疏离，我很难过。可转念想想，世间哪有尽善尽美的事情。所谓有得便有失，我不能太过贪心了。

离开蒙古前的最后一夜，我和胤禩在草原上漫步。与之前不同的是，我不再形单影只，而是与他形影成双。胤禩的话依旧很少，不过只要能这样静静待在他的身旁，我也会觉得很满足很幸福。

坐在草地上看着夜空，我靠着胤禩的肩膀轻声说："看，今晚的月亮多么圆，多么皎洁。"

胤禩笑着说："是啊，只不过今晚的星星也闪烁夺目呢。"

我触了电般猛然想起不久前也是在这样的地方在这样的夜空下和一个人一同看星星。只是太快就物是人非了。

时间将可以通透一切的空气镀上了水银，使人不再能看清楚来路和去处，唯独留下了一面，只能反光出此时此刻的样貌。

　　我偏过头看着胤禩："对于我来说，有月亮一个就知足了。只要身边有着这样温和的月光，我的世界就足够被照亮。"

　　胤禩伸手揽着我的肩膀，也将头靠在我的头上："真是个傻丫头。"

　　"胤禩，你说事情会如我们所愿吗？我们……真的可以吗？"

　　胤禩双手环上我的肩，用永远那么好听的沉稳嗓音对我说："放心吧，一切都会水到渠成的。相信我。"

　　我心满意足地笑了。我相信你，胤禩，我相信你一定能带我走到我所期望的那天。

　　回来的路上，我和胤禩没有什么机会能单独相处，因此也只能在见面时彼此会心地一笑。

　　蕊儿察觉到了我们之间的微妙，曾经旁敲侧击地问过我。我也不打算隐瞒，就全都告诉她了。

　　蕊儿也曾忧心地问我："格格，您真的想好了吗？如果您要嫁给八阿哥，那九阿哥那边怎么办，他会放手吗？还有皇上，他未必就会准许你们的婚事啊。"

　　我无所畏惧地对蕊儿说："我不怕，我相信如果我对九阿哥跟宜妃娘娘他们动之以情，他们会理解的。至于皇上那里，也并不是没有可能啊。如果看到我们俩情投意合，皇上还是会同意的吧。"

　　其实到最后，我也分不清楚我到底是想说服蕊儿还是要说服自己。

　　一天在半路歇脚时，我靠在马车旁喝水，一个太监鬼鬼祟祟地闪到我身边塞给我一张字条，然后就走了。

　　搞什么鬼？我走到无人处展开字条看，只是短短四个字：有事相告。落款是"双"。

　　双？也就是二？难道是太子找我？之前才惹了麻烦，他这刚被复立，也不知谨言慎行少招摇，现在找我又有什么事？

　　本来是不想去见他的，可是后来想想，如果没有要紧事他应该也不会这样冒险地找人给我传话。

　　一咬牙，我趁人不注意，就偷偷跑到太子的马车外，轻轻地敲了两下马车前的踏板。

　　太子立刻警惕地问："谁？"

我小声说："是我。"

"进来吧。"

小心地踏上马车，我快速掀帘进去坐在了太子对面。

这是一年以来我首次这样近距离好好地看他，在这短短的时间里他看起来似乎消瘦沧桑了不少，眉宇间也多了些往日没有的忧愁。

我咳了一声："不知太子爷吩咐夜莺前来有何贵干？"

太子仿佛没听到我的问话般自顾自地说："一年多不见，你没什么变化，看起来依旧那么有生命力，真好，真好……"

我为了提醒他说重点，就再次叫了声"太子殿下"。

太子这次才像是回过神来，他看着我说："你跟了老八。"

他用的是肯定句式，但我还是有些多余地答了声"是"。

太子苦笑了："是个有眼光的。八弟他的确值得依靠，满腹才学，礼贤下士，又是人心所向。我看你，没有选错。"

太子这是在警惕胤禩对他的威胁吗？

我忙解释道："太子，您不要误会，八阿哥他这样礼遇贤能之士只是想要尽好人臣的职责，只为能尽力辅佐圣上罢了。"

"你真的很护着他。"太子惆怅地说，"夜莺，别怕，我没有弦外之音。就算我和他会成为敌人，也永远不会伤害你。这是男人间的战争，不必连累到弱质女流。"

我看着太子久久无语。其实他对我也算好的，一直以来并没勉强过我，始终顺着我的意思。想想他以后的处境……我突然有些不忍，就偏开了头不再看他。

太子自言自语道："其实，一直以来我都很依恋和你在一起时那种感觉。我额娘在我出生时就薨了，从小到大虽然皇阿玛对我言传身教寄予厚望，可是我仍觉得生命缺少了很大一部分，我想，那就是母爱吧。

"周围的人全部对我尊敬爱戴，但我都能看透他们恭敬的外表下那实则防备算计甚至不屑的心思。夜莺，你知道吗，我真的很累。我当这个太子已经三十多年了，这三十多年来我没有一刻不是战战兢兢的。我做对了，大家会觉得这是理所应当。可如果我稍微有一些差错，就会被有心之人咬住不放。

　　"暂且不说旁人了，就连皇阿玛对我也是心存戒备。当年舅父索额图就因帮我揽权扩势而被皇阿玛下令削爵抄家。去年被废，我更是怕得不行。我常常午夜被梦魇惊醒，梦到我那些兄弟为争太子之位而陷害我，梦到皇阿玛要再度废我，甚至要杀我。

　　"夜莺，你能理解那种连亲人都不能相信依靠的孤独感吗？而你，是唯一能让我觉得温暖安心的人。从第一次见到你时我就这么觉得。你站在台上自信地唱歌，优雅地微笑，每一个表情和动作都是那么真诚，没有丝毫的做作和虚伪。

　　"不怕你笑话，我在你身上找到了一种额娘的感觉。虽然我从来没见过我额娘，可我觉得额娘应该就是这样的。听我的乳母嬷嬷说，我额娘唱歌也很好，于是我就想，一定是我额娘投胎转世到你身上，让你来陪着我。因此我想和你在一起，有你在，总能让人那么开心和无忧无虑。

　　"我多想娶了你，彻底地将你占为己有。可是我却不想勉强你，我怕因为我的蛮横而让你永远不再快乐，我不想把自己身边唯一一束阳光也葬送了。

　　"如今，你选择了八弟，我更是没有可能了。夜莺，怎么办，我心里空落落的。本来很想亲口对你说一句祝福的话，可真的见了你后却根本说不出口，我是不是太不爷们了……"

　　我打断了太子的话，我怕再听下去我会控制不住自己的情绪："太子爷，我都明白，我明白的……"

　　太子感到安慰似的笑笑："是时候放下了。或许一直以来我坚持的不是你，而是那份停留在额娘身上的执念。我会彻底断了对你的心思，你勇敢地去追求你要的吧。"

　　下了车，我感觉胸口闷闷的。晃眼的骄阳刺得我有些晕眩。跌跌撞撞地回到我的马车里，我意外地发现自己并没觉得如释重负。

　　回京之后的路恐怕会更不好走吧。我疲惫地闭上眼揉着太阳穴。

## 卷三十一　粉身碎骨也无怨

回到熟悉又陌生的紫禁城，我的心情很复杂。

一到延禧宫，就有一大帮太监丫鬟们出来迎我。我平日里比较好说话，他们也就爱与我亲近。

我强打着精神去主殿里见宜妃，她看我回来了很高兴，拉着我的手一直问个不停。

就在我和宜妃这样有一搭没一搭地聊了一会儿后，我鼓足勇气对她说："娘娘，夜莺有一件事求您做主。"说完我就面朝她跪了下去。

宜妃看我这么严肃很惊讶："是多大的事儿呀！犯得着这么正经八百的，怎么一回来就行如此大礼。快先起来吧。"

我还是执拗地跪着："娘娘您先听我把话说完。"

我向着宜妃恭敬地磕了一个头然后继续说："进宫来我蒙受了您太多的关照，此恩夜莺感激不尽。我本想着永远侍候在您的身旁，可是现在恐怕不能了，还望娘娘宽恕。"

宜妃依旧是一头雾水的样子："你在说什么呀，为什么不能待在本宫身边了？"

"娘娘，我……我和八阿哥已经情定今生了。还望您能成全。"

"什么？你说你和八阿哥？"宜妃扶着矮桌坐直了身子不可置信地看着我，"怎么会这样？本宫私心里一直以为你和胤禩之间会开花结果呢，怎么会冒出个老八来？"

我望着宜妃认真地给她解释道："其实我在皇上生辰宴上初见八阿哥时

就对他心生好感，之后经历了种种只是让我对他的感情更深罢了。娘娘，之前有些事没告诉您，不是因为我想刻意隐瞒，而是我害怕您会不开心，所以才不敢坦诚相告。夜莺有错，但凭娘娘责罚。只是我求您，帮我在九阿哥面前说说话，让他接受我和八阿哥之间的事吧，我只能求娘娘您了，您的话他一定会听的。"

宜妃看起来很为难："你这事太突然，就连本宫一时间都很难接受，又何况是胤禟。夜莺，你还是再考虑考虑吧。听说八福晋强悍善妒，你若真嫁过去会受欺负的。可是你如果嫁给胤禟就不一样了，凭本宫和胤禟对你的偏爱，你就算不能做主位，也一定不会遭人看轻。"

我抓着宜妃的手努力说服她："娘娘，您的好意我心领了。只是夜莺已经决定要和八阿哥在一起，我是绝不可能动摇的。娘娘，求求您，您帮帮我，您就成全我吧。"

宜妃看我这样，似乎有些动摇："唉，你这孩子怎么总是让人不省心。这样吧，本宫会找机会跟胤禟说说这事，至于他能不能答应我可就不敢保证了。"

听到宜妃松口我高兴得一个劲儿给她磕头："谢谢娘娘，娘娘您最好了！娘娘我和胤禩成亲那天，您一定要出席呀。"

这时突然有一个冷冰冰的声音插了进来："这样的好事，怎么不通知我？"

九阿哥穿着一身朝服，正气势汹汹地向我们这边走来。我看他表情不善就没敢接腔。

宜妃自告奋勇出来解围："这奴才怎么搞得，你来了也不通报一声。哎，外面热不热，你是刚下朝就过来了吧？先坐下喝口水……"

九阿哥没有理会宜妃的喋喋不休，他走近了，伸出右手指着我，阴森森地问："要不是我今天冲进来听到，你还打算瞒我多久？"

我正犹豫着怎么说能让他的怒气消一些，就没有立刻回话。

宜妃看出情况不妙赶忙为我帮腔："胤禟你别那么急躁。你碰巧听到的只是只言片语罢了，你不妨听听夜莺的解释吧……"

九阿哥不耐烦地打断了她："额娘你还偏袒她！夜莺如此胡闹你竟由着她？我有耳朵，我能听见；我也有脑子，我可以分辨！没想到我也有看走眼的时候，年湘儿，你不简单呀。我对你掏心挖肺，你却忘恩负义毫无感觉。

不过也难怪，你能背叛老四，又怎么不能背叛我了？呵呵，你还真是，真是一身的本事啊。"

我忙不迭地摇头："九爷您听我说，我万万没那么想过。我不想辜负您的期望，可是我又骗不了自己的内心。我跟八爷是真的相爱啊，求您成全。只要您答应，我依然愿为您效犬马之劳。"

九阿哥冷笑着捏住我的下巴："相爱？哼，我对你千叮咛万嘱咐让你不要靠近这些阿哥，你却不听。原来是因为你能蛊惑人心，你知道你可以玩弄我们于股掌之中是不是？"

我痛苦地摇头："不是，才不是……从头至尾，我的心里都只有八阿哥一个人而已。我从来没去媚惑谁，我根本没把心思放在旁人身上过，我……"

九阿哥听不下去了，他狠狠地甩了我一巴掌："不知羞耻的贱人！"

他的力气很大，我一下子就跌倒在地上。屋内的奴才们看到九阿哥发这么大的火都害怕得要命，齐刷刷地跪了一地。

宜妃忙上前拉他："木已成舟，你发这么大火也于事无补了。依本宫看，不妨就随她去吧。"

九阿哥阴狠地瞪着我："若是这么容易就遂了她的意思，我岂不是太容易受人摆布了？夜莺你别以为你足够了解我，你认为我会成全你吗？我告诉你，想都别想！我不会像老四那样窝囊，你既然落在了我的手里就再也别想逃。"

我抹掉了嘴边的血迹，颤巍巍地站了起来，走到胤禟面前说："留得住我的身却留不住我的心。如果您执意要如此，最终得到的不过是一堆白骨。"

九阿哥这时的脸惨白得像是一张纸，他从牙缝中挤出了话："你这是以死相逼？你真以为我不敢杀了你吗？"

我迎着他的目光，毫不退缩。

九阿哥彻底怒了，他伸出右手紧紧勒住我的脖子："就是死，我也要把你留在我的身边。你的算盘打错了。"

蕊儿早已泣不成声，她跪爬着去拽住胤禟的衣角："九爷，求您放过我家格格吧，您再这样勒着，她真的会断气啊！"

九阿哥一脚踹在了蕊儿的胸口上："滚开！要不是你帮着她瞒我，我也不至于被愚弄这么久。你这吃里扒外的小蹄子！"

　　胤禓这一脚一定是用尽了全身力气，我用余光看到蕊儿在地上抽搐了两下就晕了过去。宜妃想上来劝但是被胤禓喝退了。他现在怒火正烧，恐怕就是皇上来了也不一定劝得住。

　　九阿哥红着眼睛说：“我再问你最后一次你是否反悔。只要你知道错了，我可以当你今天说的是胡话，既往不咎。”

　　我无奈地看着他：“我不后悔。我这辈子只会跟胤禩一个人。要杀要剐，随你吧。”

　　胤禓的眼睛已经变得血红，他手上的力道在不断加重。

　　我觉得周围的空气在一点点抽离，视力也开始涣散。我这是要死了吗？死了是不是就能回到现代，与这里让我痛苦悲伤的一切告别？

　　就这样吧，结束它，将我的爱与恨一起埋葬在这一刻。

　　失去意识的前一秒，我突然想起冈林信康的《绝望的前卫》：“不知什么时候，我变得不像我了，像枯叶随风飘舞，像小船随波逐流。我为了再一次变回自己，为了和这把我抚育成人的世界道别，踏上旅途……”

　　眼角湿湿的，是泪吗？

　　果不其然，我如愿回到了现代。我激动地拥抱着我的父母还有我的朋友们，给他们讲述我穿越之旅的际遇。

　　他们搂着我又哭又笑，一遍遍述说着对我的思念。我幸福地看着他们，却突然觉得好疲惫，疲惫得有些睁不开眼。

　　我仿佛听到旁边有人叫我：“小爱，小爱……夜莺，夜莺……”

　　你们别叫我了好不好，我真的很累，让我休息吧，我现在太需要休息了。

　　再次醒来时，我感觉到自己的脖子还是有一些疼痛。低下头看了看身上，又看了看四周，发现我原来还是在古代。

　　不过是一场梦啊，我怅然地想。

　　蕊儿趴在我的床边睡着了。我轻轻抚着她的脸庞心疼地想：是我不对，几次犯错都差点连累她也要受罚。跟着我，还真是个苦差事啊，难为她了。

　　蕊儿醒了，她睁大眼看着我，然后激动地说：“格格，您醒了。快来人呀，格格她醒了！”

外面的人听到了动静，有的去传报宜妃和九阿哥，有的给我端进来些饭菜。

蕊儿问我："格格，您先喝点粥吧。您昏睡了两天什么都没吃，身子恐怕是虚弱得很，快吃点东西补补吧。"

我对她摇了摇头。

蕊儿一下红了眼眶："格格，您这两天要吓坏我了。我真怕您醒不过来，那样我该怎么办。格格，您就算是难过，也别和自个儿的身子过不去。留得青山在，不怕没柴烧。我们先把伤养好再说也不迟啊。"

我还是偏过头不肯进食。或许九阿哥出于不忍所以才没有真的要了我的命，可这不代表他会心软答应我的请求。我没有说服他的资本就只能这样死扛，这是我唯一的出路。

门口有太监通传九阿哥到。我背过脸不看他。

九阿哥走到床边问蕊儿："格格起来后吃东西了吗？"

蕊儿怯生生地说："还没有。"

九阿哥接过了盛粥的碗递到我嘴边："我亲自喂你。"

我紧紧地抿着嘴不理会他。

九阿哥一下将碗扔在了地上："你不要得寸进尺。你信不信我将你年湘儿逃婚的事捅出去，这样你就再别指望能和八哥在一起了！"

我看着天花板的眼神空洞又冷漠。我不认为九阿哥真的会把这件事说出去，这对他没什么好处。

就算他真的要鱼死网破泄露秘密，我也不在乎了。最坏不过就是这样，还能更糟吗？

九阿哥看使硬的没用，就尝试软攻，他握着我的手："夜莺，不要闹脾气了。你先养好身体，然后我们再从长计议好吗？"

我依旧没有吱声。如果相信他的话，那我就是三岁的无知小孩了。

胤禟的耐心似乎到达了极限："软硬皆不吃，你想要我怎样？大不了我现在强要了你，看你还能怎么办！"

他说完就开始扯我的衣带，蕊儿想来阻止却被胤禟身边的太监拦住。

我恐惧地看着胤禟粗暴地撕扯我的衣服，却根本无力反抗。

我的眼泪夺眶而出："求求你，不要这样，求求你，住手吧……"

我的哭泣似乎遏制住了他的疯狂，九阿哥为我抚干脸上的泪水："对不起，我不是故意的。我只是心里堵得慌，我怕你就这样离我而去。你别哭，我保证再也不这样了……"

我整个人缩到了床的里侧，蜷起身子痛哭着。为什么你们都要这样逼我？

胤禟看怎么安慰我都没用，就只能吩咐蕊儿照顾好我，然后叹息着离开了。

我又这样滴水未进地躺在床上过了两天。听说人一个礼拜不吃饭仍可以活下来，可如果几天不喝水就会坚持不住了。我感到自己的嘴唇干得都开裂了，嗓子也干痒得要命。我一天大多数时间都是在昏睡，就算醒来时意识也不怎么清醒。

蕊儿总是对着我哭，宜妃天天来看我，每每都会说些劝谏的话，可都是以她无功而返告终。

再过个半天或者最多一天，我恐怕就不行了吧。胤禛在哪里，他知不知道我现在的处境？想必他并不知情，不然他一定会来救我，会来帮我解围的。

在我混混沌沌间，仿佛听到门口有一些争吵声，有人冲了进来："都走开！我今天偏要见到夜莺格格，你们谁都不许拦着！"

一个人走到我身边关切地问："夜莺，你怎么了，为何如此虚弱？你睁开眼和我说说话啊！"

我努力睁开眼，转动了几下眼珠才算使视力清楚了一些。

我努力发出了低微的声音："十四阿哥，是你。"

十四扶起我，让我靠在了他的身上。他伸出手探了探我的鼻息："怎么呼吸如此微弱。你这是怎么了，到底生了什么病？为何不叫太医来瞧瞧？宜妃娘娘和九哥也真是的，就由你这么病着？"

我问他："你怎么来了？"

"自打从蒙古回来，就一直没见过你。今天下朝后皇阿玛向九哥问起你，他只说你病了。我有些疑心，就问他你生了什么病，他却顾左右而言他。所以一下朝我就立刻赶来延禧宫探望你，可那帮奴才却在门口百般阻挠。夜莺，这到底是怎么回事啊，你和九哥吵架了吗？"

九阿哥及时进来代替我回答了："十四弟来得正好，快劝劝夜莺吧。她已经四天不吃不喝了。"

十四难以置信地看着我："你四天没吃东西了？这怎么行，就是铁打的人也会支撑不住的。"

十四接过丫鬟递来的茶杯想要给我喂一点水，我却转开脸不领情。

十四焦急地对九阿哥说："九哥，到底怎么回事。为什么夜莺要和你闹别扭呢。"

九阿哥在旁边的木椅上坐下："她要嫁给八哥，我不能答应。"

十四转头看了我一眼，眼神里有疼惜，但更多的是痛意。他试着说动九阿哥："九哥，这算什么了不起的事。咱们都是自己人，夜莺嫁给八哥您有什么不放心的？"

九阿哥挑了挑眉："十四弟，有些事你不了解，我没法解释清楚。我只能说，我不会放手。"

"我知道你们有些事情在瞒我，可是那又怎样，有什么事是比夜莺的性命更重要的？你真要任她这样耗尽自己的性命吗？九哥，强扭的瓜不甜。你放弃吧。"

九阿哥还是无动于衷地坐着，一句话也不说。

十四放开我的手，然后扑通一声跪在了胤禵身前："九哥，算是我求你，别再对夜莺苦苦相逼了。退一步海阔天空，难道非要闹到情分全无时你才肯收手吗？"

十四的举动让我和九阿哥都惊呆了。九阿哥要扶十四起来，可十四却坚持跪着。

九阿哥无可奈何地看了我一眼："随你吧。以后你的事，与我都没有瓜葛了。我不会再强迫你做任何事，你也别再指望能得到我的援助。恭喜，你自由了。"九阿哥说完就头也不回地走了。

十四立刻站起身跑到我的身边："听到了吗夜莺，九哥他妥协了！你快先喝点水吧，我这就吩咐厨房做些你爱吃的菜端上来。"

喝下一口水，我感觉好了些。

我问他："你不是说你再也不理我了吗，怎么又来帮我。"

十四温柔地用手帕轻轻擦掉我嘴边的水："我能拿你怎么办。虽然心里恨你恨得要命，却总是忍不住为你担心。我看我一定是上辈子欠了你，这辈子才对你毫无办法。"

我又忍不住哭了。为什么总是你，十四。在我最需要安慰和帮助的时候，总是你陪着我，替我摆平所有问题。难道此生我注定亏欠你？

十四用他的手掌擦去了我的泪水："夜莺，值得吗？"

"不是值不值得，而是愿不愿意。为了他，粉身碎骨又何妨。"

"我一定会帮助你得偿所愿的，你放心吧。"十四放下了水杯，郑重地对我说道。

胤禛，你可知道我受的这些委屈？你会珍惜我的付出，以后都将我捧在手心好好爱护吗？胤禛，为什么在我最需要你的时候你却没来？如果你来了，我会更加无怨无悔。

## 卷三十二　期盼寥落意多违

身子差不多养好后，九阿哥似乎还生着我的气，每次他来给宜妃请安时都不甚搭理我。那我索性就避着他，让他眼不见心不烦。

我和宜妃敞开心怀好好地聊了一次，她最终同意为我和胤祺在康熙面前说说好话。我知道她的意见一定是得到胤禟的首肯了，不然她也不会擅作主张。

我心里对他们充满了感激。虽然说着再也不管我的事，但毕竟还是帮了我的忙。

后来我也去找过十二。他对我和胤祺能走到一起并不感到惊讶，只是说了些祝福的话，并嘱咐我若有需要一定要找他帮忙。

对于十二的善意，我真的是满心感动。他一直都是我最真诚的朋友，是我苦闷时最耐心的聆听者。我和他之间的友谊才真是无关风月，也不掺杂一点利益纠葛。

十二建议，让我在中秋家宴上提及此事，届时好好表演歌舞来讨得皇上欢心，这样或许可以增大他同意婚事的可能性。

我写信询问过胤祺的意见，他认为不错，还说他已经请求惠妃也为我们美言几句。

我感觉有些遗憾，毕竟是我和胤祺的终身大事，最终却不是由他的亲生母亲良妃而是由身份更为尊贵的他的养母惠妃帮忙提出的。

也不知良妃身子好些了没有，自去年冬天看过她后，我一直没有机会去探望她。如果她知道我和胤祺可以结成连理，会不会高兴一些呢？

打定了主意，我在剩下的这一个多月里一直在紧张地练习弹琴。偶尔想想觉得自己挺可悲的，为了能和心爱的人在一起，如今竟也不得不使出浑身解数去百般讨好。这样的我，又和宫里那些逢迎谄媚的人有何不同呢？

到了中秋那一天，我等到康熙推杯过盏几巡后，上前行礼说："夜莺愿为皇上弹奏一曲，请皇上恩准。"

康熙大气地一挥手："去吧，好久没听你弹唱了，怪想念的。弹得好有赏！"

我走上舞台在早已摆好的古琴前坐下，挥手弹就了一曲《爱江山更爱美人》：

　　　　道不尽红尘奢恋

　　　　诉不完人间恩怨

　　　　世世代代都是缘

　　　　流着相同的血

　　　　喝着相同的水

　　　　这条路漫漫又长远


　　　　红花当然配绿叶

　　　　这一辈子谁来陪

　　　　渺渺茫茫来又回

　　　　往日情景再浮现

　　　　藕虽断了丝还连

　　　　轻叹世间事多变迁

　　　　爱江山更爱美人

　　　　哪个英雄好汉宁愿孤单

　　　　好儿郎浑身是胆

　　　　壮志豪情四海远名扬

　　　　人生短短几个秋啊不醉不罢休

　　　　东边我的美人哪西边黄河流

　　　　来呀来个酒啊不醉不罢休

　　　　愁情烦事别放心头

唱完后我立刻站起来走向前给康熙福下身："夜莺恭祝圣上花好月圆人喜

庆，合家团聚乐无边。"

康熙大笑着鼓掌："不错！歌声琴技都是越发纯熟，令朕刮目相看。只是你这样的歌不许多唱，不然朕的儿子臣子们都要被教坏了，若是只知道沉溺于红颜而不励精图治那还得了？"

我盈盈笑着称是："万岁爷教训得是，夜莺雕虫小技的确上不了台面。"

惠妃这时插话了："皇上，自古都说英雄难过美人关。窈窕淑女君子好逑，这也是人之常情嘛。听着夜莺格格唱歌，臣妾才想起她今年已十八，是到了婚配的年龄啦。"

皇上想了一会儿说："果真是女大不中留。那依爱妃的意思呢？"

惠妃佯装认真地扫了一遍众人后对康熙说："臣妾瞧着这些阿哥，就八阿哥看起来和夜莺最般配。可谓是郎才女貌，金童玉女。皇上您说呢？"

康熙皱了皱眉："夜莺和胤禩？"

宜妃此刻连忙帮腔："是啊，万岁爷。臣妾看惠妃挑得不错，八阿哥和夜莺的确登对。一个才华横溢，一个琴艺无双，果真是一对佳人呢。"

康熙斜睨着宜妃说："你是夜莺的姑姑自是希望她能指个好人家。只是为什么此事以前从来没听你提过？今天却这样突然地说起来？"

宜妃有些语塞，她只能勉强解释："虽然没说但臣妾可是挂心着呢。臣妾看万岁爷一直没提这茬就没有贸然说起，今天碰巧惠妃姐姐这样提议，那我顺水推舟做个人情不是很好？"

在康熙沉思犹豫的空当，定妃也插口说："八阿哥和夜莺格格的确是一对佳人，皇上不妨好好考虑看看？"

我感激地看向十二，他一定是提前找他额娘帮忙了，不然以定妃不惹尘世的性子断不会无端插手这样的事。

十二对我微笑着点了一下头，其中包含了无尽的鼓励，让我觉得很温暖。

康熙饶有兴趣地对刚刚几个开口求情的妃子说："难得见你们这样异口同声，倒像是约好了似的。不过此事太过突然，容朕再想想。"

令我没想到的是，一直没出声的德妃这时竟也掺和进来："皇上，臣妾看几位姐姐妹妹恐怕也是在了解了夜莺和八阿哥他们二人的心思后才这样帮忙求情的吧？世间最难得的便是两情相悦，皇上您何不就当一回月老成全了这段佳话？"

德妃说完就目含深意地望向了我。我扫了一眼十四，他低着头，让人看不见他的表情。

是他求了德妃吗？不一定。我想无论十四有没有求她，德妃都会帮这么一句。反正她不喜欢我，如果我嫁给了八阿哥，便彻底断了和胤禛的来往，如此正合她意。

康熙听了德妃的话就点了我和胤禩出来："你们俩说说，是否真的如德妃所言，你们早已暗生情愫。但说无妨，朕不会怪罪你们的。"

胤禩恭敬地对康熙拱手："回皇阿玛，儿臣与夜莺格格一直都以礼相待，彼此只是互生好感。"

而我则有些羞怯地说："夜莺是女儿家，没什么意见。一切全听皇上安排。"

康熙呵呵笑了："看来这事是八九不离十了。既然如此，朕也就没什么理由反对了。"

我和胤禩开心地相视一笑，看来成了。

可康熙却话锋一转："不过朕还有些舍不得夜莺，想将她再留在身边一段时间。况且成婚这么大的事可仓促不得，胤禩你要提前就准备着了。至于你们的婚事，等到明年太后七旬万寿后再说吧。"

我和胤禩闻言忙对康熙磕头谢恩。在宽宽的衣袖下，我的手心出了很多汗。

我等这一天已经等了太久，再等几个月倒也无足轻重了。胤禩，我终于能在不久后成为你的新娘了。

胤禩和我双双站起来，退回到了席上。我一直低着头没有看其他人，但依旧能感到后背上有着几道灼人的目光。

我不想再在宴上喧宾夺主成为众人的焦点，就借口溜了出来想避避风头。只让蕊儿跟着，我走到了御花园的湖边，随意坐在了一块平整的石头上，开始望着湖面发呆。

蕊儿站在一旁对我说："奴婢祝愿格格心愿达成，可以与八阿哥喜结良缘。"

我淡笑着回应："蕊儿姐姐，你说我们之间能一直这么顺利吗？"

"会的。老天一定会感应到您的这份真心，庇佑您顺顺利利地嫁过去。"

"但愿如此吧。我相信只要我和胤禩携手相伴，就能够克服一切的困难。"

身后传来了一阵尖厉的笑声："好一个携手相伴，你现在还未过门，似乎就以胤禩的福晋自居了！"

转过身看到八福晋正向这边走来，我忙扶着蕊儿站起身，向她行礼："八福晋吉祥。"

八福晋冷笑着对我说："别，我可受不起你这礼。皇上金口玉言赐婚，众位娘娘也帮着做媒，夜莺格格你的面子好大啊。"

我谨慎地选择言辞："今日承蒙多宫娘娘和皇上的抬爱，那是夜莺的福分，心里自是感激万分。但夜莺不会忘了自己的身份，一定会尊重福晋，不敢有逾矩之举。"

八福晋厌恶地上下瞧着我："三年前也是，在这中秋宴上初见时，我就注意到你对八爷眉目传情。没想到千防万防却还是被你钻了空子！也真是难为了你，容貌不是拔尖的好，也没有显赫的家世，不过凭着那点拙劣的琴技竟能让胤禩看上你。依我看不过是个以媚惑主的骚货！"

蕊儿想为我辩护但被我拦了下来，郭络罗·凝魄岂是我们能得罪起的？

面对八福晋，我不卑不亢地说："能得到八阿哥的青睐的确是夜莺三生有幸。若福晋不嫌弃，夜莺愿尊称您一声姐姐，以后进了门也定当尽好自己的本分，坚持尊卑有序，绝无非分之想。只是您这一句骚货，夜莺实在承受不起，也期望八福晋端着自己的身份注意些言辞。"

八福晋似乎是生了气，她扬起手想打我，却被我一闪身躲开了。看来郭络罗氏泼辣强悍的名声的确不是子虚乌有，若我嫁进了八阿哥府，以后怎么对付她那也是件头疼事。

就在我们这样干瞪眼时，一个人的到来算是帮我解了围，但同时那人本身又成了我另一个麻烦。

四阿哥走到我们旁边，用毫无情绪的语气对八福晋说："弟妹，席间见不到你，八弟正着急地四处找寻呢。"

八福晋嘴边露出了一抹嘲讽的笑："现在竟还能想起我来。罢了，他若真想娶，我如何也拦不住。不过夜莺我告诉你，花无百日红，你也不要得意。这宫里永远是只见新人笑，不闻旧人哭。我的今天就是你的明天，你同样得不到他的一心一意。"

八福晋说完后正了正衣衫，然后就以高傲的姿态走开了。

我望着她的背影苦涩地说："新欢旧爱，可是再新那不过是欢，再旧那也依然是爱啊。"

八福晋的身影稍微停了一下，很快她又昂首向前走去。

四阿哥讽刺我："道理你是明白的，何苦还要往死胡同里钻？"

我惨淡地说："不是你告诉我的吗，你们这些阿哥没有人会真的爱我，那我至少要找个自己爱的吧。八阿哥深爱着八福晋，从过去到现在直到以后都会是这样，我从来都清楚这一点。可是我不在意。只要他能看到我，只要我能留在他身边，我就已经很满足了。"

四阿哥深深地吸了口气："值得吗？为了他，用尽了你的心力，却还遭到这样的辱骂和对待。甚至你身边的人也不理解你，都与你闹僵。为了嫁给他，你付出所有，众叛亲离，这样真的值得吗？"

我嘴角勾了勾，四阿哥倒真是对我的情况了如指掌呢。不过是啊，我如今的处境不是众叛亲离是什么？

"多谢四阿哥的关心，但是如今箭在弦上，多说也无益。"

我向他福下身："若没别的吩咐，夜莺就先一步回去了。"

四阿哥一下拉住我的手腕："你真以为你可以嫁给他？你没看出来皇阿玛刚才是在有意拖延吗？他根本无意将你许给老八！赶快认清事实吧，再坚持下去，你只会受更多的伤。太子妃的教训你忘了吗？郭络罗氏母家是何等的高贵，她只怕会比太子妃更加难缠。"

"是皇上不愿意，还是你不愿意？四阿哥，没有认清事实的人是你吧。"

四阿哥将我拉近："对，我不答应你嫁给他！因为你的逃婚，让我、十三弟和春燕承受了多大的痛苦，可凭什么你可以无所顾虑地追求自己所爱？这不公平！我一定会夺回本该属于我的东西，他们谁都抢不走，无论是什么！"

我使劲甩开他的手："为什么你就是不愿接受现实呢？对于十三和春燕因为我而受到的伤害，我真的很抱歉，我也愿意尽全力去弥补他们。可是就算让我重回你的身边又能如何，十三阿哥和春燕能够破镜重圆吗？"

"我不管！"四阿哥狠狠地攥住我的双肩，"他们谁也不能从我这里夺走你。

夜莺，如果你非要一意孤行，就别怪我心狠手辣了。"

我惊恐地看着他："你想干什么？"

四阿哥压低声音对我说："我能对太子做的，也能对老八做。我要告诉他们，想要跟我争，只会是死路一条。"

我怔怔地看着胤禛。他想干什么，他要对胤禩不利吗？

虽然知道在九子夺嫡中，以四阿哥为首的四爷党和以八阿哥为首的八爷党斗争最为激烈，可我却怎么也想不到他们俩之间最初的梁子竟是因我而结下了。

"四阿哥，求求您高抬贵手放过我吧。您是必成大事之人，又何必和我一个小女子斤斤计较呢？我们之间的恩怨，你统统算在我的头上就好，请不要牵连到八阿哥。他根本不知道我们的事，他选择和我在一起，绝无挑衅你的意思。求你不要针对他。"

胤禛的眼中闪过冰冷的锋芒："我讨厌你现在这副楚楚可怜的样子。你的温柔和妥协都是为了他是不是？那我就要让你亲眼看到他因为你而付出的代价，我要你后悔今天的决定，我要你有朝一日求着回到我身边。"

四阿哥放开了我，转身向筵席走回去。

我揉了揉生痛的手腕，看着他的背影皱眉不语。看来他是铁了心要对付胤禩，怎么办，我应该提醒胤禩小心应对吗？可是如今他们还没有明显交恶的迹象，若我说四阿哥是最终继承大统之人，胤禩能相信吗？

况且我只知道历史大体走向，却不清楚其中具体细节如何，又怎么能给胤禩说明白？不要反倒因为我的搅局，而使事情变得更棘手了。

蕊儿抚了抚我的背帮我压惊："格格，你再担心也无益，不如就顺其自然吧。我们出来久了，回去吧。"

天上忽然下起了淅淅沥沥的小雨。我伸出手接着细小的雨滴，手掌和心里都有些凉凉的。

## 卷三十三  肝肠寸断梦破碎

自中秋宴之后，我一直本本分分地在延禧宫待着，生怕行事稍有不慎就会影响到我和胤裪的婚事。

我和胤裪只在宫里偶遇过几次，但每次见面周围都有人在，我们便不好私下交谈，只能寒暄几句。

胤裪曾写信给我解释了八福晋那天的言行其实并无恶意，她只是性子过于耿直罢了。他还劝我多忍耐些，说只要我跟她彼此慢慢熟悉后关系自会和睦起来。

我心里泛起了酸意：胤裪他真的很在乎八福晋的感受，时刻都努力着抚慰她的情绪。

我和郭络罗氏的关系究竟会不会逐渐融洽我不知道，我也无暇思虑这些后话，因为如今康熙给我吩咐了一个更艰巨的任务：他命我在皇太后七旬大寿宴上献曲恭贺。

虽然没有明说，但是大家都能看出这是康熙老头给我的考验，毕竟当他的儿媳妇哪是那么容易的。看来想要顺利嫁给胤裪，还要先通过康熙和太后这两关啊。

剩下的几个月时间，我一直都在紧锣密鼓地准备。我对自己的琴技和歌喉是有信心的，可是一想到此举或许会决定我和胤裪的未来，心中就还是紧张得不行。

我常常去找十二阿哥讨论表演事宜，其实他在音律上的造诣远在我上，所以每每在演奏中有什么不完美之处我都会去请教他。他也总是十分耐心地帮助我解决疑惑，完全把这视为了他自己的事情。

我对十二的感激已经不能用一句"谢谢"来表达了，但他似乎能了解我的心意一般，始终淡然处之，并不想让我觉得自己承了他太多人情。

九阿哥对我一直冷眼旁观，这阵子给宜妃请安的次数也变少了。

十四我没再见着，不知是真的因为大家都在各忙各的，还是他也对我避而不见。

我很无奈，却没有办法。不是说有些人来到你的生命里，就只是作为过客吗？不管是归人还是过客，我们都应为自己的选择负责。

时间很快到了康熙四十九年正月，皇太后的七旬寿宴。

我待在后台准备上场，心脏一直突突跳个不行。十二找人递了条子给我，鼓励我放轻松不要太紧张。

说起来，十二这次真的帮了我大忙。在临寿宴前夕，他还亲自检查了舞台，竟真的被他发现舞台底柱根基不稳。幸好及时更换，不然就太危险了。

得到可以登场的指示，我呼了口气，走上舞台。

这时全场的灯都熄了，只在舞台周围点满了密密麻麻的明灯。我此刻正坐在明亮的光圈内弹琴吟唱：

> 浮云散　明月照人来
>
> 团圆美满　今朝醉
>
> 清浅池塘　鸳鸯戏水
>
> 红裳翠盖　并蒂莲开
>
> 双双对对　恩恩爱爱
>
> 这暖风儿　好花吹
>
> 柔情蜜意　满人间
>
> 浮云散　明月照人来
>
> 团圆美满　今朝醉
>
> 清浅池塘　鸳鸯戏水
>
> 红裳翠盖　并蒂莲开
>
> 双双对对　恩恩爱爱
>
> 这暖风儿　好花吹

### 柔情蜜意　满人间

空中散落了大红色的花瓣，其实仔细看会发现那是用丝绒做成的。霎时间天上人间一派温融景象。

我站起身，款款向舞台前方走去，端端正正地给太后行了一礼："夜莺恭祝皇太后七旬大寿。祝太后福如东海，寿比南山。年年有今日，岁岁有今朝。"

我已经做好我能做的了，至于其他如何，是由别人决定的。

太后很慈祥地立刻让我起身，赞美我道："这位夜莺格格真是心灵手巧，品貌俱佳。平日里哀家不常见到你，今日一看果真是个讨人喜欢的孩子。"

太子妃不合时宜地插嘴说："可不是嘛，皇祖母。这个夜莺格格真是人见人爱，凭着一副金嗓子尽得了皇阿玛的欢心呢。我想正是因为她擅长这种靡靡之音，才让八阿哥也对她迷恋不已吧？"

太后一头雾水："什么叫作也让？太子妃，你说这话是什么意思？"

席间的气氛突然变得很尴尬，皇上和太子都用眼神对太子妃表示了警告，她便只能讪讪地封口，不敢再煽风点火。

康熙这时笑着打诨："皇额娘，惠妃她们之前提起要将夜莺指给老八。依您看如何？"

"他们看着倒是挺般配，不过孩子们的婚事全凭皇上做主就好，又何必问我这个老人家的意见。"

"皇额娘这话说的。您是这宫里的大家长，这家事儿无论大小朕都得尊重您的意见不是？"

太后对康熙的恭维很受用，她笑眯眯地对我说："反正哀家挺喜欢夜莺这丫头。来人，给夜莺格格赐酒。"

太监捧着酒杯上来要递与我，我走下舞台的阶梯去接。可就在刚踏下一级台阶时，我突然感觉自己的花盆底好像被什么黏黏的东西粘住了，可此时我还因为向前的惯性不能立刻停下来。

我的脚一扭，鞋跟同时应声而断。我没站稳，眼看着就要从五米高的舞台上翻滚下去。

众人响起了一片倒吸气的声音，似乎对这突如其来的状况还没缓过神。

摔下的刹那，我立刻向太子妃看去，可是她和旁人一样，此时面上和眼里都只有完全意想不到的惊讶。不是她吗？转眼间我看到了一个冷笑着的高贵脸庞。是她！她真的恨我至此，完全容不下我吗？

我闭上了眼，只等着掉下去的一刻。但就在我快挨上地面时，突然冲过来一人将我稳稳接住。

"十四阿哥？"他竟可以不理会众人的眼光和自己的身份就这样不顾一切地来救我！

"你怎么样，还能走吗？"十四扶起我想帮我站稳。

可是我的脚却软绵绵的，完全使不上力。一接触地就疼得要命，连站都站不好，更别说走了。

康熙着急地问："夜莺有没有伤到哪里？怎么如此不小心。"

我尽量用平静的语气对康熙回道："是夜莺粗心大意，一时没有站稳。让皇上担心了，夜莺知罪。"

太后惋惜地说："样貌才艺都不错，就是人太毛躁了些，举止也不够稳重。"

我身子微微有些颤抖：这么长时间的努力终究还是功亏一篑了吗？

十四察觉到了我的异样，就对康熙说："禀皇阿玛，夜莺格格的脚似乎扭伤了，现在已不能独立行走，请容儿臣送她回宫去。"

皇上叮嘱说："去吧。近日好好休息，快点把伤养好。一会儿让太医院的人去帮她瞧瞧有无大碍。"

十四和蕊儿一起扶着我慢慢踱离了宴席。

我回头看了一眼胤禛，他正冷着脸看向八福晋，并没有发现我的注视。八福晋不甘示弱地回视着胤禛，毫无忏悔之意。

我们三人之间只能如此吗？我看着他，他看着她，而她的眼里却根本容不得我。

一离开众人的视线，十四就将我背了起来。也确实，刚刚是为了避嫌所以不敢有过分亲昵的接触。可如果我们真的这样慢慢挪着走，那等回到延禧宫就不知要到猴年马月了。

我沉默地伏在十四的背上，不知不觉眼眶又酸了，眼泪不争气地落下，全落在了十四的衣领里。

十四的身体震了一下，他停下来问我："伤口很疼吗？"

我咬着唇摆头，苦笑着说："十四阿哥，我的人缘真的很不好呢。"

十四叹了一口气："今日之事我相信八哥能处理好的，你别太灰心。"

天寒地冻里十四背着我慢慢走着，我甚至自私地想被他这么背着永远走下去。

可是时间太短，我们没办法毫无顾忌地任自己的喜好蹉跎；时间又太长，在漫漫历史长河中此刻不过晃眼一瞬，我们也只是渺小一粟，无论如何都翻覆不出年华早已预定好的齿轮。

身上很痛，不知道是脚伤的痛，还是我的心在隐隐作痛。

一天过去了。一周过去了。一个月眼看着也要过去了。胤禩一直没有音讯。没有半句解释，没有丁点的抚慰，甚至连象征性的探望也没有。

脚上的伤差不多好了，只是走起路来仍要小心。由于以前膝盖受了寒，如今一到下雪天，旧疾新伤加起来便让我吃不消了。

京城的冬天很冷，不过再冷也冷不过人心。虽然我穿越而来已经多年，但仍无法适应这里冬日的严寒。今年尤其冷，已下了很多场雪。每到降雪天，我就会坐到高处的连廊上，眼睛一眨不眨地望着延禧宫门口，心里那点小小的期盼仍没被冰雪覆灭。

我可以这么一连坐几个时辰，直到黄昏落日，直到冻得眉毛上也结了霜。冷得受不了时，我就去回忆和胤禩的点点滴滴。回想我们在那年雪地里并肩齐行，彼此道着温言暖语。是何时起变成现在的境地了呢？

每次都是蕊儿实在看不过眼了，就硬拖着我回去，逼着我喝几碗姜汤祛寒气。

我仍这样坚持了一天又一天，可令人意外的是我竟一直没有生病。我此时完全理解了张爱玲在《小团圆》里写的那句："雨声潺潺，像住在溪边。宁愿天天下雨，以为你是因为下雨不来。"

胤禩，你是因为下雪了出行不方便所以才没有来吗？或许是这样吧，但愿是这样吧。宁可当鸵鸟逃避现实，我也不愿面对谎言被揭穿时的天崩地裂。

九阿哥看到我这样总骂我没出息，问我为什么不亲自去找他。见我依旧无动于衷地苦苦等待，他气得要去把八阿哥拉来当面给我说清楚。

　　我没有让他这样做。我想我是在怕什么。我是对什么没信心呢？对我，对胤禩，还是对我们之间那不堪一击的感情？

　　十二阿哥和十四阿哥来探望过我几次，但我都以身体不适为由推辞了。他们见我心情不佳，就不再来。

　　有些事别人再热心也无法帮到忙，旁人千万句的关心也抵不上他一句的关怀。

　　就在我的心像破损的泰坦尼克号一样慢慢沉下去时，胤禩来了消息，他约我到御花园荷花池旁一聚。

　　等待得太久，突然收到他的邀请，我已分不清自己究竟是喜是悲。毕竟结果不外乎两种，而做选择的人是他不是我。

　　尽管心里五味杂陈，我还是打扮得光鲜亮丽去赴约了。

　　胤禩看起来也不大好，神色很憔悴，看起来瘦了很多。

　　我明媚地笑着："我就知道，你一定会来。"

　　胤禩眉头深锁："抱歉，这段日子，让你伤心了。"

　　我不喜欢看他皱眉的样子，就伸出手试图帮他抚平紧皱的眉毛："没关系，你这不是来了吗。"

　　胤禩身子向后闪了闪，只留下我的手还尴尬地停在半空。

　　"今天把你约出来，是我有件事想告诉你。"我没有说话，他继续说，"我和凝魄聊了很久，她依旧没办法接受你，甚至以死相逼。我真的尽力了，夜莺，可是我没办法弃她于不顾。我恐怕没有办法娶你了，对不起，希望你能理解。"

　　我紧盯着胤禩："也就是说，在我和八福晋之间，你毫不犹豫地选择了她是吗？"

　　胤禩的脸上有些痛意："对不起夜莺，真的对不起。我很欣赏你，可是我不能不顾她的感受。如果我们相识得更早，或许一切会不同，只是如今我已经有魄儿了，我不想她受到委屈。"

　　所以你就决定让我受所有的委屈了是吗？我没有问出口。

　　强忍着不让自己落下泪来，我问眼前人："既然你没有十足的把握，为什么当初要接受我？你知不知道这样很残忍？给人希望，又让人失望。"

"是十四弟告诉了我你的心意，他请求我好好地照顾你。我以为我会处理得很好，可没想到最终还是辜负了你。我会尽力补偿你，夜莺，若你有什么需要，请尽管说。"

"不必了。"我最大的期望你满足不了，其他的就更没有必要了，"你的意思清楚地传达了，我也清楚地收到了，你走吧。"

不然还能怎样，一哭二闹三上吊，让这份本就是靠旁人乞求来的爱情更被他看不起吗？

胤禩为难地看了看我，最终还是默然走开了。

就这样结束了吗？这么干净利落，让人连一丝丝的念想都捻断了。

胤禩，为了嫁给你，我竟然那么厚颜无耻，不惜去做侧室；为了嫁给你，我是如此的卑微又卑鄙，小心翼翼地讨好你，伤害了我身边所有的人；为了嫁给你，我变得一点也不像我了，只为能融入你的生活。可尽管如此，你还是抛下了我。

我终于支撑不住，整个人跌坐在雪地上，无声地泪流满面。凛冽的寒风吹到脸上，刮得我生疼。泪珠在脸上凝结成了一道道细细的冰晶，成了我爱情灰飞烟灭的铁证。我一直这么坐着，或许从远处看，别人会以为这是一座雪人吧。

不知过了多久，有脚步声传来。是胤禩回来了吗？我激动地抬头看去，这才发现自己的睫毛上都挂满了小雪晶。看到来人是十四，我又失望地低下头。

十四一把拉起我："你疯了吗？一个人在冰天雪地里坐这么久，你不要命了？！"

我狠狠甩开他的手："不要你管！我是生是死都和你没关系！"

双腿因为在雪地里久坐早已变僵，现在突然站起来似乎还不能适应。我晃了两下，十四忙伸手将我扶住。接触时，我不小心打到了十四的衣袖，袖中掉出了一个玉佩。捡起后我仔细辨认，发现竟是我送给胤禩的那枚刻有"爱"的玉佩。

"为什么这枚玉佩会在你这里？"我抓住十四的领口问。

十四绷着脸没有回话。

我急了："你快说啊，为什么你会有这玉佩？"

"其实那一夜在八哥营帐中的人是我，所以你当时是把玉佩错给了我。我没想故意隐瞒你，真的，我只是不知道怎么开口。而且我后来也给八哥转达了你的话……"

"什么……"我感觉周围的空气在一点点抽离。

原来我那日表白的对象竟是十四？那么抱我吻我的人也是十四？胤禩他根本什么都不知道，胤禩他根本就没有真的接受过我，一直以来不过是我在痴人说梦罢了。

眼泪再一次落下，融化了我脸上原有的冰晶，但很快又形成了新的冰晶。

十四手忙脚乱地安抚我："八哥说让我来这里看看你的情况。可这是怎么了，你们之间发生了什么？"

"怎么了？"我冷笑，"我被八阿哥彻底拒绝了，我在以为自己得到了幸福后立刻被推入十八层地狱了。这样，你满意了吗？"

十四忙给我解释："你怎么会这样想我，我比任何人都希望你能幸福啊……"

"够了！我不想听你的话！"我怒吼着打断了他，"到底是谁允许你那样做，去求八阿哥勉强娶我？你凭什么这样自以为是地去玩弄别人的人生啊！你让我现在变得多么可笑，多么可悲……"

十四从怀中掏出了那枚被他抢走的洁白的和田玉佩，与刻有"爱"的那一枚一同递给我："两枚玉佩我都还给你，我再也不抢了。只求你别哭了，别再伤心了，好不好……"

我拿过两枚玉佩，想也不想就将它们扔进了旁边已结薄冰的池子里。

我冷漠地看着破冰后泛着小小涟漪的池面说："胤禩不要的东西，我也不要。既然得不到真爱，那我还留着这两枚玉佩做什么，不过是徒增伤感罢了。"

我转身要走，十四却说："等等。"

他脱下斗篷和棉靴，二话不说就跳进了荷花池。我目瞪口呆地看着他这一系列的动作，可等我反应过来时他已经消失于池中了。

我焦急地呼喊："胤祯，你干什么，快上来！这样太危险了，玉佩我不要了，你快上来……"

我四处张望，期望能寻找到侍卫来救他上岸，可是这里地处偏僻，平时就鲜有人来，这冰雪天气里更是人迹罕至。我只能紧张地望着湖面，祈祷着胤祯快点上来。

过了一会儿，胤祯突然一下钻出了水面。我忙走过去帮忙把他拉到岸上。

胤祯的身子现在冷得像冰块一样，他颤抖着手将那一对玉佩递给我，同时嘴唇哆嗦着说："我找到了。你不要难过了。"

我气得直哭："你怎么这么傻呀，这么冷的天竟然跳到池子里。你要是有什么不测可怎么办，我又找不到人来救你。我刚刚都打算自己跳进去救你了，你要存心让我担心死是不是……"

胤祯笑了，他冻得雪白的脸上增加了几分生气："夜莺，你刚刚叫我的名字了。你叫我胤祯，你第一次这样叫我，我好开心。你以后都这样叫好不好？夜莺，我现在好想抱着你，可是我知道自己浑身上下冷透了，我不能让你更冷……夜莺，别怕，你不是一直还有我吗？"

我早就泣不成声，哽咽着紧紧抱住了他："你这个傻瓜，你简直傻透了，我不值得啊……"

十四疲惫地笑了，他用拇指抹掉了我的泪："不是你说的吗？不是值不值得，而是愿不愿意。我只是遵从自己的心罢了。"

老天为什么要这样戏弄我们？为什么要让我爱他，他却不爱我；他爱我，我却不爱他。

得不到的在骚动，被偏爱的都有恃无恐。为何我们，都是不被眷顾的那一方呢？

## 卷三十四　纸鸢飘零独自归

经过莲花池那天一闹后，我大病了一场，病得很重很彻底。十几天以来我几乎一直处在昏迷不醒的状态，高烧不退。我想之前我的身体是在硬撑，直到如今撑不住了，便一次性将所有的病痛都一起爆发了出来。

等我醒来后听蕊儿说，我昏迷的时候皇上、宜妃、九阿哥、十二阿哥、十四阿哥他们皆来看过我几次，宜妃更是没什么事就守在我床前。

他们母子俩对我真的可以算是仁至义尽了啊。尽管我已经背离了他们，可仍始终受到他们的庇荫与照拂。

当时我被九阿哥强逼进宫时内心对他是何等怨恨，可没想到最终对他竟全是感激之情。

或许这就是人生吧，不到最后，你永远不会知道身边的这些人对你来说究竟是敌是友。

我担心十四的状况，蕊儿安慰我说十四阿哥身体硬朗，回去歇了几天便全好了。这样我的负罪感少了些，毕竟那天是我情绪不好却连累了他跳湖受苦，若他再因此生病我就真的亏欠他太多了。

京城这几天传得沸沸扬扬的一件八卦就是，八阿哥胤禩向皇上推却了之前口头上约定的与夜莺格格的婚事，而令人意外的是皇上也全无异议地同意了。

一时间人们猜测纷纭，却都不清楚这其中原委。有的认为是八福晋过于强悍不允八阿哥纳新妻，有的认为是我不再讨八阿哥欢心因而遭弃，还有的说是康熙并不看好我和八阿哥这一对因此从未真正打算将我许配给他。

无论如何，事情已尘埃落定，那就是我与胤禩再无可能。很长的一段时间里，我都躲在延禧宫中不理那些闲言碎语，但依旧能感到旁人那种探测暗晒的目光。

康熙四十九年二月，皇上携太子、三阿哥、八阿哥、十阿哥、十三阿哥和十四阿哥一同前往五台山。由于我大病初愈，康熙此次就没有点我同行。我也因此而庆幸，毕竟才出了这场风波，我也不想再碰见胤禛而惹人闲话了。

我整日只是懒懒地待在自己屋中看书写字，就连性子最为沉静内敛的蕊儿都觉得闷了。她常劝我出去走走，但我依旧不为所动，一心只想深居闺中不理尘事。或许是看透了我的心思，蕊儿劝慰我说，如今皇上一众出宫在外，宫里人本就不多，加上人们对于那些琐事议论两天就忘了，不会再那么热衷了。她劝我不必那么在意，无论多大的坎都会迈过的。

九阿哥时而来看望我，他对我总是冷冷的，每次都对我冷嘲热讽一番。其实我心里明白，他这人面冷心热，他只是想激我快点好起来，别再让别人看轻了吧。

这天天气不错，蕊儿不知道从哪儿找来了个纸鸢，就硬拉着我要让我出去放放风筝透透气。我拗不过她，就只能随她来了。

可刚走出延禧宫没几步，我们就在宫道上遇见了迎面而来的四阿哥。我苦笑，怎么好不容易出趟门，一出来就遇见这个晦气的冷面王。

我福身："夜莺给雍亲王请安，王爷吉祥。"

胤禛在四十八年末被康熙晋封为雍亲王，他倒是颇受康熙看重。

胤禛冷哼："看来你并未被许婚的事冲昏头脑，还知道旁的变化。"

我不关心别人的事就算了，我能不关注你的事吗？你可是未来掌握生杀大权的下一位皇上啊。

"王爷说笑了，夜莺只是一介无知女流，对朝堂上的事既没什么兴趣也不敢妄自评议。您现今得以晋封，那么礼节上的规矩自是不能少。这点夜莺始终铭记在心。"你能理解我的意思吧。我会始终敬重你，绝无谋逆之心，只希望你能对我宽容些，放我一条生路吧。

胤禛让我起来："你的病可都好了？"

"劳王爷挂心，已大好了。"

胤禛向前走了几步，我不知是因为紧张还是怎的也随他退了两步。

他却一下子双手握住我的两个手腕："你怕我？"

　　我试图挣脱出来但是失败了："王爷不怒而威，夜莺心生敬畏也是自然的。"

　　他紧紧盯着我的眼睛："事实证明我是对的。他待你也不过如此，得意时可与你情深意笃，但稍受些压力便毫不留情地将你弃如敝屣。怎么样，你也尝过被抛弃的滋味了，想必不好受吧？"

　　我使劲想要摆脱他的魔掌："不管是受到什么样的羞辱那也是我自己的事，与王爷无关。王爷若是因此而幸灾乐祸，那就随你，我不在乎。"

　　"真的吗？你不在乎？那为什么你要躲起来这么久，为什么你不敢见人，为什么看起来气色这么憔悴？"胤禛将我拉近并用他的手臂紧紧箍住我，"经历了太子和老八，你难道还没看透吗？你能依靠的人只有我。只要你现在给我认错，向我忏悔你当初逃婚的举动，我可以原谅你。我可以求皇阿玛将你赐给我，让你重回我身边，得到我的庇佑。如何？"

　　我皱起眉看他："我不会答应你，我做过的决定绝不会后悔更不会收回。往日与今后种种，无论我将面对什么，那都是我自作自受，夜莺承担得起，无须劳王爷费神。"

　　胤禛凑近我耳旁："你还在期待谁？老九、老十二，还是我那少不更事的十四弟？无论你想再选谁，结果都不外乎殊途同归。别再挑战我的耐心，别让事情在犹可转圜时陷入僵局。"

　　四阿哥放开了我，他冷冷地瞧了我片刻，然后步履匆匆地走了。

　　我揉着自己发红的手腕，那里仍有些疼痛。

　　蕊儿上来小心地问我："格格，您还好吧？"

　　"蕊儿……"我喃喃自语，"你说怎么这么巧，一出来竟偏偏遇到了这个我最避之不及的四阿哥。"

　　蕊儿低下头恭敬地对我说："蕊儿不知道。不过延禧宫和德妃娘娘所居的永和宫相距不远，兴许是四阿哥在经过时巧遇了您。格格，您别在意这些事了。我们去放纸鸢吧。"

　　不应该啊。永和宫和延禧宫一个位于正东一个位于正西，恰巧是完全相反的方向，四阿哥没道理刚好路过这里的。

　　兴致全失，我淡淡地对蕊儿说："算了，我们还是回去吧，我没心情。"

　　转身后走了一段，我听到不远处的梅林中隐约有笛音传来。我抬起头向花园深处看去，是他在召唤我吗？也是，这么久没见，是该会会老朋友了。

我给蕊儿交代："我自己去御花园里转转，你不必跟来了。"

蕊儿举起风筝问我："那这纸鸢呢？"

我想了一下然后拿了过来："那夜莺就不辜负蕊儿姐姐的好意了。我去去就回。"

我看着蕊儿离去的背影笑了：果然是个忠心护主的好丫鬟啊，我没有看错。

一步一步踏在皑皑白雪上，我向着不远处那个清雅俊逸的身影走去。不觉又想到了几年前也是这样在长春宫外被他的笛声吸引了进去，只是过了这些日子，我们已不似曾经那般年少，很多事都已经改变，我的心境也再回不到往日那么单纯无忧了。

直到我走到了胤祹的身后，他也没有停止吹笛。

我笑着打趣他："到底是笛子比较有趣，让十二阿哥爱不释手，都不愿理会我这个失意的老友呢。"

笛声戛然而止，胤祹将笛子移离唇边，双手慢慢放了下来垂在两侧。

他依旧没有转身："你过得不好，我无颜见你。"

我听得莫名其妙，就自己走到他面前问："你这话说得好生奇怪，归根结底也是我自己有眼无珠没有看准，干你什么事呀？"

胤祹耷拉着脑袋还是不看我："我当初不该怂恿你去求皇阿玛赐婚。如果你当时没有去，后来也不会受到那么大的伤害。是我错了，我害了你。"

我狠狠捶了一下十二的胸膛："我当是什么呢，竟让你这样耿耿于怀。这件事根本怪不得你，是我当初鬼迷心窍了非要一个胡同走到底。就算当初你不支持我，我依然会去争取的。你就别自责了。"

胤祹抬起了清明的眸子看我："你不责怪我是你大度。但是看你这段时间过得这么苦，我却很……我却爱莫能助。"

我笑着拍了拍他的肩膀："好啦，过去的都过去了，我没你想的那么脆弱。你别这么婆婆妈妈了，那个潇洒不羁的十二阿哥到哪儿去啦？"

胤祹终于如释重负地笑了："你放下了就好。"他注意到我手上拿的风筝，就指着它问我："你是要去放纸鸢吗？"

"本来是要去的，不过刚刚遇到点烦心事，兴致就没那么高了。"

胤祹想了一下然后对我说："我知道郊外有一处很清静的雪场，不如我们去那里吧？"

我点了点头。和十二在一起时我的心总能平静下来，能够无条件地信任他。只要朋友在一起，一个眼神就能让彼此明白所有，至于做什么已经无所谓了。

胤祹很快安排好了出宫的马车。过了约半个时辰的行程，我们来到了京城外的一块平整雪地。果然如他所言，这里没什么人很是清静。

或许是因为面对这样天地间白茫茫的纯净，我心里堵着的那块郁结稍稍得以释然，心情忽然好了很多。

我拉起风筝在雪地上撒腿狂奔起来，边跑边放声大喊，惬意极了。可由于我不得窍，风筝总是在半空中飘了一会儿后就落下了。

我求助十二，他哭笑不得地给我手把手教。几经尝试后，风筝终于稳稳地升空了。

这番折腾后，我也累了，就靠着一棵高大的松树坐了下来。

胤祹怕我受凉，就把马车上的毛毡毯子搬了下来铺在了我的身下，然后挨着我一同坐了下来。

我手握着线，眼睛眯起看着空中化作一个小点的纸鸢。我没有说话，十二也不作声，和我一样看着风筝线的彼端。

许久的沉默后，我问："十二阿哥，我现在是不是成了全京城最大的笑话？一定是宫里宫外人们最津津乐道的谈资吧？"

十二没有吭声，只留我一人继续顾影自怜："你看这燕子形的纸鸢多么像我啊。无论飞得多高多远，只要身上系着这根线，终究都会被人掌控和牵制。不过它比我幸运些呢，至少还能享受空中这短暂的自由，而我，此生则注定被拘禁在这冷冰冰的紫禁城里。"

十二突然握住了我拽风筝线的右手。

我转过脸看他："怎么了？"

胤祹垂眸看着足尖："起风了，我怕你握不住它。"

我笑了，看似云淡风轻。我用力扯断了风筝线，燕子形的纸鸢立刻快速腾起，不一会儿就消失在视线里了。

　　胤裪看到我被线划伤的手指，赶忙拿出了手绢帮我包扎止血，同时他责备我道："你这疯丫头，总是这样恣意。"

　　我任由他帮我包扎伤口，没心没肺地笑了："我能疯到大冬天尚有积雪时还出来放纸鸢，又怎么不能再疯些将绳子弄断？我做不到的，它替我做到也好。"

　　十二的手颤了一下，他小心系好手绢，然后说："别太悲观。皇阿玛那么疼爱你，他一定会为你安排一个最好的归宿。况且，九哥、十四弟，还有我……我们那么多人都很关心你，你不是孤单无助的。"

　　什么是最好的？我不知道康熙是怎么想的，我也无力去揣测了。我已心如死灰，不管他安排谁我都不会在意了。

　　"怎么样都好，反正能做决定的从来都不是我。十二阿哥，我想唱歌，你能帮我吹笛伴奏吗？"

　　胤裪说了声"好"，然后从怀中掏出了玉笛，调整气息缓缓吹了一个悠扬的前奏。

　　我坐直身子，张口唱道：

> 不要再想你　不要再爱你
>
> 让时间悄悄地飞逝　抹去我俩的回忆
>
> 对于你的名字　从今不会再提起
>
> 不再让悲伤　将我心占据
>
> 让它随风去　让它无痕迹
>
> 所有快乐悲伤所有过去　通通都抛去
>
> 心中想的念的盼的望的　不会再是你
>
> 不愿再承受　要把你忘记
>
> 我会擦去我不小心滴下的泪水
>
> 还会装作一切都无所谓
>
> 将你和我的爱情全部敲碎
>
> 再将它通通赶出我受伤的心扉
>
> 心中想的念的盼的望的　不会再是你
>
> 你会看见的　把你忘记

我不要再想你 不要再爱你

不会再提起 我的生命中不曾有你

胤裪果然是音律方面的天才，他很快就摸准了歌曲的旋律，然后立即使笛声融入了曲子中，天衣无缝地为我和音。

一曲终了后又是长时间的静默。我给十二竖起了大拇指："十二阿哥的笛声真是普天之下无人能及，夜莺好生佩服。"

胤裪淡淡地笑了："伯牙只有遇到子期才能得到赏识。而我，很感谢有你这样一位知己，能体会我笛声里所有的情绪。"

"那当然，我们可是铁哥们，我不懂你懂谁呀。"

"铁哥们？"胤裪不解地看着我。

"呃，就是关系很好很亲近的意思啦！"我勾着十二的脖子大大咧咧地说，"我们是永远的铁哥们，好不好？"

胤裪有些局促，他不自然地笑着应了声"好"，脸上不知道是因为冷还是怎么的看起来红彤彤的。

我也开心地笑了。多好，我的身边还有这样真心的朋友。

## 卷三十五　明月不谙离恨苦

我最讨厌春天，总是那样不温不冷，暧昧不明，常常是还未体会其节气特点时便匆匆划过了。

虽说我怕热又怕冷，但我是极喜欢夏天和冬天的。我喜欢那股子纯粹，那种让人置身于火热暑季或严寒冰雪中的爽落。

但毕竟我这样的怪人还是少数。尤其是在没有空调和暖气的古代，人们似乎更喜爱温暖宜人的春季。

转眼间康熙四十九年过了近半，如今已是春暖花开的五月中旬。

虽然渐渐从失恋的阴影中走出来了，但我仍不大出门，只是一味闲散地待在延禧宫中。

康熙于四月初回京，而他许是猜到我心情不佳，这几个月便没有传唤过我，更没让我出席过什么宴会。

我如今只是能将往事放下，但如果这么快让我面对众人，面对他，我恐怕还做不到。

十四返京后来找过我几次，但我都让蕊儿帮我挡回去了。我知道他在想什么，可是我现在真的没办法面对他的心意。

刚刚才从一段感情中抽身，我怎么可能毫不犹豫地立刻投入另外一段感情？况且我和八阿哥之间出了这场荒诞剧后，康熙还会属意我与他其余的儿子吗？两位阿哥与一位格格纠缠不清，这样的宫闱丑闻，我想是任何一位君主都不允许发生的吧。

我对十四不是没有任何感觉，只是横亘在我和他之间的障碍真的太多了。

他那难缠的四哥，他那十分反对我们的母亲，还有他与八阿哥、九阿哥亲厚的兄弟情，无一不让我顾虑。

就先这样吧，让我们冷静一些，来看看这段感情究竟有没有后路可走。我真的不想再错一次了。

就在我以为这个春天会这样了无生机地度过时，一个人毫无预征的到来让我意外不已。

这天正当我懒懒地倚在榻上看书时，蕊儿来到我跟前回报："格格，有客人到访。"

我眼皮都没抬一下："不见。就说我不舒服，把人给打发了。"

蕊儿又确认了一下："是穆教士，您也不见吗？"

我合上了书。是穆景远，他来了？"快请教士进来，请他在外厅里等着，我随后就来。"

穆景远这一走已两年，此后一直杳无音讯。这时他怎么又想起回来了？满心狐疑的我想立即找他问清楚。

见我走了进来，穆景远站起身，绅士地对我微微躬身："好久不见，格格别来无恙。"

我笑笑走近他身边和他一同坐下："是啊，许久未见了。不知教士这几载都有何见闻，快点和夜莺分享分享。"

我吩咐蕊儿给我们上了两杯茶，然后就令屋内众人下去了。

穆景远细细地嗅着茶香，口中不住赞叹："圣上果真最疼格格了，这御赐的龙井都是最好的。"

我啐他："少来了，你这一走那么久，都不知这两年宫里发生了多少事。我就是光看着，都无比的胆战心惊。哪像你，无事一身轻，可以毫无牵绊地云游四海，都不知我有多羡慕呢。"

穆景远放下茶杯认真地看着我："虽然游历在外，可是穆某对宫中大事还是有所耳闻的。格格，这些年，难为你了。"

我苦笑："难不难这不都走过来了吗。我如今也不过就是尽力明哲保身，一天一天地打发日子罢了，不然又能如何呢。"

"听格格的口气，似乎对宫中的生活再无留恋了？"

再无留恋了吗？或许是吧。我本来就无心宫廷生活，这几年的际遇更是让我将这人间冷暖尽数看透。可是无奈命运捉弄，我此生将注定被禁足在这里，逃无可逃。

"我是厌倦了这里，可是那又能怎么办？我走不了的，你知道。"

穆景远仔细地检查了一下门窗，确认无人偷听后，他小声对我说："这些日子，我回了不列颠一趟。同时我周游欧洲各国，只为寻求能使格格灵魂穿越回去的方法。"

我惊得站起来："如何？可寻到什么好的法子？"

"我咨询了很多我的西医朋友，他们认为我提出的催眠之法可行，也教导了我具体的操作方法。只是据他们说，仅凭催眠恐怕还不能达成穿越，除此之外还需要一种还魂水，来使你精神放松，形神分离，以此助得穿越。"

"还魂水？"我迫切地问，"这是何物？哪里可以买到？"

"这是西方的一种名药，此药有起死回生、延年益寿之妙。但这只是传说，未曾听说过有人真的成功炼得此药，而且此药的配方十分珍贵难得，恐怕不是那么容易炼成的。"

我颓丧地坐回了木椅上。原来一切终归是一纸空谈，我穿越回现代的愿望也不过是痴心妄想。

穆景远走过来安慰我："格格莫灰心。穆某定当竭尽全力研制此种药水，帮助格格达成心愿。只是过程恐怕会很艰难，还望格格能够隐忍坚持，耐心等待。"

我满心感激地看着他："景远，真的谢谢你。我能求助的，就只有你了。我会耐心等的，你放心。这本来就是天方夜谭的离奇事情，又怎么可能那么容易实现呢，我懂的。你尽管放手去做吧。"

穆景远临走前我想塞给他一些银票，但被他拒绝了。他说他做此事不为得利，一则为了我们之间的友谊，二则更多的是为了实现他自身的价值，因此他分文不想取。我尊重他的想法，就由着他了。

其实就算他不能帮助我回到现代也没关系。因为至少还有一个人愿意相信我的身世，愿意聆听我的期盼，这样已十分好，我知足了。

在穆景远再一次踏上征途后，我仍留在宫中止步不前。我想我会一直这样吧，不退不进，不守不攻，只能留在原地。

夏天恍然又至。六月的柳枝，七月的蝉鸣，八月的桂花。流年经过，徒掩芳华。

这些日子我依旧对十四避而不见，为数不多的几次出门都是为了找十二帮我谱曲拉弦。和胤祹谈词诵曲间，夏日很快便过去了。

这个夏天似乎没那么炎热呢。是因为我已经习惯了，还是如今我心凉如水的缘故？

每次我独自愣神时，十二都会在不远处看着我暗暗叹息。他曾经问过我，对自己的终身大事可有什么打算，只是被我搪塞过去了。

他总劝我多为自己考虑些，毕竟年过十九不算小了，如果再耽搁下去恐怕就会青春流逝，再难觅得良缘。

我笑他和郁杉王妃一样，都爱絮叨叨地和我啰唆。说到郁杉，她得知我与八阿哥断绝往来后，曾给我来信几封。无非就是安慰我不要伤心，尽早找到自己真正所爱。看她的意思似乎鼓励我选择十四。班第他们夫妇俩果真决定支持胤禛了吗？

我皱起了眉。该给郁杉提个醒吗？说十四并不是最终的王位继承人，相反成为新皇的是他的亲四哥雍亲王？他们不会相信我的，就像我苦口婆心劝了胤禩、胤禟、胤禵他们那么久依然毫无用处一样。

可是如果容郁杉他们这样和十四继续拉扯下去，等胤禛继承大统后必定会将他们视为眼中钉肉中刺，欲除之而后快的啊。看着我在乎的这些人离危险越来越近，我很着急很心慌，却找不到合适的对策。

康熙四十九年的中秋节家宴，是我穿越而来后唯一没有参加的一次。

我还是没有勇气见胤禩，因此便推却了康熙的邀请。宜妃和九阿哥知道我的心思，就没有多说什么。事实上自打我当初为了胤禩和他们闹翻以来，他们对我的约束便越发少了。

独自提着食盒和桂花酒，我来到御花园小山坡顶上的凉亭里自斟自饮，对月抒怀。

多少个春秋，多少次佳节，我都只能这样望着月亮思念着亲人。爸爸妈妈，女儿不孝，没能好好待在你们的身边。还望你们照顾好自己，保重身体，等女儿回去，女儿一定会回去的。

从山坡上望下去，畅音阁里灯火辉煌，戏台中央上演着经典的剧目。康熙一家子此刻正围坐在一起其乐融融地享受着这天伦之乐吧。

我喝了一口酒，怅然地吟道："槛菊愁烟兰泣露。罗幕轻寒，燕子双飞去。明月不谙离别苦，斜光到晓穿朱户。昨夜西风凋碧树。独上高楼，望尽天涯路。欲寄彩笺兼尺素，山长水阔知何处？"

来到古代后，我其他的地方没有大改，就是说起话来越发文绉绉了。

我笑着摇了摇头，却听到身后传来一阵银铃般的笑声："我就说爷没有单相思，他偏不信。待我回去告诉他夜莺格格独自相思时吟的词作，爷还不乐开了花去。"

我看着完颜福晋拾级而上，便走出亭子向她行礼："十四福晋吉祥。"

完颜雅卿笑眯眯地拉起我，还像上次一样对我左看看右瞧瞧，然后说出她的结论："啧啧，比上次见时瘦了不少，不过仍没有我身材好！"

我无言以对，只问道："福晋怎么会来这里？"

完颜氏噘起嘴："夜莺你是不知道啊，今年的中秋宴真是无聊透了。没了你精彩的表演，大家都兴致寡然。我觉得闷，就偷溜出来透透气，却没想到在这里巧遇了你。你说，我们是不是很有缘分？"

我淡笑着说："能得福晋的抬爱，是夜莺的福分。"

完颜氏拉着我在石凳上坐下，自顾自地倒了一杯酒，然后对我说："不要一口一个福晋的，听着多生别扭呀。没人的时候，你就叫我雅卿吧。"

我端着她递来的酒，迟疑地说："这样不好吧，毕竟福晋与我身份有别。"

完颜氏不耐心了："我说你这个人怎么那么麻烦呀，怪不得爷和你在一起时老吵架生气呢。我说什么就是什么，这次你不许倔强。"

我想了一下，然后笑着说："那好吧，雅卿姐姐。"

完颜氏满意地笑了笑，她挎起我的胳膊，对我敬酒："这才对嘛。来吧，干一杯，我的夜莺妹妹。"

我对完颜雅卿的热情有些无所适从，但还是将她的酒一口喝下了。看着她在开心地吃着我带来的桂花糕，我一时默然。

倒是完颜氏在叽叽喳喳地说个不停："你这个人还蛮懂得享受嘛，又是桂花酒又是桂花糕的，当真是一人乐得好逍遥。"

我小口啜着酒："姐姐出来久了，十四爷会担心的。我看筵席也快结束了，不如姐姐快些回去吧，免得被人发现你溜出来。"

完颜雅卿放下手中的糕点，用手帕随意地抹了两下嘴边的渣子，然后她有些生气地对我说："你这是在轰我走？你躲着爷便罢了，连我也不想见吗？郭络罗·夜莺，你难道真的一点也感受不到爷的诚心吗？就打算一直这样伤他？"

我沉默着没有说话。

完颜氏不死心，继续问我："我不相信你真那么无情。如果你对爷没半分的眷恋，那为何刚刚要吟咏晏殊的鹊踏枝？你的相思之情又是为谁而发？"

我淡淡地对她解释："福晋误会了。刚才我之所以读那片词，是因为思念家中双亲。"

完颜雅卿似乎真的生了我的气，她像第一次相见时那样叉腰站着，睁大眼睛怒瞪着我，同时指责我道："你这女人好冥顽不灵。亏得爷对你还念念不忘的，你真是对不起他那一往情深！"

我低下了头："福晋教训得是，夜莺的确不配。"

完颜氏拉我站了起来，距离很近地直视着我："夜莺，你到底在怕什么，你究竟在逃避什么？"

我定定地看着她的眼睛，然后反问："我有一事不明，想要请教福晋。"

"你说。"

"敢问福晋，您是真的爱十四阿哥吗？如果是真爱，那为什么会容忍他爱恋其他的女子？你不反对阻挠便也罢了，怎么竟还纵容帮助他？我认为这和大度无关，就算是胸襟再广阔的女子也都不能忍受自己心爱之人的三心二意吧？"

完颜放开了我。她后退了几步，扶着亭柱坐在了栏杆旁："你懂什么呀。你怎么知道我不吃醋不难过不失望不嫉妒呢？我不是没有感觉，我只是因为太爱他，所以才愿成全他，让他得到心中至爱。

"不知从什么时候起，爷的眼里除了你再容不下旁人了。不论他身在何处，心中所想和目光所及都是你。就算是回到府里，对着我张口闭口也都是关于你的种种。他总是一个人望着那两枚玉佩沉思，我想他那时一定是在睹物思人吧。

"自上次冬天落水后，你不知什么原因不愿再见他，他整个人都变得沉默寡言了，老是独自躲在书房里看你送他的幸运星水瓶。我不忍看他自苦，就想方设法逗他开心陪他聊天。

"可你猜他对我说什么？他说他把玉佩还给你了。他知道他不可能得到你的爱，他无法占领你的心。他承认自己输了，他说自己好失败。

"夜莺，我从来没见过爷那么挫败的样子。他自打出生以来父皇疼额娘宠，一直被人捧在手心里，从没受过半点委屈。你是第一个也是唯一一个让他能承认自己失败的人。

"坦白说，我有的时候真的恨透你了。我恨你的心狠，你的固执，你的绝情。你伤爷好深哪！为什么你就是不愿意接受他呢？为什么你、我、他都那么傻呀……"

我拿出手帕为完颜氏拭泪："我也知道自己很可恶，可是有些坎，我真的没法跨过去。我有我的苦衷，但现在还不能说，希望你能理解。"

完颜氏突然死死地抱住了我，她在我耳旁说："我不管你在想什么，也不管你有什么见鬼的苦衷，我只在乎爷，就像爷只在乎你一样。如果你敢辜负爷，我一定一定不会放过你。八嫂为了阻止你嫁给八哥可以做出那样可怕的事，我照样可以为了保护爷而做出更可怕的事。你好好地给我记住。"

完颜氏说完后就一口咬在了我的肩膀上，似乎用尽了她所有的力气。我使劲忍着不呼出痛，可是肩膀处的疼痛感让我冒出了涔涔冷汗。

完颜氏推开了我："你两次咬过爷，一次是他的左手，一次是他的右手。爷总说，伤虽然好了，疤痕也依稀难辨，只是你这两口都咬进了他的心里，让他再不能忘掉。我好羡慕你，能得到爷这样独一无二全心全意的爱。夜莺，对不起，我不该这样伤害你的。所以我请求你也别再伤害爷。他对你的那份心，真的苍天可鉴。"

完颜氏转身跑出亭子，一溜烟地就消失在了我的视线里。

我依旧咬唇忍着痛，但此刻隐隐觉得心里比肩膀更痛一些。

完颜雅卿，这是多么难得的一个女子。

等到心情平复一些后，我拿着东西慢慢走下小山，向着延禧宫走去。穿过御花园时我看到了几棵桂树。由于已是中秋，树上的桂花早已七零八落，很多枝干都已光秃秃的了。

我蹲下身，小心地拾起掉落在泥土上的花瓣，心里突然觉得好伤感。落花有意，流水无情。怎样的缱绻深意，都只是化作了一浅春泥。

我真的可以再任性一回吗？用手帕包起落花，装进了自己的荷包里。抬头看看月亮，竟不自觉流下了两行清泪。

## 卷三十六　卿须怜我我怜卿

当窗外响起第一声爆竹时，我才意识到又是一年春节到了。我在挣扎纠结了一年后终于迎来了康熙五十年。

我始终对古代人守岁的传统不怎么履行。我这人本就贪睡，加上古代又没有电视机、电脑、手机这些用于消遣的数码产品，根本就没办法熬到半夜嘛。

宜妃见我坐在椅子上不断地打瞌睡，脑袋像不倒翁一样地晃来晃去，就只能无奈地吩咐我回去睡觉，却让我明天一早必须要代她去给各宫娘娘请安。

我一方面如释重负地立刻回到自己屋中三下五除二脱掉衣服窝进被子里，一方面又感觉压力山大。怎么又让我去给娘娘们拜年？上次去已经碰了一鼻子灰，如今再去不知又会遇到什么麻烦。我这个姑姑还真是会给我出难题啊。

唉，算了，不想啦。一切都等睡足了再说。

第二天一大早天还蒙蒙亮时，我就被蕊儿拽了起来。用过早膳后，我又被蕊儿按在梳妆桌前折磨了将近一个时辰。

看着铜镜中那个浓妆艳抹的自己，我不满意地嘟囔："什么嘛，脸化得跟猴屁股一样。不过就是去请安，犯得着这么隆重吗。"

蕊儿完全无视了我的不满，她十分认真地叮嘱我："格格今日见了各宫娘娘，一定要谦卑有礼。不论听了什么刻薄话，都千万不要发作。因为之前的事，咱们算是承了她们的情，因此格格今天无论如何一定要表现得好，不能失了礼节。"

上次在皇太后七旬寿筵上好几位娘娘都为我出面求情，虽然我最终没能和胤禩喜结连理，但是于她们的这份人情我确实欠下了，是该好好地对她们表示谢意。

依旧是先去了惠妃和荣妃那里。我想的是，先搞定了最难缠的，后面的就容易多了吧。

惠妃还是臭屁的老样子，对着我一番冷嘲热讽："野格格果真是不中用，两三下就被打压了。亏我还为你和胤禩求皇上赐婚，可无奈就是烂泥扶不上墙啊。也就是依靠着万岁爷对你的那点宠爱，不然像你这样丢人现眼，凭什么在宫里立足。以后我这里你就甭来了，省得我见了心烦。"

不见就不见，倒像是我多稀罕见你似的。别了惠妃出来，我接着去了荣妃宫里。这个荣妃倒好，压根连见都不见我，只是吩咐婢女出来三言两句便打发了我。这样也好，我乐得轻松。

第三站我去了长春宫。不巧的是去时十二并不在，定妃娘娘亲自招待了我。

定妃是那种很温柔很贤惠的女人，看起来是出自教养很好的高贵家族。这也不足为奇，没有这么好的一位母亲，又怎么会有十二阿哥那样风姿卓然的人啊。

她总是笑意盈盈地对我说话，看起来是蛮喜欢我的，而我也是打心眼里喜欢这个随和的娘娘。

被定妃一直盯着看，我有些不好意思地低下了头。

定妃用手帕掩着嘴笑了："老听胤祹讲你活泼有趣的一面，今日一见，却发现夜莺格格竟这么容易害羞呢。"

我有些惊讶："十二阿哥经常在您面前提到我吗？"

定妃依旧微笑着对我说："是呀，他夸你率真洒脱，和这宫里的其他女子很是不同。"

我摸了摸鼻子："我哪有他说的那么与众不同，十二阿哥言过其实了。"

定妃安静地看了我一会儿，然后问道："孩子，你今年已二十岁了吧？"

我点点头："嗯，等过了六月的生辰，就年满二十了。"

定妃忍不住感慨："这么快啊，一转眼你进宫都五年了。"

是啊，真的很快。我在古代已经五年了。

我突然想起了正事，忙对定妃说："娘娘，谢谢您上次在太后寿筵时为我说话，夜莺很感激。"

定妃淡淡地笑了："不必客气。上次是胤祹有求于我，我便照做了。其实要是早知道我们脾气这样相投，就是胤祹不说，我都会帮你的。"

我不禁由衷地说："娘娘，您和十二阿哥都是极好的人，是这宫中为数不多真心对夜莺好的人。"

定妃拉起了我的手："我只听胤祹说你们是好朋友好知己，其实你有没有想过，既然你和胤祹这样互相欣赏，那结成夫妻不是更好？这样的话，我们婆媳之间就可以更亲密无间了。"

我被定妃的话吓了一大跳："娘娘许是误会了，我和十二阿哥之间只是纯粹的友情，绝无半点其他。"

定妃的表情多少透着点失望："哦，是这样吗？那真是可惜了。"

"其实说心里话，像十二阿哥这样出尘拔尖的人，夜莺怎么配得上呢？能和他成为知己，已是夜莺最大的福气了。"

定妃拍了拍我的手："你以后没事多来看看我。和你聊聊天，听你唱唱曲，我觉得很开心。"

我当然满口答应了。我在这宫里本就朋友不多，能多得到一个真诚对待我的人，我自然是满心的欢喜。

定妃本来要留我用过午膳后再走，但由于我任务还未完成，就只能依依不舍地告别了她。

再次来到德妃永和宫的门口，我不禁有些望而却步。想起要面对德妃、四阿哥他们，我觉得头痛不已。

蕊儿不解地看我："格格，您怎么还不进去？"

"蕊儿姐姐，还是你代我将礼物送进去吧，我就不亲自去了。你跟德妃娘娘说我身体不适。我先走一步了哈。"

交代完后我转身就走，却没想到迎面走来了十四和完颜。我们都看见了彼此，已经躲避不得了。

我尴尬地福下身："夜莺给十四阿哥、十四福晋请安。"

完颜雅卿立刻扶我站了起来："哎哟怎么这么巧在这里遇见夜莺格格了，真是好久不见哪。你来永和宫也是为了给额娘拜年吗？"

什么好久不见，明明中秋节那晚就才见过面啊……

我脑袋上挂着三条黑线，低着头对雅卿回道："回十四福晋的话，夜莺此次是来给德妃娘娘请安的。不过我突然感到身体有些不舒服，就想让蕊儿代我送达问候，自己则先回去了。"

我话音刚落十四就迫不及待地问我："你哪里不舒服？可是腿上的旧疾又犯了？"

我抬眼向十四看去。的确如雅卿所言，他看起来过得不大好，整个人都清瘦了许多。

"谢谢十四阿哥关心。我没什么大碍，休息休息就好了。"

雅卿一下接过了话头："既然没什么大碍，就随我们一同进去吧。反正来都来了嘛。你说是吧，爷？"她说着用手肘轻撞了一下十四。

十四沉默了一下，然后说："用过午膳再走吧。"

雅卿得到了支持，不由分说地就挎着我往宫里走。我拿她没有办法，就只能任由她拉着走。

我们进了前殿，发现德妃、四阿哥、四福晋乌拉那拉氏、春燕以及十三阿哥已经坐在了餐桌前。

雅卿笑着和众人打招呼："雅卿给额娘请安。四哥好，十三哥好。四嫂和年姐姐都来了呀。你们看，我今天带来了哪位贵客。"

一屋子的人此时都将目光投向了我，我感觉像是有几道剑影刺穿我一样难受。

德妃的脸色稍稍有些不好看，不过那也只是一瞬，因为她很好地掩饰过去了："哟，原来是夜莺格格呀，果然是稀客。不知是什么风今儿个把你给吹来了。"

我恭敬地福下身给她行礼："夜莺祝德妃娘娘新春大吉。夜莺是奉宜妃娘娘之命来给您拜年的，却不想来得不巧，正赶上您合家团聚。没什么事夜莺便退下不打扰了。"我还没那么没眼色硬要留下来受人家白眼。

德妃没有说话就算是默许了。

正当我打算走时，四阿哥突然开口说："好不容易来一趟便坐下一起吃个饭吧。那么生疏做什么，说不定有朝一日会成一家人呢。或者早就该是一家人了，你说是不是啊，夜莺格格？"

屋里的人除了十三和春燕外，都一头雾水地看看四阿哥又看看我，似乎完全不懂得他刚刚在说什么。

还是雅卿最先回过神来，她亲热地拉着我坐下，故意安排我坐在了十四的旁边，然后不落痕迹地捏了捏我的手："就是嘛，早晚会是一家子的人，夜莺你就别那么拘束啦。"

这个傻雅卿，她怕是曲解了四阿哥的话吧。

德妃笑睨着雅卿："雅卿，你何时与夜莺格格那么亲厚了？"

雅卿笑着说："十四爷与格格来往多，我便自然也和夜莺熟络起来了嘛。夜莺格格人好琴艺又佳，我喜欢与她亲近呢。"

德妃冷笑："雅卿你性格开朗爱与人交朋友这本没什么不好，只是要认准了对象。不要对谁都一股脑儿的热心，小心被利用了还不知道。"

德妃的话让席间一时很尴尬。乌拉那拉氏立马出来打圆场："额娘，饭菜都凉了，我们快开动吧。"

席上诸人的话都不多，或许是感到气氛异样，便不敢多言。德妃几次开口，都是问十四阿哥和完颜氏所生的弘明和弘暟长多高了，学问有没有长进。言语之间充满了宠溺呵护之情。

我一直埋头吃饭假装没听到，左手则悄悄地放在了膝上，指甲深深地陷进了掌心。

没关系，我能忍受的。反正这些冷言冷语，我进宫来听得还少吗。

突然有一个大大的手掌伸过来覆在了我的手背上，并一根根抠开了我的手指，与我十指相扣。我想挣脱，但没有成功。我扫了一眼旁边的十四，他正眼睛一眨不眨地看着我，丝毫没有放手的意思。

这样究竟算什么呀，太离谱了。我在桌下暗暗与十四角力，我用的是左手所以还不大明显，但十四用的是右手就比较吃亏了。

十三阿哥瞧着我们不大对劲，就打趣十四说："十四弟，你不好好吃饭，手搁在桌下在做什么呢？"

十四腾地一下站了起来，拉着我就往外走："我吃饱了，现在要送夜莺回去。"

德妃将筷子拍在了桌上："胡闹！胤祯，你站住。"

十四不客气地对德妃说："额娘，您刚刚那番话是故意要说给谁听的您很清楚。我和雅卿之间很好，但这并不妨碍我和夜莺。我希望您不要从中插一杠子。"

如果您支持我和夜莺在一起，儿子自是很感激。可如若不然，儿子恳求您至少不要阻挠破坏。毕竟她是我一辈子认定的女人，是任何人都改变不了的。"

德妃气得站起来指着十四骂道："胤祯你太让本宫失望了！你竟然会为了她这样冲撞我？你怎么对得起你皇阿玛对你的厚爱，你怎么对得起本宫对你的期望！"

十四还想还嘴，我忙拉住他："够了，十四阿哥。别说了……"

十四不听我的劝，他丝毫不愿偃旗息鼓："夜莺你傻啊，就任由别人这样给你下马威还要忍气吞声。我就是喜欢你，我就是想和你在一起，只要你愿意，没有人可以阻拦我们。"

德妃扶着桌沿喘气："真是反了。那本宫今天偏就告诉你，我不准你娶这个女人你听到了没有。只要本宫活着，你和她想都别想！"

十四转过脸，面色不善地看着德妃，一字一句道："额娘，当真非要这样逼儿子吗？"

十三阿哥及时地出来缓和气氛："大过年的一家子好好地吃着饭，没必要无端地坏了和气。十四弟，刚刚是你太失礼了，快点对额娘道歉。"

十四依旧杵在原地没有说话。我急得轻轻戳了他一下，他这才开口说了声："额娘，是我不对。但请您好好想想儿子今天说的话，这并非我冲动一时的想法。"

十四说完就拉着我走出了房间，把屋内瞠目结舌的众人晾在原地。

走到了庭院中我硬是甩开了十四："你这是做什么，你怎么可以将完颜福晋独自留在那里，你想过她的感受吗？"

"我不管！我就是见不得你委屈的样子。额娘怎么可以这样，她当初明明答应将你许配给我，可为什么如今又万般阻挠。或者是她根本无心撮合我们，一直以来不过是在敷衍我罢了！夜莺你实话对我说，我额娘可曾对你施加过什么压力，她是不是曾逼你远离我？"

我背过身子没有看十四："没有，德妃娘娘从来没有这样做过，你想太多了。"

"可是……"十四似乎还是不大相信。

"可是什么呀可是。你现在立刻回去接完颜福晋出来，然后好好地对她道歉。她对你一片真心，你不可以这样对她。"

"我都出来了，再回去多没面子啊。况且雅卿也不是那么小气的人，晚上回去我再给她说说好话不就行了。"

我很不悦："你要是不回去我就再也不理你了。你不可以因为福晋对你好就这样欺负她。"

十四挠了挠头："唉，真是拿你没办法，那我现在回去。你呢，自己回去时小心点。"

幽幽的一声打断了我和十四的谈话："十四阿哥放心，我要出宫，现在正好可以和夜莺格格顺道走一程。"

我们回头望去，是四阿哥名义上的年侧福晋，我的代嫁丫鬟春燕。

十四颇惊讶，但还是礼貌地对春燕说："如此甚好，麻烦年福晋了。"

十四走后，春燕对我说："小姐福气真好，能得十四阿哥这样一个有情郎。"

我尴尬地笑了笑没说话，和她一同走出了永和宫宫门。

彼此沉默了一会儿，我问她："德妃娘娘知道我们之间的事吗？"

"夜莺格格是指我为你代嫁的事情吗？放心。四阿哥瞒得很好，目前除了我们四人以及年家外，再无旁人知道。话说回来，你很怕德妃知道？也难怪，如今她就那么不喜欢你，若是知道这层渊源，岂不是更要反对你和十四阿哥。"

"我不是怕她反对我们，既然我已这么不讨喜，那再讨厌我一些也没什么分别。我只是不希望因为我的关系而使四阿哥和十四阿哥之间生出什么嫌隙。搅乱了你和十三阿哥之间的情缘已让我十分懊悔，我真的不想再破坏他们之间的手足之情了。"

春燕的步子停了下来，我也随她停住了。

她看着我说："为何我们如今会走到这步田地？我得不到我想要的就算了，为什么你折腾了这么久却仍是孑然一身？以牺牲别人的人生为代价，你至少该活得像样些啊。"

我自嘲地说道："我一直认为，这是老天对我的惩罚。因为我破坏了别人的幸福，我就没有资格获得自己的幸福了吧。不管是被八阿哥抛弃，还是被德妃反对，这都是我活该，怨不得旁人。看到我现在可怜的模样，你的心里有没有好受一些。"

春燕清冷地笑了："别将我想得那么怨毒。我是有些记恨你，却还没有坏到要诅咒你的地步。看到你不好，对我又有何益呢？反正我和胤祥也不再可能了。

其实这样就好，能在不远处看到他，知道他过得很好，就够了。"

　　真的很好吗？我就是害怕你们都戴着面具在伪装自己，摘下面具的脸是不是已经千疮百孔了呢……

　　"对不起，真的对不起。我知道说对不起没有用，也知道此生都不可能得到你的原谅，我只是想让你明白我的忏悔之心。"

　　春燕别开了脸："你与十四阿哥打算怎么办？我想德妃和四阿哥都不会善罢甘休的。"

　　"我刚经历了一场情伤，还做不到那么快接受另一个人。我不知道以后会如何，不确定自己会不会和他走到一起，我只能说走一步算一步吧。不过，谢谢你的好心提醒，你也要照顾好自己。"

　　和春燕道别后，我一直看着她的背影出神。当十四他们正式与四阿哥展开夺嫡大战时，我们又该如何自处呢？会成为敌对的立场吧。

　　瘦影自怜秋水照，卿须怜我我怜卿。这样的心态，以后恐怕不易了。

## 卷三十七　只愿君心似我心

四月，班第王爷携郁杉王妃进宫面圣朝拜。蒙古随从一众浩浩荡荡地进京了，整个紫禁城好不热闹。

康熙为班第安排了盛大的欢迎宴，席上几乎所有王宫贵族和股肱大臣都有出席。我再次被安排在宴上做琴曲表演。

待唱完一曲后我向着所有蒙古贵宾行礼，郁杉亲自上台将我扶了起来："何必这么客气。好久不见，妹妹倒是越发妩媚动人了。琴艺更是不在话下，我这个做姐姐的怕是要被甩远了。"

我心生奇怪，郁杉今日说这些客套奉承话作甚？"王妃太过自谦了，夜莺不过是学了些皮毛，怎敢和王妃相比。"

郁杉牵着我坐到了她的身边。

班第王爷看着我们朗笑着说："夜莺格格的确蕙质兰心。不过在臣眼里，杉儿永远是最好的。"

郁杉嗔他道："王爷您这是王婆卖瓜哪。"

听了她的话康熙和班第都笑了。康熙随声附和："就是，依朕看班第你这是偏心杉儿呢。不过的确，她们两位都是极出众的，都是朕最为疼爱的格格。"

没想到这时突然蹿出来一个声音："皇上和王妃的夸赞未免言过其实了。夜莺格格的歌曲也不过如此，我唱得不比她差。"

所有人都被这一声惊呆了，一齐看向这挑衅之人。原来是赞珠啊，这一年多不见，她看着长大了些，也更标致秀丽了。

班第忙呵斥道："赞珠，皇上面前不得无礼。"

赞珠挨了训斥，也只是不以为然地耸了耸肩。

皇上无所谓地摆了摆手："赞珠终于如愿进京了。怎么样，这京城好玩吗？"

赞珠偏着脑袋想了一会儿，然后答："自然是比草原上繁华热闹，我在集市上也看到许多有趣的玩意儿。只可惜一进京就在宫里待着了，都没机会出去逛逛呢。"

"这好办，过两天朕着人陪你出去玩，带你好好转转这北京城。"

赞珠高兴地说："真的吗？那赞珠可否挑人陪我玩啊？"

皇上饶有趣味地问她："哦，那你想挑谁啊？"

赞珠的大眼睛转了转，然后便打定了主意："我要找十四阿哥！"

席上众人一时都开始窃窃私语，同时有意无意地瞟向十四。

班第适时地出声赞同："就请皇上准许让十四阿哥陪着赞珠吧。他们二人年龄相仿，一定可以相处得很好的。"

我看向十四，他此时是满脸的意外和局促。发现我在看他，他似乎更紧张了，立刻站出来对康熙说："禀皇阿玛，儿臣最近事务繁多，恐怕不能招呼好赞珠姑娘。还望皇阿玛另择合适人选。"

康熙想了想，最后还是做了决断："无妨，那些琐事不如暂且搁置一旁。这些天你只需专心陪伴赞珠就好。"

听到康熙已经发话，十四便不好再说什么，只能领旨遵命了。

我转脸看着郁杉，看来他们夫妻俩还是没放弃靠联姻拉拢十四这个打算啊。

郁杉狡黠地对我一笑，然后转而对皇上说："皇阿玛，只让赞珠和胤祯两人出去逛恐怕太无趣了些。我看不如令夜莺与他们一起吧，人多了也热闹嘛。"

我愣住了，完全不明情况。郁杉到底在打什么算盘，她想要撮合十四和赞珠就算了，干吗非把我也掺和进去。

没承想康熙竟还真答应了："嗯，还是郁杉考虑得周到。夜莺，你便跟着去吧。胤祹，胤祥，你们两个也一起去，保护好两个丫头的安全。"

十二和十三出来行礼领命，我也只能福身谢恩。再看郁杉时，发现她正露出一抹意味不明的笑，看得我毛毛的。

筵席散后，我和蕊儿一起在宫道上走着。

听到身后有人叫我，我转过头看向来人，发现是十四后我继续迈着步子没有理他。

可毕竟我速度有限，十四三两步就追了上来。他一把拉住我的胳膊："我叫你呢，你怎么装听不见呀。"

我使劲掰他的手："还请十四阿哥别这样，男女授受不亲，被别人看见就不好了。"

"好，我可以放开你，不过你要回答我的问题。"

我偏开脸没有看他："你说吧。"

"你是不是生我的气了？今天的事我真的完全不知情，也不知道班第王爷和郁杉王妃葫芦里卖的什么药。让我去陪那个刁蛮丫头，我更是千百个不愿意。夜莺，你可千万别误会我。"

我没好气地说："我生哪门子气，我有什么好误会的？我和你又没什么关系，我又不是你的谁。你爱和谁逛就和谁逛去，我一点也不在意。"

十四许久没作声，我忍不住回过身看他，却发现他这时正努力忍着不笑出声，肩膀都在不住地颤抖着。

我来了气，就使劲推了推他："你笑什么呀？"

十四继续憋着笑："夜莺，你，你莫不是吃醋了吧？"

我的脸顿时像火烧一样烫："说什么呢，谁会吃你的醋。我……我只是看不惯你那得了便宜还卖乖的样子。赞珠年轻貌美，若皇上真把她许给了你，才真是遂了你的心愿呢。"

天哪，我都在说些什么呀。怎么我的话听起来醋味越来越浓了呢？

十四最终还是笑出了声，他张开臂膀抱住了我："就说你吃醋了你还不承认，总是那么嘴硬。我好开心啊夜莺，你竟也会为了我吃醋。你放心，我心里只有你一人，绝不会移情别的女子。"

我感觉自己的心跳越来越快，就慌手慌脚猛地把十四推开："不知道你在说什么胡话，我走啦！"

我转身一路小跑回了延禧宫。

直到晚上卸妆梳洗时，一想到十四刚才的话我还是忍不住脸红。

蕊儿打趣我说："格格今天到底用了多少胭脂呀，一直这样面若桃花的。"

我握着蕊儿的手，惴惴不安地问她："蕊儿姐姐，为什么我会这么在意十四阿哥，难道我真的喜欢上他了？"

蕊儿将我扶到床上躺下，为我盖好了棉被："格格别想那么多了，快点休息吧。奴婢相信缘分天注定，不如顺其自然。"

是啊，如果我和胤祯有缘，那一定可以走到一起吧。我安心地闭上眼，沉入了梦乡。

后来的几天，我、胤祯还有十二阿哥和十三阿哥都陪着赞珠在整个京城各处转。

我真的很佩服这个赞珠的体力，跑上一天都不会累，真正的精力旺盛啊。每当我累得受不了时，就会慢下来歇一会儿脚。一般都是十二留下来陪我，待我休息得差不多后再与他们会合。

这会儿我们俩正坐在一个茶馆里歇脚。我坐在二楼的窗边，边看着窗外的景色边细细品着茶。十二好像有什么话想对我说，却是一副欲诉还休的样子。

我看他纠结得不行，就忍不住对他说："十二阿哥不妨畅所欲言，我们之间有什么顾忌的。"

十二像吃下了定心丸，终于开口说："我说了你别嫌我多管闲事。你总这样慢下来任十四弟和赞珠单独相处，就不怕他俩日久生情，假戏真做了？"

我抬起眼看他："怕什么，他们两人真要动情谁都拦不住，就是我在旁边也无济于事，况且不是还有十三阿哥跟着吗。靠自己千方百计维持的爱，我不要。我再也不愿意那么卑微那么辛苦了。还有，你怎么就觉得我会介意十四的事情了，他和谁在一起关我什么事呀。"

十二淡淡笑了，他的眼眸就像泉水一样清澈。"你和十四弟经历了这么多事，又怎么可能不动情。诸位兄弟中，你只有面对他时最无所顾忌最没大没小的。如果不是因为不一般的信赖，你恐怕不会这样吧。"

是这样吗？我早在不知不觉中就喜欢上十四了？

我引开了话题："咱们休息好一会儿了，去找他们吧，别让赞珠等急了。"

我们刚出了茶馆门，却看到一群人正急匆匆地向前奔去。

我不解地问十二："这是出什么事了？"

十二拉住了一位过路的中年妇女："大娘，你们这样行色匆匆的是要干吗去？前面发生了什么事？"

妇人急忙道："听说方才市集有打斗，还有人受伤了哪！"

我和十二还是一头雾水："好好的为何会有人敢公然在大街上斗殴？即便是有打斗，为何这么多人都要去围观，有什么特别吗？"

大娘神秘兮兮地凑近我们："你们二位不知道吧？据说参与打斗的人穿着不凡，出手阔绰，像是宫里的人呢。这不出了事，马上就有官府的人来管啦。"

我心里咯噔了一下，忙问道："大娘可知道共有几人参与？"

"好像有三个人被围攻了吧。一位姑娘两位公子，其中有位公子受了重伤正急着找郎中呢！"

我脑袋轰隆一声，像被什么钝物狠狠敲击了一下。宫里出来的人，又刚好是两男一女……难道是胤祯他们遇上坏人出事了？受伤的不会是胤祯吧？

不敢再多想，我拔腿就跑出去，不理身后胤祹的呼喊。

不会的，不会的，胤祯一定不会出事的……虽然这次皇上只吩咐了我们五人单独出来，可我相信一定还会有侍卫暗中保护我们的安危。就算没有暗卫，凭胤祯和胤祥的身手也绝不会轻易被打倒。况且，历史上的十四阿哥甚至活到了乾隆帝登基，不会这样短命的……

虽然不住地这样心里安慰着自己，但我依旧很为十四担心。胡思乱想间，我终于跑到了事发地。可是这儿早已里三层外三层地挤满了人，我根本走不到前面去。看不到里面情况如何，我更加焦急。

使劲地推搡着拥挤的人群，我大声喊道："胤祯，你在这里吗？你要是在的话你就回我一声啊！胤祯，胤祯……"

十二阿哥赶了上来，他拍了拍我的肩头："别做那么坏的打算，说不定不是十四弟他们呢？冷静些。"

我没有听进他的话，只是更奋力地向前挤去。终于进了最里面的一圈，我隐约看到了地上的一摊血迹，却不见十三、十四、赞珠他们的身影。

心中一凛，我拽住了身旁的一位大爷问："请问刚刚受伤的人呢？"

大爷莫名其妙地看着我："被官府的衙役带走了。受伤的青年失血太多，看起来像是不行了。姑娘你为何这么激动，可是认识那人吗？"

不行了……不行了？我的脑海顿时一片空白。不会的，不会的！胤祯绝不会出事的，他还这么年轻，他还有那么多的抱负和理想没有实现，他不会就这样英年早逝的！

十二走上前拉着我的手腕将我拖出了人群。

我手足无措地看着他："怎么办，怎么办啊，不会真的是十四他们出了事吧？"

十二的眉头深深地凝在了一起，他掏出袖中的手帕擦拭着我的脸庞，这时我才惊觉自己早已泪流满面。

"夜莺，你真的很在乎十四弟。你对他，或许早已情根深种而不自知。"

我怔怔地听着胤裪的话：我爱胤祯……是吗？我爱他……

一直以来我都选择逃避自己的真心，对胤祯的爱视而不见。要不是这次意识到他可能真的会从此永远地离我而去，我还要多久才敢直面我们之间的感情呢？

"夜莺！"一声呼唤打断了我纷杂的思绪。

我回首望去，胤祯隔着密密麻麻的人群，正向我挥着手。他的旁边站着十三阿哥和赞珠，三人皆是安然无恙。

我的泪又忍不住夺眶而出，十四的身影变得模糊难辨。

身后的十二淡淡说："去吧，勇敢地去追求自己的幸福吧。不要等到真的失去时才追悔莫及。"

我像割断绳子的风筝，不顾一切地向属于自己的天空飞去，终于拨开了层层人群，来到了距离胤祯仅一步之遥处。他惊讶地看着我狼狈的泣容："怎么哭了？出什么事了？"

眼看着胤祯要向我走来，我急忙喝住他："你不要动！"

听了我的话，胤祯果然立在原地不动，只是用满怀担忧的眼神看着我。

我笑望着他，一字一句地说："你说，初见我时便对我心动，那时我并未将你的话放在心上，只认为你不过是个轻浮之人；第一次从蒙古随扈归来，你质问我与太子的关系，让我觉得你无理霸道，气得我第一次咬你；在宫道上我被太子妃罚跪，是你最先发现了我，救了我，将遍体鳞伤的我抱了回去；次年你的生辰，你跑去我的闺阁中，将我的和田玉佩抢了去，我觉得你简直就是个不可理喻的混世魔王，那是我第二次咬你；我在你的生辰宴上戏弄了你，看到你气急败坏的样子，我乐得不行，事实上和你在一起的大多时间我都很开心。

"一同随行蒙古时，我受到太子的纠缠，你毫不犹豫地出面为我解围，甚至还得罪了太子，其实我那时很想真诚地对你说一声谢谢，可还没等我开口，就被你劈头盖脸地教训了一顿，我气极了，之后都和你对着干；一废太子时，你也受到了牵连，我去你府上探望受伤的你，和你一同看金黄的枫叶，我唱曲你作诗，我们之间难得地和平相处呢。

"之后……我选择了八阿哥，那天在营帐里，你对我说'直道相思了无益'，从此我们天涯各一方，那时我狠狠地为你心疼了；回到京城后，我受到了九阿哥的阻挠，为了对抗他，我绝食，最后弄得虚弱不堪，你为了我竟纤尊降贵求他成全我，那次我心底最柔软的地方已被你触及，我知道，此生我注定是欠你的了；皇太后七旬寿宴上，我表演时不慎摔倒，你再一次出手解救了我，将狼狈无助的我送回了宫，被你背着，贪婪地汲取着你的温暖，我甚至自私地希望时光永远停留在那一刻，或许从那时起我便深深地依赖你了吧；遭到了八阿哥的无情拒绝，我在雪地中自暴自弃，你找到了我，甚至跳进冰冻的池子里寻到了被我丢弃的玉佩，你说'不要怕，你还有我'，那时我就知道你已经进入了我的心，我不可能只把你当作一个朋友看待了。

"新年在永和宫，我受到了德妃娘娘的刁难，你不惜公然顶撞自己的额娘也要维护我，我心里真的很感动；这次班第王爷携王妃进京面圣，皇上指名要你陪赞珠，我莫名地对你发了脾气，你开玩笑说我吃醋了，我没有承认，其实我说谎了，我的确很吃醋，你这家伙的女人缘怎么这么好，早已三妻四妾，却还要在外面招蜂引蝶……"

胤祯听到这里立刻面红耳赤，急不可耐地想开口给我解释："我没有……夜莺，你别误会我……"

我打断了他："你先不要说，听我说完。"

胤祯又安静了下来，温柔地注视着我。

我吸了口气，将剩下的心声全盘托出："之前我一直自欺欺人，假装不喜欢你，勉强自己拒绝你。可是直到刚刚，当我意识到可能真的会永远失去你时，我好害怕，我这才明白，我不能再违背自己的心意了。没有错，胤祯，我爱你，就像你爱我一样。我想和你在一起，我想从此永永远远地和你在一起。"

说完我就向前一步投入了胤祯温暖的怀中，感觉到他的身子微微颤了一下。

我笑了笑，在他的耳旁说："以前都是你主动地靠近我，这次我要主动地走向你。"

胤祯捧起我的脸，深情地看着我的眸。他的眼睛看起来红红的，盛满了喜悦与激动。

他使劲将我搋进了他的怀里，兴奋地在我耳边呢喃："你终于接受我了，我终于等到了……"

我笑了，如释重负。

是的，胤禙说得很对，不要等到失去时才懂得后悔。什么夺嫡，什么苦衷，什么顾虑，都让它们通通见鬼去吧！

不顾周遭熙熙攘攘的人群，不顾人们的指指点点，不顾十二、十三、赞珠他们或回避或复杂的眼光，我和胤祯就这样久久地拥抱着。

这一刻，我只知道胤祯爱我，我也爱他。天地间只剩下了两颗真心坦然相对。

# 卷三十八　一生一代一双人

那天对胤禛表明心迹后，一回宫他便要拉着我去康熙那里，求他为我俩指婚。我怕他鲁莽，忙拦住了。

之前和八阿哥的订婚闹了那么大的风波，如今若想这么快再与胤禛定亲，恐怕并非易事。因此，我与胤禛还须从长计议，至少该征得德妃和宜妃的同意才行。

胤禛听了我的分析也颇为同意，但想到要求得德妃的准许，他又皱了眉头："额娘能答应吗？她之前一直如此反对我们……我就不明白了，夜莺你哪样都好，为何她偏就不喜欢你。"

我淡淡一笑了之。德妃是个聪明人，心性又如此高。她心心念念期望着胤禛登上那万人渴求的九五至尊宝座，当然会不遗余力地为他创造有利条件，同时铲除不利因素。

而我，就属于那不利因素吧。来历不明，身份低微，不是大家闺秀，算不上知书达理，况且之前还和八阿哥牵扯出一段绯闻，也难怪她会竭力反对我们。在世俗眼光里，我必是配不上胤禛的吧。可是那又怎样，胤禛爱我，他对我是与众不同的，这样就足够了。

或许德妃最介怀的恰恰就是这一点—胤禛对我过于炽烈的爱。一个英明的君王怎能沉溺于女色？专宠更是后宫的大忌。德妃可真是会未雨绸缪啊。

摆出一副懒懒的表情，我无所谓地对胤禛说："不喜欢就不喜欢喽，难道她不同意你就不娶我啦？反正此生我是赖定你了，你逃不掉啦。"

胤禛宠溺地将我搂进怀里："好好好，我巴不得你一辈子都黏着我呢。我相信额娘她会理解的。希望一切都能水到渠成，不要再生出什么枝节了。好不容易你才接受我，我真怕幸福会逃走，我怕你又会离开我。"

我使劲往胤祯怀里钻了钻："不会的，一定不会的。我们会在一起，永永远远在一起。"

以前都是胤祯来守护我的，往后就让我来守护他吧。其实我甚至希望我是红颜祸水，能迷乱胤祯的心智，让他不要再卷入夺嫡之争中，只和我过平平淡淡的小日子。这样，他就不会经历雍正登基后的苦难，他的人生或许就不会那么惨淡了。然而事实是，我办不到，胤祯也不是那种昏庸之辈。

那天在市集上，十二阿哥、十三阿哥以及赞珠都目睹了我和胤祯深情相拥的一幕。但令人玩味的是这个消息竟一点没在宫中走漏。

十二阿哥自不必说，他本就不是多事之人，加上又是我的交心好友，当然不会出卖我。

十三阿哥肯定已将此事告知四阿哥了，四阿哥有什么反应我不知道，但作为他出逃未婚妻的我想要嫁给他亲弟弟这件事，他也一定不会自己主动捅出去的。

至于赞珠嘛……这不，还没过几天，郁杉王妃就急不可耐地宣召我进见了。

坐在郁杉装饰豪奢的屋子里，我只自顾自地品茶，并未率先说话。

郁杉果然没多久就坐不住了，她屏退了所有下人，压低声音对我说："怎么样，你终于选择十四阿哥了？"

我斜着眼睛笑睨她："我以为赞珠姑娘会连细节都一字不落地汇报给您的。"

郁杉因我的话有一瞬的不自在，随即又恢复高贵优雅的姿态："你生气了？若不是因为你和十四这样不干脆，我又何苦与王爷一起出此下策？"

我放下茶杯，靠近了郁杉坐下，拉着她的手说："从一开始我就觉得不对劲。如果您与王爷真的一心想撮合赞珠与十四，又为何每次都要牵扯上我？王妃，您的好意夜莺明白。这份恩情，我都放心里了。"

郁杉欣慰地回握着我的手："你明白我就好，我还担心你会不开心呢。"

"怎么会，如今能像您这样实心实意为我打算的人已经没有几个了，我感激还来不及。只是我还是不明白，为什么您就这么确定胤祯能继承大统？万一他失败了，那您与王爷的希望不就落空了吗？"

"我的傻妹妹，你真以为我一心为了攀附新贵才一个劲儿地为你俩牵红线？你的终生幸福也是我所挂念的啊。十四阿哥能成大事自然不错，就算不能，以皇上对他的宠爱和倚重，以后至少也会是个位高权重的王爷。其实这样也好，你们俩便能按照自己的心意生活。夜莺，以你的性格做不了皇帝的妃子，后宫也绝不会是你的安居之所。"

我握着郁杉的手稍微加重了些力道。没错，她看我们看得很准。

也许一切都是早注定的：胤祯无幸成为掌控乾坤指点江山的一代君王，我也做不了能与他举案齐眉共历风雪的心腹皇妃。

但是反过来想，冥冥之中，这样的安排对于我们来说或许也算是一种慈悲。如果有朝一日真的一个为帝一个为妃，我们还是否能够像现在爱得这样简单和纯粹？

后来郁杉问我打算何时向皇上挑明，我将我和胤祯的思虑告诉了她。她听了后也颇为唏嘘，只不断地鼓励我要坚持，千万不要放弃这份来之不易的感情，劝慰我其他的问题都会慢慢迎刃而解的。

想到似是注定悲剧的未来，我还是会有些恐惧。但是不要紧，我一定能勇敢走下去的，因为现在我的身边还有了胤祯。

待班第一行辞京返蒙时，已是六月末了。气候逐渐有些燥热，然而我却始终心静如水。

郁杉临行前再三叮嘱我要多为婚事谋划，我只微笑应允了。她总斥我太不为自己的幸福上心，其实是她不明白，经历这些年我早已将那些形式上的东西看淡。

当初八阿哥许了我多少承诺，到头来还不是逐一落空。有情饮水饱。只要胤祯的心在我身上，旁的我真的可以不在乎。

可胤祯并不如我这般看得开，他三天两头就催着我同他去见德妃。

当我再一次拒绝后，胤祯有些恼了："你究竟在逃避什么！额娘虽然不那么支持我们在一起，但她毕竟是偏宠我的。只要我们持之以恒地劝说她，我相信她会同意的。"

看他这样我忙安抚道："我没有在逃避什么。我只是不想操之过急，干吗要那么快成婚，我们享受现在这样快活的日子难道不好吗？"

胤祯听了我的话更加不悦："你就这么不想嫁我？当年你想与八哥成亲之

心是何等迫切，为何如今到了我，你却如此冷淡无谓？夜莺，你心里真的有我吗？"

胤祯的话让我心头一痛。原来他仍是在意我曾经对八阿哥那段情的，我之前伤他太深了……

我不想那么积极地去求得德妃、康熙等人的同意，只是因我不想将胤祯推向风口浪尖去面对那些明枪暗箭。胤祯对我真实的身份始终一无所知。若有朝一日四阿哥因我而设计伤害他，那到时胤祯又该如何面对？一个是他的亲哥哥，一个是他本应该称为嫂嫂的心爱之人，这对他太残忍了。

我真的很怕见到他们兄弟彻底反目的那天，我不想将胤祯置于那么凄然的境地。可是，胤祯他毕竟是个古代人，他脑海中根深蒂固的传统观念又怎能允许我们只保持这样不清不楚见不得光的关系？看来还是我幼稚了。

见我久久不言语，胤祯慌了，他扶着我的肩："夜莺，你怎么不说话了，生我气了吗？对不起，我不是有意提及那些往事的，我只是好害怕，害怕我不能够真的拥有你，我怕这一切只是我的幻想，有一天梦醒了你会不在。"

我用双手环住胤祯的腰，将头贴近他的胸膛，听着他有些紊乱的心跳："对不起，我竟让你这样不自信。我向你保证，今生今世，我都只愿追随你。一生一代一双人，认准了，我就不会放手。"

胤祯拥着我的手臂在微微颤抖："那明天我们就去给额娘请安吧，好不好？"

我毫不犹豫地答道："好！"

胤祯满意地笑了，他俯下身亲了亲我的额头，然后更加拥紧了我。

幸福来之不易，我不愿再浪费一分一秒用来化解分歧与争吵。都随他吧，只要他觉得这样好。既然该来的躲不掉，那不如就从容迎接。

翌日，我如约来到德妃所居的永和宫外。

胤祯看到我，立刻迎了上来："你终于来了！快走吧。"

他自然地牵起我的左手，拉着我向宫门内走去。被他温热的掌心握着，我安心不少。不管什么来临，我们都会一同面对的。

行至中宫的庭院时，却恰好撞上迎面而来的四阿哥与四福晋乌拉那拉氏。我皱了眉，没想到麻烦来得这么快。

两对人走到距离两步之遥时停下，十四平淡地唤了声"四哥"，而我也恭敬地对他们二人行了礼。

四阿哥没有丝毫反应，只是面无表情地盯着我与胤祯交握的双手。

我这才意识到失礼，想赶忙将手抽离。却没想到十四像是预料到我的举动似的，提早一瞬握紧了我的手，不让我挣脱。

我转头无奈地看着他，而他却没有看我，只是面对四阿哥寒暄道："四哥、四嫂这是刚给额娘请了安出来？"

四阿哥嘴角始终紧抿着，丝毫没有张口说话的意愿。

四福晋感到情形不妙，立刻出来缓和气氛："是啊，额娘刚念叨着十四弟呢，你便来了。不过，没想到却是和夜莺格格一起啊……"

胤祯勾起一笑，将我拉近了些："我带额娘的新儿媳来拜见她老人家了。"

我低下了头，没再看对面二人的表情。

彼此沉默了片刻后，四福晋再次尴尬地出声："十四弟这么说未免为时尚早了些。宫中人多嘴杂，若你未得皇上准许便这样擅自宣称，岂不平白无故坏了夜莺格格的名声？"

十四不客气地回道："多谢四嫂关心，不过我与夜莺自有打算。今日便是来正式拜会额娘的，皇阿玛那边我也会找机会提出。总之这是迟早的事，到时摆喜酒，还望四哥、四嫂来捧场啊。"

四福晋侧脸看了看四阿哥，见他依旧无所表示，她便也不再作声。

胤祯等得有些不耐："我们要进去了，告辞。"他说完就拉着我要走。

经过四阿哥时，他突然出手拉住了我另一只手臂："不要去。"

我努力挣开他的手："你说什么？"

"我说别和他进去！"四阿哥阴冷冷地对我说，手上的力道又加重了几分，"我给你最后一次机会，只要你放弃和老十四在一起，过往种种都能一笔勾销。"

我生气地使劲甩开他的手："放开！你弄痛我了。"

胤祯过来一把推开了四阿哥："你没听到她喊痛了吗？松开！"

四阿哥嘴角扯出一抹讽笑："你忘了之前吃的那些苦头受的那些侮辱了吗？你凭什么确定这次选择他就是对的呢？如果他也抛弃你，你将如何自处？"

我按住了想要开口反驳的胤祯，转而缓缓对四阿哥说："对于未来，我没什么期望的，能确定的事情里都没有我这个存在。不过这并不重要，能一眼看到结果的人生反而会索然无味。人应该是要活在当下的，不是吗？如今对我来说，除了他，我别无所求。希望四爷能放手成全。"

不知道是不是在消化我话中的深意，四阿哥又沉默了一会儿，最终面若冰霜地说："既然你选了这条万劫不复之路，你我从今便彻底决裂。无论日后谁兴谁衰，都与对方无关了。希望你不会为今日的决定后悔。"

我笑了："四爷乃人中龙凤，定会达成所愿。"

说完我就转身走了，胤祯跟在我的身后。不用回头我都能感受到，始终有两道冰冷的目光追随着我们的背影。

从庭院到主殿的一路上我和胤祯都没有说话。我想为他解释一些事，但又不知从何说起。真的能告诉他其实我才是年湘儿吗？他会不会用春燕代嫁这件事攻击四阿哥？那样他们兄弟俩的关系会不会更加交恶了……不，不该把事情搞得这么复杂。

似乎看出了我的心事重重，胤祯拉了拉牵着我的那只手："没关系，你不想说就不要说了。我相信你有你的理由。"

感激地看向他，我万分真诚地说了声："谢谢！"

在这样一个女性地位低下的时代，胤祯能给予我如此充分的理解与尊重，并允许我保留自己的一点私人空间，我真的觉得很感动。是爱吧，是因为爱，所以他才能给我这样大的包容。

胤祯刮了一下我的鼻子："道什么谢，我是看在你刚才当着四哥的面承认你爱我的分上这次才不和你计较。以后可不许再和别的男人有什么瓜葛了，不然我会生气的。"

我拉着胤祯的手臂撒娇："好嘛好嘛，大不了我以后除了你不和别的男人说话了还不行？只要你不怕别人说你的新福晋是个哑巴，嘻嘻。"

胤祯笑骂我嘴贫。

在这样嬉闹间，我们来到了德妃寝室门外。经太监通传后，我们得到的回应竟是一句"不见"。我苦笑，早就料想到今天定然会受到德妃万般刁难，却没想到一开始就吃了闭门羹。

胤祯的脸冷肃了下来，他沉默了半晌，随即上前跪在了门口："额娘，儿子有要事求见！"

管事的大太监见他这样很为难，他想拉起十四，但被我伸手阻拦了。我提起裙裾，在十四的身边跪了下来。

虽然我不赞成古人这样靠长跪表达诚意孝心的方式，也不认为这真的会奏效，但我只想陪着胤祯，让他觉得他并不是一个人在努力。

胤祯转头看着我笑了，他牵起我的左手，与我十指相扣。

在我们跪了约莫半个时辰后，德妃终于心软了，着人通知允我们进去。

我和十四相互搀扶着站起身，揉了揉早已麻木的膝盖，两个人心满意足地相视一笑，一同向德妃寝宫走去。

德妃的宫内依旧大气庄重，但如今这份大气庄重无论怎么看都像是一种疏离。

德妃坐在榻上，手撑额头靠着旁边的矮几。她看起来很疲惫的样子，想是我和胤祯确实让她费心了。

胤祯认认真真地跪下磕头行了大礼："儿子拜见额娘，还望额娘能成全我与夜莺。"

我也跪下给她磕了头："夜莺拜见德妃娘娘，恳求娘娘同意我与十四阿哥的婚事。"

德妃抬起头看向我们，脸上一副无奈与愠怒："成全？恳求？你们今日这样的架势哪里是求本宫的首肯，根本就是逼本宫必须同意！若本宫说不行呢，你们就会分开吗？"

十四尽力动之以情："额娘明知道我俩已情深意浓，又何必这样问呢？夜莺系儿子心中至爱，如果失去她，儿子必定会抱憾终生。额娘，您就帮帮儿子吧！"

德妃的手紧紧抓着矮几的桌沿，她的全身因为情绪激动而有着明显的颤抖："胤祯，你让我好生失望。你是应当成大事之人，为何却始终搞不清状况偏要和这样一个对你的未来百害而无一利的女人牵扯在一起？你当真要为了她而断送你我间的母子亲情？"

胤祯忙跪爬到德妃身前，握着她的手解释道："不是的！儿子完全没有要与额娘闹僵的意思！其实这一切的决定权都在额娘手里，只要您支持，亲情与爱情是可以两全的啊！"

德妃厌倦地闭上了眼睛，她摆了摆手："罢了。你大了，便再也不是儿时最听额娘话的老十四了。你非要娶她，我自然拦不住，随你们去吧。不过我要告诉你，最终做决定的是皇上，不是我。我最多只能答应你不会再竭力反对，但你绝不要指望我会为你们在皇上面前说好话。往后你俩的造化如何，究竟有没有缘分，就靠你们自己了。"

十四听了德妃的话，喜出望外地拉我一同给她磕头："多谢额娘成全！"

是啊，德妃能做到这个程度也确实不易了。胤禛那么敬爱他的额娘，必然十分期望能得到德妃的接受和祝福。

祝福或许是不可能了，但起码我们被她接受了，这了了胤禛的一个心结。

## 卷三十九　只羡鸳鸯不羡仙

炎炎夏日里，一大清早我就去荷花池采了些朝露。

用露珠烧的水泡出的上好铁观音，此刻正被宜妃细细品尝着。宜妃看起来很享受乌龙茶的清香，但她身旁的九阿哥始终未品一口，只是凝神把玩着茶杯盖子。

我站在一边小心翼翼地观察着两人的神情，思考着如何开口。

等待许久后，我终于忍不住出声："娘娘，夜莺有一事禀告。"

宜妃放下茶杯看向我："什么事儿犯得着这样郑重，说吧。"

我抿了抿唇，下定决心似的说道："十四阿哥打算择日向皇上请求为我俩赐婚。不知娘娘觉得这样是否妥当？"

空气停滞了几秒，宛如我的心跳。手心中渗出了密密的汗珠，我偷偷打量着两人的反应。

九阿哥还是沉思着没说话，脸上没有什么特别的表情。

宜妃盯着我看了片刻，然后莞尔笑了："夜莺你这话问得蹊跷。是否妥当那是万岁爷该决断的事，哪里轮得到本宫来管？况且自打老八那会儿起，你不就与我们划清了关系，此后本宫与胤禟对你再无约束。既然如此，现在又何必巴巴地来问本宫的意见。"

听了宜妃的话，我忙面向她跪下："夜莺自知任性，之前不该如此忤逆娘娘。只是面对真情，难以自禁。入宫以来，娘娘对夜莺无时不关心照拂，这份恩情夜莺此生不忘。在夜莺心里，也早将娘娘看成了亲姑姑。侄女成婚，哪有不先求得长辈同意的道理？还请娘娘这次也准了夜莺的心愿吧！"说完我就对宜妃行了三个叩首大礼。

我向来很反感古人三叩九拜这样的繁文缛节，可是此刻我却是真心实意地向宜妃磕头谢恩。我清楚地明白，如果不是宜妃的关照，我不可能安然地度过宫中的这些年。

前阵子为了八阿哥的事与他们生疏，我心中存愧，她如此揶揄我也实属情理之中。她和九阿哥是真心对我好，尽管最初的相聚是出于威胁与利用。

宜妃吩咐我快点起来："本宫只不过说了你几句，何至于这么大阵仗？被外人看见，还以为我这当姑姑的欺凌你呢。快起来，我们有话好好说。"

我站起身，用手背抹了抹微微有些湿润的眼角，这才发现宜妃的眼眶也红了。

宜妃拉起我的手："你这傻丫头入宫已经五年，眼见着你年岁日增，本宫怎么会不挂心你的婚事？你为八阿哥白白耽误了几年，本宫看在眼里也痛在心里啊。若你此次真能与十四阿哥结成连理也好，只是本宫怕……你也知道的，你之前与八阿哥订婚之事闹得沸沸扬扬，本宫担心皇上仍然心存芥蒂。再者说了，德妃是个怎样的人物，你我都再清楚不过了，又岂是那么容易相处的？这些问题，你都想好了吗？"

我看向她的眼睛，语气十分坚定："我知道很难，但我们不会放弃的。娘娘，谢谢您的关心。您的这些顾虑我都想过，但是我相信胤祯，他不会辜负我的。"

宜妃颇有些踌躇，她看了九阿哥一眼："那胤禟……"

"为什么？"九阿哥用没有升调的语气问道。

我和宜妃都茫然道："什么？"

九阿哥的视线仍没离开茶杯，可是他的眼神却越发空洞："为什么这次选择了十四弟？为什么偏偏是八哥、十四弟……怎么会这样呢？"

我定在原地，不知该说什么。

宜妃来回看了看我们，终究是叹息着走开了。

我走到九阿哥身旁，伸手去取茶杯："茶凉了，我去换一杯。"

"是啊，此刻多么应景。人走茶凉，不正如这般光景吗？"

我端着茶杯的手微微颤抖，匆忙地转过身，对身后人道："那么我就当九爷同意了。"

"不同意又如何，让你再像上一次一样闹绝食搞得性命垂危吗？"

"谢谢……"我声如细蚊。

"夜莺，我如今只想问你一个问题。"九阿哥停顿了一下，然后继续说道，"这些年，难道你对我只有怨怼，只有敷衍，甚至，只有恨吗？"

我的手指紧紧抠在杯壁上，与陶瓷发出"滋滋"的摩擦声。我转身准备解释，却意外地被拉入一个怀抱。

本能地想将他推开，可感受到九阿哥起伏的胸口，我终究没有忍心。

"好了，你不用回答，没有关系。让我最后这样抱你一次吧。我想，以后不会有机会了。"九阿哥似乎用尽了全身的力气，他让我有一种深深的窒息感。

最终，他还是放开了我，一个人默默地离开了。

看着他寂寥落寞的背影，我鼻子酸酸的。他这次是真的放手了吧，因为彻底，所以难过。

自打上次从市集上回来后，我与十二阿哥都没有单独见面过。过了几个月，我才想到我还欠这位老朋友一声"谢谢"。

如果不是他守口如瓶，我和胤禛不会有这么充足的时间应对。

来到长春宫的池塘边，我坐在久违的草坪上弹琴，是我和十二之前一起练了很多遍的曲子。身后有笛声响起，与我琴瑟和鸣。

一曲终了，我开心地回头笑着说："你来了！"

十二依旧一袭白衣，永远不变的仙逸模样。

他看到我有一瞬的愣神，但很快便展颜道："好久不见。上次在这里见到你，已经是五年前了。"

我怅然："是啊，五年了，这么快。我是不是老了？"

十二阿哥扑哧一声笑了："你要是老了，那我可怎么办？没有，你一点也没有老。说话的样子，和五年前一样调皮。就连笑容，也依然如昨。"

我微笑道："是吗，真的没有变吗？可毕竟还是过了五年，有些东西终究不复往昔了，永远也回不去了。"

十二坐在了我的身旁，轻轻牵起了我的右手，温柔地握在手中："我们都不要变，我们都不会变。我们一生不变，至少在彼此面前。"

我舒开眉头，如释重负般地说："谢谢你。"

"谢什么？"

"谢谢你理解我，谢谢你一如既往地支持我，谢谢你……帮我保密。"

十二的笑容有一刹那的僵住："原来你说的是这件事。那么你今天专门来一趟就是为了给我道声谢吗？"

我将肘搭在他的左肩上："当然不是啦。你的好哥们儿好事将近了，你难道不该和我一同分享喜悦吗？"

"已经告诉皇阿玛了吗？"十二只是淡淡地问。

我泄了气："还没。找不到合适的时机。虽然在胤祯面前总是充满信心和元气的样子，但其实我内心是知道不大可能的。"

十二拍了拍我的肩："为什么还没试过就这么丧气了？皇阿玛从未表露过将你许配给他人的打算，他心中一定自有考量。如果他了解到你与十四弟间的情意，一定会成全你们的。"

"但愿吧。"我吐出一口气，垂下头看着地面。

"不开心的话就继续拔草吧，像初次见面时那样。如果能让你轻松一些的话。"

我扭过脸对十二伸舌头："什么呀，以为我还像当初那样孩子气？我可不要再拔你的草了，不然以后你不让我来找你诉苦了怎么办？"

说完我和胤祹都笑了。

"夜莺，"十二说，"我希望在你难过、失意或者彷徨的时候，能第一时间想到我这个朋友。我永远愿做你的倾听者。"

我轻捶了一下十二的胸膛："谢啦，我的好哥们儿。怎么样，要不要再合奏一曲？"

悠扬的笛声与琴音在这恬淡的空间中飘散开，暂时为我驱走了眼前的忧愁。

在这个夏日快要结束前，我和胤祯仍没能找到合适机会禀明皇上。康熙一直忙于解决全国缺粮的问题，我们不该在这时候令原本就已焦头烂额的他更加烦心。

九月金秋翩然而至。今年的中秋节格外喜庆，这是因为四阿哥的侧福晋钮祜禄氏为爱新觉罗皇室诞下了又一位小阿哥，弘历。

皇上似乎由于多年未喜得孙子了，因此对新生的弘历格外疼爱。今年的中秋家宴也恩准了在四阿哥府上举办，相当于一起为弘历办满月酒了。

我坐在前往四阿哥府的马车上，心情颇为复杂。这是上次在永和宫不欢而散后第一次见四阿哥。本想找个借口推托了不来参加此次中秋宴会，可是小阿哥出生是大喜，我不来恭贺未免太失礼。况且去年的中秋宴就没有参加，今年若还不去真的就不像话了。可是……一会儿我该如何面对他呢？他不会当面让我下不了台吧？

看出了我的心思，马车里一同前往的九阿哥安慰我："别乱想。今天人那么多，他不会将你怎么样的。有我们在，没人敢动你分毫。"

我对九阿哥点点头，可是内心仍有抑制不住的不安。

在摇摇晃晃中，终于到了雍王府。

掀开帘子，我扶着九阿哥的手踏下马车。记得第一次入宫，也是他这样引领我的。曾经的不满与埋怨到如今全变成满满的感激。

人生路短短数十载，有人愿意陪你走过最难的那一段，这是一种缘分，也是一种福分。

门口的小厮一见我们，立刻殷勤地迎上来将我们领进去。

四阿哥的府邸是我在这些阿哥的私宅中见到的最朴素低调的一个，就像他的为人一样，谨慎内敛。

穿过前厅和花园，我们到达了摆宴的中堂。原本宽敞的空间由于摆上了十来张大桌子，此刻显得稍有些紧凑。

我本想找个角落就坐下，可屋里的仆人见到我们来了立刻扯着嗓子大声传报："九阿哥、夜莺格格到！"

一时间我们成了全场目光所聚的焦点。就连原本正在逗弘历玩的康熙都转过头来招呼我们："是老九和夜莺丫头来了啊！快快，过来，看看朕的孙子多么神气可爱！"

我忙走上跟前恭维道："小阿哥看起来很健康活泼，眉宇间甚有皇上的霸气呢！"

我这马屁没有乱拍，此刻康熙手中抱的不正是大清朝入关后第四位皇帝乾隆吗？他若没有他爷爷身上这种皇者的霸气那谁还能有？

康熙显然很受用我的马屁，他笑得小眼睛都眯在了一起："一阵子不见，丫头越来越伶牙俐齿。你真真说到朕心坎上去了！刚还和老四说呢，觉得弘历长得最像朕。"

我抿嘴笑了。哪至于弘历，四阿哥不就很像你了吗？外表都是长脸小眼睛，内心都是精明的老狐狸。

"夜莺格格为何如此开心？不如说出来，独乐乐不如众乐乐。"好冷漠的声音。

我抬头看去，对上了同样冷漠的一双眸子。这才发现原来四阿哥和他的众福晋此刻都坐在康熙的一侧。

我福下身行礼："夜莺恭喜四爷再次喜得一位小阿哥，祝弘历小主健康成长，千秋万福。"

四阿哥面无表情地挥手让我起来。

此时他身旁的一位福晋突然出声说："这位就是大名鼎鼎的夜莺格格吗？我们这还是第一次见呢。"

我细细打量着说话的妇人。瓜子脸，柳叶眉，丹凤眼，加上樱桃小口，是标准的古代美人。我猜测着她的身份，心中大致能确定。

康熙见我们彼此在干瞪眼，就及时出声介绍道："这是弘历的生母，老四的侧福晋钮祜禄氏。夜莺你未曾到过老四府上，她又深居简出，不认识也是正常的。"

果然如此。我对钮祜禄氏微微点头一笑，她也报以我同样客气的笑容。

未来的熹贵妃，乾隆朝的皇太后，一个了不起的女人。初次见面，有礼了。

"夜莺，你来抱抱孩子。"康熙说完就将襁褓中的弘历递向我。

我立刻万分小心地接过。看着怀中嗷嗷待哺的稚嫩婴孩，真的很难将他与日后的乾隆大帝联系在一起。

我轻轻摇晃着他，哄他开心。他也积极地回应我，"咯咯"笑个不停。

钮祜禄氏说："看起来弘历很喜欢夜莺格格，你们很投缘呢。"

我面上笑笑，内心却在叹息。弘历喜欢我有什么用？他还只是个小婴儿，手无缚鸡之力。我估计等不到他登基那天就会被他老爹杀了吧。

过了一会儿，中秋宴正式开始。众人都各就各位，边品尝美食边欣赏歌舞表演。

弘历被奶娘抱了下去，他玩了一天确实也该休息了。

没有胃口也无心看节目，我开始观察席间众人。有的在专注看表演，有的在与身边的人交头接耳讨论着什么。

太子与康熙同坐一桌，他偶尔向这边瞟来时，我都转移目光避开了。

四阿哥也与他们同桌，他此刻正与康熙低声谈话，没发现我这边的注视。

许久未见八阿哥，他的气色比那年冬天见时好了很多。温润如玉、谦卑有礼这两个词用在他身上依旧再合适不过。八阿哥现在正和九阿哥、十阿哥以及十四开着四人会议，都没有看向这边。

目光游移中，我看到独自饮酒的十二，他微笑地看着表演，时不时对舞者报以真诚的掌声。

十二旁边坐着十三阿哥……我与十三的目光触及，我们彼此一笑，随即默契地起身离席。

月亮很圆，竭尽了它的光亮照着两个各怀心事的人。我和十三阿哥共立于后院的长亭中，相对无言。

片刻后，十三率先打破沉默："记得那年在杭州知府别苑的凉亭中，我们也曾这样单独地好好交谈过。我清晰地记得那时你说，你必定要找到此生真爱，与他白首偕老。所以，你现在已经找到了吗？"

点点头，我启唇答道："是，我已经找到了。我相信我与胤祯间的感情能够开花结果，有始有终。"

十三嘴角浮起苦笑："兜兜转转这些年，你终还是选择了十四弟。夜莺，你不觉得这对四哥来说过于残忍吗？"

"敢问世事对我们谁不残忍了？我们中有哪一个不在痛苦中煎熬着？他始终执念于此，不是因为他真的有多在乎我，而是因为他理应拥有的被他人夺得了。相信我，任何人都可以填补我的空缺。就如钮祜禄氏，她正蒙恩宠，又是个极聪明的人，胜过我千百倍。"

"可是，"十三接过我的话，"情感这种事是不能做比较的。旁人再好，也永远无法替代心中的那个人。"

我冷笑："我可不敢自负能成为四爷心中的那个人。像他这样的人物，心中除了那毕生追求的目标外，还能深埋旁的吗？"

四周静寂中十三微微的叹息都清晰可闻："夜莺，你对四哥的误会太深了。究竟是何时起你们之间竟到了如此田地？不能让一切归于原点吗？"

一句幽然的话语横空插了进来："如何归于原点？年家真正的小姐不会再一次出嫁，四爷难以弥补他与年家人之间的裂缝。小姐的代嫁丫鬟再也无法重回自由身，而她与他更绝无可能再续前缘……"

我和十三一同看向正踏入亭中的纤弱身影。晶颜雪肌，眼神淡漠，春燕如今越来越像是一位冰美人。

我注意到十三看着她的眼中划过深深的痛意。他很快转过脸，对我道了声"告辞"后就匆匆离去。

我和春燕望着十三离去时萧索的背影出神。她最终自嘲道："分别时想念，相聚时却避而不见。我看此生，就这样吧。"

我自知没有资格劝慰开解她，就只能艰涩地说："十三阿哥这般也是为了维护你的名声，毕竟人言可畏，避避嫌也是有必要的。"

春燕没说话，只是默然地望着夜空。就在我打算独自离去时，她再一次开口："恭喜你即将实现心愿。不过你的喜宴我恐怕不会去了，我终究没有那么大的气度。"

我嗓子发干："对不起……也谢谢。这辈子欠你的，我若有机会一定加倍偿还。其实四爷是个成大事之人，你跟着他定能享受无上荣华，你不妨……"

春燕打断了我的话："就算富贵荣华那又怎样，我的心没有一刻不是孤苦无依的。对影形单望相护，只羡鸳鸯不羡仙啊。"

我胸口堵得再说不出话来。有些事你做错了，或许真的无法更正；有些人你亏欠了，或许真的无法弥补；有些孽你造下了，或许真的无法消除。只是这些道理，我懂得太晚。

一步步踱出后院，我看着中堂灯火通明的喧闹场景，凄然地自言自语道："看来今夜的圆月和烛光丝毫没能温暖离人啊。"

## 卷四十　一往情深共此生

康熙五十年的冬季来得格外早，刚至十一月天就冷得要命。天冷情薄，终究有人没撑过这严寒的年末。

十一月初，宫外传来消息，宜妃的大哥——也就是我名义上的养父去世了。虽然我与他的养父女关系全为胤禟捏造，我们也素未谋面。可毕竟礼节上的事情要做给旁人看，我便随同宜妃和九阿哥前去这位老王爷的府上拜祭了一趟。

这件事过了没有多久，又一桩噩耗来临。良妃娘娘于康熙五十年十一月二十日薨于储秀宫内。弥留之际八阿哥及八福晋服侍在旁，而康熙却没有前去看望。

我心情久久地阴郁。虽然我与良妃并不算十分亲近，但内心对她存有敬爱怜惜之情，她去世了我自是难过。

良妃出殡前，我同九阿哥、十四阿哥前去储秀宫灵堂前祭奠。

八阿哥看起来气色很糟，向来喜怒不形于色的他此刻也掩饰不住面上的悲伤。好在有八福晋帮他打理出殡的各项事务才不至于乱了阵脚。不得不承认她确实是位了不起的女子啊，有这样优秀能干的妻子辅助，希望八阿哥能快点从丧母之痛中走出来。

在堂前拜祭后，八阿哥、九阿哥及胤禛他们转入后厅议事。我在前厅中待得无聊，就走到良妃殿外的花园里发呆。

距离最后一次见良妃已经时隔两年了啊。那时同样也是冬天，庭院中的兰花枯萎凋败，气象凄冷。而这次芳魂逝去，兰花已彻底绝迹，花圃中此刻长满了杂草。我默默蹲下身来，一根一根地使劲拔除那些枯枝败草。

"这些事不用你做，我自会令下人打理。"

我没有回头，只是淡淡地说："娘娘生前待我很好，而我却从来没能为她做些什么，如今这样也只是为了图个心安。娘娘喜爱整洁清静，我把这里收拾干净她一定会喜欢的。"

身后人发出一声叹息："有时真不明白你是聪明还是愚笨。如果只是一味这样默默付出，是根本得不到任何回报的。树倒猢狲散。额娘去世，胤禩失势，那些势利小人纷纷与我们划清界限。你照理来说与我们是有过节的，又为何仍来探望？"

我没有停下手上的工作，回道："夜莺无论做什么事都不是为给别人看的，不过是求问心无愧罢了。"说完我站起身，转头望向身后久违的八福晋。

她清冷地笑了："好一个问心无愧，宫里难得你这样坦荡荡的人。若不是因为之前的事，或许我们会成为朋友。"

我拍拍身上的尘土："从前的事情过去了，就不必再提了。"

八福晋突然认真地看着我问："可是我不信你不怨恨我当初拆开了你与胤禩。就算你再心胸宽广，也一定会为此而耿耿于怀吧。"

我扬起唇角笑了："能被轻易拆开的人或许根本就不是命中注定的缘分。说起来我还要感谢八福晋，若不是您当初这样做，我又怎能寻得今日的真爱？夜莺的心很小，只能容得下自己爱的人和自己在乎的事。过眼云烟早已消散，根本不至于令我念念不忘。"

八福晋自嘲般地笑着说："牙尖嘴利，我真是没讨厌错你。其实我当初之所以那么激烈地反对胤禩娶你，也是怕你会魅惑他心，有朝一日彻底将他从我身边抢走。夜莺，你知道吗？你是第一个能让我有这种危机感的人。"

我微笑着没有说话，将目光移向了别处。

过了片刻，郭络罗氏复又开腔："我知道你不喜与我交谈，我也就不再惹你的厌烦。我郭络罗·凝魄自知有愧于你，若有机会一定会对你加以补偿。祝你早日得偿所愿，与十四弟白头到老。"

还未等我说话，八福晋就转身走开了。我笑着摇了摇头。还是那么高傲，永远不会向人低头，就算是道歉也是一副盛气凌人的样子。

又过了一会儿，胤祯还是没有出来。我等得有些不耐，终于忍不住去寻他。

走到后厅外面，却发现门口没有任何下人候着。

心中生疑，我正打算推开门一探究竟，却听到了胤祯的一声急呼："八哥你怎么能这样做，实在太冒险了！"

我扶在门框上的手停了下来，身子退到一边侧耳倾听着里面的动静。

"十四弟，你小声点，小心隔墙有耳。"是九阿哥的声音，"八哥现在不过是在和我们商量罢了，一切尚未成定论。"

"可是，陷害四哥结党营私图谋皇位这样好吗？未免太言过其实了吧。"胤祯还在据理力争。

我的心漏跳了一拍。果然还是走到这步了吗？四阿哥与八阿哥在这场夺位大战中终于兵戎相见。

九阿哥似乎有些愠怒："什么叫言过其实？他老四韬光养晦这些年，难道不是为了私下培植自己的势力意图夺嫡吗？十四弟，你为什么到了紧要关头却如此优柔寡断？莫不是因为你与他毕竟是兄弟血亲？"

十四听了九阿哥的话也火了："九哥这是说的什么话，我追随八哥这么多年还得不到你们的信任吗？我不是在为四哥说话，我只是担心我们这样做未免过于急躁。小心搬起石头砸了自己的脚，那就万万不值了。"

八阿哥此时出声阻止了这场争论："你们不要吵了，听我说。我做这个决定，是深思熟虑后的结果。自太子废后重立，皇阿玛对我的信任与倚重大不如前，时时透着防备探试之心。而老四却反而越来越受到重用，其党羽也愈加壮大。如果现在不及时清除这个障碍，那么以后他的威胁会更大，而我们终有一日会成为他的刀下鱼肉。与其坐以待毙，我们何不先发制人？十四弟，我明白你的忧虑。你可以放心，如果没有十足的把握，我不会那样做的。"

胤祯没有说话，看样子是妥协了。

沉默片刻后，九阿哥又说道："我已将老四与众位大臣的往来书信整理妥当，一旦寻得良机便命人递与皇阿玛。我看他的好日子就快尽了。"

胤祯有些不安似的问道："如若一切果真这般顺利，四哥如你们所愿被揭发，从此为皇阿玛所不喜、弃用，那你们打算如何处置他及四哥一党？"

几乎是没有任何犹豫地，八阿哥脱口而出："斩草，自然就要除根。一点儿机会也不给他留下，以防来日春风吹又生。"

八阿哥的话让人震惊。我一直以为只有冷酷无情的四阿哥可以做出登基后残害手足的事情，没想到向来温和贤德的八阿哥也会这样丝毫不顾及兄弟之情。究竟是因为天家本无情，还是因为心中燃烧着的对权力的炽烈欲望已经泯灭了他们最初的那份纯善？

十四显然不能赞同："赶尽杀绝也做得太过了吧。只要使他削官去爵、贬为平民不就好了。毕竟是血浓于水的兄弟，而且他也从未做过什么真的伤害我们的事啊。"

九阿哥有些不耐："十四弟切勿妇人之仁。所谓无毒不丈夫，能成大事者必须心狠手辣。"

"可是……"胤祯还在尝试着说服他们。

"不要可是了，这件事没有商量的余地。十四弟，你年纪尚小，不懂得人心叵测。你当他是兄弟，他未必当你是兄弟。他今日没有对你下手，不代表明天不会置你于死地。我们不能拿对亲情的期待赌将来。"八阿哥的一席话算是对这场分歧下了评判。

我猛地推开门："这话说得多漂亮，可还不是为了给你的私欲开脱。本是同根生，相煎何太急。我劝八爷做事还是留条后路，多一个朋友总比多一个敌人好吧。"

屋内三人迅速地转过身，看到我后皆露出无比惊异的表情。

胤祯率先反应过来，他忙走过来拉我："你怎么不说一声就进来了。"

我看向他："你们说的话我都听到了。我自知没本事劝你们改变心意，我现在只想给你们讲个故事。听完这个故事后，如果你们还是执意如此，那我不会再说什么。"

八阿哥、九阿哥都没有出声反对，算是默许了。

见状，我启口娓娓道来："有一个穷酸的书生爱上了一位富家小姐。他追求那位小姐，小姐告诉他，只要他能送她一枝火红的玫瑰，她就能考虑接受这位书生。书生为此苦恼不已，因为他根本找不来这样的玫瑰花。他的心声被花园里橡树上的夜莺听到了，她打算为书生寻找一枝红玫瑰。

"历经千辛万苦后，夜莺终于找到了这样一棵红玫瑰树。可是树却告诉她，严寒冻住了枝叶，它今年再也产不出玫瑰花了。如果想要得到玫瑰，夜莺就要用她的胸膛顶住树的一根刺唱歌，唱上整整一夜，直到那根刺穿透了夜莺的胸膛，用她的鲜血染红玫瑰花。虽然明知用死亡换一枝玫瑰的代价太大，但夜莺为了实现书生对小姐的爱情，依旧选择了那么做。

"就这样，夜莺流干了所有的血，终于为书生换来了他梦寐以求的玫瑰花。书生欢天喜地地拿着玫瑰去向小姐求爱，却没想到小姐早已婚配给另一位官宦子弟了。书生愤怒地将玫瑰花扔进了肮脏的下水坑，头也不回地走掉了。"

我一口气讲完了这个很长的故事，重新望向众人。他们看起来听得很入神，在我结束后也久久没有反应。

《夜莺与玫瑰》，这个我高中时读到的小说，从那时到现在都对我有着深深的震撼。在我言简意赅地将其改编复述后，他们能理解多少呢？

八阿哥回过神后，自信地说："夜莺你是将我们比作那个可怜的失意书生吗？你错了，我们不同于他，我们是能够呼风唤雨的天之骄子。我相信，只要我们努力，就一定可以得到我们想要的。而夜莺你，也绝不会是故事中结局悲惨的夜莺，我们定不会让你的支持白费。"

我心中喟叹一声，他果然还是什么都听不进去。"不是的。这个故事的主题是爱。书生自以为他在追求着自己心中所爱，可是他没有看到有人也在为了他而默默付出。爱是博大，是无私。要做一个圣明的君主，那就应该爱这整个天下，爱他全部的子民。心存善念，这样回过头来，才会发现所渴望的成功与幸福原来一直都在追随着自己。"

"夜莺！"九阿哥满脸的不悦，"八哥已经说了让你不要杞人忧天，你又何苦仍在这里喋喋不休？你这个故事，到底是为了你所谓的大爱而讲，还是为了你想要维护的那个人、你的母家而讲？夜莺，你不要令我们失望！"

我苦笑，大笑，随即狂笑不止，甚至笑到眼泪都流了出来。

也许真正的悲剧正在这里，不该哭泣的时候哭泣，该哭泣的时候却欢笑着。人们自以为找到了家园或者幸福，但是真正的家园和幸福却正在无法挽回地消逝。

一切，终究不过是徒劳啊。

胤禛紧张地过来抱紧我："夜莺你怎么了？夜莺你别这样……你不要吓我！"

我轻轻地推开了他："我没事，只不过终于认清了现实。我信守诺言，不会再对你们的言行过问。"

在我打算转身离去时，八阿哥叫住了我："夜莺。你刚刚和我说到爱，说到付出。我额娘又何尝不是等了一辈子，盼了一辈子。可她等来了什么，盼来了什么？那个人就连她撒手人寰之际都没有来看她……额娘这一生的痴让我明白，只有爱和付出是不够的。如果你不去争取，就依然什么都得不到。"

八阿哥与八福晋果真是一对伉俪，说的话都如此高度相似。或许，从某个角度来说，他们才是对的吧。话说回来，这世上又哪有绝对的对和绝对的错，无非是立场不同罢了。

我继续抬脚向外走去。出了厅堂，我重新踱回花园旁，看着早已荒芜的曾经种有兰花的泥土发呆。人生苦短，只要曾经绚烂地绽放盛开过，那么她应该是无悔的吧？

身上被披上了厚实暖和的斗篷。我侧过头，发现胤祯已与我并肩而立。

他温柔地注视着我："让你等了这么久真是抱歉。我陪你回去吧。"他牵起我的手，拉着我慢慢走出储秀宫。

"和他们聊完了吗？"我轻声问。

"还没有。"

"那你怎么就出来了？我可以自己走回去的。"

胤祯手上的力道加重了几分："事情以后还可以谈。可是我怕你走了，我如果不追出来，我们就再没有以后了。"

我鼻子有些发酸："谢谢你，胤祯。谢谢你一直如此信任我，爱护我。"

胤祯无奈地笑了："我能拿你有什么办法。虽然有满心的疑问和不解，但还是不想强迫你告诉我隐情。我总觉得你承受了很多似的，我心疼你，想尽一切可能为你担待一些。夜莺，答应我，以后不要独自承受那些苦楚了。我们已经是一体了啊。"

我忍住了想哭的冲动，只是用力回握了胤祯的手。我不管胤祯的政治立场是什么，也不在意他以后的处境会如何，我只知道他是我此生认定的人，我一定会勇敢地陪他走下去。

康熙五十一年的春节在一片肃杀中到来。虽然良妃生前不怎么受宠，可毕竟是一宫之主去了，她的离世还是令整个皇宫蒙上了一抹阴郁的灰色。也因此今年的新年宴办得格外简单，说白了就是康熙一家子的家族聚会。

席上众人皆是各怀心事，兴致不高的样子。

康熙老头见状，忍不住骂他们道："怎么都一副没精打采的德行！过年过节的，喜气点让朕看看。"

众人听了康熙的话微微有些惶恐。正在大家不知所措时，宜妃出来接过了话头："万岁爷说得可不是嘛，如今紫禁城里确实需要办几件喜事来提提新春气氛呢。"

皇上不解地看向她："宜妃这是指的什么喜事？"

宜妃向我这边使了个眼色，还未及我反应，十四便一马当先地冲出去跪在了地上："儿臣想请求皇阿玛为我与夜莺格格赐婚！我俩愿相濡以沫，不离不弃，此生相伴！"

席间众人都被十四突如其来的举动惊在当场。我立刻紧张地看向康熙。

从他脸上看不出有什么异样的表情，沉默了半晌后他漫不经心地说："哦，是吗？夜莺丫头，你的意思呢？"

我忙快步走出去在胤禛身旁跪下："十四阿哥所言属实，夜莺没有什么异议。"

康熙朗声笑了："答得这么干脆？看来真是芳心已许了啊。不过君无戏言，朕一旦下了旨意，夜莺你就必须要嫁给胤禛了，不会后悔吗？"

我坚定地说："夜莺一生不悔。"

身边的胤禛颤动了一下。虽然没有看着他，但我知道他此刻的眼里一定只有我。

最后康熙拊掌爽快地说："好！那朕便成全你们这段佳话，十四阿哥的求婚，准了！近日择期举行大婚。"

胤禛激动地拉着我向康熙磕头："儿臣谢皇阿玛成全！皇阿玛万岁万岁万万岁！"

就在我和胤禛还沉浸在得偿所愿的喜悦中时，一个讨厌的声音插进来破坏了此刻的祥和。

"禀皇阿玛，有情人终成眷属自然好，不过夜莺的养父、也就是郭络罗氏的老王爷年前才刚去世，夜莺这么快便成亲恐怕不合适吧？就算不是亲生父女，可毕竟是有养育之恩的，夜莺理应为其守孝三年。皇阿玛向来最注重孝道纲常，自然不会让夜莺坏了规矩。"

我看到胤祯似要起身辩驳就忙伸手拉住他，对他摇了摇头。

康熙想了一会儿，最后说："老四说的也有道理。那就这么办吧，夜莺为老王爷守孝三年后依圣旨与十四阿哥成婚。"

我平静淡然地领旨谢恩，瞪了眼不服气的胤祯，然后和他一同退回席中。

路上他小声和我嘀咕："四哥分明就是故意找碴，不想让你这么早地嫁给我！"

我安慰他："不管怎么样，皇上的确金口玉言为我们指婚了呀。晚三年就三年吧。两情若是久长时，又岂在朝朝暮暮。"

胤祯的心情好了一点，他又恢复了一贯的厚脸皮："也是，反正你迟早都是我的人。五年我都等了，还怕这区区三年吗？"

我笑啐了他一口，然而却在他不注意时又拧紧了眉头：只希望我们三年后能如约成婚。要真能如此，那就好了。

# 祯爱无瑕

## （下）

五味什字　著

中国文联出版社

## 卷四十一　恩怨情仇愁满腹

八阿哥的动作很快，在这炎热的夏日结束前，他已基本将他的筹谋部署完备。

七月末，八阿哥胤禩择人将四阿哥与多位大臣间的书信往来秘密递与康熙。康熙看后龙颜大怒，召四阿哥一党前来问话。面对白纸黑字的证据，胤禛百口莫辩只能沉默不语。

康熙平生最痛恨结党营私，因而他这次对他向来最为信任的四阿哥相当失望。就在皇上要对四阿哥降下重罚的千钧之际，十三阿哥突然站出来为其解围，声称与大臣间的一切来往系他一人所为，四阿哥全然不知情。

康熙是否完全听信了十三阿哥的话我不得而知，但从结果来看，他至少表面上接受了这个说法。最终，十三阿哥被关进宗人府调查，康熙对他进行了足足有十几日的监禁。虽然最后调查无果，人也放出来了，可此举仍然成功地给了诸位阿哥一个警告，让他们都守好本分。

得知十三阿哥被释放，我才松了口气。好歹人无大碍，只是他与四阿哥暂时失势罢了。但同时我又备感担忧：这恐怕只是八阿哥打击四阿哥众人的第一步吧？才刚开始就波及了这么多人，那以后将会怎么样，难道非要卷起一场腥风血雨的争夺吗？

我如今是守孝之身，又是待嫁的新娘，因此这半年多都一直过着深居简出的日子，不甚离开延禧宫见外人。胤禛和八阿哥、九阿哥他们一直往来密切，而我与他见面的机会却是少之又少。

自打那天劝告他们放弃夺嫡再一次以失败告终后，我如约放弃了对他们的规劝，都随他们去了。而他们似乎也在有意无意地瞒着我一些事，虽然不说，但我能感觉到。

我不知道这是因为他们对我有戒备，还是因为他们觉得这种大事没必要告知我。但讲心里话我对他们的有所保留真的不怎么在意。有些能不知道的事又为何要费尽心思地去探听呢？知道了又怎样，还不是徒增烦恼。

有的时候我甚至希望自己不是穿越而来的现代人，也不知道历史最终的走向，那样我或许会活得更加潇洒不羁，而不是像现在一样只能忧心忡忡地过日子，但对未来一筹莫展。

八月的清晨，我在后花园里做健身操。蕊儿对我奇异的体操动作已经多次表示了不满，但我都一一无视。其他的管不了，我至少该把自己打理得健康强壮些吧，不然可怎么迎接注定不容易的将来呢？

宜妃宫内基本皆为女眷，她们对我特立独行的举动早已见怪不怪，而宜妃也睁一只眼闭一只眼放任我随性而来。

今日早上我晨练时，却听到花园外传出了悠扬清澈的笛声。我回屋擦了擦汗，换上了身干净衣裳就出了延禧宫。

随便找理由打发了蕊儿她们，我一个人都没带。不是我不愿再对谁敞开内心，而是经历了种种失望、无奈与被背叛后，我真的已经错不起了。

转过延禧宫外的小山坡，我果然在假山的凉亭里看到了那个召唤我的人。

款款走向前，我笑着行礼："什么风吹得十二阿哥如此闲逸之人竟这般急切地寻我？许久未见，夜莺给您见礼了。"

胤祹扶我起来："都快要是一家人了，还这么多虚礼做什么？你呀，眼见着要成为新娘子，竟还这么调皮。"

我眯起眼揶揄他："哟，没想到十二阿哥这么快就摆起谱来了？怎么，这是欺负胤禛比你小吗？那我是不是现在就该叫你一声十二哥啦？"

十二的脸上没了往日的笑意与恬淡，此刻只剩下严肃和凝重。

我以为他是因为我的玩笑话而生了气，就忙对他道歉："是不是我说的什么让你不开心了？我开玩笑的，你别往心里去。你知道的，我说话老是这样欠分寸……"

胤祹看我着急的样子，就立刻扯出了一抹温和的笑容："我也没说什么呀，瞧你急的。"

我看着胤祹幽深的眸子，小声地说："你骗我，你根本就不开心。你面上笑了，可是你的眼睛没有笑。"

胤祹闻声叹了口气，转过身背对着我。

我心里一时憋得慌，就有些大声地冲胤祹的背影说道："到底是怎么了，你以前不是这样的。是不是你们所有人都要这样对我，是不是我从头到尾就只是个局外人？"

胤祹转过来将我拥进了怀中："不是，我从来没把你当作外人。就是因为这样，我才会担心，会难过，会为你心疼。"

我被他搂得有些不自在，就稍微将头向外挪了挪："为什么要为我担心？究竟发生了什么事？你告诉我好不好，既然我们是一家人了，那还有什么顾虑呢。"

胤祹的身子一怔，他缓缓松开了拢着我的手臂，轻轻地说："是啊，你说得没错。我们是一家人，我应该将实情告诉我的弟妹。"

十二带给我的消息宛如平地惊雷，我不可置信地问道："什么，你说十三阿哥在宗人府遭到严刑拷打，还受了很重的伤？"

十二阿哥蹙着眉点了点头："宗人府向来以严刑重罚闻名，只是没想到这次竟对十三弟也下此狠手。听说他膝盖受了重创，这几日都躺在家中休养。太医说，如若处理不好，很可能会落下腿疾，从此行走不便。"

我的头开始剧烈地疼痛。"为什么……为什么我对这些一无所知？为什么他们什么都不告诉我，为什么竟要对十三阿哥残忍至此！"

胤祹扶住我因情绪激动而颤抖的双肩："你别这样。我相信十四弟他们不告诉你也是怕你过于忧心。既然选择了那条路，或许他们真的只能这样有所割舍了吧。"

我扯住胤祹的衣袖，祈求他道："你带我去看看十三阿哥好不好，你带我去探望他，可以吗？"

或许是敌不过我眼中浓烈的期许，胤祹几乎是未加犹豫地就答应了。

坐在马车上，我心烦意乱，思绪纷飞。怎么会这样？不是说十三阿哥只被关押了几天便放出来了吗？为什么竟会落得如此重伤？八阿哥……你们的心也太狠了。

随着马夫的一声通报"到了"，胤祹握了握我沁满汗水的掌心，给了我几许安定的力量。我感激地回握了他一下，稳了稳心神，同他一起下了马车。

十三阿哥府和我见过的所有其他的阿哥府很不一样。这座建筑就像他的主人一样，简洁，清静。如果不知道的话，或许会以为这是一座文人的家院。

得了通报，立刻有小厮前来迎我们进门。穿过重重院落，我们最终停在了十三的卧房外。

看着屋外站着的那个人，我微微有些不快地问身边的胤祹："为什么他也在这里？"

"十三弟被送回府后，四哥和年侧福晋就一直在这里照顾他。"

我咬了咬唇，上前给四阿哥福身："夜莺给四爷请安，四爷万福。"

四阿哥冷笑了一声："全拜夜莺格格所赐，我们还真是万福哪。"

我们彼此沉默了一会儿。见四阿哥完全没有吩咐我起来的意思，胤祹忍不住走上前轻轻将我扶起："男人间的事夜莺一个女儿家能起到什么作用。四哥怕是多心了。"

四阿哥依旧冷冷地看着我们："这下你应该满意了吧，还来这里做什么？"

"我只想来看看十三阿哥，没有别的意思。"

四阿哥指向屋内："你要去便去吧，以胤祥的性格也定不会将人拒之门外。"

我迈步向房间走去，但刚上了一级台阶就听到了一声愤怒的呵斥："不许进来，你没有资格！"

春燕走了出来，同时带上了身后的房门。她和四阿哥并排站在一起，两人皆是一副面若冰霜的样子，居高临下地看着我。

我嗓子有些干涩："春……年福晋吉祥……我想进去看看十三阿哥，不知他是否安好……"

我话音还未落地，就有一个巴掌向我的右脸劈面而来。春燕这一巴掌用了十足的力气，我猝不及防，一个趔趄就向后跌去。多亏胤祹及时出手才扶住了我。

他被春燕突如其来的举动惊呆了："四嫂，您这是干什么？"

春燕的眼中此时射出了怨毒的怒火："我就是要教训教训这个贱人，让她不要得寸进尺欺人太甚！"

　　说着她又伸出手想要扇我，不过这次被四阿哥和胤祹同时截住了。胤祹连忙护着我退到了一边。

　　与此同时四阿哥死死握住春燕扬起的一只手，对她低声警告："你不要发疯，记住自己的身份！"四阿哥在"身份"二字上加重了语气，意在提醒春燕注意到我们身旁还有十二阿哥在，别被人识破了天机。

　　春燕听了四阿哥的话果然很快便冷静下来，她恨恨地说："八阿哥、九阿哥还有十四阿哥他们设计陷害四爷与十三阿哥，夜莺格格作为十四阿哥的心头肉怎么可能不知情？可你非但没有劝阻他们，还为虎作伥。我不恨你恨谁？打你都算是轻的了，我现在恨不得杀了你！"

　　胤祹对春燕的话十分不悦："四嫂这话说得没有道理。夜莺不过一介女流，怎么可能对十四弟他们在官场上的所有动向了如指掌？就算这件事她提前知晓，又如何凭借一己之力去阻挠他们？我知道四嫂关心十三弟，但请不要累及无辜！"

　　"无辜？"春燕冷哼道，"这世上最不无辜的就是她，她才是一切悲剧的始作俑者！"

　　四阿哥怕她口无遮拦地继续说下去，就立刻喝止道："够了，你们别吵了！夜莺你不是要去看十三弟吗，怎么还不进去？"

　　我看了眼春燕，然后默不作声地向前走去。

　　春燕立刻拦在我的身前："我们一起进去。"

　　在我做出反应前，胤祹率先反对："不可以！如若四嫂再对夜莺动手怎么办？"

　　春燕的脸上浮出一抹嘲讽的笑："哟，这夜莺格格还真是个香饽饽，人见人爱哪。不过她即将嫁作人妇，十二阿哥你无论如何地大献殷勤也只怕是自作多情了吧？"

　　胤祹的脸一阵青一阵白，我连忙安抚他："你不用担心，我很快就出来。况且你和四阿哥就在门外，不会有什么事的。"

　　胤祹只叮嘱了声"万事小心"便不再多说什么。

　　我随着春燕的脚步走进屋子，来到了十三的床边。

　　看着往日身强体健的他此刻面色雪白地躺在床榻上，毫无生气，我一下子鼻子发酸。"我真的不知道十三阿哥会伤得这么重。我尝试了去劝说他们，可是没能说动。对不起，真的对不起……"

春燕没有理会我的道歉，她径自开口："刚被送回来的那天，他全身都是伤，几乎没一处好的地方。伤口发了炎，他全身滚烫滚烫的，这两天才好不容易退了烧。宗人府的那帮狗奴才下手还真是狠，硬生生地把一个好身体折磨成这样。他腿上的伤，怕是永远不能彻底痊愈了。像他这样一个英姿飒爽的人，如果醒来后得知自己再也不能骑马狩猎了，会有怎样的反应呢？"

我捂着嘴说不出话来。

春燕停了下来，恶狠狠地瞪向我："都是你们！是你们把胤祥害成了这样！就算是要争权夺位也不必做这种残害手足的事吧？胤祥他到底有什么对不住你们的？他这样好的人，对谁不是善意相待的，你们竟这样伤他！"

我止不住地摇头："对不起，对不起，对不起……我也不知道事情会成这样子……"

春燕拽住我的衣领："对不起，对不起有什么用？你能让十三所受的伤全部消除吗？你能让他的腿恢复如常吗？你就只会说对不起！每次你惹祸犯错都会有人替你解决，你从来都只知道逃避。我恨你，我恨死你了！"

春燕用手箍住我的脖子，不断地加力。我被她勒得喘不过气，已经开始眼冒金星。

就在我以为我将要缺氧而死时，胤裪不安的一声呼喊打断了春燕此刻的疯狂："夜莺，你在里面待了这么久没事吧，怎么还不出来？"

春燕松开了我，一把将我推开。我大口地喘着气，警惕地望向她。

如今的春燕已经不是我曾经认识的春燕了。就算当初因我逃婚而导致她阴差阳错嫁给四阿哥，无法与十三阿哥终成眷属，她都没有真的想过报复我，置我于死地。而如今，她的眼睛里除了仇恨还是仇恨，再无爱与悲悯。

春燕冷漠地看着我："这都是你逼我的。其他的我都可以忍，但谁要是敢伤害胤祥，那我绝对无法原谅。你今日带给胤祥身上的伤，我日后定会加倍地还给你。你给我记好了。"

在四阿哥与春燕冰冷目光的注视下，我和胤裪移步离开了十三阿哥府。

胤裪看我一路上情绪低落，便也不再多言，只是担心着我脸上的伤："这个年福晋真是跋扈，竟把你打成这样。回去一定要记得涂点散瘀的药，要是留下疤痕就糟糕了。”

我依旧沉默不语，胤祹只能连连叹息。

到了延禧宫，我与胤祹告别，不让他再送。他初还颇为犹豫，但见我坚持，就只能应允了。我拖着沉重的身子向宫内走去：我真的好累，我只想要一个人静一静。

进了我自己的屋子，我反身扣上房门。刚一转身却撞进一个温暖的怀抱。

“你这女人怎么一声不吭地就跑了出去，让我好担心，以后不许了啊。”

胤禛捧起我的脸，我还来不及拧过头，他就怒火中烧地质问我：“这是谁打的？不要命了吗？”

我垂眸：“是四阿哥的年侧福晋，你去找她拼命吧。”

胤禛皱了眉：“怎么是她？她和你有什么过节竟至于要对你下此重手？”

我淡淡地回道：“你们设计谋害她的夫君，她动手教训我也是理所应当的。夫债妻还，我这是活该，罪有应得，恶有恶报……”

胤禛捂住我的嘴：“别说了……这根本不是你的错，是我们的错，你不该被牵扯进来的。”

我掰开他的手，继续说：“不是我的错是谁的错？我明知道事情会这样，却阻止不了你们，做不了任何改变。我怎么这么没用啊……”我恼怒地使劲捶打着自己，这个一直以来都懦弱无能的自己。

胤禛将我死死按进怀里，停止了我的自虐：“我求求你不要这样了好不好……你要骂我打我都可以，我只求你别再伤害你自己。这件事不管你提前知不知情，都不会改变什么。八哥一旦下定决心要做的事，是谁都不能劝得住的。”

我靠着他的胸膛，喃喃地问：“你们怎么可以这样无情，那可是你们的亲兄弟啊……”

“我知道，这次的确是我们对不起十三哥，但我们这也是别无选择。此番没能一招击中四哥，那至少也该断了他的左膀右臂。十三哥向来是他最得力的助手，如此便能使四哥一党的势力受到重创。有的时候，一次彻底的残忍或许才是真正的仁慈。这比长久的杀戮和戕害好得多。”

我听着胤禛的心跳，没有说话。他紧张地问我：“你是不是开始讨厌我了？

你会不会不愿和我在一起了？"

我抬起手臂拥上胤祯的腰："没有。我不会讨厌你，我依旧想要一生一世和你在一起。我只是怕，我怕我等不来那天了。"

胤祯扶起我的身子直视我："呸呸，不要说不吉利的话。相信我，我今日的努力正是为了我们往后的好日子。我们一定可以过上幸福美满的生活。你安心等着做你美丽的新娘子就好，不要再操心旁的事了。"

"可是……"胤祯用唇堵住了我的惴惴不安。他的吻依旧热烈，霸道，不可一世。我心中暗叹一声，随即也温柔地回应着他的吻。

可是我想要的不是你所谓的好日子，我只想和你安宁平静地过我们俩的小日子。我忍住了这句想说的话，因为我也意识到就算胤祯他们现今什么都不做什么都不争，我们也未必就能迎来我所希冀的云淡风轻的生活。

就这样吧，让我在胤祯炽热的爱里走向难以抗拒的覆亡，抑或是如凤凰涅槃般重生。

## 卷四十二　侠骨不遑让红尘

康熙五十一年九月，太子胤礽再度被废。如果说第一次被废是因为他行为乖张不检，那时康熙或许还对他保留些许期待，那么此次被废黜他便永无翻身之日。明眼人都看得出来，他，彻底被康熙放弃了。

废太子胤礽被康熙囚禁于咸福宫，若无传召不得擅自离宫。我看着胤禛他们脸上掩饰不住的喜色，内心却忍不住喟叹：他们只以为他们的夺嫡之路将越发顺遂，却不知废太子的悲凉结局不过是一切不幸的开始。

五十一年就在这样既有人苦痛又有人庆幸的诡异气氛中草草收场。我不得不感慨时光太匆匆，那些年谈笑风生策马奔驰的我们，如今也只得划分开楚河汉界两不相容。

五十二年三月，康熙六旬万寿，自此首创千叟宴。宫中一扫废太子事件的阴霾，大肆准备着康熙的六十寿宴。

我此刻人在席上，心思却飘到了九霄云外。整整七年了，自我来到这里。

第一次亮相宫中，也是在康熙的寿宴上。那时只想着走一步算一步随机应变，却没想到在这宫中一待就是七年。

康熙的寿宴，有这么多人陪他度过；那我爸爸妈妈的生日呢，还会有人为他们唱生日歌，吹蛋糕上的蜡烛吗？我离开的这些日子，他们一定很难过。

自上次与穆景远告别已有两年多，他给我来过几封信。在最近的一封信里，他告诉我他已成功炼得还魂水并熟练地掌握了催眠之法。他的意思是，我穿越回去的时机已然成熟。

我与景远约好了信文由英语书写，这样旁人便不会洞察我的秘密。因此，在我读信时，也任由蕊儿站在旁边。她似乎对于我常与一个西洋教士通信很不解，但我没有解释她自然不会主动问什么。看完后，我照例将信丢入熏炉并吩咐蕊儿将炉子抱去倒掉炉灰。

我没有回景远的信，是因为我不知该怎样面对他。当初我回现代的愿望是那么强烈，景远为了满足我的心愿更是不辞辛劳四处奔走。而现在得知万事俱备了，我对于可以回去的喜讯却没有任何欣喜之情。

今时不同往日，我不再孑然一身，我不再无牵无挂。我身负婚约，心有所爱，我不能回去，因为我有他了。

回过神来，发现宴席已进行过半。无心看歌舞，我兀自观察起席上众人。没了太子，大阿哥、三阿哥和四阿哥这些年长的皇子坐在席首。大阿哥和三阿哥还是颇为居功自傲，也难怪，毕竟是元老级的人物了。

四阿哥自上次被康熙贬斥之后为人行事更加低调内敛，从他平静无波的表情下根本无从窥得他此刻内心真正的所思所想。

八阿哥、九阿哥、十阿哥还有十四他们四人仍旧坐在一拨。

十二安安静静地坐在一边独自饮酒，依旧是风尘不染的样子。

十三没有来，听说身子尚没有大好。而且经历之前的风波后，康熙心里对他还是有所隔阂的吧，他不出席今年寿宴只怕也是为了避免尴尬。想到胤祥，我还是会为他止不住地心疼。

眼波流转间，无意瞥见一道冷冷的目光。我看过去，她也直直地望着我。那是怎样冰冷的眼睛，冷得没有一丝温度，冷得让人寒栗。

想起她那天说的话"你今日带给胤祥身上的伤，我日后定会加倍地还给你"，我还是会心惊肉跳。终于走到这步了吗？四阿哥与春燕，胤祯及我，最后还是站到了完全对立的两边。

很多的遭遇都是源于爱，很多的爱都挣扎于互相伤害。

怔忡时，康熙忽而对我说："夜莺丫头，难道你江郎才尽了吗，今年都没整出什么花样？"

我很快反应过来，立刻回答道："怎么会。今儿是皇上的六旬大寿，夜莺没点准备怎么敢来赴宴？"

康熙沉声笑了："好，且让朕看看你都准备了什么。"

我站起身，与对面的胤祯相视而笑，我俩同时走向了前方的舞台。

我端坐于幕帘后的古琴旁，而胤祯此刻就站在舞台的正中央。他手持长剑，气势如虹；我抬手抚琴，情深意长。

随着我弹起第一个音符，胤祯开始舞剑，并唱道：

> 一生有一种大海的气魄
>
> 岁月一页页无情翻过
>
> 把乾坤留在您心中的一刻
>
> 就已经注定您不甘寂寞
>
> 一心要一份生命的广阔
>
> 世界一遍遍风雨飘落
>
> 把江山扛在您肩头一刻
>
> 就已经决定您男儿本色
>
> 大男人不好做
>
> 再辛苦也不说
>
> 躺下自己把忧伤抚摸
>
> 大男人不好做
>
> 风险中依然执着
>
> 儿女情长都藏在心窝
>
> 任它一路坎坷

唱到第二段时，有一排鼓者登上舞台，一边奋力击鼓一边同胤祯和着副歌。

歌停舞毕，台上众人皆捧起一碗酒向康熙敬道："恭祝皇上六旬大寿万福金安。我等八旗子弟愿永远团结一心，共卫我大清王朝国泰民安，繁荣昌盛！"

壮士们说完后仰头一口喝干烈酒，右拳捶着胸口单膝跪下，以表忠心。

康熙激动地站起身来鼓掌："好，好！真是太精彩了！比起夜莺多年前那场歌舞真是有过之而无不及！哈哈，朕要好好赏赐你们！"

我和胤祯并肩向康熙行礼："谢皇上、皇阿玛隆恩，皇上万岁万岁万万岁！"

康熙笑意盈盈地吩咐我们起来："这首歌朕很喜欢，唱到朕心坎里去了。舞蹈编排亦很精心，想必又是夜莺的主意吧。不过这次夜莺你为何没有唱歌，只让胤祯来挑大梁？”

我浅笑着答：“回皇上，夜莺不过是出些鬼点子罢了，最后将一切安排妥当的实为十四阿哥。他对您的一片孝心真是天地可表。夜莺不是当年不知天高地厚的小丫头了，从此我就是退居幕后，陪衬帮扶的贤内助了。因为不管在内在外，他都将是我生活里的主角和中心。”

听了我的话，席间有片刻的沉默。胤祯在袖子下悄悄地握住了我的手。他的手虽然有些颤抖，但十分温热。

康熙朗声笑了：“说得真好啊。夜莺言行真乃后宫妇人之表率。朕没有看错，将你许配给老十四果真是个正确的决定啊。你们没有辜负朕的良苦用心。”

退下舞台，胤祯突然拉着我一溜烟跑离了宴会。

好不容易停下来，我靠着旁边的树大口喘气：“你疯啦，皇上会发现我们不见了。怎么可以在寿宴上擅自离席……”

胤祯没有等我说完就吻了上来。他吻得过于炽烈，令我有些缺氧。

轻轻推着他，我抱怨道：“胤祯……我喘不过气来了……”

他的唇依依不舍地离开了我的唇。或许是觉得还没有吻够，他又如蜻蜓点水般地吻了我的眉眼、鼻子、脸颊和脖颈。

我被他弄得有些痒，不禁哭笑不得：“你怎么啦？”

胤祯温柔地将我抱紧：“你今天说的那些话让我好感动。我从来不知道，你竟愿为我牺牲掉你最引以为豪的歌艺。”

我靠着他，不满地嘟起嘴：“什么呀，我牺牲的多着呢。你可不要得意忘形，以后就知道欺负我了。”

胤祯嘿嘿笑了：“我决不负你。只不过可惜了那么美的歌声。”

“不可惜。从今往后我只为你而唱。”

胤祯抬起我的头，我以为他又要亲我，忙伸手推他：“不要老是这么行为恣意。我们虽有婚约，但毕竟成婚前还是注意点的好。”

没想到胤祯只是将他的头与我的头靠在了一起。

他笑道：“你想到哪里去了。放心吧，我不会让旁人说我们闲话的。”

安心地与他依偎在一起，我万分珍惜地享受着我们彼此间的这份甜蜜。

"夜莺?"胤祯又开口。

"嗯?"

"为我唱首歌吧,只给我的歌。"

我想了想,最后决定了这首:

> 今夜还吹着风　想起你好温柔
>
> 有你的日子分外的轻松
>
> 也不是无影踪　只是想你太浓
>
> 怎么会无时无刻把你梦
>
> 爱的路上有你　我并不寂寞
>
> 你对我那么的好　这次真的不同
>
> 也许我应该好好把你拥有
>
> 就像你一直为我守候
>
> 亲爱的人　亲密的爱人
>
> 谢谢你这么长的时间陪着我
>
> 亲爱的人　亲密的爱人
>
> 这是我一生中最兴奋的时分

歌曲很好地诠释了我的心境,不知不觉间,我对胤祯的爱和依恋已如此浓烈。胤祯开心地问:"这首歌叫什么,真好听。"

"亲密爱人。"

他重复道:"亲密爱人……那不是正如你我吗?"

我也乐了:"是,恰如你我。"

这时胤祯叹了声气。我不解:"怎么了?"

"夜莺,有时我真想就这样沉醉在你我之间的爱情里,再不需顾及其他。"

甜言蜜语很动听,但我清楚你不会的。你不会因为儿女私情而放弃雄图大志,而我也不会让你置于那样两难的窘境。

万寿宴后,康熙一时兴起,诏修《律吕》诸书,于畅春园蒙养斋立馆,求海内畅晓乐律者。

康熙如此声势浩大地搞起了歌唱班子，那么作为宫内女眷中最擅音律的我自然不能置身事外。由于我已经声明以后不会再抛头露面出来唱歌，康熙便只吩咐我常常去指点一下畅春园的音师们。

其实我这三脚猫的水准哪能配得上去指点他人，不过是出于想解解闷的念头，我倒也很领情地隔三岔五往乐班跑。

五月，四阿哥、八阿哥、九阿哥、十阿哥、十二阿哥及十四阿哥随康熙前往热河避暑。这次外出十三阿哥罕见地没被康熙点名同行，由此可见他此时的确不大得皇上欢心了。

好久未见十三，也不知他腿上的伤好得怎么样了。心里挂念着，我便忍不住想出宫去探望他。

到了十三府前，我却开始有些犹豫要不要进去。十三心里也定是怨我的吧。他一直都把我当作朋友，对我真诚指引、耐心规劝。而我却很少为他考虑过，这次他被罚，我也没能帮上忙。心里愧疚万分，我有什么脸面见他呢？

门口的小厮发现我，立刻向里面通传。不一会儿，十三府上的管家就亲自出来迎我进门了。"劳烦夜莺格格在外面等了这么久，真是侍候不周，望格格见谅。"

我摇摇头："老管家言重了，没有关系。十三阿哥在吗？他的伤可都痊愈了？"

"爷正在书房等着格格呢。您有什么话不如亲自问吧。"

跟着管家的脚步，我被带到了胤祥内院的书房中。进屋后，我看到他正坐在一旁的软榻上独自下着棋。

发现我进来了，胤祥抬起头对我微笑致意："夜莺，我正觉得一人无趣呢，你来了刚好陪我下下棋。"

我笑着走到了矮几的另一边坐下："夜莺没有十三阿哥的雅兴，不晓得这围棋的奥妙。我不过俗人一个，恐怕也就只能跟你说说话罢了。"

十三看起来颇有些落寞，他抬手将一枚棋子扔进了盒中。"你过谦了。依我看，这些阿哥格格谁都没有你超脱。"

我心下笑了：那是，你们是真阿哥，我是假格格。本就一无所有，又为何不超然自在一些呢。

"十三阿哥腿上的伤都好了吗？"

十三无所谓地摆手："本就不严重，过了这些时日早已无碍。是下面那些奴才言过其实了。"

我垂下头拉扯着手绢："是胤禛他们对不住你。虽然没有资格被原谅，我还是想代他对你说一声抱歉。"

"你没做错任何事，根本不必向我道歉。至于十四弟他们，我们立场不同，他们针对我与四哥是自然的。成王败寇，也只能怪我们自己不小心，这怨不得别人。"

胤祥越是这样说，我就越觉得自惭形秽。"春燕她……似乎很担心你。"

听到了春燕的名字，十三有明显的愣神。他的手在棋盘上凝滞了几秒的时间，稍后才反应过来。"是她紧张过头了。不过还是怪我不够谨慎，才连累她不安。"

我没有说话。我们彼此静对了一会儿，十三想起什么似的又问："春燕是不是难为你了？听说那天你来看我，她对你说了些不好听的话。希望你别放在心上。她这个人一向敢爱敢恨，有什么说什么，其实不过是刀子嘴豆腐心罢了。说起来，也都是因为你当初在年府里惯坏了她，才让她这样没大没小。"

胤祥说起春燕的时候，眼睛里充满了笑意与温柔。他似乎还沉浸在往事的美好记忆中，无法从中抽离出来。

我偏过头不再看他："归根结底也是我害你们这样，相爱却不能相伴。对于你们，我说一万次对不起也不能表达我的愧疚之情。可是十三阿哥，我是个自私的人。我必须诚实地告诉你，虽然充满遗憾，可是我对当初逃婚的举动一点都不后悔。因为我不甘心就那样成为一个政治婚姻的牺牲品，我不愿嫁给一个我根本不爱的人。退一步说，如果不是我那时的离经叛道，就根本不会有我与胤禛的这一天。"

胤祥没有回话。他依旧在默默地看着棋盘。

我又开口："所以，十三阿哥，你从今往后都不需要再顾及我的感受了，因为不值得。感谢你曾经给予我那么多的宽容与谅解，但是自此你不用那么辛苦了。只做你该做的事，只为你该为的人吧。"

十三抬眼直视我："夜莺，你看看这棋局，觉得如何？"

我扫了一眼棋面，无奈地回道："十三阿哥这是刻意为难我。我怎么可能看得懂嘛。"

"你看不懂这棋局，难道还看不清当今的时局吗？"

对于十三言下之意我心中了然。"眼下十三阿哥虽受了些冤屈不为皇上重用，可我相信以四阿哥与你的才智，绝不可能一直处于下风。打起精神来，沉舟侧畔千帆过，病树前头万木春。"

十三看着我的眼神里浮起些许疑念："夜莺，有时我真的很不懂你。就连我和四哥都没有十分把握的事，为何你每每总是对我们信心满满。话说回来，既然你坚信我们能成事，那当初为何还舍弃四哥。以你如今的身份和处境，不是该全心相信并支持十四弟吗？"

我笑了。该如何解释呢？难道说我的灵魂来自三百多年后，所以我才那么确定最终的胜负定局？

"不过是我的直觉而已，没什么确凿的依据。我当然会全心全意地相信他、支持他，这是不需要条件的。无关荣辱，不计成败。"

十三有些哑然失笑："早就听说了皇阿玛生辰宴上你一番真诚感人的自白，如今一席话更是让人深切感受到你对十四弟的一往情深。这小子还真走运，能得你如此款款深情。只不过苦了四哥，他……"

我打断了他："时候不早，我出宫这么久也该回去了。"

胤祥摇了摇头："也罢，说再多也改变不了什么。十三只祝你与十四弟可早日完婚，恩爱到老。"

"借你吉言。"我报以他暖暖的笑容，随即转身走出了书房。

他想说的我都明白，可是明白与接受是两码事。我已经辜负过一个人，如今绝不会再辜负另一个了。

康熙他们前往热河避暑，一去就是四个月。五十二年九月，一大班人马才姗姗回京。

九月金秋过后不久，又迎来一年冬季。整个冬季，我与胤禛见面的次数屈指可数。一方面是为了避嫌，另一方面也是因为他真的忙。

四阿哥与十三在康熙面前失宠后，胤禛受到了极大的倚重。这不仅是因为胤禛的治国才能受到了认可，更多的恐怕是出于康熙这只老狐狸想分八阿哥一些权的需要。

　　前太子被废以来，朝中不断有大臣奏请皇上另立新太子，以佟国维、马齐、阿灵阿、鄂伦岱、揆叙、王鸿绪等为首的朝中重臣甚至多次联名保奏八阿哥为储君。康熙每每都以借口拖延搪塞了。但他的不表态，不代表这件事没有受到他的重视。

　　八阿哥贤名远扬，在外得万千学子的称颂膜拜，在内又受到众多股肱大臣的鼎力拥戴。他的野心太强太急，以至于蒙蔽了他的心智，让他这么聪明的人都不懂得自己需要掩藏锋芒以避免招人嫉恨。毕竟没有一个皇帝在他尚在位时不会对一个呼声过高的皇子心存戒备，逼宫篡位可是所有天子最为恐惧忌讳的事啊。

　　胤禛的政治抱负能得到施展，我自然很为他高兴。可看着他们几个人越来越膨胀的欲望和野心，我又真的很忧虑。若事态真有他们想的那样一帆风顺就好了，可惜人生总是不如意事居多。跳得越高，最后往往摔得越惨。

　　这个冬天快些过去，五十三年快点来吧。过了明年，我就可以如愿嫁给胤禛，做他名副其实的妻子了。除了他，我已别无所求。

# 卷四十三　风云突变惊坐起（上）

我用颤抖的手细细抚摸着捧在手心的大红喜服，内心五味杂陈。

八年前我无意中灵魂穿越到大清朝，一觉醒来竟成了即将嫁给四阿哥胤禛的准侧福晋年湘儿。那时惊慌失措的我选择了以出逃的方式避开这突如其来的婚事。本以为自己可以远离宫廷早日回现代，却没想到阴差阳错下偶遇九阿哥并被他带入宫中。此后种种，与太子、八阿哥、十四阿哥之间的情爱痴缠，编织成我这些年平淡中夹杂着些许惊险的生活。

尽管曾经爱错过、受伤过、心灰意冷过，老天毕竟还是眷顾我的，他让我与胤禛最后走在了一起。厌倦了紫禁城争权夺势的纷扰，只有和胤禛两两相对时，我的心才能获得宁静。与他相遇、相依、相爱，直至相许，我才确信这世上果真有一种情感，能教人无怨无悔，那就是真爱。

三年前，康熙许我俩以婚约；三年后，我守孝期满，我们的大婚之期眼看着一步步近了。

"你发什么愣，快穿上试试看呀。若是大小不合适，本宫再叫裁缝修改。"宜妃打断了我的思绪，让我终于将目光移离喜服，看向对面的她和九阿哥。

我讷讷地点点头，然后捧着衣服走进了内屋。当我穿好出来时，能明显感到宜妃和九阿哥的眼睛一亮。

宜妃率先走过来，嘴里不住地夸赞着："明明一直都在本宫的眼皮底下嘛，怎么直到今日才发现这丫头是这么个娇媚的美人儿呀！果真不错。不大不小，不胖不瘦，正是合身呢！"

我被她夸得不好意思："娘娘过誉了，夜莺能有您一半的美貌与风采就好了。这次，真的很感谢娘娘的美意，我好喜欢这新娘喜服。"

宜妃笑着刮了一下我的鼻子："就你嘴甜。"

她拉起我的手，脸上显现出浓浓的不舍："你陪在本宫身边这么多年，就是假的侄女也会培养出真感情了啊。如今你要出嫁，本宫感觉就像嫁女儿一样，舍不得呀。这喜服，就算是我和胤禟对你的一点心意。往日对你诸多苛刻的要求，还望你不计较，多记着些我们的好吧。"

我被她说得眼眶发酸："娘娘说的这是什么话。夜莺有什么好计较的，我感谢您还来不及呢。这些年若不是您的照顾和指引，我真不知该怎么捱过来。娘娘的恩情，我此生永不忘怀。"

宜妃摸着我的脸颊："好了，我们不说这些伤心的话。皇上已经下旨，待明年开春，就择个良辰吉日将你嫁了。这是喜事，我们该高兴的呀。"

我面向宜妃端端正正地行了三拜九叩大礼。她本想劝阻我，但见我坚持便也就受了我的礼。

我是真心实意地感激她，尽管她与九阿哥的初衷是想让我为他们所用，但不可否认的是他们也的确在这险恶深宫中为我提供了一处庇身之所。他们让我多少感受到了些暖暖温情。

九阿哥起身将我扶了起来。他紧抿着嘴唇，原本俊美的脸现在却显得略微有些僵硬。

"不久后，你就该叫我一声'九哥'了吧。"

我一愣，随后反应过来，只是默不出声。

九阿哥嘴边浮起自嘲的笑："真是命运弄人。我用了八年时间，原来只是将'九弟'这个称谓变成了'九哥'。兜了一圈，竟又回到了原地……"

我张口想说话，却被他抢了先："我知道你想说什么，我都明白。不过没关系，反正我一直都是为他人作嫁衣的。"

我的心口好像被利锥刺了一样痛。我抬眼看着他，眼泪就要忍不住了。

胤禟伸手盖住了我的双眼："你不要这样看着我，再也不要这样看我了。"

他是下决心要割舍了。谢谢你，胤禟。让我在出嫁前能这样安心，让我并没有失去你这个朋友。

此时已是康熙五十三年十一月，又是一年萧瑟时。中旬，康熙前往热河巡视，四阿哥、八阿哥、九阿哥、十阿哥、十二阿哥、久违的十三阿哥和胤禵皆同往。

　　本来康熙也点了我随行，但我以待嫁避嫌为由推却了。在出嫁前我想尽量减少外出，避免一切可能的麻烦。康熙似乎看透我的心思，便不强求。

　　蕊儿跟我说八阿哥在半路离队了，因其母良妃的忌日正好在这几天，他便向康熙辞行先去拜祭母亲了。

　　再听人说起八阿哥，我已不会有别样的情绪。只是偶尔会叹息，以他的才华、睿智和极深的城府竟然最终都没能登上皇位。胸怀大志，对母亲恪守孝道，对妻子专一爱护，从品德上看他在众阿哥里也绝对是翘楚。

　　这天，有别宫的小太监给我带来八福晋的信。我纳闷地展开信，心想：这八福晋与我久未联系，此时给我写信会有什么事呢。

　　蕊儿似乎比我更好奇："格格，八福晋都说了些什么呀。"

　　我无所谓地说："哦，没什么。她说八阿哥要向皇上呈献的礼物落在家里了，想请我跑一趟帮她送去。"

　　蕊儿疑惑地皱起眉："既然如此，那为何她不亲自送呢，何必大费周折地来请您出面？谁都知道您和八阿哥曾经……她这样不是挑起事端吗。"

　　我笑了，这蕊儿，难道真是我平时对她太好，如今竟什么都敢说了。

　　"八福晋在信中解释了。因她要照顾年幼的弘旺所以抽不开身。皇上较为亲信我，加上我出行方便，她这才想起了找我。"

　　蕊儿还是颇为踌躇："奴婢仍觉得此事有蹊跷。既然不是什么大事，不如就打发了奴才跑一趟吧，格格没必要亲自去的。"

　　我抬起头看她："蕊儿姐姐真是实心实意为我打算，让我好感动。只是八福晋难得开口相求，我怎能拒绝呢。放心吧，我会多带一些侍卫，没事的。"

　　蕊儿突然冷不防地"扑通"向我跪下，吓了我一跳。

　　"格格，奴婢求您别去。您眼看着大婚在即，还是少生枝节为好。九阿哥、十四阿哥临行前也交代了奴婢要侍奉好您的。八福晋这忙，您就不要帮了吧！"

　　我拉下了脸："蕊儿姐姐，我尊重你、信任你，但是你也不能这样强迫我做决定。到底是为什么你死活不让我去呢？你越这样强烈地反对，我就越想去一探究竟。"

　　蕊儿见阻挠我不成，就只能为我收拾行李随我同行。

　　行车的路上，我与管事的大太监闲聊，问他八阿哥都准备了些什么贵重礼物，还非要立刻送去。

管事太监只是眯眼笑着说："这奴才也不清楚，想必是什么珍奇宝贵的玩意儿吧。"

马车一连奔驰了三天，我们才终于赶到热河。顾不得立刻去给康熙请安，抵达后我首先到自己房间沐浴了。总不能以这样脏兮兮的狼狈样子面圣吧，还是梳洗之后再去好了。

吩咐了蕊儿他们打点好一切后，我松了口气，在浴桶中舒服地泡起了澡。不知是因为水太热还是因为我太累了，我泡了一会儿就感觉困得不行，眼皮打架。在香气缭绕中，我还是慢慢闭上了眼睛。

好冷啊……怎么会这么冷，仿佛置身寒窖。我打了个冷战，然后睁开了眼。浴桶中的水早已变得冰凉，我的全身几乎要失去知觉。我刚刚睡着了吗？

糟糕！要向康熙呈上八阿哥准备的礼物啊，我怎么洗个澡就睡过了呢。现在什么时辰了？

"蕊儿，蕊儿？"我大声呼唤着蕊儿，可是却没人应。

我擦干身体披上衣服，将半湿的长发随便绾了个髻就出门了。一路上我看到有些太监宫女聚在一起小声议论着什么，都是一副惊恐之色。

我拉住了其中一个宫女问发生什么事了，小宫女支支吾吾半天才说："回格格，奴婢听说，八阿哥遣人送来了两只将死的秃鹰呈给圣上，使得龙颜大怒……"

我眼前一黑，险些站不稳。小宫女忙扶住我："格格，您没事吧？"

我想起来了。历史上的八阿哥最后就是败在这毙鹰事件上，从此他便大失圣心，再无夺嫡胜算了。原来他这次托我送的就是秃鹰啊，为什么之前没人支会我呢？这到底是怎么一回事，到底是谁干的？

我跌跌撞撞地向康熙行帐奔去。

刚走到门口就听到康熙的怒骂："混账东西！朕早就识破他的狼子野心，却想不到他今日竟如此嚣张放肆，胆敢把将死之鹰送给朕。他这是讽刺朕时日不多了吗？真是个逆子！"

我内心大呼不妙，急着想进去，可却被人从身后拉住了。我转过头看，发现是蕊儿。

"格格，您不能进去。皇上正发怒呢，只怕此时什么都听不进去。你看，九阿哥，十四阿哥他们也没站出来说什么啊。"

我一把甩开她："闭嘴！不需要你在这里充好人。"

掀起帘子我几步迈进了皇帐中。

屋内之人见到我都很惊讶，康熙不解地问："夜莺，你怎么会在这里？"

我立刻福下身向他行礼："夜莺见过万岁爷，万岁爷吉祥。其实夜莺此番前来是为了替八阿哥传送给您的礼物。我也是刚刚才听说了毙鹰的事情，只怕这是个误会……"

我话还没说完，就被人冷酷地打断："夜莺格格，你衣冠不整地出现在圣上面前已是失仪，切勿再说些没凭没据的胡话以扰圣听。来人，将夜莺格格带下去吧。"

蕊儿见势立刻上前来扶我。

"等等！老四，让夜莺说下去！"康熙抬手制止了四阿哥对蕊儿的命令，"夜莺，你刚刚说什么，你是替老八前来的？这么说你提前已经知道他的诡计了？"

我摇摇头："我的确是替八阿哥而来。但之前并不知道八阿哥所赠之物是秃鹰，更不知会是两只毙鹰。我想八阿哥也一定不会有此歹意的，或是有人从中作梗……"

我的话再次被人打断："夜莺格格这话说得着实有趣。哪有人替别人帮忙却不清楚其意图的？我看，你十有八九是八阿哥的帮凶。现在的狡辩也不过是为了给自己开脱吧？"

我向这声音的主人看过去。和上次一样，是一对冰冷仇视的眼睛。春燕，这次你也随扈了啊。

四阿哥厉声喝止她："休得无礼！妇道人家在御前岂敢造次，这里哪有你说话的地方？"

春燕不依不饶："皇阿玛，我没有说错。大家都知道，夜莺格格与八阿哥曾有一段感情，那么帮他做这大逆不道之事，也是说得通的。"

这一次九阿哥、十二阿哥、十三阿哥和胤禛都听不下去了，他们纷纷为我出声。

"四嫂不要血口喷人！夜莺与八哥早无瓜葛，这些年也一心待在闺中待嫁。

何来帮凶之说？还请四嫂无凭无据的不要乱给夜莺扣罪名！"胤祯急着替我解释。

九阿哥附和道："就是！夜莺是我母家的人，她的人品我能保证。"

胤裪还算冷静："按四嫂说的，如果夜莺格格真是帮凶，那为何此刻还要出现在这里任由你指控？按常理她该退避三舍才是。还有，皇阿玛待她甚好，她根本没有这样做的理由。就是退一步说，即便她有心对皇阿玛不敬，也不必亲自来送啊。"

春燕冷笑一声："谁说我没有证据？"

四阿哥的脸微微有些抽搐，看得出是在强忍着怒气："你闹够了没有！"

十三满眼的忧色："还望四嫂三思而后言。"

春燕听了十三的话，稍稍怔了一下。

康熙出声叫停了这场争论："你们都闭嘴，且听年氏说说看。若她言之有据便罢了，若她信口开河冤枉夜莺，朕定然重罚她！"

所有人都倒吸了一口冷气，同时将目光移向春燕。只见她不慌不忙地笑了笑，从她贴身丫鬟的手上取过递来的几封信。

春燕将信件双手捧着呈给康熙："禀告皇阿玛，臣妾无意中发现夜莺格格与一西洋教士来往甚密，常常互通信件。且信文皆由不列颠文书写，相当神秘。试问夜莺一个深宫中的格格，是从哪里习得这洋文的呢？"

我斜着眼瞥了眼身旁跪着的蕊儿，她低下头回避着我的眼光。我又向四阿哥看去，他此刻的脸色很不好，只是无言地瞪着春燕。

康熙翻了翻我与穆景远之间的信，然后抬起头问我："夜莺，你看看这些信。的确是你写的吗？"

我从他手中接过信，确认过后承认道："是我写的。但夜莺不认为这有什么错。"

康熙目光深远，似乎要将我看透："你还挺理直气壮？那你说说，你是怎么学会写这西洋文的？"

我想了想，然后说："我的养父，也就是三年前过世的郭络罗家的老王爷，特别喜欢搜集世界上各类珍奇异宝。他府上也常有别国传教士往来，我的西洋文就是那时从老教士那里学到的。"

现在只能瞎编了。不能把穆景远与九阿哥相识的事情说出来，这样恐怕会连累了他与宜妃娘娘。

康熙饶有趣味地回道："哦，是吗？夜莺你还有这么一段有趣的经历？老九，你说，夜莺所言是否属实？"

胤禟忙出来答："回皇阿玛，夜莺所言非虚，的确如此。我那舅父的确有不少洋人朋友。"

康熙似乎很疲惫，他揉着自己的太阳穴："这么说来，夜莺并无什么古怪之处啊。年氏，你还有什么证据，不妨一齐拿出来。"

春燕想了想，然后从容不迫地说："听延禧宫里的人说，夜莺格格经常穿着奇异服饰，并常做些古怪的举动。她名其曰'健身操'，但其举止委实诡异，就像是什么宗教仪式一样……"

康熙摆摆手，显示出一丝不耐："年氏，你说了这么久，重点究竟是什么？"

春燕瞥了我一眼，那一瞬间我似乎看到了她嘴角划出一抹得意的笑："臣妾怀疑，夜莺格格与江湖邪教——白莲教的人有来往。或许是其信徒也说不准呢。"

春燕话音一落，立刻激起千层浪。她身旁的四阿哥拽起她的衣袖："你知不知道自己在说些什么？"

春燕冷漠地看着他回道："臣妾很清楚。"她重重地甩开了四阿哥的手。

胤禛气急败坏地说："你胡说！夜莺怎么可能是邪教的人，这么做对她有何好处？"

"我没有胡说，事实摆在眼前。说起来，夜莺格格的身世也是个谜。九阿哥和宜妃娘娘宣称她是郭络罗家领养的女儿，她就这样顺理成章地被送进宫，从未有人对此深究。这样来路不明的人本就可疑，加上她通晓洋文，善于蛊惑人心，看起来更加来者不善了。众人有目共睹，八阿哥觊觎皇位已久，而夜莺身为邪教成员意在反清，两人正是一拍即合图谋不轨！"

春燕的话句句如雷，听在众人耳里，引起了不小的震荡。

我怅然地看着她：这是你报复我的方式吗？我逃婚，害得你为我代嫁不能与十三阿哥长相厮守；我懦弱，害得十三身受重伤令你心如刀割。于是，这新仇旧恨就一次找我来清算了吗……果真，欠下的终归是要偿还的。

胤祯再也忍不住，他当即跪下："皇阿玛，儿臣敢以性命担保，夜莺绝非此种不忠不顺之人。儿臣不明白四嫂为何凭白这样诬蔑她，或许其中有什么误会，但夜莺的人品您也是明白的呀，这些年她一直尽心尽力侍奉在您的身旁，从未有过逾矩之举啊！"

大堂里众臣开始议论纷纷，对着我指指点点。九阿哥和十二阿哥也想挺身而出为我说话，但都被康熙阻止了。

"好了，你们都不必说了。朕要听夜莺讲。"他看向我，目光深不可测，"你怎么解释。"我木然地回道："我没什么可说的。"

众人对我消极的反应一片哗然。

胤祯忙过来拉我："夜莺，你怎么了。快点给皇阿玛解释啊，把误会解释清楚就没事了。"

我心疼地看着胤祯，一种深深的无力感在慢慢滋生。没用的，胤祯。有些误会，是永远解释不清的。有些结，一旦产生就再也无法解开。更何况，这次是有人筹谋已久。

我慢慢跪下，面无表情地说："夜莺问心无愧，从未做过任何伤害圣上、损害大清的事情。至于信或不信，全凭皇上做主。"

康熙盯着我看了半晌，最后他仰面叹息一声："罢了。传朕的旨意，明日便班师回朝。夜莺与胤祺同为疑犯，皆处以监禁。至于其罪责，回京再审。这期间，谁也不得为他们求情。"

康熙最后一句话将众人的口全部堵住。所有人只能俯首称是。

# 卷四十四　风云突变惊坐起（下）

一走出康熙营帐，九阿哥、十二还有胤祯就围过来关心我。

十二看起来很为我担心，他向来平静无波的脸上愁眉紧锁："夜莺，你刚刚为什么不反击。现在的形势真的对你很不利啊。"

九阿哥恨恨地说："该死的年氏！我没有戳穿他们的那些蝇营狗苟，她倒先发制人来了。老四究竟是怎样管女人的！"

十二和胤祯都对九阿哥的话表示不解。他们同时转向了我，等待我的回答。

我没有说话，只是看向身边不远处站着的四阿哥、十三及刚刚语出惊人的春燕。春燕同时也在冷冷地瞅着我，毫不示弱。

四阿哥一直在隐忍，他的脸色现在糟得可怕。他几乎是咬牙切齿地对春燕说："你最好给我一个合理的解释。你到底在想什么，疯了吗？"

春燕依旧看着我，她一字一句地回道："四爷，我没有疯，我现在空前的清醒。您有您的敌人，我也有我的。杀了她，是我如今活着的唯一信念。"

十三在四阿哥彻底发怒前及时地出来挡在了两人中间："事已至此，多说无益。我们还是先回去认真沟通一下比较好，看看怎样才能挽回事态，救出夜莺。"

九阿哥不忿地反击："你们少在这里惺惺作态了！夜莺自有我们搭救，不需你们猫哭耗子。"

春燕再一次扬起了胜利者的微笑。

是啊，她多么厉害。她刚刚几番话就将我推入了深渊，让这帮亲兄弟立刻反目成仇相互倾轧。这就是你想看到的吗？让我身败名裂，让我在意的人彼此仇视。如果是这样，你成功了，你的目的达到了。

此刻的气氛仿佛降到了冰点。

十二看了看我，适时地出来打圆场："这可是在皇阿玛帐前，我们不宜喧哗争吵。若是再惊动圣驾可就糟了。"

听了他的话，众人慢慢散去，只有我和胤禛还站在原地。

十二走前回头又看了我一眼，那眼神意味深长，似乎想将他很久以来的所思所想一次性表达出来。我对他绽出疲乏的笑。

在侍卫的监视下，我走回了自己的房间。

打发了旁人出去，确保无人偷听后，胤禛终于开口："事到如今你还是什么都不愿告诉我吗？你与四哥、十三哥还有年氏之间究竟有什么过节？"

我没有回答。

胤禛苦笑着继续说："我以为我们相爱，就该彼此坦诚相待。可是为什么，你对我仍有诸多保留。难道我就这么不值得你信任依靠吗？"

我久久凝视着胤禛，心里堵得厉害。

"好，我什么都告诉你。但你要答应我不能冲动，不能做傻事。"

看到胤禛郑重地答应了，我才缓缓开口。我一口气将我穿越而来之后的事向他全盘托出。等最后讲完时，连我自己都讶异这些年我竟经历了这么多。

胤禛呆坐在高椅上，不发一言。

我将手搭上他的肩："对不起，一直以来都没有告诉你实情。因为我怕你会因为我而卷入这场纠葛中，我怕你为难……"

胤禛一把将我搂进怀抱："该说对不起的人是我。我没有早点保护你，没有早点守护在你的身旁。这些年你竟吃了这么多苦，受了这么多煎熬……"

我拍了拍他的后背："别这样说。不管曾经遭遇过什么，最终能和你相爱，一切于我来说都是值得的。不管往事多么难堪，前路如何坎坷，我都不怕，只要你在。"

胤禛紧紧搂着我的肩膀。

过了一会儿，我终还是迟疑着问他："八阿哥怎么办，皇上不会真的听信他人谗言疏离自己的儿子吧？还有你和四阿哥……"

胤禛轻轻用手指覆上我的唇不让我继续说下去："你如今都自身难保了还

为别人操心。其他的一切我现在都不想考虑。什么夺嫡争位，什么兄弟骨肉，都没有你来得重要。救出你，才是头等大事。"

我不再说话，就这样安静地依偎在胤禛怀里。我笑了，甜甜的。其实胤禛你并不知道，进宫以来我从未有此刻这般安心过。对你坦白了所有，我心里的包袱终于卸去，我们的心贴得很近很近。

回宫后会面临什么，我不知道。可是想到从此之后你将会是我的依靠，我便不再恐惧。你会不顾一切地顾及我的一切。而我，亦如是。

皇家车马经历了三天三夜的颠簸后又浩浩荡荡地回到了京城。在平民百姓的眼里这次回程或许没什么不同之处，可是知晓内情者都明白，紫禁城这阵子不会安生了。

回宫后我立刻被拘禁起来。虽然依然居于延禧宫中，但门外安排了一队侍卫看守。任何人无皇上的令牌都不准探望我，就连宜妃和九阿哥也不行。

身边服侍之人只剩下蕊儿一个。然而除了必要的送饭时间，我都不愿见她，也不再与她说话。

这天蕊儿进屋收拾碗筷时对我说："格格，您这几日吃得越来越少了，人也越发消瘦……这样可不行，万岁爷没下旨前您千万要振作，不能倒下啊！"

我看都没看她，只是冷漠地说："出去。我不想见到你，不想和你再说一句话。"

蕊儿一下子跪倒在我面前，她哭泣道："格格！这件事奴婢真的事先不知情啊。与格格相处了这么多年，承蒙了您的这些关照，我怎么会害您啊！"

我冷笑："蕊儿姐姐真是有趣。你从一开始就是四阿哥派来监视我的细作，之前所做的一切不正是你的本分吗？如今我即将被发落，你主子这下该高兴了吧。"

蕊儿一直磕头解释着："不是，真的不是……四爷怎么会希望格格出事呢？回宫后万岁爷之所以这么久都没审理这个案子，就是因为四爷还有十四爷他们一直在为您求情的缘故啊。您一定要对四爷有信心，他会让您安然无恙的！还有，这件事真的全是年福晋一人的主意，其他人全不知情。格格，请您不要误会四爷。"

我转过脸直视着蕊儿："我还记得在第一次随皇上出巡蒙古的马车上，我认你做我的姐姐。那时我是多么真心的想和你成为姐妹，彼此在这深宫中相互扶持帮助。当我知道你是四阿哥的人时，你知道我有多失望有多难过吗？但我始终没有揭穿你，因为我一直期待着你会改变，我以为我用我的真心可以换来你的真心。是我错了，我现在才明白原来皇宫这个地方是没有真心的。"

蕊儿早已泣不成声："格格，奴婢知错了。奴婢知道有愧于您，可是奴婢没办法，四爷对奴婢有恩哪。对，我承认，我是向四爷汇报了您的所有日常举动还有行踪，我是偷走了您与穆教士的来往信件交与四爷。但四爷从没想过凭此来坑害格格，我们也不知道那信好端端的怎么会落在年福晋手里……"

听了蕊儿的话，我心里充满了苦涩："蕊儿姐姐，你对四爷还真是一片忠心啊。那他对你呢？他还不是只想利用你而已。你怎么和我一样傻啊。我信任你你却背叛我，你忠于他而他却不珍视你。这个皇宫里的人都是怎么了……"

门"吱呀"一声被推开了。怔忡的我和泪眼婆娑的蕊儿一同向门口看去——是春燕伴着德妃一同进来了。

蕊儿赶紧抹了抹哭花的脸，随即向德妃福身请安："奴婢见过德妃娘娘。见过年侧福晋。"

德妃挥手示意蕊儿出去。蕊儿看着我，颇为犹豫。

春燕不耐烦了："娘娘吩咐你出去，还在这儿磨叽什么！"

受了训斥，蕊儿只好离开房间。她关上门的一瞬间又不安地看向了我。看来四阿哥对他额娘的突然造访并不知情呢。

见我依然端坐在凳子上并未起身对她行礼，德妃皱起了眉头："进宫这么多年，宜妃还没将你调教好吗？该有的礼节都不懂，真不知皇上为何会将你许给胤祯。"

我淡漠地说："不知娘娘专程前来有何贵干。"

德妃坐在了我的对面，春燕则立在她的身侧。

"春燕把所有事都告诉本宫了。"

我倏地抬起头看春燕，她正直直地瞪着我，眼里充满怨毒和鄙夷。

德妃继续道："你这样的祸害不能留。无论是对老四还是老十四来说，你都是一个致命的绊脚石。本宫不会让你阻碍他们的前途的。"

"哦？那又如何，这只是娘娘私心的愿望，最后拿主意的却还是皇上。"

德妃被我的话激怒，她使劲地拍了一下桌子："你不要仗着皇上对你那几分宠爱就如此有恃无恐！本宫已经将你作为白莲教教徒意图谋害皇上的事情告知皇太后了，她老人家一定不会容你这样一个反贼留在皇上身边。"

呵，真讽刺啊。一切还未尘埃落定，我怎么就成异教徒和反贼了？真是欲加之罪，何患无辞。

"德妃娘娘，您就这么讨厌我、不希望我嫁给胤祯吗？您明知道我是冤枉的，却还是将错就错。您真的为胤祯考虑过吗？他若知道您这样做一定会很伤心。"

德妃向我投来凌厉的目光："我没有为胤祯考虑？本宫就是太顾及他的感受和喜好所以之前才纵容他与你在一起。可是听说了你逃婚的事后我再也不能妥协了！我怎么可以让我一个儿子出逃的未婚妻嫁给我另一个儿子？我不能眼睁睁看着他们兄弟俩因你而反目成仇，身败名裂！如果你真的爱胤祯，就放开他吧，不要再蛊惑他了。"

"如果我说我办不到呢？"

德妃的脸显现出肃杀之气："如果你不答应，本宫就会打压你们年氏一族，让他们再不能为朝廷效力，让他们因你而连坐。本宫甚至还可以将此事波及宜妃和九阿哥，让他们和你一起受难。该如何抉择，你自己考虑吧！"

德妃说完后就起身甩手离去了。

春燕没有立即随她出去，她走到我面前，捏着我的脸颊睥睨着我说："福大命大的夜莺格格，哦不对，其实我该叫你一声湘儿小姐吧？你不是一向都能逢凶化吉的吗，那这一次你又打算如何应对呢？你终于也尝到这种求天天不应求地地不灵的滋味了吧，是不是很难过？"

我仰视着她："真的要这样吗？逃婚是我不对，没有为十三求情是我不该。但是你就算杀了我也不能和十三在一起了啊。既然如此，又何必苦苦相逼呢？"

春燕的手加大力气，我甚至能听到自己牙关发出的"咯吱"声。

"不除掉你这个贱人我难解心头之恨！今日的一切都是你活该！我一定会笑着看你下十八层地狱的，我期盼着那一天的到来。哈哈，哈哈哈……"

春燕推开了我，一边狂笑着一边跌跌撞撞地走出了我的房间。

德妃和春燕离去后，我一个人靠着桌腿儿坐在了地板上。蕊儿进来看我，一直问我德妃对我说了什么，我们之间发生了什么事。

我没有理会她，只是一个人发呆。

难道我命该如此吗？好不容易快等来了与胤禛的大婚日子，却还是硬生生地被破坏。是不是老天也生了我的气？因为我背离了他原本对我命运的设定，所以我再无资格按照自己的心愿做出选择了吗？因为我拆散了他人的姻缘，所以我和我爱的人也只能有缘无分了吗……

眼角的泪源源不断簌簌地往下落，一些渗入了嘴唇里，很苦很咸。

翌日，我即被康熙召见。好久没见过这么多皇室成员了，除了已被圈禁的废太子和称病未来的八阿哥，其他所有阿哥格格还有各宫娘娘均有出席。

看来这次是来真的了，我心里苦笑。

康熙与皇太后端坐于上座，左右两边分别坐着德妃、宜妃、惠妃、荣妃、定妃等。一众阿哥、格格则列于两旁，他们此刻都将目光集中在跪于大殿中央的我身上。

康熙清了清喉咙："时隔多日，夜莺，你对于自己的罪证还有什么要辩驳的吗？"

我扫了一眼德妃和站在人群中的春燕，然后沉下声答道："夜莺无话可说。"

九阿哥、十二阿哥还有胤禛都不可置信地唤我的名字："夜莺！"

皇太后表情冷峻："这么说，你承认自己的罪行了？"

我低下头，目光垂在地毯上。"是，一切都是我做的。我的确是邪教成员，先前有意接近老王爷，请求他收我为养女，之后又求他送我入宫，意图择机加害于皇上。这一切，九阿哥、宜妃娘娘还有逝去的老王爷全不知情，是我欺骗了他们所有人。"

皇太后愤怒地骂道："可恶！亏得皇上和哀家之前还那么喜欢你，没想到这么多年竟都是在养虎为患。你说，这次毙鹰事件是不是你和八阿哥一起商谋来诅咒皇上的？这背后到底还隐藏了多少阴谋，快点招了！"

"回皇太后，此次八阿哥为皇上呈献两只雄鹰并无恶意，只为聊表孝心而已。是我暗中对鹰做了手脚，意图趁当日情形混乱时行刺皇上。却没想到事与愿违，事情败露了。"

胤禛奔出来跪在了我的身边。他使劲摇晃着我的肩膀："夜莺，你在说什么呀！"

我看向他，心被撕扯一样的痛。"对不起，十四阿哥。我欺骗了你的感情。我接近你不过是为了换取皇上对我的关注与重视罢了。"

胤祯的眼中透出丝丝慌乱："不会的……我不相信你所说的！为什么，究竟为什么呀……发生什么事了，你告诉我，我们一起面对。"

我偏过头不再看他，转而面向皇上和太后："夜莺所言字字属实，不敢有所欺瞒。"

康熙沉默着不说话。太后问他："皇上，事情原委已经弄清楚了，你打算如何处置夜莺？"

"儿臣一切听从皇额娘的决断。"

太后一字一句地说："罪徒夜莺，心怀叵测，意欲行刺皇上，谋逆我大清江山。其罪罄竹难书，天理不容，实为当诛！明日午时，将城中斩首示众，以儆效尤！"

太后对我的宣判让整座大殿炸开了锅。

九阿哥、十二、十三和胤祯不约而同地跪下："求皇祖母三思，求皇阿玛手下留情啊！"

宜妃也忍不住为我说话："这中间恐怕有什么误会，夜莺在宫中的这些年一直颇为本分，臣妾真的难以相信她是如此大奸大恶之徒。"

定妃顺势帮腔："是啊，夜莺格格善良宽容，待人接物向来谦和有礼。她对皇上也一直恭敬顺从，怎么会想要加害于万岁呢。"

德妃冷冷地开口："宜妃，夜莺可是你带进宫的，如今她出了这么大的事你还敢保她？皇上和皇额娘没有追究你与九阿哥的责任已是格外开恩，你不要得寸进尺。还有定妃，听说你们十二阿哥和夜莺向来走得很近，宫里时不时有些不好听的闲言碎语传出来。本宫劝你，此时还是避避嫌为好，免得给自己和十二阿哥惹来一身骚！"

宜妃和定妃被德妃抢白，不得不噤声。殿内众人看情势如此紧张，也纷纷屏息凝神，不敢妄加评议。

九阿哥、十二、十三和胤祯他们还未放弃，依旧跪着为我求情。

太后渐渐不耐："看吧，夜莺多么善于蛊惑人心。哀家的这些孙儿个个被她骗得不辨忠奸善恶。这样的狐媚妖精，绝不能再留于宫中祸害一方了。你们都起来，谁敢再为她求情，哀家一样重罚！"

胤祯不死心，他上前扑到皇上脚边，拉着他的衣裾苦苦哀求道："儿臣求皇阿玛、皇祖母网开一面，放夜莺一条生路吧！儿臣不能没有她，儿臣不能失去她啊！"

德妃怒斥道："胤祯，休得无理取闹！你皇阿玛、皇祖母已经下了旨，难道你想抗旨不成？"

太后也无奈地劝说胤祯："这个女人不是真心爱你的。她和你在一起根本别有居心，你不要再被她迷惑了。皇祖母这样做是为你好，是不想你被人利用啊。"

胤祯坚持着："不，不可能。就算所有人背弃她、否定她，我也依然相信她。"

我的心再一次被胤祯深深地撼动了。果然，就算我被整个世界抛弃了，他也不会离开我。谢谢你，胤祯。有你在，就算是死亡也没有那么可怕了。

康熙终于开口："你们都停止争论，别再吵了。夜莺的确罪大恶极，死罪难逃。不过念其毕竟是位格格，当众斩首未免残酷了些。故朕决定，赐其鹤顶红，留其全尸。胤禩，这事就由你去办吧。"

我闭上眼淡淡地笑了。终究还是难逃一死啊……就这样吧，用我的死换他们所有人的安好，很值不是吗？只是胤祯，这个傻瓜怎么办啊……

## 卷四十五　饮鸩含恨赴黄泉

我一个人蜷在房间的角落里，没有点灯，屋内一片漆黑，伸手不见五指。此方世界是如此的黑暗，如深不可测的深渊一般，没有光明。

回到延禧宫后，我再次被侍卫监禁起来。我出不去，也没人能进来。这样也好，我讨厌那样哭哭啼啼离别的场面。既然我是悄无声息地来到这里的，那么也让我一个人悄然离去吧。

我开始回忆起我和胤禛间的点点滴滴。从初识到如今的携手相伴，往事一幕幕，划过眼前。

我死后，胤禛会怎么样呢？会很难过吧……我只希望他的伤心绝望会是短暂的，今后终会有一个人能填补我在他心中的空缺。

念及他，我心中一动，摸索着爬起来。点燃了案上的烛火，我拿出纸笔，决定为胤禛写点什么。可写下"吾爱胤禛"后，我握着笔的手却僵硬地悬在了半空。如鲠在喉，有情难诉，我心中纵然有千言万语却不知从何说起。

门"吱呀"一声被推开了，进来了两人。

我放下纸笔，从桌子后走向前行礼："罪人夜莺见过万岁爷。"

李德全搬来了一只木凳放于康熙身后。康熙面向我坐下后，淡淡地抬手吩咐我起来。

相对沉默了一会儿，康熙终于开口，他的声音听起来有些沙哑。

"夜莺，朕知道这样很不近人情，朕也知道君无戏言不能擅自悔改，可是为了大局着想，朕决定今晚便对你行刑。李德全。"

李德全"嗻"一声应了，从袖中掏出了一枚精巧的陶瓷瓶，走来递向了我。

我伸手接过了小瓶，盯着它凝神发呆："为什么……皇上就这么急着让我死吗？到明天早上都等不及了？"

康熙重重地叹了口气："夜莺你知道吗，老四还有老十四他们现在仍为你的事奔走。他们正竭尽全力地搜集你无罪的证据。朕知道他们对你有情，可是情有时也会成为令人万劫不复的毒药。这件事是宫闱丑闻，不可外传。朕不忍他们为执拗的错爱而病入膏肓，朕也不想让事态再扩大了。夜莺，到这里截止吧。"

我闷声笑了。是啊，他们都是无辜的，他们不该因我而受伤。德妃如是说，康熙也如是说。你们心疼自己的儿子，那有谁能来心疼我？我只是想和胤禛在一起啊，难道这是一件十恶不赦的事吗？

"皇上，其实您知道我是无辜的，对吧？"

"是。对于年氏指认你为邪教成员这件事，朕私心里觉得甚为荒谬。朕之所以顺水推舟，原因有二。一则为了趁机打击胤禩一党，清除他对朝廷的威胁；二则为了彻底斩断你与老四、老十四之间的孽缘。

"早在你进宫时起，朕就派人打听过你的底细。朕一直知道，你才是真正的年湘儿。没有拆穿你，是想看看你与胤禛究竟有何把戏。不过出乎朕意料的是，你们并未有任何不敬之举。由于你与赫舍里皇后颇为相似，朕内心也渐渐喜欢上这样单纯的你，想把你当女儿一样留在身边。

"当年你钟情于胤禩，朕一开始就不看好，并未真的打算将你许配给他。毕竟郭络罗氏跋扈，恐怕容不下你。加上胤禩城府极深，他若知晓你与老四的过往一定会加以利用，把你推向风口浪尖。

"十四是如今这些皇子中朕最欣赏的。他对你用情极专，一点一滴朕全看在眼里。朕曾真心实意地愿你们俩结为夫妻。可是如今不同了。出了事情，就必须有人出来承担后果。胤禩一定会受重罚，但他终归是皇子，朕不会杀他。夜莺，你是个聪明人，相信一点就透。牺牲你实为权宜之计，朕别无他法。"

我笑出了声："皇上说得这么冠冕堂皇，其实还不是护短？夜莺何辜，却要承受这所有的错、所有的痛……皇上果真，好狠的心！"

李德全斥责道："大胆罪徒，竟敢出言不逊！"

康熙摆了摆手："夜莺，朕是对不住你。朕会通过提拔年羹尧、加封年氏一族来补偿你。"

我冷笑："人都死了，再补偿有什么用。皇上无须多言，夜莺如您所愿自尽便是。"

康熙站了起来，他背着手走到我身边。

"开始何尝不是一种结束，反之死亡又何尝不是一种重生？放下执念，你会轻松些。或许闭上眼，你会看见新的转机。从今往后，就看你的造化了。"

我走到桌边，拿起了刚刚打算写给胤禛的信。我狠狠地咬在食指上，然后用血在纸上画了两个交相重叠的心。

我将信递给了康熙："夜莺愚钝，不能理解皇上晦涩高深的话。夜莺如今只恳求皇上将这封信带给胤禛，在我往生之后。"

康熙接过信，出神地望着："春蚕到死丝方尽，蜡炬成灰泪始干。这说的便是你们之间的爱情了吧。好，朕答应你，会将此信交给胤禛的。"

我扬起嘴角点了点头。从瓶中取出丹药置于手上，我一眨不眨地盯着它看。以前看电视剧，老有那种妃子被赐死的情节，她们往往都是吞了鹤顶红。没想到这样的情节有朝一日会在我身上上演。呵呵，果然人生如戏。

"服了它，格格在一炷香以内就能解脱了。"李德全补充道。

解脱？但愿吧。除却万千烦恼，这世上不会再有这样一个我了。

我用颤抖的手将药丸塞入口中，一仰头顺势将其咽下。

在吞进毒药的一瞬间，我听见一声撕心裂肺的呼喊："夜莺，不要！"

转身望去，发现站在门口的胤禛此时已是一副万分惊恐的表情。他的身后还站着胤禩、胤禟、胤䄉和胤祥。众人皆是难以置信的样子。

我虚弱地笑了笑："你们真是待我不薄，在我离去前也不忘来送送我。"

胤禛怒吼了一声，然后疯狂地向我奔来。他一只手掰开我的嘴，另一只手压着我的舌头试图将毒药抠出来。

"吐出来，吐出来！"

李德全呼叫门外的侍卫："来人啊！你们是怎么看守的，竟让几位阿哥进来。快点拉开十四阿哥！"

听到李德全的吩咐，有十几位护从立刻跑进了屋将我们包围起来。其中有两个控制住了已经濒临崩溃的胤禛，可他一直挣扎着不愿和我分开。

我无言地看着始终未停止抗争的他，不知不觉间早已泪眼婆娑。

康熙说："好了，这里没什么事。李德全，让他们都下去吧！"

李德全做了一个撤退的手势，屋中的大内侍卫又在顷刻之间消失无踪。

胤禛立刻跑回我身边，他紧紧地抱住了我。我能感受到他全身在剧烈地颤抖。

"你们来得正好。夜莺刚刚服下鹤顶红，就剩下半个时辰了。你们还有什么话就抓紧说说吧。老九，别忘了，由你负责处理夜莺的身后事。"康熙说完后就抬步向屋外走去。

四阿哥抬臂拦住了康熙。他面无表情地问："为什么？皇阿玛，这不是夜莺的错。"

康熙停了下来："朕做的决定向来不需要征求他人意见，也无须得到全部人的接受。事实会证明，朕是对的。夜莺有她自己不得不渡的劫。而你们，也好自为之吧。"

康熙在甩下这样一句不容争辩的话后，就头也不回地离开了。

我对着胤禛说："四阿哥，莫做徒劳之事了。皇上说的没错，这一切都是我罪有应得。"

"不！我不要你死，我不会让你死的。年湘儿，在我还没有夺回我应得的一切之前，你不许就这样死了！"

胤禟捉起胤禛的衣领，怒火中烧地对他吼道："你少再这样自以为是了！夜莺被你害得还不够惨吗？若不是你设计陷害八哥，又托人带信给夜莺让她替八哥去送礼，她就不会因此而送命了！你这招好狠啊，一石二鸟，手不血刃却让所有人都中了你的圈套！"

胤禛不客气地甩开了他的手："我是意在老八，但我从没想过伤害夜莺！说起来你凭什么指责我？如果当年你发现夜莺出逃后立刻将她送回年府，我们也不会将错就错地过了这么多年。如果她没有进宫，如果她一直待在我的府中，那么今天的悲剧就不会发生了……"

胤禟一拳捶在胤禛胸膛："你如今说这些还有个屁用！你果然承认了是你谋害八哥的。好啊，你不就想打击我们几个吗。你目的达到了，可是你应该没想到吧，除了成功打压了我们外，你同时也害了夜莺！我今天要打死你，为了我们因你而遭受的伤痛！"

胤禛不甘示弱，也回以胤禟下巴一拳。他们两个很快便扭打在一起。胤䄉和胤祥在一旁劝架，但依旧无济于事。

我想去制止他们，可是却感到脚步虚浮无力，眼前模糊一片什么都看不清了。

胤禛感到我的异常，忙问我："夜莺，你怎么了？"

我尽力用最大的音量对他说："你让他们别打了……"说完我吐了一口鲜血，人也因为太过虚弱而倒了下来。

胤禛赶忙扶住我，同时扭头对其他人吼道："你们别打了！快来看看夜莺，她快不行了……"

他们几人听了胤禛的话，终于停止打斗，迅速来到我身边。

我的目光从他们脸上一个个扫过。仍旧冷峻但此时满眼忧色的四阿哥胤禛，皱起眉头心疼地望着我的九阿哥胤禟，一脸的惊慌、从未如此狼狈过的十二阿哥胤䄉，还有掺杂着不舍、愧疚和悔恨等多种情绪的十三阿哥胤祥。

我要将他们此刻的样子细细地镌刻到我的脑海中。他们是我来到这里后与我有着千丝万缕关系的人，他们带给了我不同的感受，我的喜怒哀乐皆因他们而起。

十三握紧拳头，十分隐忍地对我说："对不起夜莺，这次春燕的确做得太过了。但她也是因为我……是我们对不起你。"

我努力地摇了摇头："不，这一切都是注定的，我们都没错。你不要难过，也无须内疚。把欠你们的都还清了，这样我就是死也会安心些。"

胤禛环着我的手臂又加重了一些力道。他的眼眶明显泛红："你不会死的。不许说丧气话。"

我的手环上他的胳膊，轻轻地拍了他两下。

九阿哥和十二蹲了下来，眼中有散不尽的忧郁。

我率先开口："我知道你们想说什么，我全都明白。这些年真的很感谢你们的帮助，不然这一路我恐怕会走得更辛苦吧。别一副苦瓜脸嘛，让我走前再看看你们往日潇洒风流的样子。"

胤禟紧握住我的手："夜莺啊！不要离开……你可以埋怨我恨我，你可以只把我当作朋友或是'九哥'，你可以根本看不到我，你可以与我渐行渐远，但是我请求你至少留在这个世上好吗？这样我们可以呼吸着一样的空气，喝着一样的水，看着同样的月亮，这样我会觉得我们之间还多少保留着一些关联……可是如果你消失了，你让我怎么办？"

我展颜一笑："向来冷言冷语的表哥今天说话很肉麻呢。这世间并不会因为没了谁就走向毁灭。太阳还是会升起，江水还是会东流，农夫们还是会日出而作日落而息，宫中众人还是会熙熙攘攘皆为利来皆为利往……而你们，也还是会好好活着。答应我，九阿哥，照顾好宜妃娘娘，也照顾好自己。对于你们的失势，不要怀恨于心。过好每一天，不要留遗憾。"

胤裪将我的手贴在他的脸颊上："为什么你现在就像交代后事一样？我不要听！你要好起来，健健康康地亲眼看着我们好好地生活。"

眼泪缓缓地落下。我的笑容微微有些僵硬："只怕我等不到了……无论如何，我还是要感谢你，九阿哥。如果你没有带我进宫，我就不会认识你们了。请相信，我此刻的心是平和的。我很幸福，我已了无遗憾。"

胤禟突然幽幽地开口："是吗？如果真是幸福、了无遗憾就好了。我怕你又在逞强，只把快乐呈现出来，自己却在默默地承受着痛苦。"

我的心口一室：最了解我的胤禟，最为我考虑的胤禟，最善良无私的胤禟……三生有幸能结交你这样的朋友，来世却不知能否延续这份幸运了。

"十二阿哥，我不喜欢这样忧戚的你，像个小老头一样。在我的心里，你一直是那个一袭白衣的少年，纤尘不染。仙子是不可以悲伤的哦！你一定要带着我未完成的那份遗憾，安乐美满地生活下去，一定。"

胤裪的清泪滴落在我的手上，几乎要将那一片皮肤灼伤。

"夜莺，你不可以说这么不负责任的话。其实大家都明白，没有你，我们怎么可能快乐、幸福？"

我又呕了一口血。血溅到胤裪雪白的衣衫上，触目惊心。

"夜莺！"他们一齐喊我的名字。

我费力睁着快要合上的眼，对他们说："我剩下的时间不多了……我想最后再和胤祯说几句话。"

胤禟、胤裪和胤祥起身站起，最后望了我一会儿后转身慢慢向门外走去。

只有胤禛始终没有动，他依旧站在原地，木然地看着我。

我们之间保持着两步的距离。我也看着他。

"逃婚，是我不对。扰乱了你、十三阿哥和春燕原本正常的轨迹，是我不对。事到如今，我已经受到惩罚了。原谅我好吗？"

"如果有来生，你会留在我身边的吧。"

我笑了笑："来生太过虚无缥缈。就算真的有，恐怕往往也会事与愿违。如果能选的话，我希望我们根本就不要相遇。这一生我已经将心托付给胤禛了，若真有来生，我期望能将今生未走完的路和他继续走下去。"

胤禛的身子微微有些颤抖。终于，他还是离去了，只留下一个寂寥的背影。

手抚上胤祯的脸庞，为他擦干潸潸而下的泪。

"我好累啊，胤祯。"

胤祯将我搂得越来越紧，他将头靠在我的头上。

"不要闭上眼，夜莺。看着我，和我说话。不要睡去，不要离开我……"

我从腰封中摸出两枚玉佩，将其中一个递给胤祯："我本想在大婚之夜给你的。"

胤祯看了一眼，然后说："这不是我之前抢走你的那对和田玉佩吗？"

我温柔地说："你仔细看看。"

细细端详后，胤祯恍然大悟："你刻上了'祯'！"

"一个是'祯'，一个是'爱'。我们俩在一起，真爱永恒，纯洁无瑕。"

胤祯死死攥着玉佩，他突然俯下身亲吻我的嘴唇，连同我嘴边以及口腔里的血迹都吻了进去。

我没有力气推开他，就只能偏开头："你在干什么！咳，咳……"边说着，我又咳出大口的鲜血。

胤祯继续吻着我，连同那些血液。他最后抬起头看向我，明眸闪动。

"你死了，我活着也没有意义。既然你吃了鹤顶红，那么我就喝你的血，或许也会毒发身亡吧。这样我们至少可以做对鬼夫妻，从此长相厮守。想那阴间会比人间有情，不致如此沧桑。"

我心疼地看着他："你这傻瓜，在说什么傻话啊……"我的意识逐渐模糊，揽着胤禛的手也缓缓垂下。

伴随着胤禛的一声"不！"，我彻底地闭上了双眼。

让所有的爱和恨都随我一同被埋葬吧！来到这里的八年里，我爱过、痛过、幸福过，也失去过。至少没有白活。

## 卷四十六　失声凤凰获重生

我一个人走在一条僻静的小路上，四处张望却怎么也找不到出口。

我焦急地呼喊："有人吗，谁能帮我出去？"

没有人应答，我犹如身处孤岛。

后背被人拍了一下，我转过身去。

"胤禛，是你！"我惊喜地大叫。

然而胤禛却冷漠地看着我说："夜莺，你为什么骗我？"

我很诧异："我骗你什么了？"

"你对我隐藏你的身份那么久，你根本就不信任我。你还说过会陪我相守到老的，却一个人自作主张服了毒药。你有没有考虑过我的感受？你知不知道你离开后我有多难过，我有多痛苦？"

我心疼地将手抚上胤禛的脸颊："不是这样的，你听我解释……"

胤禛不由分说地挥开我的手："你从来就没有爱过我，你说的都是假话。我再也不会相信你，再也不会那样傻傻地等你了。"胤禛说完就扭头走掉了。

我急忙去追赶他。可是他走得太快了，我根本追不上。

"胤禛，你不要走，你听我说啊！"

胤禛并没有因为我的挽留而停下来，他越走越快，最终彻底消失在我的视线中。我绝望地站在原地，看着他离去的方向。

"我早就说过他不是你的归宿，你迟早会受伤，可你偏不听。事到如今，你可后悔？"四阿哥突然出现在我面前，鄙夷地问我。

我摇摇头："我就是不选择胤禛，也不会选择你。你又何必一直执着于此？"

胤禛的脸霎时变得狰狞。他愤怒地瞪着我，伸出双手勒住我的脖子。

"经过这么多年你还是这么冥顽不灵！我不会原谅你这个背叛者的，你受死吧！"

"不要……"我使劲挣脱着，却摆脱不了。

胤禟和胤祹及时出现，他们试图拉开四阿哥，却反被他推开。"你们谁都阻止不了我。只要是我想做的事，只要是我想得到的东西，没人可以阻拦！"

胤祥冲出来拉住胤禛的手臂："四哥！你冷静点，不要再错下去了！放过夜莺吧。"

四阿哥听了十三的话，慢慢松开手："我错了吗？我只不过是要夺回本来就属于我的东西，我究竟哪里错了……"

"四爷没有错，这一切都是她年湘儿的错！"春燕出现了，她目光含恨地看向我，"都是你，这一切都是你造成的。你毁了我的一生，我也要毁了你！"

春燕从袖中抽出一把匕首向我刺来。我惊惶不已，却来不及避闪。

就在我以为刀会刺进我胸膛的一刹那，有人挡到我身前替我受了这一刀。我低头看去发现竟然是蕊儿。她倒在了我的怀里，奄奄一息。

"格格，出卖您，是奴婢的错。可我真的没想到会置您于死地啊！您不能死，您死了，四爷会伤心的。"

我不可置信地看着她："蕊儿姐姐，你怎么这么傻啊！"

蕊儿虚弱地笑了："四爷对我有恩，有些事我不得不为他做。我无意伤害您，对不起。如果还有机会，我希望我们可以真真正正地成为一对好姐妹。"

我眼看着蕊儿渐渐消失在我的臂弯中，最后只成了一滴晶莹的泪珠。

"不！"我大喊道。

周遭时空转换，片刻之际我已置身于车水马龙的现代大都市中。

我茫然地走在人来人往的大街上。我回到现代了吗？这是哪儿啊？为什么看起来这么陌生？

路边驶来一排送葬的黑色车队，车上扎着巨大的花圈，看得人寒意直冒。

我突然看到了我妈妈，她就坐在其中一辆车上。她穿着一身黑色服装，此刻一脸的哀伤。

我忙跑上前赶到那辆车旁，焦急地拍打着车窗玻璃："妈妈，妈妈！"

车子终于停下。车门打开，妈妈从后座走了出来。她像在看陌生人一样地看着我："你是谁，为什么要拦车？"

我不可置信地睁大了双眼："我是您的女儿，您是我妈妈啊！妈妈，你怎么了，你为什么不认识我了？"

妈妈脸上的悲伤又浓重了一些："你这孩子在胡说些什么。我根本就不认识你，更不会是你妈妈。我的女儿……我可怜的孩子……她已经过世了……"妈妈不禁痛哭出声，拿出手绢擦着止不住的泪水。

我惊呆了。什么，怎么会这样……

"不可能，不可能的妈妈！您再看看我，您看看我啊。我就是您的女儿，我这不好好地站在您的面前吗？您再好好地看看我啊！"我使劲地摇着妈妈的手臂，试图让她认出我来。

有人从旁边将我拉开了："你这孩子怎么回事，说不是了你还在这里纠缠不休。我们家失去女儿已经够难过了，你这不相干的人就不要来捣乱了行不行？"

是爸爸！可是为什么他看着我的眼神这么冷漠，这么不耐烦？

"爸爸，我是您的女儿小爱啊！为什么你和妈妈都不认得我了，这究竟是为什么啊？"

爸爸无奈地指向最前面的一辆车："你看看那前面挂着的遗像，那才是我的女儿，是我们家小爱。"

我奔到那辆车前面，看向遗像中的女孩。我捂住了嘴努力不让自己惊叫出声。

照片中那个扎着马尾微笑着的女孩不就是我吗？怎么会这样，我明明就好好地站在这里啊，为什么爸爸妈妈说我死了，为什么他们不认识我了？

我再次拉住爸妈的手臂："爸爸妈妈，你们仔细看看，我就是你们的女儿，我就是小爱啊！"

爸爸硬生生地掰开了我的手，将我推到一旁："你不要再无理取闹了。"说完他就揽着妈妈回到了车上。

我眼睁睁地看着车队离去，却束手无策。我一个人蹲在原地哭了，无助且恐惧。

街上人来人往，却没有人为我停驻。他们只是漠然地看着我这个泪流满面的傻子，袖手旁观。

一个人走到我面前停下，递给我一面镜子，"小爱，面对现实吧，勇敢一点。"

我接过镜子，却发现镜中呈现的是一张完全陌生的脸。这是谁？这不是我啊！

"怎么会这样，她是谁？这镜中人究竟是谁？！"

"她就是你，你就是她。经历了这么多年，你早就不是曾经的桑小爱了。你变了，这是不容争辩的事实。接受现在的你吧。"

我愤怒地摔碎了镜子："我不要，我就是我，我怎么会变呢。你骗人，你是骗我的！"

"逝去的昨天是我们都回不去的从前。你就是再怎么费力想要抓住也只会无济于事。记住我的话：你是夜莺，也是桑小爱。可你既不是夜莺，也不再是桑小爱。世界因你而改变了，而你也几乎被这世界改变得面目全非。要想活下去，就要更好地适应这新的世界和新的你。"

我还想问个清楚，可这悄然而至的一个人顷刻间又消失得无影无踪，让我无处寻觅。我想张口呼唤，可却发现喉咙被什么堵住了似的，怎样都发不出声。我焦急不已，满头大汗，可仍然说不出话。

就在我茫然无措时，耳边却响起一声声的轻唤："夜莺，夜莺……"

有人在叫我吗？转动了几下眼珠，我缓缓地睁开了眼睛。

窗外闪耀的日光刺痛了我的眼睛，我抬起了手遮在眼前。

"醒了醒了，夜莺你终于醒了！"耳边又响起这熟悉的声音。

我眯起眼向此人看去。焦距渐渐对上，身影由模糊变得清晰。

我的胤禛，我的挚爱，为什么你变得如此憔悴。我的手颤抖着抚上他的下巴，轻轻地抚摸着他青色的胡楂。看着他血红的双眼，我很心疼，同时也有些怅然。原来我并没有死，原来我还在这里，大清康熙年间。

我想张口关心他，可是却发现喉咙无论如何都发不出声音。不管怎么努力，我只能发出"啊啊"的声音。

胤禛看我这样十分忧虑："夜莺你怎么了，不舒服吗？你哪里不舒服就告诉我。"

我拉过胤禛的手，在他的手掌上写道："我说不出话。"

胤禛的身体一颤，他抬眼深深地看着我，随即跳下床奔到门口大吼："来人，快让郎中过来！"

等待郎中的时间里，胤禛一直紧紧地握着我的手。

郎中终于到了门外。胤禛为我放下床帘，然后才吩咐郎中进来。

隔着帘子，郎中为我诊脉。他沉默了许久，胤禛不耐地催促："叶姑娘究竟怎样了？"

郎中谨慎地答道："回十四爷，叶姑娘身上的毒已消，基本无大碍了。"

"那为什么她现在说不了话？"

郎中小心翼翼地选择着措辞："叶姑娘虽死里逃生，可她身体内仍残留着些许余毒，尤其是喉部。这鹤顶红对她的喉咙伤害极大，叶姑娘从今恐怕就此失声了。"

我怔在原地。从鬼门关走了一遭，终是保住了小命。可难道这是以失去我的声音为代价的吗？从今往后，我只能是个哑巴了吗？

我的眼泪缓缓落下，我再次试图说话，可喉咙依然只能发出"啊啊"的声音。我愤怒地将枕头砸了出去，手撕扯着身上的棉被，一时间房间里棉絮纷飞。

胤禛打发郎中出去后，急忙掀帘进来。他坐在床边看着我，眼里全是心疼。

胤禛抱住了我："别这样，夜莺。好好的。"

我拥着胤禛，眼角的泪打湿了他的肩膀。我抬起手在他的后背上写道：我再也无法和你斗嘴，再也无法为你唱歌，再也无法亲口对你讲那些情话了。

胤禛用轻颤的拇指为我抹掉脸上的泪水，他捧着我的脸，一字一句地说道："夜莺，没什么是比你活着更重要的了。你不知道，守着你的这几天我有多害怕。我怕你再也醒不过来了，我怕我就这样彻底失去你了。我明白失声对你的打击很大，但是不要怕，不要放弃，我会陪你看遍天下名医，直到你重获声音。就算你真的无法再说话，我也依然愿倾听你，用我的真心。"

紧紧地搂着胤禛，去获取仅存的一点安全感，我又"问"他：我在哪里？

"这是九哥的禧苑，是他在京中的一处私宅。他发现你一息尚存后，就偷偷把你藏在这里。"

我苦笑：原来兜了这么大一圈，我又回到了原地。当年九阿哥将我从这里送进了宫，可如今我竟又回来这里。

我继续写道：宫里怎么样？

"皇阿玛对外公布说夜莺格格病逝，并命九哥举办了简单的葬礼。你侥幸活下来的事只有九哥和我知道，宫里的人都以为你已服毒自尽，却不知那日出殡的只是一具空棺。"

"不，夜莺格格的确已殁。"九阿哥踏过门槛走进屋中。

他看起来也很疲惫，眼中布满了血丝。这几天，他和胤禛一定辛苦坏了。又要为我担心，又要上演一出祭奠的戏演给别人看。

胤禛疑惑地看向他："九哥的意思是？"

胤禟干脆地答道："皇阿玛要夜莺死，她自然不能活。宫中的夜莺格格已经服毒自尽，此刻待在这个屋中的是叶姑娘。她们二人不过长相相似罢了。"

我怔然地望着胤禟。当年是他说我不再是年湘儿，并为我一手捏造了郭络罗夜莺这个新身份；如今他又说我不再是夜莺，而是另一个全新的"叶姑娘"。

胤禟还是胤禟，胤禛还是胤禛，而我却早就不是原本的那个我了。到时候人们终究要各归其位，唯独我无处可归。

胤禛点点头："还是九哥思虑周详，我们万万不能让夜莺活着的消息走漏出去。那，以后该叫你什么好呢……"

我在他掌心写下：叶艾。

"叶艾？"胤禛抬头看我，立刻恍然大悟，"是啊，你曾经对我说过，你叫作小爱。夜莺，小爱，这不就是叶艾嘛。"

胤禟走近了一些，他盯着我沉吟了一会儿。

"叶艾，也好。不管怎样，要记得，夜莺已经死了，世上从此再没有这个人。你已重获新生，你名叫叶艾，是一个普通的汉家女子。当一个普通的百姓，你或许才能轻松一些，才能安然地活下去。"

轻松？安然？经历过这些事情后我还能轻松安然吗？这是自我安慰，还是自欺欺人呢？

我背过身躺下，不再理会他们。胤禟和胤禛见我这样，也不再言语。

"既然你累了，就好好休息吧。我会着人伺候好你的起居。"胤禟离开了房间。

胤禛还在我的身后，他迟疑了一会儿，终还是说："夜莺，不，小爱……我知道你现在心里很难过。这么快要让你接受自己失声的事实，接受自己新的人生，这对你太苛刻也太残酷了。我痛恨自己什么也帮不了你，我只能陪在你身边，感受你的痛，分担你的苦。你要相信，你永远不会孤单一人。"

我转过来扑进胤禛怀里。是啊，老天还是眷顾我的。就算我遭受了这么多磨难，我还有他不是吗？作为叶艾的我会面临怎样的未来，我不知道。今后会发生什么，也无从预测。但那样也没关系，不必害怕。不管前方等待我的是什么，我们都要在这个残酷的世界里顽强地活下去，找到前进的路。只要不忘却这份暖意，只要不丧失这颗心。

胤禛拍了拍我的背："你好好睡一觉。一觉醒来后，把这些不愉快都忘掉。只要我们仍然在一起就够了。我好几天没回府了，有一些事还需要我处理。不过你别担心，我忙完后立刻回来看你。你要是想找我，就托人带信给我，我一定第一时间赶到。"

胤禛说完后依依不舍地看着我，在我额头上留下一吻，最后还是一步三回头地走了出去。

胤禛离开后，我走下床，来到梳妆桌前坐下。我看着铜镜中那张我所熟悉却又陌生的脸，心沉了下去。

正因为外表完全一样，才使得我产生一股强烈的孤独感。我觉得唯独我一个人是彻头彻尾的局外人。

我站起身打开了窗，屋内的光线迅速增加，温暖着原本冰冷的每一个角落。我用双手覆盖住微眯的眼睛。

这就是梦中人话里的玄机吗？要适应这新的世界和新的我。

# 卷四十七　携月伴雪贺新人

被隐藏在褙苑以来，我都过着平静无波的生活。胤禵和胤祯将我保护得很好，我仍活着的事实被严密地封锁着。他们平时不让外人接近我，家丁和丫鬟都是精挑细选的，绝无纰漏。

尽管有他们的精心呵护，我还是时常会感到恐惧和不安。真的可能瞒天过海吗？就算可以侥幸地躲避开死亡，难道我此生都要这样在胆战心惊中度过？用一个虚拟的名字，过着早已没有未来的生活。如今这样的我，又怎么能配得上胤祯？我恐怕只会成为他的负累吧……

在毙鹰事件后，我被赐死，八阿哥失势，为了应对接踵而来的种种危机，胤禵、胤祯和十阿哥他们几个已经忙得焦头烂额。可尽管如此，他们还是会来看我，关心我的起居。

胤禵来的次数稍少些。他看起来越发冷俊了，一张精致的脸上鲜有表情，嘴角永远紧紧地抿着，看着我的眼神里有无尽的哀悯和怜惜以及深深的恨意和愤怒。

我明白他的心情，可我真的不想看到他们无休止地尔虞我诈下去了。这次牺牲的是我和八阿哥，下次会是谁？我真的很怕身边的人再受到伤害。我想劝劝他，但无奈口不能言。

似乎不用我说，胤禵都能看透我的心思。可他总是回避我的眼神。我心中叹息，我终究还是什么都阻止不了。

和胤祯的相处则简单得多了。一直都是他在讲，我在听。许是怕我再受刺激，他总是报喜不报忧，尽给我讲些宫里或是京城中近来发生的喜事和趣闻。

我总是微笑地看着他，专注地倾听他，这个倾尽他所能想要为我构筑一个美好世界的男人。有些事他不愿提，我便不问了。只要是他讲的，他相信的，他期望的，甚至他可能会为我带来的灾难，我全部接受。

胤祯看我现在情绪稳定，也渐渐接受了自己失声的不幸，他很欣慰，对我放心了不少。看着他心疼和宠溺的眼神，我常常会沉醉其中。过往遭受的一切我都可以不计较了，只要可以这样拥有他毫无保留的爱。

一个人的时候，我常坐在庭院的竹藤椅上看着天空。这样方方正正的四角天空，我以前被胤禩关在这里的时候也久久地看过。那时总期望着早点逃出去，可以重获自由过自己想要的生活。

可如今我却变得很怯懦，我宁愿做一个井底之蛙，也不再敢去外面的世界闯荡了。因为我很怕又会横生什么变故，我怕一个转身就再也找不到那个等着我的人了。

冬天渐渐过去，康熙五十四年悄然而至。我独自在房间里吃饭，可吃了一半就放下了筷子。走到窗前，我从缝隙中默然看着月亮。

外面烟花爆竹声响个不停，我却怎么也感受不到喜庆的气氛。今天宫里的皇家宴怎么样呢？大家又会以什么样的心情告别这天翻地覆的五十三年，迎接那不知又会降临什么的新一年呢？

以前的新春宴我也曾参加过，可这一次彻底不同了，我永远地离开了皇宫。我"死"了，宫中的夜莺格格再也不复存在了。

宫中人会对此有何感慨吗？也许会有人漠不关心，有人幸灾乐祸，有人拍手称快，也或许有人会扼腕叹息，有人缅怀追忆，有人痛哭流涕，可是那又如何呢？我对于他们来说不过是个过路人吧，无论是在历史上还是他们心中恐怕都不会留下哪怕轻描淡写的一笔。

门被推开，我以为是丫鬟来收碗筷便没有理会，却没想到从背后被人环住。我侧过脸看去，发现竟是胤祯来了。

我拉起他的手掌写道：你怎么过来了，中途离席没关系吗？

胤祯无所谓地耸了耸肩："与其听他们在那儿虚伪地说套话，我宁愿和你独处。毕竟大年三十，我更想和我的妻子一起度过。"

我震颤了一下，尽管轻微，但还是被胤祯捕捉到了。他扳过我的身子，让我看着他。

"我说得没有错，我们的确本该在新春完婚的。这份婚约虽在皇阿玛那里被废除，旁人也认为你我没有将来，可是我始终坚守着。因为在我心中，你早就是我爱新觉罗·胤禛这一生挚爱的妻子。"

我拥着他，眼泪簌簌地落下。胤禛轻柔地为我拭泪，他深情地注视着我。

"年湘儿、郭络罗·夜莺、桑小爱、叶艾，我不管你是谁，此生我已认定娶你为妻，此情不渝，苍天可鉴。这样一场没有长辈见证、没有亲友祝福的婚礼，小爱你可愿意？"

我没有说话，只是指了指我们腰间各自佩戴的玉佩。胤禛立刻了然，他目光清亮，开心地拥我入怀。

"谢谢你，小爱。谢谢你答应我。这么多年我一直梦想着这一天。"

我笑了笑，贪婪地享受着胤禛温暖的怀抱。从我将那枚刻有"禛"字的玉佩送给他时起，我就已经把自己的整颗心都托付给他了不是吗？答案已经再明白不过：我桑小爱，愿意嫁给他，愿意成为他真真正正的妻子。

胤禛牵起我的手，带我走到门廊外。我们这才发觉下雪了。

看着白茫茫的天地，胤禛惊喜地说："小爱，你看啊。皑皑白雪也来祝贺我们新婚了，这不正如我们的爱情吗，洁白无瑕，没有丝毫杂质。"

我对他笑着点了下头，胤禛示意我随他一同跪下。

他虔诚地望着天空说道："明月为高堂，瑞雪为知音，请求你们见证，我爱新觉罗·胤禛今日要娶桑小爱做我的福晋，我俩从此相守相伴永不分离！"

我们对着苍天一拜，对着明月一拜，接着相互一拜。抬起头的一瞬，我们目光相汇，心意相通。

胤禛扶着我站起身，他轻轻弹了一下我的额头，得意地说："从今以后你就是我的人了！"

我狡黠地一笑，然后在他手掌上写：不，还没入洞房呢，不作数。

胤禛一下子脸红到了脖子根，他意识到我这是在故意调戏他后，恼羞成怒地说："好啊，你现在胆子越来越大了，连这种不害臊的话都敢说。看我怎么修理你，让你成为我名副其实的福晋！"

我忙转身要逃，可哪来得及，胤禛即刻将我拦腰抱起。进了屋，他将我平放在床榻上，他的手撑在我两侧，俯下身子深情地看着我。

　　我双手揽上他的颈，用嘴形对他说：我爱你。

　　与此同时胤祯的吻像雨点一样落在我的脸颊上、鼻尖上、额头上、耳垂上，以及早已火热的唇上。

　　他的手在我身上游弋，急切却尽量温柔地为我褪掉了一层层的衣衫。在扯掉我身上最后一件衣服后，他也迅速地脱下所着的马褂长衫。此刻我们之间不再有任何距离，我的心跳连接着他的心跳，我的躯体紧挨着他如火般燃烧的躯体。

　　胤祯用他滚烫的手掌细细抚摸着我每一寸肌肤，他的唇吻遍了我所有隐秘的角落。温存过后，胤祯再次深情地看着我。尽管他的目光已经迷乱，却仍透着股绝不让步的坚定。

　　他咬着我的耳朵说："我爱你，你是我此生唯一的妻子。"

　　话音落下的同时，他与我彻底合为一体，水乳相融。

　　我积极地回应着他热烈的爱，在心中说道：结发为夫妻，恩爱两不疑。胤祯，你是我此生唯一的丈夫。

　　第二天我很早就醒来了。不愿离开被窝，我侧卧着细细观察身旁胤祯的睡颜。这家伙在想什么呢？睡觉时也傻笑着。不知不觉我的唇角也漾起了笑容。或许这就是幸福吧。

　　过了一会儿我看胤祯眼珠开始微微转动，知道他快醒了，就忙老实闭着眼睛装睡。

　　果然，不久后身旁传来窸窸窣窣起床穿衣的声音。

　　收拾停当后，胤祯走回床边坐下，他俯身在我唇上轻啄了一下。

　　"早上一睁眼就能看到你的感觉真好。小爱，放心把你的未来交给我吧。我一定会变得更强大，直到足以保护你，足以守卫我们的爱情。"

　　在胤祯悄声离开房间后我才缓缓睁开眼。看着刚刚被胤祯阖上的紧闭的门，我有些许惆怅。其实我的要求真的不多，只要能这样与他相偎依就已足够。就算没有名分，就算永远见不得光，我都不在乎。

　　浮生若梦，为欢几何。与其浪费光阴在计较那些浮名上，我宁愿与我的爱人一晌贪欢。

　　五十四年正月，八阿哥胤禩被停食俸。其实没了粮食俸银对八阿哥来说并不算什么事，他本就底子厚，加上八福晋母家财力鼎盛，这点挫折对他们来说不难应付。可皇上这么做却是明显要将忤逆犯上、不忠不孝的罪名给八阿哥坐实。他不惜断送了父子情分也要将胤禩彻底摧毁。

皇位和权势竟是这么可怕的东西。曾经给予过的万千宠爱可以在一夕之间无影无踪。

当然，这些事情胤禛和胤禩都瞒着我，在我面前也从未显露过忧色。可这世上哪有不透风的墙，我总还是能听到一些风声。知道他们不想让我担心，我也就一直装作不知情。

八阿哥想必再无夺嫡的资格了吧。看着他一蹶不振，胤禩和胤禛似乎并未心灰意冷。这段时间里，胤禛行为举止越发成熟稳重，他为人处世也更加圆滑老到。不得不承认，胤禛他不再是当年那个冲动单纯的少年了，如今他的智谋与城府已足以与四阿哥匹敌。

我最担心的事情终究还是发生了。胤禛成为八爷党中新的希望，成为众多夺嫡者里实力强劲的一个。有了八阿哥余党不遗余力的支持，有了九阿哥财力的倾囊相助，有了德妃的暗中扶持，有了皇上的宠信和重用，在旁人眼里甚至在胤禛自己心中，他对皇位是势在必得的吧。

每到这种时候，我都那么希望我不是一个穿越而来的现代人，不是一个知晓历史的后人。我多希望能和胤禛并肩作战，与他一同奋斗，一起努力。可是我做不到，我的理智时刻提醒自己历史已注定，没有改变和逆转的可能。

尽管内心万般纠结，我却从来没有打击或阻挠过胤禛。因为我觉得自己不应该以一种通晓古今的优越感凌驾于胤禛夺取天下的雄伟抱负上，也没有权力自以为是地对他的人生指手画脚，这样对他不公平。

作为胤禛背后的女人，我看着这几年宫里宫外风起云涌的变化，没有一刻是不为他担心的。

十一月，废太子胤礽借医生贺孟頫为妻石氏治疾之便，以矾水作书与普奇往来。嘱大臣普奇举己为大将军，事发，普奇获罪。

这些年总有些废太子的追随者提出重立皇太子，均被皇上否决了。

五十五年九月，由三阿哥胤祉上奏的奏折中可得知，胤禩于八月底染患伤寒，病势日益加重，康熙只平平淡淡地批了"勉力医治"四字。

为避免途经胤禩养病之所，在康熙的授意下，诸皇子在皇帝及皇太后于九月二十八日结束塞外之行回驻畅春园的前一日，不顾胤礽已近垂危，将其由邻近畅春园的别墅移至城内家中。

当时只有九阿哥胤禟予以坚决反对，他说："八阿哥如此病重，如果硬要把他强行迁回自己家中，万一途中发生不测，谁能来承担责任？"

十月初五，胤礽病愈，康熙命将其所停之食俸仍照前支给，总算是保全了点父子间的情分。

康熙这样无情地打压废太子和八阿哥，无非就是怕他们东山再起，掀起夺嫡之乱。

显而易见，如今胤禵已成为最被看好的皇位继承人。他年少有为，智勇双全，又有多位阿哥兄弟的支持，相比低调沉静的四阿哥，十四看来的确胜算更大些。

康熙究竟是怎样想的，为什么最后会将皇位传给四阿哥。莫非真如很多史学家猜测的那般，四阿哥篡改了遗诏夺取了本该属于十四的皇位？

每每想到这里我就胸口发闷。我暗暗发誓：不可以，我绝不让胤禵受这样的委屈，只要我一息尚存，我一定要尽力阻止这样不公的事发生。

本以为此后可以平静一段时间，却没想到十一月准噶尔部策旺阿拉布坦祸乱西藏。原本就很复杂的时局变得更加紧张了。

胤禵好多天没来看我了，如今内忧外患，他一定忙坏了。

就在这样的不安和期盼中，又一年翻过。

五十六年七月，策旺阿拉布坦遣将侵扰西藏，杀拉藏汗，囚其所立达赖。

祸不单行，十一月皇太后不豫，十二月皇太后薨逝。康熙亦病七十余日，脚面浮肿。

我看着胤禵脸上的笑容越来越少，心中十分难过却不能帮到他什么。我能做的只是让他在我这里时尽量忘记烦恼，用我的笑给他鼓励，用我的爱给他能量。

这一年的除夕胤禵没有在我这里过。西藏那边一直不太平，加上太后薨逝，宫中此刻一片肃杀之气，胤禵他如今的担子必定很重吧。

虽然能理解，但我心里还是止不住地失落。拥着被子入睡，我叹息了一声：谁让我爱上了如此不凡的一个男子。

清晨被爆竹声吵醒，我不耐地翻了个身，向内挤了挤。今天的被窝真暖和呀。

谁知耳边却传来一声轻笑："都醒了还要赖床，真是个小懒虫。"

我吃惊地抬头看去，发现胤禛正似笑非笑地看着我。此刻我正被他拥在怀里，他的手臂揽着我的腰。虽然已是夫妻，但早上受他这样一个突击我还是感觉很害羞。

稍微推开了他一点，我在他胸膛上写道：趁我熟睡之际爬上床，你不是君子！

胤禛嘴角勾起坏坏的笑容："我本来就不是什么君子，我是你的……"他突然重把我拉回怀里，在我耳边说道，"夫君。"

拥着他，我笑意渐浓。如果早知道日后我们会这么幸福，当初就该早一点答应他的。我愿用余下的人生好好爱他，回报他曾经那么辛苦的等待。

春暖花开后，夏日即至。这个炎热的夏天对我来说格外难熬。

在我连着几天恶心呕吐后，我和胤禛从大夫口中得知了这样一个消息，那就是：我怀孕了。

## 卷四十八　忍痛割舍祯爱别

中秋九月，我已怀孕两个多月。这期间孕期反应尤其强烈，动辄剧烈呕吐，全然没有胃口。我的脾气也变得暴躁，总是无端地发火。还好胤祯一直包容着我的胡闹，恣意地宠着我，满足我对饮食和生活上的任何要求。

他对这个孩子的降临格外期盼，整日没事就往禟苑跑。今天也一样，宫里的中秋宴没参加一会儿，他就借故溜了出来，到我这里来了。

我心里很欢喜，却还是有些担忧：万一被人察觉了怎么办，十四阿哥常到九阿哥的居所来这算怎么回事？还有，这样的传统佳节，本该一家团圆的。胤祯他抛下府上的所有家眷，只和我相守相伴，是不是不大好……

我表达了我的不安，胤祯却对此不以为然。

"中秋家宴哪年不都一样，有什么值得稀罕。可是这里对我来说却弥足珍贵，因为这里有你，有我们的小生命。我简直想留在你们身边每时每刻，一步不离。至于其他那些，你不要担心，我会十分谨慎。"

靠在胤祯的胸膛前，感受着他平稳有力的心跳，我也渐渐平静。

此刻我们双双立于花园的亭子中。园中桂花缓缓坠落，亭中美酒散发着幽幽清香，伴着天空中的圆月，我觉得此刻我眼前的景象简直美极了。

胤祯正打算适时地吟几句应景的美文诗句，却不想我腹部又传来一阵痉挛。

我忙扭过头，向亭子的栏杆外干呕起来。胤祯见我这样，立刻轻抚我的后背，让我舒服些。在我吐完后，他又倒了杯清水让我漱口。

我看着他，眼中满是感动。我在他手掌上写道：我破坏气氛了，对不起。

胤祯边用手帕替我拭去嘴边残存的污迹，边哭笑不得地说："干吗道歉，又不是你的错。你怀孕已经够辛苦了，我不能替你受累，就更该尽心照顾好你。要我说啊，都怪我们的孩子太淘气，让他额娘受了这些苦楚。等他出生了，我一定要好好教训他。"

我被他逗乐了，忍不住笑起来。

胤祯一眨不眨地盯着我："你笑起来好美，看了这么多年却还是看不够。小爱，这一切是真实的吗？这幸福确实是我触手可及的吗？"

我将胤祯的右手放在我的脸颊上，用口形对他说：当然，我一直都在。你不仅拥有我，还有他。说着我又将胤祯的手移到我的肚子上。

胤祯明眸闪烁："没错，这就是我们爱的见证。"

正是动情之时，他忍不住俯下身要吻我。可刚好此刻我又忍不住打了个喷嚏，再次彻底地煞了风景。我不好意思地吐了吐舌头。

胤祯无奈地刮了一下我的鼻子："也罢。中秋时节的确已转凉，夜里风湿露重，我们不然回屋去吧，免得你受了寒伤了身子。"

我却执拗地拉着胤祯的胳膊不肯走。

"不要，这么美的月色，我还想再享受一会儿呢。"

胤祯拿我没办法，只好妥协道："好吧。那我回去拿件披风出来给你。"

我点点头，目送着胤祯的背影远去，心中充满浓浓的幸福。

我转身走到桌子旁，为自己倒上一杯桂花酒。可酒杯还没端到唇边，就听到"嗖"的一声，一支箭精准地射了过来，杯子在我手中应声而碎。

我吓了一大跳，却不能惊叫出声。还未等我回过神，又一箭射来，这次射在了亭柱上，箭头前还扎了一张字条。

我拔下箭，将那字条展开：酒有毒，系家丁所为。望珍重，万事小心。

我嘴唇哆嗦，整个人依旧惊魂未定。待反应过来后，我立刻向四周张望，意在寻找这射箭人究竟在哪里。

背后被人拍了一下，我忙惊慌地转过去。发现是胤祯后，我松了口气。

胤祯纳闷地看着我："怎么了，你在找什么。刚还像着凉了一样，现在又一头的汗。"他说着就要抬起手帮我擦汗。

我拉住他的手，用颤抖的指尖在他掌心写道：有不速之客！

随后我又指了指地上杯子的碎片和亭柱上留下来的箭。

胤祯立刻明白了，他的表情迅速变得凝重。

他反手覆在我的手背上，安慰我道："我知道了。你快回屋去，我会解决这件事，别怕。"

他纵身一跃，就向亭子后的黑暗中奔去。我放心不下他，忍不住随着他的步子在其后悄悄跟着。

亭子后是一片不小的竹林。本应是清静幽僻的地方，在这个惊险的夜晚却显得格外萧瑟可怖。脚下是掉落的层层竹叶，踩上去发出"簌簌"的声响。除此之外，竹林中一片静谧。

眼看着离胤祯的身影渐渐近了，我悬着的心总算放下来一些。就在我们的距离只剩下不过十步之遥时，我突然看见一个黑衣人正从胤祯背后向他冲过去。

我急得要命，却喊不出声，只能奋力向前跑去。胤祯听到动静回头看我，眼神中充满讶异。他此刻还没发现身后隐藏的危险吗？

顾不得那么多了，我与同样快速奔来的黑衣人几乎在同一时间到达胤祯身边。我伸出手奋力将他推开。黑衣人向后退了几大步，但我由于惯性身体也继续向前倾着。

"小爱！"随着胤祯一声惊恐的呼喊，我的身子重重地摔到地面上。

尽管坠落的一瞬间我及时用手臂护住肚子，可由于正面着地，我的腹部还是受到了剧烈的撞击。

肚子好痛啊，我整个人都蜷了起来。黑衣人或许没有想到场面会如此失控，迅速逃离了。

胤祯顾不得追他，赶忙奔到我身边小心翼翼地扶起我："小爱，你怎么样。你别吓我啊。"

我咬着唇使劲忍住痛，在他手上写下：快叫郎中。无论如何要保住我们的孩子。

交代完我就眼前一黑，疼晕了过去。

昏睡的时候，我迷迷糊糊感觉到周围很吵。有人一直在我床边守着我，对我不停说话；有人匆匆忙忙跑进跑出在张罗着什么，有人大叫咒骂好像在对谁发脾气……

好乱，好吵。为什么不能让我好好休息一下呢，我真的好累、好累……

不知道又过了多久，我的意识渐渐清醒，我缓缓睁开眼，试图尽快将眼睛聚焦。

头顶帷幔上的花纹逐渐变得清晰，我转了转眼珠，这才看到床边趴着的胤祯。他在熟睡中也还是皱着眉，一副戒备又疲倦的样子。

我心疼地抚着他的眉角：他这又是连着几日不眠不休了吧？我已经记不清这是第几次他守着我从病痛中醒来。等待的过程对他来说，一定是又焦急又恐惧的吧。对不起，胤祯。我总是这样让你为我担心。

察觉到了动静，胤祯立刻睁开眼抬起头。他和我对视了片刻后，仿佛才反应过来。

"你终于醒了！"他握着我的手，惊喜地说。

我疲乏地笑了笑。对他用口形说：你辛苦了。

胤祯摇摇头："不，我一点儿也不辛苦。只要你醒来就好，只要你没事就好。"

我继续用口形说道：我没事。我们的孩子呢？

胤祯的表情闪过一丝张皇。他扯了一丝笑容，顾左右而言他："别想那么多了。当务之急是你快点把身子养好，不要再伤神考虑旁的。"

我撑起身子紧握住他的手，用口形一字一句地问他：怎么了，到底发生什么事了？你告诉我呀。

胤祯垂下目光，用低得不能再低的声音说："孩子没有了……郎中说你动了胎气，加上又受到惊吓，孩子没能保住……"

我的手垂下，整个人也颓丧地向后靠去。我呆滞地瞪着眼睛，眼泪很快夺眶而出。

怎么会这样，怎么可能会这样……我是那么精心地呵护着这个孩子，胤祯是那么期待着这个孩子的降临，他怎么会就这样轻易地离去？

我又将手放在小腹上。不久前我还能清楚地感受到他在这里，能感到他的心跳连着我的心跳。那是多么旺盛的小生命啊。可是如今他就这么没了，老天爷，你怎么可以对我这么残忍啊！

心像被撕碎了一般，我哭得眼前模糊一片。胤祯紧紧地抱住我，尽力安抚我的情绪。

"小爱，我知道一时之间让你接受这个事实很难。但没关系，我们还年轻，以后也一定还会有孩子的。你不要伤心过度，哭坏了身子。"

我突然想起了什么，忙在他手上写道：那个字条你看到了吗？酒里究竟有没有人下毒？还有，那个黑衣人是谁？

胤祯的眉毛又皱在了一起："字条我看了，也着人调查了。酒里确实有毒，目前还不确定是谁干的。至于黑衣人，那天被他逃掉了。而仅凭他留下的字条和箭，似乎也不能断定他的身份。"

"砰砰砰——"

听到敲门声，我和胤祯同时向门口看去。九阿哥立在那里，脸色阴沉。

胤祯叫了声"九哥"，我也对他点了点头算是打过招呼。

胤禟一步跨了进来："还能是谁。对小爱有这么浓烈的仇恨与歹毒的心思，恐怕就只有那位假冒的年福晋了吧。后来的那个黑衣人，我看很可能是老四派过来的。他发现年氏的诡计阴谋后，立刻遣人阻止。"

胤祯沉默了一会儿，然后说："这推测听起来很有理，可毕竟没有切实的证据，我们还是不要早下定论的好。"

胤禟冷笑了一下："好，我会找出证据，证明他二人就是幕后黑手。"

胤祯似乎对真相并不那么感兴趣，令他忧心不已的另有其事。

"不管是谁做的，如今看起来，小爱的行踪已经暴露了。这是十分危险的事。如果消息走漏到宫中，我只怕会对她更加不利。我们一定得要确保她的安全才是。"

胤禟背着手看向我们，目光坚毅："那是自然。敢在我的地盘上滋事，都活腻了吗？"

胤禟对四阿哥他们的仇恨好像越来越深了，这不是我所希望看到的。可恰恰，他的愤怒和怨恨很大程度上都是因我而起，这让我更加不安和忧虑。

流产后的一个月，胤祯一直在身边悉心地照料我。可或许由于我的身子本就弱，加上之前几次患病，这次身体迟迟不见好转。

胤祯很担心我。我想尽量表现出已经从丧子之痛中走出来的样子，可这并不容易。况且胤祯他那么懂我，一眼就能看出我是否真的开心。

那晚之后，苑里的家丁、奴婢换了一批，随即被一群新面孔顶上。我没有过问，心里大概能猜出七八分。胤禛有他处理事情的原则和方式，或许看来未免残酷了些，但不能否认很多时候他是对的。

十月，还未等我大好，胤祯就被康熙封为抚远大将军，派去青海平定叛乱了。

胤祯走前仔细叮嘱了我很多，让我安心养病，等他回来。我也嘱咐他注意安全，平安归来。

胤祯走后，我的日子更加清静了。平日除了胤禛偶尔来看看我，我的身边就只有几个下人陪着了。伺候我日常起居的是一个十七八岁的丫头，除了知道她名叫小桃以外，我对她几乎一无所知。不过能得到九阿哥信任，放在我身边的人，想必是不会有什么问题的。

小桃很文静，从不多话。但是她很有眼色，虽然我不能言语，但她常能知道我要做什么，及时服侍妥当。安静的小桃和活泼的蕊儿很不一样呢……

有时候想到蕊儿，我的心还是会忍不住很痛。为什么我这样掏心掏肺信任的人，却要无情并彻底地出卖我？就算她有她的苦衷，就算四阿哥有恩于她，可这能成为她背弃我的借口吗？难道我对她的好她就可以视而不见无动于衷吗？如今的她怎么样，得到四阿哥的重视和善待了吗？

门外传来三下敲门声，我轻咳了一下，小桃随即推门而入。她将手上端着的午膳小心放到桌上，摆好了等待我。

我摇了摇头，表示没有胃口。

小桃温柔地说："按照姑娘的口味，奴婢吩咐厨房只做了些清粥小菜。您多少用一些吧，这样身子才能好得快些。"

听了她的话，我终于在桌前坐了下来。刚端起盛粥的小碗，我却发现碗底放了一张小字条。

我看了一眼小桃，却见她低着头没看我，依旧神态自若。

满心狐疑，我缓缓展开字条，只见上面写道：抽身而退，则一线生机；一意孤行，则鱼死网破。

我攥紧字条，再次看向小桃，目光清冷。恰好这时小桃抬眼对上我的目光。

我用口形问她：你是谁派来的？

小桃不慌不忙地向我跪下，对我说道："奴婢是皇上派来的，只为给您捎几句话。四阿哥从来不相信您真的已不在人世，他派人监视九阿哥和十四阿哥的一举一动，最终发现他们将您藏身于此。年福晋派人跟踪四阿哥的手下，也随即发现了这个秘密。毒是年福晋下的，人是四阿哥派的。

"您失去了自己未出世的孩儿，九阿哥为了给您报仇，硬是抓了一群相干的或不相干的人为您的孩子陪葬。夜莺格格虽然死了，离开了皇宫，可这紫禁城从未有一刻真正变得平静。只要您在京城一日，就会有解不开的爱恨情仇，就会有难以避免的悲剧，就还会有更多的人无辜受死。皇上说您是个明白人，一定不会让他失望的。"

我的心越来越冷，攥着字条的手微微颤抖着。浮起一丝苍白疲乏的笑，我再次用口形对小桃说：我知道了，你下去吧。还有，你快点离开这里吧。九阿哥很精明，如果被他发现了你的真实身份，他一定不会放过你。

小桃站起身，端正地对我福身行了一礼："多谢格格提醒。奴婢也祝格格一切顺利。"

她说完后就走出去了，只留我一人对着空荡荡的房间发呆。

其实康熙说的没有错，这一切都是因我而起。从我来到这里，胤祯他们的生活就完全被我打乱了。

服毒出宫后，我一直藏身在九阿哥的别苑里。我和胤祯在这里浓情蜜意，却让九阿哥为我承担了这么大的风险，我的确太自私了。

没有保住孩子，或许是天意吧。我本来就不是这里的人，本就不该改变历史，改变他人的人生。

如果得知了我流产的消息，春燕会不会感到慰藉，她还会那么恨我吗？

我的孩子成了这场大人丑恶斗争里的牺牲品，九阿哥让很多无辜的人牵连其中成了陪葬品。如果我再待下去，不知道还会有多少可怕的事发生。够了，就让一切停在这里吧。我退出，是时候归还本该属于他们的安宁了。

过了几日，我寻了个合适的时机，顺利地在小桃的掩护下离开了褙苑。

我背着行囊，站在门外再一次细细地凝视这里。是第二次离开这里了啊，却和初次时的心境大不相同。

胤祯得知我离开后会很难过吧。可是又能怎么办呢，这是我唯一能保护他的方式。

## 卷四十九　牵肠挂肚离人归

对我来说在外漂泊的日子格外艰辛。在古代我本来就没有一技之长，不过是个手无缚鸡之力的妇人，如今嗓子又哑了，独自闯荡的生活便更加困难。

这段时间，靠着随身带的一些银两，我量入为出地过着俭朴的日子。

从北京辗转到河北，我最终在一个小镇上安顿下来。我身上的钱不可能允许我天天住客栈，于是我便找了家农户暂住下，每月给一些租金。

这家王姓农户有一个小男孩，名叫虎子，正是该上学堂的年龄。知道我识字后，他常会找我学写字，有时候也会问我一些古诗文的含义。

过了段时间，农家的大婶看我人老实，和孩子相处得很好，日子又过得清贫，加上是个哑巴，觉得我怪可怜的，便免了我的房租，收留了我。

我心中感激，就更加认真地帮助虎子读书，平时也帮着做些简单的工作，诸如缝补、打扫之类的。

平淡的时光依旧过得很快。又一年爆竹声响起时，五十八年到来了。这是第一个没有胤禛在身边的新年。

这家人对我很好，吃年夜饭时也叫上了我，热情地招呼我尝这个尝那个。小镇不比京城，一年也就过节时能吃上顿肉，更莫提那些山珍海味了。

这顿年夜饭或许和宫里吃的那些佳肴根本不能比，但这是这家人为招待我能做的最好的餐食了。我内心很感动，但看着他们家人团聚，我便越发心生孤寂。这是种任何热闹都无法抵消的深深的孤寂。

吃过饭后，我帮着洗了碗筷，然后就回自己的屋子待着了。不是我矫情不合群，而是我早已泪盈满眶。

古代没有暖气，冬天本就冰冷难耐，农村里因为没有多余的柴火以供烧火取暖，就更加酷寒。我穿着一件厚棉袄，躺在没有一丝温度的硬床上，安静地哭了。

胤祯，这一年的除夕，你过得好吗？希望在我哭泣的时候，你是微笑着的。一个人的牺牲，至少要换得一个人的安逸，这才值得不是吗。

在镇上待得久了，便有更多的人知道了我的存在。很多人常在背后议论，老王家怎么多了个外乡人，还是个哑巴？

我生怕自己的行踪走漏出去，就尽量在人前更低调些，也尽可能少地出门与外人接触。

见我是独身，有些人竟托了媒婆来说亲。我只觉得荒唐，便从未搭理，客气地辞谢所有来客。

王家人起初并未干涉，但后来王大婶还是忍不住劝我考虑看看。

"你一个女人太苦了，其实不妨找个可靠的汉子一起过日子。你相貌好，就算不能说话，也有好多人相中你了呢。趁还没有变成老姑娘前，赶紧找个合适的嫁了吧。"

我很感谢大婶的好意，但婚姻这种事不是一拍即合的买卖，何况此生我的身心都只许给一个人了。

王家见我一直无动于衷，便也打消了劝说我的念头。只是偶尔在我面前叹息着说，谁谁家的儿子有多好，真是可惜了。我每每只是笑笑，继续手上的针线活。

四月份的时候从京里传来消息，康熙派抚远大将军十四阿哥驻师西宁。百姓们闻讯无不称赞胤祯是保家卫国武功盖世的大英雄，言语间对其充满崇敬拥戴之情。

我微微蹙眉，还是忍不住为他担心。恐其打仗受伤倒是其次，毕竟印象中十四阿哥似乎比四阿哥还长寿，所以兵戎相见时他或许会负伤，但想必不会危及生命。我主要是为他的前程忧心。康熙能把兵权交给胤祯，让他领兵打仗，那一定是很信任并器重他的啊。

不管是朝中还是民间，都已有十四阿哥将继承大统的传闻。既是人心所向，那为何最后的结果却不是这样呢？

十四的处境一直牵动着我的心，让我成日魂不守舍的。王家人看出我有心事，便时常关心我。如此思念着他，牵挂着他，我根本食不甘味，夜不能寐。

最终，我做了决定。告别王家人时，他们似乎并不十分意外。

王大婶帮我收拾好了行囊，她非要塞给我些盘缠，但我坚持没有要。已经打扰了他们家这么久，在这里白吃白住，我怎么还好意思从她那里拿钱呢。大婶看我推辞，就只给我包了些干粮带着。

她没多问，只是嘱咐我道："叶姑娘，你是个不一般的人，这我一早就知道。我也从没想过，你会一直留在这里。只不过世道复杂，你一个女儿家一路上一定要万事小心啊。"

我含泪拜谢了收留我的王家人。多亏了他们这半年多的收留，才让我免受流离之苦。

离去那日一家子将我送到村口，挥手向我告别。

虎子抱住我的腰不舍得我走。我低下头看他，轻柔地抚摸他小小的面庞。

我用唇语对他说："虎子是个聪明的孩子，只要你苦读寒窗，将来必能成大器，光耀门楣。"

虎子抬头看我，一双干净的眸子清澈如水："虎子听叶姨娘的话，会好好读书，考取功名。是不是虎子成了大官，以后就有机会能再见你了？"

我怔了怔，随即对他笑着点了点头。

还是孩子最善良单纯，不过半载短暂的相处，就对人如此亲密依赖。有的时候，成人真的不如孩子。

我穿着普通妇人的服饰，一路上倒也没引起什么注意。靠着针线活计，多少挣了些盘缠，弥补了路上的花费。

几经波折后，我终于到了青海。这时已是八月了。

过了西宁的城门，我几乎要忍不住哭出来。太不容易了，我在路上奔波了将近四个月，只为了能离他近一些，再近一些。只要能这样守护在他身旁，我就很安心。胤禛，我这份情意，你能否感受得到？

水壶里的水早已喝尽，我口渴难耐，急着赶到一个酒肆里讨口水喝。喝足了水后，我要了碗素面，打算在这里填饱肚子再走。

没吃几口，就听见门口嘈嘈杂杂的，一群官兵正叫叫嚷嚷地走进来。他们在我旁边的桌旁坐下，继续说着话。我没上心，只低头吃着自己的面。

没过一会儿，听到邻桌的他们在嘀嘀咕咕什么，接着他们就"噌"地站起身，站到我身旁。

一个看起来像是头头的人抬着下巴，傲慢地对我说道："喂，看你面生得很，不像是本城的人。你从哪里来，到西宁干什么？"

我用食指尖蘸了点水杯中的水，在木桌上写下端正的几个大字："无家可归，四处飘零而已。"

这几个官兵面面相觑，继而哄笑："哟，还识得字。只可惜是个哑巴啊！"

"是啊，不过长得倒是挺标致的。"

"怎么，你看得心痒痒啦？那把她领回家当媳妇儿呗，反正她也无依无靠的。"

说完他们又淫邪地大笑起来。

我不堪受辱，在桌上放下面钱后，便起身准备离开。谁知他们迅速地挡住我的去路。

那个头头皱着眉头对我说："脾气还大得不行。爷还没说完话你就想走，懂不懂规矩啊。"

我不想和他纠缠，趁他不备时从他身边闪过，快步向门口奔去。官兵头头一把拉住我的胳膊，想要将我拽回去。我不屈服，也暗自和他角力。

在这样的拉扯之中，我的玉佩从腰间滑落，"啪"地摔到了地上。

我赶忙想要去捡，但还是晚了一步。那官兵头头眼疾手快地拾起玉佩，放在眼前仔细端详。

"哇，这玉佩看起来好像很值钱的样子啊。这小妞不简单，看不出来还深藏不露哪。"

我伸手想要抢回我的玉佩。那可是我和胤禛之间相互交换的那枚玉佩，这是我们的信物，不能丢啊。

官兵头头不由分说地将玉佩塞进他的袖中，然后恬不知耻地对我说："你一个妇道人家哪来的这贵重玩意儿，想必是靠不正当的手段偷来的。这玉佩归我了，也算是你对官爷们的一点意思。"

我咬牙切齿地瞪着他。猛虎不可怕，最可恶的就是这奸诈的地头蛇。战场上不见他们卖力拼杀，欺压百姓时倒是威风得紧。

旁边一个小兵对头头说："老大，这娘们怎么处置，她看起来很不服气。"

官兵头头摸着下巴思索了一会儿："嗯，要是被她告去官府就麻烦了。"

随即他又猥琐地笑了："不如就把她带到我的营帐中。让我好好地收拾收拾她，把她调教顺服。哈哈，这样我人财两收，岂不美哉？"

"可是老大，军营中可是明令禁止女眷进入的呀。"

"哎呀你傻啊，把她放进运货的桶里不就带进去了吗。是吧，老大？"

官兵头头捋了捋他那撮小胡子："嗯嗯，这主意不错。还是你最机灵啊。不如我玩完让你也玩玩，够意思吧。"

"多谢大哥，太够意思了！我都不知多久没碰过女人啦，哈哈！"

他们的笑声令我作呕。我转头用眼神向店家求救，老板看着我目光闪烁颇为犹豫。

他刚从柜台后走出来还未来得及说话，头头就指着他的鼻子骂道："我劝你别多管闲事，否则你这铺子也别想开了！"

老板哆嗦了一下，低头走开了，再没有看我。

我的心沉到了谷底，只能任由这些畜生将我带走。如他们计划的那般，我被藏进水桶里混入营中。他们将我塞进了一间黑黢黢的营帐，我的手脚被绑，口被封住，根本无从反抗。

万幸的是，那官兵头头并没急着侮辱我，他将我送入帐子中后很快就离开了。只是在走前摸着我的脸颊轻佻地说："等着爷回来啊。"

我试着挣脱绳索，但完全没有用。我丧气地坐下，一眨不眨地盯着门口，稍有些风吹草动就心惊胆战。

我真的太没有用了，刚来西宁，就栽到恶人的手里。相较于今日这些流氓，往日宫中诸位倒显得对我算是客气了。就连令我当众受辱的太子妃、盛气凌人的八福晋、总是看我不顺眼的德妃和一向针对我的四阿哥都似乎没那么讨厌了。

想起他们，我不免怅然。仿佛已是很久以前的事了啊。曾经气盛一时的太子和八阿哥如今都已败落。一损俱损，他们俩的福晋的日子恐怕也不那么好过了吧。

四阿哥和德妃倒是好些，都是康熙面前的红人。只不过这对母子向来不合，从不对彼此坦诚相待。

这不正是活生生的人间悲剧吗？父子不和，兄弟不睦，母子不信。

我现在多少有些明白为何胤祯当年会心系于我。我没有鼎盛的权势，不具备倾城的美貌，也谈不上有过人的才艺，但我有一颗简单真诚的心。

胤祯……胤祯……要是你能知道我现在的处境，立刻奔来救我该有多好，就像你之前每次救我时那样。胤祯，现在看来，当年我在你面前的不可一世和骄傲是多么愚蠢，如果没有你的守护，我的小命恐怕早就保不住了吧。

这条命，被你救了一次又一次，被你如此精心地珍视着。你的心，被我伤过一遍又一遍，却仍然为我跳动着。此生的恩与情，我是怎样都还不清了啊。

门外响起一串脚步声，好像有一群人停在了门口。我的心霎时提到了嗓子眼。我已打算好了，如果真有人要玷污我，我一定会咬舌自尽。无论生死，我都会对胤祯忠诚。

突然有一个黑影掀帘冲了进来。他一把抱住我，身体剧烈地颤抖着。我使劲地想要推开他，可他却越抱越紧，勒得我肩膀生疼。

"是你吗？小爱，真的是你吗……"虽然听起来很沙哑，但这声音我简直再熟悉不过。

我立刻停止了挣脱，整个人呆在他的怀里。借着屋内淡淡的月光，我看清了他的面目。不过是不到一年的时间，他看起来沧桑了不少。不知是因带兵操劳，还是由于我的不告而别。

胤祯迅速为我松绑，拔出我嘴中塞着的棉布。我用微颤的手指抚摸着胤祯的脸庞，这张我朝思暮想的容颜。眼泪很快布满了脸颊，我痛哭出声。

胤祯再次紧紧地抱住我，仿佛我随时都会消失不见。

"这段时间，你一定过得很辛苦吧。只是你怎么能那么狠心，趁我外出时就那样一声不吭地走了。你知不知道，没有你的日子有多么难挨，我有多么痛苦……"

我默默地点头。我知道，我当然知道，因为这段时日对我来说一样的痛苦。

胤祯将我扶起身，他擦掉我脸上的泪水，郑重地说："答应我，你再也不会从我身边离开了。"

我重重地点了下头。再也不会了。不管将面临怎样的困境，不管还要遭遇什么不幸，就算是刀架在脖子上我也绝不离你而去了。

　　胤祯支开了其他人，用披风护着我随他上了马，一同回到他自己的住处。这是一个庄重简朴的大院，没有多余的装潢，却能体现出主人不俗的品位。想必是胤祯想以身作则，无意太过奢华。

　　被丫鬟伺候着仔细梳洗后，我被引送到居室中。我在梳妆镜前坐下，认真地凝视着镜中的自己。果然如当年那个梦境中反映的一样，我已不大像原本的我了。或许自打穿越而来我的面容就发生了改变，只是岁月让这种变化更加大罢了。

　　一切难道真的只是虚幻一场吗？梦醒了，便要曲终人散了。

　　在我发怔时，一双手搭在了我的肩上。

　　"想什么呢，那么出神。"胤祯拿起桌上的梳子，为我梳理头发。

　　我回过神来，这才想起问他："你是怎么知道我被关在那个营帐里的？"

　　胤祯看着镜中倒映的我不停变换的口形。他笑了笑："因为它啊。"他从袖中掏出那枚被流氓头头抢去的刻有"祯"字的玉佩，放在我的面前。

　　我还是不解地看着他。

　　他继续说："那个混账抢了玉佩后拿去赌钱，结果钱没挣着玉佩也输了。他和对方打了起来。在军中严禁斗殴，他两人都被抓了，玉佩也上交给我的副将，他发现玉佩上的刻字后觉得事有蹊跷，就拿着玉佩向我请示。我看到玉佩后好激动，忙找那混账问这东西是从哪里来的。他支支吾吾地承认是从一个哑妇那里夺来的。那时我终于确定，是你，真的是你。你来了，你原来离我那么近……"

　　对不起。我对他抱歉地"说"道。

　　"不要说对不起，该说对不起的人是我。如果我能更好地保护你，你也不会遭受这一切。还好我及时解救了你，不然你若是有任何闪失，我一定不会原谅自己。"

　　你会如何处置他们？

　　胤祯的眼中燃起熊熊怒火："凡是敢伤害你的人，我都不会让他好过。况且他们聚众赌博斗殴，又私带女子进军营，这其中任何一条罪责依军法都是死罪。"

　　我不安地看着他。那么我现在待在你身边是不是会让你为难，我不想破坏你的好名望。

"我才不在乎那些。只要能与你在一起，我什么都顾不得了。小爱，别再说离开的话，甚至想都不要想。我真的不能承受再一次失去你的打击了。答应我，好不好……"

我抬起头，用力地吻住了胤祯的唇，试图用我热烈的爱表明决心。

我真的很过分，让这样一个强大的男人在我面前如此不自信。我们之间总是他向前三步，我才会向前一步。这次我不会再被动了，我要用尽全力抓住我的幸福。

## 卷五十　你依我依话两情

住在胤祯的别府中后，我从未迈出大院一步，只静心过着深居简出的日子。我不想给胤祯招致更多的闲言碎语，唯一能做的就是尽最大努力地低调，让自己的存在不那么引人注目。

这两年里我先后经历了服毒、死而复生、失声、怀孕、流产，加上在外长久漂泊，身体实在虚弱得很。

胤祯为我的健康忧心，他嘱托厨房准备的饭食一定要既富营养，又符合我的胃口。他有空的时候都会回府陪我用膳，然而他大部分时间都在指挥操练，所以也只能吩咐下人仔细伺候我好好吃饭。

不仅如此，他花高价购得青海雪莲为我熬药，为替我滋补身子。伺候我的丫鬟每日都会按时端来这雪莲熬成的汤药，我心疼为买药材花的钱，却也不想驳了胤祯这份心意，便每每听话服下了。

时间久了我身体的确恢复了一些，而更令人惊喜的是，我渐渐能开口说话了。再次听到我亲口的呼唤，胤祯开心得不得了。

见他手舞足蹈的样子，我打趣他："好在你花在雪莲上的那些钱没有白费。我这可是实实在在的金嗓子呢。"

胤祯紧紧地将我搂在怀里，无限宠溺地说："别说是金嗓子了，你简直就是我的一尊小金佛，我得时时刻刻把你捧在手心。"

我听着胤祯的心跳，感觉甜蜜在四周蔓延。感谢老天能让我们重逢，能让我重获新生，能让我们幸福相守。如今的我对生活十分感恩，唯盼这样的日子能持久些，除此之外再无所求。

天黑后，我们常常会去草原上散步聊天。胤祯温暖的大手包着我的小手，被他这么牵着的时候我总是很安心，觉得天地间只剩下我们，谁都不要来打扰才好。

"小爱？"胤祯打破了这份恬静。

"嗯？"

"你会不会生我的气？气我这么没用，不能保你安然留在京城，不能风风光光名正言顺地娶你，不能护你周全不为贼人所扰，不能独当一面使你不必因现实而感到忧惧，我甚至不能在大白天这样牵着你漫步在草原……我真的很没用，是不是？"胤祯的声音越来越低，最后他低下头看着脚尖。

我停住脚步，转身抬起胤祯深埋的脸庞："不要这么说自己。你是我温柔体贴的好丈夫，也是我心中了不起的大将军大英雄。"

胤祯稍稍侧开了脸，回避了我的目光。

他走了几步，接着颓丧地说："什么大英雄，我连我自己心爱的女人都保护不了。有时我甚至在想，若是我能生在平凡人家，或许倒能少了这些烦恼，没了这些顾虑。可是不行，我是十四皇子，是皇阿玛钦点的大将军，更是八哥、九哥、十哥如今最为信赖倚仗的兄弟，我的担子太多、太重，常常压得我喘不过气……"

我上前几步，走到他的身边："如果你不是生在皇家，那你就不会遇见我了啊。如果没有你，谁来无数次地帮助我解救我，谁让我在无情的深宫中感到丝丝暖意，谁会赐我这一场轰轰烈烈让我痛哭过也让我欢笑过的爱情？胤祯，你就是你。你是为国尽忠的抚远将军，是为皇上尽孝的十四阿哥，也是胤禛他们最亲厚最信任的好弟兄，这就是我心中的你。我会始终陪在你的身边，不论你将面对的是什么，不论我们要迎接的是什么。如果累了，就到我的怀抱里来吧。在我面前，你还需要有什么逞强和硬撑呢？"

胤祯终于展眉笑了，他扶着我的肩膀让我靠在他的肩头。

"还好有你。只要有你，就够了。"

他拉着我的手，让我同他一起坐下来。我们抬头望着黑色天幕上不计其数的繁星，胤祯提议我歌唱一曲。

我清了清嗓子，然后展喉唱起与此情此景再合适不过的一首歌：

> 宁静的夏天　天空中繁星点点
>
> 心里头有些思念　思念着你的脸
>
> 我可以假装看不见
>
> 也可以偷偷地想念
>
> 直到让我摸到你那温暖的脸

唱完后我们俩有一会儿短暂的沉默。

我笑了笑问胤祯："怎么样，多年未唱，唱功退步了吗？"

胤祯将我拢在他的臂弯里："没有，还是一如既往的动听。谢谢你小爱，为我唱这样一首独一无二的歌。"

我不服气地看向他："什么嘛，说得我好像之前没有给你唱过一样。"

胤祯不甘示弱："是没有单独给我唱过，也不是精心为我准备的曲子啊。"

他说着好像又突然想起了什么，脸上浮出贼兮兮的笑容："严格地说起来，是有单独唱过，不过是在你不太清醒的情况下。"

我莫名其妙地看着他："你在说什么，我怎么都听不懂？"

胤祯把脸凑近："不要装不记得了。那日也是这样的夜晚，你喝得酩酊大醉，耍起酒疯来拉我到草原上对着茫茫星空大吼大唱的。而且你不仅对我唱了歌，还趁酒醉对我做了坏事……"

由于离得太近，胤祯的呼吸能直接扑在我的面颊上，让我心跳加速，顿感局促慌乱。"哪有那样的事，八成是你杜撰的吧。还有，我做了什么坏事，你倒是说说看。"胤祯突然一下将我扑倒，我惊呼一声，还没来得及推他，他整个身子就压了下来。

嘴角露出一抹狡黠的笑，胤祯说："何必说，我直接做给你看。让你知道你当年有多豪放大胆。"

话音刚落，胤祯的唇就不由分说地覆在我的唇上。一场缠绵悱恻的深情亲吻后，胤祯终于抬起了身。

我大口喘着粗气，嗔怒地看着这个色胆包天的家伙。

胤祯得逞后奸诈地看着我说："看到没，你当初就是这样霸王硬上弓地亲了本大爷。今日我不过是小惩大戒，以后要是不乖，我会加倍奉还的！"

我使劲地推开他，直起身对他啐道："少臭美，我当初怎么可能主动亲你。是你做梦梦到的还差不多。"

胤祯用手撑着头侧卧在草地上，他仿佛回到了几年前那个年少轻狂的模样，用久违的玩世不恭的语气对我说："骗你是小狗。你不仅亲了，还把我的嘴唇都咬破了。别耍赖啊，你第二天见我时还问我怎么了呢。"

我认真回想了一下，好像是有这么回事……

虽然如此，但我依旧嘴上逞强："胡说，我没有！"

胤祯见我羞愤成这样，便不再逗我。

他放声笑了："你太可爱了，让我怎么能不爱你啊。我看年氏说得没错，你的确是个魅惑人心的小妖精，把我迷得死心塌地，无力抵御！"

听到胤祯突然提到春燕，我一时有些恍然。

沉默了半晌，我开口说："终究还是我欠了她，还有十三阿哥，甚至四阿哥。你不要恨他们。夺嫡归夺嫡，不要把这些儿女情仇牵扯到其中，别让仇恨蒙蔽了眼睛。"

胤祯轻声叹了口气："我无法原谅他们，也做不到彻底对往事释怀。但我可以答应你，只要他们不再来惹我们，我不会主动出击的。你放心吧，若是我以后登上皇位，会留他们的性命，也会尽力保全你们年氏一族。"

我心中一颤：果真胤祯对继承皇位是有相当大的期待与把握的吗？可是如果最终的结果不是这样，他该怎么办，他将怎么面对这个残酷的事实？

拉过他的手，与他十指相握。我直直地看着胤祯的眼睛说："成功也罢，失败也罢，我没有那么强烈的得失心，我只想和你恩爱到老。若是成了，我相信以你的胸襟是不会难为他们的；即便是败了，只要我们恭恭敬敬，谨守本分，那他们也抓不到我们的错处，奈何不了我们。"

胤祯笑着弹了一下我的额头，"你呀，总是无端想太多，操心太多。万事有我，不必忧虑。"

每到这种时候我便打心眼里希望自己不是个几百年外的来客，这样便不会在这世界里看得揪心，走得惊心。然而如今的我做不到停止忧虑，便只能自欺般地祈祷快乐不离去，灾祸不降临。

与胤祯在西宁的幸福生活过得很快，转眼间又两年过去，此时正是六十一年的新年。除夕这天胤祯给军营放了假，他在书房里看过京城来的公文书信后就早早回府陪我了。

像往常一样，吩咐厨房做了几个简单小菜，烧一壶好酒，我和胤祯便围坐在桌边开动了这一顿家常年饭。胤祯看起来很高兴，胃口也不错。

我忍不住问他："这是有什么喜事，让你乐成这样？"

胤祯咽下口中的饭，笑着对我说："听说皇阿玛前阵子在宫里举办了千叟宴，还在宴上即兴赋诗。看着他老人家身体健朗，我们大清太平盛世，我当然高兴了。"

听到胤祯提到康熙，我有霎时的恍惚。自打出宫以来很多年都没见过他了，不知宫中如今是何般光景。

今年是六十一年，也就是说康熙已经六十八岁了。没有记错的话，康熙八岁登基，在位六十一年，那不就是说……他今年内就会驾崩？我被这个发现吓了一跳，筷子也不留神掉在了桌上。

胤祯关切地看着我："小爱，你怎么了？又是愁眉紧锁，又是满头大汗的。是屋里干燥了还是饭菜不合口？"

我忙摆手："不是不是，我没事。只是好久没听你提过皇上，突然提起，有些不习惯。"

胤祯也放下了碗筷，他小心翼翼地看着我说："小爱，你是不是还怨恨皇阿玛当年赐你毒药的事？其实我当年也埋怨过他，但是后来我想明白了，他有他的苦衷。年氏如此咄咄逼人，如果不做出决断皇阿玛无法给群臣和后宫交代。他有他的无奈和不得已。"

我点点头："我明白，我都明白。我没有怨恨他，真的没有。我刚刚的失神只是因为我多年不在皇宫，觉得离那里离皇上已经太远了，或许此生都不会有交集了。"

胤祯听了我的话也有片刻怅然，"是啊，匆匆间你离宫已有八年了……"

我笑了笑，帮胤祯夹了点菜放进他碗里："别说是我，你驻军西宁以来也快有五年了吧。这几年都不能回京过年，像你这么爱热闹的人，一定受不了吧？"

胤祯突然一本正经地拉起我的双手握在胸前，又郑重其事地说："我才不在乎能不能回京过年，我只在乎是否能和你一起过年。对我来说，有你的地方才够热闹，也只有你在的地方才是家。"

我没忍住，"扑哧"一声笑了。

"瞧你正经八百的样子。都老夫老妻这些年了，还整天尽说些甜言蜜语哄我开心。"

胤禛的表情看起来更严肃了："什么甜言蜜语，我句句发自肺腑！真的，我觉得这两年和你在西宁过的才是真真正正的寻常夫妻生活。虽然平淡简单，却真的很温暖幸福。如果可以选的话，我真希望一辈子都可以这样和你相守相依。"

我靠在胤禛的肩上，笑容甜到了心底。

"死生契阔，与子成说。执子之手，与子偕老。"这何尝不是我的期盼？只希望天遂人愿，岁月静好。

# 卷五十一　久别重逢会故友

青海的春天到得很晚，直到五月我还是没感到暖意。

这天我正披着夹袄躺在庭院中的摇椅上看书，还没看一会儿，就听见府外大门口传来喧闹的声音。

我心中奇怪，便问身边的丫鬟："怎么这么吵？"

"回夫人，听说是将军驾马回来了！"

"哦，是吗。"我随口答应着，同时站起身向屋外走去。

自打我住进府里以来，胤禵便吩咐下人们都称我为夫人。这个称呼很有趣，一则因为我现在是汉人，二则因为我毕竟的确不是他明媒正娶的"福晋"。

这些下人自然也能体会其中微妙，我想他们私下一定对我进行了很多猜测吧。是十四阿哥偷偷纳的小妾呢，又或者是他在青海怕寂寞而临时找的姘头？

我不在乎他们怎么议论我，入宫以来我受到的非议还少吗？这些我都能承受。只要我和胤禵能在一起，这些流言蜚语不算什么，根本伤不到我。

不过今儿说来也奇怪，胤禵怎么这么早就回府了呢？我带着满心疑问，加快步伐向前厅走去。我刚走到正厅的屏风那里，却和迎面走来的胤禵撞个正着。

我还未来得及开口，胤禵便欣喜激动地对我说："小爱，你看我给你带来了哪位老朋友！"

胤禵说完就闪开了身。

看到他身后人的一刹那，我惊呼出声："穆景远，怎么是你！"

穆景远闻言彬彬有礼地对我一揖："正是在下。多年不见，叶姑娘别来无恙。"

我还是很诧异："你怎么知道我在西宁，在胤禵这里？是听九阿哥说的吗？"

胤祯和穆景远同时摇了摇头。

胤祯先解释道："我有我的私心。生怕你的行踪走漏使你再受到伤害，我便没有传书信给九哥告知他你已经和我相会。"

穆景远接着说："得知你服毒的消息后，我既震惊又哀痛，立即从不列颠赶往京师。但当我抵京后，却听九阿哥和十四阿哥说你已经不告而别了。从那时起，我便四处漂泊，打听你的踪迹。这次到了西宁，便想着刚好拜访一下十四阿哥，却没想到你也在这里！看到你如今安然无恙，又过得这么美满，我真替你高兴。"

"谢谢你。"再次见到老友，我也很开心。迟疑了一下，我还是转过头对胤祯说："胤祯，能不能让我和穆教士说几句话？"

胤祯立即意会，他笑了笑："多年未见，你们好好聊聊吧。我吩咐厨房今天多做几道菜，招待咱们的贵客。哈哈！"说完他便转身离去了，留给我和穆景远一个独立的空间。

看着胤祯离去的背影，景远不禁感叹："十四阿哥果真是个坦荡大度的大丈夫。夜莺，你这些年的苦没有白受。"

我笑着招待他坐下，并为他倒了一杯茶："以后叫我小爱吧，宫里的夜莺格格早就在八年前死了。千万不要说错了话让旁人抓住把柄。"

"说的是，我记住了。你是叶艾，是小爱，再不是郭络罗氏夜莺。"

我也给自己倒了杯茶，然后举起它来，对景远说："边疆不比京城，没有当年那上好的龙井招待你。不过你尝尝这青稞茶，虽然苦，但也韵味十足。"

景远也笑了："你这话便是见外了。穆某是个江湖人，什么滋味没有品尝过。若是贪图那宫中的好茶，怎么配做你的知心好友。"

我和穆景远正聊着，外面传来了一声轻轻的敲门声。

"夫人，奴婢是奉命给您送药来的。"

我漫不经心地回道："进来吧。"

是平时伺候我的丫鬟。她一如往常地端着雪莲中药进来，服侍我服下后，便识相地快速收拾碗盘离开了房间。

"是什么重要的药，需要每日这样按时服用？"景远好奇地问。

"这是胤禛为我买的雪莲，每日总是合着其他药材一起熬了给我喝。这不，我就是喝了半年多，才恢复嗓音了呢。"

景远看起来还是有些疑心："果真只是如此吗？为何那药水闻起来有些……"

"有麝香的气味是吗？"我淡笑着抢说道。

"真的含有麝香！为什么你早就知道了却不说？你明知道那药材有多伤身啊！"景远一脸不可置信地瞪着我。

我细细品了口茶，然后若无其事地说："那又如何？其实那汤药和这茶有什么区别呢，都是一样的苦到心里。我不知道那是否能真的医好我的病，但若服用了它能医好别人的心病，我想也是值得的。"

"你是说，是雍王府那位不希望您有孕？"

我摇了摇头："我不确定。或许是他，或许不是。但就算是他，我也能够理解，这是我应得的惩罚。其实早在我服毒后，身子就很差了。接着我又遭逢流产，从那时起我恐怕就无法再孕了吧。在西宁重逢的这两年里，我的肚子一直没有动静。我想除了那药的作用，我自己的身体恐怕早已不好。"

景远皱眉看我："十四阿哥知道他们下药的事吗？"

"他不知道，只以为那是为我补身的雪莲。他应该也猜到我的身子早就不能生了，所以便没有生疑，也从未向我提起这茬，他怕我伤心。"

"当日逃婚你确有不当，但这也不全是你的过错。你若一味地对他们这样忍耐也不是办法，你怎么知道他们不会进一步伤害你？"

"我相信他不会再步步进逼。我的牺牲已经够大了，不过是为了我和胤禛的片刻安宁。你放心吧，他还会留着我这条命，以后好好折磨。毕竟这将是他的天下，一切全由他说了算。"

穆景远走到我身边，低声对我说："既然已经知道四阿哥将来会继承大统，对你不利，那你为何始终不听我的劝，不愿意穿越回去？我已经有相当的把握能成功了。"

我无所谓地耸耸肩："曾经我一心盼望能早点回到现代，但现在我想留下。我要留在这里陪着胤禛，无论发生什么我都不会再离开他。"

景远叹息："都是红尘中的痴心人。我只怕你再卷入什么灾祸，毕竟你知道他们所有人的结局，却唯独不知道你自己的结局，不是吗？”

我没有回答。他说得对，我这根本就是在赌博，拿自己的未来和生命交换与胤祯相处的片刻。但那又如何，这于我来说是值得的。我无怨无悔。

“景远，你可不可以答应我一件事？”

“请说，只要是穆某能办到的，定当竭尽全力。”

我走近穆景远，直视他蔚蓝色的眼睛。

“请你务必答应我，从今往后都追随在九爷身边，尽自己所长护他周全。”

景远看起来非常讶异：“你何出此言？九阿哥身边藏龙卧虎，能人异士颇多，怎么会缺穆某这样一个身无长物的异国传教士呢？”

我摇摇头说：“没用的，那些人多半是为了攀附胤禟尊崇的身份和鼎盛的财势，有几个是出自真心地效命？若有朝一日他被击垮，只怕那些人即刻便见风使舵，更可恶的还会落井下石。八爷不就是很好的一个例子吗？当年门庭若市的八阿哥府如今不照样落得冷清凄凉。”

“你说的有道理，但仅凭我微薄之力又怎么可能力挽狂澜？按照你的说法，四阿哥必将登上皇位，那么他也一定会铲除八阿哥和九阿哥这两个心腹大患。难道你认为历史有可能转变吗？”

我丧气地垂下眼眸：“不，我从没这么期望过。自打我穿越以来的十六年里，历史的轨迹从未发生任何偏离，它依旧按部就班地向前走着。唯一转变的是我，一开始我怎么可能想到十六年后的自己面对的会是此情此景。所以，为了更好地让我自己和我身边所有我爱的、我在乎的人生存下去，我不得不接受并很好地适应这无常的转变。”

景远满目忧戚地看着我：“小爱，你永远都是这样，为所有人考虑，却唯独不为你自己考虑。既然你已嫁给十四阿哥，那只需为你们俩做打算就够了。何苦面面俱到，让自己那么辛苦。”

“你这么说太抬高我了。我哪里有那么高尚，我只不过是个懂得有恩报恩的世俗人。宜妃娘娘和九阿哥对我有恩，我不想看他们日后过得太艰难。况且八爷、九爷与胤祯既是兄弟又是同党，唇亡齿寒的道理我们都明白。”

景远用指节敲了一下桌面，发出清脆的声响。

“好，你希望我怎么做？”

"让你说服他消除戾气停止争斗显然是不可能的。我只求你能随时与我通信，如果他那边发生了什么不测，请立刻告诉我。以后四阿哥当了皇上，一定会阻绝我与他们的往来，让我无从打探到他们的消息。虽然我人微言轻没办法切实为他们做什么，但仍会尽全力替他们求情的。"

"可是若我的书信被截获了怎么办？那我们的秘密不就被识破了吗？"

我狡黠地笑了笑："你忘了我是从现代穿越回来的吗？你用只有我俩看得懂的不列颠文写不就成了吗？"

穆景远恍然大悟，"说得对，我怎么没想到呢。小爱啊，你这几年越发沉稳从容了，但骨子里的调皮和那小聪明劲儿却根本没变！"

我忍俊不禁："我姑且当作你是在夸赞我咯。不过穆教士，你的汉话也着实越来越好了。"

穆景远伸出手与我击了一下掌，笑道："我们还是不要这样互相吹捧了，真是让人难以消受啊，哈哈！"

我回归了正经的神情，衷心地对景远说："真的很谢谢你，是我硬把你拖进了这摊浑水。将来跟着胤禟的日子，一定会步履维艰。"

景远将手搭在了我的肩上，他安慰我道："别这么想。你和九阿哥都是我的朋友，能为朋友做一点事，是穆某的荣幸。倒是你才让我担心。"

我握了握腰间的玉佩，面上露出了微笑。我不怕，有胤禛的爱，我什么都不怕。

我、胤禛和景远那天一起用了晚膳。席间欢声笑语，推杯换盏间没有人提到政治和国事。我想我们的心意都是相通的吧，只为了尽情地享受这一刻朋友间的暖意。

当天晚上入寝后，我在被窝中缩在胤禛的臂弯里，轻声地问他："我今天和景远单独相处了那么久，你都不生气吗？不会担心别人说什么闲言碎语？"

胤禛捏了一下我的鼻子，"这算什么，你当年不是还和八哥有过一段感情吗？和九哥还有十二哥关系也很亲近。哦，对了，你本该是四哥的侧福晋呢，要不是逃婚了，如今哪能轮到我陪伴在你身边。"

我气得使劲推了胤禛胸膛一把："你揶揄我！以前的事过去那么久了还记得，真是小心眼！"

胤祯捉住我的手腕，硬将我再扣进他的怀抱："我不是小心眼。之所以将往事记得那么清楚，只因为我能娶到你实在不易。小爱，你是我今生最珍惜的人。"

我心中感动，便抬起头深情地看着胤祯说："不，能嫁给你才是我三生有幸。"

胤祯沉声笑了，他俯下头吻了我的额头："傻瓜，我怎么会生气呢。我了解你也了解景远，你们都是坦荡之人。况且若你真的无心跟我，随时都可能离开我。如风一般的你，又岂是我能强留得住的？"

胤祯的声音中透出了浓浓的苦涩。我心疼他，便将他搂得更紧。

果然是我当初的不告而别伤他太深了啊……想到不可知的未来，我内心又一阵绞痛。我究竟是走了什么大运，可以得到胤祯这样一位真心人，无条件地爱护我、信任我、支持我，给予我他所有的爱和包容。

"胤祯，以后无论发生什么事，你都会这样相信我的，对吗？"

胤祯宠溺地揉了揉我的头发："当然啊，这还用说。"

我换了种更舒服的姿势继续窝在胤祯怀里。依偎在我身旁的他很快便沉入梦乡，发出了平稳规律的呼吸声。而我，却彻夜失眠了。

我睁着眼睛看着睡梦中的胤祯，无声掉落的泪水只有棉被知道。

# 卷五十二　雨送黄昏花易落

八月前夕我一直在思考这年的中秋该怎么过。虽说我和胤祯成亲已有好几年了，但就算是老夫老妻有时候也需要些小情调的呀。况且今年有景远在这里，我便更想办得隆重别致些。

当我一直为一些细节之处伤神时，胤祯总会笑我太过较真，他觉得哪一年的中秋不都是那样过，今年又何必如此大张旗鼓。

我的观点和他恰恰相反。人们总把"下次再说""以后还有机会"这样的话挂在嘴边，但事实上很多时候错过了这次就没有下次了，不珍惜如今，以后又能有什么机会。人要活在当下，只看今朝，未来谁都说不准。

胤祯本来还嘀咕我小题大做，但一个人的到来印证了我的坚持并非没有道理。

当这位不速之客正坐在大厅里低头品茶时，我努力抑制住太阳穴的跳痛，和坐在主位上的胤祯交换了一个眼神。他看起来也忧虑重重，似乎和我一样摸不透此人的来意。

沉默之后，我对面这个四十岁出头的中年男子终于开口说话了。

"当年赫赫有名的夜莺格格在京时，我们无缘一见。却没想到阔别多年，再聚竟会是在这里。"

我苦笑："年将军说笑了。夜莺格格早已服毒自尽，这里和您说话的不过是一平凡女子。"

年羹尧——我穿越回古代后这副躯体年湘儿的亲哥哥，从未谋面却是我陌生又熟悉的至亲——他听了我的话后拿着杯盖的手先是停顿了几秒，不过很快便被他爽朗的笑声掩盖。

"近二十年不见，果然是变得生分了啊。当年整日抱着我撒娇耍赖的小妹，如今却不再唤我大哥，而是由一句再生分不过的'年将军'替代。哈哈，命运弄人，造化弄人啊！"

我心里难受。其实疏远不只是因为胤禛和四阿哥对立，更多是由于我作为桑小爱的灵魂根本对年家、对年羹尧没有任何亲情和依赖可言啊。但尽管如此，年羹尧的话还是让我愧疚不已。毕竟不管我是谁，我霸占着他亲妹妹年湘儿的身体是不可否认的事实。

毫不知情的他对于自己久未谋面的妹妹的爱和挂念理所应当，却没想到被眼前这个冷漠的女人无情地疏离。说起来我真的欠了年家很多，当年逃婚的事一定给他们带来了很大麻烦吧。我的冲动和任性却要叫其他不相干的人替我买单。也不知那年迈的年老夫妇如今过得如何，身体是否康健。

心念及此，我忍不住问道："年老……阿玛、额娘他们还好吗？"

年羹尧垂下眼睑："如何算好，如何算不好？若按常人的眼光，他们二老德高望重，有享受不尽的荣华富贵，又深受圣上眷顾，自然是过得好的。但作为十几年没见过自己的女儿，整日饱受思念之苦的可怜父母，过得又能好到哪儿去？你当年出走对他们的打击很大。额娘很快就病倒了，如今身子仍不利落。阿玛一直强撑着，虽然表面上无大碍，但这些年也苍老憔悴了很多。"

我低下头绞着手绢，泛红的眼眶已经控制不住即将落下的泪水。压在心口上沉重的内疚让我说不出话来。

胤禛见我这样，便开口说："当年小爱逃婚是有不当，但如今事已至此还望年将军莫再埋怨她。以后有机会，我定会和小爱一同拜见年老夫妇，以全这些年我们未尽的孝道。"

年羹尧挑了挑眉："小爱是谁？这明明是我家小妹年湘儿，若说别的，也只可能是皇上亲封的曾经的夜莺格格。十四阿哥以为皇上当年的赐婚是儿戏吗？先不说我阿玛额娘敢不敢、愿不愿认您这位女婿，将来若是皇上重提旧事，摆出那堂堂正正的赐婚诏书，纵使你们做了这些年真夫妻，最后也还是会没名没分，劳燕分飞。"

我看见胤禛的额头突起的青筋，他显然是生气了。但他仍压制住怒火，尽量客气地对年羹尧说："年将军多虑了。以皇阿玛的智慧，他必然早就洞悉了我、小爱还有四哥之间的关系。若他真想让小爱死或者回到四哥身边，当初也不必安排一场服毒自尽的戏码放她一条生路。我这府里从不少眼线，小爱来投奔我，我们早已成亲的事自然瞒不过他老人家的眼睛。很显然，这些年的风平浪静便意味着皇阿玛对此并无不满。"

我直直地看着胤祯。原来他都知道！他早就看透一切，却从不对我挑明。胤祯啊，你到底还默默承担了多少我不知道的事。

年羹尧挑起嘴角笑了："不愧是十四阿哥，的确富有韬略，胆识过人。你的分析很对，不过人心是很善变的东西，如今看来平静无波的江面指不定哪天就翻起了滔天巨浪呢。你看，我那曾经温顺如羊的小妹不也变成了脱缰的野马？所以说，或许哪天皇上的心思改变了呢？再者，这旧账还指不定会落在哪个皇上手中。若是刚好狭路相逢，那十四阿哥又将如何自处啊，哈？到时该关心的便不是美人是否依旧在侧了吧，而是自个儿的爵位还能否保得住！"

胤祯再也压制不住满腔的愤怒，他右手用力拍向桌面，"唰"地站起身怒视年羹尧。

"你反了，竟敢说这么大逆不道的话！要是皇阿玛知道了，这可是杀头的大罪！年将军，你是战功彪炳，但我劝你也别太嚣张自负。将来的局势还未成定数，或许今日在我面前狐假虎威、凌厉倨傲的你有一天也会伏在地上向我讨饶！"

我看盛怒之下的胤祯也开始口不择言，便忙上前拽住他的衣袖对他摇头："别说了，冷静一下。"

年羹尧笑着鼓起了掌："还真是伉俪情深，夫妻同心啊。我会不会向十四阿哥您跪地求饶以后再说，但是这次，我一定要带走湘儿。"

听到他最后一句话，我和胤祯皆是一震。

胤祯嘴角勾起轻蔑的笑容："可笑，我最心爱的女人岂是旁人说带走就能带走的？"

年羹尧无所谓地耸耸肩："是啊，您是堂堂十四皇子，是战功卓越的大将军王，以下官低微的身份定然从您手里抢不走任何东西。但有一个人的话，您恐怕是不得不听的。"

我立刻转头看身边的胤祯。他的瞳孔扩大，揽着他胳膊的我能明显感到他手臂的肌肉很紧。他在害怕吗？原来这个一直以来给我温暖给我力量的男人也是会害怕的。

不出意料的，年羹尧从袖口中掏出一个黄色卷轴。

"十四阿哥、年氏听旨！"

胤祯握着我的手，和我一并跪下。

"年氏当年铸成大错，依旨服毒后侥幸逃过一死。朕念其多年侍候有功，留其一命。而今已时过境迁，朕可既往不咎。现召年氏即刻回京。钦此。"

胤祯跪得笔直，但握着我的手却始终一动不动。他的眼底此刻像一片荒无人烟的沙漠，没有任何生气。

我轻轻拽了拽他的衣袖，他只是把我的手握得更紧，没有丝毫退却与让步。

我无奈地叹气，只好独自回过头叩拜。

"民女领旨。吾皇万岁万岁万万岁！"

我想伸出手接旨，但胤祯不撒手。他一把将我拉近，死死扣着我的肩膀吼道："你答应过再也不会离开我的，你怎么可以失言，怎么可以背弃自己的承诺！"

冷眼旁观的年羹尧咳了一下，他的声音透露出不悦。

"这可是圣旨，由不得造次。十四阿哥，难道您想抗旨不成吗？"

胤祯"腾"一下站起来要向年羹尧冲去，我及时地抱住了他。

"抗旨又如何？从小到大我从未忤逆过皇阿玛的意思。但唯独小爱，恕难从命！"

年羹尧眯起眼："十四阿哥，您要知道您这话若是传了出去会有什么后果。您可是手握重兵的抚远大将军，您不领旨这是什么意思，逼宫、篡位、谋反吗？"

胤祯彻底地愤怒了，他用力挥手："你少给我安莫须有的罪名。我驰骋沙场，忠心报国，这些皇阿玛不会看不见。我不过想留住自己最珍贵的人，这样也有错吗？"

"在我看来是没什么错，但是在皇上看来可就不一定了。说不定他会以为十四阿哥要拥兵造反。您或许不怕，但您想过自己远在京城的家眷，您的额娘还有您的属下以及与您手足情深的八阿哥、九阿哥还有十阿哥吗？"

胤祯的目光变得黯淡，他在空中挣扎的双手也渐渐垂了下来。紧紧抱着他的我能感到他全身蔓延的无力感。

我转头对年羹尧说："麻烦您先行回避，让我们静静吧。这旨意我接了，并无异议。给我时间，我会说服十四阿哥。"

年羹尧冷哼了一声，他把圣旨放在我的手上后，便几步蹀出了大厅。

看着胤祯冰冷的侧脸，我在犹豫着怎么开口。然而还没等我想好，胤祯突然发了狂一样夺过我手中的圣旨，凶猛地撕扯着它。

我吓得立刻痛哭出来，从背后抱住胤祯试图停止他的疯狂。

"胤祯你不要这样，你别这样好不好！"

胤祯的眼睛变得血红："我不这样，那我怎样做才能不这么绝望？他们都想要逼死我们，他们都不愿我们在一起。从四哥、额娘到皇阿玛，这些和我有着最亲血缘的人却从没想过成全我们！我好恨，我恨他们，我也恨自己，为什么生在这个冰冷可怕的皇家，为什么啊……"

我早已泣不成声，靠在他的背上呜咽着。

"别……别那么悲观，或许皇上只是单纯地有事吩咐我而已。他交代完了事情，就会让我回来的。你看，这些年，他不也睁一只眼闭一只眼地放任我们了吗？"

胤祯转过来心疼地看着我，他温柔地替我拭去脸上的泪水。

"小爱，你怎么那么傻啊。如果事情有那么简单，皇阿玛又怎么会偏偏派年羹尧来带你回去？他可是你的大哥、老四的亲信，何其敏感的身份！这所有的一切看起来就像是一场阴谋，不行，我不能再冒着失去你的风险了。"

"你不会失去我，不管我身在何方，不管正面临着什么，我们爱彼此的心都不会变啊。胤祯，就算你不相信别人，难道也不相信我吗？我不会让事情变得更糟，我只是回去看看，等办完了该办的事，我就立刻回来。我继续做你的妻子，任何人都不能将我们分开。"

胤祯将我搂在怀里，他的身体微微颤抖着。可尽管如此，他仍旧是我最坚固的依靠。

"其实，皇上逼我服鹤顶红那晚我以为自己死定了，我们今生都不会相见了，可是之后我们不还是化险为夷，一起度过了这几年幸福的岁月。所以别担心，我们的爱一定会冲破任何困难的。哪怕当前的人生艰苦一点也没关系，只要心里有爱，就还会有希望。要坚信这绝不是我们的结局。"

胤祯俯下身吻住我的唇，他的吻绵长而浓烈，深情到几乎要将我融化。

他抬起头看我："这世上我谁都不会相信了，我只信你。你说过的话我会牢牢刻在心里，我会站在原地等你回来。"

我笑了，摸出挂在我们彼此身上那对玉佩，把他们合在了一起。

"是啊，别忘了我们还有这个幸运物呢，举世无双的'祯爱无瑕'。"

胤祯也笑了。但笑的只有他的嘴角，他的眼中更多的是我看不穿的一些东西。

离别的那天西宁下起了淅淅沥沥的雨。风雨交加下，原本该盛放的桂花被打落枝头碾成泥，一派残败之景。

上了马车后，很快便启程了。随着马车夫的一声"驾"，我在颠簸摇晃中与我的爱人渐行渐远。

我始终没有掀起帘子回头看，因为我怕看到那雨中孑然孤寂的身影，我怕自己再无法这么狠心和果敢，我怕我的心会像那坠落的花瓣一般破碎风化。

当初计划了那么久的中秋节，最后还是没能一起过啊。

有花堪折直须折，莫待无花空折枝。

胤祯，你现在应该能够明白为什么我如此急切地想要抓紧和你在一起的每分每秒了吧？

人生太无常，我不想一个转身就错失了我那最爱的人。我更不想目睹我心尖上的人就这样凄然地站在风雨中，那感觉就像用刀子剜着心头肉一样疼。

雨声落在轿顶发出"滴答滴答"的声响，仿佛在演绎我内心的哭泣。

我攥紧了手中的玉佩。不能哭。没有胤祯在身边，我更要勇敢和坚强。不然，我又如何去守护他呢？

世情薄，人情恶，雨送黄昏花易落；晓风干，泪痕残，欲笺心事，独语斜阑。难，难，难！

人成各，今非昨，病魂常似秋千索；角声寒，夜阑珊，怕人寻问，咽泪装欢。

瞒，瞒，瞒！

## 卷五十三　回京路途多崎岖

"你怎么能答应回京？皇宫是如何凶险，你是再清楚不过的了。也难怪十四阿哥会如此忧心。"穆景远惊地从座位上跳起来。

我看了眼胤祯，他低头抿着茶没有说话。

我无奈地对景远说："不然我们有什么法子，年羹尧亲自拿着圣旨奉命带我回去，难道真要抗旨不成吗？况且，事情未必有我们想的那么糟。别太紧张了。"

一时间，我们三人都相对无言。整个房间陷入了冰窟般的死寂。

胤祯咳了一声，他的声音听起来干涩而喑哑。

"景远，我有一事要拜托你。"他抬头看向景远，目光炯炯而真挚。

看到胤祯一本正经的模样，景远也越发严肃起来。

"十四阿哥客气了。有什么事是穆某能为二位做的，本人十分乐意效劳。"

"好兄弟！"胤祯把茶杯放回到桌面，"虽说这次是小爱的亲大哥接她回京，但我还是很不放心。我安排了一些高手暗中保护她，直到他们抵京。这一路上的安全算是比较有保障了，可我却仍担忧到了皇宫会出差错。"

"您的意思是？"

"我是想拜托穆兄提前回京给八哥、九哥他们报个信。这样他们也好做些准备，不至于让小爱落入孤立无援的境地。"

穆景远眼睛一亮："十四阿哥思虑周全。穆某明日即刻出发，一定把消息给二位阿哥传达到。"

胤祯站起身向景远作了一揖："多谢，一切拜托穆兄了！"

景远也站起身回礼："十四阿哥不必在意。小爱是我的朋友，为朋友两肋插刀自是理所应当。"

胤祯感激地笑笑，他看了我一眼，说："我想你俩或许还有些话要说，我去着人帮穆兄备马，准备行囊。"

看着胤祯款款走出门的背影，景远感慨："十四阿哥全心全意都在为你考虑。小爱，你这个夫君真的没有选错。"

我笑着点头："是啊，为了这样一个爱我的人，就算冒着回去被砍头的风险，又有什么可怕呢。况且此番牵扯到胤祯日后的命运，我怎能不去？"

景远转头看我："你是知晓历史的，难道即将发生什么？"

"我也是后来才慢慢想到的。今年是康熙六十一年，印象中康熙帝八岁登基，在位六十一年。那么如果我没记错的话，他今年就会驾崩了。如今已近九月，距年底没剩多少时日了。我猜想，是快了。或许也是意识到时日无多，所以康熙才召我回去。"

景远皱起眉："所以你是想趁皇上驾崩前赶回去，为十四阿哥争取皇位？"

我摇了摇头："皇位给谁，这个要看皇上的意思。他给胤祯，那自然是胤祯的；若他不给，我们也不能替胤祯去抢。九子夺嫡还不够惨烈吗？我是最厌恶骨肉相残的。历史上对于四阿哥继位一直有很大的质疑和争议。我要去亲眼见证，康熙究竟是把这皇位给了哪个儿子。若是真传位于四阿哥，我便也认了；可若是有人李代桃僵，狸猫换太子，那我拼死也要为胤祯讨个公道！"

景远沉声道："我懂了。你们二人对彼此都可谓是用心良苦。这份真心，就连我这旁人看了，都觉得动容。"

"他为我做了那么多，我为他做这么点事也是应该的。景远，请别忘记我之前拜托你的事。直觉告诉我，这次我一旦回去，以后还想出宫恐怕是不可能了。从此我与胤祯间的联系，便全靠你了……"

我的思绪被马车外的一阵嘈杂声切断。

我这是在哪里？哦对，回京的路途上。刚刚一直回忆着和景远之间的密谈，一没注意便神游太虚了。

门外的马车夫敲了两声门框，沉着声音说："姑娘，将军说我们在这个镇子的客栈用了午膳再走。"

"好，我知道了。"说着我掀开布帘，扶着车夫的手下了马车。

这已是旅途的第十五天。我们从西宁出发，一路快马飞驰向京城驶去。据说，再过个两三天我们就能到了。

进了客栈，我们在一楼靠窗的桌子边坐下。我与年羹尧相对而坐，两个贴身护卫站在旁边。

这几天我们都以这种别扭的方式相处着，对待彼此彬彬有礼，但无论如何也亲近不起来。不是我不愿与他亲近，在古代有个亲哥哥能互相依靠自然是件美满的事。可这哥哥偏偏是我丈夫死敌的心腹，这让我如何不对他有戒心。

年羹尧必然也体会到这点，所以这阵子只僵着脸未曾对我太亲近。餐前他都会让人试过饭菜，无毒后才会让我开动，我把这理解为他的谨慎，这点倒是和他追随的主子像得很。

吃过饭后我们便立刻出发。这几日的行程很急，而且随着距离京城越近，他便更加急躁。处变不惊的年大将军会如此慌乱，我猜他是收到了不断催促的信件吧。这更印证了我对于康熙身体状况的猜想。

今晚年羹尧没有让包括我在内的这一行人员投宿，他选择连夜兼程赶路。莫不是皇上病重，快不行了？

年羹尧反常的表现也加重了我的不安。紫禁城此刻正经历怎样的风云变幻呢？令我不安的不仅仅是没有把握的未来，而是如今这翻天覆地的变化似乎根本不在胤禛他们一方的掌握中。

在马车颠簸中，我尽管更换了无数种姿势，但仍旧无法睡得舒服。折腾到大半夜，好不容易起了点睡意，却被外面突然的一声高喝惊醒。

"把马车里的夜莺格格交出来，否则休怪我不客气！"

"可笑！夜莺格格早在多年前便自尽，你讨要的是鬼魂吗？况且，劫官车可是死罪，你还敢大言不惭！老子倒是要看看你有什么能耐！"年羹尧的声音此刻听来无比霸气，具有强大的震慑力。

"杀——"，随着一声令下，对方的人对我们开始了攻击。

年羹尧此次出行不想太招摇，便没有带太多的随从。随员从简有减少用度、提高效率的好处，但此刻它的弊端也展现了出来。那就是，面对猛烈的攻击，这边明显败下阵来。

我吓得躲在车里不敢出去，只竖起耳朵听外面的动静。正当我屏气凝神时，一支长矛突然从帘帐外刺了进来，狠狠地插在了我头顶上方的马车壁上。我几乎被吓破了胆，出了一身冷汗。

看来马车里也不安全啊，不行，我不能在这里坐以待毙，我要逃。这么想着，我赶忙掀起帘子准备跳下马车。可脚刚一挨地面，就有几支飞箭从我耳边唰唰飞过。我赶忙一闪身躲在了马车后面，半蹲着身子观察前方紧张的局势。

负责赶我这辆马车的车夫躺在车前，身中数箭，早已断了气。马被割断了缰绳，早已跑得没有踪影。四周横七竖八地躺了很多尸体，有年羹尧的人，也有刺客。前面年羹尧和他仅剩的五六名精兵正和刺客做着殊死抵抗。

我从未目睹过这样兵戈相接的血腥场面，感到心惊肉跳，头晕目眩。

一名刺客发现我已跑出马车，便提着剑向我奔来。

"奴才特奉九阿哥的吩咐，迎夜莺格格回京，还望格格配合！"

就在他快要跑到我面前时，突然天降十个蒙面黑衣人挡在我身前，开始围攻奔我而来的刺客。

我猜想他们是胤祯派来的人，想到身边有胤祯的保护，我的心稍稍平静了一些。

胳膊猛地被人一拽，我回头看去，原来是年羹尧。

"快走，此地不宜久留！"

年羹尧吹了声口哨，他的马立刻从不远处跑来。他拦腰将我抱上马，而他也坐在后座。一声"驾"，我们立刻离开了这是非之地。

不知飞奔了多久，我只知道我们过了一片又一片树林，一个又一个村庄，直到天色已大亮。

看到了一条小溪流时，年羹尧终于说："我们停下歇息一会儿吧。"

他扶着我下马，然后把马拴在了溪边的小树上，让它饮水吃草。我和年羹尧也走到溪边蹲下来，洗了把脸，也喝饱了水。经过一整晚的折腾，我们现在的样子都狼狈极了，是该好好梳理一下，总不能就这样进宫面圣吧。

就在我清洗手绢准备擦脸时，却发现小溪流中有缕缕红色。我看向红色的来源—是年羹尧的手臂正在淌血！

我赶忙跑到他身边："什么时候受的伤，要不要紧？你怎么都不说一声只闷声赶路呢，应该立刻包扎的啊！"

年羹尧看向喋喋不休的我，笑了："原来你还是会关心我这个大哥的。我是个带兵打仗的武将，受些皮外伤是家常便饭，不用在意。"

我没作声，简单清理了年羹尧的伤口后，扯了块裙角的布帮他包扎上。收拾妥当后，我俩坐在小溪边，一同盯着水面发呆。

"别怕，有哥哥在别人伤不到你。日夜不休，我们明早前就能抵京了。"

"那些刺客不是九阿哥派的，他们不可能那么快就收到消息。看那帮人的气势，根本不是要救我，而是要杀我。"

年羹尧苦笑着说："你是担心我进京后向皇上告状？我没那么傻，会看不出这是有人栽赃陷害？不过听你方才的意思，十四阿哥已经派人向九阿哥他们通风报信了？"

我意识到自己的失言，有些懊恼："十四阿哥也是为了保护我，你可别给四阿哥还有皇上说。"

"湘儿啊，你怎么让自己，也让大哥陷入这样两难的境地。当年你若真不想嫁与四阿哥，提前和我明说不就行了，我自然拼尽全力也会为自己的妹子争取她想要的幸福，你何至于逃婚呢？这样我们年家便一辈子都欠了四爷的情啊。逃婚也就罢了，你却还是进了宫，成了夜莺格格，后来竟与十四阿哥私订终身。湘儿你不知道，阿玛、额娘还有我为你真是操碎了心。每当从宫里传来关于你的什么消息，额娘都烧香祈福，求菩萨保你平安无事。而我，也更加卖力地为四爷效劳，只求他不会记恨你，不会伤及你。"

我的眼角湿润，心中涌起了浓浓的愧疚："是我不懂事，连累了家人。都怪我……"

年羹尧拍了拍我的肩道："这些年你在宫里也受了不少委屈，难为你了。这次回去，一定要谨慎自己的言行。好好听皇上的话，别再得罪谁，也别和谁走得太近。毕竟皇宫不比家里，大哥不能随时看着你、保护你。"

我鼻子酸得要命。我的好大哥，他可以原谅我之前的任性和胡闹，依然把我当作他最宝贝的妹妹。

"皇上，是不是快不行了？如果，我是说如果，以后四阿哥继承大统，他会放过我们吗？会让我回到胤祯身边吗？"

年羹尧的表情逐渐冷凝。他思考了片刻，然后缓缓说道："只要是你想要的，大哥会尽力为你争取。我们年家为四阿哥效劳一生，就算不计功劳，这苦劳也可抵消你当年之过了吧。我相信他不会再追究了。可若是他强求，大哥就算不要这官爵和荣华，也一定为你求得自由身。你别想那么多了，徒增烦恼。"

"谢谢你……大哥。"我终于叫出了口。

年羹尧笑了，他摸了摸我的头："这才是我熟悉的小妹，信任并且依赖她大哥的小妹。"

恢复体力后，我们重新上路。果然如年羹尧所言，我们翌日清晨便抵达京城。

眼见着快到城门时，我看到城门前站着一个人，他身后跟了两排随从。更近了些我才发现那是十三阿哥，多年不见，他俊逸之气仍旧，只是外表显得更加沧桑了。

我疑惑："他怎么来了？"

年羹尧在我耳边小声说："这是皇上的安排。"

"吁——"马在距离十三阿哥一行人五米开外的地方停了下来。

十三上前扶我下马，同时客气地对年羹尧说："年将军这一路辛苦了。"

"这是下官职责所在，没什么辛苦。人已经送到，下官还要去向皇上复命。十三阿哥，告辞！"年羹尧看着我点了点头，然后就策马离去了。

我怔在原地，还有点不能接受自己已经重返京城的事实。

"听说你出宫后改名叶艾，那我现在该称你为叶姑娘了吧。多年不见，叶姑娘可好？"

我转头看十三。这么多年他并没多大的变化，依旧那么亲切友好，没有架子。他的笑容真诚而温暖，但在此刻的我看来，却稍稍有些刺眼。

我恭敬地对十三福身行了一礼："回十三阿哥的话，民女叶艾这些年过得很好，谢十三阿哥挂记。"

十三对于我客气的疏离微微一怔，随即又笑得如同春风化雨。

他虚扶我站起："果真是多年没见，我们都如此生分了。想你舟车劳顿定是累坏了，我先带你回宫休息吧，皇阿玛明天才会召见你。"

听了他的话我有些紧张："皇上安排我暂住在哪个宫？"

十三淡淡地说："你最熟悉的—延禧宫。皇阿玛说你住惯了那里，一定不愿去别的地方。再者说宜妃娘娘和九哥都是你亲近的人，这么多年没见，你一定有很多话想要和他们聊。只不过，这一住未必是暂住，你该有这个心理准备的。"

十三的话让我身心皆是一震，脑海中顿时浮起很多疑惑。

胤禛果然没说错，这次回来不是那么简单的。

# 卷五十四　物是人非宫依然

即使已然身处延禧宫中，却还是没有真实感。

离开这里已近十年，一草一木似乎并没有什么变化，变的是不同往昔的时局与思绪流转的人心。如今重游故地，只有物是人非的感慨不断冲击自己。

我颤抖着脚迈进了主殿，等待通传的时候十三似乎看出了我的心绪不宁，他咳一声，说："别担心，这都是真心实意关心爱护你的人。"

我当然明白。但毕竟多年未见，紧张和不安都是会有的。

终于得到准许，我们走过前堂，进入中厅后我一直没有抬眼，只一味盯着脚尖。

十三打了个千儿，对宜妃恭敬地说："宜妃娘娘吉祥。我已奉皇阿玛之命将叶氏带到。"

宜妃的声音听起来淡淡的："有劳十三阿哥了，多谢。"

"娘娘客气。没什么事，十三便告退了。"离开前十三在我身边顿了一下，似含鼓励之意。

我向前几步跪下，行了叩拜大礼："民女叶氏，拜见宜妃娘娘，娘娘万福。"

宜妃屏退了屋内的一众婢女太监。她起身快步到我面前，拉着我起来："下人们都出去了，我们之间何必再做这些虚的礼数。快让姑姑看看，你有什么变化。这么多年没见，真的很挂心你。"

我这才抬起头来直视宜妃。和我印象中永远张扬华丽的宜妃不同，她看起来也苍老了许多。即使梳着精致的盘头，也无法掩饰其中丝丝缕缕的白发。就算顾盼间依然美艳动人，却怎么也不能让人忽略眼角间新生的细纹。

是啊，不要说宜妃。就连我，也不是当年那个年幼的小姑娘了。初进延禧宫那年，我十五岁，对这里充满好奇与恐惧；如今我已三十一岁，是一个成熟的妇人，心态更多了份从容与平和。不过这都是按穿越后的年龄算的，若是在现代，经历了十六年的岁月，我应该已年近不惑了吧。不得不再感慨一声时光太匆匆啊。

见我一直没有出声，宜妃忍不住问道："是不是马不停蹄回京太累了？听说途中还遇到了刺客。没有受伤吧，可是哪里不舒服？"

宜妃对我一如既往的关怀令我心中暖意陡升。虽然很多事变了，但我在这宫里并不是孤立无援的。

"回姑姑的话，我没事。只是太久没回到这里，太久没见到您，我还需要点时间慢慢适应。"

听了我的话，宜妃也有些感慨："谁说不是呢。你这一走就是八年多，从此我们再没能相见。从胤禟那里听说你又是流产，又是遭袭，又是出走，又是漂泊的，我这颗心就从没放下来过。丫头，你何苦这样糟践自己呢。这些年你真是太苦了！"

我感激地回望宜妃："谢姑姑的挂念。不管曾经如何，苦日子都过去了。您看，我现在不是好好地站在您面前吗。"

宜妃拉着我的手让我一同与她坐下。"回来就好。这次万岁爷召你回京，想是已经原谅你了。你此番一定要好好表现，重得他的信任与喜欢。不要再胡闹了啊。"

我顺势问道："听说皇上病了，严重吗？"

宜妃对我做了个噤声的手势："皇上的身体状况是不许旁人打探的，我们姑侄俩在这里说些悄悄话倒也罢了。是有传闻说皇上这次身染恶疾，身子不如以前硬朗了。但毕竟年龄摆在那里，走下坡路是一定的。但依本宫看，其实没那么严重。前几日我去请安时看万岁爷精神好着呢，他多次说想你了。想你的歌声与琴艺，还有讨人喜欢的活泼调皮劲儿。"

我蹙起眉。如果真像宜妃说的，康熙身体并无大碍，那难不成是我记错了，康熙今年不会驾崩？应该不会的啊，历史怎么会出错呢？康熙的确执政了六十一年啊……又或许，如某些野史说的那样，是四阿哥弑父篡位了？我被这个猜测吓得额头出了汗。

突然想到了什么，我忙问宜妃："姑姑，九阿哥呢，怎么没见到他？"

宜妃露出遗憾的表情："哦，他啊，不巧皇上给他吩咐了个差使，要离京几天。"

我心中更加慌乱。怎么偏这么巧刚好在我回宫的时候他不在？皇上这些安排究竟是无心之举还是有意为之？

见我面色有异，宜妃劝慰道："他过几天就回来了，到时一定立刻来看你。倒是你，路途上折腾了这么多天，一定累坏了。赶快回屋休息吧，明天一早还要面圣呢。我已让下人收拾好你原本住的屋子，保证别无二致，你一定会满意的。"

回到房中我先洗了个舒服的热水澡。泡在桶中我怅然地盯着屋内诸多摆设发呆。

真的和我离开前没任何改动呢。然而这样的"保留"并没有带给我多大的欢愉，反而令我有一种时空错乱之感。我怀疑这些年艰难走过的岁月是否只是我脑海中一厢情愿的刻画，真正的时光早已被一只无形的手捏碎，然后像是被吸尘器吸走一样消失于某个未知的地方了。

翌日我早早的便起床，洗漱打扮后，简单地用了早膳。

宜妃本来是打算陪我一同去的，她怕我在皇上那里受到什么苛责。但我想了想之后还是婉拒了她的好意。

康熙只宣了我前去觐见必然是有些要紧的话要单独与我说。况且这次我再入宫是以民间女子的身份面圣，如果再和宜妃或其他人扯上关系恐怕又要遭人闲话。倒不是我有多怕那些闲言碎语，而是如今实在不宜捅出什么娄子。我帮不到胤祯什么倒也罢了，但绝不能拖累他。

清晨出了延禧宫，我在一众丫鬟太监的陪同下在漫长寂寥的宫道上缓缓走着。

古往今来几百多年，故宫里的这一条条宫道上演绎过多少故事呢？

当年在这里与太子妃狭路相逢，被她掌掴侮辱，还是全凭胤祯搭救才得以脱身。如今想来，仿佛已是前尘往事了。彼时所受的铭心苦楚，现在看看，最终竟不算什么。

一到乾清宫，却被告知康熙正在与诸阿哥商谈，让我先在外面候着。我没多说什么，只是老老实实立在外庭中。十月的北京已有些微凉，我紧紧了领口，试图驱除寒冷。

等了不多一会儿，阿哥们和一些臣工鱼贯而出。三阿哥、四阿哥、八阿哥、十阿哥、十二阿哥、十三阿哥，甚至还有一些尚年幼的小阿哥亦在其列。除了已废的太子、多年前便被禁锢的大阿哥、出宫办差的九阿哥以及远在青海的胤禛，似乎都已经到齐了啊。

自上次见了这么全的人后，至今已记不清过了多少年。我瞥见他们身后还跟着隆科多、年羹尧等大臣。我皱了皱眉，康熙如今真的很重用四阿哥身边的人呢。

待他们走至五米开外，我就随周围的丫鬟太监一起跪下向他们行礼，同时把头埋得低低的。他们中有些人一定知道我回来的事。暂且不说我这尴尬的身份，就算没有曾经那些事端，如今相见还是能避嫌就避嫌吧。

我穿着和宫女一样的普通衣饰，又混在人群中，自然没有引起他们的注意。他们走过后，我松了口气，与其他人一同站了起来。

重新看向他们的背影，似乎再不复往日的潇洒风流。果然老天是公平的，因为他对所有人都如此残忍：狠狠地将岁月中沉淀的一切烙印在你的身上，不论你愿或不愿。

就在我这样独自怔忡时，却感到一个人回过头向我射来冷厉的目光。我连忙再次低下头避开他的目光。我究竟在逃避慌乱什么呢？从康熙的种种安排来看，他似乎有意将我往四阿哥那边的人靠。又或许，这次召我回京根本就是他俩共同做的决定呢？

在我这样胡思乱想之际，他们一行人早已走远，周遭也再没有令我紧张窒息的目光。

李德全走到我面前，语气淡漠地说："叶姑娘，万岁爷宣你进去，走吧。"

轻声答了声"是"，我便默默跟着李德全向殿内走去。印象中似乎李德全对我的态度都是这样淡淡的，不管是在我当年蒙受圣宠时还是之后落魄受难时。他是宫里的老人，恐怕早已将这些事看透了吧。

康熙的宫中点着清幽的熏香，有点像佛堂中烧的那种，有明显的提神醒脑之效。

走进书房后，李德全躬身说道："皇上，人到了。"

康熙随意地应了一声。李德全心领神会，带着屋内的一众下人出去了。

我深吸了口气，向前几步对着康熙行了大礼："民女叶氏拜见皇上。吾皇万岁万岁万万岁！"

长久都没有得到回应。我不敢擅自起身，便始终低头趴在地上。

香炉里蔓延出缕缕青烟，在寂静的室内对面人翻阅折子的"簌簌"声清晰可闻。

"听说你给自己取的名字叫'叶艾'？"

"嗯？"我愣了一下才反应过来，忙答道，"回皇上，是。"

"你可知'艾'与'爱'同音。擅用皇家名字，你胆子还是一如既往的大。又或者你铁了心必定要成为我爱新觉罗家的人，所以更没什么避讳了？"

我被他似含弦外之音的话吓到，忙不迭地俯身叩头解释："民女绝无冒犯僭越之心，之前竟愚钝地从未意识到这一点。望皇上宽恕。"

康熙轻笑了一声："这些年的经历毕竟还是改变了你，如今再不见你曾经的年少轻狂。"

我抿了抿唇，沉声说："民女如今已是十四阿哥的内人，自然时时刻刻要规行矩步，不能让他蒙羞。"

康熙沉默了一会儿，然后吩咐我起来了。"知道朕此次为何要召你回京吗？"

我摇了摇头："民女蒙昧，请皇上明示。"

"你看看这个。"康熙递给我一束黄色卷轴。

我双手恭敬接过，慢慢地将其展开。刚扫了一眼我眼睛就睁得老大。为了确认没有看错我又认认真真地逐字逐句地看了一遍上面的内容。

我"扑通"一声跪倒在康熙面前："皇上……"

"这些年，的确是苦了你和胤祯。朕看在眼里，又怎能不为你们这些儿女心疼？你们定是怨极了朕当年的决绝，可朕也是不得已为之。朕不只是一个想要疼爱儿女的父亲，朕是一国之君，是平衡前朝与后宫的皇帝。朕做的所有决定都必须顾全大局，不能随心意而定。这些，你们能理解吗？"

"皇上谆谆教诲，令民女惶恐不已。帝王之威岂是我一介凡夫俗子能揣摩的，民女只知恪守本分，再不闯祸。既然曾经犯了错，认罚是理所当然的，对此我并无怨言。至于胤祯及其他的几位阿哥，他们更是一心向着皇上，始终恪守君臣父子之礼，内心绝无半点对皇上的抵触与不满。"

康熙走过来扶起了紧张得有些微微颤抖的我："能不能明白朕的用意，愿不愿谅解朕的苦心，这些并不那么重要了。朕是想让你们知道，朕不仅想做一个合格的君王，同时也想做一个合格的父亲。朕一直在为你们打算，从未弃你们于不顾。"

我充满感激地对他说："谢皇上成全。"

康熙继续说道："或许你觉得蹊跷，为何朕这次派你大哥年羹尧前往青海接你回京、让胤祥从城门迎你回宫，又允许你依然住进曾经久居的延禧宫与宜妃胤禶攀旧情。其实很简单，朕是想让你明白一个道理：要抓住身边这些能帮助你的人，联合他们的力量让自己不为人所欺，要学会保护自身。朕不可能护你们到终老。虽然都说皇帝是天子，但天子也会经历生老病死。朕自己的身体自己清楚，所以才急忙召你回京把这些重要的话交代清楚。记住，就算有了这道圣旨，你们将来的日子也未必无虞。要时刻保持警醒，勇敢地面对可能会来临的各种麻烦。"

我点点头："民女记住了，定不会辜负皇上这番良苦用心。"

康熙走到窗边，打开了紧闭的窗户。

他盯着屋外的萧瑟之景似是呓语般地说："十月了。天总是这样阴阴沉沉的，多久没见到个大晴天了？能熬到十一月吗？记得良妃就是十一月殁的吧。这样也好，不必再硬撑着熬过这一个彻骨的寒冬。"

听着康熙的丧气话，我忍不住宽慰他道："皇上别太悲观。或许只是要入冬了，身子有些不爽利罢了。"

康熙好像没有听到我的话，他继续自顾自地说："朕没有你们这样幸运，能够爱自己想要爱的人，过自己想要过的生活。赫舍里皇后、良妃，朕还辜负了多少个女人？这是作为帝王的悲哀：枕边人不是心上人，心上人只是梦里人。"

康熙的肺腑之言让我心中不住地生出阵阵悲凉。此时任何安慰的话语都是没有意义的，不论说得多合情合理委婉动听。

一阵沉默之后康熙微叹了一声，他对我挥了挥手："你下去吧。最近没被通传的话，便没必要来了。"

我福了福身，悄声离开了房间。出了门我对李德全点头示意了一下，他对我躬了躬身，然后便回屋内侍候了。

回延禧宫的路上我脑海中一直想着康熙刚刚给我看的那道圣旨。看来回宫的决定没有错，我这次赌赢了。

胤禛，如果你此时能在我身边就好了。我们可以一起欢呼，一起喜悦，一起再次许下一生一世的诺言。

可是还未到时候。我们只能彼此思念。好在我们这些年的思念与坚持没有白费。

## 卷五十五　雕栏犹在朱颜改

日子一天天过去，十一月终究还是到了。这期间康熙没再召见过我。

为了避免节外生枝，我也再没出过延禧宫。我心知肚明，在那道圣旨堂堂正正地公之于众前，我的存在依然只是个不能说的秘密。

表面上平静的每天，我的心中却无比煎熬。九阿哥依然没有回京。不能否认，如果他在，我会觉得更踏实些。

这一个月里，胤祯来信问候过我几次。他不敢直接寄信到延禧宫，而是通过与八阿哥的书信与我相联系。八阿哥则遣他身边的大太监来传话。

我只回说这边一切顺利，勿念。毕竟隔着几层人传话，我不得不谨慎些才行。等胤祯回京了，我再亲自告诉他康熙的旨意。我们都等了这么久，再坚持数日就好。

如今想想觉得有些可悲。我和八阿哥曾经也算是交心过的人，至少我对他是托付过真心的，但如今也变得彼此提防。这怕也是他和胤祯、胤禟几兄弟间的状态吧。

毙鹰事件后，很多事都变了。夜莺格格在人们心里死了，信任与坦诚也在康熙的这些儿子们心中死了。

今儿个与宜妃一同用过午膳后，我回到了自己屋中。没有午休的睡意，我看到案几上自己曾经常抚的琴，不禁心中一动，走上前试着拨动了几下。琴艺尚可，多年未练，竟也不至于太生疏。

欣喜之余，我翻出曾经和胤禟共作的乐谱，对着它弹奏起来。不知这样沉浸在行云流水的旋律中有多久，渐渐有一支笛声融入曲中。琴声与笛音相互交织，和谐动听。结尾之处二声一同戛然而止，利落干净。

我会心笑了。说曹操曹操到，这不，我的子期闻琴而至了。

交代了侍候我的丫鬟一声，我便独自出了延禧宫，走向背后的假山。之前也常在这里和他谱曲填词，谈天说地，那时的岁月似乎已经很遥远了。假山没有变，凉亭也没有变，只是我们再没有当初那年轻的容颜和年轻的心了。

一步步踏上石阶，离不远处的人影越来越近。似乎每次见他都是这样向着他的背影迈进。他看起来比从前更瘦削了些，但身影中透着的清矍与淡然却始终没有被生活耗尽。

不知为什么，我内心竟有些紧张。是怕多年后我们再不能像往昔那般无话不谈、开诚布公，还是怕如今这个经历过万难后早已千疮百孔的自己无法面对那依然出尘仙逸的知己？

在他身后三步之遥处站定，我重重地呼了口气，然后笑着说："每次都非要我请安后，十二阿哥才肯转过身来吗？这个出场造型固然帅气，但用太多次会有点腻哦。"

我尝试着以玩笑开头，尽量让我们的重逢轻松自然一些。

胤祹还算领情，他转过半个身子笑睨着我："本还猜测你如今该成熟稳重些了，却不想私下仍如此调皮，嘴上的厉害劲儿丝毫不减当年。"

我嗔道："久别重逢，十二阿哥却只知取笑我。"

胤祹这次完全转过身来正对着我，板着面孔一板一眼地对我说："不是第一次见。"

我十分疑惑，皱着眉思忖半晌后才反应过来："是在乾清宫外那次吗？"

胤祹点点头，笑意盈盈。

我自顾自说着："原来那天你发现我了啊，我还以为你和其他人一样没注意到呢。那你明知我回宫了，怎么都不去延禧宫找我，根本不当我是老朋友啊。"

胤祹偏开目光，转而问我："回宫后还习惯吗？这几日，过得还好吗？"

"经历了在外漂泊无依、居无定所的生活后，宫内的吃穿用度对我来说已是足够奢侈的享受，没什么不习惯的。只是日子过得太安逸了，反而令人更加不安。人在流离失所的时候其实是最轻松的，不用去争夺什么、掩饰什么；然而处在云端时才时刻要小心拥有的一切会随时消失，尤其是对于我这种从天上坠落过谷底的人。"

胤裪沉默了一会儿："事情都好起来了。如今能再回宫，不就证明是雨过天晴了吗。那天皇阿玛见了你，许是给你定心丸了吧。不然以你的性子，又岂能安心在这宫中待着？"

我用拳轻捶了一下胤裪的胸口："还是你最了解我，我的那点心思根本瞒不过你。是啊，目前看来事态是在向好的方向发展。可我总是不能完全地放心，你也知道的，这宫里有不少我的敌人。不知此时我又被多少双眼睛盯着呢……"

胤裪略有些诧异："四哥？我以为这次皇阿玛令年羹尧送你回京，又派十三弟城门相迎便是有心要缓和你们彼此间的关系。难道那边仍死死相逼？"

我直直地看着胤裪的眼睛："其实你也早就知道我与年家、年侧福晋还有四阿哥的关系了是吗？"

"事情闹得那么大，年氏对你敌视的态度太异乎寻常了，那时起我便猜出了七八分。加之陪你探望腿脚负伤的十三弟那次，你与她的谈话我虽听得不分明，但也大概了解了事情真相。"

"果然是瞒不住的啊……要是有人恶意将这些宫闱丑闻捅出去，那就算皇上想护我也只怕是有心无力。"

胤裪看着我的眼底浮起一层惊疑："听你这话的意思，似乎你是深信四哥会拔得头筹，所以才如此忧惧？"

我无奈地笑笑："十二阿哥是绝顶聪明的人。聪明的人不少，但像你这样聪明却毫无野心的人，在这宫里却寥寥可数。"

"不，我还是不懂。为何你就如此确信你的预测？是皇阿玛对你透露了什么，还是你只是在做最坏的打算？明眼人都看得出来，如今最受皇阿玛看中的应是十四弟，最有希望的也是十四弟。你既然已经选择他，为什么就不能像旁人一样相信他会赢？"

我摇了摇头："不，皇上没透露一言半语关于储位的事。圣意难测，我们看到的也可能是假象。人人都道皇上派胤祯去西北保卫边陲是放心把兵权交给他，有意历练他，但反过来想想，这也可能是让他出局，彻底脱离核心的意思，不是吗？我从没奢望过什么，不管结果如何我永远会站在胤祯这一边，一如既往地支持他。也正因如此，所以我会比旁人更客观，甚至有些过度悲观。"

听了我的话，胤祹依然是一副疑虑重重的样子。

我无奈地说："我知道你无法全部理解我的话，或许也在猜疑我是否保留了什么没有坦诚。我想说的是，我真的没有刻意隐瞒。其实就连我自己都对这些悬而未决的事情充满质疑。如果我将自己所思所想以及所经历过的全盘托出，那只怕你会觉得你此刻面对的不是你往日所熟悉的老友，而是一个患有严重失心疯的病人。"

胤祹显然在细细咀嚼着我说的话。但还未及他做出回应，一只突然掉落在我们身边的风筝却打断了我们的交谈。

我拾起风筝，举着它对胤祹笑道："你还记不记得那年我被拒婚，心情糟糕透了。你就带我去郊区放风筝，那时候比现在还冷呢。"

胤祹也笑着颔首："怎么可能忘了。只是没想到，当年被你剪断了线的风筝，如今会再回到你手上。所以说，很多事还是不要早下断言。"

我怔了怔。被剪断线的风筝再次飞翔在皇宫的四角天空中，而曾已离去的我又不得不再次过着被宫墙包围的生活。是这个意思吗？

或许人生，本就是一趟徒劳的征途。

怔忡间，有一个小小的身影从远处奔向假山，三下五除二地爬上凉亭，来到我俩的身边。

他夺过我手中的风筝，喘着粗气说道："这是我的风筝！"

我仔细看着这不速之客，原来是个十岁左右的少年。见他衣着不凡，气质出众，又可以随意在宫中走动，应该是位小阿哥。

小少年夺过风筝，这才看到我身边站着的人，他对着胤祹行礼："弘历见过十二叔，十二叔吉祥！"

我眼睛睁得浑圆："这是弘历？都长这么大了？"

胤祹看到我夸张的反应不免觉得有些好笑。"是啊，有那么惊讶吗？弘历五十年生，如今可不就十一岁了吗。不过也难怪，你出宫也近十年了。最后一次见他，恐怕还是在他的满月席上。"

我点点头。是啊，上一次见他还是襁褓中的婴儿，不过一眨眼的工夫便长成了英气逼人的少年。这就是大清朝的乾隆皇帝啊，原来这就是他少年时的样子。但是除了外貌与他爷爷和爸爸颇为相似以外，似乎也没什么特别之处嘛。

被我这么直勾勾地盯着，弘历感到了不自在。

他拉了拉胤祹的手，问他道："十二叔，她是谁？"

胤祹一时间有些踌躇，不知该怎么回答弘历的提问。

是啊，如今该如何解释我的身份呢？是早就服毒自尽的夜莺格格，是与他十四叔私订终身的普通民间妇女，还是可以追溯到更早前的他老爹胤禛大婚前夕出逃的真正的年福晋？

也真是难为了胤祹，纵是他这般聪慧的人，也不知该怎样将这些复杂的前尘往事对一个孩子三言两句就说清吧。

我出声帮胤祹解了围："你就叫我叶姨娘吧。"

弘历不解地望着我："叶姨娘……你姓叶吗？你是汉人吗？"

我抿嘴笑了："是啊。你怎么一个人在这里玩风筝？"

"阿玛、额娘整日逼我读书，我这是好不容易溜出来玩的。还有个老嬷嬷跟着，不过她腿脚不好，追不上我。"

正说着，就看见一个年迈的嬷嬷"呼哧呼哧"地向我们跑来。

终于跑到跟前，她扶着剧烈起伏的胸口，弯下腰来对弘历说："我……我的小……小祖宗喂，可叫老奴找到你了。"

弘历笑着说："嬷嬷不必担心，这里有十二叔和叶姨娘陪着我呢。"

听到弘历的话，嬷嬷立刻对胤祹俯身行礼。胤祹摆了摆手吩咐老人家快起来。重新站定后，嬷嬷警惕地打量着我。

过了片刻，她惊呼出声："这不是夜莺格……"

胤祹及时打断了她："嬷嬷想必也是宫里的老人了，怎么还说些不知轻重的胡话。"

她自知言行失仪，便忙不迭地道歉。

胤祹无奈道："好了，时候不早，你快带弘历回去吧。免得你主子担心。"

嬷嬷恭顺地应了声"是"，然后就牵着弘历准备转身离去了。临走她还在用余光偷偷看我，或许是对这世上存在两个如此相似的人觉得不可思议吧。

没走开几步，弘历甩开嬷嬷的手，又跑到我面前。

"叶姨娘，你住在哪个宫，我以后能找你玩吗？"

对于弘历突然的亲近我觉得很意外，但还是认真地回答他："我住在延禧宫。不过以后你还是不要偷偷跑过来比较好，你阿玛、额娘应该也不会喜欢你和我这个陌生人来往吧。"

弘历的眉头拧在了一起，似乎是对我的话表示不同意。

"怎么会，叶姨娘这么好的人，弘历很喜欢。阿玛额娘也一定会喜欢的！"

还是孩子啊，喜恶都表现得很明显。我俯下身与弘历平视。

"叶姨娘也很喜欢弘历。不过我想提醒你一点，你皇爷爷最近身体不适，你该多去探望他关心他，而不是逃学出来放风筝嬉戏。孝顺好学的孩子才招人喜欢哦。"

弘历想了想，然后点头道："好，叶姨娘的话我记住了。我会多去看望皇爷爷，也会好好读书的。"

"乖。"我笑着刮了刮他的鼻子。

弘历再次对我和胤裪行了礼后，便随嬷嬷离开了。

目送着他们逐渐远去，我问胤裪："弘历自出生起便一直住在宫里吗？"

"是，皇阿玛对这个孙儿格外喜欢，在他出生后不久便让乳母抱进了宫里养育。诗书礼仪、琴棋书画，甚至骑射功夫，无不由皇阿玛亲自教导。其谆谆指引之情、殷切期待之意颇似往日对废太子那般。"

"废太子……他这些年过得如何？"太久没听到他的消息，要不是胤裪突然提起，恐怕真是快要忘记这个人了。

胤裪微不可闻地叹了口气："不清楚。自打他被禁足于咸福宫后，就再也没有见过。偶尔听到关于他的消息，好像也都不大好。冷宫里生活本就艰苦，他又知再无获释的希望，想必如今也是熬过一日算一日了吧。"

见我没有说话，胤裪又继续说："看看废太子现在的结局，就不免唏嘘。哪怕昔日再风光再尊贵，也难保之后不会沦为阶下囚。所以如今倒不如随自己心意活着，不必在意那些浮名。"

我转过头看着他说："十二阿哥是明白人，自然会做明白事。只要对未来的皇上恪尽本分，忠于职守，让对方挑不出错来，那自保也不是件难事。"

"说别人的事都头头是道，那你呢，你自己的事呢？你打算怎么办？如果最终结果真按你想的那样，四哥会对你放手吗？如果他不放手，你会不会妥协？"

"如果是对于一位君王，我自然会顺从他、敬重他；但如果是单纯地对于一个男人，我是无论如何也不会委身于他的。这辈子我的丈夫只有一个，我已经选择胤禛了。"

胤禵的唇边牵扯出一丝苦笑。

"你说这是不是就是人生？纵然你和十四弟如此相爱，中间却总是横亘出那么多的艰难险阻。纵然你与四哥相互厌恶，却始终割不断千丝万缕的联系。你的亲哥哥是他的手下重将，你的夫君是他的亲弟弟，而他深受皇阿玛喜爱的儿子跟你又如此有缘，那么亲近你。虽然不愿承认，但我们似乎都被命运的手牵引着走向我们或许并不希冀的远方呢。"

晚秋初冬的寒风吹落了枝头上几片残叶。我的喉咙干涩得可怕，发不出一点声音。

我没办法反驳胤禵的话，毕竟他的一字一句都是不可撼动的事实。

## 卷五十六 畅春园内无澹宁

十一月初八，乾清宫那边传来消息，说是康熙身体不适，要搬去畅春园休养。行得匆忙，竟没跟几位高位妃子提前打声招呼便走了。到了畅春园后，他只通过内侍总管梁九功对外传口谕，说是要静养斋戒，皇子大臣们有事只需呈递奏折，不必启奏了。

宜妃与我听到消息皆是一惊。她是没有想到皇上会想一出是一出地就这么突然出了宫。而我的震惊主要是缘于猜测的证实：康熙此行果然是因为大限将至了吗？

不知道是巧合还是怎的，康熙前脚刚走，九阿哥便回京了。初九那日，他自然先是进宫给宜妃请安，除此之外也终于和阔别多年的我碰了面。

"寒暄的话我们不必多说。你的情况景远大致给我讲了。我只问你，听说你回宫后皇阿玛曾召见过你一次，他都对你说了些什么？"

还真是直奔主题啊。以九阿哥敏感多疑的性格，他怕也是嗅到了什么别样的气氛吧。

"没什么，他就是问候我这些年过得如何，同时安抚了一下我而已。"

直觉告诉我不能把康熙给我密召的事这么早说出去。不是我不信胤禟，而是有些事还未尘埃落定前便大张旗鼓地宣扬恐怕是会误事又害人。我不得不小心些，在这大清皇宫即将变天之际。

九阿哥听了我的回答，也没疑心多问什么。他沉思了一会儿，说："也罢，托付功业的大事，的确没理由只单单提前跟你透露。不管怎么说，皇阿玛能允你再次回宫那便是好事，至少你往后再不用过着漂泊不定的生活。"

　　我心里苦笑。要不是为了亲自见证历史，给胤禛一个公道，其实我根本不想回来。相较这几天的如坐针毡，我甚至觉得往日的流离失所也没什么。和爱的人在一起，再苦也会是甜的。

　　转眼看看九阿哥。这么久不见，他的风采依旧不减当年。虽然也生了些华发、面上多了几许风霜，但这只是将他年轻时的俊美转化为如今的成熟。男人即使年过四十仍具有相当的魅力，更何况是胤禟这样相貌气韵本就足够出众的人。

　　但是为什么，在他依然清冷孤高的眸子背后，我却隐约看到了一丝丝难掩的疲惫？也难怪，从成为八爷党的一员，始终忠心无二地鼎力支持八阿哥直到他失势，然后转而扶持胤禛的这些年，他靠着一口气、一种信念支撑着自己走过了这么长的路，一定是累坏了。

　　而我这边呢？从被他安排入宫起，好像就没做过任何实质性的贡献。相反，只是让他一味地愠怒、担心和头疼。胤禟为我做了很多打算、很多努力和很多妥协。哪怕后来我与他越走越远，他也没有真的记恨过我。这个"捡来"的表哥，真是我天大的福气。

　　我还是忍不住问道："你呢，这些年，过得好不好？"

　　胤禟唇边荡开一抹笑容。他依然如此，尽管笑得看似不羁，但不知为何总会给人一种惊心动魄之感。

　　"好啊，为什么要不好。只是有时候会想，或许人生真的不过是一场梦境。我后来无数次琢磨过你之前讲的那个夜莺与玫瑰的故事。或许你是对的，一直以来我们自以为所追求的正确的、至高无上的东西，最终恐怕不过就是我们骨子里所无法填补的深深的恐惧与空虚。但是事已至此，我们注定无法停下来了。就是我们肯让步，那边恐怕也不会许我们以活路。毕竟承载着我们多年的心血，如今是最关键的决出胜负之际。我知道你一直厌恶这种无休止的争斗，就快结束了，你且和我们一样静候结果吧。"

　　我点了点头，没有说话。看我默立在原地，九阿哥走过来轻轻拍了一下我的额头。

　　"傻瓜，总是喜欢想那么多。别担心了，虽然十四弟现在远在青海，但只要有我在，就一定不会再让你无辜受累。今儿皇阿玛搬进畅春园，我既然回京了，就理应和其他兄弟一样去向他请安。我先走了，等我消息。"

在胤禟转身离去前，我仿佛下了重大决心般猛地拽住了他的衣角。

"我也去！带我出宫吧，我想亲眼看看情况如何，不然我根本无法安心。你应该能理解吧，我之所以愿意回宫就是想为胤祯也为了我自己讨个明白。我可以化装成小厮的样子，绝不会被人发现。可以吗？"

看着我期盼的目光，胤禟终究没能说出狠心拒绝的话。和他一同坐在行往畅春园的马车上，我有刹那的恍惚，还以为这是四十五年九阿哥初次带我进宫时的场景。兜兜转转了这些年，不管周遭人事如何斗转星移，没想到在我身边的却还是这个我当初又恨又怕的九爷。

畅春园离圆明园很近，却离皇宫挺远。马车行了好一会儿终于到了。

九阿哥小声对我嘱托："既然扮作我的随从，你的言行便要更规矩谨慎些，别被人看出破绽。一会儿就跟在我后边，不要乱走乱看。今天人恐怕会很多，不过别怕，我会掩护你的。"

我点头应了声"是"，然后便先下了车，在外面等待九阿哥出来。

我跟在他身后向园子内走去。大门口的太监一见是九阿哥来了，连忙上前往里面请。

跟随着胤禟的脚步，我们穿过几座房屋和庭院，来到康熙目前所住的澹宁居的前厅候着。

我和胤禟到时，这里已聚集了不少的人。我一眼扫过去，发现诸位该到的和能到的阿哥均在列，亦有一些康熙的心腹大臣等待传召。

胤禟环视了四周，和诸兄弟及几位老臣见了礼，然后便径直向八爷党那边走过去了。

"怎么样，还没被通传吗？"胤禟低声问他面前的八阿哥和十阿哥。

十阿哥沉不住气，抢先答道："是啊，这都从一大早等到现在了却还没个动静。大家都在议论是怎么回事呢。"

"不过前几日见皇阿玛，他精神看起来不错，应该是无大碍。我们再耐心等等吧。"八阿哥出声安抚已稍有不耐的十阿哥。

"咦，这是谁？以前没见他在九哥你身边跟着啊。"十阿哥发现胤禟身后的我看着面生，便指着我这么问道。

我急忙低下头闪到胤禟的背后，完全被他挡住了。

好在这时候梁九功走了进来，大家见他来了，纷纷上前，等着听他要说些什么。十阿哥这下也无视了我的存在，冲向前探头探脑地等待召见。

梁九功轻咳了一声，然后朗声说："传四阿哥晋见！"

众人先是愣了一秒，然后反应过来后一齐看向四阿哥。他倒是一副惯常的冷淡模样，整了整衣冠，便随梁九功向内屋走去。

四阿哥离开后，人们开始窃窃私语。

十阿哥不忿地说："我们众兄弟都等了这么久，凭什么只传他老四进去呀！"

八阿哥抬手制止他继续说下去："不要妄言。等等看，或许之后还会宣其他人。"

我皱了皱眉。等，就知道等。在这最关键的时刻怎么不见八阿哥往日的心计与谋略了？该韬光养晦的时候不知道低调些，该全力争取的时候却又缩手缩脚，真是急死我了。

过了没多一会儿，四阿哥回来了。屋内一帮人又围着他干瞪眼，想一探究竟却又不好意思开口问。四阿哥只是若无其事地告诉众人皇上吩咐他去天坛主持冬至祀天大典。交代完之后，他就走了，十三阿哥、隆科多紧随其后。

见皇上之后再无意传召谁，屋内一众阿哥和大臣也散了。

我跟在八阿哥、九阿哥、十阿哥他们三人后面，听他们一路上在抱怨。

"皇阿玛到底怎么回事，还真只见了老四。他何时如此得皇阿玛信任了？"不看也知道这么直白的话一定是十阿哥说的。

胤禟冷哼了一声："我早就说他的淡泊是装出来的。没想到还真把老爷子给唬住了。"

八阿哥依旧扮演稳定军心的角色："别太着急。这只是派他去祭天，又不是多大不了的差使。况且他这一去就远在天坛，想是不会有什么动静的。我们再盯紧些就好。"

一边听着胤禟他们嘀咕，我一边用余光追踪着四阿哥、十三阿哥还有隆科多他们的动向。奇怪的是他们出了畅春园非但没上马车立刻离去，而是转身走进了与畅春园紧挨着的圆明园。

这仨人不会私下密谋什么吧？皇上刚刚召见四阿哥真的只是吩咐他去天坛而已吗？

我心里放心不下，就趁着胤禵他们不注意，偷偷溜开，跟着四阿哥他们三人向圆明园走去了。由于离四阿哥他们走得不远，门口的侍卫或许以为我是他们的随从，便没有拦我。

四阿哥他们三人在莲花池旁停了下来。冬日的池子里早没有"接天莲叶无穷碧，映日荷花别样红"的景象，如今只是一派颓败萧瑟之景。我躲在了不远处的假山后，打算听听他们到底在谋算些什么。

"恭喜四阿哥，皇上看来是很倚重你呢。"隆科多说。

四阿哥冷肃着脸没有立刻回话，倒是十三阿哥皱着眉忧心忡忡地说："代行祭天本是件好事，只不过如今这副情形，要是横生什么变故只怕四哥也是鞭长莫及。本想着我们就算手握的兵权比十四弟弱一些，但至少地利上优于他。但如此一来，却又打平了。"

我心中一凛：难不成他们真是想拥兵作乱？

听了十三的话，隆科多点了点头，似有同样的忧虑。

"十三阿哥说得在理，虽说这次任务代表皇上对四阿哥的信赖与倚重，但在这个节骨眼上却着实是个烫手山芋。真是圣意难测啊。"

四阿哥向隆科多拱手："无论如何，还要仰仗舅舅多关照些。有什么动静都请务必第一时间通知我。"

我冷笑，四阿哥倒还真会攀关系。我以前问过胤禛，为何四阿哥总把隆科多这个毫无血缘关系的臣子唤作舅舅。胤禛告诉我原来四阿哥幼时是被佟佳贵妃抚养长大的，与其感情非常亲厚。而隆科多全名佟佳隆科多，正是佟佳贵妃的亲弟弟。这样说来，四阿哥叫他舅舅，而他会鼎力支持四阿哥也就不足为奇了。

只不过有得必有失，四阿哥与他养母一族亲近，便就同他生母德妃这边疏远了。靠着隆科多的倾力相助，四阿哥如愿登上宝座。但他永远都不是他生母心中最理想和最期望的接班人，也从未得过自己至亲的拥戴。不知这份代价颇大的取舍是如何被四阿哥看待和权衡的？

隆科多爽快答道："这是为臣该做的。只是不知四阿哥有何具体计划？"

四阿哥沉吟了一会儿，然后说："不如劝谏皇阿玛彻底静养。为避免烦心，一切折子皆由舅舅过目后择其要事再面圣转奏。如此一来，就算我不在，京里的一举一动亦尽在我们掌握之中。"

我不得不赞叹四阿哥的城府与计谋。这一招真是高哇，一来可以彰其孝子之心，二来可以全面控制事态的发展。真是里外都让他顾全了。

就在我这么暗自腹诽时，我的后领突然被人揪住。

身后人压低了声音问道："你是什么人，竟敢在这里偷听？"

我忙转过身直面来人，看他的服饰像是侍卫的打扮。我心中叫苦，这下完了，被人捉个现行，该怎么解释呢？奇怪的是，这侍卫见到我好像比我见到他更惊讶，瞪大一双虎目不可置信地看着我。

我还来不及解释，池边的四阿哥三人好像听到了动静，隆科多率先厉声询问："是谁在那里鬼鬼祟祟？"

眼前的侍卫捂着我的嘴把我塞进了假山洞里藏起来，然后他堂堂绕出假山，上前恭敬地对三人打千行礼："奴才给四阿哥、十三阿哥请安。回大人的话，奴才是奉命守卫圆明园与畅春园的正黄旗参领手下的副将、六品御前带刀侍卫王虎。刚刚奴才听到假山后有动静，以为是什么人藏在那里，结果发现不过是一只野猫。让二位阿哥和大人受惊，是奴才失职了。"

隆科多面向四阿哥和十三说："正黄旗是我出任步军统领以来培植的心腹力量，绝对可以信任。"

听了隆科多的话，四阿哥抬手对这位叫王虎的将领说："知道了。你很尽责。皇阿玛的安全就靠你们守卫了。有任何事，立刻向隆科多大人汇报，记住了吗？"

王虎立刻单膝跪下领命："是，奴才记住了。定竭力为皇上和四阿哥效犬马之劳！"

四阿哥他们该说的都说清楚了，三人便踱步离开了。

## 卷五十七　如有神助降奇兵

等他们走远了些，我才敢走出来，向身前这位年轻的王侍卫解释道："多谢侍卫大人刚刚的义气相救。其实我不是故意的，我只是碰巧在这里遇到四阿哥他们而已，我……"

王侍卫颇为惊讶地打断我："您会说话啦？"

我有些摸不着头脑："我们认识吗，你怎么知道我之前失声过？"

他眼带笑意地看着我："您认不出我了吗？"

我依旧感到困惑："你是？"

王侍卫朗声笑道："哈哈，叶姨娘，是我呀，虎子！"

我眼睛睁得老大，脑袋快速运转片刻之后，终于恍然大悟："虎子！原来你是虎子哇！"

五十六年我滑胎后忍痛离开胤禛，漂泊至河北时曾投靠过一户姓王的农家。这就是当年跟我学过读书写字的虎子啊。那时还是十六七岁的少年，五年后再相见，现在俨然已是大小伙子了。

我激动地问："你怎么会在这里，还当上了御前侍卫？"

"当年叶姨娘离开后不久，我便苦读诗书，同时坚持练武，三年后我考上了武状元。之后便被编排到隆科多大人所统辖的正黄旗中，被皇上亲封为六品御前侍卫。倒是叶姨娘，怎么会出现在这里？"

我蹙眉思忖了一会儿，最后还是决定把之前发生的事如实告诉了虎子。想要得到别人的信任，就该要首先相信对方，况且这是可信之人。

听了我言简意赅的讲述后，虎子惊讶不已。

"以前娘只说叶姨娘不是一般人，却从未想过您竟有如此不凡的身世。"

我殷切地说："我们能在京城重逢实在太好了，尤其是在我这么无助的时候竟然可以遇到你。虎子，你一定要帮帮我。"

"怎么了叶姨娘，有什么能帮的我一定不会推辞。"

"现在皇上身边尽是四阿哥的亲信，根本不准旁人靠近。我怕他们为了夺权会对皇上不利。你如今是皇上贴身的人，对他的情况最为了解。我只求你，如果四阿哥他们有何不轨之行，能否告知于我？拜托了……"

虎子想了想，然后真诚地对我说："我明白你的心情。叶姨娘你放心吧，但凡四阿哥他们敢有大逆不义之举，我一定会拼死阻止，也会想办法通知你。只是我希望你不要和他们一样想要趁机夺取什么，这会让我的处境很为难。"

我忙保证："不会的！我会服从皇上的最终决定，绝不会去趁机夺权。但皇上现在的意思暧昧不明，四阿哥却想时时刻刻占尽先机，这样对十四阿哥不公平。"

虎子颔首："您能这样想我就放心了。我会尽全力帮你们的。时辰不早了，我在这边巡视完就该回澹宁居那边守着了。叶姨娘，我送您出去吧。"

在虎子的陪护下，我们走出圆明园，回到了畅春园的大门口。

虎子颔首，低声对我说："我要进去了。这边有风吹草动我会想办法通知您。"

"九阿哥在京城有一处宅邸叫褚苑，你把消息传给住在那里的穆教士，他自有办法递进宫。这样不易让人察觉。"

虎子点点头："记住了。叶姨娘保重，再会！"他转身大步走开了。

我在原地怔了一会儿，然后打起精神，往回宫的方向走去。

就在我这么漫不经心地走着时，一辆经过的马车突然在我身旁停下，车内的人掀开帘子用不含任何温度的声音对我说："上车！"

我打了个激灵。犹豫片刻，还是硬着头皮上了车。我心里暗骂，这也太倒霉了吧，怕什么来什么。

相对无言，我低下头把手指深深抠在膝盖上，尽量让自己看起来比较镇定。

"你这些年倒没什么变化。"他这么不着边际地说，不知是发自真心还是出于嘲讽。

我淡漠地回答："彼此彼此。所谓相由心生，我们各自的想法都没变过，区区数年，容颜又能有多大改变。"

他冷笑："那可不一定。十三弟几年来的变化很大，原本骑射功夫最出众的他，现在连马都上不了了。春燕也是，明明那么好的年纪，每次见却满是憔悴与疲态。更不必说年老夫妇，我想你哥哥送你回京的路上应该也跟你提过吧。"

我心里咯噔一下。不愧是四阿哥，永远能准确地抓住对方最脆弱的地方，最擅长一剑封喉。

我极不自然地转移了话题："现在是要去哪儿？"

"进宫一趟，给额娘说说皇阿玛的情况。"

我睥睨他："请安是假，拉拢才是真吧。是啊，你马上就要出宫祭天了，此行不知要多久，自然是该把各方面功夫都做足。"

四阿哥立刻瞪向我："如果今时今日被安排出宫祭天的是十四弟，临走前要进宫和额娘辞行的也是十四弟，你还会不会这样说、这样想？为什么你们总是这样不公，不管十四弟做什么都是感诚孝悌，不管我做什么就是别有居心。你敢不敢扪心自问，何曾真的公正地看待过我？"

我一时反驳不了，就赌气地说："不管怎么说，胤祯他现在身在青海，距京千里之外，你就算被派去天坛，也比他更有优势。你要是个顶天立地的男人，就不要做太多小动作，和他来一场堂堂正正的平等竞争。"

"平等？"四阿哥冷哼，"什么叫作平等？皇阿玛和额娘自小就对他格外偏爱，这对我来说平等吗？你不要太幼稚，很多事不像你想的那么简单。我劝你别插手，否则只会再次引火烧身。上次服毒之事还不够引以为戒吗？你可别辜负了皇阿玛对你的格外开恩。"

他的话气得我不轻，我遭这些苦是因为谁，难道和他没有关系吗？我凭什么要受他这一顿教训？

"我们之间根本不可能平心静气地好好交流。既然如此，我们再也不要单独碰面了。我们的立场都很明确，那么今后不管是谁走阳关道，谁过独木桥，都和对方无关。不相见，不相厌，这就是最好的成全。"

见他没吱声，我只当是没意见。我又出声："停车，我自己走回去。"

他依旧没理会我，紧抿嘴唇纹丝不动地坐着。

我有些恼，一把掀起了前帘儿："再不停我跳下去了。"

在我猛转过身打算把自己刚刚的话付诸行动的同时，我的右手腕被四阿哥拽住，他一把将我扯回座上："你出来时身上带宫牌了吗？"

我这才反应过来，心里大呼"该死"。因为是和胤禛一起出宫的，也没想到之后会独自回来，所以并没带宫牌。

回头看四阿哥，他似乎因为猜中了我的处境而有些得意，些微带着嘲讽的意味。

我蓦然一惊：莫非他发现我随着胤禛去畅春园打探消息，又私自偷偷溜进圆明园听他和十三阿哥、隆科多他们讲话，甚至还和老朋友虎子相认这一系列的事了？

强装若无其事，我问道："你怎么会在这里，又刚好看到我。"

四阿哥没直接回答我的问题："应该是我问你为什么会出现在这里吧？"

我耸耸肩，没有直视他："在宫里待得太闷，就溜出来散散心。皇上今天不是搬去畅春园了吗？宫里正一片鸡飞狗跳，门禁管得松。"

我心里打鼓，不知道这一番说辞能否把四阿哥唬过去。

还好他不大想计较我出宫这件事，只是冷哼着说："十年岁月，你爱偷偷溜走的习惯还是没有变。"

我暗自翻了个白眼。他倒是不客气，逮住机会就要揶揄我。

之后的一段路程我们没再说过话。马车进了宫，先把我送到了延禧宫门口。

下车后，我对帘幕后的四阿哥说："无论如何，今天还是谢谢你了。"

他对我的道谢不甚在意，转而说了些莫名其妙的话："独有艰危时，方见子臣职。吴越争雌雄，彼此各努力。夫差好拒谏，只为红颜惑。所以范大夫，留之恐倾国。功成载归湖，斯意无人识。朗然照青史，去往皆可式。"

"啊？"我丈二和尚摸不着头脑。

四阿哥哂笑："毕竟是个妇人，不该指望你懂得那么多。我只想告诉你，就算成大事的是我，那不是因为我攻心计善伐谋，这些本事宫里的阿哥谁没有？我之所以势在必得是因为我会权衡得失，我知道什么才是最要紧的。懂得忍耐才会真正成功，到最终以往在意的一切都将失而复得。"

来不及我反应，四阿哥就放下车帘，吩咐车夫驱车而去了。

我犹疑了：回宫究竟是错是对？我到底是会帮到胤祯还是成为他致命的负累？

垂头丧气地走进延禧宫大殿，我一进门就看到一个面如死灰的人端坐于前。我暗叫"不妙"，忙上前觍着脸讨好道："九爷还没回府，又进宫了哈？"

九阿哥"噌"一下站了起来，脸色更难看了。

"你还能和个没事儿人一样？我为什么会在这里，你心里不应该门儿清吗？说好的会老老实实跟着我，却一眨眼的工夫不知溜到哪里去了。你刚回宫，本来就该小心点，如今又正逢皇阿玛出去养病的敏感时期，为什么就不能本本分分一些呢？你知不知道你消失的这一个多时辰我有多担心！你要是出什么状况，我该……我该怎么给十四弟交代！"

我被他训得又委屈又愧疚："对不起，是我错了。我不该擅自走开，让你担心。我不会再这样了，保证不会了……"

看着我这副可怜模样，胤禟心有不忍："算了算了，也不是什么大事，就是希望你注意些。你怎么样，没遇到什么危险吧？"

被他这么一提醒，我才想起有正事要说。在我一五一十把去圆明园偷听四阿哥他们谈话以及与王虎重逢的来龙去脉向胤禟转述的过程中，他的表情由惊讶到不赞同再到无奈。待我一口气说完了，他却久久地不言语。

我轻轻推了一下他："你有没有听我说啊，怎么一点反应都没有？"

胤禟转过身复又坐下，他的目光中带有浓重的忧郁。

"我希望你这次回宫是以一种全新的身份与心态，开始一段新的生活。而不是像过去那般，硬是被搅缠进我们这场厮杀里。不要再成为可被利用的工具。你就是你自己，如今的叶艾。"

我没料到九阿哥会这样想，就对他解释道："我没有觉得自己被谁利用了，我是为我自己也为胤祯而这么做的。你相信我的话，快点采取行动。四阿哥他们都已经布好局了，我们不能不作为，只静待结果。"

"我会告诉八哥和十弟，和他们商量出对策，你别太担心了。"

我两步上前走到他身边，直盯着他的眼睛说道："让胤祯回来吧。"

"什么？"胤禩眯起凤目，不可置信地反问。

"你们几个恐怕不足以应对当前的局面。我不是怀疑你们的能力，只是现如今是这么关键的时候。万一皇上真的突然大行而去，四阿哥又趁机作乱，我们该怎么办？我不是鼓励你们去谋权篡位，我只是提出一种假设：如果皇上传位的是胤祯，而他又远在青海，那时他再领旨回京不就晚了吗？就算马不停蹄赶回来也至少需要五天时间，这五天可是足够某些人做很多事了。"

胤禩还是无法接受我的提议："你疯了吗？十四弟正领军驻扎青海，擅离职守是大罪，要是这时有敌军趁机进犯怎么办？这样做会害了十四弟！"

我也有些情绪激动："我不这么认为。眼睁睁地看着他应有的果实落入他人之手才是有负于他！你就相信我这一次不行吗？我的预感很强烈，皇上的时间不多了，我们必须赌这一把！"

胤禩默然地看着我，似乎若有所思。

片刻过后，他淡淡地笑了："你真的很爱十四弟啊。当年哪怕是跟着八哥时，也从未有如此强烈的得失心，反而只一味劝我们看淡名利，不要去争个你死我活。究竟是你变了，还是你本来就认为十四与我们不同？"

他的话让我哑然。我没法跟他解释我的区别对待是因为我知道历史。

八阿哥的的确确早失了夺嫡的资格，我不能支持甚至撺掇他们去做没有希望的事。而胤祯不同，历史上康熙最终属意的究竟是四皇子还是十四皇子几百年来依然是个谜，没人能给出百分百确信的答案。

既然如此，为胤祯据理力争他或许本应得的东西并没有错啊，尤其是在知道了八阿哥、九阿哥在雍正年间大致的遭遇后，我更不能袖手旁观。私心，也是有的吧。毕竟我也早已卷入其中了，我的命运紧连着他们众人的命运。

"你当我是自私也好，变了也罢，但叫胤祯回来对你们来说绝对是有益的。你也不希望最后大权旁落为人所欺吧？"

"我会立刻通知他，说这是你的意思。如此，他应该会回京。"

"谢谢。"我诚恳地说。

胤禩摇了摇头："就当是赌一把了。不管结果如何，至少了无遗憾。老四那边，我们会尽力应对。只是你要答应我，别再去做偷听那样危险的事了。还好这次你遇到的是旧识，若碰到的是老四或旁人的心腹那该怎么办？"

"你说得对，我不会再以身犯险。这阵子我不会出去，只一心等你们的消息。"

胤褙走后，我回到自己的房中，躺在床上，盯着华美精致的帷幔发呆。

胤祯，我把自己能做的都做了，至于是福是祸，是利是弊，就让老天评定吧。

# 卷五十八　急遽风雪变天夜

虎子没有食言，自十日到现在十二日，他连着三天都通过景远向我传书信，告知皇上的情况和四阿哥的举动。

据他说，康熙十日那天有轻微中风迹象，手足麻痹，言语困难，但神志尚还清楚，病情也较稳定。这一症状目前还处于保密中，未对大臣及皇子们公布。

蹊跷的是，远在天坛的四阿哥在这天接连三次派遣护卫和太监向畅春园中病重的康熙请安，每次康熙都以"朕体稍愈"回了。我猜，是隆科多向他那边及时汇报了情况吧。

我和景远是用英文通信的，所以就算信件被截获了也不用担心内容走漏。但为了保险起见，我还是在每次看完后都亲自把信烧毁了。当初蕊儿的教训我还记得。

十一月十二日，四阿哥照常派人请安，皇上照常回复。一切看起来并没什么特别，但我心里焦虑异常。我在等着那一刻的到来，作为一个"先知"，我知道快了……

十二日晚，在我梳洗完毕准备就寝的时候，畅春园那边突然传来了旨意，让我即刻前去面圣。我心慌了——果然今晚就要到来了吗？

宜妃亲自帮我重新整装，她不安地问我："你一个人去真的可以吗？皇上大半夜召见你究竟意欲何为呢？"

我的手覆在她的手上，安抚她道："姑姑放心，我相信圣上的安排。在那边传来消息之前，你就待在延禧宫中不要走动了，以便有什么变化我们好彼此第一时间告知。对了姑姑，请你遣人速速告知九阿哥我被皇上召见的事，让他与八阿哥稍做准备。"

说完我又轻拍了拍她的手背，目含深意地与她对视了一眼。

宜妃立即心领神会，连声应"好"。

来传旨的公公动静很小，没惊扰到宫里其他诸位主子。我坐上了他安排好的马车，便立即向宫外驶去。掀开车帘，我认认真真地将此刻寂静凌晨时分的京城夜色收入眼底。谁敢保证下次回来时还会是如此光景呢？

在车上我不断地在设想康熙会对我说什么，难道是告诉我储位人选吗？惴惴不安中，马车行得出奇的快，不一会儿便到了畅春园。

下车后，被公公引领走进澹宁居外候着。内侍总管梁九功见我来了，随即进去通报。

不一会儿他出来了，目光快速地从我身上扫过："走吧。"

以前在康熙身边只常见李德全人前人后地伺候着，许是我多年在外，都不知何时多了这么个梁九功。毫无疑问此人如今已与四阿哥、隆科多捆绑在一起，因为这样，我本能地对他生出反感。

进屋后我闻到浓浓的苦涩的中药味，皱着眉，我努力忍住咳嗽的欲望。屋子中央摆放着一鼎大香炉，里面散发出袅袅的香烟，夹杂着草药味，简直让我的眼睛难以睁开。烟雾缭绕中，我隐约看出香炉后放置着一排屏风。

梁九功把我送进屋子后，恭敬地说了声："万岁爷，人到了。"说完他便出去了，同时带上了门。

屏风后闪出一个人影，我努力辨了辨，发现是李德全。

他对我招了招手："过来吧！"

我踱着小快步越过屏风来到康熙病榻前站定。他看起来很虚弱，呼吸声似乎都细微未闻，但一双眼睛依旧清矍明亮。

他清了清喉咙，发出依然威严无比的声音："你来了。"

我上前两步跪在他面前："是，皇上。"

康熙伸出他颤颤巍巍的右手，我意会，忙伸出双手握住。

他直视着我的眼睛问道："朕之前给你那道圣旨，你可带着？"

我点点头："时刻带在身上，不敢离开一步。"

康熙满意地微微颔首："你要保管好这道圣旨，千万不要弄丢了。从此，朕就把胤祯交给你了……你们历经千难才终成眷侣，一定要好好珍惜。"

"叶艾谨遵圣命，必定照顾好十四阿哥，与他携手到老。"

"叶艾……叶艾……"康熙不断地念着我这一新的化名，"'艾'这字毕竟与皇家之姓同音，太易招人猜忌，对你和胤祯不好。你不妨从今改名'叶襄'吧，即'夜莺'这一后世与'湘儿'彼之前生。再者，'襄王有梦，神女无心'也实在符合你与老四的关系。听到这名字，老四他便会明白朕的用意吧。"

我叩首谢恩："谢皇上金口赐名。"

"起来吧。这是朕作为一个父亲该为子女考虑的。叶襄，你过来些，朕还有话要说。"

我起身凑近了些。

康熙用微弱的、几近耳语般的音量对我说："若朕将皇位传给了老四，你与胤祯会否埋怨朕、记恨朕？"

我心里一惊，顿时凉意四起。

我沉默了一会儿，然后说："不会！万岁爷您是九五之尊，您的决定我们会无条件地遵从。"

康熙努力扯出一丝欣慰的笑："你是个识大体的孩子，让你陪在胤祯身边，朕也放心了。朕知道你虽然嘴上这么说，心中恐怕多少会有些替胤祯不平。诚然，胤祯的确是个治世奇才，是我大清不可多得的栋梁。这也是朕如此看重他、栽培他的原因。但这孩子太过宅心仁厚，也太重感情。

这对于普通人来说绝对是优点，但要是作为一个帝王，这却是致命伤。心狠手辣与不近人情，这两点他不具备的特点老四都有。所以朕相信，老四会是一个好皇帝，他兼具成为一个好皇帝所需要的野心和能力。况且，弘历是个好苗子，朕希望以后由他接掌江山。"

康熙仰望着床顶的一片明黄色游龙刺绣继续说道："朕把老十四最看重的你给了他；朕把老四最看重的皇位给了他，如此可算是两全其美了吧！一个人的幸福不在于得到别人都想要的，而是得到自己最想要的。至于谁更幸福，真的没什么好比较，见仁见智而已。"

"我明白您的意思，胤祯他也会明白您的苦心。我们绝不会有任何怨恨之心，您放心吧。"

康熙顺势接着我的话说:"你一定要劝老十四好好地辅佐他的四哥。他们是同根的亲兄弟,本来只是感情淡薄而已,后来因你的事彼此有了嫌隙。解铃还须系铃人,朕希望以你的聪慧能够在他们之间做一个平衡。"

"叶襄一定尽力而为,不让您失望……"

门外响起一声咳嗽,随即梁九功的声音透过门窗传了进来:"万岁爷,四阿哥到了!"

康熙对李德全点了一下头,李公公朗声道:"传四阿哥晋见!"

我站起身退到一边站定。四阿哥利落掀帘而入,几步跨到床榻前。

他余光看到我时显出一丝错愕,不过很快便调整回波澜不惊的状态,向康熙行礼:"儿臣参见皇阿玛,恭祝皇阿玛圣体安康!"

康熙抬了抬手:"平身吧。老四,你是个绝顶聪明的人。朕为什么半夜召你回京,想必你已猜出了八九分。"

四阿哥平静答道:"儿臣愚钝,不知皇阿玛有何要事吩咐。"

"老四,我们打开天窗说亮话吧。你想要的,朕会给你。一会儿等众人到齐了,你就宣朕的旨意——朕将传皇位于你。如何?"

四阿哥听罢忙跪下行了大礼:"儿臣接旨。定竭力恭谨勤勉,不辜负皇阿玛期许。"

"只不过朕有两点条件。第一,你一定要好好培养弘历这孩子,以后让他接替你继承大统。有了你和他两人之治,我大清一定会愈加繁荣昌盛。第二,你也看到站在这里的叶氏了。朕不管她曾经是谁,也不管她与你或是与其他皇子有过什么往事,她如今只是一位普通的汉家女子,名为'叶襄'。朕病重以来,她在御前伺候得很好,深得朕心,今特封为一品诰命夫人,赐号'襄夫人',朕将其赐婚与之年龄相配的十四皇子胤禵为侧福晋,与满族女子同等待遇。此外,你要善待其他兄弟,好好和他们相处。"

四阿哥闻言后没有立刻应声,他的身体难掩阵阵颤抖。

康熙又反问了一句:"记住了吗?"

四阿哥终于沉声应道:"一切依皇阿玛吩咐!"

康熙像是了了件大事,他满意地点点头,对我们说:"你们都下去吧……德全,通知诸皇子觐见,朕要做最后的交代。"

我和四阿哥同声应"是"，一起退了出来。

反身阖上门，四阿哥冷冰冰地对我说："还以为皇阿玛急匆匆召你回京是为了什么事，没想到竟是出于如此筹谋。你可真有本事啊，绕了几圈，换了几重身份，终究还是实现了心愿。"

我微微笑着应答："雍亲王说笑了，该是我恭贺您终于达成了雄伟抱负才对呢。哦不，或许我更应该称您为四哥，还是您最喜欢的称号——皇上？"

四阿哥脸色一阵铁青。就在我们这么对峙时，隆科多依旨赶来。他看到站在门口的四阿哥，两个人彼此点头交换了目光。隆科多得通传进了屋子后，四阿哥没再理我转身走了。

我盯着他的背影走远，也抬步离开了澹宁居。走出畅春园，我踏进之前为我准备好的马车。

康熙六十一年农历十一月十三日子夜丑时，我坐在摇摇晃晃回宫的一驾马车上，缓缓摊开手中的字条，上面写着：四王归久，与祥隆密事。稍时祥窃会八王。

这是虎子的字迹。刚刚碰到守卫澹宁居的他时，他于擦肩而过之际偷偷将字条塞到了我的手中。

我将字条死死揉进手心，攥着它按在自己的胸口上。脸上浮出了冷笑，我暗晒：不愧是历史上鼎鼎有名的雍正啊。他怎么可能让自己打无准备的仗。

康熙把皇位给了他，他正好顺势接了；若是康熙不给，他便会认了吗？明明早就从天坛赶回来了，却一直隐忍直到康熙传召才装作匆匆赶来。这段时间他都做了什么？和十三阿哥还有隆科多密谋着若是希望落空如何神不知鬼不觉地篡位逼宫吗？

这样一个君王，让我很害怕。虽然拥有康熙赠予的定心丸，但我还是感到深深的不安。

胤禛啊，快点回来吧！陪在我的身边，让我们一起面对接下来未知的风暴。

回到延禧宫后，不到一个时辰，九阿哥也回来了。他冷肃着一张脸，眸子上覆盖的阴翳让人望而生寒。我心中了然，自然不会主动问他，我能想象到他此时惊愕失落不满又愤怒的心情。但我说不出任何安慰的话。如何安慰呢，这已是山一样不可撼动的事实了。

宜妃最后憋不住了，她把一众下人都遣了出去，然后压低声音急切地问道：

"你们两个这是怎么了？从畅春园回来后都是这样一言不发的。万岁爷究竟说了什么呀？"

"皇四子胤禛，人品贵重，深肖朕躬，必能克承大统，着继朕登基，即皇帝位。"九阿哥一字一句地说，每字每句都重如千斤。

宜妃不可思议地瞪大双目："什么？你说是老四？怎么可能！皇上一直对他淡淡的，况且前几日不是才遣他去天坛祭祀了吗，这明显就是弃而不用的意思啊。怎么会突然属意于他？"

"额娘，是隆科多当着皇阿玛的面，对我们诸皇子宣的旨。"

宜妃呆坐在椅子上，她伸手扶住了额头："完了，这下真的完了。不是老八，不是十四，偏偏是这位与你们最不对付的老四。"

胤禟出拳狠狠地砸在了桌面上，他恨声道："这里面一定有阴谋！整个畅春园都被老四的人围个水泄不通，究竟是皇阿玛不想见我们，还是他不想皇阿玛见我们？最可气的是八哥，他竟然没有任何异议！完了，我看他这次也被彻底击垮了。"

我皱着眉看他们娘俩的颓丧模样，轻声问："皇上可还有其他什么话向你们诸皇子交代吗？"

胤禟目光涣散，他动了动喉咙，发出干涩的声音："皇阿玛他，已经……大行了……"

我和宜妃同时惊坐起来。惊愕之余，宜妃似乎很难接受这个现实。

"怎么会这样，皇上不是说这次去畅春园只是为了休养吗……怎么这么突然呢……"不知不觉间泪水已经打湿了宜妃那青春不再却依旧美丽的脸庞。

"消息应该已经传进宫里了。额娘，各宫得到消息后都要立即前去服丧。你且梳洗准备下吧。"

我伺候着悲恸的宜妃换上了白色丧服。从来没见过她这样子，我有些手足无措。就算无法成为皇上最爱最珍视的女人，却毕竟曾蒙专宠数年。更何况，两人还育有五阿哥和九阿哥。这么久的情分，还是很重的吧。

外面已传来宫人悲天怆地的痛哭声。我叹了口气，在宜妃的发髻上插了一小簇素花。

我轻声道："娘娘，该出发了。"

宜妃抓住我停留在她盘发上的手，紧握在了她的双手中："和我一起去吧。"

她的手冷冰冰的没有一丝温度，她的声音听起来惶惑无助含着丝丝颤抖。

再次到达这里的时候，畅春园已不是两个时辰前的萧瑟静谧模样。相反，此时这里灯火通明，警戒森严。大门口停着多驾马车，想必都是闻得噩耗后火速赶来的各宫主子们吧。

我扶着宜妃走进澹宁居后，发现原来我们已算迟了，卧室里早已跪着各宫妃子还有众多阿哥、格格。

宜妃一看到躺在床榻上再无生气的康熙，便再也克制不住早已几近崩溃的情绪。

她奔上前一下子跪倒在康熙床边号啕起来："万岁爷，您竟走得如此突然！您还没见我们一面就走了哇！"

房内本来只是呜咽着的众人看到宜妃如此哀恸，也不禁再次痛哭起来。

我跪在宜妃身后，低着头默默流泪。幸而屋内众人只顾着悲伤，都没怎么注意我，只当我是普通的丫鬟吧。

在这样一派肃杀的守灵氛围中，四阿哥终于姗姗来迟。

他火急火燎地跨进屋内，三两步行至康熙床前跪下，大呼了一声："皇阿玛！"

内侍总管梁九功安抚他道："还请皇上节哀，切莫忧及龙体。如今一切大局还仰仗您主持哪。"

梁九功这一声"皇上"令众人都惊呆了。他们停止了啜泣，抬起头齐刷刷地望向前方跪着的四阿哥。虽然已经听说了康熙临行前传位于四阿哥的消息，但这么快就要拜见新皇，他们一时间很难接受这个安排吧。

我侧脸看了看胤禩还有八阿哥、十阿哥他们，皆是铁青着脸，紧抿双唇，神色冷肃到了极点。

是啊，皇上在晚年一直大力栽培胤禛，从未显露过移爱四阿哥的迹象。若不是我亲耳听到他的诏命，我也无论如何是不会相信的。

隆科多看屋内气氛紧张，他清了清喉咙，站在了御榻旁，扶起跪着的四阿哥，恭敬地对他说："大行皇帝深唯大计，付授鸿业，宜先定大事，方可办理一切丧仪。"

言毕，他率先对四阿哥行了君臣大礼："臣隆科多拜见新皇！皇上万岁，万岁，万万岁！"

空气迟滞了两秒。继隆科多，十三阿哥接着叩拜胤禛，高呼万岁。

意识到大势已去，八阿哥拉着九阿哥、十阿哥一同跪拜在地。众人看到此情此景，来不及惊愕，都连忙相继跪拜胤禛。

向着他的方向，我也重重地叩下了头。但是没有人能看到此刻我的脸上带着不屑讽刺的表情，就像没有人会知道就算得到了康熙传位却还不得不用尽心机安排这一场上位戏码的雍亲王此刻究竟是何种心情。

九龙夺嫡近二十载，终于在这个清晨落下了帷幕。在这条道路上艰难行走的无数人，活着的还有死去的，他们若能看到，又会有何反应？

# 卷五十九　一朝一夕换新帝

尽管一宿没合眼，此刻呆坐在延禧宫的众人却全无睡意。

宜妃娘娘的眼睛已肿得像核桃。我吩咐人拿些冰块给她敷敷，她也只是淡漠地推开，不甚在意。

另一边的胤禟看起来更为落魄。近一天没梳洗，他的头发稍显凌乱，下巴上冒出了青色的胡楂，脸色看起来也差极了。

我不禁暗自叹息，这只是个开始啊。如果现在就溃不成军了，往后又该如何挨下去呢？

"娘娘，九爷，你们梳洗一下吧。没多久就要出殡了。"我终是出声劝慰他们。

宜妃怔了怔，木然地点了点头，然后便被丫鬟搀扶着转入厢房里更衣了。

胤禟身边的大太监打来一盆水，也伺候着帮他擦脸梳辫。

我不着痕迹地轻声问："胤祯他快到了吧？"

胤禟伸手拿过帕子，兀自擦拭着脸，另一只手对屋内下人摆了摆，他们随即都出门候着了。

"送信的奴才传报，青海大雪，很多路都封了，只怕这会儿信使还未到。待十四弟收到消息再匆匆赶回京，少说也还要半个月。况且，归根结底，现在也不是他想回来便能回来的，要看老四是否传召。"

我的后背瞬时变得僵直。究竟是天意还是人为，怎么偏偏在这么关键的时刻胤祯无法回来面对大局？

嗓子动了动，我以为自己会说些怨天尤人的丧气话，没想到最终说出的话却是："以后就是私下聊天也别再老四老四地叫，他如今是皇上了。即便是已经输了的棋局也自有其下法，现在最紧要的是要遵守规则，别落得满盘皆输才好。"

我语气的冷静与面上的平淡甚至都出乎了自己的意料。也难怪胤禟冷笑着说："你身份转换得倒挺快，对各种局势都应对自如。某些时候，我还真远及不上你。"

我垂下头："别故意说酸话让我难堪。事已至此，还能挽回什么、改变什么呢？只有顺势而为，才会尽可能地减少对我们的不利。这个道理，你该比我更明白才是。否则，你、八阿哥、十阿哥刚刚也不会跪拜他了。"

胤禟颓然地出声笑了："是啊。连八哥如此有野心之人竟然都屈服了，我又能如何不认命？"

"我听说先皇驾崩前，十三阿哥曾私自找八阿哥攀谈，有这回事吗？"

"没错，我是听八哥说了才知道的。昨儿夜里老十三去找过他。别看那小子表面上洒脱坦荡，实则是个攻心高手。他逐条给八哥分析拥护老四登基的好处，又转述了老四对我们的承诺。其言之切切，真可谓动之以情，晓之以理。若我们不同意，反倒显得不识大体与时务了。不过我觉得奇怪，八哥一向不喜老四阴晴不定的性子，为何这次就那么信任他，笃定他不会变卦？"

恐怕八阿哥也不愿相信雍正，只是他不得不相信，他必须说服自己去相信。不然，若雍正与十三的许诺全是谎言与伪饰，那么他以及八爷一党的将来岂不就会是无法想象的黑暗与悲惨？我想彼时的他与此刻的我一样，对于这个可能连想都不敢想。

我一直不言语，胤禟便自顾自说着："不对啊，这事儿回头想想蹊跷得很！老十三密会八哥是在皇阿玛召见我们并宣读传召旨意前近两个时辰内发生的事，难道那时他们已经知道皇阿玛决定传位于老四了？既然如此他还有何必要来苦苦劝说八哥拥立他登基？这说不通啊！难道是他们已经准备好要……"

"不是。其实先皇之前召见我的时候凑巧碰上四阿哥觐见，那时先皇就对他表露过传位之意了。我在场，听得一清二楚，这不会有错。至于十三阿哥为什么要那么做，我也看不明白。或许是因他们是心思极缜密的人，想要提前拉拢你们，如此才不至于颁旨后被孤立被否定。你看今早的效果不就很明显吗？"

对于雍正登基这件事，我不觉得理所应当，也没觉得难以接受。毕竟这就是历史，是我亲身见证的事实。就算再不喜欢这个人，我也不会睁眼说瞎话否认自己听到的和看到的。而且现在也不适宜去造成八爷党与雍正间更多的对立。

不管雍正是否曾想过或实践过逼宫篡位的大逆之举，康熙最后的的确确是属意于他的。这是不可否认的现实。

国丧大祭我没有去。当然不能去，以什么身份呢？曾经的夜莺格格早就死了，就是作为胤祯的福晋目前来说也没名没分。

没能亲自送这位千古帝王一程，我心生遗憾与抱歉。在清代的这些年月，他还是很照顾我的。

先皇驾崩后，雍正立刻上手各项事务。在对殡仪祭典的分配职务与指派人选上，雍正就已显露出他的亲疏好恶。他命七阿哥胤祐守护畅春园，十二阿哥胤祹回乾清宫布置灵堂。这两项都是无关紧要的差使，我想只因七阿哥与十二阿哥与他没有什么大的恩怨。

此外，雍正命在藩邸时关系就很好的十六阿哥胤禄和世子弘升负责宫中禁卫安全。

至于准备仪仗、警力护卫与肃清畅春园回京御道以保护新皇安全的重责大任，则由其最亲密的十三弟胤祥和亲承"末命"的尚书隆科多两人全权负责。

而这几日在畅春园朝夕守候康熙的诸皇子，包括三阿哥胤祉、八阿哥胤禩、九阿哥胤禟、十阿哥胤䄉四人，都被摒除在外，无事可做，形同外人。

不过尽管如此，雍正总归兑现了他之前答应指派八阿哥为总理事务大臣的承诺。其命胤禩、胤祥、大学士马齐还有尚书隆科多总理事务。除此之外，又将胤禩和胤祥俱封为亲王。接下来，雍正谕胤禩速遣胤祯回京。

如果你以为雍正是想起了他这位远在边疆的亲兄弟，允其回京奔丧才召见他的，那就太天真了。雍正不过是迫不及待要在登基前将胤祯调职，同时也急于了解西部大军各级将领的情况，以防兵变。

果不其然，雍正解除了胤祯抚远大将军的职务，将他的印务交由平郡王管理。同时，雍正命我的兄长川陕总督年羹尧立即熟悉西部军务、粮饷及地方诸事。

如此才算解除了他的心腹大患吧，不然他又怎么安心召胤祯回京呢？

康熙六十一年十一月十六日，雍正将大行皇帝遗诏颁行全国，并移灵至景山寿皇殿。

康熙六十一年十一月二十日黎明，各官集齐于朝。新皇雍正全身素服，先诣梓宫灵柩前跪拜、上香，默告自己继位系受命于大行皇帝，并行三跪九叩之礼，这即是受命。受命之后，雍正换穿礼服先去永和宫向皇太后，也就是以往的德妃娘娘行礼，然后御太和殿，升宝座，鸣钟鼓，文武百官行朝贺礼，最后是颁诏大赦。

从那天起，爱新觉罗·胤禛继位，以翌年为雍正元年。

达成毕生夙愿的这一年，雍正四十四岁。他此时不会知道自己呕心沥血得来的王位只坐了区区十三年，与他的父亲和儿子相比，他的任期简直短得可怜。

你说人生有时是否真的很讽刺与可笑，康熙与乾隆没怎么处心积虑争权夺位就能坐上那龙椅长达六十多年。

正春风得意的雍正自然不会想到这么长远的事，因为眼前已有种种状况令他头疼。

登基大典那天，太后对他不甚理睬，甚至不愿接受皇太后这个名号。她三番四次提及胤禛，说要见她的儿子。这无疑是给新皇帝难堪。连自己母后都不认可与祝福的登基，又如何做到不落人话柄为人信服呢？

无论如何，胤禛就快回来了。我手里拿着康熙亲赐的那道圣旨，有所倚仗便无所畏惧。我坚信我们的未来会是明朗的。

记忆中的十四皇子胤禛并不像八皇子、九皇子那样英年早逝，相反他活得比雍正还长，甚至在乾隆登基后得以安度晚年。

大不了就是和他一起熬过被幽禁的日子。穿越来清朝的人生至今为止充满了惊险无常与颠沛流离，数次与死神擦肩而过。像安徒生童话里写的那般"从此王子与公主过上了幸福的生活"的美满结局，我倒反而不敢相信了。

## 卷六十　新宫无处话凄凉

雍正登基后，紫禁城完成了一次大换血。先帝的各宫娘娘搬离了原居的宫苑，转而迁进自己儿子的府中。

荣妃搬进了三阿哥胤祉的府上，宜妃搬进了褊苑，定妃搬去了胤䄉那里。由于大阿哥胤褆早前被拘禁，他的生母惠妃则搬进了与她亲厚的廉亲王胤禩的府中。

德妃自然不同，她如今已被尊为皇太后，从永和宫被请进了慈宁宫。

而那些没有子嗣的妃嫔境遇就很凄凉了，皆被迫送进庙宇中出家为尼。

放眼望这皇宫，竟几乎无一相识相熟之人。雍正的妃嫔迅速填充了这后宫的各个角落，就像他的登基一样，突然得让人措手不及。

皇后乌拉那拉氏居于坤宁宫。

四阿哥弘历的生母熹妃钮祜禄氏居于德妃之前所居的永和宫，我想这也是有示偏宠吧。

雍正本允我继续住在延禧宫，而当今的年贵妃却偏偏指了这里做她的寝宫，我无意让雍正为难，就告诉他我愿意去定妃娘娘之前所居的长春宫。

这新宫上下也唯有那里能带给我丝丝暖意了：有被我蹂躏过的草坪，有和胤䄉谈曲论乐过的长亭，有烦闷时长久凝望过的荷塘，这些事物带给我力量，让我相信我曾经历过的一切总不至于是徒劳和虚妄的。

春燕是为了故意与我作对才专挑了延禧宫吧？不过我不愿与她争执计较。在这一点上，我和雍正倒是史无前例地不谋而合，我们都只想尽一切可能令她遂心，尽管这点补偿对她来说或许根本微不足道。

很多宫人都对我这位来历不明的不速之客感到意外，背地里也没少议论和猜测。

是啊，我一个无妃位无声望的平凡汉家之女，凭什么和各位妃子娘娘一样成为一宫之主呢？想必现在很多人心中都有此疑问吧。

康熙驾崩翌日，我本该随宜妃一同迁去禳苑的，但没想到在出宫前受到雍正的传诏。

再次走进久违的乾清宫时，竟发现这里早就与我记忆中的地方不一样了。

看着端坐在正大光明匾下的雍正，我仿佛一个散光严重的眼疾患者，总觉得此时面前的人物形象和脑海中的希望难以很好地聚焦重叠。

"民女叶氏拜见皇上，吾皇万岁万岁万万岁！"

这是我第一次对雍正行跪拜大礼。不过是一个开始，往后这样的日子怕还长着呢。

我听到了一声极轻蔑的冷哼："你最大的特点就是擅长接受并扮演分配到你头上的任何一种角色，除了年湘儿、夜莺、叶襄，轮番换着很有趣吗，要不要再多些身份？"

雍正的话让我感到极度的无奈。我又何尝不想简简单单地只做我自己？但自打我一来这里，命运就从没让我自行做过选择。

若真的可以没有身份地存在就好了。我不必是皇妃，也无须是十四福晋，我不再是年羹尧的亲妹妹年湘儿，也不曾是宜妃的侄女夜莺格格。那样没有身份的存在便不会让我觉得自己自始至终都在被操纵、被戏弄，也不会让我感到头晕目眩，力不从心。

如果可以选择，我只想选一种身份：胤禛的爱人。我甚至可以为了他放弃我原本的模样，只要我是他的爱人。

见我一直俯身跪着未应声，雍正不满地扬声道："朕在问话，你为何不答？起身抬头面对朕。"

"是。"我站起来，仰起脸看向大殿之中龙椅之上端坐的那人，"民女愚钝，不知皇上召我前来有何要事？"

"你今日要随宜太妃一同搬出宫去？"

"是，民女再没有待在这宫中的理由和必要。"

"错，你再没有离开这宫中的理由和可能。"

"为何？还请皇上明示。"

"你何曾见过皇帝的妃嫔居于宫外的？"

雍正的话让我心神一震："皇上！您忘了先帝临行前当着我们两人的面留下的遗命吗？"

雍正稍稍勾起一抹得意的笑："苏培盛，宣旨。"

立在一旁的苏培盛闻言立刻捧着一幅卷轴上前，他展开谕旨，朗声读道："奉天承运，皇帝诏曰。汉家之女叶氏自朕休养以来始终服侍在旁，深得朕心。今赐婚于四皇子胤禛，待其即位后，特封叶氏为襄贵妃。钦此。"

我冷笑着听完这所谓圣旨中的一字一句，接过苏培盛递来的遗诏，发现落款处竟赫然盖有康熙的玺印。

"宫内外谣传皇上即位不正，乃篡改了先帝的遗诏尚得以登基。我原只当这是不攻自破的流言，可没想到皇上您的确是篡改遗诏了。只不过改的不是传位之诏，而是我的赐婚之诏！"

苏培盛厉声喝道："大胆叶氏，竟敢口出大逆不敬之语！还不快向皇上磕头认错？"

我攥紧拳头，无畏地直视着雍正的冷眸："如今我已为鱼肉，你为刀俎。欲加之罪何患无辞！既然如此我还有什么可避忌？连遗诏都能改，皇上你还有什么做不出来的，我倒是很拭目以待！"

"你……"苏培盛惊恐地来回看向情绪激动的我和早已面色不善的雍正。

雍正稍稍克制了一下，随即抬手吩咐苏培盛出去了。

此时偌大的乾清宫内只剩下我和雍正两人冷眼相对，殿内一片寂静。

"朕不再是曾经的四阿哥、雍亲王了，而是如今我大清的皇帝。你就算再目中无人口不择言也要挑挑对象。若是一味骄纵，恐怕往后就算是朕也搭救不了你。"

我讽刺地笑道："我只求皇上不要逼我才好。我的活路，全在于您给与不给之间。"

"朕一下子就封你为贵妃，只位于皇后之下，甚至与年贵妃平位，那些藩邸时就嫁进雍王府的妃嫔更是无法跟你比。待遇如此优渥，你还有什么不满意的？"雍正的声音很低沉，似在压抑他浓重的愤怒。

我再次面向他跪下："我不求贵妃的高位，更无心后宫的荣宠，我只盼望皇上能依先皇遗诏，让我与胤祯修成正果。您明明知道我们已经相许多年了啊，如此安排又是何必呢？"

"正果？你们这分明是业障孽缘！你本就是朕真正的年福晋、年贵妃，皇阿玛他不晓得内情才做出那不妥的安排，朕如今不过是拨乱反正而已，可谓坦坦荡荡，问心无愧。此前种种既往不咎，朕不仅许你原来应有的荣华，若你想要甚至可以还给你夜莺格格的清白名声。为何你就不能体谅朕的苦心？"

"那您又可曾体谅先帝的苦心？他对我说，将您最珍视的皇位给了您，将胤祯最珍视的我给了他，这便是最公平的安排了。您为何就是不满足呢？"

"你给朕住嘴！"雍正一下子挥倒了桌上的所有东西，一时间砚台玉器奏折一同发出或刺耳或沉闷的撞击声。"不要把这皇位说得像是皇阿玛的施舍与老十四的退让一般！明明朕是名正言顺凭诏书登基，为何总有些不知好歹别有用心的人多番来质疑挑战？简直混账！朕最痛恨这个。皇阿玛如斯，皇额娘如斯，就连你亦如斯！十四弟究竟有多好，值得你们如此护他？朕说过，会夺回本该属于朕的一切，包括你！"

雍正说罢一掌狠狠拍在案几上，吓得我不禁后退一步。

苏培盛许是听到室内动静太大，他战战兢兢地推门进来，踌躇道："皇上……"

雍正抬起手指向他："谁准你进来的，出去！没朕的准许任何人不得进来！"

苏培盛惊呼："皇上，您的手！"

我闻言向上看去，才发现雍正刚刚在桌上那一掌拍碎了手上的扳指，碎片扎进他的手心，此刻伤口正不断淌着血，刺目的鲜血已流到了手腕处。

雍正皱了皱眉："不碍事，你下去吧。"

苏培盛犹豫了片刻，终还是低头应了声"嗻"退出去了。临走前他递了个眼神给我，然后不放心地又朝雍正那边瞅了瞅。

我顿了顿，终究走到雍正跟前。我握着他受伤的右手抬到眼前细细看了一会儿，还好伤口不算太深。我小心翼翼地把几个小碎片清理干净，然后用手帕简单地包扎了一下。

不知是不是错觉，在我低头处理伤口时，总感觉身前有道灼灼的目光一直在注视着自己，让我感到深深的不自在。

做好这一系列事后，我放下雍正的手，打算靠后几步站着。可雍正立刻反手死死捉住我的手腕。

"朕不相信你心里对朕只有厌恶与憎恨，朕绝对不信。"

我挣不开他的手，就只是淡淡地嘱咐："皇上这几日便不要碰水了，当心伤口感染。"

雍正看起来已相当疲惫，他渐渐垂下了握着我的手，转而撑着自己的额头。

"这旨意过几日便会着内务府对外颁布。你的妃服发饰也正在赶制，你且跟宫内老嬷嬷学着那些封妃大典上需要的规矩礼节吧。"

我咬咬唇，终还是坚定地说："请皇上恕罪，我无论如何也不能接受。"

"哪怕死？"

"就算死。"

雍正笑道："你可知道妃嫔自戕是要株连九族的。你怎忍心让你那些年氏亲族因你而获罪丧命？哦还有，若是朕恢复了你夜莺格格的身份，尽管你是养女，郭络罗氏一族也难脱干系。"

我慌乱地看向他："我如今只是一个平凡的叶襄，不是年湘儿，也不是夜莺。所以求求您别伤及无辜。我的错我自己一力承担，请别连累年家人和宜太妃。"

"宜太妃……"雍正眼中闪过一丝带有恨意的精光，"皇阿玛驾崩守灵之日，她竟敢跪于皇阿玛榻前，甚至位于皇额娘之前！其张狂的言行倒真跟老九如出一辙，都一样敢把朕不放在眼里。近日事务繁多来不及给她治罪罢了，若你非要抗旨拒婚，那倒正好方便朕给她加上教导无方、言行无矩的几条罪名，你认为如何？"

雍正几句话令我心惊肉跳。原来哪怕是一些微小的细节都没能逃过他的眼睛。在很多事情上，他在意介怀的程度大大超过了众人的想象。

毕竟还是我太疏忽了吧，他或许早就在不知不觉间对八爷党这一方积怨深重。

我垂首退了几步，再不言语。我不愿再累及身边的人，却无奈总是将他们牵扯进算不清的债里；我亦无心被世间诸多相干的或不相干的俗事杂务所牵绊，却不幸依旧身处旋涡的中心。到底是我对雍正毫不相让还是他对我苦苦相逼？这已注定是笔糊涂账了吧。

雍正见我不再坚持拒绝，认为我是妥协了。

他满意地点头说："没事你便下去吧，好好准备封妃的各项事宜。"

我福了福身，接着转身离开了这令我生寒的地方。

乾清宫的大门在我身后缓缓地关上了，而我丝毫不想回头再去看那颇具威严的天家重地。

对于天下人来说，那是可望而不可即的至尊宝座。可在我眼里，那是人性被无上权力严重扭曲的可怕魔窟。我现在唯一想做的，就是加紧脚步离开这里。

一回到长春宫，我就被禁足。只可惜雍正百密一疏，他不会想到，负责监视我的侍卫总领王虎竟是我的故交。

我通过王虎向外传信，胤禩和宜太妃都已知道了内情。他们闻后无不惊怒，胤禩更是主张直接进宫要人。我思考再三还是回绝了他的建议，并劝他要克制忍耐。

雍正刚刚即位，朝中上下根基未稳，人心浮动，若是此时跟他起了正面冲突那不真是坐实了八爷党一方怀有异心的罪名？不行，绝不能让他们自己往枪口上撞，给雍正整治的良机。

除了出于这个顾虑外，我选择按兵不动的最大筹码是康熙曾许我的那份遗诏。真的假不了，等胤禛回来，我就搬出遗诏来与雍正对质。想必那时他不认也不行了。

可就在我兀自这样盘算时，一个人的到来却打破了我所有的美好幻想。

"哀家听说皇上要立你为贵妃，可有这回事？"

我点点头："回太后的话，皇上此前是曾透露过这样的打算，不过民女绝不会答应。我想好了，此生我生是胤禛的人，死亦是胤禛的鬼。绝不失节，永不相负。"

曾经的德妃、如今的皇太后正倚在我长春宫主殿的软榻上，此刻她放下了手中的茶盏，转而直视跪在她面前的我。

"谁说要你抗旨了？"

我惊异地抬头。

"太后……"

她冷笑着攥紧了两只手："是啊，太后。就算再不想接受他给的这太后称号，不最终还是要接受？哀家尚且如此，你又怎么可能幸免。"

"可是，我和胤祯早就相守相伴，不过是差个夫妻的名分罢了。况且先皇有意要将我指给他，皇上如今这么做岂不是在抗旨？"

太后向我射来一道凌厉的目光："住口！你说话小心些，诬蔑皇上，那可是杀头的罪。要不是因为你，他们两兄弟何至于此。哀家这么做还不是为了保全我可怜的老十四。你一心只自私地追求那所谓的情爱，何尝真的有为他的未来打算？你有没有想过，要是你与祯儿执意要在一起，皇上会如何处置你们？他已经失去了皇位，你还想他失去什么？！"

太后的一席话让我怔住了。是啊，我只想到凭先皇的遗旨我和胤祯就能终成眷属。而我忽略了一点：现在当家的可是雍正，就算我和胤祯依旨在一起了，雍正若是想找我们的麻烦，那岂不是分分钟的事？

胤祯已被卸去了抚远大将军的职务，现在无权无势。要是雍正心一狠再监禁了他呢？我简直想都不敢想。

咬咬唇，我问道："那依太后您的意思呢？"

"哀家来这里就是告诉你，他要立你为妃，你不妨顺势接了。一来避免了他们两兄弟间的矛盾；二来从此皇上身旁多个枕边人能为祯儿探听探听消息、说说好话，又何乐不为？你口口声声说爱祯儿，不会连这点事都不愿为他做吧？况且话说回来，你本就是年家人，要不是因为逃婚，今天住在延禧宫的那位也该是你。哀家能理解皇上的那口怨气。你造的结，你不解，谁又能解？"

我浮起一层苦笑。是啊，是福不是祸，是祸躲不过。绕了一大圈，终究还是绕回了原地。不过这样也好，与其相拥而亡，不如用一个人的自由来换彼此的生机。

我叩头，接着坚定地说："太后的意思，民女明白了。定不负太后期待。"

面前雍容华贵的妇人满意地笑了，可那笑里隐约也带了几分惆怅与苦涩。

"是个聪明人，胤祯没有看错你。"

太后走之后，我一个人长久地呆坐在寝宫中。

离开青海时我对胤祯许诺，再也不会离开他，让他对我放心。没想到，我还是背弃了自己的诺言。胤禛啊，你现在身在何方，正在赶回京的路上吗？你此刻一定不会想到回来后将要面对的是这样的局面：父皇驾崩，皇位丧失，就连我，竟都成了你亲皇兄的妃子。想到这些，我就止不住地为你心疼。

我能为你做的实在有限，或许就如太后说的那样，顺应雍正，遂其心意才是我如今最应该做的事。

连着几日不思寝食，我常常只是独坐在凉亭中发呆。几个丫鬟见我这样，劝说几次无果后也不再敢来打扰。不过今天却有个执拗的丫鬟始终坚持敦促我用膳。

我没看向她，只望着荷塘略有些冰冻的湖面。

"你是内务府新派来的丫鬟吧。把午膳放下就行了，我想一个人待着。""主子，奴婢是您的丫鬟小桃。"面前的女孩端端正正地对我行礼。

"小桃……小桃……"我默念几声，这个名字似乎很熟稔。

转过脸仔细端详了她的面容后，我叫出声："是你，小桃！"

小桃笑着回说："是我，主子您认出来了？"

当年服毒后被送出宫，在褵苑服侍我的那个丫头不就是眼前的这个小桃吗。那时她替先皇传话我才又忍痛割爱远走他乡。

"你怎么会在这里？"

"回主子的话，是先皇在您回宫后嘱咐奴婢从此以后要追随在您的身旁，尽全力替您分忧。"

先皇还真是用心良苦，可想到这儿，我就不免更加黯然。如今决定委身于雍正，终还是辜负了先皇一番打算。不知他九泉之下，是否会对我这个不中用的儿媳失望。

许是看穿了我的想法，小桃出声劝慰道："主子别想太多。奴婢想先皇也不愿看到您如今这样自暴自弃，拖累自个儿的身子。正所谓留得青山在，不怕没柴烧。往后的日子还长着呢，您就是不为自己想，也得为十四爷撑下去啊。"

小桃说得对，我不该这样消极避世。老天给了我一个残局，但我不能束手无策置之不理。

苦不受不消，路不走不到，人不看破不逍遥。

# 卷六十一　虽千万人吾往矣

隆冬十二月的夜，我手捧暖炉，盖着被子侧卧于榻上，望着不断摇曳的烛火发呆。

有幽暗的烛光笼罩着不算大的房间，我便仍能将每个角落收入眼底。我转眸看向梳妆台上已摆放整齐的发钗、项链、耳环等金饰以及一旁木制衣架上撑挂的华贵冠服，眼睛一眨不眨。

小桃将一切收拾妥当后，轻轻地推门进来。想是外面严寒，她不住地搓着手。看到我晦暗不明的表情，小桃微不可闻地叹了口气。

她走近我床边："主子，早点歇息吧。明儿要一大早起来梳妆更衣为封妃大典做准备呢。"

我"嗯"了一声，随即躺下身。

小桃过来帮我整理好被子，放下床幔，便轻手轻脚地离开了。她就睡在外间，与我仅一屏风之隔。

过了不多一会儿，我就听到小桃均匀的呼吸声。

想来最近几天必定忙坏她了，一边从苏培盛那边接承旨意，一边要不断跑内务府盯着妃服完工，同时还要小心翼翼地照顾我的起居和情绪。真是太难为这孩子了。

然而我辗转反侧了很久都难以入眠。看着漆黑一片的天花板，我喃喃自语道："明天过后一切可都变了啊。"

也不知这样胡思乱想了多久，估摸着还有一个多时辰就要天亮的时候，我起床穿上便衣，偷偷拿了小桃的宫牌，简单裹上一件披风后轻声出了门。

畅行无阻地出了宫，我租了辆马车并雇了位车夫，马不停蹄地向郊外赶去。而到达目的地后，我就差遣车夫离开了。

一步步踏上这久违的空旷辽阔之地。只不过因为是隆冬，草木比上次来看时更显枯黄。

眯眼盯着头顶的蓝天，我兀自哼起一曲婉转的小调。才唱到第一段副歌开始，就有熟悉的笛音加入。我会意地笑了笑，稍稍增了些音量以歌会友。

一歌尽了，我仍望着远处的天际不转身，却感到身后人一步步近了。

沉默了片刻，他终于开口："怎么，现在换成你以背示人了？"

我微笑着转过身来："只许你多年以此身姿出现，我便模仿不得吗？"

对面的人闻言笑意更浓了："久违了，朋友。"

是啊，久违了。具体有多久呢？仔细算起来也不过一个月的光景，却怎么感觉有一个世纪那么漫长呢？这期间的更迭变化太浩大，相关的所有人都早已觉得精疲力尽了吧。

"太妃娘娘近日可好？"

胤祹摇了摇头："没前几日那般不思寝食。但想起皇阿玛时，还是忍不住暗自抹泪。"

定太妃对康熙感情很深，如此悲恸是自然的。也不知姑姑宜太妃怎么样了，胤禟他们那边可好些了？

胤祹看我眉心紧锁的样子，便反过来问我："那你呢？这一个月又是怎样熬过来的？"

毕竟是我的知己，这一个"熬"字用得简直不能再精确了。是啊，康熙驾崩以来这一个月，我哪天不是在郁郁寡欢中度过。

"挺好呀。我现在住进了最喜欢的长春宫，满心欢喜呢。"

胤祹抿紧唇角："是吗？过得好为什么在封妃大典的日子偷跑出宫，又为什么连任何车马都不带？你在想什么，一点后路都不给自己留吗？"

"没有后路了，胤祹。我既选择了这条路，就必须头也不回地走下去，因为皇威、人情、世事都不会再给我回头的机会了。"语罢，我稍稍顿了顿，又侧过脸对他说，"不过，你毕竟还是来了嘛。你来到这里，陪伴我，接我回去，这对我来说已是莫大的鼓励。"

"若是我没有来呢？"

我笑了："你没有来，这封妃大典必然就赶不上了。即使虚的礼数免了，但该承担的还是无可逃避。逃了典礼不过是徒惹皇上不快而已。"

"难道非得如此不可？"

"胤祥，如今在你的眼里，我是不是成了彻头彻尾的墙头草、势利鬼？猜猜旧相识们会如何评价我：贪慕荣华、工于心计还是虚伪狡诈？想一想似乎这么说也没什么不对呢……"

胤祥用笛子触了下我的肩头，让我不要再说下去了。

"无论你选择做什么，我都相信你一定有你的理由。至于其他人的眼光和评价，更不必理会了。身为皇家人，生来就不得不背负那些非议流言。"

眼角微微有些湿润，我转眸看向别处。

"果真如你所言，被剪断的风筝又飞回了原地呢。幸好放风筝的人还在身边，这就是最好的补偿和安慰。"

迎风而立，胤祥雪白的衣袂飘扬至我的身边。

"放心吧，十四弟也定会理解你的。若他不能，便不配做你的夫君。"

我抬眼看身旁这出尘似仙的人。

"你什么都不问，什么都还没了解，就这样无条件地相信我。你知不知道，被你如此对待，我会怕。我怕自己习惯了这种善意，再回过头面对宫中种种，哪怕是任何理所当然的风吹草动，我都会反应过激地觉得是辜负或者伤害。假如这般脆弱的话，我又怎样在这宫中重新生存下去呢？"

"纵使天下人背弃你、构陷你，我不会，此生不会、来世不会、生生世世都不会。我们之间无关什么身份与立场，这纯粹是我爱新觉罗·胤祥作为朋友对桑小爱的承诺，请你永远记得。"

闻言，我久久望着他诚挚的双眸说不出话。

我从袖口中掏出明黄色的卷轴递与胤祥："你看看。"

胤祥展开康熙的遗旨仔细端详后大惊："你竟然有这个！那又何苦……"

我抬了抬手，示意自己明白他的不解。

"我是有遗旨在手，可毕竟如今规则由他定。这种局势下我如何确定这是救命的灵药还是难防的催命符？先帝时九子夺嫡的场面你我都经历过，为避免骨肉相残的悲剧再次发生，我不得不做出这样的妥协。"

"皇上可知道这道圣旨的存在？"

"他不知道。昔日先皇曾在他面前宣读过口谕，却没告知早已留给我一份书面的遗旨。可无论是否早就获悉，如今皇上坚持纳我为妃，这便是切实做出了篡旨抗命的大逆之举。往后若是到了万不得已的时候，我们手中有这道遗旨作为制衡恐怕能救不少人的命。"

胤裪沉吟了一会儿问我："所以你决定守着这个秘密度日？万一有一天东窗事发你的处境又会何等凶险，这些你想过没有？"

我转过身看向他："我当然考虑过。不过为了胤祯，为了我身后的那些人，我必须冒这个险。当然，宫中环境险恶复杂，的确不适合藏匿这道遗旨，所以我恳请十二爷帮我好好地收着它，以后真到了千钧一发之时，请务必搬出来救人于水火。"

胤裪未加犹豫便颔首应允："这绝非易事，但我答应你。只要是我许诺过的事情，就一定会滴水不漏地做好，所以你放心。在宫中照顾好自己，无须过于忧虑。"

我笑着点头："知道啦。都三十好几的人了，别再当我是小女孩似的。"

胤裪苦笑着说："我心中千万分强烈地抵触你再回宫，毕竟明知那意味着什么。坦白地说我是抱着带你离开的决心来到这里的，但如今看你已做下决定，那就回宫去吧。万一误了时辰恐怕又要起什么风波，我很怕看到你刚开始这场荆棘之路就遇到责难。"

"往后在宫里遇到什么麻烦，务必要联系我。十四弟远隔千里；八哥、九哥与皇上起了嫌隙，对于你的事定然心有余而力不足；虽说十三弟与你也算友好但毕竟和皇上那么亲厚，大多时候恐怕都会站在那边的立场上考虑问题。"

回宫的路上天空飘起小雪，稍一会儿就加剧成鹅毛般的雪花。

胤裪为了安全适当放缓了速度，我坐在后面，掀开车帘看他堂堂十二爷这样小心翼翼地驾着马车，不觉悄悄湿了眼眶。

胤裪雪白的衣衫与外面的白色世界融为一体，我甚至有些担心他或许就这样凭空消失了。

关于雪天我有很多记忆。伤心欲绝的，挣扎无奈的，还有浓情蜜意的，但都不如此时安然无惧的心绪令我清醒。就这么缓慢而不迟疑地驾马而去吧，既不逃避也不出击，既不远离也不亲近。

离长春宫只剩数十米时，我从迷蒙雪花间看到一个娇俏瘦削的身影。我心中不忍，默然加快了步伐。

小桃确认来人是我，脸上显露喜出望外的神情，她带着哭音忙向我奔来。

"主子您可回来了，奴婢都要急死了！"

我安抚她道："我这不是好好地回来了吗。别慌，都来得及。外面天气冷，我们快进屋吧。你泡些茶，让十二爷暖暖身子。"

听闻我的话，小桃这才注意到我身后已与雪景融为一体的胤裪。她怔了怔，忙福下身："奴婢给十二爷请安，爷吉祥！"

胤裪笑着抬手让她起来，转而对我说："喝茶留待下次吧。你快进去着装，时候的确不早了。"

胤裪又转过头对小桃说："劳烦你好好照顾你家主子，她任性得很又不听劝，也不注意自己身上的病根。这些都需要你上心。有什么需要随时来宫外我府上寻我即可，别见外。"

闻言小桃冻得通红的小脸更显红彤彤的。

"十二爷的话折煞奴婢了。这都是奴婢的分内事，奴婢定全心全意照顾好主子，请您放心。"

胤裪笑笑："如此在下便告辞了。"

目送着胤裪的背影渐渐远去，我在小桃的搀扶下，深一脚浅一脚地踩着厚厚的积雪向深宫走去。

多像灰姑娘啊，到了时间便不得不归还南瓜马车和水晶鞋，回到家徒四壁的现实。只不过我比灰姑娘更不幸，她贫瘠的是物质，而我贫瘠的是精神。她与她的王子至少在午夜十二点前能够短暂相聚，而我与我的王子却从此银河相隔两不相干。就算再相见，恐怕也徒剩泪与恨了吧。

看着铜镜中自己被妆饰得艳丽夺目却毫无表情的脸，我忍不住反问自己：若今日是胤禛封我为妃，我又会以怎样的心情面对呢？是会好一些还是更差，是满心欢喜地接受还是再次一声不吭地远走他乡？

穿越过后的时空并不是平行世界，我无法获得那么多假设背后的答案。又或者，很多事本就是没有如果也没有答案的。你非要去寻一个所谓的答案，那不过是庸人自扰罢了。

身着厚重华服，头戴贵妃帽冠，我在长春宫大殿中央接受了这场盛大烦琐的封妃之礼。

礼毕，内务府大太监宣读圣旨后将诏书交到我的手中，同时谄媚地说道："恭贺襄贵妃娘娘获封，娘娘千岁千岁千千岁。"

我在小桃的搀扶下慢慢站了起来，看着内务总管微微抿了抿唇算是回了笑。

"有劳公公了。"

"贵妃娘娘客气。您这会儿当去坤宁宫向皇后娘娘正式请安，如此便彻底算是礼成了。"

"知道了，多谢公公提点。"我淡淡地说。

"哎哟，娘娘您这么说奴才可万万受不起。以后有用得着奴才的地方尽管吩咐，奴才定当鞠躬尽瘁。"

在大太监的带领下，我来到坤宁宫外候着。

由于先帝时赫舍里皇后早逝，之后康熙又很久没有立过皇后，坤宁宫便一直空着。如今新后入宫，这里自然经过一番整修。

本来雍正也有意为我重修长春宫，但被我谢绝了。这偌大的紫禁城中任何一处地方都可以更新变换，但我只求自己生存着的方寸之地不要受到侵扰。我害怕在人非物亦非的陌生环境中过于清晰地看到面目全非的自己，有时候我真的需要一些通过自欺欺人而获得的勇气。

杜鹃不一会儿就走出来迎我进去。一路上她向我一一介绍坤宁宫内的殿宇位置与功能。我很欣赏她那不疾不徐的性子和不卑不亢的态度。多少是受了她主子的影响吧。

听小桃说，杜鹃自乌拉那拉氏嫁入藩邸起就贴身服侍，彼时还是四福晋的陪嫁丫鬟。难怪多年前我曾在康熙家宴时见过她几次。作为宫中的老人，她能十年如一日地未加浮躁气和骄矜心，真的很难得。

没多会儿我们就进到主殿。杜鹃躬身禀报："皇后娘娘，襄贵妃娘娘已到。"

我紧接着上前对乌拉那拉氏行了大礼："嫔妾给皇后娘娘请安，祝皇后娘娘万福金安。"

皇后柔声唤我起来："自家姐妹无须这么客气，襄妹妹过来，坐在这边。"

在杜鹃援引下，我在距皇后最近的椅子上就座。

"虽说襄妹妹在宫中也待了些时日，但今日才行册封礼，之前少了走动，恐怕对各宫姐妹还不大认识吧。"

我颔首，这才抬眼看清殿中的全部阵仗。与我并行相对而坐的是年贵妃也就是春燕，她一直低着头摆弄着手中的茶盏，并没与我对视；我和春燕的身旁各自坐着三阿哥弘时的生母齐妃和四阿哥弘历的生母熹妃，目光扫过去时她们都对我微微一笑；接下来是妃嫔中最为年长的懋嫔，还有康熙年间就入雍亲王府的宁嫔及五阿哥弘昼的生母裕嫔。再后面就是些贵人、常在还有答应了。

贵妃位以下的众妃嫔同时起身向我行礼："嫔妾给襄贵妃娘娘请安，娘娘吉祥。"

我抬手虚扶起身旁的齐妃，也示意其他人等起身："不敢当，诸位快请起。初次相见，我对宫中规矩尚不甚了解，还望众姐妹不吝赐教。"

一声冷哼从对面传来："初次相见？襄贵妃您谦虚了。在座的过半都是老相识，就是不熟识的怕也早就听闻了你的传奇事迹。"

我垂着眸没说话。倒是皇后敛起眉，声音略显生硬："年贵妃又在说笑了。"

"说笑？本宫可没那个心情。本宫只知道我们这里有一人的的确确和襄贵妃熟得很。你说是不是呢，顾常在？"春燕说完便将凌厉的目光扫向末座的一个身影。

我看过去，待认得对方的面容，不由愣了。

这位春燕口中的顾常在不是别人，正是曾经在延禧宫中陪伴我近十年的心腹—蕊儿。此时她低着头没有直面我，指节因紧紧扒在木椅扶手上而有些泛白。

见我们沉默相对，春燕满意地笑了。她打了个小哈欠："本宫感到困乏，便不再留这儿看你们久别重逢的感人场面了。哦对了，需不需要把本宫的延禧宫让出来给你们才够应景呢？"

还未等众人做出反应，春燕便站起身大笑着离开了，甚至还没经得皇后的同意。

我用余光看向皇后，就算是如她这般沉静端庄的人，此刻也难掩面上浓重的不豫。想是春燕骄纵惯了，从未将这些尊卑礼序放在眼里。

然而不愧是皇后，她很快恢复了仪态万方的样子，温和地对众人说："时间不早了。若有愿意陪本宫一同用午膳的，就留下来。其余的，都回去歇歇吧。"

和皇后最相熟亲厚的懋嫔和齐妃留了下来，其他人都识趣地一并退下了。

出了坤宁宫，我紧步追上正往延禧宫而去的春燕。

"以后当着外人的面你就不要提那些陈年往事了，徒惹大家尴尬。其实后宫这些人哪个不知道我的来历底细，不过是碍于皇上的颜面才不敢明目张胆地议论。你这样直言不讳岂不是白白让人看了笑话、添了谈资？"

春燕转过身，挑眉望向我："笑话！你现在知道你做过的这一切有多么可笑了吧？可惜太晚了，你早就是全京城古往今来最愚蠢荒唐的笑柄，这是怎样都无法掩盖的丑闻。襄贵妃，您此生名声就该如此。自己造的孽，自己好好担着吧，怨不得旁人！"

春燕说完就欲拂袖离去，我快步追上拽住了她。

"你以为我是为了自己的面子和名声才这么奉劝你吗？我知道自己声名狼藉，已然不在乎这些了。我是为了你好！你总是这么骄傲狂妄，不自觉中早就树敌太多！虽然皇上、皇后和妃嫔们顾及哥哥的军功没人敢动你，但你也得晓得其中利害。若是传出去众人都会说哥哥功高震主，不仅其本人言行不羁，就连其妹亦在宫里目中无人、横行霸道，那不是害了他也害了你吗？"

春燕一把甩开我的手："少在这边假惺惺地装出一副顾全大局善解人意的模样。要不是知道你都做过什么背叛家门、不忠不孝不义的事情我简直都要相信你这番演技了。现在知道为年家担心了？是因为如今也进宫为妃了吗？哈哈哈，我曾认为老天爷很不公，可这么看来世事很公平呢。这就是现世报吧？真是大快人心啊！哈哈哈……"

我不欲理会春燕的嘲弄："我不和你理论这些往事，我知道自己理亏说不过你。但事已至此，就像你说的，我们俩现在都在宫中，还同时身处贵妃高位。树大招风啊，如果我们之间总是水火不容的，不是更惹人猜疑吗？要是你代我出嫁的事情传了出去，年家真的会被我们拖垮！我们现在该做的是守望相助而不是自家人打自家人。"

春燕停下讥笑，目光一寒瞥向我："少给自己脸上贴金，谁和你自家人！

我和你永远都会势不两立，绝不可能握手言和，你别做梦了！至于拖垮年家，那可都是你做的好事，不必带上我，我没你那么大的能耐。"

"就算是为了十三爷吧！你让他夹在我俩及皇上三人中间为难又于心何忍？你那么爱他就不应该让他为你担忧痛苦。"

春燕上来狠狠地将我一推："你闭嘴！我不想在你嘴里听到胤祥和爱这两个字眼，你根本不配！若不是为了胤祥我早就了结这悲惨的人生了，何苦还需在此与你浪费口舌。倒是你，一个失信又失节的女人凭什么以爱之名来教训我？你当年不是爱老八吗，怎么转头又跟了十四？你不是和十四爱得死去活来吗，怎么此时又成了雍正的妃子？我都替你感到可悲可耻，跟那么多男人不清不楚，可最后给了你名分的竟然还是当年被你逃了婚的四爷！"

春燕的话字字诛心，我只呆呆地站在原地任她这样痛骂却根本无可辩解。

果然在世人的眼里我是这么一个不要脸的女人啊，恐怕春燕骂得还不算最难听的。虽然早有心理准备，但真正面对时我仍觉得难以招架。

小桃看不下去了，她忍不住走上前来维护我。

"年贵妃娘娘您说话太过分了，我们主子自有她的苦衷，她只是……"

"啪"一声脆响打断了小桃的话。我惊诧地忙去看小桃的脸，此刻已赫然印有几道红印。

"本宫说话何时轮到一个小小宫娥来插嘴？少给自己找那么多理由，你本来就是这么个自私自利的女人啊。放心吧，虽然常常在众人面前让你难堪，但我不会背后害你的。我要你长长久久地在这恶心的后宫活下去，让你好好地体会我是怎样挺过了这些年，怎样忍受着孤寂与思念挨过了那么多日日夜夜。游戏才刚开始，你可千万别趴下了。这样可就不好玩了哦。还有啊，你旁边这个新丫鬟，倒是蛮忠心护主的嘛。不过当心她成了下一个蕊儿，趁你不注意将你一军呢。"

春燕留下一个孤高决绝的背影给我，在我的视线中渐行渐远。

我蹙着眉轻抚小桃已经红肿起来的脸庞，柔声安慰她。小桃嘴上说着没事可眼里满是对我的担忧。

我心中喟叹：她要是有朝一日果真也背叛了我我便也认了。只希望她会如愿过得好，而不是像春燕和今日所见的蕊儿一样，明明活得满心痛苦，还不得不强颜欢笑。

至于我，我连怨天尤人顾影自怜的资格都没有。我的爱情，是无言的，是无奈的，却也是无惧的。我对胤祯的感情，具有虽千万人而吾往矣的那种气魄。

## 卷六十二　久别重逢枉凝噎

册封后的几日雍正都没来过我这里。如此正好，因为我还没想好该怎么应对他。

原本已做好抵死不从的准备，但太后的一番嘱咐又让我改了主意，成了雍正的贵妃。那么接下来呢，该为了大局扮演好派到自己头上的新角色还是遵从内心疏离这一切？

我真的不知道该怎么办。我不是神，也没有超能力，连过人的才智和本领都不具备。我不过是一个来自三百年后的游魂，知晓一些历史罢了。然而这点认知根本不能帮自己无所不胜，在更多时候，我都是茫然无措且心怀忐忑的。非要说我有什么了不起的东西，那恐怕只能算在这时空里侥幸获得的友情、亲情，还有爱情。

可给予我这些珍贵情感的人现在都与我隔绝。没错，我又落到了孤立无援的境地。

其实这么说也不尽然，毕竟寻机还能通过虎子给九阿哥他们传话，小桃偶尔也会和十二通信讲讲我的近况。只是胤禛，真的很久没有他的消息了啊。自中秋一别，已有两个多月没见过他了。

想他，疯狂地想念他，想见到他，亲口对他讲述清楚这所有的来龙去脉。可是，那又有什么用呢？我以这样一个身份，究竟该怎么面对他，给他解释？我的解释，他会听吗？

我心里非常怕，怕他会讨厌我、恨我，最怕的莫过于他从此与我陌路。虽然选择这条路时已经做了最坏的打算，但对于心中最柔软的地方、最牵挂的人，我却仍放不下盼望，也永远割不断那份痴痴的绮念。

听小桃打听来的消息，胤祯明天就会入京了。康熙十一月十三驾崩，胤祯闻噩耗后赶回来已经过了近一个月。他会以怎样的心境接受这一切，我不忍想。

第二天我起了个大早，精心地化了个妆，却只做了最简单素雅的打扮。看着铜镜中的自己，我笑了。虽然已经是三十岁的人了，但想到要见他，却还与情窦初开的少女一样。之前心心念念盼着他回来，但如今真能相见了，却又紧张得不行。

小桃说她已经帮我安排好了，可以赶在胤祯进宫前约他在褙苑一会，如此也好让胤禩、胤禟给他仔细讲讲这段时间以来的变故，让他对可能会遇到的刁难有所防备。

准备好一切，我轻唤小桃："我收拾好了，咱们快些出发吧！"

可叫了好几声都没人应我，我心中纳闷，便向屋外走去，不想正撞上快步小跑着要进来的小桃。

"虽然要抓紧，但也不至于这么急迫，你别乱了手脚。"我哭笑不得地对她说。

小桃的脸色看起来有些异样："主子，顾常在突然来了。"

我皱眉。蕊儿，她这会儿来做什么？

走进会客厅，蕊儿正坐着低头抿茶。

"是什么风把顾常在吹来了？"我坐上正座，面无表情地问她。

蕊儿放下茶杯，淡笑着福身对我说："贵妃娘娘吉祥。也没什么特别的事，嫔妾只是来给娘娘请个早安。我吩咐小厨房做了些清淡小菜和糕点，若娘娘不嫌弃的话，便一起用了这些早膳吧，还热着呢……"

没有看她，我下了逐客令："多谢顾常在的好意，只是我没什么胃口，现在不想吃东西。你还是带回去自己吃吧。"

"看娘娘神色匆匆的样子，是要出门吗？"

我挑眉看她："是又怎样。我正想出去走走，便不留顾常在多坐了。小桃，送客！"

蕊儿立刻站起来走到我身后，在我耳旁低声说："娘娘，您不能在这会儿偷偷跑出宫去私会十四王爷！"

我有些生气了："真可笑！我为什么要听你的话，一个雍正安插在后宫的心腹奸细？你让开吧，我没空和你拉扯。"

蕊儿低下头安抚我："娘娘，我无意冒犯。我此次来，是太后授意的。她让我务必拦住您。"

我心中闪过一丝慌张："你别想拿太后唬我，她怎么会安排你来？"

"千真万确。太后料到您迫不及待想去见十四爷，她让我给您带四个字——'勿忘初衷'。"

我颓然靠上身后的椅背。太后是在提醒我不要冲动误事。是啊，在这个敏感的关头出去私会胤祯会给他带来怎样的猜忌？雍正完全可以派人监禁我，但他没有，这段时间他不仅没来见过我甚至没派人传过任何话。是为了测试我吧，看我会有什么小动作。

蕊儿看我神情凄然，对我柔声道："娘娘别太过忧心，先吃点食物吧。"

我背对她，用讥讽的语气说："怎么，怕困不住我非要让我昏迷过去才安心吗？"

蕊儿显然对我的反应并不感到意外。她苦笑着打开食盒拿起一个小馒头放进口中慢慢咀嚼起来。

"娘娘是怕我给食物里下毒吗？果然如此啊，一朝被蛇咬，十年怕井绳。毕竟我曾经背叛过您，再不得信任也是理所应当的事。"

我态度一如往常，只是口气里已带了明显的不耐。

"顾常在言重了，我是真的不饿。不过正如你所说，在宫中凡事是该谨慎些的。自己的食物自己烹调，自己的心事自己化解，自己的信件自己焚烧，如此才是万全之策。你说是吗？"

蕊儿稍稍沉默了一会儿，随后她看向我，真挚地说："娘娘，是我错了。不敢求您的原谅，顾蕊只愿从此能追随娘娘。"

我冷笑："怎么，这么快雍正又派你来监视我了吗？这次比以前要直白得多呢。我在你们眼里就那么蠢吗，能任由你们这样愚弄一次又一次？"

蕊儿上前向我解释："这一次真不是皇上交代我这样做的。您就当我是为了赎罪吧。况且，后宫并不简单，您心思厚道善良，很容易吃亏。记得昔日您曾经说把蕊儿当作了您的亲姐姐看待，我自知再无这样的福气，如今唯愿尽自己所能为您在这后宫里保驾护航。这是我的真心，请娘娘再相信我一次吧。"

　　我稳了稳情绪，道："其实我从没恨过你，准确地说我甚至没资格指责你。因为我也做过背叛他人的事情。虽不是我本意，但对方的人生确确实实被我摧毁了。我深切体会到那种悔恨的心情，也能理解你现在想要表达的补偿之意。只是曾经出现的裂痕无论怎么弥补都不可能完全修复了，我们无法自欺欺人。就如我和年妃一样，这些年她恨我怨我还有那些过激的行为我都能一并承受，虽然真的很累很痛很苦。若说人生是场修行，恐怕就是要让我们不断地为自己曾犯下的罪行而受罚吧。"

　　蕊儿认同地点头："年妃的事，知情的人看在眼里无不觉得遗憾。可是这些年，您该遭的罪都遭了，她仍如此态度张狂，便是有些不知轻重了。所以我才想在您身边帮助您，毕竟追随皇上的这些年，我比您了解他，也更了解他的这些妃子。"

　　我笑了："别怪我没提醒你，这话你在我这里说说便罢了，可千万别传进年妃耳朵里。她脾气大得很，动不动就对看不惯的人施以重刑。你要是惹了她，别说我，恐怕就是皇上也护不了你。"

　　"这我自然明白，多谢娘娘关心。"

　　转过头认真审视着蕊儿。她的容貌和往日比并没有多大变化，只是眉眼间似乎积聚起莫名的哀愁。

　　"蕊儿，你就那么爱皇上吗？"

　　蕊儿的唇角又不自觉地泛起苦涩的笑容："我有一个很长很长的故事，不知道娘娘有没有兴趣听。"

　　见我点头示意，她便启唇继续讲述起来。

　　"在我十岁那年，我爹卷入派系党争中。最后我们顾氏一族均被抄家，男丁斩首示众，女眷流放为奴。但是世人不会想到，在当年这起震荡中，有两个人成了漏网之鱼逃过一劫——我和我的哥哥顾昭。"

　　"彼时还是四阿哥的皇上一直都很器重我爹，顾案发生后他也曾为我们奔走过，只是碍于各种势力，才不得不牺牲了顾家。他不忍我和哥哥那么小就要丧命，更不愿看到顾氏从此无后，便偷梁换柱救出了我们俩。"

　　"从此我们住进了四阿哥府，他请来京城最好的先生为哥哥授课，几年后哥哥参加科举果然没让皇上失望，成为那一年的状元。只不过他隐姓埋名，对曾经的顾氏一案讳莫如深，因此除了皇上从没人知道我们俩的来历，都只以为我们不过是幼年便丧失双亲的孤儿。"

"而我呢，则安心学一些礼仪和女红。皇上本打算等我稍大些便为我指个人家的，没想到四十五年你的那场逃婚亦改变了我的命运。四爷见到你进宫后惊怒不已，见他如此忧虑我便毛遂自荐要进宫待在你的身旁，帮他掌握你的一举一动。至于后面的事，你都知道了。"

"时间过得真快啊，哥哥如今已成为礼部尚书，而我也成了皇上妃嫔中的一员。细究起来我对皇上与其说是爱，不如说是尊敬与报恩。皇上是个心存天下霸业的英雄，我从不曾奢望能从他那里分得丝毫的爱。所以无论我做了什么，都是心甘情愿和无怨无悔的。"

听蕊儿一口气讲了这么多，我有些怅然。似乎身边没有一个人的身世是一帆风顺遂心如意的。各有各的苦处，各有各的情债业障要消。

和蕊儿絮絮聊到近午时，本以为今日便这样度过了，却没想到养心殿那边突然来了旨意，宣我即刻过去。

我赶忙换上金菱填花云锦妃服和帽冠，便匆匆前去。

在养心殿外我碰到了正欲离开的八阿哥、九阿哥、十阿哥、十二阿哥及一些小阿哥们，两方皆是一愣。

在十二的带头下，他们很快反应过来，匆匆作揖向我行礼："臣等见过襄贵妃娘娘，娘娘万安。"

难掩局促，我忙挥手答道："各位王爷、贝勒多礼了，快请起吧。"

我隐隐从胤禟、胤䄉的眼中看出担忧，但彼此未加寒暄，点头致意后便各自前行了。

苏培盛引我走进养心殿，待看清眼前人，我的脚步一下子滞住。

胤禛啊，我每分每秒都在思念的人，我心中无时无刻不在呼唤着的人，经历了数月，终于重新站在了我的面前。他看起来如此疲惫，他的眼神带着那么浓重的哀痛。

大殿中央正站着雍正、胤祥和胤禛三人，他们面色不善，似乎已陷入僵持。

见我怔在原地，苏培盛在身后轻咳了一声。

我忙回过神向雍正行礼："皇上万岁万岁万万岁！"

雍正特意走过来双手将我扶起："爱妃不必多礼。十四弟今天刚回宫，叫闹着说想要见见你这位新皇嫂呢。"

我想不露痕迹地离他远些，却没想反被雍正搂住肩向胤祯那边走去。

胤祥对我作了一揖："襄贵妃娘娘吉祥。"

我侧身避开，轻轻点了点头。我受不起他这礼数。

雍正质问道："十四弟，你可是对朕的襄贵妃有什么不满，不然何故不对她行礼啊？"

我不敢抬头看胤祯，只是身体不住颤抖着想摆脱雍正的掌控。可他反而不断加大力道，令我感到肩头仿佛千斤重。

四人相对沉默，胤祥终于率先打破这要命的死寂："十四弟连日奔波一定很累了，不如今晚就在宫中歇息吧。晚上我们一家人在慈宁宫吃顿团圆饭如何？"

熟悉的声音缓缓响起，还是那样的好听，却丧失了一切温度："父皇崩逝，额娘疏远，妻儿远去，家人安在？何谓团圆，此生休矣。"

我心口猛地一痛，忍不住抬头看他，正好撞入一双静如潭水又热似烈火的眸子。

没有想象中的暴怒和反抗，他意外的平静让我更加不安。胤祯，我宁愿你骂我、恨我，也不愿看你现在这般颓废落魄的模样。

雍正对此时屋内尴尬的气氛不以为意，他抬手随意地对苏培盛吩咐道："怡亲王的主意甚好，着人告诉皇额娘一声，让御膳房好好准备今晚的饭菜。"

太后、雍正、皇后乌拉那拉氏、胤祥、胤祯，还有久违的十四福晋完颜雅卿。我嘴角扯起讽笑：若不是缺了春燕，当年在永和宫那顿难忘聚餐的人可就齐了。

我来清朝之后的生活似乎就陷入了这样的死循环呢。不管偏离了轨道多远，最后都硬生生地被拽回原地，连血带皮。

虽然席间皇后和十三不断寻找话题，雍正的表现也颇为自若，却根本无法掩饰这场表面上看起来端重体面的皇室家宴背后的难堪与荒唐。

几次转眸对上胤祯的目光时，我都赶忙避开。我是在怕雍正他们有所察觉还是怕面对胤祯那受伤的神情？我不知道。

味同嚼蜡的这顿饭吃到尾声，席间未多言语的太后终于发话："谢谢皇上、皇后精心安排的这场晚宴，家人重聚，哀家着实高兴。祯儿和雅卿今晚就住哀家这里，其余人也早些回去休息吧。"

雍正、皇后、胤祥还有我闻言便起身对太后行礼告别。

直到转过了身，我仍始终感到有束目光追随着自己。

从慈宁宫一步步走出来，我从未走得如此缓慢而艰难。今日一别，再见又是何时？

雍正和皇后共乘一个软轿准备往坤宁宫去。胤祥表示会送我回长春宫。临行前雍正留给我一个意味不明的笑，随后便放下帘子离开了。

"夜深了，快回去歇着吧。小心着凉。"

我动了下喉咙，轻轻地说："十三，让我进去跟他说几句话好吗？过了今天，或许从此只剩生死两茫茫了。"

胤祥叹了口气："毕竟是亲生兄弟，不会做到那步的。我知道拦不住你，去吧。等你谈完我送你回去。"

我淡笑着摆头："有小桃陪着，你放心回去吧。我明白皇上和你今日安排的用意，我保证胤祯绝无异心。"

重新踏进慈宁宫，我在前院里遇上端正站着的雅卿。

"很好，你果然回来了。"多年未见，她看起来不再是当年那个随性俏皮的完颜了，现在的她是个十足十合格的王爷福晋。

见我不说话，雅卿带着嘲讽的语气打趣："怎么，我不俯首大呼贵妃娘娘千岁的话，您是不是都不愿搭理我了啊？"

"你和胤……十四王爷，你俩还好吗？"

雅卿走向我："好呀，好得很。难道只许你过得好，我们便必须困苦潦倒才行吗？"

我摇摇头："雅卿你别这样好吗？我真的很想好好跟你说几句话。"

完颜突然冲上前一把揪住我的衣领："你为什么可以这么心安理得地站在这里面对我？我当年对你说过，我愿意把胤祯交给你，但前提是你要珍惜他、善待他，若你做不到，我对你绝不客气。"

完颜的双手紧紧掐住我的脖子不放。小桃见状吓坏了，赶忙上前试图拉住完颜，却被她一脚踹开。小桃只能一边拽着她一边大喊求救。

就在我眼冒金星快要窒息的时候，一个温暖的手掌将我一把搂过。

"雅卿，你不要冲动。"

"爷，明明就是她背叛了您，您还护着她！"

"我俩这些年风风雨雨走到现在，对错恩怨自己都难以算清，又何况旁人。你勿执着于此了，我有分寸。"

"旁人？原来我这个您明媒正娶回来的十四福晋永远都比不上她在你心里的位置！您的分寸我还不了解吗，您的分寸就是不管她说什么你都信，只要她流泪你就会心疼，无论她做错何事你终能原谅。是不是？！好啊，我懒得管了，随你们！"

稍微缓过气，待我聚上焦，眼里就只剩雅卿负气离开的背影。我站直身体想去追她，同时发出的声音却干涩得要命。

"雅卿她……你快去追她，我没事的。"

胤祯将我拢入怀中："我会向她道歉的。你别动，让我好好地抱你一会儿。你不会知道这段时间我多么疯狂地渴望能将你拥入怀中。"

泪水好像泛涨的潮水一般顷刻涌入我的眼眶。

"为什么不质问我，为什么不痛骂我，为什么还是无条件地爱我？你好傻，你怎么这么傻啊……"

胤祯温柔地抚着我的盘发："问你这些日子是怎么独自熬过来的吗？骂你为什么总是自作主张一切都自己来扛吗？你又怎么能擅自猜测我会停止爱你？你才是这天下最大的傻瓜。"

我埋在他胸前号啕大哭起来："对不起、对不起、对不起……是我无能，把一切搞成现在这样。"

"我不许你这么说自己，是我当初不该让你独自回京。你放心吧，这样的苦我不会让你受太久的。"

我蓦然一惊，忙抬头说道："你不要走歧路！若你有什么不测，我便没有任何苟且偷生的理由了。雍正封我这个有名无实的贵妃不过是出于利益权衡：一方面可牵制年家，一方面可要挟你。你要是有什么动作便正中他下怀了，千万别犯傻。"

胤祯弹了一下我的额头："你总是有那么多大道理。道理我都明白，可这颗心却始终无法被说服怎么办？一想到你要朝夕陪伴在他的身边，我就心如刀割。"

"不会的，进宫以来皇上都没单独召见过我。他只不过是为了利用我罢了，你不要担心。若他真有进一步的打算，我也不会听从的，这是我的底线。想必为了继续威胁你们，他不会逼死我。不过见到你依然如此迷恋我，年龄老大还吃醋那么幼稚，坦白说，我好高兴。"

踮起脚吻了下胤祯的脸颊，我伸出手紧紧地与他相拥。

胤祯笑出了声："真不能跟你说实话，这么快就得意了。唉，真想让这一刻永远啊……"

我用一只手从腰封中掏出那枚印有"祯"字的玉佩，与胤祯身上佩戴着的印有"爱"字的那枚拼凑在一起。在月光下，两块洁白的玉石熠熠生辉，耀目绚美。

"你忘了这个吗？我们的爱情会像这对玉佩一样，始终洁白无瑕，隽永不渝。为了太后，为了雅卿，也为了我，你务必要等待与忍耐。相信我，我们现在并不是在做毫无意义的事。还有，你要一直记着：当我们在一起的时候，我的眼中只有你；当我们分离的时候，我的心里只有你。"

胤祯的眼睛一眨不眨地注视着我，那里面如同星光般亮得夺目。

"胤祯亦当此，一生不变。"

一个滚烫的吻落在我的额头上，就像一个印记，同时烙刻在两人的心上。

## 卷六十三　相安无事原是梦

　　蹲坐在药炉边，我不住地用蒲扇微微扇着以防炉子中的火熄灭，心中忍不住喟叹：古代没有天然气、电磁炉的日子真是不方便啊！

　　小桃快步来到我身边说道："主子，太后娘娘醒了。"

　　我应了声，把手中蒲扇交给她后交代着："药就快煎好了，一会儿呈一碗端进来。"

　　起身拂了拂变得有些皱的长褂，我转身向永和宫主殿走去。

　　雍正登基后，德妃乌雅氏被尊为皇太后，但她一直别扭地不愿接受太后的名号，也不大乐意住在那装修华丽的慈宁宫，因此待了没一阵子就要求搬回她曾经所居的永和宫。

　　雍正见太后如此坚持，便没有违逆她的意思。只是吩咐上下人等服侍好太后娘娘，并令熹妃搬去了偏殿，将主殿腾还给太后。

　　许是因为太后这次病得太久，往日庄严大气的永和宫如今满是冷清景象，一进屋就闻到萦绕在空气中浓重的药味。尽管如此，几扇窗户却都紧紧掩着，生怕风钻了进来令太后的病雪上加霜。

　　我轻轻走到太后的床榻边对她行礼："臣妾给皇额娘请安，祝皇额娘金体安康。"

　　太后抬了抬手，示意我起来。

　　"这一声声皇额娘叫得还挺顺口，如今不需谁迫你，你倒是自己熟惯起来了。"

　　没想到她这番臊我，我愣了愣，随即淡淡应道："臣妾只不过是照着太后娘娘的吩咐安分守己罢了，况且不管怎么说，这一声额娘并没有叫错。"

太后深深看了我一眼："哀家就是一直不喜欢你，这不喜欢也不是没道理的。若真让祯儿当了皇帝，你这连太后都敢顶撞的恃宠而骄劲儿还得了？"

"已经没可能的事情，皇额娘还提它做什么呢？"我黯然地轻声说。

太后哑声笑了："你别不服气，要是真有那一天，你俩未必还能这般恩爱。皇权能把很多东西剥离开，包括你们自认为无坚不摧的爱情。现今这样已算是各种情形里最好的安排。不久后你或许会更习惯它，甚至完全转向它，时间是很可怕的。"

我看着太后的眼睛坚决摇头："我要是会贪慕这眼前的浮光掠影，当年便不会逃婚，更不会拒绝皇上多次的示好与挽回。说句听起来一定显得很狂妄自大的话：我比任何一个人都确信会是四爷即位。可就算这样，我也没有选择他，哪怕是在已经成为他妃子的今天，我的心依然没有靠近他。"

太后听了我的话后有些恍惚："很多时候哀家其实也会心疼老四。哀家跟先皇对他的关心和教导实在太少，从小没放在身边养育因此他和祯儿这亲弟弟的感情不大深厚，加上兄弟相斗如此残酷，才造就了他孤冷的性子。后来又遭到你逃婚，他怕是因此变得更加多疑易怒了吧。要是早些时候能多给予他一些爱与呵护，或许便不至于出现眼前的悲凉情境。只可惜太晚了，那些裂痕此生都无法弥补了。"

我听得凄然，哑声说："我会好好听皇额娘的话，赎我犯下的罪，竭尽全力去弥补自己的错。"

太后叹了口气："哀家看得出你过得也不好。自祯儿四月被皇上遣去遵化守陵，这都一个多月光景了。与他分别以来，你何曾笑过？只是日日来永和宫陪久病的哀家。"

"胤祯不在，我替他孝敬额娘也是应该的。众人皆有不易，若皇额娘的身子能快些好起来，胤祯和我都会很开心。"

"听说前几天皇上停了祯儿的禄米，是不是？"见我默认了，太后面色更加凝重，"皇上是彻底打算要削他的权了，这样也好，彻底死了祯儿的心。你目前做得不错，不要为他据理力争，千万别再激怒皇上。"

我鼻子有些酸："皇额娘身子不适，就别再操劳其他的事情。放心吧，我心里有数，一定不会让事态变得更糟。待皇额娘好些了，或许还能求皇上准胤祯回来探望呢，您切勿忧思过度。"

太后摆了摆头道："自个儿身子是什么情况，没人能比自己更了解了。哀家，恐怕大限已至，见不到祯儿一面了。"

太后的话惊得我的泪水几乎夺眶而出："皇额娘何出此言，只不过前些日子多雨令您风寒复发罢了，哪至于那么严重。听说御花园荷塘里的莲花已开得很盛，过几日我便陪您去看看吧。"

太后虚弱地抬起手覆在我的手上："你依旧是这般讨厌的执拗和自说自话。不过等哀家走后，也只有你能守护祯儿了。答应哀家，务必要保他平安。哀家唯一的心愿，便是他好好地活着。"

终究没忍住，我含泪重重地点头："我一定会拼尽全力保护胤祯，您别担心。"

听了我的话，太后放心地合上眼，又渐渐睡着了。

缓缓地关上门，我退出了房间。背靠着木柱子，我拭去脸上的泪水。

往日和太后之间是如此相互不喜，却没想到不自觉地竟这么依赖她。想到她离世后自己在宫内再无可求助之人，就突然觉得好孤单好可怕。

胤祯呢？他那么孝顺，要是知道太后病重的话一定会很着急、很痛心。不行，我要想办法通知他回来。

念及此，我快步向永和宫外走去。

小桃跟在我的后面有些不解："主子您急匆匆去哪儿啊？"

还未及应答小桃，突然有一个黑影冲出来闪到我的面前，着实惊了我们一跳。

"叶姨娘，您又来看皇祖母啦？怎么这么快就要走，我还想听您讲故事呢。"弘历眨巴着眼睛看我。

这孩子如今已快十二岁，俨然是个小男子汉了。

由于我近日常来永和宫探望太后，便常能遇见弘历，一来二往，我俩便亲近了许多。他喜欢找我聊天，听我讲一些新奇的民间故事和外国传说，而我也挺欣赏这个聪明的小四阿哥。

轻敲了下弘历的脑门，我不满地说："再被你这么吓几次，我这心脏可真的承受不了啦。你这个调皮鬼。"

弘历嘿嘿笑着，拉起我就要带我往他寝宫走。

"前几天皇阿玛赏了我一些西洋物件，可有趣了呢。走，跟我去瞧瞧。"

我连忙拽住他："叶姨娘还有事，今天就不去看了。改天我再来找你好吗？"

弘历失望地耷拉下脑袋："什么事急成这样啊……叶姨娘你就同我待一会儿嘛，我成天在上书房听先生讲课都要闷死啦！"

正在我为难时，一个听起来年轻但颇具威严的女声插了进来："弘历，不许胡闹，休对襄贵妃娘娘无礼。"

我转头看向来人——果然是熹妃钮祜禄氏。

熹妃走近后微笑着对我行礼："嫔妾给襄贵妃娘娘请安，娘娘万福。"

我虚扶起她："自家姐妹无须多礼。"

熹妃依旧淡笑着问我："娘娘这是刚从皇额娘那里离开吗？"

我点头："聊了几句皇额娘又乏了，现在睡着。你们暂且先别进去，免得惊扰到她。"

"是，臣妾知道了。"

"这段时间来皇额娘住在永和宫多亏你的照顾，辛苦了。"

"娘娘言重了，这是嫔妾的分内事，何谈辛苦。"

我无意再与她客套，便直说道："我留了些药，你记得叮嘱丫鬟煎好后给皇额娘服用。我还有事，你们请留步吧。"

熹妃福身："恭送贵妃娘娘。"

我又转眸看了眼弘历："记得多去看看你皇祖母，她见到你一定欢喜。"

弘历应道："我会的，叶……襄贵妃娘娘。"

我笑笑，和小桃离开了永和宫，径直来到养心殿。

通传没多久，苏培盛便出来引我进去。

雍正似乎又熬了一夜批折子，看起来相当疲惫。

不待我请安问好，雍正便抬眼看我道："想必是有什么要紧事，不然就是太阳打西边出来了，你也不见得会主动来找朕。"

"我刚从太后娘娘那里过来，她这次病得有些重，将近一个月了都不见好转。"雍正皱了皱眉："皇额娘生病该去找御医，朕又不通医理，你同朕讲有什么用？"

想必是因为太后自雍正登基以来都对他冷冷淡淡的，甚至至今都不愿接受太后称号，雍正感觉面上无光，一直怄着气呢。

"皇上，太后娘娘的情况真的不大好。您就不打算去看看她吗？"

雍正放下手中的笔，起身踱步走至我跟前："是皇额娘让你来召唤朕前去的？"

我的眼神略有躲避："那倒没有，只是太后娘娘今日多番提起您，言语间明显是很思念您……还有，十四王爷。"

听到我后半句话后，雍正的目光变得凌厉："所以呢？"

我硬着头皮继续说下去："我斗胆请求皇上恩准十四王爷从遵化返京看望太后娘娘，以解太后的思儿之情。这样或许对太后娘娘的病情也是有帮助的。"

雍正用冷得不能再冷的声音问道："究竟是皇额娘思念他，还是你思念他了？若是皇额娘想允禵回来直接跟朕说便好，何必遣你来？"

我抬起眼直视雍正："皇上这般猜测没有道理。我不算聪明但应该也不至于傻，这时候难道不知道避嫌吗？只是看太后娘娘对十四王爷实在思念心切，所以才自作主张来恳求皇上召他回来。若皇上不愿，那便罢了。"

雍正冷笑："你的意思就是朕心胸狭窄、小人之心了？"

这是你自己说出来的，我可没说。

心里这么暗自腹诽着，我撇嘴应道："小人是我行了吧，我这个小人怎敢诽谤皇上。皇上永远都那么英明，多次公开贬斥廉亲王和九王爷不说，先是遣十四王爷去遵化守陵，接着又断他俸禄粮食，多番打击，谁人又能说个不字？"

话一出口我就后悔了，只图一时跟他争个曲直，却没想这很可能惹恼他。

雍正果然动了气，一拳击在厚厚的一沓奏折上。

"放肆！朕就说你这几个月来怎么可能对这些处罚置若罔闻，原来并不是不在意，只不过是隐忍着，暗自记恨着却没有发作而已。今天是怎么回事，没有忍住吗？还是实在太心疼你那些老相好了？想要为他们鸣不平就直说，何必拿皇额娘当幌子，朕听着觉得虚伪、恶心！"

雍正自打登基以来性子变得比以前更多疑暴躁了，言语也更为刻薄，这些变化或许连他自己都没有意识到。又或者，他本来便是如此，得到至高无上的权力后他的这些特质滋长得更甚了。

就在我俩这么冷眼对峙时，苏培盛诚惶诚恐地进来通报："万岁爷，太后娘娘她……她怕是不大好了，您快去看看吧！"

这句话同时惊到了我和雍正。怎么会，刚刚太后不是才睡下吗？难得她今天精神好，思路清晰地对我讲了那么多话。

"胡言乱语！皇额娘身子硬朗着呢，你这狗奴才竟敢咒她！"雍正怒瞪着眼睛指着苏培盛骂道。

苏培盛闻言吓得立刻跪倒在地："回万岁爷的话，奴才绝不敢造谣。是熹妃娘娘刚派人来报，说太后娘娘自午后喝了襄贵妃娘娘煎的药后一直昏迷不醒，待请了御医去看时太后娘娘的气息与脉搏已很微弱，似乎……似乎有大行之兆啊！"

雍正又惊又气地望了我一眼："若是你和皇额娘为让允禵回京而合作出演了这一出苦肉计的话，朕一定会找你算账！苏培盛，走，去永和宫！"

我仍处于心惊肉跳之中，来不及跟雍正解释，只是赶紧跟在他的后面匆匆向永和宫赶去。

同一天再次迈进太后的寝宫时，已是大不同的景象。

熹妃和弘历面色凝重地站在床榻边望着沉睡不醒的太后，见雍正匆匆进了门，他们忙上前行礼。

"皇上万岁！"

"皇阿玛吉祥！"

雍正摆摆手，急促地问："这究竟是怎么一回事，皇额娘她怎么了？"

熹妃答道："臣妾也不明白。只知早前襄贵妃娘娘来过，给太后娘娘喂了她煎的药，并且叮嘱臣妾等人不要进屋打扰太后娘娘。只是太后这一觉睡得太久，委实诡异，臣妾心下不安便请了太医来，没想到太医说太后娘娘似乎……似乎……"

雍正扫了我一眼，无暇顾及我变白的脸色，他三两步迈到太后床边坐下，紧握起太后的手。

"皇额娘，儿子来了，您千万要振作啊。"

太后听到雍正的声音，缓缓睁开了紧闭的双眼。她反握住雍正的手："皇上，你来看哀家了。"

"儿子这段时间忙于政事，疏忽了来看望您，是儿子不对。"

太后虚弱地摇头："哀家知道你很忙，连自己睡觉的时间都少得可怜。先皇没有看错，你是个好皇帝，这江山天下交到你手里，我们便也能安心离去了。"

雍正的声音有些颤抖："皇额娘您千万别这么说，您一定会好起来的。这些太医治不了，儿子再去请其他的名医。"

"皇上，哀家这么多年的确冷落了你，命运弄人也罢，有所亏欠也罢，如今哀家将要撒手人寰，还望皇上能既往不咎，忘掉从前的那些不愉快吧。你十四弟他是任性了些，但绝不会加害于你。你不欲重任他无妨，就派到大老远去守个陵墓也挺好，哀家不求你们兄弟俩能亲密起来，只盼望你们相安无事便足矣。皇上，你能答应哀家这个遗愿吗？"

"皇额娘，您不用说儿子也会照顾好十四弟的，您无须担心。额娘，您怎么了……额娘！"

无论雍正怎么呼唤太后，她都不再睁开眼睛。

太医上前确认后，"扑通"一声跪在地上号啕道："请皇上节哀，皇太后娘娘薨逝了……"

房间内众人齐刷刷地跪下大哭。我木然地随大家跪了下来，但仍处于惊愕中的自己一时还哭不出来。

我脑中的第一个想法是：从此胤禛就是孤儿了。父皇驾崩后半年，最疼爱她的额娘也离他而去，他知道这个噩耗后会怎么样？

雍正素来冷漠的面庞上此刻淌着两行泪水。

"皇额娘，为什么，为什么会这么突然……朕没有一点心理准备，这太意外了……"

"皇上，或许太后娘娘的离世并不是个意外。"

室内所有人停止了抽泣，立刻将目光聚集到声音的主人—熹妃身上。

雍正肃声问她："你什么意思？"

熹妃面向雍正而跪下："臣妾怀疑襄贵妃娘娘送来的药有问题，而她偏偏吩咐我等不许进屋打扰太后娘娘，因而耽误了诊治的时机。听说襄贵妃离开永和宫之后便去了您那里，这太奇怪了，日日为太后请脉的太医都不知这病症已如此严重，而襄贵妃却能言之凿凿地去向您禀报。除非她是知道了什么，或者，她根本就是做了什么！"

"血口喷人！"我转头望向雍正，"请皇上明辨，这是我辗转从西洋教士那里获得的西洋药，对风寒有很好的疗效，绝对不会有问题。况且，我怎么会去害太后娘娘呢，这于我有什么好处啊。"

"没人能猜准您的心思，只是听说太后娘娘素来不大喜欢您，也许你们之间发生了什么争执，您一念之差犯了糊涂呢？"

弘历摇了摇熹妃的胳膊："额娘，襄贵妃娘娘不会那么做的。她还劝我要多来看望皇祖母，她怎么会做出伤害皇祖母的事呢？"

熹妃对弘历做出噤声的手势："你还小，很多事不懂。"

雍正不耐地说："都别争了。来人，把剩下来的药端上来。"

宫女把一些药渣端了出来。一直负责给太后问诊的太医上前闻了闻药，随后恭敬地对雍正揖手："禀皇上，这西药本身是没什么问题，但西药与传统药物相比药性未免过于猛烈，对五脏六腑的伤害也会更大。皇太后娘娘本就体虚，恐怕扛不住这西药的刺激啊。"

熹妃接着说："据说襄贵妃娘娘对于西洋文化很有研究，既然如此她不该误让太后娘娘服用这西药啊。"

事情发生得太快，我的头脑一片空白，片刻间甚至想不出该如何为自己辩白。我和其他人一样看向雍正，他此刻面色已经很不善了。

"襄贵妃私自用药，造成了皇太后的遽然离世。就算用意非恶，毕竟难辞其咎。着朕的命令，从今日起将襄贵妃禁足于冷宫中，待宗人府调查清楚后再行发落。"雍正的一字一句掷地有声，不再给我任何解释的机会。

我跪倒在地上，望着他决然的神情与一旁熹妃似有若无的讥笑，后背感到一阵冰凉。

## 卷六十四　而今世间太绝情

　　我不是第一次被禁足，犹记得当年卷入胤禩毙鹰案时也被关了许久。自逃过了那一劫，我便再也不怕这样黯淡的羁押期了。

　　雍正此等精明的人，能看不透钮祜禄氏打的算盘？而他选择顺势而为，必有他一番打算。真希望没有我想的那么糟。

　　我原是心思很简单的人，在现代时妈妈还常说我透着傻气，这么没心眼到了社会上是很容易被人算计的。可妈妈不会想到，在来到清代的这十几年来，纵是那样傻的我也渐渐学会了揣摩人心，思虑谨慎。我别无选择，因为我要生存下去。

　　我已被关了一周多时间吧。每日只有不认识的宫女按点给我送饭，雍正从没遣人来问什么，而小桃也探我不得。好在搬进冷宫前我带了几本书和一把琴，才让这孤零一人的日子没那么无聊。

　　而我没有想到自己在这里第一个见到的人竟是顾蕊。

　　"嫔妾给襄贵妃娘娘请安，娘娘千岁。"顾蕊恭敬福身道。

　　我淡淡自嘲："我如今不过是戴罪之身，不是什么贵妃娘娘。"

　　顾蕊拍了拍手，屋内鱼贯进入了几位小宫娥，手里拿着洗漱更衣和梳头需要的用具。

　　"娘娘，嫔妾奉命来给娘娘沐浴更衣，迎娘娘回长春宫。"

　　我挑眉道："怎么，这事算是了了，还是留待候审？若此那真就别折腾了，罪名一日不定，我心一日难安。"

　　"娘娘这是说的什么话，本就是误会一场，谈什么罪不罪名的？皇上已经出了诏书，证您无罪，并遣嫔妾立即来请您回去呢。"

我抓住蕊儿的手腕："什么意思？你说清楚。"

蕊儿沉声道："经调查，皇太后薨逝是因为服食了永和宫厨房内小宫女用带毒蘑菇熬的汤，与娘娘使用的西药毫无关系。该宫女已被杖毙。皇上说了，要即刻还您清白。"

我侧眼瞧她："这样的话说出来你能先把自己说服了吗？你比我更了解他，怎么可能这么简单地解决。"

蕊儿走近对我耳语："娘娘先行更衣，我们路上再说。"

简单地梳洗后，我褪去一袭素衣，穿上了蕊儿带来的杏黄地云凤灯笼纹妃服袍。穿得如此隆重，我心下更加不安。由于皇太后薨逝，我和宫中众人一样，也套上了一层孝衣。

刚上了软轿，我就问蕊儿："究竟发生了什么皇上会令我毫发未伤地回去？"

蕊儿叹了口气："娘娘您至今还如此防备皇上，若说这世上有几位无论如何都不会伤害您的人，我想他就是其中一位。"

我冷笑道："让我留在宫里做他的妃子，令我与胤禛此生永隔，这难道不算伤害？你别给我打马虎眼，这事迟早瞒不过我。"

蕊儿垂下眼眸："正如您说的这样，瞒不过您，也不必瞒。一会儿到了长春宫，您就什么都知道了。"

我从未有过这种体验：心中隐隐有着强烈的预感，却本能地反抗着这一假设。那么迫切地想获知答案，却惧怕答案真正到来的时刻。这么纠结着，轿子一停我就跳下来疾步向长春宫中跑去。

小桃早就在殿外等我，见我迎面而来，她红了眼眶："主子您可回来了，这段时间奴婢好担心。"

我无暇与她详谈，只是安抚般地揉揉她纤弱的肩膀，同时问道："皇上在里面吗？"

小桃点头："是啊，已候您一段时间了……"

未等她说完我就一个箭步冲了进去。

果然，雍正端坐于主殿之上，见我急匆匆地进来也毫不惊讶，只是转眸直直地看向我。

"你究竟是什么意思，你做了什么，到底是为什么你将我释放了？"我怒瞪双眼喝问他。

小桃紧步随我进来，看我如此情绪失控，她白着脸忙拉我的衣袖小声道："主子，您冷静啊。"

雍正放下手中把玩的核雕手串："罢了，你出去吧。朕有话和你主子谈。"

小桃闻言应了声"是"，她担忧地望了望我，随即便福身出去了。

"襄贵妃，"雍正一字一字地说道，同时步步走向了我，"你如今是恃宠而骄，什么都不顾忌了吗？"

我扬起嘴角笑了："恃宠而骄？或许是吧，刚在路上顾常在还跟我说，您是这世上为数不多的绝不会伤害我的人，您认为此话如何？"

雍正敛眉看我说："朕的的确确没有做过推你进险境的事情，你也从没有因朕而遭受过什么劫难。你人生中的几次不幸都是因为你那自以为是又愚蠢至极的爱情所造成的。究其本质，这一切甚至可以说是你咎由自取。若没有当年逃婚，你哪需受那百般的罪。难道不是吗？"

雍正的话让我一时语塞，无从辩驳。他说得对，无论是被胤禩拒婚带来的屈辱，还是和胤禛始终无法真正相守的痛苦，甚至是春燕对我的怨恨和陷害，这都是我自己一手做出的选择。

如今成了雍正的妃子，也全因我出于保护胤禛的私心而接受了皇太后的建议。我整个人生其实根本就怨不得这个男人啊。他没有对不起过我，反而是我对他有不少亏欠。

我凄然地笑了："是啊，你说的没有错。你一直以来都是对的，错的是我，我真的是大错特错。既然如此你为何不索性赐我一死，这样彼此折磨有意思吗？"

雍正静默地伫立在原地看我，他神情淡然得好似我们之间不曾发生过那么多险象迭生的曲折纠葛。

"你不会不知道，妃嫔自戕是重罪，可株连九族。你不顾及你身后的那些人了吗。"

我稍稍平复了下情绪，转头对他说："我是以民女叶氏的身份二次进宫的，不管这宫中还有多少认识我的人，可从名分上来说，现在站在你面前的叶襄不过是一个无亲无故、孑然一身的孤女。就是想牵连年家和宜太妃，您也须有一个名目。所以无须拿他们来钳制我。"

雍正目露狡黠："哦，是吗？可你要是一死，有些人为你做的牺牲可就全白费了。"

"你说什么？"

"你出事的第二天，年羹尧就前来求朕网开一面放了你。他立下誓言，愿终生追随朕戎马战场，保疆扩土，却不求加官晋爵，更不会心怀异心。这誓言一旦立下，他要么战死沙场，要么待功成身退之日自缢。年湘儿啊年湘儿，没想到你当初那么绝情地背弃年家，你大哥还是愿意以他的性命保你平安。事到如今，你心里有没有一丝愧疚？"

听完雍正的这席话，我近日紧绷的神经终于再也支撑不住，整个人跪坐到地上掩面哭起来。

自见到年大哥本人之后起，我就一直不解：他看起来那么沉稳的人，怎么会因功高盖主而变得日益骄矜自大、目中无人？原来并不是这样，君要臣死臣不得不死。而我，他的亲妹妹，却成了击垮他的最重要的一颗棋子。我真的好恨好恨自己啊，我从来没为他做过什么，我甚至没多为他打算过……

雍正面无表情，居高临下地看我蜷着身体呜咽颤抖的样子。

过了片刻，他说："今日皇额娘梓宫将被恭移安奉至寿皇殿，是时候出发了。不过看你如此，实在不适宜出席这样庄重的场合。忘了告诉你，十四弟今天赶回来了，为送皇额娘最后一程。希望能了却她的心愿。"

闻言我打了一个激灵："你说什么，胤祯回来了……"

雍正不满地纠正我："是允禵。"

突然想起了什么，我直起身子望向他："愿意将我从冷宫放出来，你除了要挟哥哥以外，是不是从十四王爷那里也得到了什么？"

雍正扬起嘴角："不要说成要挟那般见外。应该说是聪明人和性情人之间的交易。十四弟是朕的同母亲弟，朕怎么会让他立下年将军那样的死誓。我们之间，只不过是达成了一个友好的协议。十四弟写下誓词呈给朕，说是此生绝不再参加夺嫡和党派之争，若有违此誓，则十四王爷全府皆会暴毙而亡，不得善终。"

我痛恶地看着雍正说："卑鄙。"

这哪是什么协议，这根本就是逼胤祯立下毒誓。虽然没有哥哥那样惨烈，但也彻底阻绝了胤祯的退路和希望。他是怀着怎样的心情做了这个决定啊……

雍正没有理会我鄙夷的目光。他冷哼一声，转身向屋外走去。

正欲推开大门时，他又转过身对我说："说也奇怪，你不在长春宫的这段时间，据说十二弟常来长春宫附近的凉亭里吹笛，久久不愿离去。你说他是怀念曾随定太妃在这里居住过的时光呢，还是……呵呵，看来朕该和这位众兄弟里最为谦和儒雅的老十二也交交心了。至于要赏他什么，朕还得斟酌一番。你有什么建议吗，朕的襄贵妃？"

雍正并不是真的要问我，他音落的同时便推门而出了。

我恨恨地抓起桌上的茶壶向木门扔去。看着茶壶落地粉碎、茶叶四处倾洒散落的样子，我似乎看到了自己。是啊，十几年前初来此地的桑小爱几经辗转，不也变成如今破碎重组、伤痕累累的叶襄了吗。

不要再逼我，我怕我终会变成自己曾经最厌恶的那种人。

小桃听到动静立刻进来，她看我跌坐在地上，忙来扶我："主子，您要振作啊。"

我扶着小桃的手站了起来："顾常在呢，她离开了吗？"

小桃摇头："没有，正在偏殿等候娘娘呢。"

我揉了揉额头："让她进来吧。"

顾蕊见到我此刻失魂的样子似乎并不意外。她没问什么，我也就没解释什么。

"你曾说你愿在我身边辅助，不因皇上指派，也无任何企图，只是出于一片真心。这话我能相信吗？"

顾蕊面对我端正跪下："我顾蕊以自己的性命，不，我愿以我顾氏整个家族的名誉起誓，从此真心实意追随襄贵妃娘娘，绝无异心。若有违此誓，做出失信无德之事，我顾氏的数百条冤魂都不得超生……"

我打断她："不要说了。我今天已经听到太多可怕的誓言，我不想再逼人立下此等毒誓了。若你打定主意害我，立再多的誓言也没有用。我愿意再信你一次。现在我需要你帮我一个忙。"

蕊儿稍思忖了一下，低声问我："您要去见十四王爷？"

我点头："我知道这有些强人所难，正因此我才求你，拜托你想办法让我见他，有些话我必须亲口对他说。"

暮鼓时分，我穿了普通宫女的孝衣，疾步向寿皇殿赶去。

殿外的侍卫拦住我："站住！你是何人？"

我掏出蕊儿的宫牌："奴婢乃顾常在的贴身婢女，此番前来是因小主吩咐奴婢来给万岁爷送些粥菜，怕万岁爷饿着了。"

侍卫对我挥挥手："皇上已先行离开，你回去吧。"

我没有放弃："兵爷，求求您就让奴婢进去吧。皇太后娘娘对我家主子甚好，她让我一定要来替她拜拜太后娘娘。"

侍卫不耐烦了："哎，你这人怎么讲还不听。这会儿寿皇殿里已经没什么人了，怎么能偏偏放你进去？万一出了事情谁来担待？你识趣的话就快些走开，别在此做无谓纠缠。"

还未等我再次开口乞求他，一个挺拔的身影就来到我们身边："放她进去吧。这人我识得，不会有事。"

侍卫恭敬地对来人打千："嗻，统领大人。"

王虎引我向殿内走去的路上，我细声问他："十四王爷可还在里面？"

"十四王爷自今早回宫后就一直守在皇太后娘娘的灵柩前，不吃不喝已跪了数个时辰，也不让任何人陪，就那样一个人静静地跪着。"

我心中恻然，不觉加快了脚步。

虎子忍不住提醒我："娘娘，一定要快。指不定一会儿皇上就又回来了。"

我颔首："我明白，绝不会让帮我的人们为难。"

虎子将我送到门口："您进去吧，我在门口守着，要是有人来了我提前知会您。"

我感激地望了眼他，转身轻轻推开了木门。

吱吱呀呀的声音惊动了胤祯，他却没有回头："我说了，没有胃口，你出去吧。"

我叹口气，把身后的门缓缓阖上，一步步踱至他的身边。

"你忘了上次分别时答应过我什么了吗？你说你会照顾好自己，难道这只是唬我的话？"

胤祯倏地转过身来看向我，可能是因为已经习惯了室内昏暗的光线，他的目光看起来还有些涣散。待看清了我，他急不可耐地想要起身走近我，可膝盖因跪了太久早已麻木，他站起时颤颤巍巍险些摔倒。

我立即上前两步拥住他，看着他深陷的眼眶和脸颊，我还是哭了。

"你这个傻子，为什么要答应皇上那些。就算你不答应，他也不会真的杀了我。你这般委屈自己让我怎么忍心？"

胤祯的手抚上我的脸颊。他的手掌还是那么大，能带给人心安的感觉，可此时却不复温暖，反而有些冰凉。

"终于又见到你了，在这个世上我只有你了。为了你能好好地活下去，失去那些又有什么关系。小爱，答应我，你一定要好好地活着，就当是为了我活着。"

我扑进胤祯的怀抱，不管不顾地大哭起来。好心疼他，心疼得要命。

一个月前他回到京城，得知自己失去了父亲和皇位；一个月后，先皇的孝期还未满，自小最疼爱他的皇额娘又离他而去了。短短时间内这么多的变故，纵是再坚强的人，也无法承受啊。

胤祯轻柔地抚了抚我的背："你哭得这样伤心，让皇额娘听见了，她也会为我们难过的。"

我这才想起，太后梓宫就在我们身前。

我擦了擦泪："好，我不哭了。我要让皇额娘看到，我们在努力地活着，我们一定会过得很好。对吗，胤祯？"

胤祯伸手拭去我的泪痕："是，只不过我如今被改名为允禵，有外人时你别再叫错，要是有人拿此做文章设计你可就糟了。"

我恨恨地瞪眼："这世上哪有什么允禵，我只知道你是胤祯，是我独一无二的胤祯。他凭什么这么霸道，改了众兄弟名字中的胤为允便罢了，因嫌祯与禛音近竟逼你连全名都要改！简直气量狭小！他要不要索性连你们爱新觉罗的姓氏也给摘去了？"

胤祯一手搂住我，一手轻轻地掩住我的嘴巴。

"别气了，不过是个名字，又有什么大不了呢？就像你现在也不叫小爱了，而是叶襄。但是没关系，我们的那对玉佩镌刻着我们真正的名。爱让我们无论何时何地都不至于迷失，哪怕风暴骤起或者时间荒芜，只要有爱，我们一定能够找到彼此、认清彼此。"

靠在他的胸前，感受着他坚定有力的心跳，我的愤怒平息了不少。胤禛说得对，这些年大风大浪都一起走过来了，还怕什么？

门外的虎子突然"笃笃"地敲门，"娘娘，皇上回来了，您快离开吧。"

我仰头吻了吻胤禛的唇，那里和他的手掌一样，那么凉。

"我爱你，我爱你，我爱你……说一万次我爱你都不够的那么爱你。今日一别，不知何时还能相见，你一定要好好的，等我！珍重！"

胤禛重重地点头。

来不及更多言语，我转身从旁边的窗户跳出，三步并作两步猫着腰奔下台阶。

待离开寿皇殿一段距离后，我转过头回望那里。亮起的点点白灯就像是一只只眼睛，冷漠地看着人世间正在上演的这些悲喜剧。

后宫的确是冷酷无情的地方，这点是我早就想到的，所以并不会感到不知所措或者心灰意冷。毕竟好在有那始终都在的深情，伴我一同走向寒冷而未卜的茫茫前路。

## 卷六十五　君王侧畔尘嚣上

我乘软轿行在红墙碧瓦间的宫道上。秋末冬初的风钻进轿子，擦过脸庞，让我忍不住地立了立衣领。

想起进宫没多久的那个冬天，也是在这样的宫道上，我曾被太子妃公然掌掴侮辱，是胤祯来为我解围，一路背我回了延禧宫。或许就是从那时起，我便不知不觉地依赖他、爱上他了吧……

想到胤祯，我嘴角不自觉地漾起甜甜的笑。可念及废太子和石氏已被拘禁了那么久，又不禁深感唏嘘。

先皇驾崩前曾谆谆叮嘱过雍正要善待废太子及其子嗣，雍正倒是封了弘晳为郡王，只不过遣他全家迁去京郊居住，也并未大赦释放废太子。还是在忌惮他的嫡子名望吧，哪怕明知他气数已尽。

雍正就是这样一个不给自己留任何后患的人，其严苛的程度就算说是薄情寡恩也不为过。对，我这么说多少是带有个人情绪的，但他登基以来对诸兄弟的所作所为也实在谈不上宽厚大度。

皇太后薨逝，胤祯回京奔丧不久，便又被雍正遣回汤山守陵。为了避免世人说他凉薄，雍正就塞给了胤祯一个郡王的封号。

胤祯离京时我无法相送，只是托顾蕊帮我给他递了封短信。

"吾爱胤祯：此日一别，不知再见何时。海阔凭鱼跃，天高任鸟飞。听说汤山景致很好，想必定能成为一处极佳的静心治学之所。听闻雅卿体弱有一段时日了，汤山的温泉或许对其大有裨益。答应我，照顾好自己，也照顾好身边的人。期盼重逢。"

或许我黯然的神情太过明显，小桃忍不住问我："主子，您不舒服吗？"

我摆手："没事。你知道皇上为什么突然召我去养心殿吗？"

小桃摇摇头："奴婢也不清楚，来传报的公公没多说什么。"

带着狐疑，我们来到了养心殿前。早在门口等候的小太监立刻上前躬身引请我走向主殿。

到了门口，苏培盛恰好从屋内出来，他见到我立马行礼："奴才给襄贵妃娘娘请安，娘娘吉祥。"

我抬手："公公快请起。不知皇上匆匆召我前来有何要事？"

苏培盛笑着为我轻推开木门："娘娘请进，皇上与年将军已等候您多时了。"

大哥？我眉毛微微一挑。都已经逼大哥立下重誓了，雍正又在打什么主意？

进屋后果然看到雍正坐在主座上，左边的方木椅上坐着哥哥。可除了他俩外，还有一个人——坐在右方的年贵妃春燕。

我福身对雍正行礼："参见皇上。"

此时大哥也站起来要对我行礼："下官拜见襄贵妃娘娘，娘娘万福。"

我急忙虚扶他，"大哥……"

只听雍正轻咳一声，我这才意识到屋内还有一众侍从，因而立刻改口："年将军无须多礼，请起。"

雍正挥了挥手："你们都下去吧。"

苏培盛应了声"嗻"，随即带领一众婢女太监离开了。

雍正对我说："朕已封年将军为抚远大将军，明日他将领兵去征讨青海罗卜藏丹津叛乱。亮工说出发前想再见你一面。"

我走到大哥身旁坐下，望着他忧虑地问："怎么如此突然？行囊都收拾好了吗？有没有告知阿玛和额娘？"

从对面传来一声冷哼："惺惺作态。"

我和大哥都假装没听到春燕的嘲讽，他慈爱地拍拍我的手："放心吧，一切都已准备妥当。阿玛额娘也得到消息了。大哥不在京师的日子里，你一定要谨守本分，切勿再任性胡闹，更不要忤逆皇上。跟年贵妃好好相处，不管怎么说都是自家姐妹，总该互相扶持的。"

我还是放心不下："听闻这次罗卜藏丹津叛乱背后还有蒙古准噶尔部策妄阿拉布坦的支持。传言此人行事凶狠毒辣，大哥切不可轻敌，一定要万事小心才好。"

大哥欣慰地笑笑："小时候的你又回来了，总是在我出行前这样心神不宁，不住地叮嘱。放心吧，大哥有把握，定不会有负于朝廷重托。"

听他这样出言宽慰，我便不好再多说什么。

雍正满意地笑笑："朕最倚重的年大将军自然不会令朕失望，襄贵妃就无须多虑了。朕吩咐御膳房准备了晚膳，算是给亮工送行。"

这顿饭除了春燕始终冷着脸外，整体还算其乐融融。看起来大哥和雍正都挺开心，絮絮说了不少话。大哥还提到一些我少时的趣事，席间几次逗乐众人。

言笑晏晏间我甚至出现了刹那的恍惚：如果我没有穿越而来，没有占据年湘儿的身体，是不是很早前她就能和她的双亲、大哥以及她的夫君胤禛这样一家人美满融洽地在一起吃饭、聊天、生活了？

是我搅破了这身体的主人本应拥有的平静祥和的一生，让她跟着我这缕游魂平白受了不少曲折和苦难。那么，眼前的景象算不算是拨乱反正，把历史中理应如此的年湘儿放归她原本就该在的轨道上了呢？

我因自己这个突然萌生的想法而久久地怔了会儿，待回过神来，发现这顿饭已吃完，雍正和大哥又要去书房议事了。

看看春燕也不在座位上，我转头问小桃："年贵妃呢？"

"刚刚离开，似是要回延禧宫了呢。"

听了她的话我立刻站起身，向屋外奔去，总算在养心殿门口追上了她。

"我有话对你说。"拦着她的软轿，我气喘吁吁地说。

春燕厌恶地皱眉看我："听你们说了一席的话还不够吗，还有什么可说的？"

我回头对轿夫和春燕的贴身婢女说："我跟年贵妃有几句话说，你们稍等。"

他们赶忙应"是"，退到一旁回避。

"你觉得今天这顿饭如何？"我抬头看着轿子上的春燕问。

她冷冷地看向我："为了让你跟你大哥团聚，不让旁人疑心，皇上硬是让我这个名义上的年家小姐作陪了半天。今天只是冰山一角，我扮演年福晋、年妃的角色已十七年了。你问我感受如何吗？我可以诚实地告诉你，我觉得很无聊、很厌倦，简直糟糕透顶。"

毫不意外她会是这样的反应，我沉声继续道："我是说我今天在席上的表现如何？你自小伴我长大，应该很了解我吧。以前在年府里我和大哥还有皇上也曾经常这般愉悦地聊天吗？"

春燕不可思议地瞪大眼看我："你是不是疯了？前阵子被关了几天冷宫就变得神志不清了吗？"

我冷下脸："我在认真问你。"

春燕冷笑一声："年湘儿，年大小姐，你是忘恩负义，不是失去记忆，在我面前装什么一无所知。你在年府里长到了十五岁，你自己不清楚你是如何跟年老爷、年夫人还有年将军相处的吗？那时候你就像一个小猫一样成天黏着他们，尤其是你大哥。彼时还是四阿哥的皇上每次去年府时，你都会在书房外偷看。我就不信，这些你都忘了？"

我心中戚然。果然如此。赐婚于四皇子对原本的年湘儿来说，应该算是极大的幸福吧。可我硬是把她拽离了这完满的人生，也顺手摧毁了她身边侍女春燕的终身幸福。

春燕不耐烦地说："你这女人究竟在想什么？你不会打算假装做出配合顺从的样子以此麻痹皇上，再次伺机逃跑吧？我劝你别做梦了，这皇宫不比年府，根本逃无可逃。言尽于此，你好自为之。"

我伸出双手握住春燕的胳膊："我再也不会逃走，这次换你。你离开吧，我欠你的是时候偿还了。"

春燕眯起眼："看来你是真的疯了，一直在胡言乱语。我没空搭理你，我要走了。"

我加重了手上的力道："我是说真的！你好好想想我的话，其实这并非不可行。年贵妃病逝，昭告天下，从此世上再无年湘儿这个人。你可以做回自己，和十三爷相爱的春燕。反正我都已经回来了，哪怕名义上的年湘儿死了，但真正的年湘儿回来赎罪了。我想皇上他不会有异议的。"

春燕久久地看着我，我看到她的眼睛红了，也感受到她在颤抖。

还未等到春燕的回应，就见大哥和苏培盛向我们这边走来。他们看到我和春燕相对的情境，稍显意外。

我松开春燕，转过身迎向来人："大哥怎么出来了？你不是和皇上有要事谈吗？"

大哥眼带忧色地看了看我，说："时辰不早了，我得回府去，明儿一大早就要出发。"

我点点头："那大哥快些回去休息吧。祝你一路顺风，小妹等你凯旋。"

大哥拍了拍我的肩："放心吧。别忘记大哥的话，万事小心，和年贵妃好好相处。"

我用余光看了看身后的春燕，随即说："小妹一定谨遵大哥的嘱咐。"

这时春燕出声："夜里天气寒凉，不如我送年将军一程？"

大哥爽朗地应了声"好"，便三两步踏上了轿子。

我重新对大哥挥了挥手，也深深地望了春燕一眼。而她眉头深锁，似乎还在思索我刚刚说的话。

他们走后，我转过身对苏培盛说："那么我也回去了，烦请苏公公向皇上通报一声。"

苏培盛竖起手掌做拦我状："娘娘且慢。奴才出来一则是为了送送年将军；二来是为了传报娘娘：万岁爷有旨，夜里风大，恐娘娘回去路上受寒，因而开恩留娘娘今晚宿于养心殿。"

我的心跳几乎漏了几拍。雍正这是什么意思，要我留宿养心殿？他是要把这份荣宠做给人看，还是……要把它坐实？

压了压心中的惊涛骇浪，我面上镇定地对苏培盛说："多谢皇上好意，其实我今天也是乘软轿来的，所以皇上大可不必担心我着凉。有小桃伺候着，更不会有什么问题。我们这就回长春宫去了。"

"我的好娘娘喂，这可是万岁爷第一次让您侍寝，难道您要抗旨不成？这传出去可还得了，年将军临行前嘱托您的话您这么快就忘啦？"

我被"侍寝"这个字眼惊得向后退了一步，小桃赶紧扶住我。

她对我耳语："苏公公说得有理，娘娘不好公然违抗圣旨啊。"

我扯起嘴角僵硬地笑笑："如此便有劳公公了。"

苏培盛点头哈腰地笑道："娘娘太客气了，快请随奴才进来吧。"

待在雍正寝室内的每一秒，我都坐立难安。

小桃看出我的局促，安慰我道："主子不用太焦虑。听伺候皇上的宫女说，皇上每晚看奏折到很晚，就连睡觉时间都很少。说不定他真的只是心疼娘娘，不忍您夜里奔波所以才让您留宿于此呢？奴婢去给您打水来，您梳洗梳洗就寝吧。"

梳洗后，我命小桃去歇息了。而我自己则坐在一旁的软榻上，随手拿起一本书翻了起来。

雍正看的书，要么是兵法，要么是治国之道，我看了不一会儿就开始眼皮打架，直到渐渐没了意识……

恍惚间我感到自己身体腾空，被转移到了另一个地方。接着身上又被盖上了厚厚的什么东西。

迷迷糊糊地微睁开眼，我嘴上呢喃着："小桃，我都说了你不用管我，赶快去睡吧。明儿一早天亮就来叫我，我们回长春宫……"

"那么迫不及待地回去干什么？"

我被这一男声吓得顿时困意全无。我揉了揉眼直起身，跪坐着后退两步，同时谨慎地看着雍正："你什么时候进来的，你干吗把我放到床上？"

雍正莫名其妙地看我："朕不把你放床上难道要任由你睡榻吗？你那样睡一觉不受寒才怪。"

我结结巴巴地说："我……我不介意啊，我就睡那里。"

说着我就向床边跨过去。没想到雍正一把握住我的脚踝，将我向后一拉，逼得我不得不直面他。

我窘得脸大红，瞪着他怒道："不是说古代女子的脚不能被看到，更别说摸到了吗？你这么做实非君子所为！"

雍正好笑地说："你在胡言乱语什么啊。朕从来没有说过自己是君子，朕可是皇上、是当朝天子。皇帝和自己的妃嫔一同就寝有何不妥？"

"你！"雍正的话竟噎得我无言以对，"我不管，你要是再靠近我，我这就咬舌自尽！"

或许是我的反应太过激，雍正愣了半秒后就开始捧腹大笑。

"你也太高估自己了吧。年湘儿，你难道以为自己是什么妙龄绝色吗？"

雍正的嘲讽让我的脸青一阵白一阵。

我对着他没好气地说："对对对，是我自视甚高，是我杞人忧天。万岁爷您好好睡，小人一边凉快去了。"

我音落的同时，雍正反身撑手居高临下地望着我："朕可没说让你走啊。"

我气得发抖："你干什么，你言而无信！你乱来的话我真的死给你看！"

雍正看着我快急出眼泪的样子，他叹了口气，在我身旁侧躺了下来。

他用手臂拢着我说："不闹了。今天这顿晚饭朕吃得实在高兴，仿佛当年在年家的时光又回来了。湘儿，难道你没有这种感觉吗？"

我侧过头，硬邦邦地说："我不知道。"

雍正轻柔地将我的头扳回来，让我直视他的眼睛。

"湘儿，让我们回到起点好吗？今天聊天时你看着我的眼神是那么柔软、那么熟悉，这让我又有了信心，或许我们是可以真真正正破镜重圆的啊。"

雍正的吻突然落在我额前的头发上、我的鼻子上、我的脸庞上……在他的唇挪移到我的唇边之前，我使劲地推他，却没想两只手腕又被他紧紧捉住。

他疯狂地吻我，吸吮我的唇瓣，甚至企图撬开我的贝齿长驱直入。他一只手压着我，一只手探寻着去解开我的衣带。

我惊慌失措，想要去挡他的手却发现根本动弹不得。慌乱中我使劲咬向他的舌头，雍正吃痛地全身抽离开，我寻隙使出全身力气猛地推开他，同时拔下头上的簪子对准自己的喉咙。

"皇上，我说了你不要逼我，否则我真的会死在你面前！你是一国之君，想要多少美女都能呼之则来，又何必勉强我这个半老徐娘呢？我已经如你所愿待在宫里做你的妃子，十四王爷和大哥也受到你的掣肘，完全被你所控。你究竟还有什么不满意的？非要试着践踏我的底线逼我去死吗？！"

雍正手捂着脸，惊痛地看着我说："朕愿与你坦诚相见，难道在你眼里就全是胁迫与不堪吗？年湘儿，你究竟要令朕寒心多少次才够？罢了，你安心一人睡吧，朕去书房。"

看他的模样，我又有些后怕："皇上恕罪。是我不懂事触怒了您，还望您不要迁怒于旁人。"

雍正盛怒道："你到这个时候了想的念的都还是他！朕是有不甘，有怨恨，但朕不是个荒淫无道的昏君！"

说完他就拂袖离去了。

我木然地靠在床边，眼泪簌簌而下。看来是我想得太简单了，怎么可能完完全全地做回年湘儿，称职地扮演起那个宿命交给我的角色。若只是做了表面的功夫，那与替我出嫁的春燕又有何不同？雍正想要的显然并不止于此，他不需要一个一颦一笑一举一动都非出自真心的提线木偶。

一夜无眠。第二天一早天未大亮我就带小桃匆匆回了长春宫。

之后和雍正几次碰面，我们都刻意地忽略了那个狼狈的夜晚。他恢复了一贯冷冷的模样，而我也只是心照不宣地面色如常。要不是旁人待我有明显的变化，我甚至会以为那晚的事从未发生过。

宫中就是这样。没有人敢在你面前明说什么或是对你指指点点评头论足，但你仍旧能够敏锐地觉察到那种暧昧的目光和更添一层的谄媚。

如果我留宿在养心殿这件事那么快就不胫而走，传遍宫中每个角落，那么也不意外它会传入更多人的耳朵，包括我所在意的他的耳朵。

## 卷六十六　花落人亡两不知

在迎来雍正二年之前，两个不好的消息提前降临。

一是雍正将胤禟从贝勒降为贝子，名为"不感激罪"，可实则还是为了打击兄弟众人吧。

还有一件事，便是雍正下旨命各省的西洋人要么留在北京，要么皆前去澳门远驻协助管理宗教事务。消息乍一出来时，我心下十分慌乱，不知雍正是否洞悉了我和穆景远之间的联系而采取这一举措。冷静后思虑再三，我写了封长信，托小桃帮我出宫带去给穆景远。

不管雍正有没有发现什么，此时让景远离开京城或许本就是好事。同时，这也能方便我部署之后的一些事情。而接踵而至的事恰恰表明了我的想法是正确的。

雍正二年四月，雍正几番公然训斥廉亲王。之前雍正就斥责过胤禩昔年为其母良妃办的丧礼太过奢靡，更因胤禩负责修葺太庙时账房受到油气熏蒸而罚胤禩在太庙前跪了一昼夜。

从头到尾我都没在雍正面前为八王爷说过什么话，因为我深知以雍正的性格，这样做只会火上浇油。

入宫为妃后，我再没见过胤禩，只是偶尔托王虎捎些书信。

至于胤禟，因为雍正之前暗讽过我俩在长春宫外凉亭相会一事，我如今更是十分注意与他保持距离，并让小桃带话给胤禟，让他切勿再来长春宫寻我。

本以为皇上对胤禩刁难一阵便过去了，谁知十王爷胤䄉又捅了大娄子。之前雍正遣老十护送前来谒见梓宫的泽卜尊丹巴胡图克图回喀尔喀，可老十非但托词久不前行，更私留张家口。雍正大怒，斥其犯大不敬罪，并将胤䄉削爵拘禁。

因为老十抗命，雍正迁怒于廉亲王，说老十都是受了他的指使才公然和朝廷作对。随即，雍正大范围地惩处曾依附八爷党的诸臣。

再次走进储秀宫，我不禁长久地怔忡。还记得那年良妃殁，这里曾一片荒芜。可没想到又是一年春风起，易新主除旧景竟会是那么快的一瞬。

顾蕊将我带到她所居的偏殿内，细细叮嘱我说："人已经带到我寝宫外的花园等着了。你可要快一点啊，这里的主宫娘娘是齐妃，万一被她发现可就糟了！"

我点头道："我明白。"

穿过长长的连廊，我在不远处看到熟悉的身影——永远的一袭白。

听到我的脚步声，他抬眸看我，淡淡笑了："你来了。"

我抱歉地看他："因皇上察觉我们在长春宫外会面，才不得不出此下策请你来顾常在这里。你这样坦荡的人原不该做这般偷偷摸摸的事，都是我太自私了。"

胤禟眼中的柔和更添一层："你是有分寸知轻重的人，能让你冒险约我一聚的必是要事。既是要事，那我就是刀山火海也定会前来。"

我感激地笑笑："这阵子难为你了。"

胤禟凝眉："你是指降爵吗？我天生非奴颜媚骨、仰人鼻息之人。我可以缄口不语，但绝不愿说违心的话。皇上说我不知感激也好，说我目中无人也罢，我不欲再做解释。"

我抿了抿嘴。其实康熙的这些儿子，虽然性格各异，但有一样特质惊人的相似，那就是倔得要命的脾气。

"我之前请你帮我保管的圣旨，还在吗？"

胤禟莫名地颔首道："当然在，我将其安置在十分安全的地方，绝不会被发现。你怎么突然想起它？"

我笑笑："那就好。记得我的话，必要时我会将它搬出来，救人于水火。我有预感，这一天似乎快到了。"

"你是有感于近日八哥和十哥的事？会不会是你多虑了，皇上只是有意打击他们的势力，但毕竟是亲兄弟，想必不会狠下杀手的。"

我沉声道："你是宅心仁厚之人，自然不会那么做，但皇上就不一定了。话说回来，你也要懂得自保啊，皇上连你都防着呢。"

要不是知道雍正逼大哥和胤祯立下重誓，或许我也会在骨肉亲情上对他有所期待。可如今，任凭他做出何等伤害手足的事，我都不会感到意外了。

胤裪忧戚地看着我："你是不是受什么委屈了？我听说皇上曾留你于养心殿中……我没有别的意思，我只是怕你过得不开心。若你有一天厌倦了这里，我可以毫不犹豫地带你离开……带你去十四弟那里。"

果然，流言那么快就将我淹没。

我眨眨眼："是不是如今在你眼里，我也不过如此罢了？"

胤裪脸上闪过慌张："怎么会！你为了十四弟、为了家人朋友如此委曲求全，我万分敬重你。"

我默然地垂下眸："皇上后宫佳丽三千，怎么会胁迫我这么个本就容貌平平、更何况如今已不年轻的旧人。你多虑了。不过我知道这么说也没用，我可以解释给你一人听，却无法堵住悠悠之口。"

胤裪握住我的手腕："既然你那么讨厌那些蜚语流言，为何仍要勉强自己留在宫中这样人多口杂的地方呢？我这就带你走。"

我反握住他的手臂拖住他："胤裪，不可能的，我能逃去哪儿呢？我不想害你、害胤祯也成为亡命之徒，这不是我想要的。"

自那次我服毒差点死掉以外，我再没看过胤裪这么激动的样子。他不管不顾地拉着我往外走。

"我受不了了。我不想再看你那么痛苦地待在自己不喜欢的地方，待在自己不喜欢的人身边，做自己不想做的事。我看着很……我想十四弟看到你这样会很心疼的。"

来不及劝慰他，我俩同时被眼前突然出现的人惊在当场。

齐妃端立在连廊外的台阶上睥睨我们，嘴边露出一抹讥笑。不知她已在这儿待了多久，听到了多少我和胤裪的对话。

"襄贵妃娘娘吉祥。您和十二贝子在我这储秀宫中拉拉扯扯的做什么呢？"

顾蕊听到声音一路小跑来到我们身边。纵是她这般沉静的人此刻也有些慌了。

"齐妃娘娘，是嫔妾……嫔妾约襄贵妃娘娘来嫔妾宫中小聚的。至于十二贝子，许是他退朝后误入了后宫，才在这里偶遇襄贵妃娘娘。"

闻言我忙道："正如顾常在所说，我应她邀来储秀宫坐坐。没承想刚到这里就遇上迷了路的十二贝子，我正要引领他出去呢。"

齐妃扬起了唇角："娘娘说笑了。您来储秀宫怎么都不给嫔妾通传一声，好让嫔妾遣人好生伺候着别怠慢了。如今生出这事，倒成嫔妾招待不周，又对宫中往来进出管教不严了。这个罪嫔妾可承受不起，咱们还是去皇后娘娘处评评理吧。"

顾蕊连忙上前对齐妃赔笑道："娘娘，是嫔妾疏忽了。没有提早跟您打声招呼，是嫔妾的错。今天纯属误会一场，既是小事，就无须如此劳师动众了吧。"

齐妃转眼瞪向蕊儿："你住嘴。今天这事儿恐怕就是你张罗的吧，你也难辞其咎。有什么话，一会儿解释给皇后娘娘听！"

一行人赶到坤宁宫时，不巧正碰上雍正在皇后这里用午膳。

进屋前我小声对胤祹说："一会儿就说是我约你前来，你难抗贵妃之命所以不得已往之的。知道吗？我自有方法自圆其说，你别担心。"

胤祹蹙眉对我摇摇头："男子汉大丈夫一人做事一人当，怎能让弱女子为自己担责。这么做实非君子所为，恕十二难以从命。"

我气得瞪眼。固执得和他十四弟简直如出一辙！雍正最多不过是降我的妃位或者禁足我一段时间罢了，他能杀了我吗？可你呢，他正愁没机会整治你，你这就送上门来了。

进了门，我们齐齐向雍正跪下行礼："皇上万岁！皇后娘娘万福！"

雍正抬手："什么事值得你们午膳时间一起赶来。怎么还有十二弟，究竟有何要事？都跪着干什么，站起来回朕的话。"

我、胤祹还有顾蕊还跪着未动，齐妃率先站起来说道："回万岁爷的话，今日臣妾撞到襄贵妃娘娘和十二贝子在储秀宫中私会。臣妾觉得蹊跷，便想来请皇后娘娘予以定夺。"

雍正挑眉："哦？襄贵妃，有这回事？"

我正色答道："回皇上，恐怕是齐妃断章取义了。事实上臣妾去储秀宫是因与顾常在有约，却不想在那里偶遇了走错路的十二贝子。正引其离开时又碰到了齐妃，这才让她误会了。"

雍正看向蕊儿："顾常在，是这样吗？"

蕊儿连声应道："是的，是的！襄贵妃娘娘所言非虚，正是这样。"

齐妃冷笑一声："有趣！十二贝子在搬入自己府邸前曾在宫中生活了有近二十年，难道对这里还不熟悉吗？竟至于迷了路？"

雍正把玩着手中的翡翠石珠串，不动声色地沉声说："十二弟是心思稳重之人，难道不知道后宫若非特准是不许男子私自进入的吗？"

胤祹没有辩解，他面向雍正一叩首："臣弟自知行为不矩，可这都是臣弟头脑不清所致，却连累了襄贵妃被人误解。请皇上明鉴，只处罚臣弟一人。"

我着急地看看他，又看看雍正。他怎么可以一人揽下所有！

房间内的氛围紧张如即将崩断的弦。幸而苏培盛在这时进来传报："禀皇上，礼部尚书顾大人在外求见。"

雍正扫了眼蕊儿："顾昭？让他进来。"

顾昭稳步走入中厅，向雍正行礼："臣顾昭参见皇上，皇上万岁万岁万万岁，皇后娘娘千岁千岁千千岁。"

雍正懒声应道："起来吧。有什么事？"

顾昭非但没有起来，反而向雍正再行叩拜大礼。

"臣来向皇上请罪。是臣托十二贝子前去储秀宫向臣妹顾常在带去口信，才生出今天的事端。十二贝子为保臣没有说出实情。请皇上网开一面，只处罚臣吧。"

雍正直直地看向他："为何你不直接去找顾常在，却托了不相熟的允祹？"

"回皇上，犬子昨天夜里突然高烧不止，因此臣连今日的早朝都缺席了。在城中臣与十二贝子的府邸距离最近，便于一早拜访了十二贝子，请他下朝后至储秀宫寻臣妹顾常在，希望顾常在为犬子请来御医问诊。"

雍正想了想说："嗯，你今日的确是告假未上朝。朕也记得，你府上是离允祹家很近。乍一听还挺合情合理。"

顾昭叩首："皇上英明，臣绝不敢口出诳语。臣身为礼部尚书，却罔顾宫中礼法，为一己私欲而拜托十二贝子私入后宫。臣该死，请皇上革去臣的职务。"

雍正皱眉："罢了，今日你们众人所为虽是逾矩，但的确合情，朕暂且原谅这一回。着朕的旨意，从今日起，顾常在与礼部尚书顾昭各罚俸三个月，襄贵妃罚俸三个月，禁足一个月，允裪由贝子降为镇国公。如若再犯，绝不姑息！"

他竟对胤裪一降再降？其他几人要么罚俸要么禁足，却唯独将胤裪降了职！

胤裪在我出言声讨前拉了拉我的衣袖。我不得不随众人一起俯首叩谢："谢皇上开恩！"

刚出了坤宁宫，我立刻拉住胤裪胳膊质问他："你刚刚为什么非要逞强？如果皇上真的严惩了怎么办？我宁愿他惩罚的是我，我巴不得他除去我这贵妃的头衔。"

胤裪轻轻拨开我的手："娘娘冷静些，臣只是据实以告罢了。以后臣一定会注意君臣叔嫂间的礼节，绝不再给娘娘招来任何麻烦。"

我心痛地看着他。

顾昭咳了一声："今日之事，得过且过。臣恳请娘娘和十二爷日后多加小心。"

"此次多谢顾大人仗义相救，允裪定当铭记在心。"胤裪对他作揖。

我也颔首："是啊，要不是顾大人及时赶来帮着解释，恐怕惩罚不会这么轻。还连累您跟着我们受罚，实在抱歉。"

顾昭摆手："是妹妹临时传信给我求助的。十二爷这般坦荡高洁之士，顾某仰慕已久，此事自当义不容辞。"

"不管怎么说，这次我与十二爷欠了您和顾常在一个大人情，日后有机会定涌泉相报。"

顾昭淡淡笑了笑："娘娘言重了。只是微臣斗胆奉劝娘娘一句：宫中女子往往执念很深，臣妹即是如此。如此并非好事，既会伤着别人，也会痛了自己。若娘娘能早日看淡这一切，或许才能获得真正的自由与平静。"

我本以为被禁足的这一个月能安安静静地度过，没想到七月却传来噩耗：完颜雅卿顽疾难祛，殁。

我捧着信的双手不住地颤抖。相继失去了父亲和母亲，胤祯如今连自少年时就嫁给他、陪伴他的结发妻子都失去了。

现在胤祯一定觉得很寂寞吧。亲近的人一个个都跟他或死别，或生离。

　　辗转托人带给他几封书信，可言语间的安慰又能有多大作用呢？他此刻需要的不是别的，只是我在他的身边。我抱着他，就那样久久地拥着他，唱起某首歌谣，如此已胜过千言万语。

　　好心疼他，好想抱抱他，可是我做不到。原来连这样简单的事我都无法为他做，尽管我爱他。

　　在遥远的距离和冰冷的现实面前，我才发现原来爱情本身其实并不具备什么力量。更多的时候它让人怯懦、让人迟疑、让人谦卑。可正因如此，人才能更清晰地认识自己，更坦然地应对人生中诸多虎头蛇尾的甜蜜，和反复无常的温柔。

　　此前种种，让我没有心情参加中秋宴会。我只想在自己宫中对月独酌，享受无人打扰的时光。

　　"当你注视着明月时，你在想什么？"

　　我没有转头："其实什么都没有想，只有这时才不会觉得累。"

　　顾蕊笑了："一直都觉得你是个怪人，尽说些胡话。"

　　"你怎么好好的中秋宴不吃，倒来找我这个闲人？"

　　蕊儿无奈地摇头："自储秀宫一事后，皇上不仅生了你的气，也很生我和哥哥的气。席上气氛尴尬，与其如坐针毡，我索性找个理由先行离开了。"

　　我斜眼看她："皇上不该觉得奇怪呀，里应外合这种事本就是你最擅长的。"

　　蕊儿敛眉正色："又拿往事揶揄我。这次的确是我们太过分，恐怕令皇上伤心了。"

　　我嗤道："你想多了，皇上才没你说的那样多愁善感。"

　　"皇上虽然贵为天子，但他毕竟也是个有七情六欲的凡人。我们明知皇上对我们情义深重，定不会严加惩处，便有恃无恐地去挑战他，甚至我把哥哥也牵连了进来。我们可是皇上最亲信的人啊，却在利用他的感情。"

　　我望着蕊儿："人的感情是有限的，不可能像糕点一样平分给几人。有时候看似应当的温情，其实根本就是多余。这就是为什么你不计回报地选择追随皇上，而我无怨无悔地选择忠于胤祯。此生我是欠了皇上，但若从此我开始弥补他那便是要亏欠胤祯，我不要这样。"

　　蕊儿苦笑道："你一直都觉得是皇上在伤害你和十四王爷，其实你有没有想过，反过来你和十四王爷才真正的是在伤害他。一个是他失而复得的妃子，一个是他至亲至疏的弟弟，你让他怎么办？娘娘，皇上他不是无情之人。"

蕊儿的话，我没有回应。或许的确如此，或许我并没有完全地了解雍正。

雍正的确是看重手足情的。他待十三如何自不必说，还有一件事，也令我对他稍有改观。

十二月，咸安宫传来消息，废太子允礽病逝。雍正自年幼时就跟随废太子，或许感情确与别人不同。

雍正不仅亲自前去哭奠允礽，更是开恩命允礽丧仪按和硕亲王例，他追封允礽为和硕理亲王，将其安葬于理亲王园寝。

感情是一方面，我想主要还是因斯人已逝的缘故吧。还有什么可计较呢？自康熙五十一年被圈禁，允礽在这四角方寸之地已挣扎了十二年。不管曾经有过怎样的忌惮、争斗或者阴谋，如今全部尘归尘、土归土了。

他待逝者能如此宽容，为什么就不能如此待生者呢？难道非要等花落人亡时才去凭吊曾经错失的手足亲情吗？

允礽被圈禁了十二年，我又会被埋葬在这座皇宫内多少个春秋呢？

若说死亡是结局，这对当事人来说也算是种解脱。可比死亡更可怕的是如我们三人这般无休无止的纠缠和相互折磨，这恰恰是连死亡都无法消除的怨结吧。

## 卷六十七　亦情亦计两不疑

"娘娘，您真的不能进去啊。万岁爷正与怡亲王、年贵妃娘娘一同用午膳呢，吩咐了不准任何人入内打扰。哎，娘娘您就别为难奴才了哇。"

苏培盛一脸的无可奈何。

我仍坚持道："苏公公，不是我有意为难你，可我实在有要事找皇上，你就让我进去吧。"

就在我们两人如此僵持着时，一人推开门，向我们走来。

"苏公公，请襄贵妃娘娘进来吧。"

苏培盛立刻对来人行礼，"嗻，十三爷。"

我看了眼胤祥，没说什么，只跟在他身后一同走进了屋内。

走至圆桌前，还未及我行礼，雍正便率先发声："先坐下吃饭，朕知道你为何事而来。朕只是不想听你说完便没了胃口。"

我依他的话坐了下来，可提起筷子却没有任何夹菜的欲望。我看了看对面的春燕，她倒是神态自若地吃着，丝毫没觉得别扭。

毕竟不是年家亲生的女儿，自然觉得事不关己吧。可承蒙了年家多年的恩惠，难道丝毫都不会焦心吗？一荣俱荣一损俱损的道理她一定明白的，只是她根本都不在乎吧。年家的荣宠、贵妃的名华，这些被凡夫俗子竞相追逐的东西，在她眼里怎么比得上和胤祥共进的一顿饭。

"你怎么什么都不吃，养心殿的饭菜就那么不合你的胃口？还是你更喜欢年府的，或者昔日延禧宫的厨房？"雍正直勾勾地看着我问道。

我瞪着他，就算看不见自己的面容也能猜到自己此刻一定面色不善。

看气氛不对，胤祥侧头对屋内一众下人说："你们下去吧。"

无关人等离开后，雍正也放下了手中的筷子："看来朕的这顿饭注定是吃不好了。"

我冷笑道："反正皇上这顿饭是为了成人之美，又不是贪图自己的口腹之欲。怡亲王和年贵妃见到我这煞风景的人可都没说什么。"

胤祥看我语气重忍不住好心提醒："襄贵妃慎言……"

雍正摆手："罢了。朕想知道的是，你冷言冷语的，究竟是因为年羹尧，还是你羡慕人家两人能这样相对饮食？"

他这时候还要臊我？

我有些恼了："皇上能体谅并成全这一对璧人，为何就不能宽待哥哥些呢？这些年哥哥追随您出生入死，征战沙场，参与平定西藏乱事，前不久又去平息了青海罗卜藏丹津叛乱。我不敢说哥哥战功彪炳，但他为大清、为朝廷、为皇上您，不可不谓竭尽忠心，这些您会看不到吗？"

雍正"啪"一声用力将筷子扣在了筷架上："你这是在质疑朕昏庸绝情、不辨是非吗？"

胤祥立刻出言相劝："皇兄言重了。臣弟想，襄贵妃这是替兄长抱不平心切，因此才乱了心智，口不择言。"他说完后目含深意地望了我一眼。

我深吸了一口气，语气软了很多。

"皇上，我刚刚不该以那样的态度同您讲话。我知道，大哥这些年行事不拘小节了些，但他效忠您的心从来没有变过。哥哥有什么错，您可以告诉他，他一定会改的。何必这么大动干戈，革了他川陕总督的职务，收了抚远大将军印，还要将他远调杭州做将军？"

雍正冷哼一声，道："你不要说朕没有给过他机会。去年他回京谒见时曾要求官员跪道相迎，当时有多少人上参他的折子，都被朕压下去了。可他非但不知悔改，这次上的贺表字迹潦草不算，还写错了字。依朕看，他根本就是故意的。仗着自己军功显赫，就敢不把朕放在眼里。这样目中无人、傲慢自大的臣子，朕不惩治他，又该惩治谁？"

"如果皇上非要说哥哥倨傲无礼，那这里面皇上至少也要负一半的责任。昔日皇上感于哥哥的战功，先是将年家上下加官晋爵，之后还特允哥哥总揽西部大权，甚至让他直接参与朝政。这之外，您还赐给他特制的孔雀翎和四团龙袍服。是您要把这份至高无上的荣宠做给别人看的，哥哥他能不接受吗？可到头来您却反过来说他不知进退，您不觉得这对哥哥来说太不公平了吗？"

雍正站起来怒视我："不要说得是朕有负于他一样。他那些所谓的战功，皆在朕许与不许之间。若没有他，朕照样会有一位得力的将军，说不定做得比他还要出色。千里马常有而伯乐不常有，他该感激朕的知遇之恩才是！"

雍正站起身之后，胤祥和春燕也立刻站了起来。

胤祥递给我一个眼神，然后柔声劝慰雍正道："皇兄何必生这么大的气，明知襄贵妃是关心则乱。哪有妹妹不体恤兄长的，纵然言辞激烈，但确在情理之中。"

"是啊，朕实在感到欣喜，向来叛逆不羁的年湘儿竟也知道关心亲人手足了。不论是允禩、允禟，还是允䄉、允䄉，他们几个被降职时你都没有站出来说话。而年羹尧刚收到左迁令，你就急不可耐地跳出来为他据理力争。年湘儿，原来你还记得自己姓什么。原来啊，你还有心。"雍正流露出一副讽刺的表情。

我不欲再与他争辩，静默了几秒后只是说："哥哥是立过重誓的人，旁人不了解，您难道还不相信他吗？"

雍正扬起了嘴角："按你这么说，亮工不正是在履行他的誓言吗？"

我瞪大眼睛不可思议地看着眼前人。他怎么可以把"兔死狗烹"这种行径说得那么轻描淡写，又做得如此理所应当？

自打我进屋后一直没有说话的春燕突然开了口："皇上，您和李大人、田大人他们约了午膳后一同议事。估摸着时间就快到了。"

雍正没再说什么，他看了我一眼后，便拂袖出了门。

胤祥对我和春燕微微点头示意："我随皇上去了，你们继续用餐吧。"

"皇上能为你们制造机会碰面、吃饭，可也仅止于此。你们甚至连单独说几句心里话的空间都没有。其实你有没有想过，带她离开，永远地离开这里，隐姓埋名地去过你们两个人的生活？"在胤祥转身要走的时候，我开口说道。

胤祥惊愕地转回身看着我说："你知不知道你在说什么？这种危险的想法你趁早在脑海中抹除。"

"我知道你从来都是个恭谨的弟弟，更是个贤德的臣子。可你有没有想过她，你就不能为她自私一次吗？你们已经蹉跎了十几年，难道这一辈子都要这样过吗？"

胤祥看着春燕，满眼的痛意。

"当她穿着红色喜服踏进雍王府的那一刻，我们此生便注定要如此了。可是不管这一切有没有发生，不管我们的结局会是怎样，她都是我的一辈子。"

胤祥说完后就走了。我看到春燕的眼睛隐约泛着泪光。

"看样子，你是和他一样的态度。"

春燕抬手拭去眼角的泪痕。

"上次分别前你对我说的话我想了很久，坦白说我不是没动心过。这个诱惑太大了，我无数次在梦中期盼着这一天能够到来。可是当你真的提了出来，我却感到深深的害怕。我害怕他承担背叛皇兄、不忠不义的名声，我不想他一世英名毁于一旦。如果和他厮守需要这么大的代价，那我宁愿不要。正如他说的，不管世事如何变化，我们都会是对方心里那份最深的牵挂，我们都将缠绕陪伴对方走过一辈子。这样就足够了，真的足够了。"

我低头抿了口茶："或许你们的选择是对的。不圆满也是种成全，有缺憾才堪称隽永。"

春燕微微笑了，这种柔和明媚的笑容这些年极少在她脸上看到，令我忽然间竟有些恍神。

"无论如何我还是谢谢你，在设身处地为我们谋虑。我感受到了你的歉意，我不再恨你了。余下的全部生命，我要用来心无旁骛地爱他。哪怕就只是这样偶尔地见一面，说不了几句话地吃一顿饭，我都会觉得很开心。"

看她如今能放下心结，与我坦然相对，我自然打心眼里高兴。

"哥哥此番被贬，恐怕你以后在宫中的日子不会如往日那般风光了。往后还是要规行矩步些，切莫那么招摇了。"

春燕点头道："我以前总怨恨你，怨恨命运的不公，因此做了很多错事，走错了路。希望现在改还不迟，也希望那些被我伤害过的人可以不那么恨我。"

我握住她的手："会的，一切都会好起来的。"

春燕反手拍了拍我的手背。

"年将军被降职一事你也无须太过忧心。或许这是皇上保护他、保护年家的方式呢？如今年家的势力如日中天，多少人看着都眼红嫉妒。又有多少人在绞尽脑汁想设计陷害、一举扳倒年将军。调去杭州恰恰使他远离了这个风暴的中心。恩宠、权势、旁人的阿谀攀附，这些身外之物，我都不在意，年将军这般豁达之人，又怎会放在心上？"

春燕的话让我一下子被点醒。是啊，以退为进，以守为攻，或许这样对哥哥、对年家才是好的吧。

"我一开始还怪你丝毫不为哥哥求情，原来你早已看得通透，倒是我太狭隘了。"我看着春燕，诚心诚意地叹服道。

春燕笑了："我没有那么了不起，只是我待在皇上身边久了，自然能了解些许他的处事风格。"

一个下午我与春燕絮絮聊了很久。这氛围很融洽、很轻松，我甚至怀疑过去十多年中我们之间从未发生过任何的不快。是不是，在春燕替我出嫁前，原本的年湘儿就是和她这样相处的呢？若她没有代我出嫁，今日坐在一起交谈的两人应是年贵妃和十三福晋吧……

这一年的夏季就如同我和春燕间的关系一样，升温得如此突然。

我坐在凉亭中一边摇着蒲扇，一边静静地眺向远方。

小桃急匆匆地小跑至我跟前："主子，不好了！"

我举起手绢，替她擦了擦额头细密的汗珠："怎么还是那么急躁，有什么事慢慢说。"

"有信来报，穆教士与九王爷之间的外文书信被皇上截获了。皇上很生气，革去了九王爷的爵位，还声称要从玉牒中将其除名。"

我替小桃擦汗的手在空气中停滞了几秒，随后我自若地将手放了下来。

雍正登基不到一年，就将胤禵派去西宁驻扎，并命令彼时还是抚远大将军的哥哥严密监视他的一举一动。为了和他保持联系，我托景远秘密跟随在他的身边，并用洋文传书信与我往来。可尽管我们这么小心，却还是被雍正发现了。他终究要下手了吗？

"主子，怎么办啊？"小桃焦急地呼唤我。

我笑了。"什么怎么办，日子还是要照样过啊。曾经鼎盛一时的年家，如今不也没落了吗。只不过革了爵，怕什么。且看皇上下一步的动作。"

刚从小山的凉亭上下来，就遇到迎面而来的熹妃。如此正好，我有些话要与她说。

"襄贵妃娘娘吉祥。"熹妃半蹲下来向我行礼。

我笑着扶她起来："妹妹太客气了。怎么这么巧，真是相请不如偶遇，不妨进我长春宫小坐一会儿？"

熹妃未加迟疑道："那么嫔妾便恭敬不如从命了。"

带领熹妃在花园池塘边的水榭中坐下，我吩咐小桃去沏一壶茶。

熹妃感叹："姐姐真是好雅兴，将长春宫中布置得这么别致。"

"若妹妹看得上这里，那以后不妨多来坐坐啊！"

"嫔妾受宠若惊呢。"

小桃端来茶点，一一为我们倒上茶水。

熹妃将茶杯靠近鼻子闻了闻，随即眼前一亮："是今年刚进贡上来的上好龙井！皇上真是偏宠姐姐，这么好的东西只送给了皇后娘娘和姐姐。"

我抿嘴笑笑："再受宠爱，也毕竟是进过冷宫的人。你喜欢就好，我只怕这茶水会再被有心之人指有问题。要是喝了危及妹妹你的健康，那姐姐可真就过意不去了。"

熹妃面上闪现窘态："姐姐说笑了。"

我拨弄着手上戴的护指，似是无意地说："我可没有说笑，我是在和你说认真的。有些事还是提早说明白好，免得日后再有兵戈相见的那一天。"

熹妃的目光有些飘忽不定，她嘴角扯起勉强的一抹笑容："嫔妾不知姐姐的意思。"

"我们不要兜圈子了，都打开天窗说亮话吧。上次太后服药的事，过去就过去了。可我不希望以后发生类似的不快。坦白地说我完全不认为我会给你带来什么威胁。虽然皇上封我为贵妃，但我一无子嗣，二无殷实的母家背景，有什么可令你们忌惮的呢？"

"娘娘太过自谦了。虽然从没有人亲口向我证实过，但我总觉得你和年家渊源甚深。若我没有猜错，你也是年家人对吧？如此能说是没有背景吗？再者说，就算你现在没有子嗣，但论及皇上对你重视的程度，怀有龙裔是迟早的事，毕竟也的确有过了侍寝。"

我的嘴角泛起苦笑。真是个绝顶聪明的人，这样的女人堪当未来的皇太后。

"年家眼看着气数将尽，不拖累就不错了，又还能帮衬什么呢？况且明面上的年贵妃只有延禧宫一人，再无其他。因此，年家跟我此生此世都不会扯上任何关系了。至于子嗣，若我告诉你我不能生育了，是不是能彻底打消你的忧虑？"

熹妃不可置信地睁大双眼："怎么可能！"

我转开目光："哪个女子会拿生育的事来扯谎。你就当年家女儿不中用，都怀不了身孕好了。你看年贵妃，不也多年无所出吗？"

熹妃将信将疑地看着我说："所以，你到底想对我说什么？"

我再次直视她的眼睛："我会与你一起助四阿哥弘历登上皇位，交换的条件是你不要再加害于我。"

熹妃显露出不解的表情："那这对你有什么好处呢？"

"或许之后会有拜托到你们的地方吧。并且，我和弘历也算是挺投缘的。"我淡淡地说。

这并不是什么难事，我不过是个知古晓今的作弊者，顺势而为地站在了必将被历史选择的一方而已。

## 卷六十八　香消玉殒空留憾

十一月起，春燕的身子便不大好。许是入了冬耐不得寒气，也可能是她体质本就虚弱。

我时常煮些补品带去看她，往往在延禧宫一坐就是大半天，甚至会陪她用了晚膳才离开。

顾蕊曾随我看望过春燕几次，但因两人曾有些过节，顾蕊总是停留不久便离开了。

后来她曾私下向我委婉地提过，是否有必要与春燕稍稍保持些距离。

"年妃与娘娘您同为贵妃，原本是水火不相容的，如今却突然如此亲密相厚，难免惹人怀疑。若被人察觉您与年家的关系，继而牵连出多年前的代嫁事件，那可就糟了。"

我冷笑看她道："你是看原本与我对立的年妃现今与我重修旧好，内心不豫了吧？噢不对，不是你，应该是皇上。他怕我与春燕齐心向年家，令他不好控制了是吗？"

顾蕊苦涩地摇头："娘娘如此看嫔妾，嫔妾没什么可说的。可娘娘总是看轻皇上，嫔妾替皇上觉得委屈。"

我唇角微动："是我亏欠了春燕，我们曾相互怨恨那么久，如今好不容易冰释前嫌，我照顾病中的她又怎么了？我知道这宫中隔墙有耳，人言可畏，时时刻刻活在别人的监视与猜疑中，可那又怎样？难道我们便活该掩埋自己的真心、戴起面具战战兢兢如履薄冰地过完此生吗？"

"嫔妾不是那个意思……只是最近宫中有流言，传闻年贵妃是因为有喜因而导致身子惫懒，稍感不适。"

我对此嗤之以鼻："一派胡言！旁人不清楚便罢了，难道你还不清楚吗？春燕和我虽说同为贵妃，但都是注定不会有子嗣的女人。"

蕊儿点头道："嫔妾当然明白。可年妃自入府后虽然一直无所出但恩宠不绝，且年家之前权势鼎盛，年妃又曾那么跋扈，自然引得许多人的不满与忌惮。如今关于其身怀龙裔的传闻甚嚣尘上，虽然心知那是无稽之谈，嫔妾只怕又会引起什么轩然大波。"

我蹙起眉："不会的，皇上虽是薄情寡恩之人，但对十三是十足的有情义。凭他对十三的这份亏欠，也定会保春燕安然无事。就算年家败落了又怎样，春燕仍是盛宠优渥的年贵妃，没人敢动她的。"

蕊儿沉默了一会儿既而微叹了一口气："但愿如此吧。"

许是为了鼓励久病不愈的春燕，也可能是为了安抚担心焦虑却无法探视的十三，雍正下了道旨，晋年贵妃为年皇贵妃。春燕在后宫中从此只位于皇后一人之下，万人之上。

自此更是流言四起，宫人哗然。虽然众人皆知年妃从入府到入宫一直深受雍正优待，尽管膝下无子却一路畅通地得以晋升，可那是在以前年家受重用的时候。此一时彼一时，年家倾覆，旁人抱着看好戏的心态隐隐期待着年妃失势，却没想到雍正对其不降反升。一时间，关于其有身孕的传言似乎越发令人信服了。

就在我止不住担心，琢磨着要不要请求雍正送春燕出宫到颐和园静养一些时日之际，雍正却宣布将与皇后前往天坛祭祀，十三王爷、十七王爷同行随扈。

我心想这样也好，雍正离开些时日，后宫这些女人也能消停一阵子了。希望春燕能借此得到真正的静养，不要再被那些闲言碎语所扰。

这天我照例去延禧宫给春燕送滋补的药膳。可刚走到延禧宫门口我就发觉不太对劲：原本熟悉的门卫都换成了新的面孔，也不见春燕宫里的小太监早早在门口迎我。

按住心下不安，我快步向宫内走去，不想却被几个侍卫拦住。

"襄贵妃娘娘请留步。我们娘娘有吩咐，今日不许任何人来探望。"

我冷肃着一张脸道："用这样的借口唬人像话吗？若年贵妃有此安排定会提前知会本宫，况且本宫看着你们几人陌生，实在可疑。"

见我不管不顾地向里冲，侍卫提起手中的长矛相互交叉挡在我的面前。

"请娘娘不要难为奴才！"

跟在我身旁的小桃立刻大喝："放肆！你们竟敢对襄贵妃娘娘无礼！娘娘可是先帝御旨赐婚给皇上的妃子，是皇上现今除年皇贵妃娘娘外最为宠信的妃子，你们敢对娘娘不敬，就不怕万岁爷祭天归来后开罪你们吗！"

被小桃的怒喝唬住了，这两名侍卫有片刻的无措，他们垂下手惶恐地看向我说："奴才万万不敢，请娘娘恕罪。"

趁他们松懈时我立刻绕过他们大步向延禧宫内奔去。身后小桃牵制侍卫的声音也随之渐渐远去……

迈进延禧宫的正殿，我惊呆了。屋内齐刷刷地跪着一众宫女太监，都是原本春燕身边的人。几名和我较为相熟的大宫女看到我来了，立刻泪眼婆娑地向我投来求助的眼光。

我抬眼冷冷看向殿中正襟危坐的熹妃："熹妃妹妹这是想做什么？"

熹妃倒也不急着解释，只是缓缓站起身向我行礼："嫔妾见过襄贵妃娘娘，娘娘万福。"

我看熹妃没有开诚布公的意思，便转身看向跪着的一位宫女："皇贵妃娘娘呢？你说！"

那位宫女无助地看看我，再看看熹妃，却始终咬着嘴唇没敢开口。

我拂袖向里屋走去。

熹妃在身后叫住我："我要是你，现在绝对不会进去。安安静静地待在这里等候那个必将到来的结果，这才是明智之举！"

我怒不可遏地回身看她："熹妃！敢情先前我与你那番长谈是白费口舌了？好啊，你想置身世外是吧，我偏让你跟我一起蹚这浑水！"

说着我便狠狠地握住熹妃的手腕，拽着她一同跟我前去春燕的居室。

殿中众人看我俩这样公然争执都惊住了，却没人敢上前阻拦。

途中熹妃几次想甩开我的手："你醒醒好不好，你根本没法阻止。你还没看清楚吗？她们就是趁皇上出去祭天这段空隙才下手的，这根本就是筹谋已久势在必得的事，任凭你怎么挽救都没用的，你明不明白？"

我恨恨地望向她说："你少在那里把自己撇得干净。我不信这事你提前不知情，我不信你不是共谋。"

熹妃嘲讽般地笑了："我知与不知，有区别吗？话说回来，我就是提前知晓了又能怎样，通知你来救场吗？你确定这不会让事态变得更糟？"

我忍不住冲她大吼："所以你便选择明哲保身、袖手旁观了是吗？熹妃，你狠辣的作风我算是见识了！"

熹妃红了眼睛："不然你要我怎么办？我该凭一己之力为了年妃那个曾无数次公然羞辱我、压制过我的女人抗衡她们所有人吗？现今弘历本来就处于劣势，时时处处要敬让着三阿哥。若我此番得罪了齐妃，她不知又会令三阿哥怎样给弘历小鞋穿。若你果真像上次说的那样全心支持弘历，就该设身处地地为我们母子想想，而不是尽说些不切实际的话！"

熹妃的话让我怔了几秒，争吵间我们已来到春燕的屋前。我将空着的左手紧握成拳，又深呼吸了两次后，猛然伸手推开紧闭的房门，同时拉着熹妃跟我一起走进了屋内。

屋外的阳光立刻倾洒进来，清洗着房间内每一个角落，却只怕无法清洗房中众人的心。

果然如此，齐妃、懋嫔、宁嫔、裕嫔这些个宫中老人都在屋子里。

轻轻松开熹妃，我冷笑着对面前几人说道："本宫年纪在众人里还算小，入宫为妃的时间也是最短的，因而时时刻刻都尊重几位姐姐。可今儿个是什么意思，诸位趁皇上皇后出宫祭天便来势汹汹地擅闯延禧宫，私自责罚皇贵妃的下人，还换了原先的侍卫。本宫就想问一句：你们想干什么？都反了吗？这次是皇贵妃，那下次是不是要轮到本宫了，啊？"

听了我的话，其他三位嫔妃都面露尴尬。倒是齐妃扬了扬嘴角，款款向我走来。

"襄贵妃娘娘息怒。您怎么能将自己与年妃相比呢？年妃这是咎由自取，我等不过是替天行道——清君侧！"

我瞪大了眼睛看着齐妃："你知不知道自己在说什么？"

齐妃显然毫不意外我的反应："据传年妃有孕，听延禧宫中的宫女禀报，年妃的确有些日子没有信事了。但我查了近来几个月的敬事房记录，皇上并不曾召幸过年妃。这表明年妃乃是不洁之身，她身为皇贵妃，胆敢淫乱后宫，辜负皇恩，简直罪无可恕！"

我厉声骂道："你住嘴！本来就是风言风语的传闻，你们竟也相信？只听宫女的片面之词却不传太医来问诊，简直愚昧！况且就算是久无信事又有何怪，皇贵妃娘娘这段日子一直身体虚弱，这是我们有目共睹的实情。你不许再信口雌黄，诬蔑娘娘的清白！"

齐妃冷笑一声道："我还纳闷呢，贵妃妹妹近来怎么突然与年妃如此交好，现在看来一切都明白了。原来我们宫里的两位贵妃都有秘密呢……那次在我宫里撞见妹妹，应该也不是偶然吧？"

"你！"

我心知她指的是那次我和胤祹在储秀宫会面被她碰到的事。虽然她现在根本就是在故意向我和春燕泼脏水，但碍于众人都在，为防事情越描越黑我却实在不好在此刻开口解释那时的误会。

齐妃看我气得语塞，满意地笑了。

"妹妹还是想想如何自保要紧，就别掺和进来了。年家败了，这年湘儿迟早也是个赐死的结局，再不然也会被打入冷宫。我等不过是想皇上之所想，行皇上之欲行罢了。"

我啐了一口："少说得自己这样卑鄙的行径师出有名似的。年家就算败了，也没到人人都能踩一脚的地步。年皇贵妃该如何处置，自有皇上定夺，还轮不到你齐妃来自作主张！我劝你现在收手，趁早滚回你自己宫里，这样本宫还能当作什么事情也没发生，不至于闹到皇上那里。"

齐妃对我的呵斥倒也不恼，她慢慢走近我，伏在我耳边轻轻说道："毕竟还是姐妹情深嘛，年大小姐。"

我全身的血液似乎瞬间凝滞，指尖也觉得冰凉凉的。尽管如此，我依然努力保持面色如常。她知道什么，她从哪里得知的？别慌，冷静……或许她是在诈我呢？

齐妃看我费力克制的样子，露出嘲讽而不屑的神情。

"妹妹别拿皇上来压我。今儿个我敢来这里，敢做这件事，就代表我有万全的把握。况且年皇贵妃她自作孽，有天收！这些年她敢那么目中无人，就该想到有一天将承受其恶果！谁都不可能永远好运的。这句话，我也送给你，襄贵妃妹妹。"

面色冷清地看着她，我从牙缝中挤出几句话："是吗，那妹妹受教了。不过不好意思，本宫不喜欢空手而归。今天来，我一定要保年皇贵妃。你若是想做什么，随你，用你自以为掌握到的不可告人的把柄。"

说完我就无视她们几人，绕过屏风，几步迈至春燕床边。

她看起来很虚弱，但是睁着眼，精神清醒着，想必已经完完全全听到我们刚刚的对话。

我轻轻、慢慢地将她扶起一些，同时温声问道："你还好吗，她们对你做了什么？"

春燕微微地摇了摇头，毫无血色的脸上努力牵出一丝笑容。

"她们刚到，你就来了。"

我握住她的手，很凉，"别担心，有我在，她们谁都不能碰你。"

齐妃她们随我的脚步跟了进来："妹妹，我劝你别任性妄为。姐姐真心不想看到你把自己搭进去。"

我恨声对身后人说道："你敢就尽管试试。看是本宫先身陷囹圄，还是你齐妃人头落地！"

春燕反手覆在我的手上。虽然没多少力气，但依旧传递出她不容忽视的态度。

"算了，由她们去吧。反正我这病也不会大好了，如今不过是靠些名贵药材来吊着性命罢了。"

我诧异地看她："怎么这么说！我才不会容许她这奸妃在此祸乱后宫。"

齐妃冷着脸咳了一声："襄贵妃注意些自个儿的措辞。年皇贵妃是个明白人，我们就别浪费时间了。把药端上来。"

位份最低的裕嫔闻言立刻将桌上盛有药碗的盘子端到我们跟前。

齐妃端起药碗，递给了面色平静的春燕："皇贵妃娘娘，这是嫔妾几人的一点心意。从府中到宫中，多年下来，总归也是有些情分在的。喝了这碗药，湘儿妹妹便再也不必受病痛折磨了。"

　　春燕未加迟疑，便抬起清瘦的手准备去接那药碗。在她指尖触到碗壁的一瞬间，我实在忍无可忍，挥手打落了药碗。

　　齐妃看了一眼地上的碎片与汤药，眸色中闪现而出的一丝狠厉立刻被掩藏于面上的假笑之后。

　　"无妨，吩咐厨房再去煮一碗。我们不急，定伺候皇贵妃娘娘亲自服下。"

　　正在我欲二次爆发时，春燕及时拽住我的衣袖："不必劳烦齐妃姐姐了。本宫这病，用药不用药，都一样是个油尽灯枯。再则，回头御医从药里验出来什么，你们也不好交代。"

　　齐妃有些怀疑："你的意思是……"

　　春燕别开脸不再看她："本宫近来都没什么胃口，自今日起便不再勉强自己进食、服药。相信两三日滴水不沾后，齐妃姐姐很快会看到自己想要的结果。"

　　齐妃仍将信将疑道："妹妹可别想着什么旁门左道，到时弄得大家都不好看。"

　　春燕笑了："姐姐多虑了。嫔妃私自出逃是什么罪，本宫还记得。大不了就多派些人看着，本宫拖着一副病躯能跑到哪儿。你们都出去吧，本宫要单独和襄贵妃说说话。"

　　齐妃还欲争执，我一个凌厉的目光扫过去，她终于住了口。一旁的懋嫔等人拉了拉她，齐妃便肃着脸转身离开了。

　　几人走后，屋内终于回归了平寂。

　　我握起春燕的手："别怕，我陪你。况且皇上就快回来了，你一定要撑住。"

　　春燕侧脸注视着我："我累了，是时候休息了。"

　　"我扰到你了？那你睡一会儿，我就在外间守着。"

　　春燕摇头说："我不是指这个。我是说，这么多年，我真的很累了。从入雍王府到入宫，从丫鬟到年福晋，直至年皇贵妃，我已筋疲力尽。以往还有对你的仇恨支撑着我努力活下来，可现如今我似乎连一丁点奔头都没有了。好累好累……快坚持不住了。"

　　我握紧她的手："你不要这么说！十三爷就在归京的路上了，他盼望着见到你，你千万不能自弃！觉得快要支撑不住的时候你就想想他，想想你对他有多重要，他不可以失去你啊。"

"胤祥啊……"春燕呢喃着，目光变得迷离，"这些年，他过得太苦了。我的存在，怕是加剧了他的不易。我常常想啊，若是他从来没遇见我，若是我没有不知身份地与他许定终身，甚至，若是我代嫁时就一了百了地死了，或许他就不用煎熬地走过这些年，他的生活会简单快乐得多。"

我的眼角湿了："不，你别这么想。不是因为你，是我，都怪我。因为我你们才耽误了这半生，是我的错……"

"以前我也是这么认为的，因此发疯般地恨你，想要报复你，让你也尝到那种肝肠寸断的痛苦。当年你与西洋教士的信件是我遣人偷来的，你身怀六甲时遇到的那个刺客也是我派去的……对不起，湘儿。我害你差点送了命，我害你失去了孩儿，我害你不能再孕……若是人生对错能够衡量，我想我们之间早就一笔勾销了。你曾负于我，但这不是我变得阴险毒辣的理由。我的的确确做了很多错事，我造的孽早已罄竹难书。因此我想，或许这个结局也是好的。就算她们不来逼我，我也难以安然地度过余生。"

我痛苦地流泪："不可以，我不能放任你这么做。我们好不容易和解，我在宫里好不容易能有个真心相待的姐妹，求求你，别离开我……要是十三爷知道来龙去脉，他一定会埋怨我没有留住你，他一定会遗恨到老。"

春燕笑了笑，那笑容看起来很淡然、很超脱。

"齐妃今日的气焰你也瞧到了。想必她已经知道你与年家的关系，否则怎么敢如此嚣张地威胁我。弃卒保车乃是现今最好的选择，有你在，便能为年家那些无辜的人争取活下去的机会。至于胤祥，就跟他说我是自然病故，我不想让他再因我的离去而承受更多的痛苦与仇恨。"

我已然泣不成声："为什么受伤害的总是你。当年为了让年家在我逃婚后不受牵连而牺牲了你的幸福，今日亦为了保全年家而要牺牲你的性命。我和年家人都欠了你太多太多，来生你为主子我为仆，这一世欠下的我定当百倍偿还！"

春燕用冰凉的手背为我拭去脸上的泪水。

"我们是谁不重要，若有来生，我们不要再过得如此凄凉就够了。嫁给自己想嫁的人，生一个健康可爱的娃娃，像大多民间女子一样过平凡而幸福的一生，如此便再好不过了。"

春燕颤抖着声音，温柔地勾画着这些再简单不过的愿望。她嘴边始终挂着恬淡的笑容，可眼角却有泪珠落下，顺着她苍白的面庞流下来，滴落在枕头上，将那附近的一片绸布都晕湿了。上面的刺绣小花浸染泪水后颜色加重，细细地蔓延开，我恍惚中看去，仿佛看到我们漫漫长路走来，相互纠葛缠绕的年华。

# 卷六十九　天地茫茫情可鉴

我感觉自己眼前蒙着东西，暗暗的，什么都看不见。

我一把撩起头上盖的东西，低头看去却发现是个大红盖头。怀着惊慌，我打量四处，这是个长长的灰暗的甬道，一眼望去竟怎么也望不到尽头。

我怕了，开始向前方小跑起来，可跑了一会儿我又慢慢停下来。望望身前，又回头看看身后，我陷入了深深的疑惑：究竟哪一头才是我的目的地呢？哪边又算得上是真正的前方？

我自以为是地狂奔一通，以为这样终究能够到达我想前往的尽头。可若一开始这边就是错误的方向，那我岂不是将自己与初衷推向越发背道而驰的远方？

身后传来一声冷笑："怎么停下来了，继续跑啊。看看你能跑到哪里。"

我转过身，不意外地看到雍正。可他此时穿着皇子的大红袍服，似乎仍是四阿哥时期。

他看到我面孔的一瞬呼吸有刹那的停滞，接着整个人都僵了。

"怎么是你，湘儿呢？"

我不解地看他。可他却几步迈到我面前，紧紧地扣住我的肩膀，将我拉到距他仅几厘米之隔的位置。

曾经的四阿哥压抑着满心的狐疑与愤怒低声喝问我："湘儿呢？你们竟敢这么做！"

我们此时近得呼吸可闻，我从四阿哥因愤怒而过度放大的瞳孔中看到了自己：我……我是春燕？

就在我怔在原地时，时空似乎有瞬间的暂停，随即立刻向前快进。我如同坐在一列飞快行驶的列车上，旁边的事物急速向反方向退去，只能偶尔看到些不分明的片段。

就在我头晕目眩，几乎难以站立时，急速行驶的"列车"缓缓减速，直到最终停了下来。

我的面前站着一个背对我而立的青衣男子。从背影我大概能猜出来人是谁，迟疑着唤出一声："你……"一开口才发现自己嗓音嘶哑得厉害。

胤祥看向我，眸中满溢着悲伤。他抬起脚一步一步向我走来，准确地说是拖着一只脚无比缓慢地向我这边移动。

我讶异地看着他，每一步都如此艰难如此痛苦的他，依然固执而坚持地向我走来，哦不，准确地说是向他目光中唯一的春燕走来。

胤祥脚下不稳，险些就要跌倒。我忙上前扶住他："你怎么了，为什么会这样？"

他稍感抱歉地对我笑了笑："做了僭越的事，难免皇阿玛惩戒我，我理当受罚。"

我明白过来，这时正处于二废太子后九子夺嫡的混战时期。十三替四阿哥扛下结党营私的罪名，惹得龙颜大怒。

他从宗人府放出来时，就已遍体鳞伤。我记得那时我曾去看望过他，在十三府中春燕还曾恨不得将我掐死，只因我是八爷党那边的人，我明明知道他们要对四爷党反击，却出于立场等原因缄默不语。

这样回想起来，我才发现自此之后，十三的腿脚是不大灵便了。不说往日最为擅长的骑马练武，就连走起路来也不复年少时的虎虎生风。

画画的人有精心的构图比例，事物在图画中依照重要性而显现出不同的大小及位置。其实人心也一样啊，这些年我终究活得还是太自私了。胤禛轻轻一个皱眉，我都能毫无遗漏地收入眼中。可十三明明受了如此大的伤害，我却视而不见。是刻意忽略吗，还是努力在逃避呢？

"列车"再次行驶起来，只是这一次没有上次那般飞快。

我能清楚看到"窗外"的场景："自己"初入府时的谨小慎微；每每入宫拜会德妃和皇上时的惴惴不安；因多年无所出而受到的非议与流言；因年家鼎盛与皇上盛宠而带来的白眼与嫉恨；府中女眷以及之后宫中妃嫔间无休止的钩

心斗角……

　　若不是以春燕的视角亲身体会一遍她这些年的经历，我又怎能真正理解她口中的疲惫？而令她一路走来精疲力竭、奄奄一息的人，不正是我吗……

　　我痛苦地拼命拍打着列车窗户："放我出去！我不要这样继续下去了，我要向皇上坦白，我要把一切说出来，我要还给春燕本该属于她的自由！"

　　没有人应答我，没有人来解救我。胤禛，你在哪里，你来救救我啊。哦，不，我现在是春燕，是如此孤独无依、内心充满对未知恐惧的春燕，是被我无情抛弃出卖的十三的爱人春燕啊。

　　在我无数次埋怨命运的不公与捉弄时，却往往都会有人来将我拯救。比如胤禛，比如胤祹，比如胤禩，甚至还有穆景远、王虎、小桃、年羹尧这些亲友，甚至萍水相逢的朋友。我从来都不曾完全地被抛弃、被伤害，我的身边总是有关心我、陪伴我的人。

　　可春燕不一样，她阴差阳错地成为雍正的妃子、她的爱人胤祥最敬爱的兄长名义上的女人，她的人生太难了，明明相爱却不能爱。就连齐妃她们想去毒害她，都没人能在她身边保护她，也没人能保得住她。

　　泪水顺着我的脸庞不断地流下，有一些顺着唇边渗进嘴里，真的好咸。这一点味觉稍稍唤醒了我的意识。我感到有人在轻唤我的名字，同时摩挲着我的手掌。

　　"列车"终于停了下来，门打开，我迫不及待向外跨出去。睁开眼，我的目光涣散一片，仍旧什么都看不清楚。

　　"娘娘，您醒了，您终于醒了。"床边人激动地说道。

　　我不为所动，只是转了转眼珠，又睁眼闭眼重复几次，这才渐渐恢复视觉，成功地将视线对上焦。看向身边，噢，是她，不是她。

　　蕊儿温柔地用湿帕子擦擦我头上密布的汗珠，将水杯递到我唇边。

　　"娘娘您先喝点水润润嗓子。您在梦中抽泣了很久，只怕嗓子已经哑了。"

　　我低头啜饮了几口水，随即抬头看向她。

　　"皇贵妃人呢，她可还好？"话一出口我发现自己的声音果然暗哑不堪，就像和着一把沙。

　　蕊儿垂下了递水杯的手，也垂下了眼睑："皇贵妃娘娘她……于昨晚，薨。"

　　我颓丧地将头重重向后靠去，双目茫然地望着床顶帷幔。

　　蕊儿看我失神，忙解释道："据延禧宫的丫鬟说，齐妃走后，娘娘一直伴在皇贵妃娘娘床榻边，和她絮絮说着话。过了很久很久，皇贵妃娘娘睡着了，您也睡着了。没人敢上前打扰，直到嫔妾赶到那里，才发现皇贵妃娘娘已走了。娘娘您直到她临终还紧紧握着她的手，嫔妾怎么掰您的手指都掰不开……带您回长春宫后您就这么迷迷糊糊地昏睡了一天一夜，梦里哭泣不止，令嫔妾好担心。"

　　我艰涩地开口："派人去通知皇上了吗？"

　　蕊儿点头："昨晚一发现皇贵妃娘娘走了后，嫔妾便立刻派加急文书呈给万岁爷。估摸着皇上皇后明天就能回宫了。"

　　"为什么昨天齐妃动手时你没来，那时你在哪儿？"

　　"齐妃就是怕我给皇上通风报信，因此早早就将我禁足于储秀宫中。直到听说昨晚您和皇贵妃都昏睡不醒时，她才放我出来前去延禧宫看看情形。"

　　泪水再次濡湿我的眼角："齐妃……好歹毒的心。我一定不会放过她。待皇上回来，我定要为春燕讨一个公道！"

　　蕊儿摇摇头，将手覆在我的手上："这个公道是一定要讨的，只不过不是现在，也不该是以这种直白的方式。还望娘娘冷静。"

　　我情绪激动地说："你什么意思？我眼睁睁地看着她们逼死春燕，我却无能为力。现在人都不在了，难道我还什么都不做吗？你让我日后见到十三时良心何安？"

　　蕊儿叹口气："娘娘，难道您就没想过，齐妃的确仗着是三阿哥的生母而目中无人，可她再怎么嚣张也不敢欺压到年妃头上啊。除非是有人借给了她这个胆子。娘娘您再想想，她怎么会识破您与年家的关系？这宫里除了您自己、皇上、十三王爷、已故的皇贵妃以及我以外，还有谁是一开始就知道的？"

　　我敛眉看她，道："你是说，皇后娘娘？"

　　蕊儿神情严肃："娘娘是聪明剔透的人，自然不难看出。这宫里不管谁有子嗣，不管谁母家鼎盛，还不都是虚的，了不起最高便就是个皇贵妃。真正拿事儿的人只有一位，仅此一位。怎么那么巧，皇上前脚刚离开京城，齐妃她们便大摇大摆闯进延禧宫。剥丝抽茧细细分析，这事着实处处透着蹊跷。"

怪不得春燕说她很累了，怪不得她宁愿自己放弃生命也不愿再做无谓的抗争，原来她早就看透了。是啊，这宫里谁不是心里明镜似的，若非如此，又怎能一路披荆斩棘地生存下来？

终归还是我太自负，以为自己凌驾于历史之上，能总揽全局。可事实证明，那个一叶蔽目夜郎自大的人，其实是我。

我疲惫地合上眼："蕊儿，请为我准备午膳吧。"

蕊儿看我有进食的欲望，喜出望外："好，我这就去，娘娘稍等片刻。"

在她快走到门前时，我说："答应我，要活着，至少在我之前要好好地活着。你监视我也好，利用我也罢，我都不介意了。我只是很怕，自己身边的人一个个离我而去。"

蕊儿顿了顿，在她打开门踏出去之前，微不可闻却坚定地应了声"好"。

春燕葬礼那天下起了雪。雪花细细密密铺洒在宫道上，在大殿前，在这紫禁城的每一寸角落。我想她会开心的，有这样干净无瑕的雪花，飘飘扬扬地护送她远去。

雍正以皇后的最高规格来进行年皇贵妃的一切丧葬仪式。可我觉得很可笑，这些年他将春燕不断晋升，从小小的侧福晋到宠绝后宫的皇贵妃。就连如今，葬礼都比寻常妃嫔来得更加庄重盛大。可那又怎样呢？春燕她永远地逝去了，她与胤祥间被挤压得近乎令他们窒息的爱情，也随着春燕的离世被镌刻于胤祥的脑海中，只成为他一人的独有记忆。

关于春燕的离世雍正没有多问，毕竟太医看过，她的的确确没有任何受伤或中毒的迹象。在任何人看来，年贵妃久病离世都算意料之中的事。

我冷眼看着大清皇帝与皇后在春燕葬礼后很快便回归了平常的宫廷生活。一个兢兢业业上早朝批奏折没有一天不熬到夜半三更；一个恭恭谨谨统众妃摄后宫没有一刻不做得不偏不倚滴水不漏。

或许这夫妻两人真的天生是做皇上、皇后的料呢。

春燕生前人缘便不大好，因而她去世丝毫没带给宫人过多的感触。想到这位一生未留下一儿半女却独占盛宠，高居皇贵妃位却视权力荣华为草芥的奇女子，在史册上却不过也只是寥寥数句带过罢了，我便心生浓浓悲凉。

幸而，有一个人的存在，证明着春燕曾经炽烈地存在过、爱过。

　　在宫中我们也曾相遇。远远地看着胤祥，我甚至不敢靠近。他四周漫溢的悲伤气息让人不忍多看。其实想想我见到他又能说什么呢？当天在现场却什么都没有做的自己、这样无能又软弱的自己，愧疚感令我见到他便想要落荒而逃。

　　可该相遇的总归还是会相遇。只是我没想到我与他之间下一次的面对面谈话竟会是如此痛彻心扉。

## 卷七十　旧时王谢堂前燕

"娘娘，万岁爷他不在里面，您回去吧。"苏培盛在养心殿门口拦着我，一脸的无奈。

我面向他言之切切："苏公公，我无意让你为难，我也知道是皇上不想见我，可我此刻必须面圣，请你不要再阻拦我了！"

苏培盛用力地摆了摆头："奴才没有骗娘娘，万岁爷真的不在这里。"

我苦涩地牵起唇角："原来我竟落到如此地步，皇上连个像样的借口都不愿寻了。苏公公，自皇上登基以来，你哪时哪刻不紧随他左右？"

就在苏培盛面对着我百口莫辩时，一个声音出现在我面前。

"苏公公没有骗你，皇上的确不在养心殿里，他去圆明园了。"

看到十三出来，苏培盛向着我们微微躬身，便退到一边了。

十三面色平淡柔和，向我做了一个向里请的手势。我跟着他，一同走了进去。

"皇上一早就出宫去圆明园了？还真是忙中偷闲，不符合他向来的作风呢。"我盯着案几上的一沓奏折说。

仿佛没听到我话中的讥讽，十三淡然地点头："四哥心烦的时候会一个人去圆明园透透气。四哥小时曾在那里久居过，因此很有感情。"

我冷着脸说："是心烦，还是心有愧疚、不敢面对世人的讨伐与评议？"

十三没有立刻言语，而是亲手为我沏了杯茶，放在我面前："你还是知道了。"

我面上浮现可笑的表情："宫中口耳那么多，况且是这么大一件事，你们以为可以瞒我多久？"

十三抬起眼眸直直地看向我，没有一丝闪躲。

"并不是刻意瞒你，只是怕你知道后支撑不住，又病倒了。"

"胤祥！"我一下子很激动，"你不觉得你们这样做太赶尽杀绝了吗？大哥他真的罪该万死吗？"

"这么多年一起谋略、共事，说四哥与年大人没有感情，那是假的。因此，做了这样的决定，四哥他也很痛、很难。但是没有办法，世事无法一味地向着人们希冀的方向发展，我们也不得不当断即断，有所割舍。"

我鼻子发酸，最终还是抑制不住地哭了。

"好，你们要杀大哥，我不说什么，毕竟这是他甘愿的，是他曾向皇上许诺过的。可年家其他那些人呢？你们要斩年富，要把大哥其他几个儿子统统送去充军，这又是何必？是不是在皇家这个地方，斩草，就必须要除根？"

胤祥眼中闪现出不忍："年家多年势力盘错，若不一下子处理好，只怕往后要春风吹又生。"

我自知无法劝动他和雍正，便静静地流着泪，过了一会儿才说："你知道吗？也是因为有人怀着这种想法，春燕才离开了。"

听到春燕的名字，十三的肩膀开始微微地战栗。虽然他在努力地克制自己，可他翻腾的情绪还是难以逃过我的眼睛。

"皇贵妃……她走前可有留下什么话？"

我抬手随便抹了抹脸上的泪，然后面向胤祥一字一句地说："她说若有来生，她希望能嫁给自己想嫁的人，生一个健康可爱的娃娃，像大多民间女子一样过平凡而幸福的一生，如此便足够了。"

胤祥的眼睛一下变得深红，他吸着鼻子说："她一定会如愿的。今生受的苦，便是为来生渡的劫。"

我的手紧紧攥着桌沿，指甲抠在木质纹路中，那表层被我划出一道道伤疤般丑陋的痕迹。而疼痛也从指尖传来，随即蔓延至我的全身。

"你很恨我吧，要不是因为我，她或许早就如愿嫁给了你，为你生一个健康的孩子，跟你过幸福快乐的一辈子。如果是那样，她就不会死了，死的本就该是我。"

胤祥皱眉看着我因与木桌相角力而指节发白的手。

"你别这么想，人生何谈假如。我早就说过，无论我们是否在一起，无论结局如何，无论生死，她都是我的一辈子。还有，我很感谢你，在她离世前的最后时间里陪在她的身边，给她温暖与安慰，真的谢谢你。"

我透过泪水模糊的视线看他。近二十年里，似乎周遭经历变故最多的是他，而内心最没有发生变化的也是他。

"是我无能，没有留住她。如今看来，大哥我也是留不住了。自今年四月大哥调任杭州将军以来，他先后被削太保职，罢黜为闲散旗员，甚至直到他被逮捕押解至刑部狱中，我都没有来求过皇上。我心知求救没有用，而且我总是心存侥幸，期望皇上能念旧情留大哥一命。"

"我原以为皇上会因为年皇贵妃去世而给年家格外开恩，可直到今天得知皇上以九十二款罪赐死大哥，我才明白，皇上他始终是皇上，不是他无情，而是我一直没有真的了解他，也错估了自己。或许有一天，皇上也会赐我死罪。甚至，他可以不吝惜地杀死他的那些兄弟手足，你说对不对？"

"别把事情想得那么糟，没到万不得已，不会发生那样的事。"胤祥说。

"那么我问你，如果有朝一日真发生了呢，你会选择怎么做？眼睁睁看着你的八哥、九哥、十四弟被处死，对皇上的行为不闻不问吗？"

胤祥倒吸了口气，却迟迟无法开口回答我。

我继续说："我知道你左右为难，好，我不勉强你。可胤祥，你能不能答应我，如果有万全的法子，既能帮皇上稳定大局收揽权力，也能助你的兄弟保全性命，你一定要帮我，帮他们渡过此劫。"

胤祥叹了口气说："没有人天生喜欢杀人，我们也并不喜欢双手沾满鲜血的感觉。若果真有你所说两全的法子，我自然希望不再有杀戮发生，四哥他也不想的。"

我浅浅笑了："我权当你答应我了。"

"你也不要总想着别人的事。入宫都三年了，你和四哥间的关系却一点都没有缓和。把前尘过往都放下吧，好吗？让自己轻松地活，不要再背负那些你不必也本不该背负的。"胤祥说。

我抬起手阻止他继续说下去："你不要再劝我了，在这件事上，正如你说的，不管结局如何，春燕都是你的一辈子。胤禛于我，亦如此。我心如磐石，此生无转移！"

大哥被行刑后，我请求出宫到城外的大悲寺祭拜。皇后允了，不知是不是雍正提前有所交代。

我只带了小桃和两个随从。到西山后，我吩咐随从在山下等候，只命小桃陪我上山。

爬到半山腰便看见了大悲寺。听说这座寺始建于辽金时代，距今已近七百年。相较于此时至现代的三百年不到，它的时间更为久远。

我看着大悲寺的匾额想：这座经历了七百年的寺庙，看过了那么多朝代更迭、风云变幻与缘起缘落，如今看到我这个三百年后的游魂，又会有什么感触呢？

小桃跟着我走进正殿，她请了三炷香，为我点燃并递给我。

我恭敬地举起香，在蒲团上跪下，正对着观音菩萨三叩首，接着将香插进香炉中。

我依旧跪坐在原地，双手合十望着高高在上的观音大士，她看起来是如此的悲悯。

菩萨啊，若您能听到我的心声，请答应我，不要让更多的杀戮发生了。

"我们从虚空中来，每个人都怀抱着善与恶。有人升入天堂，有人堕入地狱，在无边的业火之中，我们逐渐地迷失了自己。人类毁灭了自己的神，自认为很强大很聪明，但是我们的行为会使我们一天一天地失去庇佑。没有信仰的人是可悲的，心中无所忌惮的人会将自己推向万丈深渊。"

"人天生心欲作恶，意志薄弱。神说人须为自己的罪负责，因为他被赋予了自由的意志。而诚心悔罪者，神便从他的身上把罪除去。"

菩萨啊，我自知身上充满罪孽。我不苛求能洗清业障，但我诚心忏悔，我为自己的罪过，也为他们的罪过。菩萨啊，请您看看这惨淡的人世间，请您赋予我力量，让我拯救于我爱的人于水火。

从正殿出来，我踱步至不远处的凉亭中坐着。山中繁林茂盛，流水潺潺。虽然冬日仍冷峭，但因为地处阳面，又正值中午，我们被晒得挺暖和。望着眼前的幽深景色，我的心也平静了许多。

小桃看我坐下，便进庙里为我讨暖炉去了。

感觉到身边有一个白色的身影，我头也没回地说："胤祹，坐吧。"

胤祹款款落座，看向我笑笑："倒也奇怪，每次我不出声你都能猜出是我。"

我也笑了，说："是啊，我也觉得挺稀奇。或许是因为你自带与众不同的气息，我想感受不到都不行。"

"你清瘦了很多，面色也太苍白了。"胤祹说。

我转开话头："你什么时候来的？"

"方才看你在殿中礼佛，那么虔诚那么专注，我不敢上前打扰，就出来等了。"

我眨眨眼道："非礼勿视，十二爷所行非君子所为哦。"

胤祹好笑地点头："是，我这个小人向你赔罪。一会儿请你用膳可好，给你补补。看你瘦成这般，一定没有好好吃饭。"

"旧时王谢堂前燕，飞入寻常百姓家。胤祹，年家没了，我的家没了，你说我能有胃口吗？虽然我从来都不算是一个合格的年家人，一个合格的妹妹，一个合格的女儿，可我真的觉得好难受、好难受……"我的心口开始抑制不住地疼痛。

胤祹抬起手，但在空中停了片刻又收了回去。

"节哀……"他艰涩地说，"好在没有令你父亲与其他兄长连坐。"

"春燕说她累了，她生无可恋，哪怕是对胤祥的不舍也留不住她。或许不是这后宫沉浮逼死了她，是因为经历得太多，哀莫大于心死。我渐渐能够理解她的那种感受，我怕再经历几次这样的生死别离，我也要支撑不住了。"我垂下头，盯着自己红肿的指尖。

胤祹握起我的两只手："还是那么任性。如果非要发泄，我宁愿你虐待的是草皮而不是自己的手指。照理说现在整个长春宫都是你的了，你拔起来应该更方便才是啊。"

他的话让我破涕为笑。看我笑胤祹也释然地笑了。

"终于看到你发自内心的笑容了。"胤祹感慨道，"你要多笑笑，不要总悲戚着一张脸。明明还那么年轻，却总是活得跟个愁思不解的小老太婆一样。"

我皱眉："你说谁是老太婆？"

胤祹忙讨饶道："当我没说。"

我想了想，表示赞同地点点头："是啊，那么多不容易的日子都过来了，还有什么好怕的呢。分别也好，受挫也好，痛苦也好，这都是经历之中在所难免的。想想以前怎么过来的，现如今和往后也一定可以挺过来。"

胤祹放心地颔首："既然道理都明白，那你一定要好好地活，别让九泉下的年大人和皇贵妃失望。"

"我会的。还有，圣旨你千万要保管好，我估摸着就要用到了。"

胤祹略显诧异，但并没有多问："好，我知道了。你在宫中万事小心。"

小桃从殿中出来，看到我和胤祹相对而坐，忙上前给胤祹行礼："奴婢见过十二爷，爷吉祥。"

胤祹摆摆手让她起身："宫外无须多礼。你可要好好伺候你家主子，看她日渐消瘦，这么下去不是办法。"

小桃听闻他的话显得很局促，双颊红红地说："是，奴婢失职了，奴婢一定全心全意伺候好主子。"

我嗔了胤祹一眼："谁让你责罚我的丫头了。小桃好着呢，我对她可没一点不满。"

我转而面向小桃问道："把香火钱都给住持了吗？"

小桃点头答："回主子，全按主子的吩咐拿给住持了，他托我问候您呢。只是庙里实在物资有限，没借来暖炉。"

我凝眉道："过惯了宫中奢华的日子，每天都在烦恼那些尔虞我诈、权谋计算，自以为自己活得很是艰难，可其实民间又能好到哪儿去？至少宫里不必为温饱发愁，更不必为生计奔波。"

胤祹沉默了一会儿说："的确有很多方面是上层当权者所看不到的。你在皇上身边，能够忧百姓之忧，苦百姓之苦，这是天家之幸，万民之福。"

"这半生我已经做了许多错事，总该做几样对的。我们走吧，是时候回宫了。"

为了避嫌，胤祹在我们走后才下了山，在傍晚前我赶回了皇宫。

洗漱后小桃递给我一封信，是在宫外时小厮择机塞给她的。

"小爱吾妻：惊闻年将军噩耗，知尔定痛彻心扉、苦不堪言。远隔千里，无以伴君左右共渡难关，唯愿君保重身体，不日定当与君重逢。—胤禛"

合上信，我将带有淡淡墨香的信纸按压在自己的心口上。我摩挲着手掌中的玉佩，看着上面镌刻的"禛"字，目光不觉变得柔和许多。

## 卷七十一　悲欢离合总无情

在这一世经历得多了，我没有麻木，反倒清醒敏锐了许多。其实我本对历史没多大把握，可不承想一场场大事件都按着我的预计和猜测进行着，几乎无一例外。或许是与雍正相处久了的缘故，我对他更加了解，便也越发能摸准事情的走向。想想这也是种讽刺。

雍正四年初，大哥尸骨未寒之际，胤禩与胤禟先后被当众宣布罪状，被削除黄带与宗籍，八福晋被逐回母家，八阿哥改名"阿其那"，其子弘旺改名"菩萨保"。

可改名也没为八爷挽回一丝怜悯。二月他被革除亲王爵位，拘禁于宗人府中。

五月，胤禵也被押回京城，禁锢于寿皇殿中。而胤禟则改名为"塞斯黑"，被拘禁在保定。

六月，雍正召集诸王公大臣，复议胤禩四十款罪，与胤禟二十八款罪，并将此公布中外。

看来，雍正是铁了心要将他们二人置于万劫不复的境地。

入夜。我跟随着前面的人猫低身子，屏气凝神地靠着墙体那一面走着。

终于停下来，王虎回过头对我说："娘娘，到了。您进去后轻声些，别被外面的侍卫察觉了。我在殿外候着，若有什么情况便提醒您。"

我感激地点点头说："三番四次拜托你为我做这么危险的事。多谢你，虎子。"

王虎推开身后的窗，对我耳语："娘娘快进去吧。"

我扶着虎子的手臂，从窗口一跃而进，随即小心翼翼地阖上窗。

一下子闯进彻头彻尾的黑暗中，我的眼睛还无法立刻适应伸手不见五指的环境。在原地停留了片刻，我才抬脚摸索着向前走去。

行进时我的长袖不小心拂到桌面，打落了桌上放置着的烛台。我忙伸出手，万幸在烛台掉落到地面前接住了。

双手握着烛台柄，我深深舒了口气。

突然有一只手从我身后扣住我的喉咙，我吓得失手松掉了烛台。它掉落在地上发出沉闷的声响，接着滚动到一边。

"是我……"我发出艰涩的声音。

脖子上的手立刻松开，颤抖着将我扶转过来。

"是你吗，小爱？"胤禛颤声问。

我抬手抚上他的脸颊："是我，我来看你了。"

门外传来一阵骚动，随即便是破门而入的声音。与此同时，胤禛握着我的手腕将我藏到他高大的身后。

一行侍卫冲进屋内，扫视一圈没发现什么异样后，对着胤禛揖手道："十四爷，刚刚屋内传出响动，您无恙吧？"

胤禛对他们摆手："我摸黑出来找水喝，却不小心碰倒桌上的烛台。没什么事，你们出去吧。"

闻罢，侍卫便作了一揖后退出去了。

我松了一口气，伸手环住胤禛的腰，靠在他背上感慨道："见一面真不容易啊！"

胤禛转过身面向我，脸上露出责备的神情。

"还说呢。你怎么能只身来这里，也不提前知应一声。万一被人发现了怎么办？"

我扑进他的怀里："我不管，我好想你。自你五月回京，我每天都想你想得要命，一直想着要快点来见你。"

胤禛抬手抚摸我的头发，声音温柔了许多。

"我又何尝不想你。可我此番是被押解回京，又被拘禁于此，便有了更多监视的人。况且以你现今的身份，偷偷跑来见我实在不妥。我宁愿忍受相思之苦，也不愿让你为我身处险境。"

听到胤祯的话，我眼睛半眯，恨声说道："说起来，这次你回京还不是因为雍正要戕害八阿哥、九阿哥，怕你会解救他们，便提早将你拘禁。可真是个滴水不漏的人哪！可他却忘了，你早就不是那个手握兵权，能够呼风唤雨的大将军王了。都将你遣去遵化守陵了，他还不放心，硬要控制在眼前不可。实在欺人太甚！"

胤祯轻捂我的嘴："切勿妄言，小心隔墙有耳。"

我压低了些声音："事实如此。他确是这样一个薄情寡恩的人。大哥跟了他这些年，却不得善终。听说他年初也削了隆科多的职。对待自己的追随者尚且如此，对待你们这些他曾经的政敌，又怎能指望他会念及兄弟情分而心慈手软？"

胤祯微叹了口气："看来八哥、九哥这次凶多吉少了。"

我冷笑："那倒未必，怎能让他事事如意，我们却为俎上鱼肉？"

胤祯眸光一亮："你是说此事还有转机？"

我微笑着看他说："这段时间我们总是顺着老天的安排，以为只要谨守本分就能有一线生机。可对方却并不这么想，他步步进逼，只想置你们于死地。大哥我救不了他，因为他已决心跟随雍正，无论生死。但你们不一样，我不会让惨剧在我面前再次发生。"

胤祯沉声："你要做什么？"

我望着他："做我该做的事，做我一直怯懦不敢做的事。"

胤祯眼中透着惊恐："你别做傻事！你只是个女人，怎么都轮不到你去冒险。"

我用食指抵在他的唇上："你们为我做了那么多，我只是做些分内事罢了。别担心，我有分寸。"

窗外传来几声猫叫。

我黯然道："是王虎跟我约定的暗号，看来我不得不离开了。胤祯，有机会我再来看你。"

转身的一瞬，胤祯从身后抱住了我。

"或许你以为，我最怕的是死亡，是失去爵位权势、跌落谷底的日子。可我真正的担惊受怕，从爱上你那一刻就开始了。所以答应我，你要活得比我久，活得比我好，一定要答应我。"

我将手覆在胤禛环着我的手上，侧脸亲了亲他的脸颊："我答应你。"

窗外的猫又"叫"了两声。

我无奈地说："我真的要走了，胤禛，等我。"

胤禛抱着我的手臂微微松动，我心中随着一空，三步并作两步向窗边迈去，推开窗轻声跃了出去。

相爱十几年，如今看来仍然像梦一般。多么怕梦醒时分才惊觉一切不过是一场空悲喜。

开始相爱时，不是没想过之后的坎坷路，只是那时候不知哪里来的勇气与坚定，只知道一牵手一点头，无论将来面临的是什么，那都是一生一世一辈子了。


雍正将目光从案上的奏折转移开，投向我，皱眉说："苏培盛说你有急事寻朕，怎么了？"

我平静地面向他："听说八王爷、九王爷在各自的禁处病得很重，皇上不打算遣太医去给他们瞧瞧吗？"

雍正露出嘲讽的神色："你指的可是'阿其那'与'塞斯黑'？他们两个身负重罪，朕未赐死这二人已是格外开恩，你竟还敢为他们求情？"

我笑了笑道："皇上误会了，我不是在为他们求情。"

雍正挑起眉："那你所为何事？"

我直视他，堂堂正正地回答道："我是在为他们伸张他们本应得的，并来提醒皇上，是时候兑现诺言了。"

雍正稍显怒色："你在说什么！"

门外传来迟疑的一声轻咳，苏培盛迈进来，恭敬地说："万岁爷，十三爷求见。"

雍正脸上阴晴不定，我装作没注意，只牵起嘴角，说："十三王爷来得巧，我们之间确实需要一位公正的法官。"

"让他进来吧。"

"嘁。"苏培盛退出去后没多久，十三便大步流星地走了进来。

或许是苏公公对屋内情形已稍有交代，因而十三并未显露出丝毫惊讶。

"臣弟参见皇上，见过襄贵妃娘娘！"胤祥面对雍正打了个千。

雍正抬手："十三弟快请起。自家人在一起，无须多礼。"

我微笑道："既然皇上都说了是自家人，那我便不拐弯抹角了。十三王爷，我正跟皇上说呢，请他释放八王爷、九王爷，以及十四王爷。"

雍正将手中奏折拍到桌上："后宫不许妄议政事，你再敢胡言乱语，休怪朕不客气！"

"是吗？皇上打算怎样不客气，再次将我禁足在冷宫中吗？好像皇上周遭的人都逃不过被拘禁的命运呢。而拘禁的下一步，就是赐死，对不对？"

"年湘儿！"雍正倏地站起来，双手握拳捶在桌上。

十三赶紧过来拦我："贵妃娘娘冷静，不要再说胡话了。"

"王爷，你错了。不是我在说胡话，是皇上糊涂了。你忘了，我是叶襄，是襄贵妃，不是什么年湘儿。年家已经败了，年羹尧死了，年贵妃也死了。所有你忌惮的与你记恨的都在一个个地死去。现在要轮到八王爷、九王爷和十四了，对不对？"

"来人，把疯了的襄贵妃拖出去，朕不要看到她！"

我抬手，说道："且慢！皇上这么快就恼羞成怒了吗？别急，我还想问问你，可还记得先皇临终前曾对你交代的话？"

雍正眼中闪过一丝惊慌。"皇阿玛的嘱托，朕定然时时谨记在心。朕说过继承大统后将打造一个大清盛世，朕正在践行自己的承诺。"

我哂笑道："皇上在避重就轻，你明知我指的是什么。那日你我都在先皇榻前，他说得清清楚楚，传皇位于你有三个条件：一、将来让弘历继承大统；二、封我叶襄为"襄夫人"，并赐婚于十四皇子；三、善待兄弟手足，与他们好好相处。第一条暂且不论，后面两条，哪一条你做到了？"

十三听我说完露出不可置信的表情。看来先皇那些话，雍正从没告诉过他。

雍正的神色已冰到极点，他紧抿着唇，似乎是用牙齿死死咬着一般。

我继续激他："这般言而无信，皇上你面对先皇灵位，面对列祖列宗，面对上苍时不会感到心虚愧疚吗？"

"你住口！"雍正走到我面前，一把拽住我的衣领，"把你封为朕的后妃是因为这是你欠朕的，你早该是朕的人，朕不过是夺回本就属于朕的东西，何谈做错？至于第三件事，不是朕不愿做，朕努力过，但老八他们仍死性不改，这是他们咎由自取，怪不得朕。朕问心无愧，绝不曾忤逆皇阿玛的托付！"

嘴角挂着一抹讥笑，我睥睨着他："还是先皇英明，他早就料到你会出尔反尔、言行相悖，因而留了一招。"

我伸手取出袖中的圣旨，递给胤祥："十三王爷，请你把圣旨读出来，给皇上听听。"

胤祥展开卷轴，一字一句地读起来："民女叶氏，自朕病重常服侍于榻前，恭谨周全，深得朕心。今特封其为一品诰命夫人，赐号'襄夫人'，赐婚于十四皇子胤祯为侧福晋。钦此。六十一年十一月十二日。"

读到最后，胤祥的手开始不住地颤抖："是……是皇阿玛的印玺……"

雍正一把夺过，怒瞪着双眼细细看起来。看罢，他狠狠地合上卷轴。

"是真的又如何，朕就是纳你为后妃了，如今木已成舟你以为你还能依旨跟了老十四？别傻了，就算你把这道先皇圣旨流传出去，也只不过是给民间多了件宫闱秘事丑闻的谈资罢了，根本什么事都改变不了。"

胤祥出言劝道："皇上三思！就算仅仅是道赐婚的旨意，但这仍然是圣旨啊。若传出去，皇上岂不要担一个抗旨不遵的声名。这万万不可！"

我满意地笑了："果然还是十三王爷思虑周全，不过你只说中了其一。人都是有丰富的联想力的，若这道旨意公布于众，难保世人会不会去猜想是否还有什么真相被掩盖了呢？毕竟篡改赐婚旨意事小，而篡改传位旨意事大啊！"

"贱人！"雍正反手甩了我一巴掌，虽然力气不算很大，但仍让我向后趔趄了两步。

胤祥害怕他有进一步的过激动作，便早早地拦在我俩中间。

"皇上，贵妃娘娘说得在理，人言可畏，民心不可失啊。"

雍正拂袖："朕有什么可畏惧的？朕行得端站得正，即位有名有据，实谓坦坦荡荡。"

胤祥接着劝说道："臣弟与众臣定然坚信于此。可黎民百姓不同，他们很可能会被流言所误导。臣弟绝不允许任何不利于皇上的事情产生。因此，这道圣旨绝对不能流传出去。"

雍正稍稍冷静下来，他转眸冷然地看向我："说吧，你想怎么样。"

我正了正衣冠，坦然无惧地望向雍正："很简单，释放八王爷、九王爷与十四。"

"这绝不可能！阿其那、塞斯黑结党营私，罪无可恕。你死了这条心吧。"

"好啊，那皇上便赐死阿其那与塞斯黑吧。这与我说的释放他们两人并不矛盾啊。"

雍正与十三皆露出不可思议的神情："你究竟在说什么？"

"就让阿其那与塞斯黑不声不响地死掉吧。然后向世人宣布，八王爷、九王爷卒于禁所。从此以往，历史上的爱新觉罗·允禩和爱新觉罗·允禟便彻底死了。当然这两位并非他们本人，他俩将隐姓埋名，忘掉前尘往事，去往一个遥远的国度了此余生。这样的话，皇上的眼中钉肉中刺都除掉了，皇上也没有辜负先皇的嘱托，如此岂不两全其美？"

雍正突然仰头大笑起来："好一个会算计的襄贵妃，好一个朕宁愿违背先皇遗愿也要坚持留在身边的襄贵妃！你不惜牺牲唾手可得的幸福，也要下这一着险棋陷朕于不仁不义！你等这一天已经等很久了吧？等着看朕一步步进入你的圈套，等着看朕不得不因这个把柄而对你予取予求，是不是？！"

我冷眼看他："事实证明我的选择没有错。以皇上处事的风格，又怎会容我们依旨完婚？恐怕迟早也会被折磨得痛不欲生。"

雍正眼中透出血丝，他扯了扯唇角说："你还挺了解朕嘛。是，朕偏不让你们好过，就喜欢看你们明明爱得要命却不能如愿相守的煎熬模样！"

他转而接着说："胤祥，就按她说的那样办。记得要做得不露痕迹，要保证那两个人从此再也不能出现在大清国土之上。"

胤祥俯身称是，他回过头担忧地看了我一眼。

我对着雍正跪下："我自知今日所行大逆不道，来这里之前已抱着将死之心。皇上有任何处置，我都领受。"

雍正的目光里积聚起浓重的厉色，他阴恻恻地笑了笑。

"怎么，想求死一了百了？你做梦。朕既不可能让你死，也不会让你跟他俩一样被流放在外。朕要你永永远远、一生一世地被监禁在这皇宫中，不得不面对你最恨的朕。朕就是要跟你相厌却不能相离，就这样折磨彼此度过此生。接下来的岁月还长着呢，襄贵妃，你且好生受着吧！"

## 卷七十二　有朋途自远方来

我食言了。没能再寻得机会去见胤禛一面。

从养心殿回来后，我便被禁足于长春宫，一步也踏出不得。

雍正没有说何时能够解封，更不会将禁足的原因告知别人，因此一时间宫内议论纷纷，都在猜测襄贵妃是因何事惹得龙颜大怒。

雍正四年八月，九王爷允禟卒于保定；同年九月，八王爷允禩卒于禁所。这不久后，允䄉也再次被押解回遵化。

虽然我在这里插翅难飞，但听到事情都如约摆平了，内心获得了极大的平静。

我爱的人、我在乎的朋友已经到达安全的地方，已经逃离了这可怕的帝都皇城，如此我便没什么可惧怕的了。失去自由又怎样，这小小的代价对我们而言不足挂齿。

或许是因为获得了内心的解救，被隔离在这里的日子似乎并不怎么漫长难熬。

虽然雍正没有明说将我废黜，但如今种种待遇与迹象都表明，我似乎已被打入冷宫。

宫人们最擅长的便是趋炎附势、踩低捧高。因此这一年，长春宫中几乎没分配到多少炭火。觉得特别冷的时候，我就作词谱曲，弹琴低唱，如此倒也消磨了多半时光。

冬天飘然而至，冬天恍然而逝。我从没想到，在宫中的日子，竟可以过得这般幽静自在。

　　就在我以为日子将以这样的节奏与形态无限重复地铺展开时，长春宫的宫门却再次被人叩响。

　　我看着面前坦然自若喝着水的胤祥，说："我宫里没什么拿得出手的茶叶，就只吩咐下人采些露水煮来喝。想必味道太过寡淡，实在怠慢了十三王爷。"

　　胤祥轻皱眉头，放下了茶盏："内务府广储司实在可恶！我若是不来这里一趟，竟不知道他们早就停断了长春宫丝绸、茶叶的供给。"

　　我舒展面容淡淡笑了："我本就是戴罪之身，保留一命已是皇上格外开恩了。况且我这里吃穿用度也是足够的，不过日子过得素简些，这没什么不好。说实话，相比曾经千人簇拥的时候，我更喜欢现今门可罗雀的难得清静。"

　　胤祥点点头道："你看起来气色很好，整个人状态也不错。"

　　"无论如何还是要坚韧地活下去，这是我答应胤禛的。"

　　胤祥沉默了半晌，继而说："不觉得辛苦吗？伤害皇上，也难为自己。你明明不必过得如此啊。"

　　我摆头说："十三你不知道，藏好先皇圣旨，并留在皇上身边这主意，其实是先皇、太后给我出的。到头来，最不相信皇上的，根本就是他自己的皇阿玛与皇额娘。如果我真的想伤害皇上，我可以用这个秘密给他致命一击。可我不想那么做。伤害皇上不是我的本意，但如果为保护我爱的人而不得不令伤害发生，那我也不吝做个恶人。"

　　胤祥表情苦涩："哪存在什么恶人。我们不过都只是芸芸众生中苦苦挣扎的可怜人。"

　　我顿了顿说："当时你答应我，但凡有两全的法子，你一定会帮我保允禩、允禟他们一命。你信守了承诺，我真的很感激你。"

　　"我不是无情之人，皇上也不是。若没有他的默许，我无法顺利将八哥、九哥他们迁移出境。你放心吧，他们已在中亚某地定居，过上了平稳安定的生活。"

　　"十三爷此生恩情，我无以为报；欠你与春燕的，我更是来世也还不清了。"

　　胤祥摆手："言重。你的此生还长呢。我今天来，正是为传达皇上的旨意——召你参加明日为欢迎蒙古使臣而准备的盛宴。"

　　"哪位使臣？为何特准戴罪的我去参加？"

　　胤祥展颜笑了："蒙古科尔沁部班第及其王妃郁杉。怎么样，是不是必须要召唤你一同参加会会老熟人啊？"

翌日妆洗时，我盯着铜镜中的自己出神。

"小桃，如今是什么年月？"

"回娘娘，正是六年五月初夏时节。"

"已经雍正六年了啊……"我呢喃道。不知不觉被关在长春宫已有一年半光景，实在太快了。

小桃许是看出我的感怀，便出言宽慰道："娘娘形貌昳丽，丝毫不减当年。初见您的人，一定以为这是位二十出头的女子。"

我"扑哧"一声笑了。我还没想到这茬，倒是旁人率先提起容颜衰老的话题。说完全没有变化那一定是假话，不过诚然，我与同龄人相较，似乎是还显得年轻些。

不过那又如何呢？后宫里从来不缺的便是青春貌美的女子。若胤祯是九五之尊，坐拥三千佳丽，我能人淡如菊与世无争地待在他的身旁吗？我不确定。或许我会变成一个妒妇、一个为保恩宠而不择手段的妃子。

人生中很多事情真的不敢假设，就像扔起硬币的那一瞬你才知道自己有多怕看到结果。

欢迎蒙古使臣的筵席办得庄重而不过分铺张。从大小事的细微之处都能看出雍正的性子便是这般的务实与节制。

作为曾经的夜莺格格，我曾出席过康熙朝的多次盛大宴会。可作为雍正的襄贵妃，此次还是我第一次在重大场合露面。

一则是身份转换，二则是年纪增长，我对出席这样的皇家盛会感到兴致缺缺。只因能见久违的郁杉一面，我心中又开始强烈地期待。

班第与郁杉款款向殿内走来，行至跟前，他们两个向雍正行蒙古大礼："臣班第恭祝皇上、皇后娘娘福寿延绵、万福金安。"

雍正走下殿去，扶起二人，道："王爷、王妃快请起。路途劳顿奔波，二位请入座。"

班第郁杉两人谢恩后，双双在右侧落座。坐下后，郁杉抬眼望了望我，与我对视片刻，便转开了眸子。

这夫妻二人果真沉得住气，见到我不曾主动搭腔，更没显露丝毫诧异。

席间雍正与班第推杯换盏，君臣间一团和气。而我只默默地看表演，未多言语。

筵席进行到尾声，皇后出言提醒："皇上今日豪情畅饮纵然痛快，不过时辰已不早了，不妨先歇息，择日再寻王爷议事。臣妾已为王爷夫妇安排好宫中住处，一切妥当。"

雍正点点头说："甚好，班第你们夫妇便住在宫中吧，如此也方便我们畅聊叙旧。"

班第立刻起身行礼："臣叩谢皇上、皇后娘娘。"

雍正扬了扬嘴角，随即转过身面向他右侧的我，将他的手掌覆在我的左手上，说："今日摆驾长春宫。爱妃，我们走吧。"

我浑身上下感到一阵恶寒。扫视周围一圈，发现众人皆是瞪掉眼珠的模样。而此刻雍正却笑意盈盈地温柔望着我，好像我们本就是如此恩爱的一对鹣鲽一般。

皇后压制住了不好看的神色，她关怀备至地吩咐道："苏培盛，伺候好皇上。"

苏培盛连忙俯身应和。

就这样，雍正牵着我的手，我们一步一步地离开了众人的视线。转身时的一瞬，我的余光看到郁杉皱眉望着我，眼中盛满了担忧。

雍正从未到过长春宫留宿，因此他今日的一时兴起令我宫里的下人们一阵手忙脚乱惶恐不安。

我冷眼旁观着，直到屋中只剩下我与雍正两人时，我终于开口对他说："皇上今日特意做出的恩宠之举，是为了拉拢班第，还是为了断绝闲言？"

雍正扬了扬眉："襄贵妃还是一如既往的聪敏呢。说拉拢实在抬举了班第，他此番前来敬贺即是为表投诚，念在他夫妇与你交情颇深，朕此番不过刚好给他一个攀附的契机。不过反过来说，这对我朝亦是有利无弊的联合。虽说先前平定了罗卜藏丹津在青海的叛乱，并与策旺阿拉布坦达成议和，但朕终究需要在蒙古培植一个自己的亲信来对抗准噶尔部策旺的威胁。班第诚然是一个绝佳人选，加上有你在其中，他们夫妇定然忠心归顺于朕。"

我不过随口问问，还带着揶揄讽刺之意，雍正竟认真地回复了这么大段。

看来他今日心情不错。

我垂下眼睛："不早了，皇上在这里歇息吧，我去偏殿。"

"湘儿……"雍正叫住了我，"留下来。"

我依然没抬眼："皇上若是为做给众人看则完全不必担心，我宫里的人嘴上很严，绝不会走漏半句。"

"朕是要让世人知道，襄贵妃是朕最宠爱的妃嫔。要让群臣众妃知道，要让班第与郁杉知道，也要让允禵知道。怎么，你不开心了吗？"

我冷冷地说："被禁足一年多的冷宫中人算什么最受宠爱的妃子，皇上可真会说笑。"

"朕最痛恶的乱臣贼子在你的协助下逃走了，你就丝毫没觉得亏欠朕吗？但凡你服个软，开口求朕赦免你，你立刻便能获得解禁。可偏偏，你就是这样一个吃软不吃硬的倔人，朕能拿你怎么办？要不是此次班第来访，朕不知道何时才能有个台阶下，将你释放。"

雍正难得的温言软语让我有刹那恍惚。

想起多年前在十四府上胤祥曾告诫过我的一句话："这一生你要么跟定四哥，要么孤寡终老。"

那时年轻气盛的我对他的话嗤之以鼻，只坚信人定胜天，只要我努力便能获得自己想要的幸福。可最终命运还是落入了这句话的魔咒中。而最可怕的地方在于，我如今惊异地发现，这句话的前后半句完全是可以共存的。

一夜漠然相对，有一搭没一搭地聊着，不知不觉我睡着了。等醒来时我发现自己身上盖着薄被，而雍正早已不在。

听小桃说，他很早便离开了，吩咐下人不要吵醒我。

心中沉重的东西似乎在慢慢卸下。还恨他吗？我不知道。恨也是需要力量的，而现在的我，已不想将身上所剩不多的力量花费在这上面。正如胤祥所说，我们不过都只是芸芸众生中苦苦挣扎的可怜人罢了。

得了雍正准许，郁杉前来长春宫与我相会。见她端正地对我行礼，我感到浑身不自在。

挥退了屋中全部下人，我忙扶起郁杉："我还是想念年少时我对你行礼的日子。"

郁杉掩口笑了："娘娘还跟当年一样,像个长不大的小女孩,净说些稚气话。"

我苦笑道："哪存在长不大的人,尤其是在这后宫中。距离上次一别,竟已十七载。那年王妃与王爷入京面圣时,先皇身子还硬朗着呢。弹指间,皇上登基都六年了。"

"是啊!"郁杉附和道,"那时候我还着急帮你确定心意嫁得良人,如今你已成为贵妃了。"

郁杉的话让我一时无言。是啊,那个时候满心都是儿女私情,纠结于自己和胤祯到底是不是真的相爱,到底能不能在一起,确定心意后却满是波折,聚少离多。直到现在,他被监控在遵化守陵,我被禁锢在深宫之中,天各一方相见不得。

郁杉瞧见我悲伤的神情,她伸手握住了我的双手："娘娘,你要振作。"

我牵起微笑："别一口一个娘娘,听着生分。你和王爷此次谒见,我瞧着皇上挺欣喜。这样便再好不过,王爷与小世子在蒙古的地位将更加稳固。"

郁杉叹口气道："我当初是真心撮合你与十四弟,也的确看好他。谁能想到……"

我拍拍她的手背："事已至此,就别老想曾经了。皇上那么器重王爷,这便是王妃你的福报。我们都要向前看。"

"说起来,爱新觉罗家也曾有位妃子先后辗转于当时的十四皇子与四皇子,受先皇疼爱的十四皇子未能如愿登上帝位,反而是一向老成持重的四皇子当了皇上。新皇忌惮他十四弟才能出众,又嫉恨十四弟曾与爱妃有旧情,因而对其百般猜忌打压。真是令人唏嘘,历史竟是如此相似。"

郁杉的话令我震惊。

"王妃指的可是先朝的孝庄文皇后?"

"是啊,太皇太后正是出自我们蒙古科尔沁部,她的传奇故事在草原上广为流传。"

难道野史中对孝庄与多尔衮的私情记载确有其事?

我压下心中疑问,对郁杉说："我怎能与太皇太后相提并论。她可是辅佐两朝皇帝的伟大女子。"

郁杉定定地看着我说："你也说了,太皇太后辅佐了其子顺治帝与其孙先帝。

哪怕嫁的不是自己爱的人又如何？女人说到底，最要紧的便是拥有自己的子嗣。"

我愣了愣，很快便恢复如常。

"原来王妃不知道，我在十多年前流产过一次后，便再也无法怀孕了。不过就算我能够生育，我也不会为皇上生孩子。我本就不该存在于这里，更不应违背天理在这里留下我的骨血。"

郁杉看着我的目光中显露出浓重心疼与哀痛。

"抱歉……我不是有意提起你的伤心事。我只是担心你一个人在这后宫中无依无靠，没有孩子也没有念想，生活过得更没有滋味了。"

我紧紧握住郁杉的手："王妃别在意，这些都过去了，我早已放下。不过很多年前你就说得对，我不适合长留于这后宫。现今不得已为之，我自有坚持的动力和牵挂之人。你放心吧，我会勇敢地生活，就算是为了他。"

郁杉将我拥进她的怀抱。她怀里还是这样暖暖的、香香的。可我早已不再是当年那个少女，只知道赖在她的怀里撒娇。

## 卷七十三　报答平生未展眉

我快步走在大理石台阶上，一个不慎差点绊住摔倒。

小桃忙扶住我："娘娘，您稳住。"

我将手覆在她搀扶着我的手臂上，点了点头道："快点，我们再快一点。"

我能感受到自己身体的颤抖，连带声音也夹杂着颤意。

终于来到养心殿前。苏培盛老远就瞧见了我，他立刻迎上来："娘娘，您终于来了。"

我点点头，无意寒暄，径直一路冲进主屋。

养心殿内飘着淡淡的药草清苦气息。雍正面对窗户背手而立，听到我的脚步声，他转了过来。

我从没见过如此狼狈的他。腮帮和下巴上都覆着厚厚一层青色胡楂，头发稀松地束着，有几缕已经散乱开了。他眼中有浓重得化不开的愁色，隐约夹杂着些许血丝。

他的模样让我慌急了。跨过屏风，我快步走向床榻上卧着的人。

轻轻撩起床帘，我看到一张苍白如纸的面容。

我一下子酸了鼻子："胤祥……"

等待片刻后，十三轻轻蹙眉咳了两声，继而缓缓睁开眼。他努力想扯出一丝笑意，但根据他脸部抽动的微小痕迹，我知道他在强忍着疼痛。

"怎么会这样……"不自觉间，我已经带着哭腔："前几天到你府上探望，彼时你还兴致很高想教我下棋，为什么一下子……"

"病来如山倒嘛。况且年纪确是不小了，又落了旧疾。"十三气若游丝，需要我屏息凝神仔细去辨才能听清。

我伏在他的榻前嘱咐道："好好休养，没事的。你身子硬朗着呢，很快就会复原。"

十三摆摆头说："我怕是……今天急着唤你来，是因为有些话想交代。"

我咬住唇忍着濒临决堤的眼泪："你说吧，我听着。"

"我快撑不住了……在我离世后，四哥身旁能说体己话的人便只剩下你了。襄贵妃，答应我，帮我好好照顾四哥，也照顾好你自己。你俩要一起好好的，别让我在九泉下还要担心。好吗？"

我还是没能忍住，眼泪顺着眼角落下，滴在我的手背上，发出"吧嗒吧嗒"的声响。

"四哥面冷心热，你嘴硬心软，你们不要再折磨彼此了。好好陪伴彼此度过往后的珍贵岁月吧，答应我。"

"别说了……你到现在还要一心为他人打算？胤祥你不欠我们的，倒是我俩欠你这一生的幸福。"

十三笑了。"谁说我没为自己打算。刚刚我求皇兄将我与春燕葬在一起，他准了。"

听十三提起春燕，我的内心还是会强烈地疼痛。"春燕她泉下有知，一定很开心。"

十三的眼神有些涣散："春燕……春燕……我此生未曾负过谁，只此一人，仅此一人……人生的路太难了，只期盼往生后我跟她能走得顺遂些。"

我难掩哽咽道："会的……一定会的……"

"惟将终夜长开眼，报答平生未展眉。"胤祥反复念着这两句诗，又开始逐渐陷入意识模糊的状态。

"胤祥……胤祥……"我轻唤他的名字。

雍正走到我的身后，他轻拍了下我的肩膀："十三弟要歇息了，我们先离开吧。"

看十三开始昏睡，我点点头，站起身准备离开。

突然的起身让我眼前一黑，险些就要向后跌倒。

　　雍正及时扶住了我："小心。"

　　原地稳定了一会儿，我终于恢复如常。望向雍正，我忍不住出声："皇上也要顾念自个儿的身子，不然怎么去照顾十三王爷？"

　　雍正做了然状："朕晓得。"

　　吩咐御膳房端来了些清粥小菜，我看着雍正吃过后才离开。

　　世事无常，有太多事是我们左右不了的。当有人牵着你的手承诺天长地久至死不渝的时候，请你相信，那真的是发自肺腑，真心诚意的誓言。

　　然而爱情毕竟逃不过江湖，理想总是被现实摧毁。你们终究分开，抱着苦衷和遗憾。所以到了挥手话别的时候，千万别心存怨恨，变故总是存在的，我们只能去谅解。

　　到爱情山穷水尽无路可走的时候，不如就将他深深地埋藏在心底。因为那时候，或许并不是因为他不愿爱你，而是因为他不能再爱你了。

　　"唯将终夜长开眼，报答平生未展眉。"我在心里默念着胤祥在病榻前说的这句话，反反复复，一遍一遍。

　　春燕，你都听到了吗？胤祥他也要离开了，带着无限的遗憾，带着对你的歉意。

　　普度众生的佛祖，请您点一盏明灯，为这对在此生受尽命运作弄的爱侣指引，让他们往后再不必受相思之苦，挨别离之痛。

　　信女桑小爱愿以素衣素食、青灯古佛度此余生，只望佛祖能将我此生与来生的全部福报，都偿还给胤祥与春燕。

　　面向佛像重重三叩首，我颤颤巍巍地站起身，等腿脚的酥麻感减弱了一些，再慢慢踱出了佛堂。

　　"你待在里面诵念了一天的经书，一定饿了吧？"

　　我抬眼望去，那山还是一样的清秀，那人还是一样的俊逸，只是暮色低沉了很多。

　　"都要日落了啊……小桃呢？"

　　"天色将晚，怕是来不及下山了。我让小桃去找住持为你寻一间房，今晚便落脚寺里吧。"

我抬眼看向胤裪。五月暑气已盛，他怕是在这里站了很久，因而额头上渗出了细密的汗珠。身上的纯素色棉布长袍，此刻也已紧贴在他的身上。

我从袖口中抽出卷帕，递给他："什么时候来的？热成这样也不进去里面。"

他接过，随意地擦了擦："想来大悲寺寻个清净，没想到遇见了你。看你在殿中虔诚礼佛，不忍上前惊扰。"

"也是，现在怕也仅剩这西山能给人片刻宁静了。"我怅然地说。

胤祥的葬礼办得极其庄重及盛大，完全逾越了礼制。甚至出殡时雍正带领所有妃嫔、子侄亲送。

这并非胤祥所乐见的吧，只是雍正这个向来薄凉的人，恐怕是不知道还有什么其他更好的方式，足以表达他对最为亲厚的十三弟的追思与不舍。

除此之外，雍正赐其谥号"贤"，恩准享太庙，并特将"允祥"改回原名"胤祥"。

雍正满足了胤祥的遗愿，将春燕的灵柩与他的合葬在了一起。当然，这件事是隐秘完成的。

"十三弟去年时身子便不大好了。可他仍事必躬亲，先后忙于州府划分、勘探河道以及为皇上选陵，无论大小事务皆竭力而为，他尽到了一个人臣皇弟的职责。'忠敬诚直勤慎廉明'这八个字，他当之无愧。"

我看向胤裪："胤祥说的最后一句话是'唯将终夜长开眼，报答平生未展眉'。我猜他之所以让自己像陀螺一样不停地转，一则必然是因忠君爱国，二则恐怕是因为过世的春燕吧。以往春燕在时，就算他俩爱而不得，但毕竟时而可以见到，心中总算是有份牵挂与寄托。春燕离世后，胤祥笑还是笑，皱眉还是皱眉，但眸色里再无往日那般的温柔了。"

胤裪将手帕仔细地折好，递还给我："两人虽生时未能相守，但如今得以相伴，倒也算是上天的一种补偿。"

"是啊，真羡慕他们呢。"我呢喃道。

胤裪的表情有片刻微滞，他似是想起了什么，立马从衣缝中取出一封信给我。

"十三弟去世，十四弟发来唁文。另有一封信，他寄到了我府上，让我转交于你。"

展开信，再熟悉不过的字迹映入眼帘。我们好久好久都没有见过面了。

"手写瑶笺被雨淋，模糊点画费探寻。纵然灭却书中字，难灭情人一片心。"

这是仓央嘉措的诗。胤禛是为了安慰我吧。虽然胤祥和春燕都去世了，但他们之间的爱会亘古不变；纵使胤禛与我现在天各一方，我们之间的爱也丝毫不会消减。

我将带有墨香的信纸细细摩挲着，按压在自己心脏的位置上。我闭上眼，去感受胤禛字里行间带给我的力量。

我唇边漾出笑容："多谢你，胤裪。"

"客气，不过是举手之劳。往日九哥还在时，总是他代为转交。以后信差的工作就交给我吧。"

我看向胤裪："听说皇上加封了几位亲王，也复了你的郡王之位，恭喜。"

胤裪面上一派淡然："为皇上分忧解难，这是为人臣子应当做的，有无爵位并不相干。十三弟才干超群，皇上现今少了他这位左膀右臂，也的确需要培植新的得力辅臣。"

"原先胤祥负责的外国传教士事务，现在分派给了谁？"

胤裪想了想，说："暂时交由礼部尚书顾昭代理。"

我挑挑眉说："顾蕊的兄长？"

胤裪颔首道："是的，那次他在坤宁宫为我们仗义解围。"

"那就好。"我自顾自轻声道。

"你说什么？"

"听说顾昭这两年为了编纂那个《大义觉迷录》，可没少费神。"

听我这样公然提起忌讳，胤裪稍显诧异。

"你竟还关注了此事？的确，曾静投书岳钟琪被告发后，皇上肃清吕留良整个派系的门生弟子，并命礼部编纂这部《大义觉迷录》，记录了皇上与张熙、曾静激辩的全部过程。"

我一笑而过。我怎么会不知道，文字狱始于康熙，在雍乾时达到顶峰。虽然自己不是什么历史达人，但这些课本上的重大事件还是记得的。

"你一定也觉得很荒唐吧？皇上不仅赦免了作乱者曾静等人，还专门为此事编写本书。古往今来，能如此较真和自负的皇帝，恐怕是没几个。"我语气中稍带几分揶揄。

胤祹抿嘴笑了："古往今来，敢妄议皇帝与政事的后宫妃子，恐怕也是没几个。"

是啊，我只笑他人荒唐，可我又如何不荒唐？

"理念上有洁癖的人，多半是自省而矛盾的。内心敏感多疑，却往往表现得洒脱不羁。很懂得长远规划，合理避险，却时常显得浪漫多情。言语犀利刻薄，表情却温和柔软；众人前气场十足，独处时却脆弱不已。双重人格的斗争与落差，其实无从指责与憎恶，需要的只是理解。而理解，则恰恰是最奢侈和难得的事情。"

可悲又可笑的是，我发现我和雍正是一类人，都是这么拧巴而又荒唐的人。

# 卷七十四　乾坤炉炼为长生

看完最后一行英文，我将信重新折好，塞到身前的香炉里烧掉了。

抬眼看软榻另一边坐着的蕊儿，她正在面色柔和地阅读一本《王维诗集》，并未留心我的动作。

我挑了挑眉，嘴边带着笑意，"什么时候归到山水田园派了，我竟完全没有察觉。"

蕊儿看了眼我，抿抿嘴并不愿反驳，又把目光移回纸上。

"深宫里待得久了，自然向往那种山水如画田园牧歌的生活。难道娘娘不会吗？"

蕊儿的问话引起我的遐思。穿越之前，我在现代的日子虽谈不上"采菊东篱下"，但至少平凡快乐。虽然烦恼会有，日子也过得乱七八糟，但无论怎样那时的身心是完全自由的。

不是有这么一句话吗：所有漂泊的人生都梦想着平静、童年、杜鹃花，正如所有安稳的人生都幻想伏特加、乐队和醉生梦死。

见我许久不答话，蕊儿试探着唤我："娘娘，娘娘？"

我将思绪收回来，定定望着她道："我不向往。谁能确定真的过上那般生活后便能尽如所愿而不会渐渐失望？逃离不是生活中困境的答案。心里的坎过不去，到哪儿都是牢笼。既以心为形役，奚惆怅而独悲？"

蕊儿愣了片刻："娘娘如今心境十分豁达，与往日相比，似是成熟了很多。"

我淡然笑笑。怎么可能没有变化。我已不惑之年，要不是不能生育，在这时代里恐怕早就有了孙儿。

"多谢顾尚书帮我传递景远的书信，也多谢你。"

"娘娘言重。哥哥与穆教士原是旧交，对其品德学识极为推崇。如今哥哥又暂代了外交事务，与身在澳门的穆教士有了更多的往来。穆教士与娘娘皆是哥哥敬重之人，为你们传信，也是他所乐意的。"

我笑笑说："很感激你们顾氏兄妹的帮助。为免连累你们二人，我看完信后就将其焚烧了。"

蕊儿面上闪过一丝尴尬，显然已了悟我的弦外之音。

"娘娘多虑了。曾经是我不对，偷偷将您的信件拿给皇上。但那是因为他太怕您会再次离开，所以才命我看牢您。"

我牵起唇角："那么如今是料定我已逃无可逃心如死水了，所以便再不设防了是吗？"

蕊儿急着解释："不是您想的这样。您自打成为妃子后，皇上十分尊重您的自由，绝不再派人来监视。而我，也是自己想亲近您，还望您不要厌弃。"

我将手掌向下，做了安抚的动作："别紧张，我也不过是想口头上打趣你，并没有咄咄逼人的意思。"

"我知道，娘娘便是这样嘴上不饶人却极心软的人。不然您也不会将我从储秀宫调来长春宫。"

我目光一沉："自皇后薨逝，后宫事务便交由资历深的齐妃主管，并由能力出众的熹妃协理。齐妃本就仗着三阿哥而狂傲嚣张，如今掌管了后宫便更加目中无人。她岂能容你继续待在她的宫里？不过你也不用感谢我。将你调来这里，是为还你与你哥哥的人情。"

蕊儿点头："您的心意嫔妾明白。不过现在没了皇后娘娘主持大局，这后宫还真是被齐妃搅得人心惶惶。她一向跋扈无礼自不必说，那熹妃表面上躬谦温顺，实则各方面都在与齐妃暗自较劲。"

我扬了扬嘴角："这两人的未来都压在了自己的儿子身上，怎么可能不明争暗斗？皇后没有留下子嗣，不存在嫡长子，那么最有继位希望的便是年纪稍长一些的三阿哥和四阿哥。三阿哥虽已理政几年，可从才学骑射等能力上来看四阿哥更胜一筹。且先帝十分疼爱四阿哥，自他一出生便留在宫中亲自教养着。但偏偏，皇上从未流露过属意谁，这才真正让后宫众人不安。"

蕊儿靠近我，压低了声音说：“您担心吗？虽然因皇上的恩宠，宫人对您无比尊敬。可您毕竟……”

我斜睨她：“又提这茬？没孩子又怎么了，别站错队就行。”

“那您现在比较看好谁呢？”

我笑笑：“哟，又帮你的皇上来套话啦？该选谁，没人比他更清楚了。所以啊，你问我还不如直接问他。皇子夺嫡这种事，从前朝起我就避之不及，此时更是毫无兴趣。”

蕊儿讪讪地说：“哪在套话，不过是我自个儿好奇罢了。我倒希望皇上万寿无疆，别那么早立储才好。”

说到底，我的“不在乎”和“无所谓”完全建立在我对历史的全知视角。曾经那么反对八爷党夺嫡，无非是知道雍正日后登基，怕他们斗太狠反而晚景凄惨。现在不理三阿哥、四阿哥之争，也是料定了继承皇位的将是弘历。

虽然历史不曾出现大的偏差，但它也确确实实地改变了不少。比如胤禩和胤禟被放生，比如春燕和十三被合葬一处，比如我与胤禛的相识相爱……若不是我穿越而来替代了年湘儿的灵魂，历史上的年妃和爱新觉罗·允禵恐怕只是十分普通的叔嫂关系吧。

命运还真是神奇。我信命，不管是作为桑小爱、夜莺还是叶襄，我都信命。我尊重既定的历史，也不强求在有限的可能性中铸就奇迹。但我也信努力，毕竟那是命的一部分。通过努力后，或许大的轨迹依旧不会变化，但至少许多遗憾和悲痛可以减免。

“娘娘，苏公公派人来请您移步养心殿。”小桃的出现打断了我的思绪。

“知道了，请苏公公稍待片刻。”

蕊儿转向我说：“皇上近来日日都唤您一起用午膳，看来你们关系缓和了许多，真好。”

我鼻子一嗤。

苏培盛在养心殿前迎我：“娘娘的气色越发好了，想是丹药起了作用，万岁爷看到定会欣喜。”

穿过花园，就看到两鼎巨大的铜炉正袅袅冒着青烟。两个身着道服的男子在炉子前摆弄着一桌的瓶瓶罐罐。

我皱眉抬手掩住口鼻："怎么回事？"

苏培盛立刻躬身禀报："回娘娘，这二位即是张太虚真人和王定乾真人。他们本住在圆明园，皇上为了方便交流而恩准二位道长搬来养心殿。"

我心下暗晒：不过是些江湖术士，倒还真像神仙一样供着。雍正你精明一世，怎么却在中年后犯了糊涂？莫非任谁坐上了那九五之尊宝座，都会妄图长生不死皇权不衰？

养心殿内弥漫着浓烈的汤药味道。我感觉鞋底粘上什么东西，俯下身将其撕下来细看，发现是一张类似符咒的红字黄纸。

不解地举给苏培盛看，他稍有局促地解释道："今早妙应真人在这里为皇上祈祷除祟，许是他留下来的。"

正殿与偏殿皆不见雍正踪影，苏培盛又引我来到后花园。

果然，雍正在园子小径上逗弄着两只狗。这两只京巴分别穿着老虎皮衣和麒麟套头装，乍一看倒真与老虎、麒麟有几分相似。

我走到雍正身后，轻咳了一声并福身道："皇上万福。"

雍正转过身："哦，你来了。午膳他们准备好了，走吧。"

"老虎"和"麒麟"见到我，兴奋地直冲我摇尾巴。不过它们看到雍正向凉亭走去，就立刻追了上去，把我晾在原地。

我无奈地摆头笑笑，也抬步走向亭子。

都是些清淡饭菜，却也算是我爱吃的。我慢条斯理地咀嚼，余光看着对面的雍正。他似乎没什么食欲，一直没动筷子，只专心将一盆的大骨头喂给两只狗。

我没抬眼皮，兀自夹起饭菜："苏培盛，把狗先带下去，别耽误皇上用膳。"

苏培盛面上露出为难，将目光投向雍正。

雍正看向我说："你不喜欢朕的'百福'和'造化'？狗最会察言观色，你那么凶会吓到它们的。"

我在心里翻了个大大的白眼。我的天哪，你现在装什么温良敦厚的爱心人士？对人都没见这么和善耐心过。

仿佛看透我的腹诽一般，雍正接着说道："狗是最忠诚的动物，是人的好伙伴。有的时候，它们确实比人还值得信赖。"

"既然这样，皇上为何还刻意召我前来一同用膳？有你最为信任的'百福'、'造化'陪伴，我完全多余。"

雍正牵起唇角："苏培盛，把狗带下去吧。襄贵妃都将自己与小狗相比了，朕不忍再令她自降身份。"

"你！"我气得把筷子拍在桌上。

"好了好了，不闹了，吃饭。不过朕倒是真的不饿，刚刚服用了张真人送来的金丹，顿感精力充沛，元气十足，竟完全不觉饥饿了。"

我心里"突"地猛跳了一下。用药到这个阶段，难道已经影响雍正的消化器官了吗？

雍正服药已持续五年之久，旁人都道他这些年愈加容光焕发体格强健，盛赞那丹药具有神功巨效。可我曾秘密托人将丹药转交穆景远，请他帮我提取查验丹药的成分。

结果如我所料，那药里除了一些珍稀药材外并没什么特别。而可怕的是，丹药中含有微量重金属。正是这些重金属成分令雍正看起来气色很好，但长期服用下去必将严重损害身体。

"不吃饭怎么行？皇上不妨停药一段时间吧，毕竟是药三分毒，长期服用恐怕会有副作用。"

雍正摆手道："你又要劝朕。这药从选材到炼制都是朕亲自督导的，绝对万无一失，有益无损。朕将神丹送给一些大臣吃，他们也赞不绝口，说此药甚妙。张真人与王真人说了，坚持服用神丹，定能长生不老。"

他转头对苏培盛吩咐道："把神丹拿给襄贵妃。"

"嗻！"苏培盛从一婢女的托盘上取下一个锦盒，恭敬地放置在我面前。

我咬咬唇，最终还是将盒子推开："多谢皇上的好意，但嫔妾实在无意追求长生，只愿像平凡人那样生老病死。"

雍正起身踱步到我身旁，屏退下人，将手掌按在我的肩膀上。

"朕的襄贵妃还是一如既往的执拗，从过去到现在都要跟朕唱反调。不过没关系，朕最喜欢的便是你不屈服的模样，这也让朕更加舍不得见你生老病死。毕竟漫漫长路，总得有个伴。年妃、胤祥，还有皇后，他们都相继离世。如今朕的身边只剩下你了。与朕相看两生厌的襄贵妃，可就算相互折磨地活着，朕也绝不会再容许你离开。"

我无动于衷地坐着，冷眼道："长生不老究竟有什么意思？犯得着皇上如此花费心力钻研追求。"

雍正握拳振臂："当然有意思！朕努力了那么久才得到天下，当然想要永远地拥有这一切！尽管已经做了皇帝，可朕依然处处受到牵制。皇阿玛下旨命朕准你与允禵成婚、要求朕善待赦免众兄弟、要求朕立弘历为储君。究竟凭什么，凭什么朕都做了皇上可还是不能自己做主？朕不甘心！朕要长生不老，只有这样朕才能长久地坐在这个位子上，朕的江山不容旁人觊觎与置喙！"

我敛眉看他，道："我都已经如皇上所愿入宫为妃了，皇上何必还非要我拥有不死之身？皇上可以源源不断地遴选那些年轻貌美的女子做你的妃嫔，常年面对人老珠黄的我，你就不会觉得厌倦吗？"

雍正面上浮现讥笑："新人自然会有，但旧人……也要牢牢地攥住。因为你逃婚，朕跟你之间已经少了二十年，朕要你用往后的时光成倍地弥补回这二十年。"

他拿起锦盒，将里面的丹药取出来捻在指尖，递到我的唇边。

雍正俯身在我耳边说："若你坚持拒服神丹，朕会令可怜的十四弟连正常的生老病死都做不到。"

我恨恨地瞪着他，一把扯过药丸吞进口中。细细嚼碎咽下后，我张开嘴以示吃尽。

雍正满意地笑了："这就是命运。无论愿或不愿、有情或无情，你都要与朕做那长生比翼鸟，并蒂连理枝。"

乘软轿回长春宫的路上，我一直催促轿夫再走快一些。

一到长春宫，我疾步奔回自己屋里。对着空木桶，我伸手按压舌头和喉咙。干呕了一会儿后，终于就着饭菜将大部分药物残渣吐了出来。

见我剧烈地咳嗽着，小桃忙递给我水："主子快漱漱口，顺顺食道。"接过水连灌自己几大杯后，我感觉好多了。

"把这些秽物处理干净，别被人发现。"

小桃连连点头："奴婢明白怎么做，您别担心。只是主子……您老这样也不是办法啊，太伤身子了。"

未再多言语，我只挥手让小桃下去了。

我没有选择。绝对不能明着顶撞雍正，让他有机会对付胤禛。也因此哪怕景远来信询问要不要助我催眠返回现代，我也只能谢绝他的好意。这皇宫密不透风，人是一定逃不出去的。可就算灵魂能逃，如今的我也无法毫无牵挂地甩手走掉了。

我知道那些药丸是致命的，但为了保胤禛一方平安，我依然愿意一次次地服下去。胤禛，希望你能原谅这些年我在你生命中的缺席。

爱活在心上，不是时间可轻易打断的。就算相聚的时间十分短暂，记忆却是永恒的。

# 卷七十五　明月何时照我还（上）


我望着御花园中的牡丹苦笑：富丽华贵，却终归不是我要的生活。

身边有脚步近了，清悦的女声道："可真巧，能在这儿遇见平日里足不出户的襄贵妃。"

我转过身面向她，笑着说："准确地说，不是凑巧，而是我听说了熹贵妃有早膳后漫步御花园的习惯，特意在此等你。"

熹贵妃挑挑眉："哦？不知襄贵妃有何要事？"

"其实也没什么大事，就是想向你道贺。说起来这些年熹贵妃还真是喜事不断。先是晋贵妃位，皇后娘娘薨逝后你开始摄六宫事。几年前最碍眼的三阿哥因犯错而被除籍，接着又暴病而亡。今年年初，弘历被封为宝亲王，皇上倚重他，命其处理多项重大政务。说了这么多，我没有遗漏哪件喜事吧？"

熹贵妃面色有些僵硬："襄贵妃究竟想说什么？"

我屏退了小桃和熹贵妃周围的一众随从。

"我的意思十分明确，就是向你恭贺：四阿哥继位指日可待。"

熹贵妃冷笑一声，道："襄贵妃未免言之尚早。虽然弘时已死，但仍有弘昼与弘曕。皇上的确对弘历青眼有加，又是加封晋爵，又是御赐府邸的。可皇上在立储这件事上从未流露丝毫偏向。本宫那么尽心地培养四阿哥，那么努力地管理好后宫，但在皇上眼里，这些恐怕都没什么大不了的。"

我隔着熹贵妃的袖管握住她的手腕："熹贵妃怎能失了信心？弘昼虽与弘历年纪相仿，秉性才能上却差了一大截，两人根本没有可比性。至于弘曕更不必担心了，不过是个未满周岁的奶娃娃。皇上向来最沉得住气，这点你应该是了解的。"

熹贵妃反手握住我的手掌，殷殷注视着我的眼睛："是不是万岁爷曾对你表露了什么？"

我摇头说："并没有。但我十分确信，最后继位的一定会是四阿哥。"

熹贵妃眼中露出狐疑："你凭什么这样说？"

我淡笑着缓缓将熹贵妃的手松开，并轻拍了下她的手背。我当然有底气这么说，历史白纸黑字写得清清楚楚，加上康熙的指示明明白白。只是这个理由，难以向她言说。

"记不记得那一年我在长春宫里对你说过的话：我会与你一起助四阿哥登上皇位。我说过的，就一定会做到。"

"那你打算怎么做？"熹贵妃问。

我凑近她，两人耳语一番。熹贵妃眼睛一亮，不住地点头。

"不过……"熹贵妃迟疑道，"你这么费尽心机地帮我，到底是为了什么？希望弘历登基后能加封你为皇太妃吗？"

我笑了笑："你就当是欠我个不大不小的人情，以后有机会的话，再还给我吧。"熹贵妃还欲再问，却被来人的呼唤声打断了。

"额娘，您果然在这儿啊。"

弘历穿着朝服阔步向我们走来，见我也在，便打了个千行礼。

"儿臣拜见额娘、襄贵妃娘娘。"

我淡笑望着他："快起来吧。不知不觉四阿哥已过及冠之年，行事也越发老练沉稳了。"

弘历听到我的赞许，颇为腼腆地笑笑："谢娘娘夸奖。"

熹贵妃抬手帮弘历正了正衣冠："刚下朝吗，你怎么会来这儿？"

"儿臣刚刚在军机处参与议政，皇阿玛特命我办理苗疆事务。结束后，儿臣去永和宫寻您，却被告知您在御花园，便也来到这里。"

熹贵妃从袖中抽出手帕，替弘历擦拭着额头上的汗。

"瞧你这孩子，干什么急匆匆的，奔得这一头大汗。"

"不打扰熹贵妃与四阿哥了，告辞。"我向他们二人点点头。

弘历朗声道："欢迎襄贵妃娘娘有时间来我府上玩。"

我对他笑笑，又对熹贵妃挥了挥手。转身的一刻，心里泛起丝丝酸涩。要是我的孩子当初没有胎死腹中，他今年也要十八岁了。

回来的宫道上，我遇到了久未谋面的王虎。

"臣向襄贵妃娘娘请安，娘娘万福。"

我抬手让他起来："王统领多礼，快请起。你是皇上的贴身一等侍卫，为何此时不在保护圣驾？"

虎子拱手道："禀娘娘，皇上今日移居乾清宫，臣收到调令后，这会儿立即从养心殿赶往乾清宫。"

我小声问他："以后皇上都将住在乾清宫吗？"

虎子说："这个臣不知道，但往后皇上在乾清宫的侍卫调度，将全部由臣负责。"我笑笑："我明白了，你去忙吧。"

王虎打了个千，随即带着一众侍卫离开了。

雍正派来的人早在长春宫里等我。亲眼见我将金丹吞服后，他们才安心离去。蕊儿蹙眉看我日复一日地服药，忍了那么久终究还是开口问了。

"这丹药能否真的使人长生不老我不知道，可您服药以来，我眼见着您身体越发虚弱，这一定是有问题的呀。娘娘，不如您再劝劝皇上，少服用或者最好别再服用金丹了，嫔妾只怕那会大大折损你们的身体。"

我抚额看她："我已说过很多次，要是皇上能听进去的话他早就听了。"蕊儿也知道雍正的冥顽，便不再提这茬。她转而将一个锦盒递给我。

"穆教士让我哥哥带给您的。"

我打开盒子，里面横置一个精巧的白色玉瓶。是我之前托景远研制的解毒丸，看来他成功了。

"这是什么？"蕊儿问。

"我气虚体弱，因而托穆教士为我带一些西药，用来调理身子。"

蕊儿点点头，转而说："下个月中秋节，正逢我哥哥寿辰，我便请求去哥哥府上过节，皇上准了。娘娘，您要不要与我一起？"

"穆教士会去吗？"

蕊儿面露难色："他被皇上分派到澳门，恐怕不能擅离职守。"

看到我失望的神色，蕊儿说："不过哥哥邀请了十二王爷赴宴。哥哥还说很期待向您与十二王爷探讨音律词曲。他说什么'琴声何来，生死难猜，你们这样的朋友便值得一生去等待'。"

我身形凝固："你确定，这是他亲口原话说的？"

蕊儿不解地看我："是啊，有什么问题吗？"

我望向她："没什么，你哥哥的寿宴，我会去的。"

看来这时空里，不仅我一人固守着不可告人的秘密啊。

## 卷七十六　明月何时照我还（下）

夜凉如水，四周寂然。

我侧目看向周围坐着的三人，笑着摇了摇头。

蕊儿喝了不少桂花酒，面颊红扑扑的，显然醉意十足，已经靠在软榻上睡着了。

胤裪与顾昭还在兴致盎然地聊着阮籍的"咏怀诗"。乍看下感觉气氛热烈，但仔细思索，却与今儿这中秋团圆日的主题毫不搭边。

我扶着矮几稍坐直些，轻咳了一声，启声说道："时间不早，我和十二王爷不便再叨扰了。"

顾昭抬眼看看我说："这时辰城门估摸着即将关闭，别赶了。"

我蹙起眉，为难地说："夜不归宿啊……可我只给皇上说来参加你的生辰筵，并没有报备要在这里过夜。皇上责问起来，可怎么办？"

顾昭朗声笑了："大逆不道、有违纲常的事儿，您干得还少吗？区区晚归这种小事，襄贵妃娘娘还会顾虑？"

我牵起嘴角："彼此彼此，顾大人说话也不会在意那些尊卑礼序。这一点上看，我们倒是有些相似。也不知是不是由于同为'千里之外'的来客，思想、行为便放纵不羁得多。"

顾昭了悟般地对我眨眼笑，他却不急着回话，转而走到蕊儿身旁，为她盖上一张薄毯。听到她呼吸均匀，睡意正浓，顾昭才转身走开。他坐到圆桌旁的木凳上，抓起食盒里的桂花糕随意地丢入口中。

"顾大人也是有趣。专程请我们来参加你的生辰筵，可一没珍馐酒席，二没精彩表演。只是四个人冷冷清清地吃了顿饭，干巴巴地对着月亮饮酒抒怀。回想过往数年，此次中秋节过得真是与众不同。"

顾昭嗤了声："你们这些王爷、贵妃有什么美味没尝过，什么表演没看过？不过就是找个由头让我们这些聊得来的朋友有机会私下聚聚嘛，何必在乎那些无关紧要的形式。"

一直没说话的胤祹开口："多年前你还是格格时，皇家的重大宴会你都会上台表演。见识过你的歌喉，便从此觉得世间其他任何的表演都索然无味。只是可惜了，很久都没能聆听你的歌声。"

我垂眼看着指尖："当年失声后多年未弹唱，我的音感与嗓子都退化了许多。而且自打远走皇宫，我答应过胤禛，从此只会为他而唱。"

胤祹的眸子像被抹上了一层浓雾，霎时变得黯淡。

"无妨。当年最珍贵动听的旋律，都完好无损地封存在记忆里了。"

顾昭看看胤祹，又看看我："啊，那可真是可惜了，下官没能有幸得闻一曲。"

我转目看向他："不，有一首歌还是要给你唱的，在这样的日子里。"

我清清嗓子："祝你生日快乐，祝你生日快乐，祝你生日快乐，祝你生日快乐。Happy birthday to you,happy birthday to you,happy birthday to you,happy birthday to you..."

顾昭看着有些恍惚，他对我唱的歌并不十分意外与陌生，却好似冰冻般地怔住了，整个人一下子缓不过神来。

"太久没听到了吗？"

顾昭木然地转过脸望向我，眼神由涣散渐而集中。

"是，太久了。久到我以为前生种种都只不过是我的幻想，凡此经历的一切，才是真实的。谢谢你，叶襄，我的同乡人。"

看到他眼中的点点星光，我鼻子也泛起酸涩。走上前我轻轻地拥着他，拍了拍他的后背。

"生日快乐，我的同乡人。"

放开顾昭，我看向胤祹。他的眼中盛满了讶异与不解，但修养甚好的他并未打扰我俩，只静静地站在原地等待我们解释。

"胤禛，为什么我当年要那么毅然决然地逃婚？为什么我懂西洋文、能够与穆教士用外文通信？为什么我仿佛早就通晓了一切、预言将会是雍正即位？这些问题，我想你一定思考过吧。"

胤禛颔首："我猜想过很多可能。你并非年家亲生的女儿，你怀揣不可告人的目的，特意接近我们这些皇子，进入皇宫，或许是为了复仇；也可能，你是外族派来我朝的探子，因而通晓外文。可若真如此，你明明有很多的机会可以下手，这么多年却几乎什么都没做。相反的，你与十四弟相爱相许，你因为这场感情受尽磨难却不曾放弃。若你真是个刺客，也是个毫不合格的刺客。

"关于你，我从不信什么阴谋论。我也一直知道，你不是普通的女子。要么，你拥有常人不具备的超然能力；要么，你本就不归属这里。"

我笑了，如释重负。果然，这世上绝顶聪明的胤禛、最了解我的胤禛，就算有些事超越他可以接受与理解的范畴，他还是能够出入不大地洞悉这一切。

"胤禛，我是个十足的平凡人，并不拥有什么超能力。只不过，我是缕来自三百年后的魂魄。这或许是我唯一不平凡的地方。"

"阴差阳错，我来到这时空，占据了年湘儿的身体，莫名其妙成了待嫁的四阿哥侧福晋。我不甘愿成为冷面雍正的年妃，所以我逃婚了。是的，我卑鄙地让春燕替我出嫁，硬生生地拆散了她与胤祥，尽管那时刚穿越而来的我对这一切并不知情。后面种种，你也是一同经历过的。这么多年，我因为看得分明，所以才更活得战战兢兢。"

胤禛沉默了一会儿，似乎是在尽全力消化我说的话。

"也就是说，顾大人和你一样，是三百年后的来客？"

我偏头看了顾昭一眼，接着点点头。

"是啊。只不过我直到今天才知道我们有相同经历。可看起来顾大人却早将我洞悉了，对吗？"

顾昭轻轻摆了摆手："谈不上多早。一开始只是讶异你一位深宫格格怎么会通晓洋文。听妹妹说你在前朝时坚信雍亲王会登基，现在又称将来继承皇位的会是四阿哥弘历。一次或许能猜中，三番两次就绝非偶然了。因此，托妹妹捎口信以试探，那句歌词，懂的人自然会懂。你应邀，我便坐实了猜测。"

"原来是这样……"我喃喃道，"你是何时穿越来的？"

"比你早些年月。我一来这里，就变作了六七岁的童子，正赶上顾氏被抄家的时候。若我没有猜错，你是在年湘儿出嫁前不久穿越的吧，才有了逃婚一出。"

我面上有些讪讪："难道你对穿越而来的人生很满意？从来没想过改变，或者告别这样的生活吗？"

顾昭笑了："若你一降生在这个新世界上，面对的便一直都是流离失所、朝不保夕的日子，温饱与安稳已是最大的期望，那么你对这个时空便会少一些质疑和抗拒，反而会对重生过后的生命充满感激。或许在你眼里，蕊儿对皇上死心塌地追随是愚忠，是偏执，是封建秩序对人的禁锢。可我必须要说，哪怕是我这个从现代文明社会而来的人，与她的立场也是一致的：我们愿为皇上尽忠，这不仅是报恩，更是一种偿还。"

"偿还？到底是我们亏欠了谁，还是命运亏欠了我们？若你真对现世足够满意，那为什么刚刚要与胤祹吟唱阮籍的诗？你的哀伤苦闷之情和隐世无为之衷又是从何而来？"

一旁始终默然倾听的胤祹复又开口道："想是与你一样，对曾经的亲人思念得紧。这一世经历得太多，早就看破了造化与人心，可终究没有逃脱亲情的牵绊。"

"知我者，莫若胤祹贤弟。"顾昭看向胤祹，目光清明。

我犹豫了一下，终还是说："你知不知道，其实景远能够助我们回去，回到现代，回到亲人身旁。"

顾昭眼眸中闪过一丝惊喜，然而很快又渐渐平消。就好像往湖里投入一枚小石子，短暂的涟漪过后湖面又恢复了往日的平静。

"都来了那么久，在这里有了妻儿老小，哪能狠心做出抛妻弃子的事。皇帝无疑是位好皇帝，就算在某些事上我不能完全认同，但这份护全知遇之恩，也是我万万无法抛却的。"

我自嘲地笑笑："我们的心境变化亦不谋而合。不回便不回吧。'从此不再提起过去，痛苦或幸福，生不带来，死不带去。'我俩，注定都是要客死他乡了。"

"穷极一生，做不完一场梦。大梦初醒，荒唐了一生。南山南，北秋悲，南山有谷堆。南风喃，北海北，北海有墓碑。"

唱罢，顾昭稍显赧然："我唱得不好，班门弄斧了。"

我笑着摆头。人若是有故事，唱什么都是自己。

## 卷七十七　天地无声颜色老

我挑了挑烛台上的火星，让烛火更明亮了些。罩上琉璃灯壳，房间内霎时变得流光溢彩。

看到火光，原本趴在角落里的"百福"和"造化"立刻睁眼站起来，双双摇着尾巴向我走来。我将桌上的花生剥开，向它们投去几颗，不一会儿便被抢食干净。两只狗又抬起头翘着尾巴眼巴巴地望着我。

我无奈地笑笑，只对它们挥了挥手。它们立刻知趣地坐在了一旁，挺着腰杆，直勾勾地看着我。那表情仿佛在说：没饱，我饿，还想吃！

在现代时我也曾养过狗，后来考虑到怕耽误我的学业，爸妈就把狗狗送给别人了。那时我为此还难过了好一阵子。

其实我真挺喜欢狗的，之前对"百福"和"造化"态度不好，也只是讨厌雍正戏弄我的得意模样，而对这两只狗却没什么本质的抵触。

雍正连日抱病在床，没人再陪"百福"和"造化"玩，也难怪它们见到我这么兴奋。

遐思间，却听到里屋传来几声克制的咳嗽。我抬眼向帐内张望，没动。

"百福"与"造化"听闻它们主人的声响，本激动地站起身想要一路奔去，可看到我定在原地，便也停了脚步，耷拉着脑袋走了回来。

我笑笑。不得了了，连这紫禁城里的狗也都个个成精，学会了察言观色。

过了一会儿，苏培盛从内室缓缓走来，恭敬地对我揖手道："贵妃娘娘，皇上有请。"

我点点头，站起来稍加整理仪容，便跟着苏培盛向里走去。"百福"、"造化"要跟着我，我抬手做制止状，它们便立刻停下，只发出"呜呜"不甘的叫声。

这狗狗很温顺呢，像是雍正调教出的宠物。要是我也能这么听话，这一生想是会轻松许多吧。可是人心又岂会这般简单，并不是恩施一些零食与几次陪伴便能够餍足的。

不知道什么时候开始，雍正的屋内总是萦绕着浓重的药味，尤其带着丝丝若有若无的金属气息。闻得稍久了，会让人觉得有点头晕。

苏培盛将我送至床榻前，自己则躬身退出房间，阖上了房门。

我福身行礼，道："皇上，我来了。"

雍正的面色发暗，嘴唇干得形成了裂皮。他睁眼望向我，目光倒是炯炯锐利。

我站起身，走到圆桌旁为他倒了杯水。重回床畔，我手臂轻轻托着他的脖颈，将水递到他唇边。

雍正就着我的手将一杯水一饮而尽，他努力地撑着床，坐直了些。

"你等了很久？"他的声音比往日更显沙哑，仿佛向喉咙里洒下了一捧沙。

我将水杯放回桌上，"还好。苏公公说您刚服了神丹，要歇息一会儿，我便候着。"

雍正向我招手，我走近了，以半跪的姿势坐在床下的踏板上。

"皇上近日可感觉好些了？"

雍正摇头道："这几日身子格外怠懒无力，没批几本奏折便昏昏欲睡。张道士送来的丹药还是照常服用，但药效比往日弱了许多。"

那丹药里面含有重金属成分，初期服用时会感觉成效甚大，精神奕奕，可毕竟重金属剧毒啊，就算含量微小，但长久下来，定会慢慢导致毒性发作。雍正用药到这个阶段，想是早已回天乏术了。

"你今天怎么想起来找朕了，有什么事？"

我笑笑："怎么，臣妾便那么凉薄，不会纯粹来探望皇上吗？"

雍正冷哼道："朕还不了解你？这些年你为数不多的主动造访，哪次不是有所求而来？否则的话，你对朕恐怕是避之不及。"

我也不反驳，只是仰面与他对视："皇上也不是都有求必应的。大多时候不过是臣妾自说空话罢了。"

雍正叹气："多少年了，还是会这样顶撞。"

我沉默了一会儿，转而步入正题："听说四阿哥这阵子天天来乾清宫给皇上请安，甚为恭孝。"

"是啊，前几个月将苗疆事务托付与他主理，他也没有让朕失望。这孩子如今越发干练稳重了，很是让朕宽慰。"

"皇上……莫不是属意于四阿哥了？"

雍正立即敛眉看我，目光变得幽深："这就是你今天来的目的？襄贵妃不是向来不涉储位之争吗，怎么突然有兴致插手此事？"

"皇上太看得起我。我是没有子嗣的人，弘历又是熹皇贵妃的孩子。今天不过是想起来问问罢了，皇上何必如此防备？"

雍正的眼里闪过寒色："朕倒是希望你有孩子，跑了和尚跑不了庙。"

我一时语塞："打扰许久，皇上想是要歇息了吧。我改日再来探望。"

雍正捉住了我的手腕："说到痛处了？"

也是奇怪，这人现在明明是个病秧子瘫在床上，可这时候争斗起来，手上的力道却没见减少。

"痛或不痛，不全在皇上一念之间吗？"

雍正冷笑一声道："你别以为朕不清楚你心里那些盘算。是不是巴望着攀好弘历这层关系，等他登基后，你便可以出宫去和允禵破镜重圆？朕只不过病一场，你便盼着朕快点死掉，是不是？这么多年，很多事都变了，可你的心，还是一样狠。"

我转眸直视他的眼睛说："皇上一定要把我想得如此恶毒，我百口莫辩。"

雍正目光中的寒意更深："果真被朕说中了心思？不过就算如此也没关系。朕说过，往后的时光，要永远跟你在一起，哪怕是彼此折磨。"

我感到悲哀，为雍正，为自己，为这个时局下牵涉的所有人。我们都决定不了自己的命运，包括雍正。而能决定他人命运的雍正，却也没能将这一生过得美满如意。

"我知道，皇上打算一直将我禁锢在这皇宫里，你移步可到、目光可及的地方。"

雍正狡黠地一笑："是。一直一直，长长久久，无论生死。"

我面色微诧："这是什么意思？"

"先皇存有秘密遗旨，朕认为此法甚好，决定仿效。一旦朕崩殂，便有朕的亲信会搬出这道遗旨，命襄贵妃殉葬，一同与朕迁入皇陵。"

我难掩失色："殉葬恶习太过残酷暴虐，先帝早期便明令禁止八旗随葬之传统。皇上如今的盘算，岂不是有违先皇之命？"

雍正对我无措的反应看起来很满意，"哟，原来这么怕死，留着这条命给谁呢？你不会真的傻傻地认为允襈等着跟你团圆吧？朕多次召你侍寝，他定有所闻。试问这天下有哪个男儿能忍受自己心爱的女子不再忠贞？"

我咬着下唇："皇上做出如此无道之举，就不怕天下人非议？"

雍正冷嗤道："若是对世人的评价都要畏首畏尾，朕还算哪门子皇帝？况且殉葬从太祖、太宗至世祖时期都十分盛行，朕的这道旨意也不过是'循本'罢了，并非完全说不通。"

我面若寒霜："不过便是一死，有什么可怕的。这条命皇上要拿，早就可以拿去，多留的这些年也不过是我白得的。该还的，总归是要还的，我不喜欢亏欠。"

雍正唇边勾起讽刺的弧度，说："是吗？那么亏欠年家、春燕还有胤祥的，你要如何偿还，用死亡吗？可是那对故者来说有什么意义，很多孽债，是凭借死亡也抵消不了的。年湘儿，你到现在都没有真正地悔悟过。"

"如皇上所说，我这般罪孽深重，恐怕是要下地狱的。那又何必特意让我与你葬在一起？这不白白玷辱了你的一方净土？"

说到这里，雍正的表情竟有些凝重："罪孽，不止你一人要背负。朕对曾做过的事问心无愧，也不会后悔。但若真有因果轮回、罗刹狱门这种事，朕亦无惧相赴。"

我怔怔地看他。雍正的这句"无惧相赴"令我震动。他这一生褒贬不一、争议纷纷，可他真正活到了坦荡、无畏和尽其所能。恐怕天下间没有几个人能具备他这般的魄力和胆识。

作为一位君王，在大是大非上雍正无愧于臣民，无愧于祖先和后世，称得起这"一代圣主"的贤名。这是我不得不承认的事实。

这次的密谈不欢而散。

没过几天雍正病危，急召几位亲王与重臣入内受命，从"正大光明"牌匾后取出传位诏书，正式宣旨传位于皇四子宝亲王弘历。

跪伏在地面上，听着周遭隐约的啜泣声，我皱起了眉头。我曾这样送康熙驾鹤西去，可一晃十三年后，相似的情景竟再次上演。只不过这次是雍正。

熹贵妃从内殿推门出来，发出"吱呀"一声。妃嫔、格格们闻声抬头看去，皆是投以殷切期盼的目光。

熹贵妃面色凝重，她疾步走到众人面前，居高临下地望着伏地的众人，久久没有言语。

自皇后逝世以来，后宫便由熹贵妃接管，这些年她行事老练果决了很多。加上现在雍正已传位于弘历，众人待熹贵妃已俨然是一副对准皇太后的态度。

"皇贵妃娘娘，您怎么了？"年纪最轻的谦嫔试探着问道。

熹贵妃这才回过神，目光微转，终而投向我："皇上有命，召见襄贵妃。"

我并不感到意外，只是垂首领命，接着站了起来。周围发出小声的讨论，我不顾旁人眼光，亦步亦趋地跟着熹贵妃走进内殿。

路过蕊儿的时候，她轻轻拉了拉我的裙裾。我低头看她，报以她沉着镇定的目光。

雍正的气色比前几日更差了。望着他那蜡黄微皱的脸，我想到了秋风里被吹落的枯叶，飘飘荡荡、起起伏伏地在空中挣扎，然而还是渐渐坠落到地面，与泥土一起化为虚无。

那一刻我才真正意识到，他的气数尽了——雍正的，这整个雍正王朝的。

雍正向我伸出右手，我没有动。熹贵妃瞥了我一眼，却没说什么。

"湘儿……"雍正从他干涩的喉咙里咕哝出这模糊的一声呼唤。

我依旧站在原地，面无表情地看着他。

雍正不死心地将手悬在半空中，目光殷切地望着我。那里面有不甘，有压抑，更多的像是痛苦。

"很痛苦是不是？在自己撒手人寰之际，身边竟没有一个至亲至爱之人陪伴。人生最凄凉之事恐怕莫过于此了。可是皇上，先帝与皇太后驾崩时，胤祯却没能见他们最后一面。而至于胤祯，他离开人世时，恐怕我早就赴了黄泉，不知谁人将送他那一程。"

听了我的话，雍正气极。他用右手指着我，颤抖着说："你到这个关头……咳咳……想的还是……咳……他……"

看着他痛苦挣扎的模样，我尽力维持无动于衷的姿态，继续把话说完。

"皇上那么嫉恨胤祯，反反复复说的不就是因为命运、因你的皇阿玛、皇额娘还有我待你俩不公吗？那命运又何尝待我与胤祯公允了？皇上口口声声说着公平，那好，既然我送不了胤祯，便也不会装作依依不舍的样子送你走。皇上，前半生是我负了你。后半生，我们却生生变作了仇人。若有来生来世，愿永远不复相见。"

雍正的眼中盛满惊怒与凄凉，他还想说话，可却已不能。激动的情绪让他面如酱色，一时间呼吸局促。最终他的手，无力地从空中摔在了床沿边上，发出"嗵"的一声闷响。

我转过身头也不回地走掉了，不愿再看他。皇贵妃从头到尾没有对我出声训斥，也没有阻止我擅离御前。在我推开大殿门的一瞬间，我听见屋内齐刷刷跪倒的声音。

接着是皇贵妃撕心裂肺的一声哭叫："皇上……驾崩了……"

屋外众妃与宫人本是面露疑惑地看着推门而出的我，在听到皇贵妃这一声通报后，立刻露出各种或悲恸、或意外、或漠然的表情，瞬间的迟滞后便齐刷刷地跪倒在地，哭成一片。

我感到眼前这众生相开始渐渐模糊，而自己的身体，也在不断地下降、下降，降落在我的梦中城，返回到我的温柔乡。

## 卷七十八　恍惚梦断岁月迁

猛然从梦魇中逃脱惊醒，我倏地坐起身，额头上全是密密的汗珠，身上也是湿的，衣服贴紧在皮肤表面，好生难受。

一只手轻抚在我的背上，我本能地侧身避开。

轻柔的女声安抚我道："娘娘可是做噩梦了？"

我转脸看去，原来是小桃。

呼出一口气，我问她："这是在哪儿？"

"前日出宫，十二王爷把您接到了他府上，让我们暂时安顿在这里。您不记得了吗？"

我微闭上眼静了静心神，这才回想起此前的事。

雍正驾崩前，我曾私会过熹贵妃与弘历。

"我找人检查了乾清宫那正大光明匾的后面，空空如也，并无传位诏书的踪影。"

熹贵妃皱眉："怎么会这样……都到了这个节骨眼，难道皇上还没下定决心传位给弘历吗？"

弘历出声宽慰熹妃："额娘莫急。想是皇阿玛还康健，未曾考虑到立储之事。儿臣自会做好本分，凡事竭力，让皇阿玛满意。"

我和熹贵妃都没有接话。因为我们都很清楚，雍正早已是活在倒计时中的人了。

"皇上几日前召见了我。谈话间我问及他对四阿哥的评价，他满口称赞，对弘历甚是欣赏。"

"那他可曾提到传位？"

我摇头说："没有。我主动问起，倒引发他恼火。"

熹妃嗤道："襄贵妃之前可不是这般丧气模样。谁当初告诉本宫此事万无一失的？"

我笑了笑："皇贵妃恼我也是情理之中。不过我既然敢说出那话，自然是有十分的把握。如皇贵妃这般聪敏，定是十分了解皇上的。他一生都在抗争：与兄弟、与先皇、与朝政、与命运，也与他自己。这皇位他坐得艰辛，却也坐得难舍。他不是不够认可四阿哥，而是不甘心自己费尽心思历经万难得到的宝座就这样拱手让人。所以他寻来江湖道士炼丹，只为获得长生。这江山社稷，他拿得起，却再也放不下了。

"可皇上心里还是明白的。在传位的大事上，他必然已有定夺。或许存有密诏也未可知。退一步说，若真没有遗诏，皇上便突发意外……那我也有法子能让传位诏书出现在'正大光明'牌匾之后。"

熹贵妃挑眉看我："本宫以前还真是小看了襄贵妃。不过想想也是，能历经两朝更迭而无碍、改换几重身份而新生，这定是有常人不具备的本事。说吧，你如此帮我们，到底有什么目的？"

我端肃看着熹贵妃和弘历说："是，我有一事相求。请四阿哥登基后下诏，赦免我为皇上陪葬。"

"陪葬？贵妃娘娘何出此言？"弘历惊声问道。

"皇上此前召见我时对我说，若他有朝一日崩逝，便会颁旨命我殉葬，与他一起迁入皇陵。"

弘历与熹贵妃看起来都惊诧不已。想也是，殉葬传统废黜已久，雍正突然把它搬出来，还用在我身上。旁人看来，恐怕真不知这究竟是爱得太浓，还是恨得太深。

弘历迟疑地说："这……竟有此事？可若皇阿玛真的颁了旨，我又怎好公然忤逆他？"

"所以一定要阻止皇上，绝不能让这道遗旨面世。"

弘历看起来还有些犹豫，倒是熹贵妃很快便应允。

"好，只要你能助弘历顺利登上皇位，你说的要求，本宫答应。"

我福身行礼："多谢皇贵妃娘娘开恩。除此之外，我还恳求四阿哥与皇贵妃能将我从皇室玉牒中除名。不管是郭络罗·夜莺，还是襄贵妃叶氏，都不要让她们出现在后宫史册中。就让我像从未来过一般，彻彻底底地消失吧。"

弘历很是不解，正想细问，却被熹贵妃打断了："没问题，这个要求，本宫也能满足你。"

我笑了笑："皇贵妃比我想象的爽快。"

熹贵妃牵起一边的嘴角："本宫有什么理由不答应？可以将你从史册中除名，历史上便再无雍正后宫的第一宠妃，也没有皇上特批准其陪葬的'襄贵妃'，如此正合我意。"

在我们达成此次口头协议后不久，雍正便于养心殿中驾崩了。对于他的离世，我身临其境的真实情绪比我原先设想的要简单。

本以为自己会心情复杂，可事实上，我却只感到疲惫。仿佛随着他的死亡，我也死去了一般。从这个角度看，雍正下旨命我殉葬之举实在是多余，因我实在是心力衰竭到极点了。

然而，顾昭的造访却打破我内心片刻的寂静。

"先皇驾崩，你往后有何打算？"

我苦笑道："我能有什么打算？有子嗣的妃嫔可以迁入儿女府中颐养天年，而我，恐怕是要被打发到大理寺去了吧。"

"难道你没想过出宫与十四王爷团圆？"

"我如今还有什么资格期盼与他重新开始？过了这么多年，我们的年纪都不小了。暂且不论有这么多双眼睛盯着，我难以逃之夭夭。就算我能走，他还会心无芥蒂地接纳我吗？"

顾昭笑了："你们果真是心有灵犀。十四王爷就是猜到了你会有此忧虑，他请景远捎来了这封书信，托我进宫交与你。"

"景远来京了？"我讶然问道。

"没错，他进京已有些日子。只是一直没有机会进宫与你相会。"我接过信笺，缓缓展开。

一个个字映入眼帘，我反复地细视、反复地默念。最终我拿着信纸的手都不自觉地颤抖起来。

顾昭隔着衣袖握了握我的手腕，给了我坚实的力量。

"去吧，遵从你的内心。"

我抬眸看他，眼中已积聚起雾气："可是我要怎么离开？宫中的襄贵妃不能无缘无故地消失啊。"

"我有一法，或许能帮你瞒天过海、逃离京城。你先看看这道密旨。"

"这难道是……"迫不及待地展开卷轴，便看到了意料当中的内容："雍正果真下了命我殉葬的密旨！没有想到他存放在你这里。"

"皇上早就感觉身体异样、恐怕回天乏术了。他将这密旨交与我，命我在他驾崩后公之于众。"

我慌了神："那怎么办？难道我真的要为他殉葬吗？"

"我之所以没有在皇上驾崩之时便即刻公布这道旨意，便是想留够时间给你谋虑。我是这样设想的：颁旨后假意命你殉葬，趁出宫迁陵的途中你择机逃跑。"

"听起来并不容易。我若是逃了，空棺那么轻，入葬时定要被察觉的。"

"你担忧的我也想到了。所以恐怕需要寻一位女子，代替你。"

"代替我殉葬？万万不可，怎能让无辜之人替我送死？此举实非仁义，我做不出来，也绝不会同意。"

"那……此事就难办了。"

殿门猛地被人推开，着实惊到了我与顾昭。看到来人是顾蕊，我俩才松了口气。

"你们的话我都听到了。让我代替你去陪葬吧。"蕊儿对着我说，目光坚定。

"你在胡言乱语什么，这件事我是坚决不会许可的。就算我逃生无望，也绝不会让别人做我的替死鬼，你们不要再提了。"

蕊儿凄然地笑笑："你别把我想得那么高尚，我愿意替你殉葬，不是成全你能活着离开去与十四王爷团聚，而是为了我自己。我打心底里愿意追随先皇走。能在黄土下长久陪伴他，也是我甘之若饴的。"

蕊儿的话令我感到不可思议："你怎么能这么想？哪有人一心求死的？就算你打算这么做，我也不会配合。我之前让春燕代我出嫁已酿成大错，如今无论如何都不会重蹈覆辙，做出令你替我赴死这样昧良心的事。"

"此一时彼一时。春燕代嫁是蒙在鼓里的，而我是自己愿意那么做的。情况不同，怎能相提并论？"

"你……"我看她固执，似乎难以劝动，便转向顾昭，"你倒是说句话啊！你妹妹要寻死，你都不拦着她吗？"

蕊儿闻声立刻面向我与顾昭跪下："娘娘、兄长，我已经打定主意这么做，求你们成全！"

我还想苦口婆心去劝，顾昭却抬手阻止了我。

"随她吧，想是她已心如磐石，不会被我们劝动的。换位想想，若离世的人是十四王爷，你又将如何？独自苟活来度过往后那孤寂无趣的漫漫岁月吗？没有爱人，也没有子嗣。"

我哑口无言，伸手将蕊儿扶了起来。

"没有想到，我人生重大的节点，都要靠别人替我完成，帮我收拾那些烂摊子。"我自嘲道，全身被无力感充斥。

"你别那么想，这都是命数里的，谁也逃不掉避不开。"顾昭言道。

"我们两个从现代穿越而来的行者，经过这一生的磨砺，却成了彻头彻尾的宿命论者。因缘际会，想来蛮讽刺的。"

顾昭淡淡然说："你别想太多，生活哪有那么复杂。正如你我选择的那样：能离开就离开，离不开就留下。"


蕊儿穿上了我的妃服，在长春宫中饮鸩而亡。

我同仆人们一样身着孝服，企图混入送葬队伍中出宫。不承想，却还是太过乐观了。

"来人，替哀家拿下这个企图逃走的罪犯。"

熹皇贵妃，不，准确地应该说是当今皇太后娘娘，她带着一群大内侍卫及时赶到长春宫，堵住我的宫门，令我无处可逃。

我漠然地望着高处睥睨的她："太后娘娘，您是记性不大好吧，忘了我们之前的约定。"

钮祜禄氏冷笑道："哀家与你不曾有过任何约定。哀家只知道，你是先皇下旨擒杀的逆贼，绝对不可姑息。"

我仰面大笑："从圣祖至现在，三朝已过，还是有人想杀我，想杀我的人竟有那么多。呵，看来这时代我的确是来错了。"

钮祜禄氏冷眼看我说："哀家不知你胡言乱语些什么。来人，砍下这罪人的首级！"

"嗻！"霎时间几个侍卫同时提剑劈向我。

身旁的小桃紧紧挡在我的身前，我使尽全力将她推开。我已经连累太多人受牵连了。就让这一切停在这里吧，我累了。

就在剑锋距我的眉心一尺远时，一把利剑横在我的身前，为我挡掉了迎面而来的层层攻击。

是胤祯来救我了吗？记得以前每次受难，他总是这样及时地出现，解救我于水火。我深爱的胤祯啊，你终于……回来我的身边了吗？

恍惚中我眼前发黑，双腿一软便瘫倒在地。小桃忙跪下扶我。

"大胆逆贼，竟敢维护罪犯，不要命了吗？快，把这两人统统拿下！"钮祜禄氏愤怒的脸映在我的瞳仁中，最终只化作小小的一个圆点。

"请太后娘娘息怒。微臣是御前统领王虎，此番前来正是受了皇上的旨意，力保叶氏性命。"

原来不是胤祯，而是王虎……

我抬眼看去，王虎单膝跪下，正揖手向钮祜禄氏行礼。

钮祜禄氏哪会信他，她此刻面上更显勃然。

"一派胡言！皇上怎会插手此事。你们还等什么，快点斩了这两个贼人。"

"且慢！"弘历提着衣裾，疾步拾级而上，向我们走来，"皇额娘，放叶氏走吧。"

"你……"钮祜禄氏一时气结。

弘历摆手道："你们都下去吧，这是朕的家事。"

"嗻！"一群侍卫、太监、宫女退避三舍。

王虎收起剑，也走远了些，在一旁立着。

"皇额娘，我们既答应了叶姨娘，一旦等朕登基，便放她出宫。此时万事应验，又怎能对她食言？"

"弘历，你年纪太轻，不懂这世间险恶人心。你想想，那叶氏竟有本事派人在正大光明匾后放入圣旨，她在这宫中究竟还有多少耳目？圣祖当年赐死她，就因她懂得西洋文字，怀疑她擅长巫蛊之术、居心叵测。而她喝了毒药竟还能幸存至今，实在令人怀疑。若她出宫后与允禵密谋造反，那便后患无穷。何不趁此索性铲草除根？"

"皇额娘怕是多虑了。叶姨娘不过是一介平凡女子，只是那些谣传把她说得神乎其神罢了。况且，若她真有害人之心，皇祖父时期便可择机下手，何必浪费年华等到现在？至于十四叔，朕相信他是忠义之人，断然不会做出有违君臣纲常的大逆之举。"

"你宁愿相信这个可疑的女人，都不愿相信哀家吗？皇上，哀家做的一切可都是为了你啊。"

"自小时，叶姨娘便对朕很好。亲善有加，耐心督导。朕虽年轻，却相信自己看人的眼光不会错。朕如今已登基为君王，说话一言九鼎，岂可毁约失信？这是朕做皇上后下的首道旨意：释放叶姨娘出宫，还她庶人身份，并将其从皇家玉牒中除名。请皇额娘不要阻拦！"

我看着钮祜禄氏阴晴不定的表情，最终开了口。

"皇太后该是知道先皇为何离世的吧？世人不知，多加猜测，可你我这些他的身边人再清楚不过了。可你又何曾知道，先皇服了多少丹药，便命我也服了多少。也就是说，他毒性有多深，我与其比也不会相差太多。如此算来，我的时日还剩几何呢？今日死于刀剑之下，与他日卒于丹药毒发，对我其实没有太大的分别。我现今唯一的心愿，便是在合眼之前能再见胤禛一面。唯此而已，还望皇上与皇太后成全。"

钮祜禄氏最终叹气道："罢了，你走吧。哀家就当屋内那具棺材里躺着的是你。"

小桃扶我站起来，我晃晃悠悠地对弘历他们福身："多谢皇上、太后。"

弘历面露悦色："朕就知道额娘是性情中人，定会同意。"

他挥手将王虎招来："王统领，朕命你将叶姨娘护送出宫，定要保她万全，不得有误！"

王虎忙作揖接旨："嘁！微臣定不辱使命。"

胤裪似是早与王虎约定好了，准时地候在他府邸外。小桃扶我下了马车，我禁不住几步踉跄。

胤裪轻扶住我的肩头，关切地问道："你身子还好吗？"

我安慰性地笑笑，转而看向王虎道："虎子，多谢你的救命之恩。要不是你及时请来皇上，恐怕我已是刀下之魂。"

王虎摇头说："叶姨娘言重。你我结识已久，虽无血缘亲情，却存在姑侄般的情分，怎能见死不救。我还要回宫复命，便把您送到这儿了。以后的日子，叶姨娘一定要保重。"

我微笑颔首道："你也是，在宫中万事小心。有难处了可寻礼部顾大人，还有十二王爷，他们都是君子。"

虎子对我揖了一礼，便转身而去。他背过身时斗篷扬起的一瞬，我眼前仿佛走马灯似的回放起这一世与许多人告别时的情景。

我希望能够远走，逃离我的所知，逃离我的所有。我想出发，去任何地方，不论是村庄或者荒原，只要不是这里就行。我向往的只是不再见到这些人，不再过这种没完没了的日子。我想做到的，是卸下我已习惯的伪装，成为另一个我，以此得到喘息。不幸的是，我在这些事情上从来都事与愿违。

我的脑海中突然浮现起这首费尔南多·佩索阿的诗歌。似乎是我在高中时从他的诗集上读到的。当时懵懵懂懂，还不大能够体会这首诗的含义。如今突然闪现在意识里，不知这是否算是一种谢幕时的临终旁白。

胤裪柔声唤我："在想什么，这么出神。看你容色疲惫，快回屋歇息吧。"

可我这一睡便是两天一夜，要把旁人急坏了。

小桃扶我起床，准备为我梳洗更衣。"娘娘您都想起来了吗？"

我点头："嗯，都记起来了。还有啊，以后记得改口，切莫再唤我娘娘了。"

"是，主子。奴婢遵命。"小桃甜声应道。

我与胤裪、景远一同用过晚膳。

席间胤裪对我说："十四弟再过几日便能抵达京城了。"

我手中的汤匙没拿稳，掉入碗中，发出"叮咚"脆响。我为自己失仪的举动感到羞赧，正想起身整理洒落汤汁的桌面，却感觉一阵头晕目眩，眼前漆黑一片。

"小爱！"

"夜莺！"

"主子！"

他们几人手忙脚乱地来扶我。我看不大清眼前的情形，却能体会到他们情急的模样。

胤裪要为我叫来大夫，却被我挥手阻止了。

"我清楚自个儿的身子。服了那么久的丹药，之所以能活到今天，一则是因我每次服用后都会偷偷将它吐出来；二则全是靠景远给我的解毒丸。可就算如此，日积月累，毒性还是太深，早已无法消除。此时就算请来扁鹊，恐怕他也束手无策。"

景远握住我的一只手，言辞恳切："别那么悲观，改日我请相熟的西医朋友来看看，或许能帮上忙也未可知。"

我摇摇头说："别折腾了。景远，我如今只求你一件事。请你无论如何，都要想法子拖住我的性命，等胤祯回来。我只想再见他最后一面，只这一眼，我便别无所求了。"

"你放心。穆某一定竭尽所能，达成你的心愿。只是……你真的不考虑通过施催眠之术，助你回到现代吗？这样你便能逃过一死。"

我虚乏地看着他："我之前就意志坚定地告诉过你，我不愿回去。这一世过得太艰难，我心力衰竭，实在不想、也无法回去若无其事地重新开始一段人生。"

"好，我尊重你的意愿。"

胤裪从头至尾都安静地立在一旁，听我俩的谈话。

等待的日子里，我常常一人坐在花园中发呆。回想与胤祯曾共处的点点滴滴，我会忍不住想笑，也会不自觉地鼻酸。

胤祹常常会走来我身边，为我披一条小薄毯在膝上。有时他会跟我闲谈几句；有时他吹笛我弹琴，就像曾经那样共谱一曲；有时我们索性什么都不做，什么也不说，只是安安静静地坐着。

"是巧合还是刻意为之？你府上庭院的建造格局，与长春宫的花园很是相似呢。"

胤祹笑了："是啊，我依照长春宫的花园重建了这个庭院。看来成果尚可，被你识破了。"

我也笑了："你就不怕我在长春宫拔惯了草皮，来你这里后屡教不改吗？"

"我这里的草，任你想拔多少就拔多少。我只怕以后再没有什么机会，能在你情绪不佳时，陪你发泄了。"

我抬拳轻捶了下他的肩头："哎，别咒我嘛。或许我还没那么快死呢。"

胤祹急忙向我解释："我不是那个意思。我是说，等十四弟来了接你走，我们恐怕便再也见不到了。

我沉默了一会儿，笑着对他说："这草地固然丰茂，可看久了却觉得有些空落落的。可以的话，往后不妨在这里种棵树吧。若我有朝一日能回来拜访你，我们便在这棵树下弹曲论词、饮酒作诗，岂不快哉？"

胤祹爽快地答道："好，就照你说的办。"

我从怀中掏出了那枚刻有"祯"字的玉佩。

"胤祹，若……若我等不到胤祯来，请你务必将这枚玉佩交给他。这便是我的心意。"

胤祹将玉佩推还给我："不，你一定要亲自给他。不许你说丧气话。"

展开手中紧握的信纸，我缓缓说道："我何其幸运，能得一人这样待我。可惜，我等不到了……"

声音渐如细蚊，我疲惫地合上双眼。

胤祹焦急地摇晃我的胳膊："小爱？小爱你别睡啊。答应我你别睡着。你不是要等十四弟回来吗，他眼见着就要抵达了，你可不能在这个时候放弃啊！你睁开眼看着我，你跟我说说话。穆教士，你快来！"

景远闻声而来，蹲在我的身边。他喂我服下一颗解毒丸，可我却连吞咽的力气都没有了。

我伸手将药丸从嘴中拿出来，努力睁开眼睛看着他们二人。

"我尽力了，却实在等不到了……好累，我好累啊……"

"你支撑住，我这就去找医生！"景远转身跑开了。

我对胤裪费力地扯扯嘴角，试图尽量露出不显虚弱的笑容。

"你怎么哭了，胤裪。你这般超凡脱俗的人，原不该落泪的。人都有生老病死，一切不过是因果轮回，有什么可悲伤呢？"

"小爱……不要睡觉，不要离开，不要说'死'这种不吉利的话。"

"我现在看起来一定很丑对不对？形容枯槁，面色如灰。也是，这般模样还是不要被胤禛看到为好，免得破坏我曾在他心中最美的样子。"

"你一直都是最美的，无论外表，还是内心。"

"我想唱首歌。我很久没有唱歌了，胤裪，你可以为我伴曲吗？"

胤裪抬手用衣袖稍抹脸庞，接着便从腰封里抽出他常年携带的玉笛，将其置于唇上候着。

"那天的云是否都已料到，所以脚步才轻巧。以免打扰到我们的时光，因为注定那么少。风吹着白云飘，你到哪里去了。想你的时候，就抬头微笑。知道不知道……"

胤裪的笛声还是悠扬婉转，只是我的歌声已喑哑不堪。如同一个破旧的风铃，哪怕微风吹拂，却也心有余而力不足，过损难鸣。

耳畔的声音渐渐消去，我眼前出现一道白光。我的身子变得很轻、很轻，轻得飘浮在半空中。

从此，没有任何夜晚能使我沉睡，没有任何黎明能使我醒来。

我满意地笑了，卸下所有疲累。